横光利一と小説の論理

山本亮介

Yokomitsu Riichi, Logics of Novel

Yamamoto Ryosuke

笠間書院

『横光利一と小説の論理』目次

第一部

第二部

第三部

第四部

カバー写真提供：日本近代文学館

はじめに

本書は、小説家横光利一（一八九八―一九四七）の代表的作品の読解、および主要評論に関する考察をとおして、その文学活動の軌跡を明らかにし、合わせて近代小説に内在する諸論理とその可能性を追究するものである。

大正末期に文壇に登場した横光利一は、以後実験的かつ多彩な作品を次々に発表し、昭和初期の文学界を代表する作家の一人となった。当代有数の流行作家として、各種の雑誌、主要新聞に小説を連載する姿は、「文学の神様」とも称されるものであった。しかしながら、戦中期における諸活動（大政翼賛会主催の「みそぎ」への参加や日本文学報国会小説部会での活動など）や、日本主義者としてのややファナティックな発言によって、戦後には戦争協力者の一人として名指しされ、作家としての評価を失墜させたままその生涯を閉じることになった。その後、時を経て、残された作品、評論に対する読解、分析が着実に積み重ねられ、文学活動の再評価が試みられてきた。ただし、評者が置かれる時々の思想的動向によって、生前と同様、それらの作品、評論の評価は毀誉褒貶が相半ばするものとなっている。

これまでの肯定的評価は、作品、評論の〈モダニズム〉的側面に重心を置き、その可能性――とりわけ脱近代・ポスト近代としてのそれ――を測定することを中心としてきた。その代表が、残された作品に、「主体である人間が客体としての世界を支配するという近代的合理主義」にもとづくのではない、「あらゆる存在者を相対的連環の環において認識する関係論の文芸的表現」(1)を見い出すことで、ポスト近代の世界観の獲得を目指した横光の取り組みについて考察していく方向である。本書もまた、基本的にこうした観点と問題意識を踏襲、共有するものである。加えて、否定的側面となっている日本主義＝ナショナリズムという横光の帰結を、脱近代への志向と表裏一体の要素と捉えることで、そうした両義性を胚胎することになった文学的思考の内実を確認し、ひいてはポスト近代なる評価軸自体をも問いに開かれたものとすることが、その先の目標としてある。このためには、相対的「関係論」の世界観を導出するに至るテクスト上の思考のプロセスを、できる限り内在的な視点から追跡することが求められよう。ある作家のテクストが、たとえばポスト近代的達成を示すとする場合、達成の様態そのものは通念的な枠組みにおいて意義づけられるにせよ、一方で、そのテクストが生成する固有のプロセスの想定は妨げられるものでないはずだ。それゆえ、テクストの論理を内在的に検証する作業なくしては、肯定するにせよ否定するにせよ、結局のところ横光の文学の表層に現われた一側面を捉えたにすぎないことになる。また単に、その〈モダニズム〉的側面を同時代の外部的状況に還元してしまうと、同じ論理によって、横光の日本主義・ナショナリズムもまた、戦時下における特異性として限定されることになるだろう。

そこで、本書の出発点となる論点として、作家横光が最初期にそれを提示して以来、おそらくは自身予期せぬほどにその文学活動を強く規定することとなった、文学と認識論の関係をめぐる問題系を取り上げたい。いわゆる新感覚派の呼び名を受けた後(2)、その代表者としての理論的マニフェストを試みた際に、横光は次のような議論を捻出していた。

さて、自分の云ふ感覚と云ふ概念、即ち新感覚派の感覚的表徴とは、一言で云ふと自然の外相を剥奪し、物自体に躍り込む主観の直感的触発物を云ふ。これだけでは少し突飛な説明で、まだ何ら新しき感覚のその新しさには触れ得ない。そこで今一言の必要を認めるが、ここで用ひられた主観なるものの意味である。主観とはその物自体なる客体を認識する活動能力をさして云ふ。認識とは悟性と感性との綜合体なるは勿論であるが、その客体を認識する認識能力を構成した悟性と感性が、物自体へ躍り込む主観なるものの展発に際し、よりいづれが強く感覚触発としての力学的形式をとるかと云ふことを考へるのが、新感覚の新なる基礎概念を説明するに重大なことである。純粋客観（主観に対する客体としてではなく、）外的客観の表象能力に及ぼす作用の表象が、感覚である。文学上に用ひられた感覚なる概念も、要するにその感覚の感覚的表徴と変へられた意味を簡略しての感覚である。（…）さて前に述べた新感覚についての新なるものとは何か。感覚とは純粋客観から触発された感性的認識の質料の表徴であつた。そこで、感覚と新感覚との相違であるが、新感覚は、その触発体としての客観が純粋客観のみならず、一切の形式的仮象をも含み意識一般の孰れの表象内容をも含む統一体としての主観的客観から触発された感性的認識の質料の表徴であり、してその触発された感性的認識の質料は、感覚の場合に於けるよりも新感覚的表徴にあつては、より強く悟性活動が力学的形式をとつて活動してゐる。即ち感覚触発上に於ける二者の相違は、客観形式の相違と主観形式の活動相違にあると云はねばならぬ。

（「新感覚論――感覚活動と感覚的作物に対する非難への逆説――」、一九二五・二、原題は「感覚活動―感覚活動と感覚的作物に対する非難への逆説」）

物自体、悟性、感性など、後に「私は新感覚派時代に感性と知性との分類に閉口して、前後の考へもなくカントに首を突き込んでみたこともあつた」（「覚書一」、一九三四・四、原題は「覚書」）[3]と振り返るように、カント認識論の概念を散りばめた一節である。『純粋理性批判』に対する理解の程度や[4]「新感覚」なる理念の意味合いはさておき、ポスト近代の可能性を開く基盤であり、かつ終生の桎梏ともなった認識論的問いの原点が、（おそらく自身の理解を超えていたであろう）この難解な文章にあったと考えられる。そして、こうした主張の流れにおいて、「主観客観の言葉の使用法さへ知らないものには文学談などやれる筈がないではないか」（「電話と客観　附藤森君の批評眼」、一九二六・二）と述べていくように、以後、カント認識論の枠組みを単純化し、主客二元論における認識の基礎づけという問題を、（時には無意識に）文学の中心的課題として据えることになった。そこから、文学活動をとおして、認識の基盤の相対性とそれに起因する主体の解体とが徐々に明らかになっていき、と同時に、何らかの絶対性への欲望がすべり込んでくることになる。また、認識論の地平において〈感覚〉の様態を追求しようとした点を重視するならば、この最初期の議論に、後の作品に見られる人間の〈身体〉性への眼差しを想定することができるかもしれない。この要素もまた脱近代への契機として評価されるものであるが、やはり絶対性と相対性との間を揺れ動く極めて両義的な性質を帯びていくことになる。

さらに、「物自体へ躍り込む主観」などのような、認識における主観の作用という論点を敷衍し、この箇所に、「物自体に対して徹底して受動的であると同時に、ある種能動的にコミットする表象者／作者を措定しようとする横光のアンビバレンツ」[5]や、「表現主体をめぐる物語の発端」[6]といった、作者ないしは言表主体に関する問題意識の萌芽を見る向きもある。もちろん、この最初期の発言において、現実－言語表現－表現主体の連環をめぐる自覚的な問題意識を読み取るのは難しい。ただし、認識論的問いに囚われながら書くこと、そして、文学という場において人間の世界認識のあり方を考究することは、諸レベルの表現主体（作者、語り手、作品内人物）と言語テクストとの関係に対する問いを必然的に導き出すこととなろう。後に作品や評論において横光が喝破するように、発話、記述された言葉の意味作用は、表現主体の内面に還元しえないばかりか、逆に、言葉自体がその表現の〈主体〉なるものを拘束的に創出してもいるのである（この見解は、特に〈文字〉を自律した〈物自体〉

と想定する横光のフォルマリズムに起因する)。こうしたテクストと表現主体のパラドキシカルな関係は、この最初期の理論的文章にも刻印されていると言えよう。ありていに言うならば、言表主体である横光は、それとは意識することなく、自身の文学的課題をすでに書き込んでいたのである。

ところで、作品に作家の思想の直接的反映を読み取るような文学観こそ、横光が強く排そうと試みたものであった。ここでも、残されたテクストについては、小説作品であろうと文学に関するエッセイであろうと、徹底して、その言葉自体が有する意味作用、ないしは論理的可能性に即した読解を試みる必要があるだろう。もちろん、それは往々にして、作家の〈意図〉なるものを超えた意味内容を産出することになるはずだ。そうした作業においては、もはや、読み取られた思想的可能性を、横光利一という作家の名へ回収することに、何ら正当な根拠はないと言えるかもしれない。ただし、深慮すべきは、テクストの自己運動を前に主体性を剥奪されながら、それでもなお、〈書くこと〉の矛盾、葛藤を生き抜き、そうした言葉と人間のパラドキシカルな関係を追求していったのが、横光の文学活動そのものであったということだ。「誰かもう私に代つて私を審いてくれ。私が何をして来たかそんなことを私に聞いたつて私の知つてゐよう筈がないのだから。」。小説「機械」の「私」は、その語りをこのように閉じた。しかし、こう語ること自体が、逆説的にも、テクスト上に「私」なる主体を現出せしめてもいよう。横光もまた、自身の言語行為によって〈作家横光利一〉が生み出され、内面化しえないテクストの意味作用が、そうした主体ならざる主体に帰属していく事態を認めていたように思われる。

客体の認識や言葉の意味の起源・根拠として、絶対的・先験的な主体の存在を措定すること。それが、主体が解体するさまを自らの文学活動において暴き出しながらも、横光がなお拘束され、対峙せざるをえなかった〈近代〉の思考構造であった。横光はいわば、〈作者の死〉なる事態を自覚しつつ、なおその名において作品を書き続けた、〈近代〉の作家なのである。その矛盾に満ちた文学活動を、可能な限り実態に即して検出していくためには、テクストと作者がいかなる連環をなしているかという視点を、作品読解におけるテクスト論的アプローチに戦略的に導入する試みが必要となろう。具体的にここでは、横光利一の名のもとに残された理論的テクスト、小説テクストそれぞれの意義を、できる限りそれ自体の論理に即して把握しつつ、両者が有する可能性の地平において問題を結合していくことが目標となる。

本書では、横光の諸テクストに関する考察を、基本的に、それらの作品や評論が執筆、発表された時系列に沿う形で配置している。それゆえ、序章では最初期、終章では敗戦後の小説を取り上げ、それぞれ予備考察（序章）と結びの議論（終章）を兼ねた作品分析を行なっている。

第一部第一章では、形式主義文学論争期における理論的テクストの分析、考察を行なった。これは、作品と評論における認識論的問いの展開を検証する本書の起点に位置するものである。最初期より、横光の文学的思考を占有していた〈認識〉に関する問いが、自然科学の知見を摂取することで、より深化していく様子が明らかになるだろう。この論争を通じて、小説世界の根拠をめぐる理論的追求が、〈物〉と〈心〉の間を激しく揺れ動くこととなる。そうした混迷状態が、第二章で検討するP.ヴァレリーの文章との出会いを、より衝撃的なものとした。ヴァレリーの思想に対する独自の理解によって、次第に、文学的探究の矛先は人間の〈心理〉へと定められていく。第一部第三章では、こうした〈転回〉の果てに文学の〈真理主義〉を標榜した一連の理論的テクストを吟味し、作品解釈に繫がる論点を抽出している。

第一部の議論を踏まえた上で、第二部第一章では、代表作「機械」の分析、読解を試みた。そこでは、テクストから横光の思考の影を読み取るだけではなく、基本的な道具立て（〈認識〉の問題を中心とする自然科学の議論、ヴァレリーの思想）をもとに、小説の構造を分析し、その内容が有する可能性を引き出すことが目標となる。作品に語られた思索は、その認識の拠点を〈物〉から〈心〉へとシフトすることで、複数の〈自己〉・〈他者〉が織りなす錯綜した世界認識を必然的に導き出してしまう。テクストに表出された諸課題は、作者横光が意図したものか否かに関わらず、その後の文学活動を拘束／推進するものとなった。ちなみに、「機械」の語りが開示しかけた〈身体〉の問題は、続く小説「時間」のモチーフになっている（第二章）。また、人間の〈身体〉性について、異なる角度から問題化されていたテクストが「上海」（「ある長篇」）である。「時間」における〈身体〉が、作家の思考と小説テクストとの連関から胚胎した課題であるとするならば、「上海」（「ある長篇」）のそれは、小説を書くこと（作者の〈行為〉）によって、性急にもテクストに刻み込まれることになった事象と言える。「上海」（「ある長篇」）に関する二つの章では、自己の〈身体〉と葛藤する主人公の意義について、日本の同時代思想を補助線に考察し、テクストにおける〈身体〉性とナショナリズムの複層的な関係を示した。

第三部では、「純粋小説論」をはじめとする中期の理論的テクストの分析を基軸に、三つの長編作品の解釈を展開した。第一章は、自然科学の世界観からの触発が、「純粋小説論」の〈偶然〉概念に影を落としている点から立論している。小説における〈偶然〉性の問題を中心に、横光のドストエフスキー「悪霊」解釈と作者の位置の議論、意志・心理と行為の相克、〈自意識〉と〈他者〉の関係、小説の〈嘘〉とリアリズムの問題などの諸論点が結びついていることを明らかにした。そこから、横光の理論的テクストが指し示す理想的地平に、〈他者〉との未完の〈対話〉が遍在する小説テクストのあり方を想定してみた。以下、「寝園」からは、意志決定論の破綻に伴なう行為の無根拠性の問題、および〈心理〉が記述されるためのパラドキシカルな機構を読み取る（第二章）。「紋章」では、人間の行為とそれが準拠する法との関係が描かれており、その中で主人公の行為が提示する両義性について考察を展開した（第三章）。「家族会議」については、N・ルーマンの諸論を参照しつつ、作中に描かれた〈心理〉と〈コミュニケーション〉のシステム的様態を分析した上で、小説を書く作者の〈倫理〉の所在についても言及している（第四章）。

第四部は、横光のヨーロッパ体験をめぐる論考と、その後半生を費やした「旅愁」について考察する二つの章からなる。第一章では、ヨーロッパ旅行を経た横光が、それまで実作と理論的考究をとおして剔抉してきた言語的差異（多くはコミュニケーションの不可能性において明らかにされる）のあり方を、文化的差異（言葉の違い）に還元していく様子を取り上げている。具体的にそれは、自らの発話が異言語と接触する局面でなされた諸々の改変作業に表われるが、そこで生み出された諸テクストには、言表主体横光の意図を脱臼してしまう意味作用が不可避に働いている。この論考は、横光の文学活動に提示される言語観がいかなる批評性を有しているかについて、横光自身の所作を反面教師として明らかにするものと言えるかもしれない。最大の問題作である「旅愁」に関しては、まず第二章で、小説に語られる〈思想〉的議論を、徹底して〈認識〉の問題構造において分析した。そこには自然科学の議論を範とする世界観の変容も引き入れられている。人間存在において意味づけ不可能な領域＝「余白部としての主体性」が想定されることの自覚が、テクストには示されている。作中の日本主義は、ポスト近代的思考がもたらすこの不確定な領域を〈近代・日本〉の〈病〉にすり替え、その充填を目指す。このことを踏まえて、「旅愁」における日本主義を否定することの問題点と可能性について検討を加えた。第三章では、矢代と千鶴子の〈恋愛〉の物語に焦点を当て、著名なチロルの場面における〈行為〉の不在を分岐点として、矢代の内面が語る主体として定着していくことを論証した。その反面、小説世界の進行は、千鶴子の〈行為〉によって牽引され続ける。結局、テクスト（矢代の語り）は、〈外部〉化された千鶴子の内面性によって支えられているのであるが、こうした構造において、千鶴子の内面というもう一つの物語を潜在させているとも考えられる。以上の分析をもとに、小説を書く中で作者が下す決断の問題性についても論及した。第二章を、横光における認識論的問いの展開を基盤に据えた「旅愁」論とするならば、第三章は、特にその展開と絡み合って胚胎した小説論を念頭に置く論考ということになろう（もちろん、両者の内容を完全に区別することはできないが）。

以上の諸論において、横光の小説テクスト・理論的テクストが、ポスト近代的世界観、小説観を導き出す過程が明らかになると同時に、その文学活動が依然拘束されていた論理のあり方もまた浮かび上がってくるだろう。その意味で、横光のテクストは、小説の理想と現実の間を揺れ動きながら、その境界線を形成していくものになっているのだ。

注

（1）中村三春「横光利一――ポスト近代の生態学／「蠅」」（『月刊国語教育』、二〇〇〇・三）。

（2）千葉亀雄「新感覚派の誕生」（『世紀』、一九二四・一一）。

（3）引用以下、「カントの感性と知性との分類のごときものにしても、その間に感覚や悟性や理性が介在してゐるばかりではなく、そこに統覚があつて知性となり、さらに図式にまで発展して知性の充実の企てになつてゐる。しかも、このやうな微細な分析にしてからが、私にとつては所詮は感性的なあやふやな波に等しいと思はれた」と続いていく。ただし基本的には、最初期以降カント認識論のタームは後退していくことになる。

（4）「新感覚論」と『純粋理性批判』との照合については、玉村周「横光利一に於ける〝新感覚〟理論――「感覚活動」の解釈を中心として――」（『国語と国文学』、一九七八・九）、杣谷英紀「横光利一・新感覚派的表現の理論と実践――『感覚活動』と『街の底』――」（『日本文芸研究』、一九九八・三）に詳しい。

（5）北田暁大「〈メディア論〉の季節――形式主義者たちの一九二〇―三〇年代・日本――」（『東京大学社会情報研究所紀要』、二〇〇〇・三）。

（6）中川成美「新感覚派という〈現象〉モダニズムの時空」（栗原幸夫編『廃墟の可能性――現代文学の誕生』、インパクト出版会、一九九七・三所収、一〇三頁）。

序章

第一節　「蠅」（一九二四〈大13〉）

最も早く活字化されたと目される小説「神馬」（一九一八・七、『文章世界』投稿欄応募作品〈佳作〉、筆名横光白歩）は、神社で飼われている馬＝「彼」の身体感覚や内面を、その目に映る光景と合わせて記述した作品であった。「日露戦争に行つて、弾丸雨飛の間をくゞつて来た馬」を拝みに訪れる者も、ただ目の前を通り過ぎる者も、「彼」にとっては供え物の豆を「呉れる」かどうかで意味づけられる存在でしかない。時にふと「(出て歩きたいな)」と思うこともあるが、罰として食事を抜かれる「苦痛を思ひ出し」て「首を振」る。後はひたすら本能的欲望の赴くまま時を過ごし、日暮れになると戸が閉じられる。ごく短い中で、ユーモアと閉塞感が相混じるような印象を与える作品である。たとえばここに、「馬でさへ国のため君のために尽して来たのでありますから、皆さんは猶一層勉強をして、国家のために尽さねばなりません」と子供たちに語る教師をはじめ、〈神馬〉を崇める人間に対する批評性を見ることができる。(1) あるいは、与えられる「食ひ物」に関心の大部分が向けられ、また「牝馬の声」を聞くだけで「狂ひ出しさうに」なる「彼」の姿に、本能的衝動とそれに対する拘束の戯画を見て取ることも可能である。これらの点に若き文学青年横光の思念を想定したくもなるが、(2)ここで注視しておきたいのは、〈神馬〉を「彼」として表出する、ごく素朴な擬人化の方法がもたらす問題である。言うまでもなくこの擬人化に伴なう視点の移動によって、〈神馬〉と人間という異質な存在を同じ平面で扱い、その差異および同一性を表出することが可能になる。そこから、表層、深層それぞれのレベルにおいてテクストの意味作用が発動し、たとえば上記のような読みが生じていく。そして最後に、「真暗」の中「外で錠前の音」がし、「今日も知らない一日を彼は生きた」とテクストが結ばれることで、「彼」－〈神馬〉の、あるいはそれと対照的でありかつ一致するような人間の〈生〉が、一気にまとめて相対化されることになる。仮に擬人化された「彼」－〈神馬〉が、人間存在に対する批評性――登場人物による意味づけとの差異において、あるいはその動物としての同一性において――を発揮していようとも、「彼」－〈神馬〉にとってさしたる意味はない。つまるところ、両者の〈生〉のあり方を比較対照する視線そのものが、テクストにおける相対化の論理にさらされることとなるのだ。そして、あらゆる生に対する価値判断が宙吊りになるその時、テクストの構造に存在する、空虚な〈場所〉のようなものが開示される。それは、鍵を外から締める音が聞け、かつ「彼」－〈神馬〉の日常を「今日も知らない一日」と形容しえる視点、言い換えれば、擬人化した馬にもその目に映った人間にも完全には同一化しない、世界の相対化の果てに残る空隙である。むろん、それは現実の〈生〉において、存在するはずのない〈場所〉である。しかしフィクションとしてのテクストは、そうした不可能な〈場所〉を創出し、さらにはその充填をも指向していると考えられる。この力は、現実世界に対してテクストが帯びる意味作用の過剰性によって、必然的に生じてくるものとも言えるだろう。

異質な存在をテクストに表象することで浮上する差異性と同一性によって、(3)一編のフィクションを創出しながら世界の意味・価値を宙吊りにし、と同時にそれを語る非－在の〈場所〉を指し示してしまうこと。こうした

「神馬」の指向をより具体的に提示したテクストが、初期の代表作である「蠅」（一九二三・五）および「頭ならびに腹」（一九二四・一〇）である。そこには、作者が織り上げた作品の「構図」(4)のもとで、当の作者自身が脅かされていく可能性さえも浮上しているように思う。作品世界に内在する論理は、現実には存在しえない〈場所〉の充填を、テクストの作者なるものに要求するのだ。こうした文脈において、初期の横光が獲得した「表現者の眼」（栗坪良樹）(5)なるものについて捉え直してみたい。

作品「蠅」では、さまざまな事情を抱える人々を乗せた馬車が、馭者の居眠りによって崖から墜落してしまう。一方で、先に厩の隅で蜘蛛の網から逃れた蠅だけが、落下する馬車を尻目に青空へと飛び上がっていく。テクストは、半ば擬人化された蠅と宿場に集う人間との対照性を焦点として構成されている。ただし、作品世界における蠅を、人間の実質を照らし出す異質な存在としてのみ捉えるのでは、その擬人化がもたらす問題性や作品世界を覆う空虚感の一側面を見るにとどまるだろう。擬人化された蠅と人間とがなおその運命を分かつという「構図」において、小説の論理はあらゆる本質主義からの脱却を図るとともに、相対的観点が行き着く先をも示唆しようとしていると見られる。

とはいえテクストは、人間たちの死と蠅の生を結末とするものである。この作品世界における事実－結果は、ひとまずのところ、両者の生死を分けた差異－原因の探索へと、テクストの意味作用を方向づけると言えよう。後に落下の運命を辿る馬車の出発時刻は、この作品世界にあって、馭者が偏愛する饅頭によって決せられていたとされる。さらに、この饅頭を馬車の馭台でたいらげたことが、馭者の居眠りという事故の直接的原因を引き起こしたと、とりあえず推測できる。そもそも馭者にとって、「まだその日、誰も手をつけない蒸し立ての饅頭に初手をつけると云ふことが、それほどの潔癖から長い年月の間、独身で暮さねばならなかつたと云ふ彼のその日その日の、最高の慰めとなつてゐた」とあるように、饅頭とは満たしえぬ性的欲望の代償となる存在であった。この馭者の日常的行動に占める身体性の優位は、後述するような留保を必要とするものの、他の乗客の事情によっても容易に覆されるものでなかった。馭者の食欲、性欲、睡眠欲の焦点に、馬車の運命を決する饅頭が位置している。こうしたことから、人間存在の運命が、その理性的意識には把捉、制御できない、身体性ないしは物質性の側面に大きく依存している点を、テクストが強調していると考える方向が生まれてこよう[6]。おそらくその象徴となっているのが、馭者の居眠りを乗客たちが視覚的に認識することを妨げた、その極端な「猫背」という即物的要因である。むろん、理性的主体をモデルとする近代の人間観に対する批評性が、こうした点から読み取られることになるだろう。

さらに、テクストは他の乗客の諸動向も、落下の原因として集約しているように思われる。ひとまず事故をイレギュラーな事態と想定するならば、日常的習慣としてあったはずの馭者、饅頭、馬車操業の関係を、今回に限って非日常化する要素があったと考えてよいだろう。危篤の息子のもとへ急ぐ農婦は、当然ながら再三馬車の出発を催促し、時に「将棋盤を枕にして仰向きになつた」状態の馭者にも、「まだかなう。馬車はまだなかく出ぬぢやろか？」などと声をかけていた。結局、馭者は饅頭を持って馬車に乗り、出発してからそれを食べる[7]。馬車の出発時刻は饅頭以外に「誰も知らない」とされる以上、通常からある程度アバウトなもの――それゆえ饅頭に次いで多くは馭者次第であろうこと――であったと考えられる。厳密に確定することは難しいが、馭者の日常的リズムに、事故当日の宿場の状況が何らかの変容をもたらしたと想定するのも可能であろう。また、馭者の鞭と喇叭が止まっていたことに、乗客たちが気づくことができなかったのも、事故の一因である。田舎紳士の「饒舌」で「五年以来の知己」のようになった乗客たちは、さらにそれぞれの個人的な事情にも気を奪われていたと思われる。杣谷英紀が強調するように[8]、馭者も乗客たちも、互いに足を引っ張り合う形で、意識の働きを規制するような状況が生まれていたと言えるだろう。もう少し言えば、人間同士が形成する諸関係が、実のところそれぞれの主体的意識に対して優位であることが示唆されているのだ。

個体において意識化ないし統御不可能であり、かつその全存在を規定しているような〈身体性〉および〈関係性〉の観点から、擬人化された蠅についても見てみよう。冒頭「一」で、「蜘蛛の網」から「ぽたりと落ち」、「馬の背中まで這ひ上つた」とされた蠅は、馬車がいよいよ出発していく「九」で再登場する。そこでは、「馬の腰の余肉の匂ひの中から」「車体の屋根の上」へ飛び移った蠅の動向を、「今さきに、漸く蜘蛛の網からその生命をとり戻した身体を休めて、馬車と一緒に揺れていつた」と記している。また、「十」で馬車が落輪する少し前に、居眠りする馭者の「半白の頭」を経由し再び「濡れた馬の背中に留つて汗を舐め」ていた上、落下の際には「今や完全に休まつたその羽根に力を籠めて」飛翔していったとある。つまり、蠅の側に立って作品世界の経過を辿るならば、それは徹頭徹尾、身体的ダメージから回復に至るまでの必要時間であったと言える。むろん、自らの身体状況を完全に把握することは不可能であり、厳密に言えば、半ば擬人化された蠅は青空へと飛び立ってはじめて、それが可能なレベルにまで回復していたことを確証できたはずだ。その意味でも、蠅の身体性はまぎれもなくテクストの上に刻みこまれていると言えるだろう。

また「眼の大きな」と繰り返し形容される蠅は、特にクライマックスへと至る「十」において、その〈視る〉存在としての権能が強調されている。

その居眠りは、馬車の上から、かの眼の大きな蠅が押し黙つた数段の梨畑を眺め、真夏の太陽の光りを受けて真赤に栄えた赤土の断崖を仰ぎ、突然に現れた激流を見下して、さうして、馬車が高い崖路の高低でかたくヽときしみ出す音を聞いてもまだ続いた。併し、乗客の中で、その馭者の居眠りを知つてゐた者は、僅かにたゞ蠅一疋であるらしかつた。

さらに事故の瞬間にも、「車体と一緒に崖の下へ墜落して行く放埓な馬の腹が眼についた」と記された後で、蠅は「たゞひとり、悠々と」青空を飛んでいく。なるほど「眼の大きな蠅」とは、唯一事故の直接原因を視認でき、かつ死にゆく者たちの姿を上から眺め下ろすことが可能な存在であった。このように視覚による認知力が前景化された時に、蠅に対する擬人的な表現が顕著になる点は意味深い。この擬人化において、逆説的に蠅の視力もまた、人間のそれと同様の問題を抱えていることへ注意が促されよう。限定的な関心のもとに生きる人間たちは、自らの一挙手一投足が、刻々と死への運命を形成している〈関係性〉のうちに行なわれていることを認識できない。こうした関係的自己に対する原理的盲目性を象徴するのが、その諸関係の束が生成した馭者の居眠りを誰一人として意識化できなかったことである。一見蠅は、そうした人間の〈関係性〉から遠いところに存在している。しかしながら、「時空間ともに、人間とは別の次元に属している」[9]とまでは言い切れないだろう。たとえば蠅が馬の背中などで身体の回復を図っていたその期間とは、馬車の出発時刻までの間、さらに馭者が居眠りをして馬車が落下するまでの間、すなわち関係し合う人間たちによって構成される時間にほかならないのである。もし仮に、何らかの偶発的な出来事によって馬車が早く出発していたならば、今度は弱ったままの蠅のほうが、馬の背から地面へとずり落ちていたかもしれない。馬車の出発時刻を唯一「知り得ることの出来るもの」が饅頭であったように、蠅は馬車の事故原因を視ることができた唯一の存在である。が、擬人化された蠅は、「真夏の宿場」という時空間にあって、自らの生存が何に依拠していたかを認識してはいないのであり、決して「あらゆる〈拘束〉から逃れた〈異端〉」[10]としてばかり存在しているわけではない。蠅もまた、〈視る〉ことが不可能な〈関係性〉において生存していることに変わりはないのだ。

結局のところ、作品世界において、擬人化された蠅と人間との間に、その生死を分けるような質的差異は存在しないと考えられる。しかしそれでもなお、作品世界の事実として、片方は生き、片方は死ぬことになっているのだ。両者の対比は、この地点から捉え直すべきと思われる。少なくとも、冒頭「一」で、「蜘蛛の網」でもがいていた蠅が「ぽたりと落ちた」後「馬の背中に這ひ上つた」経緯をもって、作品における生の図式を確定的に把握し、落下から死に至る人間たちの姿と対照する解釈は再考する必要があろう。見てきたように、蠅の生死のドラマは、宿場に集まる人間たちの動向を描く「二」以降も、それに強く依存すると同時に全く無関与な形で進行していたはずなのだから。その蠅が、「たゞひとり、悠々と青空の中を飛んでいつた」と表現される時、作品世界に決定的な空虚感が漂いはじめる。ここまでの解釈を覆すようであるが、そもそも先に挙げたような諸原因も、落下事故に至るメカニズムを示すというより、あくまで当の出来事が起きた後で事後的に遡及された、偶発的事象の重なりにすぎないのだ。それでも、落下する人間たちの運命だけを、あるいは生命の危機を脱した蠅の運命だけを取り上げるならば、そこにはやはり何らかの物語性を創出することができるだろう。しかしながら、擬人化のレトリックによって両者を一つのフィクションの「構図」に収めた時、運命なるものに関する苛烈な相対化への道が開かれる。この時、馬車の不運な事故があまりにも呆気なく人間たちを死に追いやってしまうのと同様、蠅の生への幸運な飛翔も何か偶発的な、儚い事象であるように映るだろう。[11] 人間たちの死と擬人化された蠅の生は、両者があくまで表裏一体となっていることを、互いに照らし出す。それぞれは作品の最後で運命を一気に分かつわけだが、それはさらに、幸運／不運という意味づけ自体の〈空虚〉さを印象づける。[12] そしてこうした世界像以上に問題となるのは、人間の生の現実において不可能であるはずの相対化の徹底を、擬人化の表現技法を用いて虚構の世界で試行する存在、すなわちテクストの作者という非‐在の〈場所〉のあり方であると思うのだ。[13]

第二節　「頭ならびに腹」（一九二五〈大14〉）

文壇においては新感覚派の代表作と目された「頭ならびに腹」も、「蠅」と同じ「構図」を持った作品である。ここでは冒頭から、「特別急行列車」という同一の時空間に、満員の乗客と独り異質な様子（大声で歌い続ける）を示す子僧が並置されている。やはり両者の対照性は、線路故障で列車が止まって以降、その運命を分かつ形で浮かび上がる。列車停止後、何が最も合理的な方途となるのか判断できず途方に暮れていた乗客たちは、駅員から迂回線という新たな手段を提示された際も、大多数が躊躇したまま動かなかった。だが、「肥大な一人の紳士」がそちらを選択したことで、「群衆」は迂回線まで引き返す列車へと殺到する。一方、停止した列車の中に一人残っていた子僧は、全ての「群衆」がいなくなったのに気づいた後も、そのまま歌い続ける。すると「暫くしたとき」、故障線開通という「最初の確実な報告」がもたらされ、「特別急行列車」は再び「全速力」で走り出す。

ここでも厳密に言えば、どちらが「目的地」へと早く到着するのか、作品の記述から確定することは難しい。ただし、「特別急行列車」を降り、満員のまま迂回線の駅まで引き返す乗客たちに対して、「それから暫く」後、貸切状態になった「特別急行列車」で前進を続ける子僧の姿が、皮肉な形で提示されているのは明らかである。ここでも、まずは「蠅」同様、それぞれの「運命」を分けたもの、ないしは両者の異質性の所在（とその有無）について検討してみたい。

「特別急行列車」という「現象」が、近代社会における合理主義的価値観を象徴することは、繰り返し指摘されてきた。「目的地」へと向かう〈速さ〉の追求は、「金銭」に換算可能な近代の「時間」意識によって支えられている。「時間」は常によりエコノミーに消費されるべきであり[14]、〈無駄〉な「時間」を短くするためにはそれだけの「金銭」が必要となる。子僧の歌に一度は「笑ひ出した」乗客も、結局は「車内」の「時間」を「退屈と眠気のために疲れて」過ごすことになる。すなわち乗客たちにとって、「車内」の「時間」とは極力ゼロに近づくのが好ましいものとしてあるのだ。

松村良が指摘しているように、(15) こうした「特別急行列車」に乗り込む乗客たちの行動は、「時間」=「金銭」の合理的使用を保証する未来予測に大きく依存している。それゆえ、列車の停止とそれに続く〈不測〉の事態は、合理性の基準に則ってなされていたはずの乗客たちの行動の内実を、改めて浮き彫りにするのである。突然の停車で乗客たちが騒然とする中、詰め寄られた駅員らもただ「電線さえ不通」と答えるだけであった。

一切が不明であつた。そこで、彼ら集団の最後の不平はいかに一切が不明であるとは云へ、故障線の恢復する可き時間の予測さへ推断し得ぬと云ふ道断さは不埒である、と迫り出した。けれ共一切は不明であつた。いかんともすることが出来なかつた。従つて、一切の者は不運であつた。さうして、この運命観が宙に迷つた人々の頭の中を流れ出すと、彼等集団は初めて波のやうに崩れ出した。喧騒は呟きとなつた。苦笑となつた。間もなく彼らは呆然となつて了つた。

これから起きるであろう「時間の予測」が可能な場合にのみ、「彼等集団」の行動選択の基準である合理性は機能しえる。もう少し言えば、彼らが行使しているような主体性や、「集団」を形成する秩序性は、未来の予測可能性の上に成り立っているのだ。当然ながらそれは、不測の事態が起きるという可能性を完全には排除できない(言ってみれば、その可能性とは合理的判断の超越論的条件のようなものである)。そして、後者の可能性が現実化することは、「不運」としか言いようがないのだ。この時「宙に迷つた人々の頭の中」には、合理性の代わりとして「運命観」なるものが現われることになる。「此の方針を失つた集団の各自とる可き方法は、時間と金銭との目算の上」でいくつか想定されるものの、もはや人々を積極的に動かすに足るような経済的合理性を持つ「方法」は出てこない。続いて、駅員が「お急ぎの方」に向けて迂回線の使用をアナウンスした際も、実際には復旧した故障線と「どちらが早く目的地に到着するか分らなかつた」以上、「群衆は鳴りをひそめて互いに人々の顔を窺ひ出」すほかなかった。

この状況は二人の乗客が迂回線を選択しても変わらなかったが、そこに「肥大な一人の紳士」が出現する。「巨万の富と一世の自信とを包蔵してゐるかのごとく」「不可思議な魅力を持つた腹」を揺らす紳士が、「にやにや無気味な薄笑ひを洩し」ながら迂回線のほうを選ぶと、「群衆の頭」は一気にそちらへ動き出す。概ね未来予測にもとづく経済的合理性を行動基準としていた「群衆の頭」が、「一条の金の鎖が」「祭壇の幢幡のやうに光つてゐた」紳士の「腹」の「不可思議な魅力」に従うことになるのだ。このことは、個々による合理的判断から不合理な群衆心理への移行というよりも、常にすでに合理的理性の背後に働いていた不合理なものの発露と見るべきであろう。もちろん、経済的合理性なるものが、紳士の「腹」のように物神化された「金銭」の働きを根幹とする点から、この文脈を近代資本主義社会の内実と重ねて捉えることも可能である。それも含めて、「特別急行列車」に「金銭」を払って乗り込むような近代人の行動は、その合理的判断力の装いとは裏腹に、実のところ〈運だめし〉、すなわち不合理な賭けという側面を抱えていると言ってよい。そしてひとまずのところ、作品世界において、この乗客の賭けの結果を「不運」に見せるための装置が、子僧の存在であったと言える。

冒頭から、乗客に混じっていた「横着さうな子僧」は「手拭で鉢巻をし始め」、「窓枠を両手で叩きながら大声で唄ひ出」す。その様子は、「周囲の人々の顔色には少しも頓着せぬ熱心さが大胆不敵に籠つてゐた」と描写され、さらに「頭を振り出し」、「声はだんだんと大きく」なっていく。

彼のその意気込みから察すると、恐らく目的地まで到着するその間に、自分の知つてゐる限りの唄を唄ひ尽さうとしてゐるかのやうであつた。歌は次ぎ次ぎにと彼の口から休みなく変へられていつた。やがて、周囲の人々は今は早やその傍若無人な子僧の歌を誰も相手にしなくなつて来た。

「察する」のは誰かといった問題は今のところおくとして、テクストに記された子僧の行動の解釈を確認しておきたい。これから仕事だと言わんばかりに鉢巻をし、(16)脇目もふらず休みなしに歌い続けるのは、列車が動いている間に自分の持ち歌を全て出し切るためとされる。つまりテクストにおいて明示されているのは、〈どうして歌うのか〉といったおそらく子僧にしてみればナンセンスな問いの答えではなく、〈どうしてそれほどの「意気込み」で歌うのか〉という点であった。なぜか。それは、子僧と他の乗客たちを差異化しつつ、同時にかろうじて両者を対照可能にするような観点だからである。先に見たように、「特別急行列車」で移動する乗客の行動基準たる合理性は、「目的地」までの所要時間の予測可能性を条件とするものであった。非理性的な存在とも見える子僧においても、なるほど「特別急行列車」に乗った経緯こそ不明であるものの（実のところそれは他の乗客にも当てはまるが）、到着までにかかる時間の予測をもとに行動しているのは同じなのである。(17)ただ、乗客たちが、列車内の時間をできるだけ短くあるべきものとするのに対して、子僧はそれを「知つてゐる限りの唄」を口に出すための時空間としているのである。そこには、「特別急行列車」の速さと持ち歌の分量とに齟齬をきたし、その調整に（ひとまずここでは列車の速さを凌駕することに）必死となっている子僧の姿が浮かび上がる。

列車が停止し乗客たちが降りた後で、子僧の歌が「またまた勢ひ好く聞え出した」時には、その姿勢が「彼はその眼前の椿事は物ともせず、恰も窓から覗いた空の雲の塊に噛みつくやうに、口をぱくぱくやりながら」と描写される。ここでもまだ、「唄ひ尽」すために必要な勢いを維持しようとしていると想像される。(18)子僧の態度に変化が窺えるのは、群衆が列車に乗ってプラットホームから消えた後である。それに気づいて「おツ」と発した子僧が、「直ぐまた頭を振り出し」て歌を再開した時、今度は「歌は飄々として続いて行つた。振られる鉢巻の下では、白と黒との眼玉が振り子のやうに。」と語られる。さらに運転再開した列車が「全速力で」走り出すと、「意気揚々と窓枠を叩きながら。一人白と黒との眼玉を振り子のやうに振りながら。」歌い続けていく。子僧の歌が「飄々と」続くことは、それまでの「空の雲の塊に噛みつくやう」な「意気込み」が、もはや必要でなくなったことを意味するのではないだろうか。つまり、列車が停止している間に、持ち歌を車内で消化する「目算」が立ったのである。さらに、頭の振りに加えて、ここでは「眼玉」を「振り子のやうに」動かしている様子も示される。むろん、子僧がその歌と合わせて振る「頭」の自律性は、合理性と不合理性の間で揺れた挙句、他律的に動くほかないことを明らかにする「群衆の頭」と、鮮明な対照をなしていると見られる。ただし、「特別急行列車」における短縮された時間と葛藤していた前半では、その所作に自らをコントロールしている余裕や自由を感じ取ることはできない。時間に急かされることなく歌えるようになった時、ようやく頭と眼玉を合わせて動かす自らの歌のリズムが取り戻せたのだろう。さらに出発後は、窓枠を叩く所作に「意気揚々」との形容が加わる。おそらくここでは、他の乗客たちと比較して自らの幸運を喜ぶというような感情の発現ではなく、自らの歌のリズムと、疾走する「特別急行列車」のスピードが調和した際の嬉々とした心地よさを見るべきと思われる。もし子僧が〈幸運〉であったと言うならば、それを乗客たちより先に目的地へ辿り着くことにおいてのみ捉えてはなるまい。子僧の〈幸運〉とは、第一に、〈不測〉の停止によって、結果的に持ち歌の分量と「特別急行列車」の速度の齟齬が解消され、歌のリズムと列車の走行がかみ合うことになった点にあるのだ。

それゆえ「頭ならびに腹」においては、本質的に比較できないはずの〈幸運〉と〈不運〉の交錯が表出されていると言える。[19]〈不運〉にも未来予測の脆弱性を突きつけられ、剥き出しの〈運だめし〉にさらされた乗客たちは、理性的ないし合理的行為に潜む原理的不合理性のもとで行動することになった。これがさらに〈不運〉な結果を導いたと強く印象づけられるのは、〈幸運〉をつかんだように映る子僧の動向が、テクスト上で同時に語られているからである。ただし子僧の〈幸運〉とは、乗客のそれとはあくまで別の尺度で捉えるべきものであった。付言すれば、ここでもやはり、異質な存在に見える子僧の姿に、近代合理主義の社会に生きる人間たちへの批評性だけを見るのは[20]、やや早計であるように思う。と言うのも、そうした相貌は単に結果論でしかなく、一方で、子僧の欲望は「特別急行列車」の速度との調和に向かっているようにも見えるのだから[21]。

作品世界は、同一の原理にもとづきながら、全く別個の価値尺度をもって行動する者たちの交錯によって生じた強固な「運命観」と、その非‐意味性や〈空虚〉さを同時に示しているように思われる。子僧と乗客たちは、比較することとは現実としてあまり意味がないにもかかわらず、しかし一方はやはり〈幸運〉であり、他方は〈不運〉であったように見えてしまう。ここに示唆されている相対主義的な世界観は、単に〈幸運〉と〈不運〉の間のそれのみならず、ある事象を（〈幸運〉、〈不運〉など）と意味づける立場性そのものに達していると考えられる。それゆえ「蝿」と同様、このことは、テクストの作者の〈場所〉の問題を指示するものと言えるだろう。

第三節　作者の〈場所〉

近代文学における実体的な作者像を退け、エクリチュールの自律性を唱えたR・バルトの著名なエッセイ「作者の死」（一九六八）は、同時に、テクストの作者＝「書き手《スクリプトゥール》」なるものに関するある示唆を含んでいた。バルトは、「書物」に対する「作者」存在の時間的先行といった近代の臆見とは逆に、「現代の書き手《スクリプトゥール》は、テクストと同時に誕生する。彼はいかなることがあっても、エクリチュールに先立ったり、それを越えたりする存在とは見なされない。」と述べる。[22] ここで注目したいのは、こうしたテクスト－「書き手《スクリプトゥール》」の同時生成が、〈書く〉という行為の問題化とともに語られていることである（ただし周知のとおり、エッセイ自体は「読者の誕生」を説くことで結ばれている）。バルトは続いて、「言表行為の時間のほかに時間は存在せず、あらゆるテクストは永遠にいま、ここで書かれる」とし、そうした「書くこと」をいわゆる言語行為論の発話遂行態になぞらえる。[23] それは「その発話行為以外に内容（言表）をもたない」「稀な言語形式」と論評されるが、[24] そもそもバルトは同じ文章の中で、「言語学が「作者」の破壊に貴重な分析手段をもたらした」として次のようにも述べていた。[25]

言語学が示すところによれば、言表行為は、全体として一つの空虚な過程であり、対話者たちの人格によって満たされる必要もなしに完全に機能する。言語学的には、作者とは、単に書いている者であって、決してそれ以上のものではなく、またまったく同様に、わたしとは、わたしと言う者にほかならない。言語活動は《人格》ではなくて《主体》をもち、この主体は、それを規定している言表行為そのものの外部にあっては空虚であるが、言語活動を《維持する》には、つまり、それを利用しつくすには、これで十分なのである。

こうした観点が、エクリチュールをめぐる議論へと敷衍されていく。そこでは、言表行為とみなされた〈書くこと〉が、言表（テクスト）－主体（書き手）をパフォーマティヴに生成していくと考えられている。それゆえ、〈書くこと〉－テクストの連関を離れた言表行為の主体（書き手）は、端的に「空虚」なものと言わざるをえない。その「空虚」を、作者の「《人格》」などで充填していくのが、近代の文学観であると言えるだろう。あくまで書く主体とは、文学テクストという言語活動を「《維持する》」一機能として出現していると見るべきなのだ。

しかし一方で、そうした「空虚」な主体のあり方を、言表行為そのものに内在するものと想定することもできる。たとえばバルトは、「現代の書き手」の「手」による「純然たる記入の動作（表現の動作ではない）」は、「起源をもたない場を描きだす――あるいは、その場は少なくとも、言語活動そのもの、つまり、まさにあらゆる起源をたえず問題にするもの、以外に起源をもたないのである」としている。[26] 裏を返せば、「起源」の不在、その端的な「空虚」とともに描き出される「場」こそ、「言語活動」としてのテクストということになる。そして、そうした「場」を「《維持する》」機能の一端を、〈書くこと〉のプロセスに現われる主体が担うとするならば、それはテクストの意味作用の「空虚」な「起源」と何らかの関係を切り結ぶことにもなるはずだ。文学テクストを生身の作家の〈意図〉なるものから解放した上で、今一度、〈書く〉行為―テクストの言語活動に想定される主体のあり方、すなわち作者なるものの問題性について捉え直す必要が出てくるだろう。

同じくパフォーマティヴなエクリチュールの生成について論じる中で、J・デリダは、「書くことが危険で苦しいのは、それが事始めであるためだ」と述べる。そして、「書きながら、自らその行き先は知れない」以上、作者にとって「意味は書くことによって作りなされていき、意味は初めはその行く手にある」ことになる。[27]

> 意味の自由な動きが、いつも自然と生活と心との領域の中にとざされている意味作用《シニフィカシオン》（告知作用《シニヤリザシオン》）の限界からはみ出すことがあるとすれば、それは書く意志（vouloir écrire）の瞬間である。書く意志は、意欲説によって説明されるようなものではない。書く行為とは原意志のあとに来る決定形態ではないからだ。反対に、書く行為が意志の意志たるゆえんを明らかにするのだ。これが自由というものである。経験的な歴史の場所と断絶して、経験の奥に隠された本質、すなわち歴史性それ自体に一致することを目指すのだ。[28]

発話としてのテクストは、いかなる起源、原因、前提条件にも還元しえない〈書く行為―意志〉の痕跡としてある。因果法則に規定される「経験的な歴史の場所」から自立した〈書くこと〉の原理を内包するがゆえに、文学テクストの意味作用は、現実（作者の〈意図〉も含めた）という「限界」から解放されている。いわば経験界‐因果律‐悟性認識と叡智界‐自由の法則‐実践意志といったカント的な二元論を、文学テクストの言語行為論に取り入れているわけだが、（それゆえ）こうした〈書くこと〉の「自由」、およびそれを源泉とする意味作用の「自由」は、ある重責の発生と合わせて考えられることになる。デリダは、〈書くこと〉によって言葉とその意味作用の可能性を限定することで、「可能な限りの諸々の意味が押し合い邪魔し合っていることば《パロール》が通り抜けてゆくどうしようもない隘路、その狭さの苦悶（angustia）に対する作家の責任」が生じるともする。「思いがけず、私自身の意に反して、諸々の意味作用（significations）の集まりから成る一種の自律的な高次共同可能性（sur-compossibilité）の状態」をなす形で、純粋な意味の多義性は存在している。それゆえ「語ること」において、「私は決して充分には言いつくせないくせに、いつも多くを言い過ぎる」ことになるが、そうした言葉のあり方は「書く行為」によってさらに「限定」されていくのだ。[29]

〈書く行為‐意志〉が原理的に「自由」である――つまりその「起源」が「空虚」であり、決して他の何かに還元できない――以上、〈書くこと〉と同時、ないしはおそらく少し遅れて主体化されるテクストの作者に、選び出された言葉とその意味作用にまつわる「責任」の所在が（顛倒的に）遡及される。それは、現実の「《人格》」などとは無関係に（「自由」に）与えられるものである。もう少し言えば、テクストという言語態における「起源」の「空虚」性によって、そこで形成される作者なる存在は、意味作用の主体ならざる主体――意図していないにもかかわらず、形式上あらゆる責任が帰せられる非現実の存在――として機能することになるのだ。テクストにおける過剰な意味作用を支える「空虚」な「起源」こそ、虚構の作者が出現する〈場所〉なのである。逆に、虚構の作者なる言表主体の想定が、テクストの開放性を維持する「起源」の「空虚」性を担保しているとも言えよう。

さて、「蝿」・「頭ならびに腹」のいずれにも、いわゆる〈語り手〉の存在が強く印象づけられる箇所がいくつかある。たとえば「蝿」では、「馬車は何時になつたら出るのであらう」との問いかけにはじまり、「これは誰も知らない。だが、もし知り得ることの出来るものがあつたとすれば、それは饅頭屋の竈の中で、漸く脹れ始めた饅頭であつた。」とその一つの可能性を回答する「七」の記述である。[30]「頭ならびに腹」で言えば[31]、子僧の姿勢からその意図を推測的に述べる先の引用部分であり、また場面の展開に即して、「さて、切符を出すものは？」、「子僧は？」と意味作用の方向性を指示していく語りのあり方などである。こうした記述は、テクストの解釈を規制するものでありながら、同時にその留保的な表現において、あくまでそれが作品世界を意味づける可能性の一つにすぎないことを示唆してもいる。そしてこのことは、以上見てきたような、現実には比較対照できないものを並置することで、世界におけるそれぞれの相対的意味を創出してしまう立場、すなわちテクストの作者という虚構の〈場所〉に関わるものである。両テクストにおける〈語り手〉の問題は、単に文学作品の解釈装置としてのみ捉えるべきではない。ここには、現実には不可能なはずの立場、すなわち諸事象を徹底的に相対化することでついには自らをもその鉾先にさらし、最終的に当の諸事象の一部へと組み込まれそうになりながらも、むしろそのことでかろうじて一編のテクストを繋ぎとめているような「不可思議な」〈場所〉のあり方とその機能が、暗示されているのである。そして、そうした絶えざる相対化の論理の運動と、その渦中で主体－非主体の間を揺れ動く虚構の存在が、テクストの「起源」の「空虚」性を保っていると言える。これらのことこそ、後に評論「純粋小説論」（一九三五・四）において、「四人称」なる語りの夢想を記すことになる横光が引き受け、突き当たっていく問題であったのだ。むろん、文壇に登場したばかりの作家にとって、それはいまだ主題的な問いとして発見されていなかっただろう。しかし、「蝿」や「頭ならびに腹」というテクストの「構図」は、すでにその非現実的な作者の〈場所〉――「あらゆる起源をたえず問題にするもの、以外に起源をもたない」ような――は開示されていたのである。[32] たとえば、当時横光は、「蠅」について次のように振り返っていた。

「蠅」は最初諷刺のつもりで書いたのですが、真夏の炎天の下で今までの人間の集合体の饒舌がぴたりと急に沈黙し、それに変つて遽に一疋の蠅が生々と新鮮に活動し出す、と云ふ状態が諷刺を突破したある不可思議な感覚を放射し始め、その感覚をもし完全に表現することが出来たなら、ただ単にその一つの感覚の中からのみにても生活と運命とを象徴した哲学が湧き出て来るに相違ないと己惚れたのです。

（「最も感謝した批評」、一九二四・一）

ここに、本来存在するはずの径庭を飛び越えて、書く行為によって形成されるテクストの作者の位置を、自ら引き受けようとする現実の作者の姿（「己惚れ」）が確認できるだろう。それゆえ、小説の「構図」が生んだフィクショナルな相対化の論理は、〈語り手〉といった緩衝材を突き抜けて、テクストの作者へ、そしていずれは生身の作家にまで達することになる。横光にとって小説を〈書くこと〉とは、常に、意図せざるパフォーマティヴな問題生成に立ち会うことを意味していたように思う。テクストの作者として浮上する不可能な主体性の問題とは、その一つの極点であったと言えるのではないだろうか。

注

（1） たとえば玉村周『横光利一――瞞された者――』（明治書院、二〇〇六・六、三三二―三五頁）など。

（2）栗坪良樹は、「馬の自意識」の表現と「作者固有の内的な動機」を重ねる視点を提示している（『横光利一論』、永田書房、一九九〇・二、二八〇－二九五頁）。

（3）なお中村三春は、「初期横光のテクスト様式とは、テクスト的要素としての人物と物象とを、空間的隣接性によって緊密に関連づける《統合》の様式にほかならない」との見解を示している（『修辞的モダニズム――テクスト様式論の試み』、ひつじ書房、二〇〇六・五、九〇頁）。

（4）横光は初期作品を回顧する中で、「構図」の語をたびたび用いた。「この集に入れた作はどれも私の初期のものである。そのころは人生を諷刺的に眺める年齢であつたから、テーマの多くは構図を諷刺として生かすことにもつぱら意を用ひたやうであつた。」（「『月夜』自序」、一九三九・八）、「初期の作品の中で一番初めに書いたものは「蠅」であつた。（…）この時期には、私は何よりも芸術の象徴性を重んじ、写真よりもむしろはるかに構図の象徴性に美があると信じてゐた。」（「解説に代へて（一）」、一九四一・一〇）。

（5）栗坪編『鑑賞日本現代文学14横光利一』（角川書店、一九八一・九、六七頁）。

（6）なおこの点について、小森陽一は、「神馬」に見られる意識と身体的欲望の関係に対応させて説明している（『構造としての語り』、新曜社、一九八八・四、四五〇－四五一頁）。

（7）日置俊次「横光利一試論――「蠅」と「日輪」について――」（『国語と国文学』、一九九〇・三）はこの点を捉えて、農婦の事情が馭者の居眠りへと間接的に影響したことを指摘している。

（8）「横光利一『蠅』の隠喩」（『日本文芸研究』、一九九七・三）。そこでは、「いわば「宿場」は、お互いの〈拘束〉が交換するという束縛の網の目だったわけである」とまとめられている。

（9）濱川勝彦『論攷横光利一』（和泉書院、二〇〇一・三、八〇頁〔傍点原文〕）。同じく「頭ならびに腹」の子僧について、「招かれざる異界者――しかも考えざる存在」（八九頁）と規定するのも、後述のとおりやや性急であると思われる。

（10）杣谷前掲論文。

（11）日置前掲論文もまた、「蠅も空虚の内部に生きる存在であり、死んだ人馬と全く同列にある」との見解を示している。なお同じく蠅の非特権性および登場人物との同一性を指摘したものとして、脇坂幸雄「横光利一「蠅」論――日常／非日常の物語――」（『阪神近代文学研究』、一九九八・三）など。

（12）石橋紀俊「横光利一・『蠅』論――〈空虚〉化の劇――」（『論樹』、一九九三・九）は、作品世界における「空虚」を「意味の無化された時空」と定義し、一連のストーリーを「〈空虚〉化の劇」と説明している。

(13) もちろん、フィクションに向かう読者の問題として考えることも重要である。たとえば、「読者の「身体」意識」に焦点を当てた石田仁志「『蠅』――引き裂かれる読者の身体」(『国文学解釈と鑑賞』、二〇〇〇・六)は、最後の場面について、「読者の拠って立つ「身体」は崖下の人間とも青空の中の蠅とも一体化し得ない、無機質な構造体であることを引き受けねばならない」と指摘している。

(14) 「「頭ならびに腹」の〈時間〉」(『昭和文学研究』、二〇〇三・九)。

(15) 赤木孝之「横光利一「頭ならびに腹」とその周辺――昭和文学の胎動――」(『国士舘短期大学紀要』、一九九〇・三)は、この点を強調し、乗客たちにとって「《時間》を失うことは、何よりも危機意識を煽りたてられることなのである」と述べている。

(16) なお山崎甲一「横光利一「頭ならびに腹」――窓枠を叩く子僧、五つの唄――」(『東洋』、一九九二・一二)は、子僧の「鉢巻姿」を、「精神を生き生きと働かしうるための意識的な行為」の一つとしている。

(17) それゆえ、子僧に「痴者のイメージ」を見る磯貝英夫「一つの分水嶺――『頭ならびに腹』をめぐって――」(『日本文学』、一九七三・二)の評言他、その理性的思考の不在のみを強調する見方は、やや一面的と思われる。

(18) ここでの子僧の様子について、佐山美佳「横光利一「頭ならびに腹」試論――子僧の唄と悲劇の反転――」(『群馬県立女子大学国文学研究』、二〇〇四・三)は、唄の内容(「何んぢや/此の野郎/柳の毛虫(…)」)と対応するものとして説明している。ここでは、テクストの冒頭で提示された子僧の行動に関する説明の意味作用を重視した。

(19) 両者の比較不可能性については、すでに松村前掲論文において詳細に論じられている。

(20) たとえば栗坪は、この点を作者の問題に敷衍し、「〈富〉と〈自信〉すなわち金力や権力に幻惑されて自己喪失する〈集団〉の対極に、〈子僧〉に象徴された表現者が浮かび上ってきている」と述べる(前掲書(一九九〇)、三一一頁)。

(21) 文脈は異なるが、羽鳥徹哉「横光利一の「頭ならびに腹」を読む――「特別急行列車」の意味――」(『解釈』、一九九一・一〇)は子僧と特別急行列車を重ね合わせる論点を提示している。

(22) 『物語の構造分析』(花輪光訳、みすず書房、一九七九・一一、八四頁)。なお柴田勝二はこの点に注目して、「それは逆にいえば、エクリチュールの〈内側〉には作者が書き手として存在するということにほかならない」(『〈作者〉をめぐる冒険 テクスト論を超えて』、新曜社、二〇〇四・七、九頁)と述べ、以下「〈機能としての作者〉」の概念を提示している。

(23) バルト同右、八四頁(傍点原文)。

(24) 同右、八五頁。

(25) 同右、八三頁(傍点原文)。

(26) 同右、八五頁。
(27) 『エクリチュールと差異(上)』(若桑毅他訳、法政大学出版局、一九九七・一二、二〇頁〔傍点原文〕)。
(28) 同右、二三頁。
(29) 同右、一六頁。
(30) なお濱川は、この「七」の記述について、「後に発表される「純粋小説論」の第四人称の先駆的な意味をもつ章」と論評している(前掲書、三五頁)。
(31) 「頭ならびに腹」における〈語り手〉のあり方に注目した論として、石橋紀俊「『頭ならびに腹』論――作品世界における言葉の諸相を巡って――」(『論樹』、一九九一・五)。
(32) こうした点について、佐藤昭夫「横光利一の思考と現実――新感覚派時代にみる可能性――」(『日本近代文学』、一九六九・五)の指摘は重要である。佐藤は「蠅」を論じる中で、「作者の位置」を「蠅をもさらに突きぬけた或る超越的な場所に置かれている」とする。また作品の記述において、「実体性」・「実在感」が瞬時に「相対化」・「抹消」されることで「非在のリアリティ」が生じているとし、「人間を超出してしまった作者の位置もまた、それを自然的現実からみるなら、この種の非在を指していると考えられる」と述べている。作品世界に蠅という存在を造型する過程で、「作者の横光自身、人間のままに人間を超出するという〈変身〉の劇を不可避に経験したといえるのではあるまいか」とする見解も含めて、示唆に富む論考である。

第一部

Der Garten

RIICHI YOKOMITSU

■ *Riichi* Yokomitsu is one of the leading Japanese contemporary writers, and, although not free from the attacks of adverse critics, he has a large group of genuine followers among the younger writers.

The short story given in the following pages is an example of Yokomitsu's earlier writing, which may be grouped with foreign productions of the neo-sensational school represented, for instance, by Paul Morand in France. The story is presented here not because of any of its qualities as a perfect literary production, but because it indicates the existence of a definite tendency toward neo-sensationalism in modern Japanese literature. Yokomitsu's latest writing has completely forsaken this influence, readopting the characteristics of pure realism.

■ *Riichi* Yokomitsu gehört unstreitig zu den führenden Geistern in der literarischen Welt des modernen Japan. Er besitzt — besonders unter der literatur-interessierten Jugend — eine grosse Gemeinde eingeschworener Verehrer und Bewunderer, andere Teile des Lesepublikums verhalten sich kritisch, aber man liest ihn, setzt sich mit ihm auseinander.

Die hier übersetzte Novelle stammt aus seiner ersten Frühzeit und gehört zu einer Reihe von Schöpfungen, mit denen er den Versuch wagte, den damals herrschenden platten Realismus zu durchbrechen und mit mehr Empfindung zu durchsetzen. Man nannte seine Art die "neue Sensibilität," sie zeigt unverkennbare Verwandtschaft mit dem Franzosen Paul Morand. Durch diese Versuche hat er sich zuerst einen Namen gemacht, er selbst ist längst darüber hinausgewachsen und mit seinen Romanwerken in einen echten und tiefen Realismus eingemündet.

Wir bringen die kleine Novelle hier nur als ein Beispiel, um dem Ausland auch eine solche Strömung in der japanischen Literatur vorzuführen, und sind uns dabei bewusst, dass die Erzählung selbst wohl kaum als ein in sich geschlossenes Meisterwerk betrachtet werden kann.

■ *Riichi* Yokomitsu est un leader parmi les romanciers du Japon actuel. La jeunesse intellectuelle éprouve pour lui un enthousiasme passionné. Toutefois, d'aucuns critiquent ses oeuvres avec sévérité.

La nouvelle publiée dans le présent numéro date des premières années de sa carrière d'homme de lettres. Dans ce récit, Yokomitsu cherche à anéantir complètement les procédés du réalisme et, en conséquence, il traduit ses pensées d'une manière très significative. Le rédacteur de la Revue Nippon a choisi cette nouvelle dans le seul but de remémorer l'existence passée de ce mouvement littéraire au Japon, mais non pas dans le dessein de l'imposer comme un modèle d'une absolue perfection.

Les oeuvres qui se rattachent à ce genre au Japon sont classées dans l'école "néo-instinctive," et elles sont considérées comme assez semblables aux ouvrages de Paul Morand, en France.

Toutefois, à l'heure actuelle, les oeuvres de Yokomitsu ont évolue sensiblement et prennent peu à peu la voie du réalisme.

■ *Riichi* Yokomitsu, es uno de los escritores contemporaneos que figuran a la vanguardia de la literatura japonesa y aunque la critica no lo ha dejado inmune de sus ataques, cuenta con un numeroso grupo de admiradores, entre los jovenes escritores.

La novela corta que presentamos en las páginas siguientes, es un ejemplo de las primeras obras que escribió Yokomitsu. Se le puede clasificar en sus producciones de estilo extranjero, como perteneciente a la escuela neo-sensacionalista cuyo más alto representante es en Francia, Paul Morand. Al presentar aqui esta novela, no es por razón de sus cualidades, ni por ser una producción literaria perfecta, sino más bien para hacer ver la tendencia de la literatura japonesa hacia esta nueva escuela literaria. Yokomitsu en sus últimas obras ha abandonado completamente esta influencia y ha vuelto al puro realismo que era una de sus caracteristicas primeras.

I

Er sah den Arzt mit dem Gesicht eines Uebeltäters aus dem Zimmer seiner Schwester treten. Widerlich, dieses Gesicht nach seinem Ausdruck zu durchforschen, die Nase schnupperte wie in Rauchluft, und wenn die Nasenlöcher so geweitet waren, dann konnte man sicher sein, der Arzt hatte wieder gelogen.

'Wie steht es mit ihr ?"

"Unverändert."

Das ist Schwindel. — Der Arzt fühlte ihm flüchtig den Puls — sinnlos, nicht wahr ? man braucht nicht mal mehr gründlich zu untersuchen, der Patient ist dem Gesetz der Eugenik verfallen.

"Blutsputum gehabt ?"

"Heute nicht."

Auf dem goldenen Brillenrand des Arztes funkelt der Schnee vom Obstgarten. Die geschliffenen Gläser werfen ein verschwimmendes Spektrum quer hinüber an die Wand mit den Flecken.

"Das Fieber hat bedeutend nachgelassen."

"Mit wem von uns wird es schneller gehen ?"

"Wieso ?"

"Ach, bloss so. . . . "

Er wurde rot, zugleich aber bekam er Lust, den Gesunden da vor ihm in die Enge zu treiben.

"Mit dem Exitus, meine ich."

Der Arzt zog einen schiefen Mund und sah ihn an, sagte aber nichts.

"Mit ihr geht es schneller, ja ?"

Dem Arzt entfuhr ein ganz unverhülltes Lachen. Es lässt sich nicht verheimlichen, dass sich hier Wand an Wand die Lungen von Bruder und Schwester zersetzen. Sie haben sich die Schwindsucht bei ihrem ältesten Bruder geholt, der schon gestorben ist.

Der Arzt weitete die Nasenlöcher, starrte eine Weile auf die Jagdflinte an der Wand und ging dann so eiligen Schrittes davon, als gälte es schon, den Priester zu holen. Draussen über dem Schnee tummelten sich schwarze Vögel, über den Felsen am Meer blitzte das Licht des Leuchtturms auf.

Er wandte sich sofort wieder seiner Arbeit zu. Diese Arbeit war eine Berechnung der Zeit, die seine Seele nach dem Tode brauchen würde, um das rote Pünktchen Jupiter zu erreichen. Er glaubte an eine Seelengeschwindigkeit von 250,000 km in der Sekunde. Diese konstante Grösse, von deren Richtigkeit er fest überzeugt war, hatte er aus der Lichtstärke des Funkens gewonnen, den die entfliehende Seele eines Sterbenden durch die Reibung mit der Luft erzeugt. Und seine eigene Seele steht schon kurz vor dem Zeitpunkt, wo sie selbst startet.

Dabei nahm er aber nicht etwa an, dass der Weg seiner Seele ganz gradlinig verliefe. Da ist die Wirkung des Dichtigkeitsunterschiedes zwischen der Luft und den Wolken ; da ist die Beugung durch die Gravitationskraft der Sonne, des Mondes und der Sternhaufen. Ausserdem sind in ihrer Bahn die dreissig Kometen der Jupitergruppe zu bedenken. Was nun noch sein glühendeifrig betriebenes Spiel erschwert, ist die Brechung der Seelenbahn durch die neun Monde, die um den Jupiter kreisen.

"Du-u !"

Aus dem Zimmer nebenan klang die matte Stimme seiner Schwester.

Er gab keine Antwort und blieb ganz versunken in die Boyle'sche Formel:

$$\ldots\frac{P}{P}\cdot\frac{1}{1+mt}=\frac{po}{PO}\cdot\frac{1}{1+moto}\ldots$$

"Du-u !"

$$\ldots\frac{1+Rp}{1+Rpo}\div 1\frac{a}{r}\doteqdot 1$$

"Mach mir doch bitte den Vorhang auf !"

"Warte doch !"

$$\ldots\frac{a}{r}1-S-\frac{a}{r^2}dv=-dS\left(\frac{a}{r}\right)^2dr=adS\ldots$$

"Die Sonne geht doch schon unter, ja ?"

Er hob den Kopf. Die Sonne zog Schleier um sich und tauchte eben ins Meer. Plötzlich überkam ihn die Lust, über Erde zu gehen. Lange, lange hatte er mit seinen Gedanken nur im Himmelsraum geweilt. Die Zweige vor dem Fenster haben die Blätter fallen lassen, aber er möchte noch einmal einen Zweig brechen und den frischen Baumsaft mit den Fingerspitzen fühlen. Er stand auf und griff nach der Jagdflinte, spürte den Kolben kühl in der Handfläche, und vor seinem Blick stürzte ein Vogel kopfunter hernieder, und Terrya sprang in wilden Sätzen über die Felsen.

Er legte die Flinte an und zielte nach der Sonne. Die Strahlen flimmerten auf der Mündung des Laufs in wirbelnden Kreisen. In entgegengesetzter Richtung mit Lichtgeschwindigkeit fliegt ein Gedanke hin zur Sonne. In diesem Augenblick ballt sich rücklaufend die Geschichte von zweihunderttausend Jahren zusammen.

"Gebt Feuer !"

Der Flintenlauf schlug herunter. Er packte nach dem Bettuch. Husten schüttelte ihn. Aus der Sonne brach ein grüner Strahl. Sichtlich in Schmerzen stützte er sich auf die Flinte und blickte hinüber nach dem Obstgarten. Nicht lange mehr, und die Apfelbäume werden ihre Zweige fruchtschwer beugen ; und Machiko's Reinheit wird zur Erde niederfallen. In ihm war bitterer Spott über Liebe und Jungfräulichkeit.

Wieder klang aus dem Zimmer nebenan die Stimme seiner Schwester :

"Altchen ! Altchen !"

II

Auf dem dunklen Hügelweg vom Teich herunter ertönte Schellengeklingel. Der Schlitten mit Machiko ! Er stand vom Kamin auf. Ueber dem Schnee sah man das bläuliche Licht der Schlittenlaterne herangleiten. Er klappte das Buch zu und ging hinaus. Schneeflocken legten sich auf seine Brauen. Den Weg zum Obstgarten hinunter kam Terrya in Wellensprüngen auf ihn zugestürmt. Da blieb er trübselig stehen und blickte nach dem bläu-

ドイツ語訳「園」(『NIPPON』昭和11年6月号〔国書刊行会発行復刻版〕より)

第一章

形式主義文学論の周辺（一九二七〔昭2〕〜一九二九〔昭4〕）

第一節　横光利一における科学と文学

横光は、その生涯の作家活動において、絶えず自然科学を意識していたと考えられる。このことは、多くの評論、エッセイから確認できるが、多彩な作品群のそれぞれの側面に、自然科学からの触発、影響、あるいは反作用を読み取ることも可能である。自己の文学を構築する拠り所として科学に接近し、自然科学の理念、科学の思考法を貪欲に摂取しつつ、科学と文学を同時に特権化する志向を示す。一方で、あくまで文学なるものの存在理由にこだわり続けた作家として、科学的思考の絶対性、暴力性に反発し、両者を対立項と捉え直していく。そうした科学と文学の複雑な絡み合いが、横光の文学観を形成する主要素となり、またそれがさまざまな形に変奏されることで、作品世界の基盤として位置づけられていくのである。

たとえば横光は、「文学志望者に特に云ひたいこと」として、「単に文学書のみでなく、広く科学の書物を読んで欲しい」、「文学書四分に対して、科学書は六分であつて欲しい」（「文学への道」、一九三三・一一）との要求を述べている。これに続けて、自然科学から精神科学まで偏ることなく「及ぶ限り読むべき」とし、「一つの部門の科学が説く所に疑問が生じたら、直ちに疑問を追求して次々の部門に移つて行くといい」とアドバイスする。横光自身がこのとおりに実行していたかどうかは別として、「これから文学を志す人々には、広汎な科学知識は欠くことが出来ない」という自覚のもと、それなりの量の科学文献を読むことで、創作の材料を得るとともに、自らの疑問を自然科学にぶつけていたことは事実であると考えてよいだろう。横光は後に、こうした自身の科学への志向と、その作品への影響について次のように述べている。

私の青年時代、興味は自然科学にあつた。古い国文学の本などより自然科学の、自然科学史の本へ際立つて心ひかれた。ひとり私のみでなく、今私と同年齢の者はみな青年時代に自然科学に興味をもつた。(…)青年の折心にしみたものは根強い。世の人は殆ど認めぬけれど私の文学は、青年の折自然科学に心ひかれた事に深く根ざしてゐると思ふ。/今日の文学は人間心理の場において発展してきた。それが行きすぎて心理学の立場、つまり科学の立場まで行きすぎたゝめ芸術であるには何処の地点まで引きもどすべきか、その点を求めるために云はゞ測量してゐるのが現在の文学であると思ふ。私の作品などが一作毎のやうに変貌し、意匠を変へたのも、その測量のためであり、実験のためであつた。（「覚書——科学に関して」、一九三九・二）

この発言は、横光の青年期における自然科学への興味を示すのみならず、その文学を読むための一つの視座をもたらすものと言える。周知のとおり、初期の短編から「旅愁」（一九三七・四〜一九四六・四）に至るまで、横光の作品は大きな変貌を繰り返した。その複雑な流れを、一つの視点で裁断することはできないが、科学と文学との距離の「測量」、「実験」を創作動機の一つとして捉え、科学との葛藤をその変貌の中に見い出していくことは可能であるように思う。以下、そのモチーフの原型を確認するために、特に初期の活動に見られた科学への傾斜が、形式主義文学論争の過程において急速に進行した結果、作家横光にとって大きな難題が浮上するに至る経緯を見ていくことにする。ただしその前に、作家活動の流れの中に科学と文学の問題を位置づけていくため、中期以降の科学観について若干の素描を加えておきたい。

先に触れたように、横光の思考における科学観は、文学との一定の融和を見せつつも、その反作用として強烈な拒絶感を抱く方向に帰着するものであった。特に、中期、すなわち作品では「寝園」（一九三〇・一一～一九三二・二）以後の長編執筆の段階では、基本的に次のような科学観を保持していた。

近代の智識ある人間が誰も彼も一様に、最も自身の強敵を自然科学から感じたのは、他でもない。自然科学が他の何ものよりも人間心理を侮蔑したるが故である。虚無とは一見かやうな人間侮蔑にあるかのごとく見えるものだ。自然科学は面貌を虚無と似せおのれに対する智識人の信仰心を倦くまでも威嚇しつづけてやむことはない。（…）／科学的無智、この科学に対する智識を深めれば深めるほど無智に近づく状態こそ、近代人の疾病である。

（「覚書二」、一九三三・一〇、原題は「覚書」）

ここにあるように、科学的合理的思考によって自家中毒的に懐疑論、不可知論に陥っていく近代人の宿命が、「機械」（一九三〇・九）より以後の評論、エッセイなどでは頻繁に述べられる。この思考から、文学を逆照射するとともに、「文学主義」－「人間主義」－「心理（真理）主義」を標榜し、科学的合理精神のもとに生きざるをえない人間とその心理を一つの主題として提示していく。また、〈愚者〉的存在を人物造形の一典型とし、「機械」の主人、「寝園」の仁羽、「紋章」（一九三四・一～九）の雁金に類する人物を繰り返し描いたのを、科学的思考に対する反作用として捉えることもできよう。

さらに、ヨーロッパ旅行（一九三六・二～八）から「旅愁」執筆に至る後期では、「静安寺の碑文」（一九三七・一〇、原題は「静安寺の碑文――上海の思ひ出」）、「スフィンクス――（覚書）――」（一九三八・七）、「北京と巴里（覚書）」（一九三九・二）といった評論にあるように、西洋／東洋の対立相を科学的精神性の側面から整理し、科学の人間精神に対する暴力性について訴える。いわば紋切り型のこの主張は、「旅愁」に描かれた討論の大きなテーマとなっていくのであるが、重要なことは、科学的思考と人間精神との危機的な関係が、「旅愁」の枠組みの成立より以前に、横光の意識を強く支配していた事実である。もちろん、多様な要素を含む第一の問題作をこの観点で覆い尽くすことは不可能である。が、没後に発表された「微笑」（一九四八・一）の存在を考えると、恒常的な課題として、科学と人間精神の問題が、作家横光の意識を強く規定していたと見ることができる。天才数学者にして発明家である青年栖方の狂気を描いた「微笑」は、横光の思想と科学との関係の終着点を如実に示す作品と考えられるが、たとえばこれを、「おそらく『旅愁』を書く上で西洋と東洋の問題が、科学と自然という対比で構想され、科学の根本を形成する数学への関心が必然的に生じたもの」[1]と見てしまうと、その思考過程の重要な部分が捨象されることになろう。科学の持つ暴力性への認識は、西洋／東洋という思考の枠組みが明確に意識される以前に生じたものであり、正確に言えば、科学との葛藤相において、徐々にこうした対立項が見い出されてきたのである。その意味で、「機械」執筆前後から明瞭になった科学との対決姿勢および諦念を基盤に据えて、その思想形成を考察することが必要となろう。また作品においては、初期作品にも見られる科学者の造型（「園」（一九二五・四）など）が、「鳥」（一九三〇・二）・「機械」の「私」から、「雅歌」（一九三一・七～八）の羽根田、さらに「紋章」・「旅愁」の諸人物を経て「微笑」の栖方に至るコースを、〈科学者〉小説の系譜として辿ることも可能と思われる。もちろん、時流に乗った西洋批判、日本主義を表明し、唐突な科学談義や古代思想の披瀝を繰り返すなど、「旅愁」や当時の評論類に流れるイデオロギー性は抜き難い。ただし、それらに対して裁断的な

評価を下してしまうことは、作品の読みの可能性を狭めてしまうことにもなりかねない。(3)

さて、初期の横光は、いわゆる新感覚派の中心人物として、既成文壇とプロレタリア文学陣営に対抗しつつ、先鋭的な活動を示していくことになる。そうした新しい文学を打ち立てる活動の中で、特にその拠り所として持ち出したものが〈科学〉であった。「時代は放蕩する」(一九二三・一)や「新感覚論——感覚活動と感覚的作物に対する非難への逆説——」(一九二五・二、原題は「感覚活動—感覚活動と感覚的作物に対する非難への逆説」)において提唱した「新しき時代感覚」、「新しき感覚活動」が、この時期のキーワードである。その根拠について科学を持ち出して述べた文章に、次のようなものがある。

芸術の究極の殿宇が風流にあると云ふ美学者は、最早やわれわれの世界には必要ではない。なぜなら、われわれの時代はあまりにその根本の意識の発生と同時に、われわれが科学のために洗はれてゐるからだ。ここから一つは新感覚派が現れた。(…)文学上より見たる新しき価値、及び素質としての科学については、ここに決定的な断言を下し得る一つの簡単な法則がある。それはわれわれ及びわれわれの時代の自然自体が、科学そのもの乃至は科学的な自然現象の一つとなつて示されて来たからだと云ふことだ。此のためわれわれ及びわれわれの時代の主観の対象そのものが、科学乃至科学的なる表象に向つて必然的に進行した。云ひ換へるならば、われわれの自然としての客体が、科学のために浸蝕されて来たと云ふのである。客体に変化があれば、文学の主観にそれだけ変化を来すと云ふ法則程度は、いかなるものにでも分るであらう。

(「客体としての自然への科学の浸蝕」、一九二五・九、原題は「客体への科学の浸蝕」)

先述したような青年期の科学への素朴な興味、あるいは震災後の急速な都市社会の発達の影響をここに見ることは容易である。また、独自の新しい文学観を既成文壇に対抗して提唱するための理論武装として、科学を担ぎ出すという戦略性があったことは言うまでもない。しかし、ここで重視したいのは、主観／客観の二元論という認識論的な枠組みの中で、科学的観念の作用が語られている点である。「客体に変化があれば、文学の主観にそれだけ変化を来す」という思考が、後の形式主義文学論の萌芽であることは明らかである。「新感覚」を定義するためにカントの認識論を取り入れようと試みた横光であるが、その結果図らずも、主観／客観、唯心論／唯物論といった二項対立(4)に、頭を悩ませ、困惑し続けることになっていた。主観／客観というタームは、「内面」／「外面」、「内容」／「形式」などに変奏されつつ、文学観、世界観をめぐる根本的課題として繰り返し言及されるのであるが、そこに〈科学〉の思考を関係づけていく姿勢がこの時すでに現われているのだ。このことは、同時期に、カント・ラプラスの「星雲説」について言及し、「カントの全生涯が実に1と1とのプラスが何故に2となり得るかを論証せんがためのみに捧げられたる事実」（「ユーモラス・ストオリイ」、一九二五・五）と述べていることからも見て取れるだろう。「文学、哲学、科学。これらの底を表現が違ふだけで何か同じものが流れてゐる。三者ともに同じ根につらなつてゐるから愈愈言葉が似て来たのである。」（「覚書――科学に関して」）という認識は、その文学活動の最初期においてすでに、おぼろげながらも生じていたと考えられる(5)。そして後に述べるように、今度は、文学をめぐる認識論的課題を解く拠り所として、科学の知見が重用されるのである。

昭和に入って、プロレタリア文学者との本格的な論争期に突入していくのであるが、そこでもまた、〈科学〉を楯にその批判を展開していくことになる。横光は、先に引用した「ひとり私のみでなく、今私と同年齢の者はみな青年時代に自然科学に興味をもつた」という発言に続け、「そして私などの次の時代の青年は、社会科学、マルキシズムに心を捕へられた。／自然科学に心を渡した者はマルキシズムに捕へられるには困難である。幸か不幸か、そのため私はマルキシズム文学と闘ふ立場にあつた。」（「覚書――科学に関して」）というように、自らを位置づけている。確かに当時の横光は、マルクス主義という一つの科学的思想に対して、それを包含するより強力な科学概念——とりわけ自然科学における——をもって対抗しようと、無謀にも試みていた。形式主義文学論争を引き起こす契機の一つとなった、「新感覚派とコンミニズム文学」（一九二八・一）では、資本主義とマルキシズムの対立に対して、「いづれに組するべきかその意志さへも動かす必要なくして、存在理由を主張し得られる素質を持つものが、此の社会に二つある。一つは科学で、一つは文学だ。」と述べ、「唯物論的な観察精神をもつた新感覚派文学」を称揚している。この「唯物論的な観察精神」が、マルクス主義をも包括するような科学と文学に共通する「冷静な特質」であると規定し、それによって新感覚派、あるいは後の〈芸術派〉の文学の立場を確保しようとしたのである。ただ同時に、時に具体的に、時に抽象的に繰り返されていく科学をめぐる議論が、横光自身の認識論的思弁における関心の中心を占めてもいた。その具体的内容については次節以降で考察するが、先述した〈新感覚〉理論と科学との関係と同様、形式主義文学論争において科学を理論の基盤に据えたことの背後には、単に論争のための理論武装という側面だけでなく、文壇登場期からの一連の〈文学－哲学〉的思考に発する内的必然性が存在することを確認しておきたい。

第二節　横光の形式主義文学論における認識論と自然科学の位置

一九二八年（昭3）頃からはじまり、翌年にその頂点を迎える形式主義文学論争は、文学史の見取り図としては、プロレタリア文学陣営と、元『文芸時代』同人を中心とした新感覚派－芸術派との対立とみなされるものである。文学作品の創作において、〈形式〉と〈内容〉のどちらに第一義を置くべきかという主題とその議論は、多くの論者が指摘してきたように、実り少ない内容に終わったとも言えるだろう。(6)しかしながら、横光に限って論争時の発言を追っていくならば、論争の経緯に引きずられた戦略的言辞と言える部分が多いながらも、以後の作品、思想に大きな影を落とす思考がその過程において発現しているのがわかる。それは前節で見たような、主観／客観、唯心論／唯物論の対立の中で混迷していく認識論的な問いと、その解決のための拠り所として摂取した自然科学との強烈な相互触発によるものであった。この論争をとおして、科学的思考法における本質的課題の一端に触れ、最終的に科学的探究の極点が示す不可解な現実のあり方を垣間見ることになるのである。

横光は、「新感覚派とコンミニズム文学」において、「われわれは、唯心論を選ぶべきか、唯物論を選ぶべきかと云ふことによつて、われわれの世界の見方も変つて来る」とし、「われわれの文学的活動に於ける、此の二つの変つた見方のいづれが、より新しき文学作品を作るであらうか」と問題設定をする。横光によれば、その回答は言うまでもなく、「唯物論もしくは唯物論的立場」であり、「新しき唯物論的文学」としての「新感覚派」の文学である。ここで、その理由について、「唯心論及び唯心論的文学は、最早や完全に現れて了つたからである」と述べていることにも注意したい。「今に主観的なものは芸術の世界では斃れるだらう」(「内面と外面について」、一九二七・二、原題は「笑はれた子と新感覚――内面と外面について」)とも言われる「唯心論」・「主観」的文学(・芸術)の否定は、「新しき時代感覚」を表現しえない既成文壇のリアリズムに対する、一貫した批判の姿勢から発した言葉であった(この時期にも「私一個人としても何が最も恐ろしいかと云へば、それはコンミニズム文学ではなくして古いリアリズムの実感物である」(「形式物と実感物」、一九二八・三)と述べている)。と同時に、ここでは、「唯心論的文学の古き様式さへも、唯々諾々として受け入れてゐる」、「コンミニズム文学」への批判ともなる論点として提示されている。認識論的観点から文学を考える態度は登場期から続くものであるが、文壇における他勢力との峻別を繰り返すうちに自己の認識論的立脚点を定め、新感覚派文学をこの時「唯物論的文学」とはっきり宣言することになったのだ。その立場について次のように説明する。

個性がいかに変化しなくとも、われわれの外界が変化すれば、個性に映じる物象も変化して来る。個性に映じる物象が変化すれば、その個性も変化したのだ。（この断定が文学的唯物論者で、文学的唯心論との相違する所である。新感覚派は此の前者たる文学的唯物論的立場をとつて立つてゐるのだ。）

（「唯物論的文学論について」、一九二八・二、原題は「文学的唯物論について」）

先に引用した「客体としての自然への科学の浸蝕」に提示されていた認識論的思索をより主題的に述べたこの文章には、〈新感覚〉理論に見られた「個性」のあり方をめぐる「横光の苦渋」や、カント認識論を参考にしつつ陥っていった二元論への懐疑的「ジレンマ」[7]は、とりあえずのところ見られないと言ってよい。さらに、蔵原惟人の「内容」優先の「形式論」について、マルクス主義の公式を逆手に取り、「彼（蔵原―引用者注）マルクスをして、美事にカントの唯心論に礼拝せしめた」（「文芸時評（一）」、注（14）参照）とまで言い切るのである。ただし、これらの主張を見ると、一見自信をもって文学論を披瀝しているかのようであるが、実のところこの態度は論争特有のものでしかなかったと考えられる。対外的に発せられた割り切ったような文学観の背後で、いつの間にか認識論の迷宮により深く入り込んでいたのが、この時期の横光であった。たとえば、全くの素朴実在論的な見方ではなく、「われわれの外界が変化すれば、個性に映じる物象も変化して来る」とするように、純粋な客観（物自体）と現象（観念的事象）を並べた上で、「その個性も変化したのだ」と結論づけて「文学的唯物論」を打ち出していくこの文章からは、問題に対する留保ないしは苦心を読み取ることも可能であろう。ここからは、認識論的なアポリアに突き当たっていく姿が予見される。そうした自身の傾向に自覚的であったか否かにかかわらず、それこそが、自然科学への志向をさらに強めていく根本的な要因になったと考えられる。

こうして、自身の形式主義文学（「唯物論的文学」）の理論を構築するために、またその裏で昂進する認識論的懐疑の解答を求めるべく、自然科学の理論へと接近していく。それは、明確な答えに至らない哲学的思弁をあきらめ、別の角度からこの問題にアプローチする試みとも言えよう。この思索が示す方向性は、当時の代表的なエッセイである「愛嬌とマルキシズムについて」（一九二八・四）から徐々に現われてくるが、まずその書き出しである「転換について」の一節を見てみたい。

しかしながら、芸術家でありながら、マルクス主義に転換したものは、これまた同様に受難者であるにちがひない。何ぜなら、マルクス主義と云ふものは、芸術家にとつては、どのやうな見方をしようとも素朴実在論にすぎないからだ。／「それなら、他にわれわれを救ふ何があるのか」／何物もないのである。われわれは、或る時期が来るまでは、此の素朴実在論に満足してゐなければならないのだ。／「それなら、それで良いではないか」／ところが、それで良いなら、誰もわざわざ此の世の中に生れて来る筈がないのである。／「それなら、何故にわれわれは生れて来たのか」／――それは、人間に愛嬌があるからだ。／「何故に人間に愛嬌があるのか」／もう、ここからは私たちは黙つてゐなければならぬ。　（「愛嬌とマルキシズムについて」）

マルクス主義＝素朴実在論とのありきたりな枠づけについてはとりあえずおくとして、この発言は、徹底した唯物論に立脚することで生じた懐疑の吐露と見るべきであろう。新しい文学を構築するために、「主観」・「実感」に基準を置いた世界観を排し、「客観」・「形式」にその認識の基礎を置こうとする試みは、「或る時期が来るまでは、此の素朴実在論に満足してゐなければならないのだ」といったあいまいな立場に帰着せざるをえなかったのである。こうした思考のあり方と科学との関係については以下で考察するが、マルクス主義に付随してここで思い起こしたいのは、先述した「覚書――科学に関して」における自己分析である。その言葉どおり受け取れば、マルクス主義の影響もさることながら、自然科学の知識に裏打ちされた科学的思考から、こうした唯物論・（素朴）実在論の認識に達し、さらには不可知論的な言辞を発するに至ったとも考えられよう。加えて、以後の活動も考慮に入れるならば、むしろ科学をめぐる思索こそが、懐疑論・不可知論といった思考を形成した、最大の要因であったと見ることができるのだ。

愛嬌とは何んであらう。／「色だ」／色とは何んであらう。／「波だ」／波とは何んであらう。／「物質だ」／物質とは何んであらう。／「原子だ」／原子とは何んであらう。／「電子だ」／電子とは何んであらう。／「陽電子と陰電子だ」／陽電子と陰電子とは何んであらう。／「原子番号を造るものだ」／原子番号とは何んであらう。／「陽イオンと陰イオンの差だ」／陽イオンと陰イオンの差とは何んであらう。／「過剰陽電子だ」／過剰陽電子とは何んであらう。／「原子の性質を決定するものだ」／原子の性質を決定するとは、いかなることか。／「陽電子と陰電子が、いかなる力を持つて逢着したがるかと云ふ性質を説明することだ」／何故に逢着したがるのか。／「愛嬌があるからだ」／愛嬌とは何か。／「熱を起さす力だ」／力とは何か。／「意志だ」／意志とは何か。／「性質だ」／性質とは何か。／「生命だ」／生命とは何か。／「それはいかなる唯心論者も唯物論者も知らないものだ」

（「愛嬌とマルキシズムについて」）

以下こうした問答が長く続くのであるが、これを、「旧時代的自然主義やプロレタリア文学に対抗し、「人間」を問う新しき文学のあり方を求めるとき、その方法的厳密さと姿勢において「科学」が要請された」(8) と見るだけでは、問題の表層を捉えたことにしかならないだろう。論争的側面が存在する一方、「僕は、「愛嬌とマルキシズム」とに於ては、電磁学を根拠にして唯心唯物がどこから分れたかを探つたのだ」（一九二九・四・一付、中河与一宛書簡、この言葉が発せられた文脈については第四節で述べる）と記したように、科学的認識を突き詰めていくことで、懸案の認識論的対立を解消しようと試みていたのであり、いかに稚拙な議論に見えようともその内実を無視することはできない。むろんこの問答から、主観／客観、唯心論／唯物論の対立を乗り越える明確な論理を読み取るのは困難であるが、「新感覚派とコンミニズム文学」や「唯物論的文学論について」で提示した「文学的唯物論」の立場に安住していられなかった認識論的な懐疑が、この文章を書かせたと考えたい。主観／客観、唯心論／唯物論の二項対立の上位に科学的世界像を置き、その対立の発生地点まで遡行しようと試みる。こうした課題を出発点に、科学的探究の極点においては、「いかなる唯心論者も唯物論者も知らない」とどちらの立場によっても解釈しえない問題が生じることを示すのが、この問答の一つの主眼であったと思われる。ここから、唯心論者／唯物論者という枠組みでは探究することの不可能な領域を考えるべく、以後科学的文学を標榜していくことになる。またこの文章では、科学的思考そのものがその極点において解答不能に陥り、再び認識論的課題が浮上してくるという方向性も不可避に生じている。まずここでは、表向きの主張に沿って、その科学的な文学理論を追いつつ、自然科学と認識論をめぐる問題意識の深化、展開を見ていきたい。

第三節　現代物理化学との交接

一九二九年（昭４）に入り、形式主義文学論争が一層激化する中、形式主義文学を標榜する陣営の内部で意見が対立するなどして、もとより明確な思想的基盤を欠いていたその理論は徐々に混迷の度を深めていく。その中で横光は、「形式とメカニズムについて」（一九二九・三、『書方草紙』〈一九三一・一一〉収録時に「文字について――形式とメカニズムについて――」と改題。単行本収録の際に削除された箇所を多く取り上げるため、ここでは初出形を使用する。

なお削除部分については、定本全集第一三巻「編集ノート」に収録されている）を発表し、新たに「メカニズム」と「エネルギー」という自然科学の概念を持ち出すことで、形式主義文学の必然性を裏付けようと試みる。そこでの議論は、「メカニズムについて分らない人だけが読めば良い」とし、その発生と意味について以下のようにまとめることからはじめられている。

メカニズムとは、いかなることとか。――力学主義である。／そこで、力学主義の発生について、――／総て現実と云ふもの――即ちわれわれの主観の客体となるべき純粋客観――物自体――最も明白に云つて自然そのもの――はいかなる運動をしてゐるか、と云ふ運動法則を、これまた最も科学的に、さうして、それ以上の厳密なる科学的方法は赦され得ざる状態にまで近かづけて、観測すると云ふ、これまた同様に最も客観的に、いささかのセンチメンタリズムをも混へず、冷然たる以上の厳格さをもつて、眺める思想――これをメカニズムと云ふ。

（「形式とメカニズムについて」）

主観／純粋客観（物自体）という認識論の枠組みで説明を開始していることから、これまでの考察の流れに則して科学の「メカニズム」を持ち出しているのは明白である。ところでこの記述は、ニュートン力学（古典力学）とその力学的自然観にもとづく古典的な科学的態度に沿うものとひとまず見てよい[9]。基本的に古典力学は、ある質点の状態が明らかであれば、次の時刻におけるその位置と運動量が一義的に決定されるといった力学モデルによって、この世界のすべての運動、事象を理解可能とする。科学的観察は、こうした古典力学的世界観にもとづいて、知覚や経験を超えた物質の因果必然的な運動を説明していく。その「最も客観的」かつ「冷然たる以上の厳格さ」を、形式主義文学論の基礎に据えようとしたと考えられる。しかし一方で、横光の「メカニズム」

の理解は、それほど整理されたものでなかった。たとえばこの文章に続けて次のように説明していることからも、そのあいまいな把握の仕方が見て取れる。

> 此の創設者をBoltzmann《ママ》と云ふ。彼は物質の根原をなす分子原子を仮定し、力学を基礎としてエネルギーを説明し、之れによつて自然科学の一切の系統を組み立てやうとした。彼の此の方法は、最初はAtomistics（原子論説）と云はれた。が、更に、転じてMechanistics（力学説）と云はれた。
>
> （「形式とメカニズムについて」）

ちなみにこの記述は、横光が後に幾度か言及、引用する片山正夫『化学本論』[10]から、ほぼ原文に近い形で引き写されたものである（本文は、「之（エネルギチク―引用者注）に反して分子原子を仮定し力学を基礎としてエネルギー等を説明し、之により自然科学の系統を組み立てんとする企をアトミスチク（Atomistics）又はメカニスチク（Mechanistics）と云ふ。」）。なお『化学本論』では、「（原子論説）、（力学説）」といった訳語は付されておらず、「アトミスチク（Atomistics）又はメカニスチク（Mechanistics）」と並列されており、名称の変遷は示されていない。さらに、引用部に続けて、原子論を「Boltzman氏其の他多数の物理学者の説く所である」と述べているだけで、「メカニズム」－「力学主義」の「創設者」としてボルツマンを挙げる記述も横光が付け加えたものである。一九世紀末にボルツマンが提唱した「アトミスティーク」（「原子論」）は、すべての物理現象を原子の力学的運動として説明する点で、ニュートン力学（古典力学）に準ずるものであり、力学的自然観の体系のもとに構築された理論として、当時の自然科学においてはむしろ保守的な立場――その後の自然科学の発展の方向を考えると一概には言えないが――から発せられたものであった。しかし横光は続けて、「これが、目下、世界の思想史上に於て、最も進歩した思想になりつつあるメカニズムの最初である。それは自然科学は勿論、経済学、社会学、哲学、芸術その他一般自然現象の観察方法としての、これ以上の正確さと、否、寧ろ、正確そのものがメカニズムであるがごとき、思想形態となつて出現しつつある。さうして、文学に於ては、形式主義がメカニズムの現れとなつて現れ出した。」とその先進性を強調した上で、形式主義文学論と結合させている。

ここでは、横光の科学理論に対する理解の程度を証明することが主眼ではない。[11]科学史の一端との関わり合いのみに着目するのではなく、総体としての自然科学なるものから、横光が何を受け取りつつあったかを積極的に見ていくことで、その思考の内実に迫ることが目的である。その観点からすると、一貫して追ってきた認識論的問いへの解答となる可能性を持つものとして、この「メカニズム」なる概念が浮かび上がってくる。力学的自然観では、全宇宙、全自然は客観的実在として措定され、観測-認識主観とは独立に、それ自体の法則のもとで自律的に存在することになる。その自然法則とは、認識する主観の認識法則とは無関係に存在する客体の法則であり、そこでは、主観はすでに存在する法則を後から見い出すにすぎないと考えられる。この力学的自然観ないし「メカニズム」・「力学主義」は、「内容が形式を決定すると称するがごとき、マルキシズム文学の唯心論は、此のメカニズムの前には、まことに、迷信の唱歌に過ぎない」といったように、形式主義文学論の理論武装となるだけでなく、主観／客観、唯心論／唯物論の二項対立に揺れる横光をある程度唯物論の側に引きつけることになったはずだ。ただし、横光の思索はもう一つ先に及ぶ。素朴な唯物論的前提をそのまま受け入れることができない認識論的な懐疑が、ここでも生じるのである。

横光は、「メカニズムのエネルギー説について」と項を改めて議論を続ける。そこでは、「メカニズムの第一歩に於ては、主観と名のつく一切の、例へば霊魂も、精神も、アプリオリも、総て物質であり、電子であるとなす」と述べながら、「しかし、ここでわれわれは注意しなければならぬ」とし、「エネルギー説」へと踏み込んでいく。まず、「メカニズムの第一歩である電子原子の存在は、所詮、仮説であると云ふ弱味」を持っており、この「仮説」はほぼ事実としてよいだけの推論に達していながらも、「厳然たる事実ではないと云ふ不可思議な事実」があり、そこに「新しき一派が現はれた」とする。

彼らは電子原子の現れであるエネルギーに根拠を置き始めた。即ち、内容も形式もない形式のみの自然観に対して、内容とは仮説であるが故に、厳然と物質なりと感じ得られるためのエネルギーに、観察の方法を置き換へたのだ。そこで、形式と内容とが生じて来た。此の形式と内容とを生ぜしめた人々は、Ostwald とHelmである。彼らの説をEnergitics（勢学力）と云ふ。

（「形式とメカニズムについて」）

この後半部にある人名と「Energitics」という表現は、前の記述と同じく『化学本論』からの引用と考えられる（本文では（勢学力）という訳語はなく、「Energetics」とつづりも正しい。また横光が付した訳語も「(勢力学)」の誤植であろう）。ちなみに、『化学本論』では、「エネルゲチク（Energetics)」について次のように説明されている。

一方にはエネルギーを基として総ての現象を説明する様に考ふることも出来る。吾等が総ての現象を五感に依つて認むる手続を観察すると、皆エネルギーの変化に依ることを知る。例へば物を見るのは、其の物体より来たる光のエネルギーが眼の網膜に働く作用である。固体を手にて触れて知るのは、皮膚の容積の変化によるエネルギーに基くのである。熱く感ずるのは熱のエネルギーの変化に依る。斯く観察し来れば吾等の認識の根本はエネルギーであるといつても可い。斯くの如くエネルギーを基として自然科学を組み立つる方法をエネルゲチク（Energetics）と云ひOstwald氏とHelm氏等の唱ふる所である。此説によれば分子原子等の仮設は重きを置かれぬ。

これに続いて、先に引用した「アトミスチク」に関する一節が対置されるのである。こうした「エネルギー」という概念の知見を得た横光は、ここから、文学の形式＝文字を「物体」であるとみなし、その内容を「読者と文字の形式との間に起るエネルギー」によるものとする独自の形式主義文学論を展開していく。

文字は物体である。（…）しかし、文字は物体である以上、メカニズムに従へば、内容を持つてゐる。さうして、その文字と云ふ物質の内容は、どこから測定するか。即ち、われわれはその内容を、われわれの感覚と知覚とに従つて、その文字である物体の形式から、山なら山、海なら海と云ふエネルギーを感じるのだ。その場合、われわれが、その文字である物体の形式から、何の特別なるエネルギーをも感じないとすれば、その感じ得られなかつたその者の感覚と知覚に、何らかの欠陥があつたので、それはその文字である物体としての形式そのものには、何の責任もないのである。即ち、文字としての形式はその彼の前に存在はしてゐるが、彼そのものにエネルギーを感じ得る能力がないために、内容が発生しなかつたのである。／これを云ひ換へると、内容とは、読者と文字の形式との間に起るエネルギーで、エネルギーは同一なる文字の形式からは変化せられず、読者の頭脳のために変化を生じると云ふことが明瞭になる。即ち、私が、内容とは形式から受ける読者の幻想であると云つたのは、これを意味する。それ故、同一物体である形式から発する内容と云ふものは、その同一物体を見る読者の数に従つて、変化してゐる。（「形式とメカニズムについて」）

ところで、後に横光は、初期の短編小説について、「芸術はすべて実人生から一度は遊離して後初めてそこに新しい現実を形造らるべきでそれでこそ小説の小説たるべき虚構といふ可能の世界が展かれ、さうして、これこそ真実といふべき美の世界であると私は思ひ、ひたすら人々の排斥する虚構の世界を創造せんことを願つてやまなかつた。(…)このやうに現実拋棄を企て、活字の世界は活字の世界としてまた自ら別個の世界に属するものだと思ふにいたつてからは、私は象徴主義に這入つて来たといふべきであるが、青年期の諷刺物の世界にもその姿は幼稚ながら顕れてゐるやうに思はれる。」(『月夜』自序」、一九三九・八)と振り返った。確かに、新感覚派時代から形式主義文学論争期に至るまで、旧文壇への対抗意識などから、いわゆる私小説的な作品を忌避し、「小説の小説たるべき虚構といふ可能の世界」の創造を目指してきたと言ってよい。その最たるテクストが、新感覚派なる呼称を受ける以前の文壇登場作「日輪」(一九二三・五)であろう。そこでは、太古の世界を特異な言語・文体で構築する試みがなされていた。それは、「実生活」(「現実」)から切り離された「活字の世界」の創造であり、自立した小説言語の創出を目指すものであったと言えるが、先の引用にある文字=物体という形式主義文学論の前提は、そうした志向の帰結として描かれた理念とも考えられよう。そしてまた、この前提から導き出される議論に、〈新感覚〉の理論構築の際に手を出したカント認識論の反響を見ることもやはり可能である。文字=物体とは、いわば〈物自体〉として想定される存在であり、その内容とは、読者の感覚、知覚に生じる〈現象〉を意味していると言える(また、「エネルギー」とは両者を繋ぐもの、ないしは〈現象〉そのものということになろうか)。つまるところ横光の形式主義文学の論理とは、〈文字=物体〉観を強調すれば〈唯物論〉的であるが、「読者の頭脳」なる要素を重視すれば〈観念論〉の公式に帰着するといったあいまいさの上に展開していたのである。それゆえ、「形式主義運動の第一の目的は、読者に向つて、読者の思想を中心にせず、その作物の形式を中心にして価値を決定すべきであると云ふにある。即ち、作品価値の決定の方法が形式主義の最大の目的である。」というように、文学的認識論の原理的決着ではない地点に結論が置かれることにもなる。

ともあれ、ここで重視したいのは、「認識の根本はエネルギーである」(『化学本論』)と表現されるように、「エネルゲチク(Energetics)」が科学認識論の地平に一石を投じていることである。文学における「形式」と「内容」を、「形式主義」の主張において結合しようとする議論の背後にやや隠れた恰好であるが、次の一節(「中河与一氏の形式主義」の項)などから、横光がこの「エネルギー」によって認識論的問題に決着をつけようと試みているのがわかる。

われわれ人間は実の所原子電子の存在が仮設である以上、唯心、唯物のいづれが真理であるか断言出来得るものは、一人もないにちがひない。ただ唯物論をとれば一切の現象の運動を説明する上に於て、便利が良いだけの話である。もし此の両方を疑ふものは、メカニズムをとるより目下の世界の智識では仕方がない。そこでわれわれの形式論はメカニズムの上に乗せねばならぬ。メカニズムの上に乗せた形式論は唯心、唯物、いづれを信奉する信者たりとも、それが心と物との運動から起るエネルギーを計算しての結果であるが故に、信用出来得るにちがひない。即ち形式主義者達はその生活に於ては、唯心、唯物、そのいづれを信じやうとも、問題ではない。

(「形式とメカニズムについて」)

この項は、基本的に、中河与一・犬養健・久野豊彦・池谷信三郎といった形式主義文学論者側の問題点をまとめつつ展開した部分であり、それゆえ、形式主義陣営における内部対立を解消するための折衷的意見としてこの主張を判断することもできる。しかし繰り返しになるが、「他の何物よりも信じることの出来得る科学を根拠にして、一切の文学を批判しなければならない」[12]と述べるに至る横光の思考プロセスにおいては、文学の課題たる認識の二元論的対立を「科学を根拠」に解消していく意図が存在していたことも事実であった。すなわちここでは、唯心論／唯物論の対立を止揚するものとして、科学の「メカニズム」によって析出された「エネルギー」なる概念を提示しようと腐心していたのである。

さて、「エネルゲティーク」、すなわち一九世紀末にオストヴァルトらを中心に唱えられたエネルギー論は、先のボルツマンらの「アトミスティーク」―原子論に対抗する理論であり、両者は一九世紀末から二〇世紀初頭の科学界において、激烈な論争を展開することになった。エネルギー論は、原子の仮説性およびその実体論的前提への批判から、力学的モデルによって打ち立てられた自然現象に関する法則を、エネルギー形態の法則へと置き換えるものであり、ひいては物質ではなくエネルギーこそが客観的実在であるというエネルギー一元論の見解に帰着する理論であった。しかし、そうした原子の客観的実在性の問題以上に、一九世紀における諸科学の進歩に伴なって揺らぎはじめた古典力学的自然観に対し、主に熱力学理論の構築をとおして、その是非を問うことに真の意義があったと考えられている。それは、エネルギー量子を発見し量子論の端緒を開いたプランクや、科学哲学者マッハらを巻き込んだ論争へと発展していった。唯一の科学的真理と考えられてきたニュートン力学とその力学的自然観が大きく揺らぎ、同時にその科学的唯物論という前提が崩れはじめていたことと、理解の程度はどうあれ、横光が図らずも科学的基盤の絶対性が薄れていく状況に触れていたことは重要である。多分に教科書的性格を持つ『化学本論』では、この二つの立場に関して、折衷的な見解を示すにとどまっている（「此の二種の見地は何れも相当の理由のあることなれば、一方に偏せぬが可い。仮説も実験に撞著せざる範囲内にて自由に採用して進むことを穏当と信ずる。」）が、横光は、「他の何物よりも信じることの出来得る科学」の内部で、新たな認識論的問題が生じていたことを感じ取っていたのではないだろうか。

さらに同時期の文章では、アインシュタインの名をも議論の引き合いに出すのであるが、それもまた、激動する科学的世界観との接触のあり方を示すものと言える[13]。

アインシュタインの統一場の理論が発表された時、理論物理学者石原純が即座にそれを報告した文章が、「アインシュタインの新学説について」として『改造』一九二九年（昭４）三月号に掲載された。横光は、「文芸時評（一）[14]」において、その中から次の箇所を引用している。

相対性理論はもはや空虚な概念論議ではない。徒に相対とか絶対とかを論争し、若くは実在とか仮象とかを差別する類のことにのみ傾倒する直観哲学は、我々にとつて既に過去の遺産に過ぎないと云つてもよいであらう。我々はもつと現実に深く進まねばならない事実を把握して、しかも全物質現象を包括する一義的な理論を立てようとするのが、我々の目的なのである。

（石原純「アインシュタインの新学説について」）

石原純の論文は、一九世紀から二〇世紀にかけての科学史を概観しつつ、アインシュタインの新理論の発生根拠とその意義を述べたものであるが、特に「恐らく物質（電子）の実在は世界空間に於ける恒常的な何等かの特異性として意味づけられるであらう」といった記述などは、横光を強く刺激したに違いない。同月の『思想』に掲載された「物質と空間時間との必然的関係（アインシュタインの新理論に関して）」（横光はこの論文についても別の箇所で言及している—後述）も同様の内容であるが、そこでは、「従来哲学的には、物質及びエネルギーを共に実体として見做して来たが、この思想の中には幾分か二元的の曖昧さを含んでゐた」とし、そこから発生する問題をアインシュタインの新理論である「一元的の場の理論」は解決すると述べている。そして、「力の場はすべて空間時間連続体の計量的の場に帰せられてしまつた。今我々は物質もエネルギーもこの基礎的な一元的の場から導き出すことができる。それ故我々が実体と名づけようとするところのものの根本を空間時間連続体そのものに帰してもさし支へがないばかりでなく、それ以外に何等の実体的要素を仮定する必要がない。」との説明がなされる。加えてこの文章では、その結論として、「『空間と時間と、それが我々の物理学的世界に於ける唯一の実体である。物質もエネルギーも空間時間連続体の或る変形としてあらはれるところのものである。』」とも記されていた。

こうした全く新しい現代科学の世界観に触れたことで、横光の認識論的懐疑は一層深まっていったと見られる。たとえば、「アインシュタインの新学説について」の引用に続けて、「時間と空間を一元的に還元した自然科学の先端は再び哲学を顚覆して進んで行く。形而上学的な理論は今や鞭を上げて改革されねばならぬ場合に立ちいたつた。」(「文芸時評(一)」)との判断を下している(ただこの後には、「形式とメカニズムについて」で述べられた形式主義文学論の公式がひとまず提示されている)。唯心論、唯物論かあるいは「メカニズム」かという選択に関して、「総ては今は、判然としてゐない。混乱そのものが今の現状である。」(同前)とするように、やはりその問題意識は認識を中心とする哲学的課題へと結びついていた。自然科学を根本に据えてその問いを解消しようとした思惑は、既成の〈実在〉概念を極端に転換するアインシュタインの理論に触れるに至って、再び一からの出直しになってしまった。文壇的主張としては、依然として形式主義文学論者の立場から「メカニズム」を標榜しながらも、認識論的な立脚点に関してはたいへん歯切れの悪い表現をせざるをえない状況に陥っていたのである。しかし、逆に言えば、「形而上学的な理論は今や鞭を上げて改革されねばならぬ場合に立ちいたつた」との見解を示し、その思想的混迷の所在を明確にした方向性は、相対性理論や量子力学に代表される現代科学が、近代的思考形態に対して問題を投げかけていく軌跡と、期せずして重なるものでもあった。横光の以後の歩みと、現代科学による近代的認識のパラダイム・チェンジとの関連性を見つめること。その文学活動における可能性の一端は、この視点から垣間見えてくるのではないかと思うのである。

付け加えると、同じ文章で、エネルギー論はもとより、アインシュタインの理論も同じく「此のメカニズム」と言っていることなどから明らかなように、「メカニズム」＝「力学主義」という見方は廃され、タームとしてほとんど無内容なものとなっている。以後、形式主義文学とは別個に、「メカニズムの文学」なるものを強く主張するのであるが、その概念もまた非常にあいまいなものとなっていった。

第四節　中河与一との論争をとおして現われたもの

形式主義文学論争が激化していく中、形式主義文学陣営においてそれぞれの理論のずれが明らかになり、一九二九年（昭４）の初頭あたりから内部分裂がはじまる。特に顕著なのが、最も徹底して形式主義を主張した中河与一が、犬養健、横光らの「形式」と「内容」を妥協的に折り合わせる方向に対して、強く批判を加えていく動きであり、その結果形式主義陣営は解体することになる。論争の詳細はともかく、興味深いのは、横光と中河の論戦が自然科学の知識、認識に関するものだったことである。自然科学を形式主義文学論に取り入れることで、文学における「形式」と「内容」の問題、さらには自身の懸案であった主観／客観、唯心論／唯物論の対立を克服しようとした横光の試みにあって、その根拠である科学的知見そのものが中河から痛烈な批判を受けることになったのである。横光の思考を見ていく上で、このことの意義は小さくない。当然自己の立場を守るべく中河からの批判に応酬するのであるが、この小論争における発言から、横光の科学に対する認識のさらなる変遷を検証することができる。

さて、横光と中河の論争に関しては、その裏話とも言える書簡が残されている。独断的に論戦を突き進める中河に対して、陣営をまとめるべく、言葉を尽くして独走をやめるよう説得する書簡の内容は、横光自身の形式主義文学論に浅薄なイメージを与えるものかもしれない。横光は、激昂し脅しをかけつつも、中河をなだめすかし、妥協させることに必死であり、自分が発表した中河への批判について言い訳を繰り返す。そして、自らの「形式文学論」の根拠である「メカニズム」に関して、次のように述べるのであった。

何故、メカニズムを云ひ出したか。これは、君が犬養とつまらぬ所で論争し出したからだ。論点と云ふものは時機を考へてやらなければ、何もならぬではないか。見たまへ。形式主義は四分五裂に分裂し出したではないか。此のシユウシユウは、メカニズム以外につけやうが全くないのだ。メカニズムを用ひれば、池谷の様式論にもよい。君のにも良い。犬養のにも良い。最も困るのは、僕自身なのだ。（中河与一宛前出書簡）

まるで、形式主義文学陣営を支えるために、仕方なく「メカニズム」の文学を提唱したかのような言い分である。このように、形式主義文学論構築のための自然科学の導入が、戦略的性格を持っていたことは確かであり、形式主義文学論そのものの評価において、その科学的要素を過大視することは危険と言えよう（そうした戦略性という意図を超えた地平に、この論争の意義、可能性を見ることも重要であるが）。しかし繰り返しになるが、こうした表向きの言辞の底に、科学に仮託した根本的な問いが存在し続けていたことも事実である。たとえば、形式主義文学論が論争となる以前の評論「愛嬌とマルキシズムについて」などで示された科学への志向は、論争の流れの中で捻出された理論とは別の次元で、一貫して保持されていたと思われる。中河から受けた自然科学の知見に関する批判は、横光の思考の深部に響いたはずであり、科学と認識をめぐる問いを一層深化させたと推測できる。その証拠に、横光は論争の途中から主題である形式主義文学論を離れ、中河の批判に繰り返し言及しつつ、科学に関する問題を背景に置いた議論を執拗に展開していく。

横光が前出の「形式とメカニズムについて」で、「中河与一氏の形式主義」という一節を設け中河の犬養健への批判に疑問を呈したのを受けて、中河は「機械主義と科学上のテクニック」を執筆する。[15]その中で、横光が論難の根拠とした科学的知見の内容について、具体的な反論を提出している。

まず、「メカニズムとは何か」という一節で、先に検証した横光の「メカニズム」に関する説明の一部を引用し、「吾々がほんの少しの時間をかけて、多少とも信用の置ける物理学書を開らけば、機械主義の思想が既に十九世紀中葉に於て、弊履の如く捨てられてゐる事を発見するに違ひない」と述べる。横光の「メカニズム」を「機械主義の思想」とみなし、その時代遅れを指摘するのが中河の批判の方向であるが、それは横光があいまいに用いていた「メカニズム」という語の弱点を突くものであったと言える。続けて、「即ちドールトン。ゲイリユサツク。アボガドロ等によつて、化学方面に於ける原子説の確立が行はれると同時に、即ち原子の化学的親和力の発見があると同時に、メカニズムには大きい不安が来たのである。」とし、その意見の科学史的根拠を示す。中河が言うように、「機械主義の思想」である古典力学的自然観が、化学における新発見、およびその成果である熱力学の形成に発する現代科学の進展によって、「大きい不安」にさらされたことは前節でも触れた。そうした科学的認識の揺らぎを脇において、「科学のメカニズム」を現代的で最も信用できるものとして称揚する横光の言辞は、確かに疑問視すべきものであっただろう。いかに横光が、古典力学的自然観に反発する「エネルゲティーク」を視野に入れて形式主義文学論を打ち立てようとも、その根底にあった単純な「メカニズム」理解とそのあいまいな適用は欠点として否めない。それゆえ、「メカニズム」=「機械主義の思想」と規定する中河は、同じ文章で、「現代ではメカニズムは到底根本理論としては強力であり得ない。それは一部分の説明的役目しか持ち得ない。」としつつ、自分が言う「形式とはメカニズムなり」という定義は、「部分的説明」にほかならないと展開する。

さらに中河は続けて、「電子原子とは何か」という一節を掲げ、横光の「エネルギー」論への間接的な批判を展開していった（横光を含む）形式主義文学論の限界が、ここに示されているとも言えよう。弁明するのである。「メカニズム」―古典力学的自然観の揺らぎを意識しながらも、一方でその点を等閑視して展

今日の物理学に於ては、原子は電子とプトロンの数的離合集散によつて生ずると説明せられてゐる。且つ電子とは陰電子を持つ粒子で、それが陽核の周囲を同心球面上に運動してゐると説明せられてゐるらしい。恰も太陽系に於ける天体の如くに。／そして今や、結晶体の原子配列の状態は不安なる仮設ではなくして、X線によつて回折《ママ》写真をとる事さへ出来るほどに至つてゐる。（中河与一「機械主義と科学上のテクニック」）

原子論とエネルギー論の対立における一つの争点が、原子の実在性、仮説性をめぐるものであったことは先に述べた。一九世紀末から二〇世紀初年代にかけて激烈な論争が繰り広げられる中、X線による解析など新しい観測法を用いた発見によって、次第に分子・原子の存在様態が明らかになり、エネルギー論を打ち出したオストヴァルトも分子の存在を容認するなど、この点に関しての議論は下火になっていった。つまりここでも、横光の持ち出した理論が時代遅れなものであることが暗に指摘されているのだ。自らの形式主義を唯物論だと規定する中河にとっても、物質の実在性をめぐる科学的問題への関心は高いものであったらしく、この文章に続けて、「かくの如くにして最近の理論物理学は、総ての実体の根本を、悉く空間、時間連続体そのものに帰せしめようとする壮大なる試に到達してゐる」と述べ、石原純の「物質と空間時間との必然的関係（アインシュタインの新理論に関して）」を引用し、「この意味は――時間空間の特別な状態（形式）により物質が現はれる――と解釈しても

いゝと思はれる。即ち吾々はこの最も進歩した学説に於て、多くの暗示的なものを受取るのである。」との見解を示している。[16] しかしながら、こうした理論によって、唯物論の立場、認識論的観点が、「多くの暗示的なもの」では済まされない変容を被る可能性は、ここでもひとまず閉ざされていた。

なお中河と科学について付言しておきたい。同じ文章で、「初めてものを書きだした頃」である大正末からの科学への関心を述べ、「それ以来私は、科学と文芸とに於ける不思議なる一致を絶えず探りながら来た。そして今、形式主義を唯物論に立脚させようとしてゐる。偶然にして私は唯物論にかぶれてゐる積りはない。」と言明しているが、自然科学をめぐる世代意識について語った横光の文章と考え合わせると、この発言は興味深いものがある。中河に関して言えば、一九三五年（昭10）前後に、その一連の「偶然文学論」で科学と文学の問題をより執拗に追求することからも、自然科学への関心を最も強く示した文学者の一人とみなすことができる。[17] また、新感覚派の理論から形式主義文学論に至る過程で萌芽した両者の科学への眼差しが、それぞれの文学的考究・実践を経た後、「偶然文学論」と「純粋小説論」において再び交差していくことを考えると、横光の文学理論を見る上で、同世代の文学者中河の活動を合わせて考察することも大切と思われる。[18]

横光に話を戻そう。先に見たとおり、中河に宛てた書簡の中では、自身の立場について妥協的に弁明している。ただ同時に、「メカニズム」を思想的根拠として擁護していく方向性も打ち出していた。

それから、君の電磁説と、僕のメカニズムの中の、エネルギステイツクスはどこ一点たりとも、背反してゐない。否、むしろ、エネルギステイツクスは、電磁説そのもののなのだ。なぜならエネルギステイツクスは、電磁説の電磁説たる電磁の運動そのものを根拠にしてゐるからだ。殊に唯心唯物論は、これを根拠にして出来上つてゐる以上、ここを君のやうに馬鹿にしてゐると、唯物論を君は知らぬと云ふことになるのだ。メカニズムがなくして、近代哲学はあり得ないではないか。

（中河与一宛前出書簡）

ここでの「電磁説」は、想定されていたであろう石原純の二論文から考えると、マクスウェルの電磁気論、ファラデーの電磁場の理論、アインシュタインの統一場の理論などを単純に総称したものであり、さらにそれらを、「エネルギスティックス」（エネルギー論）と同等に扱うのはたいへん無理がある。ただ自然科学の「メカニズム」なるものを、「唯心唯物論」、「近代哲学」の根本的問題と考えている点に今一度注目したい。一九世紀以来の電磁気をめぐる発見は、物質の実在性や古典力学的自然観を強く揺さぶるものであり、現代科学を主導する重要な理論となった。その意味において、エネルギー論と近い役割を持っていたのである。横光は続けて、「電磁学を根拠にして唯心唯物がどこから分れたかを探つた」、「愛嬌とマルキシズムについて」を読むよう中河に求めている。論争の水面下では、その範疇に止まらない文学－哲学的課題に対する問いが、やはり保持されていたと見るべきであろう。論争の流れの中で、文学作品における「形式」と「内容」の問題を整理するために導入されたかのように見える自然科学の諸理論は、横光自身の思索において、主観／客観、唯心論／唯物論の二項対立を解消するべく、切実に要請されたものでもあった。そして以後、科学に向けた関心は、文学理論との関係のみならず、新しい世界観やその獲得方法といった側面を中心とするものになっていく。

一九三〇年（昭5）に入って、形式主義文学論争はほぼ終息するのであるが、中河の『形式主義芸術論』（一九三〇・一）の刊行に伴ない、横光は「─芸術派の─真理主義について」（一九三〇・三）[19]なる文章で、再び科学をめぐる問題について発言している。そこで中心的に論じられているのは、「真理主義」としての「メカニズム」の文学である。この点に、形式主義文学論争からの主張の転回が見られるが、ここでは科学の「メカニズム」が、どのようなイメージに帰着したのかを確認しておきたい。

中河から、自分の述べた「メカニズム」が「古くさい思想だから捨て去らねばならぬと攻撃」されたことに対し、横光は相手の形式論を「「存在は意識を決定する」と云ふ素朴実在論」であり、それが「ギリシヤ時代に発生してゐる一層古くさい思想」だと決めつける。そして、自分がイメージする「メカニズム」について次のように説明する。

私の云ふメカニズムとは人々の通常用ひる真実を探ぐるがための科学的方法と云ふ意味でのメカニズムで、出来得る限り文学上の考へ方を科学的にしたいと云ふ希望の現れにすぎない。何ぜなら文学と自然科学そのものとは、違ふからだ。ただ幾らか文学の方が人生に対して科学よりも科学的であるか非科学的であるかだ。

（「――芸術派の――真理主義について」）

「メカニズム」を「機械主義」や「力学主義」と訳すのでは「真意から遠ざかるばかり」で「未だに適当な訳が見付からない」とし、代わりに「真理を探る文学」―「真理主義」との概念を提示した上で、右のように述べていく。この時点において、「メカニズム」という語は、当初から見られた定義のあいまいさをとおり越し、文学的姿勢というほどの内容に帰してしまう。もともと明確な科学的概念を示すものでなかった「メカニズム」は、「科学的方法」として一括され、新たに〈芸術派〉の文学理念として提起されるに至ったのだ。しかしながら、科学的概念としての「メカニズム」に対する視線が、完全に放棄されたわけではない。同じ文章で、「現在の自然科学界に於けるメカニズムの原理が、どこまで確実性を主張出来るものであるか分らない」としながらも、「片山正夫博士の化学本論」では「メカニズムを否定し去るのは悪いと書いてある」と述べ、さらにはM.プランク『物理学的世界像の統一』を取り上げて、「メカニズム」に関する考察を示している。プランクの『物理学的世界像の統一』は、田辺元の訳で、一九二八年（昭3）一一月に岩波書店の哲学論叢シリーズの一冊として刊行されていた。現代物理学の創始者の一人であるプランクが、一九世紀以降のさまざまな科学思潮の中で混迷していた科学的認識、世界観を、古典力学的自然観の下に再統一することを主張した著名な講演である。[20] 横光は、その重大な提起の一つである、「機械的力学的世界観」と「電気力学的世界観」の対立の解消、統一を引き合いに出している（「「電気力学と物質力学とは、普通人が考へてゐるやうに、機械的力学的世界観と電気力学的世界観との闘争的な対立を明瞭にしてゐるものではない。力学（メカニズム）は十分に電気力学をも包含する筈だ」と。」）。[21] そして、片山の意見に対しても、プランクの主張に対しても、その可否について自分は判断できないとしつつも、自然科学界において「メカニズム」がその「古さ」ゆえに簡単に否定されるものでないことを確認している。また、「たゞ私は唯物論の発生よりもメカニズムの発生の方が時期としては新しいと云ふことだけを明かにすれば良い」との言い回しからは、認識の基礎をめぐる思索の一環として科学の「メカニズム」を捉えていたことが改めて窺えよう。『物理学的世界像の統一』でも、古典力学的自然観における客観的実在の前提と、主客二元論を破棄し知覚一元論を唱えたマッハの認識論、およびそこに生じる新たな科学的認識（エネルギー一元論など）との対立が問題にされており、その議論は、横光にも何らかの示唆を与えたものと推測できる。エネルギー量子を発見し、相対性理論とともに革命的な科学思想となる量子論を生み出したプランクであるが、それによって大きく動揺した科学的世界観においてはあくまで古典力学的な自然認識を保持する立場をとっていたのであり、その態度はまさに現代科学への過渡期における複雑な状況を示すものであった。こうした激動期の思考の困難さに触れたことで、横光の科学への素朴な信頼感は、完全に覆されたと考えられよう。横光は、「物」＝客観的実在に基礎を置くラディカルな「唯物論的文学」を、自身の目指す文学として文壇に発信した。と同時に、主観／客観、唯心論／唯物論の認識論的課題を解きほぐすため、最も厳密に「物」＝客観的実在のあり方を解析する自然科学に拠り所を求めたのであった。しかし結果、自然科学の進歩によって、それ自体の根拠となっていた「物」＝客観的実在の先験性が問い直され、科学の世界像がその内側から激しく揺らいでいる状況を垣間見るに至る。この過程において、人間の認識のあり方や世界観を考えていく上で、さらなるアポリアが到来するであろうことを意識せざるをえなくなったはずだ。

さて、このような横光の科学的思考および中河との論争の帰結に関して、「メカニズムと形式　中河与一氏へ」[22]なる一文が残されている。『形式主義芸術論』刊行後の執筆と推測されるこの文章においても、「メカニズム」が唯物論の根拠であることを確認しつつ中河を再度批判しているが、横光自身の錯綜した思索も同時に一つの結末を見ている。ここでは、再び自らの「メカニズム」を「力学主義」と断言し、プランク、アインシュタインの理論を根拠に、「今あるものは力学のみだ」との見解を示すが、「私の云ふメカニズムとは自然科学を総称してのメカニズムと云ふ意味」であるとし、古典力学的自然観の保持を試みる科学界の趨勢に立脚することを明らかにする。しかしながら、それは形式主義文学論争時のように、古典力学の前提となる物体の先験性の強調に終わるものではなかった。

次に中河氏の唯物論的形式論の根底をなす所の「存在は意識を決定する」と云ふ言葉にしても、これは古くさいプレハーノフの云つたことで、アインスタインのメカニズムが時間空間そのものを物質だとしてしまつた今では、何の役にも立たない。即ち、意識そのものをさへ物理的に存在と見得られる今日、最早や存在は意識なんか決定しはしない。何ぜなら、今では意識も存在であるからだ。

（「メカニズムと形式　中河与一氏へ」）

こうして、科学と文学をめぐる一連の思索の果てに、「意識そのもの」を表現する芸術として「真理主義」の文学を提唱する方向へと転回していくのである。「存在は意識を決定する」というテーゼは、「素朴実在論」的な思考としてここでも繰り返し否定される。新感覚派時代以来、唯心論と唯物論、主観主義と客観主義の間を——後者の立場を目指しつつも——彷徨っていた横光の思弁は、形式主義文学論争期における自然科学理論、科学史の知識の摂取を経て、「物理的に存在」する認識‐対象として、意識‐主観と物質‐客観とを同一のレベルにおいて捉える立場にまで突き進んだ。ただしそれは、問いの解決と言うよりも、問いそのものの無効性が浮上する場所であったと言えよう。そして以後、この思想を作家として自らの実践に飛躍させた結果、科学的思考の人間精神に対する暴力性をも示唆する「機械」以下、〈心理主義〉と称される一連の作品が生み出されていく。そこでは、科学的思考の果てに生じる不可知論、懐疑論が強く意識されるとともに、そうした思考形態を生み出した〈西洋〉的精神のあり方そのものを問い直していくことになるのだった。

注

(1) 神谷忠孝『横光利一論』(双文社、一九七八・一〇、一二八頁)。

(2) 千勝重次は「横光利一の文学——心理主義から東洋的なるものへ——」(『国学院雑誌』、一九六六・一〇)で、「心」について自問する主人公羽根田が物理学者であることを重視し、作品中で、羽根田が「念写」・「易の中心思想」へと関心を示していく意義を、西洋/東洋の対立という問題の表われとして考察している。

(3) 千葉前掲論文の結論部では、「『旅愁』のなかで描かれる古神道の問題も、多くの批評家の指摘するごとき、時局便乗主義者の立場から出たものとは、必ずしも言えぬのである」との問題提起がなされている。

(4) 玉村周は「横光利一に於ける〝新感覚〟理論——「感覚活動」の解釈を中心として——」(『国語と国文学』、一九七八・九)で、カント『純粋理性批判』と横光のエッセイを比較検討した上で、「「客観主義」とも「主観主義」とも、自分たちでさえ決しかねているところにこそ〝新感覚派〟文学運動の問題があったのではあるまいか」と述べている。たとえば、「書き出しについて」（一九二七・八）において、芸術家の「勉強」を「一口に云はねばならないとすると、主観と客観の交流法則を、見詰めることだ」と述べているように、この課題は初期横光の脳中を強く支配していたと考えられよう。

（5）新感覚派時代の作品と、自然科学との関係については、たとえば金子務『アインシュタイン・ショック　第Ⅱ部日本の文化と思想への衝撃』（河出書房新社、一九九一・四、二二四―二二九頁）で、「静かなる羅列」（一九二五・七）を取り上げ、「複眼的に、多時間的に、視点を自在にずらせる技巧豊かな新感覚派の立場」が「まさに相対性理論によって新たに設定された、徹底的な相対主義を通じての絶対的なリアリティの構築、というイデーと、同質・同型的なものである」とし、「期せずして内応している科学と文学」の「同型的反応」であるとの見方が示されている。

（6）形式主義文学論者の主張に対する断定的な批判としては、臼井吉見『近代文学論争』（筑摩書房、一九五六・一〇、二三六―二五六頁）など。

（7）ともに玉村前掲論文による。

（8）二瓶浩明「横光利一『機械』論――「マルキシズムとの格闘」をめぐって――」（『山形女子短期大学紀要』、一九八〇・三）。

（9）以下、自然科学関係の記述に関しては、永井博『科学概論』（創文社、一九六六・九）、湯川秀樹・井上健責任編集『世界の名著65現代の科学Ⅰ』、『同66現代の科学Ⅱ』（中央公論社、一九七三・九、一九七〇・六）、杉山滋郎「19世紀末の原子論論争と力学的自然観――旧説の再検討をかねて――」（1）、（2）（『科学史研究』、一九七七・九、一二）などを主に参考にした。

（10）内田老鶴圃、一九一五年二月初版発行（以下本章における引用は、一九二四年五月増訂改刻第六版〔八〇―八一頁〕による）。なお「覚書四（現実界隈）」（一九三二・五、原題は「現実界隈」）では、時間の可逆性をめぐる記述において、この書からの引用が行なわれている。

（11）ここで取り上げた項目、記述は、『書方草紙』収録の際に削除されたものである。後述する中河与一からの指摘の影響も考えられるが、現代科学への認識を深めていく中で、こうした素人科学的記述を削るに至ったものと推測される。

（12）ちなみに、この記述も単行本収録の際に削除されている。以後科学への不信、批判を繰り返す横光の発言を考えると、この削除は象徴的である。

（13）小森陽一は、『構造としての語り』（新曜社、一九八八・四、四五五―五〇六頁）で、横光、中河与一の形式主義文学理論に対し、石原純のアインシュタイン紹介が与えた影響をめぐる考察を展開している。「形式主義論者たちの主張する「唯物論」の理論的基礎は、アインシュタインの「統一場理論」に代表される、現代物理学における最も先端的な成果にあった」（五〇六頁、傍点原文）とする見解は、形式主義文学論の意義、可能性を考える上で重要な視点であるが、相対性理論との関連に的を絞った議論となっている。

(14)『書方草紙』に収録されている。初出は未詳であるが、一九二九年三月から同年内に執筆されたものと推定される。

(15)『創作月刊』（一九二九・四）に発表され、以後『形式主義芸術論』（新潮社、一九三〇・一）に収録された。引用は『形式主義芸術論』（九五—九八頁、圏点原文）より。

(16) 小森は、石原純によるアインシュタインの統一場理論、相対性理論の紹介がなされた「一九二九年初頭」が、「それまで一種ア・プリオリな実体として考えられていた物質もエネルギーも、すべて「空間時間連続体」の幾何学的「変形」として表現されるという、世界認識の方法をめぐる大きな転換がはかられた時期」であるとし、「従来単なる「形式」でしかなかった「空間と時間」形式こそが「唯一の実体」であるとする現代物理学の理論的成果は、「内容」あるいは現実的対象こそが実体であるとする「内容論者」たちに対抗するうえで、横光利一や中河与一等にとって、絶好の理論的基盤となったことは疑いない。」とまとめている（前掲書、五〇四頁）。

(17) 中河の「偶然文学論」における科学と文学の問題については、真銅正宏「昭和十年前後の「偶然」論——中河与一「偶然文学論」を中心に——」（『同志社国文学』、一九九六・八）、同「偶然という問題圏——昭和一〇年前後の自然科学および哲学と文学——」（『日本近代文学』、一九九八・一〇）、中村三春「量子力学の文芸学——中河與一の偶然文学論」（佐々木昭夫編『日本近代文学と西欧——比較文学の諸相』、翰林書房、一九九七・七所収）などの研究がある。ちなみに、真銅の両論文では、「偶然」をめぐる議論が、認識論を中心とするものであったことが指摘されている。

(18) 中村前掲論文では、科学に対する関心と「横光と中河に共通する伝統回帰との関連は何か」というたいへん示唆的な問題提起がなされている（佐々木編前掲書、三〇三頁）。

(19) これは（上）、（中）、（下）として『読売新聞』の三月一六、一八、一九日号に連載された評論で、『書方草紙』収録時に「芸術派の真理主義について」と改題された。その際、先述の「形式とメカニズムについて」と同様、科学に関する具体的記述の多い（中）と、中河に対する批判を述べた（下）の前半部が削除されている。なお、削除された部分に関しては定本全集未収録であることから、この評論の引用は全て初出紙によった。

(20) 一九〇八年のライデン大学における講演。

(21) ちなみに横光の引用箇所の原文は次のとおりである。（プランク前掲書、一〇頁）

私の見る所では、一般にエーテルと物質との根本的対立が稍動揺せんとして居るのであつて、電気力学と（物質）力学とは、機械的力学的世界観と電気力学的世界観との闘争をさへ説かんとする多数の人の間に普通に承認せられて居る程、明瞭に対立するものではないのである。力学はその確立に原理上ただ空間、時間、及び、それを実体と呼ぶにせよ、或は状態と呼ぶにせよ、ともかく運動するもの、の概念を必要とするのみである。然るに電気力学も亦この同じ概念を欠く訳に行かない。其故力学を適当に普遍化して解釈すれば、充分に電気力学をも包含することが出来る筈である。

ここで、「(物質）力学」の根本的概念が「運動するもの」と述べられていることに注意しておく必要があろう。それまで実在物と見られてきたものが、「ともかく運動するもの」と規定するほかなくなっているのである。エネルギー論に強く引かれていた横光は、この認識を再確認したものと考えられる。

(22) 未発表の原稿であり、定本全集第一六巻の「雑纂」に収録されている。

第二章　ポール・ヴァレリーとの邂逅（一九二九〔昭4〕〜一九三〇〔昭5〕）

第一節　河上徹太郎訳「レオナルド・ダ・ヴィンチ方法論序説」（「ノート及雑説」）の位置

横光利一は、その作家活動の中期から後期に渡って、P. ヴァレリーの名を繰り返し評論、エッセイの中に刻んだ。[1] 形式主義文学論争から、心理主義の実験的な短編、一連の長編小説連載と「純粋小説論」、『欧州紀行』と「旅愁」の執筆、および最晩年の「微笑」へとめまぐるしく展開していく文学活動において、その基底部に流れていたものの一つが、ヴァレリーから受けたインパクトであったように思う。その思考法は、横光が強く反発することになった西洋合理主義精神の極北とみなされ、「ヴァレリーのやうに思案投げ首で、腕を組んだまま法則ばかり見てゐたのでは、いつまでたつても現実の温度を分るためしがないのである」（「覚書四（現実界隈）」、一九三二・五、原題は「現実界隈」）というように、単なる影響関係を超えた意識が生み出されていくことになる。こうしたことから、ヨーロッパ近代に対する批判的考察を展開したヴァレリーの思考と、その両者を一括りにして乗り越えていこうとする横光の文学との距離、その一致と偏差を見ることが必要と思われる。

とりわけ、ヴァレリー移入の初発期において、横光が受けた衝撃の質を精緻に検証することは重要である。昭和初頭という混迷に満ちた時代相の中で、人間の精神活動における理性の優位を示した思想として、小林秀雄、河上徹太郎など当時の文学青年に熱狂的に受け入れられたヴァレリーを、[2]横光はどのように捉えていたのか。ヴァレリーとの邂逅時における思考は、その文学活動の全体像を考える上で多くの示唆を含んでいる。またそれは、以後昭和文学の大きなテーマとなっていく〈自意識〉の問題に関する一つの観点を見い出すことにも繋がるだろう。

昭和初頭から徐々に行なわれたヴァレリー移入であるが、その中で、横光がはじめてヴァレリーについて言及したのは、一九二九年（昭４）のことである。

近頃ポール・バレリーの「ダビンチ方法論序説」（河上徹太郎訳）を読む。悪魔とはかかる人物を言ふのであらう。常に最極の者は悪魔であると言ふことが、一つの適確な真理となつて現れてゐること、近来かくのごときものはない。悪魔とは多くの頭脳を分散させるものであらうか、統一するものであらうかと言ふことについて、私はもう暫く考へたい。（「バレリー」、一九二九・九）

『白痴群』（一九二九・六）に掲載された河上徹太郎訳「レオナルド・ダ・ヴィンチ方法論序説」に触れたことから、横光のヴァレリー受容がはじまったと言ってよい。一九二九年の半ば過ぎに、このヴァレリーという「悪魔」に出会ったことで、以後横光の思考は「分散」と「統一」を繰り返した挙句、後述するように、翌年にかけての決定的な転回へと繋がっていくのである。

この河上徹太郎の翻訳は、「訳者序」に「次の一文は、ヴァアレリイが千八百九十四年に書いた「レオナルド・

ダ・ヴィンチ方法論序説」を、彼の有名な二十年の文壇的沈黙の後に再び発表するに当つて書いた前置である」とあるように、ヴァレリーが一九一九年に『レオナルド・ダ・ヴィンチ方法論序説』を単行本として刊行する際に増補した'Note et digression'を、「ノート及雑説」の題で訳出したものである（通常「覚書と余談」と訳されることが多いようである）。この訳業に関して、河上は次のように回想している。

先づ彼の『レオナルド・ダ・ヴィンチ方法論序説』に魅せられた私は、当時私の私設仏語教師である小林秀雄にその講読を頼んだ。彼は暫くやつてゐたが、やがて匙を投げていつた。／——おれには分らん。学校で辰野のおやぢにやらせてやる。（…）私はこの論文の翻訳をその頃中原中也や大岡昇平とやつてゐた同人誌「白痴群」に載せた。当時の「文芸春秋」に、池谷信三郎が「誰か読まん、ヴァレリーのダ・ヴィンチ方法論序説を。」と匿名で提灯持ちしてくれたが、これは今と同じく、字義通り当時の文壇・文学青年には無縁の書だつたのである。（尤もその後ヴァレリーの選集が出る毎に私の旧訳がいれて貰へないところを見ると、やはり私のは誤訳だらけだつたのだらう。）(3)

『レオナルド・ダ・ヴィンチ方法論序説』に強く引きつけられたのは河上だけでなく、小林秀雄もまた、「初めてポオル・ヴァレリイを知つたのは大学の学生の時で、「レオナルド・ダ・ヴィンチの方法序説」といふ論文を読みました。ひどく感心して、彼の作品と彼に関する評論とを皆んな読んで了はうと決心した。」(4)と述べており、この評論が当時におけるヴァレリー受容の中心の一つであったことが窺える（小林における「レオナルド・ダ・ヴィンチ方法論序説」・「覚書と余談」からの影響は、初期作品から「モオツアルト」〔一九四六・一二〕などに至るまで広く指摘されている）(5)。また、「レオナルド・ダ・ヴィンチ方法論序説」と「覚書と余談」は、ヴァレリーの第一評論集『ヴァリエテ』（一九二四）にも収録されるが、たとえば当時、これらの文章を指して、「この論文集中主要なものである」、「諸君がヴァレリイを簡単に知りたいと思ふなら、この一篇をよめば充分である。たゞ大変難しい。」などと紹介されていた。[6] フランス文学を専門とする文学者、文学青年は、ヴァレリー思想の核心を読み取るため、積極的にこの難解な評論の解読に取り組んでいた。またこれは、そうしたフランス文学者による翻訳を享受する側にも当てはまる態度であったと推察される。河上は「当時の文壇・文学青年には無縁の書」だったとするが、後に大岡昇平が、同人雑誌『白痴群』の中では、「中原の詩篇と河上の論文が文壇詩壇の注意を惹いたらしい。河上訳の「レオナルド・ダ・ヴィンチ方法論序説」に横光利一が感心していたと伝えられる。[7]」としているように、（おそらく横光に限らず）ある程度注目を引く評論であったことも事実であろう。さまざまな形で言及される「レオナルド・ダ・ヴィンチ方法論序説」・「覚書と余談」の内容は、次々と紹介されるヴァレリー思想の主要イメージを形成していたものと見てよい。

　難解な言葉と論理に満ちたこの評論の河上による訳文は、自身が「誤訳兼悪訳」[8]と言うように、非常に硬質で難渋なものであり、さらには、意味のとおらない部分や、明らかに誤訳と言える箇所が散見される文章であった。『ヴァリエテ』の全訳を刊行（一九三二・一二）した中島健蔵は、「訳者の力量のせいもあろうが、「レオナルド」は、当時としては翻訳不可能に近かったはずである。少なくともあの当時は、このような思考の行き方は日本には絶無であった。同人雑誌の「白痴群」の、「レオナルド」の河上徹太郎訳も念のため参照したが、全く何の役にも立たなかった、と書いても、悪口にはならないような難攻不落であった。[9]」と述べている。しかし、こうした河上訳「ノート及雑説」こそが、文壇で活躍する作家横光を驚嘆させ、強く触発することになったのである。そこでは、河上訳を介しての横光なりのヴァレリー理解が生じていたと見るべきである。フランス語を解し、ヴァレリーの原典に直接取り組む文学者のように、その思想の全貌を深く理解するには及ばなかったであろう（後述するように、横光はヴァレリーを原典で読むためにフランス語の勉強をはじめようとした）。ただ、当時すでに文壇で活躍していた作家が、実際の作品創造の過程において、ヴァレリー思想の中核に位置するとみなされていたこの評論に触れた意義は小さくない。小林秀雄が「ヴァレリイの日本文壇への影響といふ事に就いても書く様にとの注文であるが、それは先づ今の処全然ないと言つてよろしいと思ふ。ヴァレリイを耽読してゐる、或はした事のある日本の作家がゐるとも思へない。」[10]と述べた状況において、河上訳「レオナルド・ダ・ヴィンチ方法論序説」（「ノート及雑説」）から引き出された横光のヴァレリーへの異常な関心と、その創作への影響の形は、ひと際目を引くものであった。

横光のヴァレリーへの注目について、たとえば河上は、「あのころぼくはヴァレリーをぼくなりの誤訳でとても魅かれて、「レオナルド・ダ・ヴィンチ方法序説」をやったんです。そのぼくの誤訳のしかたに横光さんがほれてきたと、いまとなってはいってもいいような気がするのです。」と見た上で、その横光の「意図」について、「あれは何か日本語というものがほしかったんですね。それまでの文壇の日本語はまだ近代的日本語でないということをしみじみ感じていたんです。（…）それで何とかしてつくりたかった。つくりたいために誤訳に魅かれるという現象が起こるんですね。」と述べている。[11]この観点から、横光とヴァレリーとの出会いの意味を言い尽くすことは難しいが、その影響の問題を考える時、横光の思考とヴァレリー思想との間を取り持った、「誤訳兼悪訳」とも言える河上訳の意義を無視することはできないだろう。所々で断片的に示唆されるだけで、横光とヴァレリーの関係をめぐる実質的な論究はそれほどなされておらず、この河上訳を用いて、ヴァレリー受容についての考察を試みた研究もわずかである。[12]そこで本章では、河上訳によって表現されたヴァレリーの言葉、思想と、横光の思考との交錯を分析することで、横光におけるヴァレリー邂逅の実態に迫りたいと思う。

第二節　認識論的アポリアの克服としての理性的自意識

もとより、横光のヴァレリーに関する言及は、一つの評論としてまとめられることはなかった。従って、その解釈、影響のあり方については、ヴァレリー観を披瀝した断片的な文章、発言から推測していくほかない。そこで、ヴァレリー受容の原点である一九二九年（昭4）時に焦点を合わせる本章では、同年九月に書かれた藤澤恒夫宛書簡の内容を中心に見ていくことにする。ある程度の分量を持ったこの書簡には、河上訳「レオナルド・ダ・ヴィンチ方法論序説」（以下「ノート及雑説」とする）による衝撃とともに、その時受けとめたヴァレリーの思考法についての見解が提示されていた。

（…）とにかく何をしてよいか分らぬので、フランス語で毎日日記をつけ勉強。此のフランス語の勉強には、これには原因がある。ポール・バレリーの「ダビンチの方法論序説」の訳を読み、天下にこんなに豪い男がゐたのかと思ひ、一切、筆を捨てたくなつた。左はマルクス、文学に於てはバレリー、相場、ここ暫く狂ふためし絶対になし。君がもし、バレリーの方法論序説を読んだなら、その時、ひとつ、論じたい。僕はこれ一つで四五年間の飛躍をしたのは事実である。／フランス文学は馬鹿にはならぬ。君が左傾したのは少し早やすぎたと今になつて、はつきり思ふ。ブルジヨア文学の最北をまだ見てゐなかつたのだ。芥川氏はまだメカニズムの石垣に指先をほんのちよつぴり触れただけだ。まだまだ奥があつたのだ。僕は此の頃、バレリーのために喜びと恐怖とを感じてゐる。（…）僕はこの本だけは原書を直接読み、是非訳してみたい。これはお経である。然も、悪魔の聖書である。僕はあらゆる知人に、此の書を読むやうにすすめてゐる。

（一九二九・九・一一付、藤澤恒夫宛書簡）

ヴァレリーの言葉、思想に触れて、「四五年間の飛躍」を実感すると同時に、「一切、筆を捨てたくなつた」とあるように、追い詰められた感覚にも囚われていたことが窺える。そのような「喜びと恐怖」を一緒に感じさせる「ノート及雑説」を、横光は「悪魔の聖書」と形容するのであるが、これが「ブルジヨア文学の最北」であり、芥川が触れた「メカニズム」の「奥」にあるものとイメージされていることは興味深い。藤澤の「左傾」と対置して語られていることから、一つには、唯物論＝マルクス主義文学と対置される形で、ヴァレリーの思想は受けとめられたと考えられる。「左はマルクス、文学に於てはバレリー」というように、それはマルクス主義の対極ないしは別の角度から、自身の思考を圧迫してくる〈文学〉の思想と感じられたのだ。横光はそこからさらに、芥川が追い求めたような「メカニズム」、つまり知性によって観念的な虚構世界を創造していく「メカニズム」の、「まだまだ奥」に、ヴァレリーの思想が位置すると想定していた（ここでの「メカニズム」は、前章で見たあいまいさをそのままに、内的世界の法則といった程度の内容となっている）。

さて、この「ノート及雑説」が、その約二〇年ほど前の著作である「レオナルド・ダ・ヴィンチ方法論序説」に対する「前置」として執筆されたことは先に述べた。従って、「ノート及雑説」の本文は、自身の若き日の評論に関する反省的言辞からはじまっている。そうした若年時の試みをやや否定的に述べた部分で、ヴァレリーは自らの思考を、「認識と存在とが対局してゐる所の将棋の勝負」であったと表現している。主観／客観をめぐる認識論的課題に悩みつつ、「科学のメカニズム」によって「唯物論的文学」としての「形式主義文学」を構築しようと試み、さらなる混迷状態に陥っていた当時の横光にとって、この言葉が非常に魅力的な導入となったであろうことは想像に難くない。横光が「ノート及雑説」から受け取ったヴァレリーの思想内容については、同じ書簡の次の箇所に要約されている。

そこで君の頭の良さだ。これは甲下のもう一つ上の頭の良さだ。しかし、甲上になるためには、いま一つの努力がゐる。／こんなことを言はなくとも、何が甲上の頭の良さかと言ふことを知り得る良さをカクトクすることだ。つまり、言はぬが花と言ふことを会得すること、——つまり、懐疑が何故に懐疑を必要とせねばならぬかと言ふことに対する信仰への飛躍、此の飛躍を君は見たことがあるであらうか。実践とは何に対しての実践か、実践は思考に対しての実践である以上、最高の思考からの変貌である実践こそ、最高である。つまり虚無に対しての思考の充実からの飛躍である。虚無とは、われわれの考へてゐたものではない。虚無とは自身と客観との比重を物理的に認識した境遇に於ける自意識だ。この自意識の現れは、ただ今迄の文学に於ては、ポール・バレリーに現れてゐただけに過ぎぬ。世界の今迄の文学者の総ては、夢を見て死んだに過ぎぬ。

（藤澤恒夫宛前出書簡）

特有の生硬な表現で書かれ、また世間への発表を前提としない書簡でもあることから、その意味するところを明確に把握することは難しい。だが、実際の作品と照合して見ると、ここには横光なりに理解した思想の形が粗削りながら現われており、ヴァレリー受容の原型を読み取っていくことも可能と思われる。

横光の文章は、「頭の良さ」についての言及から、ヴァレリー思想に対する評価へと続いている。「甲上の頭の良さ」に至る「努力」と、「何が甲上の頭の良さかと言ふことを知り得る良さをカクトクすること」とは、ヴァレリーが「智的喜劇の主役」であるルネサンスの巨人レオナルド・ダ・ヴィンチの精神・思考を解明していく姿勢と重なるものである。ヴァレリーにとって、その考察対象であるレオナルドとは、以下のような存在であった。

此のアポロン（河上の脚注では「ダヴィンチの理智主義」―引用者注）は私を極度に有頂天ならしめた。神秘を拒絶する神、吾人の感官の困迷に乗じてその権力を確立することのない神、我々の最も晦冥な最も毫弱な最も不吉なものをば己が妖術をもて迷はすことなき神、我々をば適応すべく強制して屈従すべく強制しない神、自己解明がその奇蹟である神、深さがあり、よく限界の見透しのついてゐる神、そんな神程魅惑的なものがあらうか？　信頼すべき正しい力にとつて物陰で行動しないといふことに勝る証拠があらうか？　相手の怪物を屈従させ壊滅させるよりも寧ろ之の勢力範囲を計量し、怪物を矢で突きさすのを軽蔑して、寧ろ質問で透徹することに従事する所の英雄程、峻厳な、純な、全身に光輝を帯びた敵は、デイオニソスにとつて存在しない。――その英雄は、怪物の征服者たるよりはその優越者であり、怪物を理解する――否寧ろ殆ど之を再現する――ことを之に対する最も徹底した凱歌を考へ、且一度彼等の主意を捕へるや、よく之を極めて個別的な場合や理解し易い逆説やらの低い状態に迄、嘲笑を以て陥れることが出来るのである。

（「ノート及雑説」）

ヴァレリーによれば、万物の天才レオナルドとは、「ある中心的態度を発見してゐる」人物であり、そのため「認識的企図と芸術的作業とが同じ様に可能」である。このレオナルドが持つ秩序立った明晰かつ強靱な理知は、「神秘を拒絶する神」であり、「デイオニソス」的な、つまり、混沌とした不可知の「怪物」の「勢力範囲を計量」し、さらにそれを「理解」、「再現」することができるのである。徹底した知性の優越者というレオナルド観が、そのままヴァレリーの目標とする世界認識の態度を示すことは言うまでもない。また、ここでの「怪物」

を、「認識と存在とが対局してゐる所の将棋の勝負」に現われる何かと考えるならば、横光がヴァレリーの思想の中に発見したもの自体が、このヴァレリーのレオナルド観に近い内容であったと見ることができよう。つまり、「甲上の頭の良さ」を持つレオナルドについて、「何が甲上の頭の良さかと言ふことを知り得る良さをカクトクする」ために考察を繰り広げた結果、「レオナルド・ダ・ヴィンチ方法論序説」・「ノート及雑説」が執筆されたのであり、同様に、そのヴァレリーの「甲上の頭の良さ」を今度は読者横光が追い求める番になっているのである。ヴァレリーもまた、「認識と存在とが対局してゐる所の将棋の勝負」における「怪物」の「征服者たるよりは優越者」であり、かつ「自己解明がその奇跡である神」として、横光の前に現われたはずだ。

　ヴァレリーはレオナルドの精神に至る道として、従来的な学者的態度、つまり細かな資料の累積や枝葉の思想解釈といった博学的考察の姿勢を取らない。それは、「若し学者が或る事件を告げる幸福を有した場合に、材料的にそこに置かれた真理の数それ自身が、吾人の探究する現実性に危険を及ぼすのである。在るが儘の真理といふものは嘘偽よりも更に嘘偽である。断片が我々に教へる法則並に例外はいゝ加減なものだ。」と考えるからであった（ちなみに「在るが儘の真理といふものは嘘偽よりも更に嘘偽である」の一文は、横光や小林が引用するところである）[13]。ここから、「一時代或は一人物についての真実なものが、決して必ずしもそれについてよりよく認識させるに役立つとは限らない。一事物の外貌総体と正確に同一なものは何もない。」との前提に立って、「我々のうちで誰が自分のもので無いことを云つたりしたりしなかつたものがあるか？」という問いを提示する。人間が認識できるのは自己の内部のみであるといったヴァレリー思想の前提が、ここに示されるとともに、自己の精神活動に対する執拗な探究の開始が宣言されているのだ。「私は自分の暗黒の中に偉大なレオナルドの親しい法則を愛した」というように、ヴァレリーにとって、レオナルドの精神に関する論考は、必然的に自己の「暗黒の中」たる内奥部を見つめることになっていく。この転回を支えるのが、「在るが儘の真理といふものは嘘偽よりも更に嘘偽である」という先の見解であり、確固とした真理を獲得せんがため、思考における厳密さを保持しようとするデカルト的な方法的「懐疑」の姿勢なのである。そして、「我々のうちで誰が自分のもので無いことを云つたりしたりしなかつたものがあるか？」との問いを前にした時、「論文といふものは、それを構想する所の著者が同時にその源泉であり、技術家であり、制約である」との規定が生まれる。そこからヴァレリーは、あらゆる虚偽を排すという「懐疑」のもと、「或る存在の前にあつて出来るだけ厳格に正確に書くためには」、「著者は自己分裂をせねばならぬ」と主張する。つまるところ、これは、あらゆる対象――「自己」も含む――に対する思考、表現は、全て自己の内部を分析することにほかならず、それを「理性の総体を満足」させるよう厳密かつ明晰に行なうためには、自己の内部を見つめる冷厳な〈自己〉が必然的に要求される（「私は自意識の外に何物も置かなかつた」）というような、「自意識」の発現に集約される思考であった。さらにヴァレリーは、この「自己分裂」した状態で（＝自意識が発現した状態で）なされる文学活動において、「自分が余りよく出てゐない傑作よりも、明瞭に意識された一頁をとる」とし、知性、理性による統制の意義を説く（それはかつての「誤謬」ともされるが）。この姿勢は、近代的思考の極点として、また新しい創作態度のあり方として、横光のみならず、混沌とした時代を生きる多くの文学青年たちに響いたものと考えられる。特に、創造における作者の神秘、天啓、混沌を、その背後にある秩序の表われと考え、両者の間を理性によって統御することを目指すという方向性は、横光が新感覚派時代以来一貫して持ち続けていた姿勢と符合する。また見方によれば、当時形式主義文学論争で試みていた芸術活動に対する科学的合理主義の適用を、特異な形で具体化した思考だったとも言えるだろう。(14)

ここで、横光の文章に目を向けると、「懐疑が何故に懐疑を必要とせねばならぬかと言ふことに対する信仰への飛躍」とは、すでに見たような、ヴァレリーが示した方法的「懐疑」についての表現であったと考えることができる。それは、「在るが儘の真理といふものは嘘偽よりも更に嘘偽である」との認識を軸とする、惰性的な思考の否定であり、かつ、レオナルドの「『執拗なる厳正さ』といふ偶像」を意識して、理性が明確に理解できるもののみを希求する、（ヴァレリーの言葉で言えば）「掟」から発した懐疑である。絶対的な明証性のもとに思考を展開するという態度は、レオナルドという「偶像」から引き出された「掟」を遵守する精神として語られるのであり、ここに「懐疑を必要とせねばならぬかと言ふことに対する信仰への飛躍」という表現との結びつきを想定できる。ヴァレリーの「『執拗なる厳正さ』」の希求は、信仰心に擬せられる精神的態度であり、そのために、あらゆる自明と見られる事象を疑うことが必要となるのだ。また、繰り返しになるが、この厳格な態度こそが、横光の文章でも、ヴァレリーの思想でも、「甲上の頭の良さ」（レオナルドの精神）に至る道を築くものであるとみなされている。

次に、「実践とは何に対しての実践か、実践は思考に対しての実践である以上、最高の思考からの変貌である実践こそ、最高である」という一文であるが、この「実践」を何らかの思考の表現、つまり批評や作品の創造と仮にみなすならば、ここには、ヴァレリーの「自分が余りよく出てゐない傑作よりも、明瞭に意識された一頁をとる」という言葉との共鳴が示されていると考えられる。ヴァレリーにとって、「最高の思考」とは、自己の内部に対する最も厳密かつ明晰なそれ、つまりは自意識においてなされる探究である。そして、「最高」の「実践」とは、完全な明証性を有する自意識によって統御された作品創造にほかならない。ひいては、「明瞭に意識された一頁」である「最高」の「実践」は、「最高の思考」である自意識の解明によってのみなしえるものと言えるだろう。

さらに続けて、横光の言葉では、このことが「虚無に対しての思考の充実からの飛躍である」と述べられている。これは、ヴァレリーが、自意識をめぐる思考を突き進めることで、その自意識を「虚無」にまで深化させ、

「最高の実践」としての「ノート及雑説」をまとめ上げていくことに符合する。まず、ヴァレリーは、「直観は過失による結果」であるとし、「我々は認識的出来事ともいふべきものを釈明せねばならない」と思考の方向性を規定する。ここでの考察の模範であるレオナルドは、「繊巧の精神と幾何学の精神との間にある、非常に著しいが概念の曖昧な対立を毫も知らなかつた」人物であり、普遍的かつ極度に理知的であったその精神によって、複雑で混沌とした現実世界と、「純粋に形式的な生成の秩序」の間を自由に横断することが可能であったとされる。こうしたレオナルドの精神のあり方は、「我々の如き存在にとつて最も考へ難いものである」のだが、この「最上位の偉大さの下にある個人の隠れたる体系を明らかにすべく」して、ヴァレリーの考察は、その「個人の体系」が自己の存在、意識を省みる姿を辿ることへと移る。

体系が最初に自分の姿を認めるのは一般の必然や現実の下に於てである。次に場所を換へて個々の認識の秘密のうちに現はれる。彼は我々として見、又彼自身として見る。彼は自分の本性からの判断を有して居り、自分が作つた感情を持つて居る。彼は空虚であり同時に存在する。（「ノート及雑説」）

人間の認識活動の多元性、重層性がここに示されている。世界のもとにある自己とは、何よりもまず「一般の必然や現実の下」で自らの姿を確認する（「我々として見」る）。一方で、「自分の本性からの判断」や「自分が作つた感情」を持つそれは、あくまで「個々の認識の秘密」の中で自己認識を果たしている（「彼自身として見」る）。ここから、「彼は空虚であり同時に存在する」といった、二重化された人間精神のあり方が問題となっていく。この二重化された認識活動において、「一種の釈明出来ない標識が現はれて、その点に於て、その体系の個性的な生命とその中に発見した一般的な生命とが結合しなければならない」のであるが、どれほど理知的な状態においても、この結合を果たすことは不可能であり、それゆえ個人の認識は「失敗及び全くの破滅の可能性を常に包含」していることを意識せざるをえない。

人が総べてを見、しかも彼は矢張り可見物であつて、他からの注視の可能な対象物であると絶えず感じ、而して、も早や何物も自分の背後に居ることを許さない所の番兵であり眼であるといふことを自ら感じないのは、光輝ある苦悩の一態様である。

（「ノート及雑説」）

人間の精神作用、認識活動をめぐる考察の地平に、いわゆる自意識の問題が浮上する。見る自己と見られる自己が複雑に絡み合っていることから、自己の認識活動を完全に把握、統御できない人間存在を、「光輝ある苦悩の一態様」と表現している。明晰な理知にもとづく世界認識のあり方や秩序・真理の把握を追究するヴァレリーにとって、こうした自意識の不確定な状態は、全ての思考の前に立ちはだかる大きなアポリアである。だからこそ、「『此の談《ものがたり》は難し』」としながら、「漠然として居ないものは難解である。難解でないものは何物でもない。」として、この問題の解消に取り組んでいくことになる。

自意識によって分裂した認識の問題から超脱するため、ヴァレリーは一つの転回を試みる。二重化された自己においてその不安定な状態に苦悩する自意識を、逆に絶対的で普遍的な存在とみなすことで、認識活動に明晰さを取り戻そうとするのだ。

斯の如く、自分のことにも敏感で、『宇宙』の回転と共に自身の中に閉塞して居る様な、集中した理性にとつて、あらゆる種類のあらゆる事件、生命、死、諸の思想、等は彼に従属せる形象に過ぎない。見るものに取つて見らるる物はすべて之に劣つた、しかも欠くべからざる、別個の存在である如く、之等の形象は、各瞬間には如何に重要に現はれやうとも、一度び注意深い執念に反映して見ると色褪せて見える。自意識が感じる所の純粋な一般性、打克ち難き普遍性の前には、凡べてのものが譲歩する。（「ノート及雑説」）

ここには、ある意味で、唯心論ないし独我論的な思考が展開されている。ただし、意識とは常に何かに対する意識であるように、当然「見らるる物」も「欠くべからざる」存在と考えられており、それゆえ、さらにこの文章の後では、「若し上述の事件がその普遍性を排する如き力を持つて居るなら」、意識はそれによって混迷の一途を辿り、「終局の消滅」に至るという可能性も否定されていない。重要なのは、「集中した理性」としての自意識こそが、そうした認識の迷走から脱け出せるということである。客観的存在とその認識の問題、主観／客観の対立は、どちらに認識の根拠を求めるか（あるいはどちらに根拠を置くことがより真実に近い状態であるか）という決定によって解消されるのでない。そこに自意識という極度に理性的な状態を設定し、その力によって、対象へ向かう認識活動を意識的かつ明晰に統御していくこと、そうした強靭な思惟のあり方こそが主客の対立を包摂するのである。主観－認識主体の一状態と言えるこの理性的な自意識が、客観－認識対象との力関係おいて優位に立つことで（あくまで〈力関係〉であって、素朴な主観主義の主張でないことに注意したい）、人間精神は世界－自己認識の混迷から抜け出すのである。ヴァレリーは、「心理的置換の渾然たる一体系は、それが意識的になり自己代用すればする程、総べての起原から離れ、いはゞ破壊のすべての機会から脱する」と述べる。「心理的置換の渾然たる一体系」――主観／客観の相互作用による認識活動が「非常に明晰な自意識の中」に入ると、「此の活動性を形造る所の事物の絶えざる交替が、この活動性の漠然とした存続を外形的に保証する」というように、「事物」－認識対象はその活動の「外形的」な支えとして位置づけられる。そして、「自意識の不可知の条件を満足させて、遂に之を消滅せしむるに到る様な思想なんて無い」、「思索にとつてそれ自身の発展の下から生れた決着点なんてものは無い」以上、思考を継続する明晰で強固な自意識こそが、人間存在の動的な精神作用、認識活動において、頂点に君臨するのである。言い換えれば、（ヴァレリー流の方法的懐疑によって還元された）認識の地平に見い出した確固たる自意識の存在が、厳正かつ明晰な状態にある場合にのみ、認識活動における主観／客観の天秤を主観の側に傾けるのである。こうした時、ヴァレリーはその知性の勝利を宣言するのだと考えられる（ただし、この自意識の状態は、「『執拗なる厳正さ』」という「信仰」に支えられているのであるが）。

第三節　普遍的自意識・「純粋自我」という「虚無」との対峙

このようにしてヴァレリーの「最高の思考」は展開していくのであるが、自意識に関する考察はさらにもう一歩進められる。客観的事物と心理的事象が交錯する認識活動の混迷を、その理性の力によって統御していく自意識であるが、それもまた、消滅の危機を完全に克服しているとは言い切れない。

元来、認識といふものは、その極端な形を識らないし、如何なる思想も自意識の努力を使ひ尽すことはないのであるから、自意識が消滅するのは、上述した異常な苦悩や感情が予言し用意する所の不可解な事件の中に於てでなければならない。かかる事件は、生の多様性と一致しない所の不安定な世界を我々に描いて見せる。非情な世界、不確定な世界、幾何学者がその公理を弄び、或は物理学者が従来のもの以外の常数を仮定しつつ粗描するものに比すべき世界。生の精緻さと死の単純さの中にあつて、夢、懊悩、恍惚、等半ば不可能な状態は、認識の方程式の中にあつていはば近似値を、非合理的な先験的な解決を導き出すものであるが、之等は不思議な程、雑多性や、消され得ぬ盈虧を確置する。（「ノート及雑説」）

理性に支えられた自意識は、極端な唯物論的思考によってさえ消滅するものでないが、一方で、「不可解な事件」とそれが惹起する「不安定な世界」の中においては、激しく動揺せざるをえない。このヴァレリーの思考は、「幾何学者がその公理を弄び、或は物理学者が従来のもの以外の常数を仮定しつつ粗描するものに比すべき世界」というアナロジーがあるように、古典力学的自然観に立脚する科学的合理主義が現代科学の展開によって揺らぎつつあった当時の状況へ、鋭く反応したものとも考えられる。(15) 非ユークリッド幾何学や量子論、相対性理論など、従来の世界観を覆すような発見によって生じた、一見不合理とも言える新しい現実は、「夢、懊悩、恍惚、等半ば不可能な状態」に比類するものであり、そこでは、「認識の方程式の中にあつていはば近似値を、非合理的な先験的な解決を導き出す」よりほかなくなる。自意識に仮託された明晰さ、厳密さが、ここでは失われてしまうのだ。

また同時に、この「平衡せる霊魂の動揺」の状態において、「我々は自分の中に、只生れる事が出来るだけで発育する事の出来ない、感受性の形式を持ってゐる」ことに気づく。この「感受性の形式」はしかし、単純に否定されるものでなく、「方向をもつた恐怖や希望が、我々に不可思議な迂回を指定する所の勢力圏」として認知される。人間の認識活動における論理ではわり切れない不可解な部分と、明晰かつ厳正な理性的部分とを抱えた自意識は、さらに次の段階へと進むことになる。

自己も含むこの世界の事象の全てを認識し尽くすことは不可能である。またたとえば、「生の多様性と一致しない所の不安定な世界」や「恐怖の、愛の、静寂の深淵」などについては、「現実的なものだといふことは出来ない。然し又そうでないともいへない。」。しかし、そこで自意識は、「自分があるよりも非常に違つたものであることなしに、事物が、そのあるより随分違つたものであり得るといふことを確信する」とヴァレリーは述べる。ここでも、自意識と事象一般との優劣関係が確認されている。認識可能な世界に対して、自意識は、自身をより確固たる存在であり、かつより大きな広がりを持ったものと規定するのである。

自意識は、自分の『肉体』や『世界』を、彼の機能の拡がりに対して殆ど故意に課せられた所の制限と考へんとする。彼が交感し呼応するのは、一つの世界に対してではなく、その要素が世界である所の或る高級な組織に対してである、といふことを見る。彼は、生きるために必要であるよりもつと多くの内的結合や、実際的な場合が恃み保つよりもつと多くの厳正さを包含し得る。彼は自分を動物的な生死の深淵よりもつと深遠なものと判断する。（…）自意識は、総べてを吸収して何物も出さないところの暗黒の物体に外ならない。

（「ノート及雑説」）

自意識の領域は、ついに現実的な生をも超えてしまう。こうして、厳正にして懐疑的な理性の要求に従って「容貌も起原もない存在」に達する「完成された自意識」は、「事物の総体で以て自分を定義し、此の総体なるものに対する認識の過剰として定義すべく余儀なくされる」のである。そして自意識は、その存在を示すために、「限りなく何返も限りなく多い要素を否定し、彼の能力そのものは消尽することなしにその能力の対象物を消尽することから初めねばならぬ」のだ。厳密さのゆえに、認識可能な全ての事象を消去してしまうことになる過剰な自意識は、まさしく「虚無」と称すべきものとなったのである。方法的懐疑を繰り返すことで理性の活力が導き出した極限の思想、「最も抽象的な状態に於ける自意識」=「裸形なる自我」・「純粋自我」から見れば、個別の認識主体における「人格」・「性格」とは、「第二義的な心理的神聖物」でしかなく、主体的な自己としての力を持つものでない。一方「純粋自我」は、「世界に於ける存在の単調なる且独自なる要素であつて、自己自身によつて或は発見され或は見失はれつゝ、永遠に我々の感官のうちに住むのである。生存の此の深奥なる音は人が之に耳を籍すや否や、雑多なる生存の複雑なる諸条件の上に支配してゐるのである。」というように、超越的な支配者の位置に君臨している。あらゆる理知の対象は、相対的な事物でしかなく、この「純粋な自意識」のみが絶対的かつ「普遍的な代名詞」であり、理知が自分自身の中に見い出した「結論」だとされる。

横光の書簡中の文章には、「虚無とは、われわれの考へてゐたものではない。虚無とは自身と客観との比重を物理的に認識した境遇に於ける自意識だ。」とあるが、この内容は、以上のようなヴァレリー「ノート及雑説」の思想を要約したものであると考えられる。人間の認識活動において、対象＝「事物」と個別の認識主体とは相互依存的に存在していながら、絶対的な理性にもとづく自意識あるいは「純粋自我」というブラックホールの前では、それぞれ複雑かつ多様な生の現実の諸要素に還元されてしまう。そして、「自身と客観との比重」の「物理的」測定である「認識の方程式」からは、経験可能な全ての「事物」・「客観」の量に対する、自意識の容量の圧倒的な過剰性が導き出されるのである。また、認識活動の頂点にある明晰な自意識は、あらゆる事物、思想を包含してなお、満たすことのできない存在であり、「何物も、生まれたり瞬間や場所や意味や形象を得たりすることは出来ない」境地である。そしてこの無限大の自意識は、それを導き出した人格や個性をも消し去ってしまう、「救ひ様のない清透さ」を持った「虚無」となるのである。人間の認識活動に対する厳密な思考が、極限にまで突き詰められた時、これまでの主観／客観の枠組みを超えた自意識（「純粋自我」）という概念が引き出され、さらにその「虚無」性が示されたことを、横光は衝撃を持って受けとめたと考えられる。ただし、繰り返し注意しなければならないのは、単に、唯心論／唯物論の選択において唯心論の立場をとり、主観／客観の選択において主観を重視するという、素朴な独我論の肯定として、このヴァレリーの思想を受容したのではなかったということである。明晰な理性の信奉にもとづく思索の果てに、認識論的混迷に陥ることは一応回避されるのであるが、その思考は「ありとあらゆる創造物、最も偉大なる製作品や企図に至る迄之を追越して」しまう。さらに「一瞬間のうちにその個性を犠牲」にした上で、「自ら純粋な自意識を感ずる」ことになるとヴァレリーは述べていた。つまり、この「純粋な自意識」の状態においては、自ら何かを表現するような主体的かつ個性的な自己が剥奪されてしまうのだ。「彼の驕慢は彼をそこ迄導き、そこで自ら消失する。此の驕慢は、彼をば自分の財宝の極の上に迄導き、そこで、こよなく単純で、裸形で、驚愕せる姿を取らしめた儘、委棄する。」と繰り返されるように、無限に普遍的な「純粋自我」に達することは、個人としての精神活動が「虚無」的な状況へと追いやられることをも意味する。この点にこそ、横光が「悪魔の聖書」と表現する所以があったと考えられよう。ヴァレリーの思想とは、横光の認識論的迷妄を解消する意味を持っていたというよりも、それをとおり越して、むしろその課題をめぐる思考が帰着する所の「虚無」を、あくまで論理的な形で提示したものとして、横光の脳裏に刻まれたのではないだろうか。

以上のように、「ノート及雑説」に対する横光の読解は、「懐疑」による認識論的課題の追尋の様子と、その帰結としての自意識、およびそこに生じる「虚無」性の発見とに集約される。確かに、「これらの思想を理論という一つの形として横光が理解していたかどうか疑わしい」かもしれないが、「ノート及雑説」の内容と書簡の言葉とを照合してみると、「横光はそれを理解できなかったと考えるのは妥当のようである」(16)とも言い切れない。やはり、横光なりにヴァレリー思想の核心を理解し、把握していたと考えておきたい。では、こうしたヴァレリーの思考に対する横光の実質的な反応はいかなるものであったか。ヴァレリー体験によって、「四五年間の飛躍」を遂げたという横光は、以後、それまでの新感覚派や形式主義文学論の立場を離れて、再度自己の文学論を提示し直すのであるが、さしあたってここでは、「ノート及雑説」読後に生じた思索の方向性についてもう少し触れてみたい。
横光は、先に引用したヴァレリーの「懐疑」、「最高の思考」、「自意識」、「虚無」に関する言及に続けて、次のように述べている。ここには、二つの反応の方向性が現われていよう。

そこで、僕は悪魔バレリーといかにして戦つてゐるかと言ふことが、君には想像して貰へるにちがひない。僕は三十二にして眼が醒め出した。大きな受難が此の次に来るだらう。目下僕は理論を造る頭そのものとの格闘から開始しなければならぬ。恐らく、それは狂人になることであらう。ドストエフスキーはここを十年間通つた。僕は田舎へ引き込みたい。もう書く元気がないのだ。ただ子供の前で顔をしかめて笑はせてゐるだけだ。阿呆――僕は自分を阿呆だと思ふ虚栄心に満足して堕落しかけたことを、後悔して良いのかどうか、それも分らぬ。阿呆にちがひないではないか。しかしそれにも拘らず何故にゴウマンなのか。僕はゴウマンに対しての認識の波が極めて薄弱な根拠を持つてゐるだけにすぎぬと知る。

（藤澤恒夫宛前出書簡）

引用の前半部では、「悪魔バレリー」と格闘する意志が示されている。また、ヴァレリーの思想から「喜びと恐怖」を感じた横光であったが、どちらかと言えば、「恐怖」がより強く作用していたこともわかるだろう。ヴァレリーによって追い詰められた横光の意識は、この書簡の別の箇所にも現われている。

以上の手紙を書いてから、もう十日以上にもなる。その間、またバレリーだ。僕は此のバレリーの理論を粉砕するため、日々食欲がへつてゆく。彼から抜け出るためには、数学を疑つてかからねばならぬ。いかにして数学を疑ふかと言ふ緒を見つけるためには、現実性の解剖をしなければならぬ。数学と言ふものは現実性の中の、（必然性と可能性の中の）その必然性を価値づけた頂の中にある。此の必然性は現実性の中に於ていかなる高度を持つか、と言ふことを決定することは、バレリーから抜け上ることだと、昨夜になつて考へついた。

（藤澤恒夫宛前出書簡）

「恐怖」に満ちたヴァレリーの理論を「粉砕」し、そこから「抜け上る」ことを、その受容とほぼ同時に志向している。いかにしてそれを試みようとしていたか、まだこの文章からはっきりと読み取ることはできないが、興味深いのは、「数学を疑ふ」ことや「必然性」・「可能性」といった、「純粋小説論」をはじめとする以後のエッセイにおいて繰り返し表明される事柄が、この時点から浮上していることである。ヴァレリーの理論に接した際に思考上に現われた概念が、以後の文学論のキーワードになるという事実は重要である。その作品創造の奥底にも、ヴァレリーからの影響とその反動を想定することができるはずだ。

　またたとえば、『ヴァリエテ』の翻訳に関して中島が述べた、「ヴァレリーはむしろぼくを絶望させる。が、一そうこの絶望を、真の絶望に、つまり真の放下に近づかせるために、当分、おそれずにヴァレリーと格闘する決心だ。」、「ヴァレリーを読んだら、必らずヴァレリーから抜け出すくふうをするようにならなければ、ほんとうに読んだことにはならないと思う」[17]という言葉には、ヴァレリー受容時の「恐怖」、および脱出の志向といった横光のそれと同型の反応が見られる。日本には存在しなかった思考形式との触れ込みで受け入れられていた当時において、ヴァレリーの思想を前にした文学者が感じたとまどいには、共通するものがあったと考えられよう。

　もう一つの方向は、引用の後半部に示されている、あきらめに似た感覚である。ヴァレリーに接した時に執筆を放棄する気分に襲われたことは、前節に引用した箇所でも述べられている。それでもなお、作家としての思考・活動を続けるならば、もはや「狂人」・「阿呆」になるほかない。横光はそうした絶望と開き直りの言辞を、ここに示している。自己防衛のための自己卑下あるいは思考停止が、ヴァレリーの思考に追い詰められた横光の一つの姿勢として見られるのだ。この絶望感、思考停止の状態が、先の脱出志向と同時に存在していた事実は、以後の作品、評論に複雑な影を落とすことになる。

以上のヴァレリー体験をとおして、横光はある転回を試みることになる。それが、一九二九年（昭4）末から三〇年（昭5）の間に発表された一連のエッセイ、評論であり、「鳥」、「機械」という作品であった[18]。さらに、人間の自意識を肥大化させ「虚無」に導く文学者ヴァレリーの思想は、近代西洋精神の一つの象徴として、日本主義者横光による批判の中心に据えられていく。後に問題となる横光の対〈西洋〉の意識とは、結局のところ、認識をめぐる論理的アポリアから派生したものとさえ言えるだろう。そして横光は、この時点を境に、主観／客観の対立から自意識の必然的発生へと至る思考のあり方そのものと、自覚的に格闘していくことになる。

注

（1）小田桐弘子『横光利一――比較文化的研究――』（南窓社、二〇〇〇・四、七頁）における調査では、横光のエッセイ、評論におけるヴァレリーへの言及頻度はジッドに次ぐ数であるとされている。

（2）ヴァレリー移入期の状況に関しては、清水徹「日本におけるポール・ヴァレリーの受容について――小林秀雄とそのグループを中心として――」（『文学』、一九九〇・一〇）や、寺田透『私本ヴァレリー』（筑摩書房、一九八七・九、五八―七八頁）に詳しい。

（3）「ヴァレリーと精神の危機」（『新潮』、一九六六・七）、引用は『河上徹太郎著作集第三巻』（新潮社、一九八一・一、二七七―二七八頁）より。

（4）「ヴァレリイの事」（『都新聞』、一九三二・六）、引用は『小林秀雄全集第二巻』（新潮社、二〇〇一・五、二四三頁）より。

（5）清水前掲論文のほか、恒川邦夫「「テスト氏との一夜」の読解をめぐって――小林秀雄とポール・ヴァレリー――」（『文学』、一九八七・一二)、中川久定「死を引き受けること/死を排除すること――小林『モオツァルト』とヴァレリー『レオナルド・ダ・ヴィンチの方法への序説』・『注解と余談』をめぐって――」(同)など。

(6) 吉村鐵太郎「ポオル・ヴァレリイ――「ヴァリエテ」について――」(『詩と詩論』、一九二九・九)。

(7) 大岡昇平「解説」(『「白痴群」復刻版別冊 解説』、日本近代文学館、一九七四・一所収、一三―一四頁)。

(8) 「横光利一とともに」(『新潮』、一九六一・三)、引用は『河上徹太郎著作集第二巻』(新潮社、一九八一・一二、一〇八頁)より。

(9) 『疾風怒濤の巻 回想の文学・昭和初年~八年』(平凡社、一九七七・五、二四八頁)。

(10) 「ヴァレリイの事」(小林前掲全集、二四六頁)。

(11) 「〔座談会〕横光利一」(『群像』、一九七五・一)における発言。

(12) 次節に引用した藤澤恒夫宛書簡に言及し、横光のヴァレリー受容について問題提起をした井上謙「横光利一――「機械」執筆の背景」(『日本大学理工学部一般教育研究室彙報』、一九七二・三)や、小田桐弘子『横光利一*比較文学的研究』(南窓社、一九八〇・五、一六三―一八三頁)、伴悦『横光利一文学の生成――終わりなき揺動の行跡』(おうふう、一九九九・九、一三八―一五〇頁)など、その影響について言及した論考はいくつか存在している。井上論文では、ヴァレリーとの邂逅は「いわゆる横光の〈転換〉の前駆として看過できない問題を含んでいる」との見解が示されており、以後、横光の〈心理主義〉におけるヴァレリー思想の影響が、一つの論点として設定されることになった。

(13) 小林の「「悪の華」一面」(『仏蘭西文学研究』、一九二七・一一)では、「彼(ボードレール―引用者注)の生活の諸挿話から吾々は多少は精密な彼の心理学を構成する事は可能である。然し彼の生活の階調を創る事は出来ない。(…)ヴァレリイが言ふ。「生まの真実は虚偽よりも一層虚偽だ」と。」(引用は『小林秀雄全集第一巻』〔新潮社、二〇〇二・四、一一八頁〕より)というように、「ノート及雑説」の文脈に合わせて引用されている。

(14) 嶋田厚は、「横光利一の復権」(『歴史と人物』、一九七二・九)において、初期の横光が、自己の思想の論理的表現のために自然科学、哲学を志向する「暗中模索」状態にあったことを押さえた上で、「こうした暗中模索の果てに見出したヴァレリーが、横光に対して果した役割は大きかった。(…)横光がヴァレリーから引き出したものは、その関心に応じて直観的に拾い上げたものではあったけれども、しかしその文学的経歴から言って理解者としての正統性を主張する資格が彼にあったことは間違いない。それまで感じていたことのすべてが、論理をもって語られている。横光にとってヴァレリーはそんな風な姿で出現したのであった。」とまとめている。

（15）ヴァレリーと自然科学との多岐に渡る交渉とその思想的可能性については、J．ロビンソン＝ヴァレリー編『科学者たちのポール・ヴァレリー』（菅野昭正他訳、紀伊国屋書店、一九九六・四）に詳しい。

（16）それぞれD．キーン『モダニスト　横光利一』（伊藤悟／井上謙訳、河出書房新社、一九八二・一二、二三九頁）。

（17）それぞれ中島前掲書、一八二、一九二頁。

（18）沖野厚太郎は、「メタ小説・反探偵小説・「機械」」（『文芸と批評』、一九八九・九）で、「昭和四年から六年にかけての「二年間」に渡り、ヴァレリーが横光に刻み付けた精神的外傷（トラウマ）の痕跡は、当時集中的に執筆された「機械」他一連の、新心理主義の系列とされる作品群に留められていると考えるのが、おそらく妥当なのではあるまいか」との見方を示している。

第三章　一九三〇年〔昭5〕における〈転回〉

第一節　「現実」の再定義と文学の位置

前章まで見てきたように、一九二八年（昭3）から二九年（昭4）にかけて、横光は、最初期から抱えていた認識論的対立という課題意識のもと、一九世紀以降の自然科学思潮に接近し、また、当時移入がはじまっていたヴァレリーとの出会いを果たした。それまで、新感覚派、形式主義文学といった旗印のもとに、自己の文学論を模索してきた横光であるが、一九二九年（昭4）末以降、そうした文壇的潮流とは別個に、「真理主義」の文学なるものを主張しはじめる。ここに、自然科学やヴァレリーという要素を通過した思考の軌跡が看取できる。新感覚派の理論や形式主義文学論の議論は、横光個人の問題意識を随所に示してはいるものの、やはり、新人作家が文壇での位置を確保するという外的要件から成立した部分が大きかったと言えよう。それに対して、一九三〇年（昭5）時の一連の評論、エッセイは、プロレタリア文学対芸術派という構図を孕みつつも、自己の創作活動への危機意識と、〈文学〉に対する懸命な取り組みが集中的に現われている。これらの評論は、作家横光の本質的な課題が焦点化されていく過程を示すものであり、これ以後の活動の根幹に位置する重要な文章であったように思う。とりわけ、「純粋小説論」（一九三五・四）の議論を導き出す思考は、ほぼこれらの評論に端を発していると言っても過言ではない。

また、この一九二九年（昭4）末から三〇年（昭5）九月の「鞭」・「機械」発表までの期間は、他の時期に比べて、創作活動が減退していたことにも注意したい。文壇登場期から昭和初頭まで多くの実験的な短編、戯曲を書き、また一九三〇年（昭5）末以降は、流行作家として長編小説の連載を間断なく続けた横光であるが、満を持しての初連載「ある長篇」（一九二八・一一～、後に「上海」としてまとめられる）を中途半端な形で打ち切った一九二九年（昭4）末から、翌年九月の二作品まで、わずかに「高架線」・「鳥」（ともに一九三〇・二）の短編二作と、詩一編（「油」、一九三〇・五など）を発表するにとどまっている。ヴァレリーの思想に触れた時に述べた「一切、筆を捨てたくなつた」（一九二九・九・一一付、藤澤恒夫宛書簡）という言葉どおり、創作の筆は止まっていたのである。その代わりに取り組んだのが、ここで問題とする一連の評論、エッセイであった。「理論を造る頭そのものとの格闘」（同前）を迫られた横光は、新感覚派文学理論、形式主義文学理論、プロレタリア文学理論、自然科学理論、認識論……、といった諸〈理論〉の考究から、そうした〈理論〉自体を生み出す人間の「頭」（思考・内面・心理・意識……）を問題化していくことになる。一般に、表現対象が「物」から「心」へ変化したことをもって説明される横光の〈転回〉であるが、その背後では、諸〈理論〉の内容から人間の「頭」自体の構造へという思索のシフト・チェンジが試みられていたのである。そこで見い出された「頭」の問題との「格闘」に必死であった結果、こうした評論の時期が形成されたと考えられる。

横光は、「純粋小説論」の中で、それを「上海」以下一連の長編作品に関するノートであると述べている。その「純粋小説論」の原点に位置するこの時期の評論は、創作上の〈転回〉に関する覚書であるとともに、自己の文学者としての活動の第一条件を銘記したものであった。〈新感覚〉や〈形式主義〉といった文壇的レッテルから一歩距離を置いた、作家横光の本質的な思考をここに見ていくことが可能と思われる。

これらの評論群の起点となったのが、一九二九年（昭4）九月二七、二八日の『読売新聞』に発表された「もう一度文学について」（『書方草紙』〔一九三一・一一〕収録時に「文学的実体について」と改題、若干の異同もあるが以下引用は定本全集による）という文章である。ここではじめて、横光の〈転回〉が実際に表明されたと言ってよい。そこでは、形式主義文学論とは異なった角度から自身の文学論を展開しているが、この文章が、ヴァレリーについて語った先の藤澤恒夫宛書簡と、相前後する時期の発表であることに注目すべきであろう。文学理論に科学的思考を取り入れようと試みることで、逆に混迷の度合いを深めていった横光は、そこからさらに、ヴァレリーの精神・意識をめぐる探究に衝撃を受ける。その思想的危機とも言える地点において、「もう一度文学について」と題する評論を書いた意味は小さくないだろう。自身の混濁した思考から脱するためにも、まず作家として〈文学〉という原点に帰ることが必要だった。科学、哲学の思考に対して、文学は何を対象とし、何を追究していくべきなのかを「もう一度」考え直し、自らの文学活動の再生を目指したと考えられる。

文章は、同年九月の『改造』に掲載された鈴木文史郎「飛行機から眺めた風景印象」を引き合いに、飛行機上という場における認識のあり方について述べるところからはじまる。そこでは、「現実を見る個人の位置の変動」の具体例を飛行機上に求め、その意義について以下のように説明している。

古今からの文学は総て同一平面上に立つた個人の同平面上に立つた他個への説話にちがひないのだ。然しながら、飛行機文学は絶えず停止することを知らない上空の運動体が、下空の運動体へ話す説話である。かくの如く読者に対して時間と空間とを明瞭に認識させ得られる場合はない。現実とは何であらうか。時間と空間との合一体だ、としてみると、かくのごとく現実について明瞭に認識し直す機会はまたと再びないのである。（「文学的実体について」）

ここに、形式主義文学論争時に触れた、相対性理論などの影響を見ることは容易であろう。観察・認識主体の位置づけを考慮せずに構築される古典力学の体系（「同一平面上に立った個人の同平面上に立った他個への説話」）に対し、ともに移動している観察・認識主体とその対象（「運動体」）との関係性を前提とする相対性理論の立場から、「現実」についての再考を促していると言える。現代科学がもたらした世界観の変化によって、これまでの「現実」概念は様相を一変させた。世界認識と「現実」の変容は、必然的に文学にも影響を与えるはずである。古典力学的自然観が前提としてきたア・プリオリな〈実在〉概念の揺らぎ、事物を時空間の特殊な状態の現われとするアインシュタインの理念などが、「現実とは何であらうか。時間と空間との合一体だ、としてみると、かくのごとく現実について明瞭に認識し直す機会はまたと再びないのである。」というように、「現実」を自覚的に捉え直す態度を引き出したと考えられる。

客観的事象と主観－認識主体との区別がよりあいまいになるとともに、複雑な形で再構築されはじめた「現実」を前にして、近代の文学はどのような意義を持ち、何を具体的な対象としていくべきか、という問いが生じる。横光は、まず近代文学の最大の特長を「騒音」であるとし、「われわれは騒音について新しい認識を立てざる限り、近代文学を了解する鍵は永久に失はれるにちがひない」と述べる。そして、「騒音」とは「真実」であり、「現実とは騒音そのものに他ならない」と矢継ぎ早に言い切るのであるが、続いて次のようにも記している。

私はここで、騒音の解剖をしようとは思はない。何故なら、騒音を解剖すれば最早や騒音はその範囲に於てのみ、明確になるにすぎないからだ。思想とは、騒音を明確に変形した思考である。それ故、思想は最早や変形し整理された思考の快朗性のために、現実性を追放した形骸である。頭脳の良い者は、数学によつて騒音を計算する。だが、彼は彼の頭脳が優れてゐればゐるに従ひ、現実から敗北してゐるにすぎないのだ。何ぜなら、数学とは、現実の含む必然性のみの抽象によつて、現実性を紛失した幽霊であるからだ。

（「文学的実体について」）

ここに示された思考法、論法は以後の評論などに繰り返し現われることになる。「現実」＝「騒音」は、一つの思想体系によって説明し尽くせるものでない。思想は、「現実」＝「騒音」の複雑性を単純化するのみであり、ありのままの「現実」＝「騒音」を把握することなく、「現実性を追放した形骸」を提示するにとどまるのである。また、その「騒音を明確に変形した思考」の極致は「数学によつて騒音を計算する」ことであるが、こうした批判的言辞が、ヴァレリーから抜け出るための思索と同じ内容になっていることにも注意したい。「頭脳の良い者」をヴァレリーに置き換えてみればそれは明らかであろう。前章で見た書簡で、ヴァレリーの思想を打破するには、「数学を疑つてかからねばならぬ」とし、そのために「現実性の解剖をしなければならぬ」と考えた横光の方向性がここに示されている。そこでは、「数学と言ふものは現実性の中の、（必然性と可能性の中の）その必然性を価値づけた頂の中にある」とし、「此の必然性は現実性の中に於ていかなる高度を持つか、と言ふことを決定すること」（藤澤恒夫宛前出書簡）に取り組む意向が述べられていた。「騒音」としての複雑な「現実」においては、「必然性」を持つと見られる事象にも絶対的根拠を置くことは不可能であり、その「必然性のみの抽象である」数学への全幅の信頼は失われることになる。つまり横光は、「現実」＝「騒音」という領域の中に、本来それを対象とする思想や数学（科学）を包摂することで、それらの絶対性を否定しようとしたのである。現代科学の展開において、古典力学もそれを支えるユークリッド幾何学も、「現実」のある特殊な状態においてのみ有効性を持つということが確認され、その万能性が否定されたのであるが、このことが横光の念頭にあったと推察される。ここでの「現実」とは、極めて大きく拡張した概念であり、それゆえ既存の枠に嵌め込むことが不可能な「騒音」という言葉で語られる。また、前章冒頭でも触れたが、「現実」という視座からヴァレリーについて否定的に述べる文章は、その後もいくつか書かれている。今取り上げているエッセイでは、具体的には「マルキシズムの思想」を批判しているものの、その矛先はヴァレリーの思想にも向けられていたと考えてよいだろう。とはいえ、こうした批判自体が、ヴァレリーの思考法から強く影響を受けているとも言えるが。

こうした「思想」批判を起点に、文学の議論へと展開していく。まず、膨大なカオスとしての「現実」=「騒音」と、近代文学の「騒音」とは「勿論同一ではない」との前提が掲げられ、その上で、両者の関係について以下のように述べる。

> 現実の騒音とは、真理そのもののやうに不明快の極致である。しかし、文学に於ける騒音とは文字をもつて現実の騒音を整理し、その整理したことによつて発生させる幻想上の騒音である。(「文学的実体について」)

文学の騒音とは、現実の騒音そのままの形ではなく、それを文学の表現(文字)として「整理」した上で、そこから再び出現する「幻想上の騒音」なのである。なぜこのようなまわりくどい手続きが踏まれるべきなのか。思想や数学と同様に、文学も「現実の騒音」を「整理」するだけでは、その無限の複雑性を矮小化することになってしまう。かと言って、「真理そのもののやうに不明快の極致」である「現実の騒音」の総体を完全に掌握し、ありのままに写し出すことは不可能である。横光が続けて言うには、「マルキシストの明快さ」は、その範囲のみに通用するものであり、それを現実そのものであると考える「マルキシズム文学」は、「騒音」としての「現実」を暴力的に圧縮して捉えたものにすぎない（ここでも、こうしたマルクス主義理解の問題についてはおくことにする）。「芸術派の不明快を尊ぶ文学論」は、「現実」の表象不可能性を前提として、その代わりに「文学に於ける騒音」を積極的に創出することを主張する。具体的な方法、作品については、まだ詳しく言及されていないが、拡張され、再定義された「現実」という概念から、「もう一度」文学活動について考えるという姿勢が、横光における再生・〈転回〉の起点にあったことは押さえておきたい。

さて、ここまでは、主に「思想」と「現実」の関係が述べられていたが、次に横光は「科学」と「現実」についての議論を進めていく。

われわれは科学を何故に信用するのであらうか。それは科学が人間の最も薄弱な心理の部面を掴んだからだ。だが、それ故に科学そのものはわれわれに現実のいかなるものであるかを証明し尽したであらうか。科学とはわれわれの心理に不可知なものを認識せしめる方法である以上、科学の進歩はより以上の不可知な現実を探るがための騒音となつて氾濫する。即ち、最も明瞭なものと、最も不明瞭なものとの闘ひが至る所で続けられるこの現象は、自然に文学的騒音となつて近代文学の特色とならざるを得ないのだ。即ち、科学そのものの明快さが、明快なるに従ひ文学的騒音を造つていく。

（「文学的実体について」）

科学の進歩と不可知の領域との比例関係についての議論も、以後繰り返し横光の論述に記され、ひいては近代合理主義批判に結びつく観点となった。科学的思考を押し進めれば、それだけ、「現実」における不可知の領域へと衝突していかざるをえない。この認識は、世界を科学的に還元した果てに生じる疑問を、全て人間の「愛嬌」に帰した「愛嬌とマルキシズムについて」（一九二八・四）以降、形式主義文学論争における自然科学理論への接近によって、徐々に具体性を伴なって育まれたものと見られる。現代科学の達成が、さらに多くの課題を生み出している同時代状況のみならず、普遍的かつ必然的に、科学的探究は、「現実」への問いをひとまず中絶せざるをえない地点にまで思考を導くだろう。たとえば、物理学は物体の運動法則は明らかにするが、その運動の第一原因とは何かなど、不可避に生じるであろう形而上学的な疑問には回答できない。その意味で、科学もまた、単純明瞭化した「現実」の一部を把握するにすぎないと言えるのである。

ただ同時に科学は、「不可知な現実」が存在する事実を「明快」に示すという逆説的な機能によって、常識化された世界観に「騒音」を発することにもなろう。横光によると、「現実」に対する科学の考究が必然的に生み出す「騒音」とは、「現実の騒音」を一度「整理」した上で生じる「文学的騒音」に重なるものである。「われわれは複雑なものを単純にすることは出来ない」が、科学は「複雑なもの」を単純にしたように見えて、実はより「複雑なもの」を生み出しているのである。そこで、「文学の機械化は、単純なものを複雑にせよと云ふときに於て、近代的意味を持つ」とまとめる。ここにおいて、科学的な文学（「文学の機械化」）は、一見明瞭であるとされる（一般的な意味での）「現実」に亀裂を生じさせ、その複雑な、混沌としたあり方を指し示すことにおいて、「近代的意味を持つ」と定義されるに至ったのだ。また、この複雑性への志向にヴァレリーの痕跡を見ることも可能であろう。単純化された思考が生み出す虚偽を峻厳に排するヴァレリーの姿勢は、横光の思考のうちで、「現実」の複雑性の回復を目指す志向に結びついたと考えられる。

ここで、横光が再構築を試みた〈文学〉のあり方が明確になってくる。それは、「現実」を矮小化する「思想」から距離を置きつつ、「科学」とともに「現実」の認識に取り組むものとして提示される。

われわれはわれわれの了解出来得た範囲に於てのみ了解する。しかし、それなら、われわれの了解出来得ざる範囲に於てはいかにするのか。ただ、文学的解答はこの部分についてのみ、云はれればそれで良いのだ。われわれは、われわれの中のいかなるものが、われこそ総ゆるものを認識したと云ひ得るものがあるか。即ち、無いのだ。もしそれがないとすれば、文学は明快よりも、不明快な騒音を尊重すべき理由を充分に持ち得られる。しかし、文学的騒音は音楽的騒音の不協和音のごとく、常により深き認識へと邁進する科学的騒音でなければならぬ。ここから、初めて芸術派はマルキシズム文学の到達し得ざる分野に向つて、その実体を探るメカニズムの触手を延ばすことが可能である。

（「文学的実体について」）

「了解出来得た範囲に於てのみ了解する」人間の思考に対し、「了解出来得ざる範囲」に関してのみ「文学的解答」を打ち出すという背理を語りながら、ここで文学者としての理想が、「もう一度」改めて表明されている。「常により深き認識へと邁進する科学的騒音」たる〈文学〉の創出を目指す姿勢は、「物自体へ躍り込む主観」（「新感覚論――感覚活動と感覚的作物に対する非難への逆説――」、一九二五・二、原題は「感覚活動―感覚活動と感覚的作物に対する非難への逆説」）について強調した新感覚派時代から続くものと言える。文壇登場時には測りえなかった自身の言葉の意味が、この地点で「もう一度」洗い直されているとも考えられよう。認識不可能であるはずの「物自体」を、自らの「感覚」によって捉え、それを言葉で表現することが新しい文学の課題であると、かつて横光は位置づけた。今度は、「現実」世界の絶対的な混沌を知った上でなお、文学の力によって「現実」に対する認識を深めることを目標とするのである。

また、この評論を再掲するにあたって（『文学』、一九二九・一二）、右の引用の後に若干の文章が付加されている。そこでは、科学が探究の過程で必要とする「仮設」について取り上げ、背後の「実体」を無視することになる「科学的仮設」のあり方を否定している。先に見た、科学の「仮説」性（「仮設」との差異は今問わない）とエネルギー論の発生との関係をめぐる考察から予想されるように、これについても、「仮設」の「彼方にある実体」、すなわち「現実」が問題となる。

文学に於けるメカニズムの触手とは、その仮設と実体との距離への触手である。さうして、此の文学的メカニズムの触手のみ、ただ常に仮設を突破する搏撃力を有ち得られるダイナマイトだ。此のダイナマイトこそ、それ故に騒音である。ここでは最早や唯心論もなければ唯物論もない。あるものは常にただ文学的実体あるのみである。

（「文学的実体について」）

「実体」＝「現実」への認識を深めるための文学は、「仮設」（ここでは世界認識におけるドグマといった意味合いも含んでいると考えてよいだろう）を「文学的騒音」によって突破しなければならない。この試みにおいては、唯心論／唯物論という認識論的対立もまた、「現実」を矮小化する「思想」なのである。そして、「仮設」を突破した先に現われるのは、ありのままの「現実」＝「実体」ではない何か、すなわち「文学的実体」であるとされる。それらが、具体的にどのような形で示されるのかについては、まだ明確に述べられるに至っていない。しかしながら、この時期、横光は実作者として、「文学的メカニズムの触手」が狙う対象を見定めつつあったのである。

翌一九三〇年（昭5）はじめには、「肝臓と神について」というエッセイが発表されている。この文章の冒頭には、「名前」をめぐる素朴な疑問が述べられているが、そこから、後に重要なテーマとなる関係的存在としての人間のあり方について考察が及んでいる。文学の主題を模索する思考が、この時期において徐々に深化しているさまが窺えるだろう。

いつの頃から私は私の名前を自分だと思ひ出したのか忘れたが、とにかくそれは他人が私を私だとしたのであらうことだけは間違ひない。(…)そこで、また私だが、いつたい私の名前は人々が私だと云ふから、私が私だと思ひ出し、人々の思つてゐる私が、いつの間にやら私の中の私になつてゐたりしてゐるのだ。

(「肝臓と神について」、一九三〇・一)

これが、小説「機械」の語り手「私」の思考に重なるのは明らかである。また、ここに、「レオナルド・ダ・ヴィンチ方法論序説」(「ノート及雑説」)における「自意識」の問題(「人が総べてを見、しかも彼は矢張り可見物であつて、他からの注視の可能な対象物であると絶えず感じ、而して、も早や何物も自分の背後に居ることを許さない所の番兵であり眼であるといふことを自ら感じないのは、光輝ある苦悩の一態様である」)の反響を見ることもできる。ただし、「自意識」を導き出しながらも、知的統御を保持しようとするヴァレリーに対して、横光は、後に「自意識といふ不安な意識」(「純粋小説論」)と主題化することからもわかるように、不安定な人間存在のあり方と〈自己〉なるものの不確定性とをより強く意識することになるのであり、そうした方向が引用部には示されていよう。また同じエッセイでは、「私は極力人々の思つてゐる私から逃げようと思ひたがる」、「思ふに私の一生は私を蹴飛ばすことばかり考へてゐる一生にちがひない」、「私は持ちかけたものは速刻捨てることばかり考へねばならぬのだ」というように、確定的な自己像から抜け出そうとする志向も表明されていた。個性・人格といったレベルでの主体性を超えて、何者でもない普遍的抽象的な「純粋自我」への道を探るヴァレリーの思想に、これは一面において合致していると言えよう。「人々は完全に日々自分を捨て去ることが出来る」という同文中の言葉は、他者との関係性において成立する相対的な自己と、そこで形成される「名前」や個性、さらには狭義の自意識をも捨て去ることを目指すものである。しかし、横光は、「これほどの幸福がまたとあらうか。しかし、これほどの不幸はまたとあらうか。」とも付け加える。この両義性もまた、完成した自意識を「虚無」として提示したヴァレリーの思考と通底するものである。

こうした思索を導入部として、不確かな存在である「私」が、それゆえに「捨て去ることは出来ない」、「しがみつくことの出来る唯一の」存在として、「神様」が強調される。「神」の存在を、横光は次のように説明する。

私は唯物的であることは好きだ。しかし、唯物論は嫌ひである。私の神を信じるのは、唯心論からではない。メカニズムからだ。一と一とを加へると何ぜ二になるかと考へてゐる認識論は何の役に立つかと、雨宮氏が云つたのを私は覚えてゐる。（…）しかし、私は考へる。一と一とを加へて何ぜ二になるかと考へることは、神を信じる上に役に立つ。神は一と一との間により現れない。（「肝臓と神について」）

思考の俎上にあるのは、ここでもやはり、唯心論／唯物論という対立である。人間の意識が、その外部の事象や他者との関係性において構成される以上、独我論的な唯心論を保持することは不可能である。また、客観的実在が単純な形で規定できず、認識主体のあり方も含めねば事物の運動の総体を測定できないがゆえ、素朴実在論的な唯物論も成立しない。素朴な議論ではあるものの、唯心論／唯物論ともにその絶対性が否定された地点において、横光は考えようとしていた。そこでは、唯心論、唯物論どちらの立場からも、「一と一とを加へると何ぜ二になるかと考へてゐる認識論」に対する完全な説明はできない。そこで横光は、「メカニズム」なる概念をまたもや持ち出すのである。ここで言う「メカニズム」は、認識論的解釈では捉えられないにもかかわらず、「現実」の中に存在すると言わざるをえない〈法則〉ないしは〈真理〉への眼差し、といった意味合いで押さえておきたい。「現実」とは、客観的事物から人間の内面領域まで、あらゆる事象を包含する広義のそれである。そして、「現実」における〈法則〉・〈真理〉のあり方を抽出し、その意義を問うという困難な思弁（「一と一とを加へて何ぜ二になるかと考へること」）は、一切を超越する「神」の存在証明に帰着することを、ここで横光は示そうとしている。(1)

　さらに横光は、「在るが儘の真理といふものは嘘偽よりもさらに嘘偽である」というヴァレリーの言葉を逆さにし、「ただ嘘だけが一番多く本当だ」と述べて、以下のように続ける。

だから、嘘と云ふものは本当以上に大切なのだ。人は、彼以外の彼は――即ち、他人の頭の中に這入り込んで生活してゐる彼は、嘘の集合だ。神は嘘を製造する。人は神の与へた嘘を嘘だと気づいた瞬間、次の新しい嘘を与へられる。一と一とは、嘘を計算した数である。幾つの嘘があつたかと計算するのが科学者だ。だから彼は嘘の数だけを信用する。彼は常に結果だけより知らない。原因と云ふものは、神だけが知つてゐるのだ。科学者に原因が分つたら、彼は結果なんて生温いものは捨てて了ふにちがひない。

（「肝臓と神について」）

「嘘と云ふものは本当以上に大切」だとした上で、「他人の頭の中に這入り込んで生活してゐる彼」を「嘘の集合」とみなしているのはたいへん興味深い。他者との関係性の中でのみ存在しえる人間において、他者の認識が構成する客体としての自己を、主体的な自己、つまり「本当」の自己以上に「大切」だと主張することは、そのまま「機械」の文脈にも当てはまるだろう。また、「もう一度文学について」(「文学的実体について」)で問題になった不可知の領域を「神」のものと定義し、その「原因」の領域から生じた「結果」としての現象界を「嘘」の世界と考えていることも重要である。この「神」の領域を「実体」、「嘘」の世界を「仮設」に置き換えれば、「もう一度文学について」(「文学的実体について」)の内容が変奏されていると読めるだろう。とすると、「文学のメカニズムの触手」はこの二つの世界の間を狙うのであり、「文学的実体」とは、この中間層に創出されるものと考えられる。少し先回りして言えば、「原因」と「結果」の間、すなわち現象(およびその認識)が生じる動的なプロセスこそが、「文学的実体」であると想定されるのだ。「神」の領域、すなわち「原因」そのものを認知することは、科学や哲学と同様、文学にも不可能なことである。しかし、その「神」の領域も含めた「現実」をより深く分析するために、「嘘」=「仮設」を「文学的騒音」という「ダイナマイト」で突破し、認識論的地平では捉えられない「メカニズム」の所作をその「幻想上の騒音」によって明るみに出すこと。この夢想が横光の文学の方向性を決定していくのである(ただし、「嘘」なる概念については、「純粋小説論」の時期に至ってさらなる変奏が見られる)。

こうした可能性を含みつつも、一方で、この文章では、ヴァレリーを受容した際に現われた諦念が表明されている。

人間は馬鹿になるに限る。私は十三年間神さまとは何んであらうと考へ続けた。が、漸く此頃馬鹿にして貰つた。馬鹿になれば、もう一と一とが何ぜ二になるのか考へる必要はない。一と一とは二で、二と二は四つだ。それ以外は間違つてゐるのである。私の文章も譬へ間違つてゐるとしても間違つたことに於て正しいのだ。(…)神さまが有ると書けば、少くとも読者はその部分で、神さまがあるかないかぐらゐは考へるであらう。それ以外のことは私には分らない。ただ神はいつも実体そのものにあるのだ。（「肝臓と神について」）

人間の思考の無力さを投げやりに吐露するこの言葉は、やや虚無的な調子を帯びている。認識論的問いも神の存在をめぐる問いも、科学や哲学によって解明されることなく、思考を進めれば進めるほど、新たな混迷と不可知の領域が浮上してくる。この不可知論的地平において安定した精神状態を求めるには、もはや信仰に向かうほかない。知性の無力さを露呈するこうした思考は、ヴァレリーとは全く逆のものと言える。が、「レオナルド・ダ・ヴィンチ方法論序説」（「ノート及雑説」）の一節を引用し、(2)「聡明無比、悪魔のごときヴァレリーがそのやうなことを云ふとしてみれば、われわれもまた馬鹿になるに限るではないか」と述べて、この文章は結ばれる。横光は、ヴァレリーの中にも、不可知論あるいは判断停止の状態へと行き着く思考のあり方を見ていた。以後多くの作品で、自意識の葛藤に苦しむ知識人とともに、その対照ないし抜け道としての〈愚者〉的人間像を創造したこととの意味はここにある。徹底した理性的合理的思考の果てに、必然的に出現する〈馬鹿〉・〈愚者〉としての人間像は、最晩年の「微笑」（一九四八・一）にまで連なる重要なモチーフとなっていくのである。

第二節　「真理主義」・「心理主義」の文学

一九三〇年（昭5）三月には、「─芸術派の─真理主義について」が『読売新聞』（第一部第一章注（19）参照）に発表された。横光はそこで、目標とする文学のあり方をより具体的に示そうとしている。

冒頭部で、煙草の習慣をやめた時に起こる身体的精神的変化から、「意識と意識との継目から身体を支配しさうな無意識の運動が間断なく行はれてゐるのを感じるやうになつた」と述べ、煙草を吸っている身体と吸わない身体の「どちらが実体を計量する上に於てより正しい肉体であるのか考へる」と議論を進める。[3] 精神と身体の間にある無意識の層を問題としていることから、当時喧伝されたフロイトの精神分析などの影響を想定することも可能であるが、ここでは、「実体を計量すること」を中心として、精神／身体の関係が語られていることに着目したい。精神／身体、唯心論／唯物論といった二元論的思考の根底に位置する「実体」を、文学の探究対象とする姿勢から、ここでは「真理主義」の文学なる主張を打ち出していく。

文学も煙草を吸ふ文学と吸はない文学——と云ふよりも、現実よりも幻想そのものを重んじる文学と、現実から遊離したがる幻想を極度に排斥するメカニズムの文学とが昔から並びながら進んで来た。この考へ方はあられもない方向からの考へ方だが、こんなことはどうでもよい。要はたゞメカニズムの文学についてゞある。メカニズムの文学とは最も平凡な云ひ方をすれば、「真理を探る文学」と云ふ意味である。もし和訳すれば「真理主義」とでも訳すべきであらう。機械主義とか、力学主義とかの訳はメカニズムの真意からは遠ざかるばかりである。

（「―芸術派の―真理主義について」）

「現実」から遊離した「幻想」を排し「真理」を探究していく文学として、「メカニズムの文学」－「真理主義」の文学が規定される。ここで「メカニズム」なる概念は、「現実」の中に働く「メカニズム」というより、文学に向かう姿勢、ないしは文学というジャンルの性格を指すものになっていると言えよう。「私の云ふメカニズムとは人々の通常用ひる真実を探ぐるがための科学的方法と云ふ意味でのメカニズムで、出来得る限り文学上の考へ方を科学的にしたいと云ふ希望の現れにすぎない」とも述べており、この意味では、自然主義の文学もマルクス主義の文学も「メカニズム」の文学であったとしている。しかし両者とも、その「真理を探る方法に於て」それぞれ「本能」、「階級」に重点を置きすぎたのであり、新しい「芸術派の真理主義者たちは」、「方法そのものに重心を置き始めなければならなくなつた」と主張する。さらに進んで、「いかに掘りあてた真理そのものが古くとも、それは良いのだ。ただ方法そのことが新しければ。」と述べるに至って、「実体」＝「真理」を探究する文学の具体的な方向性が見えはじめてくる。「現実」そのもの、あるいは「実体」そのものの把握、表象が不可能であることはすでに強く意識されていた。その上で、「現実」における「真理」を、「文学的メカニズムの触手」によって探り当てるという「方法そのもの」に、焦点となる対象がシフトしている。何が真理かを決定するのではなく、どうすれば真理に到達できるかという「方法」を重視することにおいて、文学を科学（「メカニズム」）に近づけていかねばならないと、横光は考えたのだ。

そこで、新しい芸術派の真理主義者達の一団は、彼ら自身を、出来得る限り科学者に近づけなければならなくなつたのだ。いや、寧ろ反対に、科学者を彼ら自身の仲へ産み出し始めたのである。人生に対して、芸術家ほど科学者でなければならぬものはない。／譬へば、今、私のこの体内に於ける禁煙からの変化とその運命を最も確実に示し得るものは、芸術家以外にはないのである。科学者そのものよりも、芸術家の方が正しいのだ。

（「—芸術派の—真理主義について」）

科学者の態度に接近するだけでなく、「科学者を彼ら自身の仲へ産み出し始めた」という文学者の姿勢については、ヴァレリーなどもその適当なモデルとなったであろう。人間の「人生」に関して、科学者の態度で臨むためには、何よりもまず、自らのそれに対して、厳正に、すなわち〈科学〉的に分析、考察することが求められる。なお、後に横光は、「肉体の運動と心の運動とは、いづれが強力に擦れ合つてゐるかと見ることは、近代の作家の殆ど基礎的な創作練習法である」(「小説と時間」、一九三二・五)と規定した。実作においても、それを人間の意識と行為の相剋として追求していくことになる。そこでは、極めて強い「方法」意識と、その具体化の試みが見られるはずだ。

以前から続いていた、文学に科学性を取り入れる意向は、「真理主義」の文学の主張に帰着することとなった。当然、同じ文章で言うように、「文学と自然科学そのものとは、違ふ」が、重要なことは、「ただ幾らか文学の方が人生に対して科学よりも科学的であるか非科学的であるか」なのである。自然科学の対象が、物理化学的諸事象であるのに対し、文学の対象はあくまで「人生」である。では、「人生」に対して科学的であるということは、どういうことを意味するのか。

作家は科学者よりも正しく真実を探らねばならぬ、と私は前に書いた。科学者よりも正しいと云ふことは、芸術者にのみ許されねばならぬことであり、特に作家に於て可能なことである。何ぜなら、科学はその科学的なことに於て科学的になり得られるが、非科学的なことに於てまで科学的な正しさを保つことは出来ない。譬へば、われわれ人間の心理を、その心理の進行することを時間と見る場合、その時間内に於ける充実した心理や、心理の交錯する運命を表現し計算することの出来得られる科学は、芸術特に文学ををいて他にはない。此の、他の科学の領域の遠く及ばざる非科学的な実体の部分を、科学的な正しさに表現し計算し得る方法の発見及びその応用、それが真理主義者の新しい芸術的目的とならねばならない。即ち、真理を探る努力に於て、目的よりも、方法そのことに重心を置き返る場合、芸術家の対象もまた必然的に新しくならねばならぬ。何ぜなら、芸術家の対象は、それは今や目的よりも方法そのことになつて来たのであるからだ。いかなるものと雖も、対象が目的よりも方法に移動すれば、新しい芸術活動をなさざるを得ないのだ。

新しい真理主義者たちにとつては階級とか本能とか知識とか感情とかは、ただ単なる目的であつて実体を探る方法ではない。目的よりも方法へ、これが新しい作家達の活動主体である。

（「―芸術派の―真理主義について」）

一九三〇（昭5）年時点での到達点は、ほぼ全てここに現われていると言えよう。(4) 先に見た、「現実の不明快さ」の観点から「思想」を批判した論法と同じく、科学および科学者は、その対象とする「現実」の領域の狭さに縛られているとされる。そこで、芸術家、とりわけ作家が、広義の「現実」における「真理」を探ることにおいて、特権的地位を約束されるのである。その具体的な根拠として挙げられるのが、「心理」およびそれが交錯する「運命」を「表現し計算する」という文学の役割であった。ここに、自己の「意識の計量の仕方」（「鍵について」、一九三一・三）を示したとされる、ヴァレリー思想の影が見られよう。もちろん、文学の対象として特に「心理」を持ち出したことについて、従来指摘される、フロイトの精神分析やジョイス、プルーストらの紹介などに対する反応とする見方も、捨て去るわけにはいかない。(5) しかしその背後で、文学の形式主義と自然科学を結合する考察の帰結として、「意識そのものをさへ物理的に存在と見得られる今日、最早や存在は意識なんか決定しはしない。何ぜなら、今では意識も存在であるからだ。」（「メカニズムと形式　中河与一氏へ」、第一部第一章注(22)参照）という大胆な認識の転換があったことが、より重要と思われる。客観的実在とみなされてきた物体、あるいはそれを構成する原子、分子は、科学の進歩によってその存在が確証されつつあったものの、〈実在〉なる概念自体が揺らいでいる思想状況において、それらはあくまで人間が想定した一つの「仮設」でしかない。そして、完全な唯物論も完全な唯心論も成立しえない「仮設」―「嘘」の世界認識においては、意識・心理もまた一つの「仮設」とみなされる。と同時に、逆説的にも、それを従来の物体と同レベルの〈存在〉として想定する論理が生じてこよう。こうした点にも、「只注意さへすれば我々の内にある最も親しい運動を外的事件や対象物と同列に置くことが出来るのだ。そして該運動が観察の対象となるや否や、それは観察されるあらゆる事物の中に参加する様になる。」(「ノート及雑説」)といった、ヴァレリーの言葉との近接を見ることができよう。小説「愛巻」(一九二四・一二)などの例外を除いて、人間の「心理」を細かく記述することをある意味忌避してきた横光は、その初期において、客観的事象の表現に仮託することで、人間の内面を言語化しようと試みたと言える。ここから「唯物論的文学」という発想が生まれるのであるが、そうした客観的事象に確固たる根拠を置きえなくなった時、自らの文学手法を支える認識論的立場も激しく動揺しはじめる。この地点において、全く逆の立場から認識論的課題に取り組み、強靭な思索を提示したヴァレリーの文章と出会った。そこでは人間の内的領域が主題化され、その「自意識」の運動を追求することこそが、「現実」における「真理」を明らかにする方法とされていた。乗り越えるべき旧文学の主題として拒絶してきた人間の内面なるものが、文学の現代的課題として昇華されている様子を見て取った時、横光の文学が向かう対象は意識・心理へと〈転回〉しはじめたのである。

こうして、徐々に突き詰めてきた不可知の領域(「非科学的な実体の部分」)が、文学的対象である人間の「心理」、「運命」に設定されることになった。科学の分析は、前提としてあるはずの認識論上の問い、およびその結果として生じる形而上学的問題に関しては、答えを出すことがない。「科学的」な文学は、自然科学の領域を超えた広義の「現実」を前に、それらの課題を胚胎する人間の「心理」、「運命」のあり方を対象とすることになる。その「真理主義者の新しい芸術的目的」とは、「心理」、「運命」を測定し、表象するための「方法」の発見と定義される。

さらに横光は、『改造』一九三〇年(昭5)六月号に長文の「文芸時評」(『書方草紙』収録時に「人間学的文芸論」と改題、若干の異同もあるが以下引用は定本全集による)を掲載し、自身の文学論を再度提示している。これは、三木清、谷川徹三、土田杏村らの評論についての考察と、「人間」を中心とする「真理主義」の文学という自己の主張とを関係づけてまとめたものである。社会・歴史に対する人間の優位を説くいささか凡庸なマルクス主義批判が中心だが、ここでは、横光の主張をこれまでの流れに沿って簡単に確認することで、当時の評論に見られた〈転回〉に関する考察を整理しておきたい。

そこで繰り返されているのは、思想も科学も文学もみな「人間」を根本として発生している以上、全て「人間」を中心として思考せねばならないという、平板な〈人間主義〉の見解である。ただしこれも、横光の思考プロセスを念頭に解釈するならば、その文学観の形成と鋭く交差しているものと考えることができる。

われわれは自己の感情をいかに否定しようとも自己を捨てたことではない。すでにそのやうにして私たちが自己を滅ぼすことの出来ざる限り、文学と雖も生活と同様に倦くまで自己を、個人を、人間を中心にせずしては成立しない。ここから、それが人間学としての文学のあらゆる方向に向つて拡がらねばならぬ根本理論が発展する。

（「人間学的文芸論」）

こうした論理から引き出される人間中心主義について、「われわれ人間にとつては、人間を中心とせざる絶対的存在といふものはな」いという「観念論とも思はれるべき考へ方」とも述べており、一見、自覚的に退行線を辿っているようにも思われる。しかし、「人間は人間から永久不変に逃亡することが出来ないと云ふことに於ていついかなる世紀を通じても正しいにちがひないのだ」と断じているように、楽観的なヒューマニズムへの傾斜というよりも、先に見た「自分を捨て去ること」という虚無的な思考からの飛躍を読み取るべきであろう。文中でフォイエルバッハの「真理は唯物論でも観念論でもなく、生理学でも心理学でもない。真理はただ人間学である」という一節を引用し、「此の言葉は正しい」としているように、諸科学を包摂する「真理」（あるいは「現実」とも言い換えられよう）の探求たる「人間学」が想定されていたのである（同時代思潮としての人間学との交接については、人間学における〈身体〉の問題と合わせて後に検討する）。

横光によれば、「人間学」の観点から、〈人間〉とは何かという総合的な問いに、当の人間の知性は取り組んできた。ただし、人間が〈人間〉について考察するという自己言及的な構造においては、「分つたこと以外には分ることが出来なかつた」というように、客観的真理としての答えを得ることは不可能と考えられる。自己言及的な〈人間〉への問いに予想されるこの解答不可能性は、極論において、それこそが「真実」であるとも考えられる。この真実のあり方を前提にして、「努力する方法の一つ」が文学であり、「それ故文学はあくまで人間を基本とした方法論」であると言うのだ。そして、「―芸術派の―真理主義について」で述べた主張を、「文学のイデオロギーとは人間にとつて不可知なものをより明瞭に文学がすると同時に、それが人間にとつて真理であることをわれわれに示さうとする意志である」とまとめ、それを文学の定義とした上で次のように述べる。

真理は人間を離れて存在しない。人間のすることごとのいかなることと雖もそれが悪であらうと善であらうとに拘らず、それは真理だ。文学とは、これら人間のありとあらゆる真理を科学そのものと等しい厳密さを以つて、また時には科学以上の科学である人間学の基本として整理し、そのイデオロギーをして文学そのものイデオロギーから発せしめることに於て正しさを持つのである。さうしてそれは何故の正しさであらうか。此の一見無目的に見える文学の冷然たる科学性は、いかなる科学とても持たねばならぬ隠れたるかの大真理に向つての、悠々たる探検にその目的を持つのである。

（「人間学的文芸論」）

大言壮語とも言える言葉の連続であるが、一つ注目したいのは、「人間のすることごと」という表現である。「現実」なる領域が拡大したように、これは人間の外面に表われた行為のみならず、内的事実を含めた総体としてのあり方を示しているのであり、それこそが善悪や正誤にかかわらず「真理」とみなされるのである。行為と内面の複雑な連関が、横光作品の重要テーマとなっていくことは先にも述べた。人間を中心とする「現実」を表現する際、そこで生起する諸事象を心理的現実と見るか客観的現実と見るかの問題が、必然的に浮上してくる。そうした問題性を抱える「人間」の姿を文学作品において形象化する方法が、作家としての重要な課題と自覚された時、「純粋小説論」への道が切り開かれるのであった。

行為と意志、外面と内面が複雑に交錯する人間であるが、そうした存在が構成する「現実」・「真理」を活写する文学とは「忘れられた伝家の宝刀」であり、「われわれの祖先が伝へた文学の法則」であると、横光は同じ文章で述べていた。この認識は、プロレタリア文学や既成文壇と闘争しながら、「根拠はいつとはなく無我夢中の自我に需め、外敵の包囲を突き抜けんとしてこれの整調を希ふ旁ら、自らのスタイルの建設をも忘れることが出来なかつた」と、この〈転回〉の時期を振り返った次の一文にも示されている。

> 私はこのときより芸術を放棄し、もつぱら文学の世界に浸入したのを思ひ出す。私一個人にとつては、芸術と文学とは違つた範疇となり、以後私の中で拡がりつづけて来たかの観があるが、この最も苦中の時期に出来た作が「鳥」と「機械」である。(…)私らの目標も心理主義即ち人間主義といふ確信自ら生じて来たのと等しく、唯物史観と自然主義の包囲陣を脱出する血路を見出したが、ここには思ひがけない伝統といふ地下水が流れてゐた。そして辿るに随ひ水は次第に大海のさまを呈して拡つてゐるのを発見した。
>
> (「解説に代へて(一)」、一九四一・一〇)

回想の内容をそのまま受け取るのは危険かもしれないが、一節を一九三〇年（昭5）時の発言と照合するならば、横光の活動を見る上での有効なヒントを与えてくれるように思う。「心理」、「運命」の計算・表象という点において、文学を自然科学はおろか他の芸術からも特権化し、その立場から、「鳥」・「機械」といった転機となる短編を執筆したことが想定できよう。ここで、人間を中心とする「真理」の探究といった目標を設定した時、はじめて文学特有のテーマが見い出されたのである。それが「心理主義」＝「人間主義」の文学なのであるが、さらに横光は、ここに「思ひがけない伝統といふ地下水」を発見したと言う。発表時の活動を念頭に置くと、「伝統」という言葉は日本主義の調子を帯びているようにも見えるが、この文脈では、総体としての人間のあり方を追及してきた、文学の歴史的営為と捉えておくべきであろう。そして、この「伝統」をつかみ取る「技術」の難しさを強調しつつ、「この時期の手仕事のごとき作」が「紋章」（一九三四・一～九）であると続けているように、以後、ドストエフスキーをはじめとする偉大な作家たちが創出した「伝統」的小説を目標に、さまざまな手法を用いた長編小説の制作に取り組むのである。

注

（1）　ここで、「私の神を信じるのは、唯心論からではない」とするように、「神」と「唯心論」とが近接したものとして語られていることにも注意したい。この一文は、「唯心論」の立場において「神」への信仰が成立するということを、横光が一般的通念とみなしていたことを示している。この時期に横光が述べた「唯心論」という言葉には、「唯物論」から形而上学的存在へと至る道筋を繋ぐ立場、といった意味合いも込められていると考えられる。またちなみに、「旅愁」（一九三七・四～一九四六・四）においても、「一と一とを加へて何ぜ二になるか」という問いを例に、認識主体の問題について議論がなされている。

（2）　横光の引用は次のとおり。

「あらゆる天才は今や消し尽されて何の役にも立たぬ。之こそ最後の単純さに達する手段に外ならない。凡そ天才の行為の中で最上の行為は、ただ存在すると云ふことだけである。一つの偉大な法則が愚者を建造してその中に住む。最も強固な理性は自分自身の中にあつて快く感じない。」（方法論序説）

『白痴群』（一九二九・六）掲載の河上訳本文とは、若干の異同を除いてほぼ同じ内容である。また、「法則が愚者を建造してその中に住むのである」（「日記」、一九三四・二）と記したり、敗戦後の「夜の靴」（一九四七・一二）にも「天才とは何ものでもない、愚者を建造してその中に棲むだけだと云つた人もある」と書くなど、この箇所は特に強い印象を与えたものと見られる。

（3）この論理と同様な内容が、「旅愁」において、天文学者の観測行為を例に語られることになる（第四部第二章第二節参照）。

（4）山崎國紀は、「横光利一論――新心理主義への変転と相対的人間観の諸問題」（『論及日本文学』、一九六九・四）で、この横光の文学観の成立について、「早くから横光に内在していた科学への関心に、当時移入された西欧文学のフロイディズムに裏うちされた心理主義の方法が結合されて、ここに〈新しい芸術的目的〉が確立されたのである」と述べ、横光の転回の要素として「科学への関心」を位置づけている。

（5）その代表として、プルースト、ジョイス、ラディゲらの翻訳ないし紹介の影響を指摘する伊藤整「解説」（『現代日本文学全集第36巻横光利一集』、筑摩書房、一九五四・三所収）など。

第二部

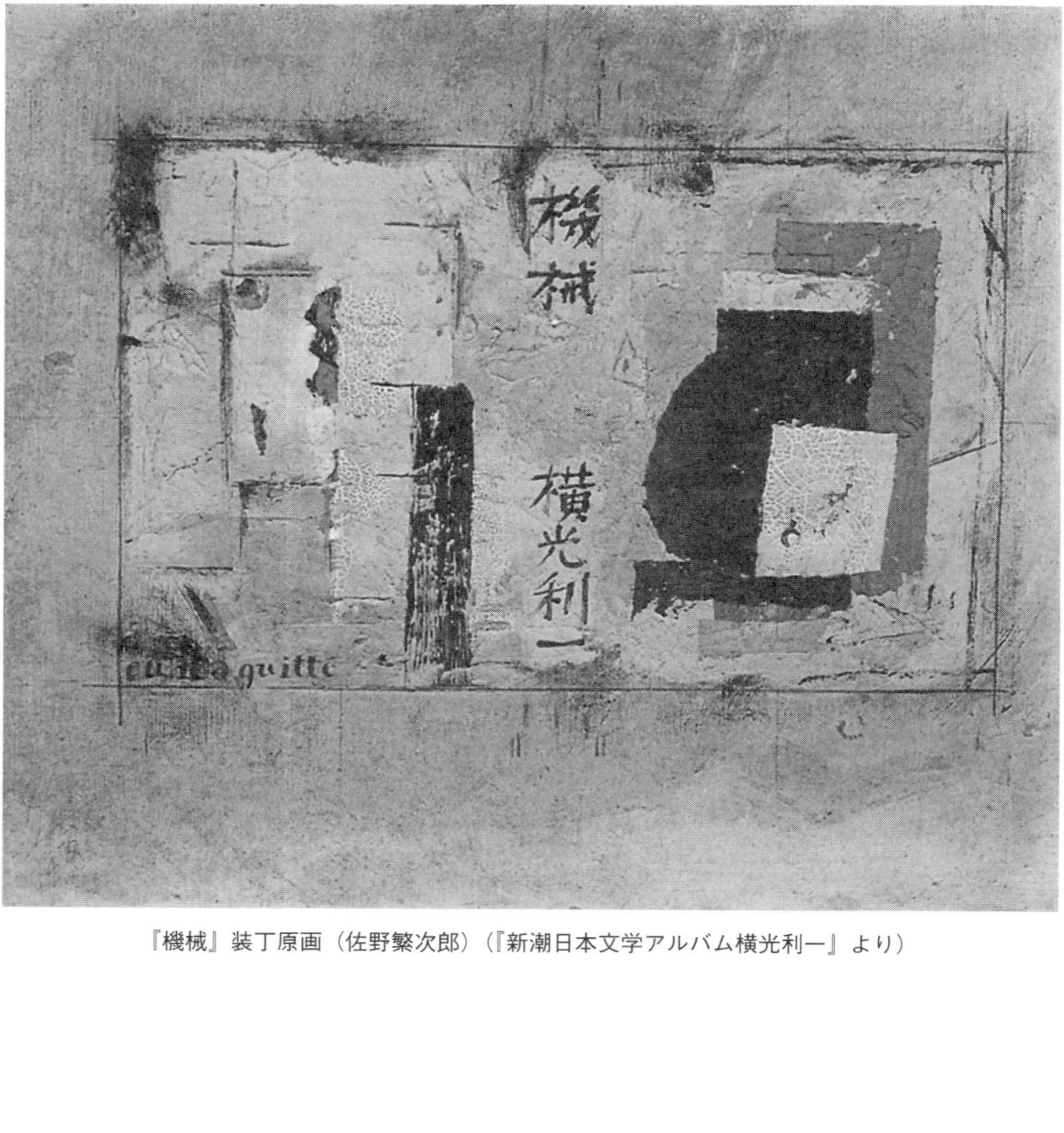

『機械』装丁原画（佐野繁次郎）（『新潮日本文学アルバム横光利一』より）

第一章　「機械」（一九三〇〔昭5〕）

第一節　同時代評との接続

一九三〇年（昭5）九月に発表された小説「機械」は、当時の文壇に大きな衝撃を与え、横光の代表作として文学史上に名を残すことになった。この作品に対しては、そうしたインパクトの強さに比例するように、数多くの同時代評が残されている。とりわけ、小林秀雄の「横光利一」（『文芸春秋』、一九三〇・一一）などは著名であるが、特にそうした若い文学者たちの発言には注目に値するものが多い。

たとえば、ヴァレリー「レオナルド・ダ・ヴィンチ方法論序説」（「ノート及雑説」）の訳者でもある河上徹太郎は、翌一九三一年（昭6）四月に単行本『機械』が刊行された折、次のような論評を提出している。

私が『機械』を最初に読んだ時の印象は綱渡りをする人のあの腰の力とその運動です。私には此の作が此の力学の純粋な表現に見えました。此の平均運動とは換言すれば只一つの元《ディメンション》をのみ有する感光板の獲得です。錯雑して交渉する諸人物に絶対値がないために仮に定めて見た単位を前提することです。ですから

『機械』を心理小説といつてもいゝけど、心理の現実ではなくて心理の比喩《アレゴリー》です。ですから「機械」にも「時間」にも「悪魔」にも之等概念の現実的な実体はなくて、計量されるべく形象化された貌で現れてゐます。心理的現実は『寝園』の優れた諸個所に始めて隠顕してゐます。[1]

小説における心理描写を方法論的な角度から解説しているが、この引用に続けて、「機械」の「私」をドストエフスキー「悪霊」の「私」に比して評価しており、後の横光の方向性をも予感させる読みが示されている。[2]河上は、「機械」で表現された人間の心理を、「心理の現実ではなくて心理の比喩《アレゴリー》」と見る。錯綜する人物関係における「絶対値」の不在とは、人間の意識活動における判断基準の不在であり、かつそれは認識主体の位置の確定不可能性にも及ぶ意味合いを持っていよう。そうした状況下にある人間の心理を「仮に定めて」、「比喩《アレゴリー》」として「計量されるべく形象化」して提示したのが、「機械」の「私」であると河上は解釈する。同様に、小林も先の評論で、「(「機械」の「私」とは—引用者注)機械の自意識だ。(…)私とは全く理論的存在であり、又存在する理論である。」や、「「私」といふ非存在的な存在」というように、反現実的かつ「理論的」な「私」の形象に注目していた。

また、「仮に定めて見た単位」として設定された「心理」の表象に、「力学の純粋な表現」を見ていることも注意したい。このように自然科学とのアナロジーによって「機械」を読む視点は、他の同時代評にも見られるものである。たとえば、「機械」の発表直後、今日出海はそうした視点を強く打ち出して評価していた。

氏は最近に於て、これ等の無機物の観察から、最も複雑なそして純粋小説の本質たる人間心理の牙城に肉迫した。ここには精緻な機械以上のメカニズムが働いてゐるに異ひない。氏の傑作「機械」は人間心理の微妙な震動を物理的運動として観測してゐる。僕はこの小説を読んでガリレイの運動法則の一例を実験してゐるやうに思つた。運動の状態間の相互の函数的関係が人間心理の動きの間にも存することの実証が挙げられてゐるのだと信じた。／物理学では「自然界の変化はその運動の変化に外ならない」と定義されてゐる。では人間心理の変化も亦その震動の変化に於て把握出来る筈である。／これは心理小説の新しい分野への大胆でしかも立派な試みである。／ものの構造のメカニックな解析から、動きしかも心理の動きの物理的解析への転向。僕は横光氏が如何なる手法に於て転向したか、そのファクタアが物理学であれ、化学であれ、僕にはどうでもよい。(3)

新感覚派、形式主義文学論を背景とする初期作品の「無機物の観察」、「ものの構造のメカニックな解析」から、「純粋小説の本質たる人間心理」への転回として「機械」を考えるのは、一般的な見解と言える。ただその心理描写の方法を、「物理的運動の観測」に模して説明し、人間の心理をその「運動」様態において捉えていく可能性を強調していることは意義があろう。そうした「転向」の要素として物理学、化学が挙げられているが、今は、横光が自然科学から得た方法論の心理描写への応用をも、作品に読み取っている。今は別の文章で、「「機械」の中には繊細な心理の曲線が、精緻なグラフで現はされてゐる。我々はこのグラフの中に心理の真実性以上にグラフそのものゝ丹念さと美しさに驚く。」(4)と述べているが、これも河上と同じく、「心理の真実性」よりも、心理を測定する「グラフ」そのもの、つまり心理を小説で形象化する方法自体の意義を重視する見方であったと言えよう。この時期のいわゆる〈心理主義〉の文学に対して否定的な見解を示す瀬沼茂樹もまた、「機械」をはじめとする横光の短編小説に、人間心理を分析するための「自然科学的方法のアナロジイ」を見ていた。(5)このように、その科学的方法の摂取と具体的な応用のあり方は、当時の文学者たちが注目するところであったと考えられる。

さらに、そうした方法的側面だけでなく、人間を分析する科学的思考の持つ意味についても、同時代においてさまざまな解釈が示されている。小林は、科学的合理主義にもとづく思考が導き出す結論を、「いかにもこの世は人間の心と共に粛然とした巨きな機械に過ぎまい。生きるとは例へば電磁波の進行に過ぎぬとすれば、街上の小石に心なしと又誰がいはう。」（「横光利一」）と比喩的に述べる。「生きるとは例へば電磁波の進行に過ぎぬ」といった冷厳な科学的認識のもと、そうした「粛然とした巨きな機械」の中にうごめく人間精神を見つめる作品のあり方が、「世人の語彙にはない言葉で書かれた倫理書」（同前）との著名な「機械」評を引き出す大きな要素であったと考えられよう。こういった科学的精神と人間存在との相剋を、「機械」の主題として読み取るものとしては、たとえば、横光が初期からその作品に示してきた人間観を「黒い宿命の鬼」と呼び、それを「物理主義《メカニズム》」による世界観と結びつけた井上良雄の発言が挙げられる。

私は信じてゐる。この横光の後から絶えず狙つてゐる黒い宿命の鬼と、それに対して振り向けられた横光の諦観の茫漠とした表情とを知るのでなければ、彼の近作の一行でも理解することは出来ないのだ。

われわれが動くのは、われわれが動くのではない。われわれの後にある巨大な「機械」が、眼に見えぬ宿命の鬼が動かすのだ。ただそれ丈のことだ。泣くことも笑ふことも、最早醜悪なことでしかないのだ。われわれの頭はもう充分に「塩化鉄」に冒されてゐる。――横光は自分のこの新しい態度をメカニズムと名付けた。まことにメカニズムであらう。諦観して了つた人間にとつては、人間の運動とは最早原子電子の無意志な運動以上の何物でもないのだ。われわれの上には一個の巨大な法則がある。負けることによる以外には、

われわれに勝つすべのない巨大な必然の法則がある。(6)

決定論的なニュアンスが強すぎるきらいはあるが、見とおしえぬ世界の内部に生き、思考する人間存在の様態を作品内容に見ながら、横光の脳裡に浮かんでいた「諦観」と結びつける解釈と言えるだろう。「神様」に「漸く此頃馬鹿にして貰つた」(「肝臓と神について」、一九三〇・一)との自嘲的な「諦観」は、認識論的アポリア、現代科学の世界像、「現実」の不確定なあり方などに対する思考の放棄ないしは自己防衛であった。これを横光の到達点と見る井上の読みは、引用の後で、「メカニズムの桎梏」と「自然人」たる人間のあり方を関係づけている点で重要な意味を持っている。(7)すなわち、人間を疎外する「メカニズム」の思考としての〈西洋〉精神と、それに対置される〈自然人〉の精神(=〈東洋〉精神)といった、後に横光が依拠するであろう枠組みが、「機械」の時点で予想されていたと言える。(8)

科学的分析に比する思考法を新しい文学の課題として定義し、ヴァレリーの思想も視野に入れながら「機械」を評したのが春山行夫である。

機械の純粋性に比較するとき、文学に於ける主知が個性に加へる破壊力はあまりに弱々しい。若し、主知が機械の秩序に働いた如く文学の秩序に働くとしたら、そこには個性の恐るべき危機が存在する。機械の純粋性が、〈感性〉型詩人の機械の形態に対する驚異を破る敵であると等しく、思考のメカニズムは〈主知〉型詩人の〈思考〉の解体を惹起する。

横光利一氏の新著《機械》は、作家の文学活動に於ける独自性と純粋性との葛藤である。《機械》は作家

の思考に於ける混沌と驚異を破らんとする分析と純粋とのモラルな矛盾を我々に暗示する。(9)

春山は横光の作品に、科学的思考にまで「純粋」化された文学の「主知」と、文学活動に込められた作家の「個性」との葛藤、矛盾を見ている。同じ文章では、横光のエッセイ「詩と小説」(一九三一・二)を引用して、そこには「ヴァレリイに圧倒された個性」と「ヴァレリイの如き法則の権化」という「二つの型」があるとし、「作家の存在が、時代性を明かにするためには、この二つの型の結びついたところになければならないとしたら、我々はそこに横光利一氏のモラルを見ないであらうか」とも述べている。移入が進んでいたヴァレリーの思想を愚直に受けとめ、「時代性」を体現すべく困難な境地へと突き進んでいく。そうした姿に作家の「モラル」を見ているわけだが、このような形で、「機械」にヴァレリーとの葛藤の具現を読み取る可能性もあったと言える。

以上、いくつかの同時代評を確認することで、発表の時点でテクストが発散していた問題群が見えてきたと思われる。当然、ここで取り上げた評者は横光の諸言説にも触れているであろうし、また多くは思想的、文学的に(あるいは実際の交遊関係においても)近いものを持っていたことから、その論評が横光の活動と整合性を持ちやすいことは確かである。ただ一方、同時代的枠組みの内側において読解を深化させることで、当時この小説が持っていたであろう可能性の一端を見極めることができるはずだ。それはまた、作家横光の思考とテクスト自体が有する力とが交錯する場で、読解の作業を積み重ねていくことにも繫がるだろう。

第二節　「機械」の方法

いくつかの同時代評に見られるとおり、「機械」における心理描写は、科学的方法のイメージを強く喚起するものである。「私」の一人称による語りは、計量されるべく形象化された「私」の〈心理〉を、科学的な観測法にもとづいて記述していく。自然科学的観察の対象となった「私」の〈心理〉は、物理学的、力学的運動の様態をもって現われ、作品という場における種々の〈実験〉のもとでその変化が観測されるとともに、そこに働く法則性が見極められるのである。まずは、意図的に構成されたこの心理観察、描写のあり方を、小説「機械」の〈方法〉として分析してみたい。

最初に、「私」の語りの表現面での特徴を挙げてみよう。周知のとおり、「機械」の形態的特徴は、多くの屈折を含みつつ、異様なほど長く続いていく独白調の文体にある。それはさしあたり、「私」の心理の運動・変化の様子を即時的に捉えようとする試みと言えるが、ここで注目したいのは、その文章において「…なつて来た」・「…出した」といった語尾が頻出することである。その一例を、最初部から引用してみる。

それで明日は出よう今日は出ようと思つてゐるうちにふと今迄辛抱したからにはそれではひとつここの仕事の急所を全部覚え込んでからにしようと云ふ気にもなつて来て自分で危険な仕事の部分に近づくことに興味を持たうとつとめ出した。

他にも、「思わしめるやうになつて来た」や「気になつて来て困り出した」などの表現が全体に散見され、ひと際目を引く文体的特徴となっている。[10] こうした語法の機能の一つに、心理の〈運動〉と時間的推移の表現が考えられる。英語の過去進行形、あるいは過去完了形を日本語によって表現するものと言えるが、それによって、過去の時間とともに〈運動〉する心理が描写され、その時間に伴なう〈変化〉が強調されていると考えられよう。またそれ以上に重要なのは、話者の心理を述べる〈気になった〉・〈困った〉という通常の表現と比べ、語り手である「私」が、描写対象としての「私」の〈心理〉から距離を置き、客観的な観察者の位置から記述している印象を強く与えることである。「…なつて来た」という表現が、〈…なった〉と明確な意味上の差異、表現法としての差異を常に持っているとは言い切れないが、「…なつて来た」が連続することで、「私」の〈心理〉が客観的に対象化され、その運動を観察者が辿っていくような記述となっているのは確かであろう。また、「つとめ出した」・「困り出した」というやや破格な表現については、なおさら、対象の客観性といった印象は強くなる。言い換えれば、これは、〈私は…困った〉から、〈私の心理は…困り出した〉への変換とみなすことができる。これらの語尾は、一人称「私」を分割し、語り手「私」が、自己の〈心理〉を客観的に、観察者の立場から記述するような表現手法として機能している。こうして、語り手「私」とは観察者＝記述者であり、「私」の〈心理〉がその対象であるという小説の基本構造が印象づけられる（この二重構造は当然ながら完全に成立するものではなく、その不完全性、不可能性こそが問題となっていくはずだ）。また、小説の人称の観点からすると、一人称「私」の語りを、三人称的視点から構成する試みとも言え、後に「純粋小説論」（一九三五・四）の「四人称」なる概念を導き出す契機としても想定できるだろう。ただし、この文体と試みがいかに特徴的かつ意識的な手法によるものであるにせよ、小説一般に潜在する構造の一つを局大化したにすぎないとも言える。「機械」の語りに見て取れる、観察者「私」と対象「私」の〈心理〉なる構造については、たとえば同時代評にもあるような科学的思考法の観点から捉え直すことで、その方法的試みの意義を見極めていくことが必要になろう。

ここまで簡単に、語り手＝観察者「私」の観測対象を「私」の〈心理〉と規定してきたが、この対象化の過程に、科学的観点からの問題意識を設定することができる。〈心理〉を観察し、記述する一般的な小説のあり方をめぐって、特異な文体に象徴されるような方法的側面を焦点化したことの意味が、そこに浮上してくるはずである。

なぜ、人間の（「私」の）〈心理〉を対象化し、それを（「私」が）観察、記述することが可能となるのか。それを考えるためにも、果たして〈心理〉は客観的対象として実在するのか、という素朴な反問が重要になってくる。一般的な意味で、〈心理〉が目に見えないものであることは明らかである。では、目に見える〈物〉とは何か、〈物〉＝実在とはいかに規定されるのか。この問いをめぐる横光の思考については、前章までにさまざまな形で見てきた。そうした哲学的思索の地平において、自然科学の概念へと接近していく思考の軌跡が確認できたが、ここでは、その過程で見い出されたエネルギー一元論の思想を軸に考えてみたい。分割不可能な究極の〈物〉＝実在である原子は、直接見ることができない仮設の存在である以上、世界の絶対的な単位としてそのまま規定することは難しい。実際に観測できるのは、その運動が引き起こしているであろうエネルギーのみである。逆に言えば、このエネルギー量が存在し、測定できるからこそ、原子、分子の実在性を保証することが可能になる。それゆえエネルギーこそが、現象界における根本的概念とみなされる。ひいては、全ての現象がエネルギーの増減をもって説明できることから、〈実在〉なる概念もエネルギー量へと還元される。こうしたエネルギー一元論の思考法を、〈心理〉をめぐる問いに当てはめるならば、誰も見ることのできない〈心理〉とはあくまで仮設的事象なのであり、その運動に発するエネルギーが観測されることで、はじめて〈心理〉なるものが定立されるということになる。つまりは、その運動‐エネルギーを捉えていくことで、〈心理〉は存在が確認されると同時に、その観測・記述もまた成立する。そこでは、科学者がミクロの領域を、運動‐エネルギーの相において観測、記述するがごとく、〈心理〉を扱う態度、方法が要求されることになろう。いわば心理描写とは、〈心理〉の運動‐エネルギー描写としてのみ成立するのである。

一方で、目に見える、見えないのレベルで言うならば、原子、分子の実在性については、自然科学の進展において確証されていたことも付け加えねばならない。そして、単に知覚対象としての実在性に関する議論を超えた、理論レベルにおける物理的存在への問いは、たとえばアインシュタインの理論、あるいは量子力学の議論などが提起するところであった。そうした実在概念の再定義に向けた現代科学の考究が、(見えない)〈心理〉もまた実在するとみなし、客観的対象として観測、記述することが可能であるといった文学的想像を喚起したとも言えるだろう。こうしたことから、(心理学ではなく)文学的探究の対象としての〈心理〉を、自然科学の方法とのアナロジーにおいて表象する試みが導き出されるのである。

「機械」における〈心理〉を対象化する方法の意義とは、心理描写ならぬ、〈心理〉の運動‐エネルギー描写が最後に破綻を迎えるという内容が示すように、何よりもまず、人間の〈心理〉なる概念自体を問い直すことにある。「理論上の存在」である「私」の〈心理〉を、ネームプレート工場という実験場で、さまざまな試験を加えつつ、観察していく分析手法とその記述‐語りは、文学的対象としての〈心理〉が抱える問題性を焦点化する試みであり、人間の精神活動の実相を問う実験的思想小説を構成するものである。人間の精神作用、認識活動の文学的問題化において、「機械」のさまざまな実験性は新たな意義を持つものとなった。この点に、ヴァレリー「レオナルド・ダ・ヴィンチ方法論序説」(「ノート及雑説」)からの方法的、思想的影響が強く現われているように思う。ヴァレリーによれば、人間の普遍的な精神活動の解明に至るには、自らの精神活動の実態を明確に見極めなくてはならない。「機械」では、一人称の「私」が自らを分離したかのごとく、「私」の〈心理〉を分析、記述していく方法が取られている。自己の精神の運動を極限まで突き詰めることで、普遍的な〈自我〉――究極の世界像とでも言うべきそれ――への到達を目指す作業を、あくまで小説の場で行なう試みが「機械」であったとも言える。素朴な二元論を前提とする自然科学的客観性を批判的に摂取しつつ、認識論的主題を軸とする〈文学の科学〉が実践されようとしているのだ。そこから逆に、作品末尾における〈自己〉の破綻の意義を見直すこともできるかもしれない。

次に、科学的方法とのアナロジーから、「機械」の方法と実験性について具体的に見てみよう。「機械」における「私」の〈心理〉とは、先に述べたようにある仮設の存在とみなされるが、それはまた、自然界の諸物質と同じくいくつかの属性を持っており、その属性にもとづいて運動すると考えられる。たとえば、先に引用した部分に「自分で危険な仕事の部分に近づくことに興味を持たうとつとめ出した」とあるが、他にも「不思議に私の興味の中心になつて来た」、「ますますまたそんなことにまで興味が湧いて来るのである」など、「興味」の語が印象的に繰り返されている。[11] この語が象徴するように、「私」の〈心理〉は、他者の〈心理〉や製造所内の事件などに対する関心を軸に、運動を開始し、変転を続けるのである。もちろんこのことは、意識とは常に何かに対する意識であるという基本的な想定に根ざすものでもあろう（その意味で、「興味」の属性とは〈心理〉が存在するための必要条件である）。また、ストーリーの進行に従って、〈心理〉の属性としての「興味」‐関心は自己の〈心理〉へと折り重なっていき、〈心理〉の科学的観測をめぐる新たな問題局面が生じることにもなる。ともあれ、ネームプレート工場内の事件、および「主人」、「軽部」、「屋敷」といった他者の動向への「興味」を保持するという属性によって、「私」の心理に対する実験、観察は成立しているのだ。

一貫して、ネームプレート製造所という狭い空間内において展開する「機械」であるが、この特異な環境は、心理観察のために設けられた実験の場と仮定できる。これは、自然科学のある種の実験において、一定の環境設定を施した場が創出、ないしは想定されることと同じである。科学の実験、観測においては、特に自然状態に近い環境を設置したり、またその逆に真空状態など最も理想的な空間を設定するなど、それぞれの目的や対象の属性に応じた〈場〉が用意される。では、「私」の〈心理〉の運動を観測するための実験場として、「機械」の製造所はいかなる機能を有しているのか。[12]

まずは、冒頭部からはじまる、製造所の「中心」をめぐる記述について考えてみたい。「主人が狂人ではないのか」という疑念から、「自然に細君が此の家の中心」とみなされながらも、「家全体の生活が回らぬ」ような「いやな仕事」を引き受けていることから、「実は家の中心が細君にはなく私にあるのだ」とも考えられる。しかし、「工場」の「人気」を支えていることから、「此の家の中心は矢張り細君にもなく私や軽部にもない自ら主人にあると云はねばならなくなつて」しまうというように、製造所における「中心」は絶えず流動しており、空間に働く力学の不安定さが強調される。[13]「主人が私には好きなんだから仕様がない」とあるように、「仙人」のような「主人」が無条件に「私」や「軽部」を引きつけ、また「主人」への好意と服従の意識から両者が行動する箇所もあり、さしあたり「主人」が「製造所」の「中心」に最も近い存在と言える。しかし、後から入ってくる「屋敷」の「不思議な魅力」に「私」は（若干ではあるが「軽部」も）引き込まれ、その間「屋敷」が「中心」になるとも言えるし、かつ肉体的「暴力」が支配する格闘場面において常に「中心」的な位置を占めるのは「軽部」である。「主人」自体も強大な力を行使する存在にはなっておらず、「製造所」の「中心」を非常にあいまいにしたまま、小説は進行していくと見てよい。この「中心」の不在もしくは極度の不安定性は、人間心理の「実験」という側面において重要な意味を持っている。厳密な科学の実験、観察においては、強力な求心的作用、たとえば太陽の引力や地球の重力などを消去した環境設定が時になされる。絶対的権力（者）のもとで――たとえば「主人」が専制者的性格を持っているような場合――、「私」の心理の運動を観察するならば、その実験の純粋性、普遍性は失われることになるだろう（もちろん、絶対的な力を想定した上での心理実験もありえるが）。ここでは、「私」の心理の運動を最大限に引き出すような配慮がなされていると考えられる。つまり、何らかの「中心」がもたらす場の特性に従って運動する「心理」を扱うのでなく、比較的自由な状況下で、あるいは可変的な秩序のもとで、「興味」（意識の志向性）という普遍的属性にもとづいて運動する「心理」を観察していく、理想的な「実験場」として「製造所」は設定されている。

私の心理を支配する超越的な力ー「中心」の不在、不安定さとは逆に、「製造所」内で確固たる存在感を示しているのが、「暗室」を象徴とする「秘密」である。「ネームプレート製作所にとつて暗室ほど大切な所はない」というその「暗室」とは、ネームプレート製法の「秘密」・「秘法」が隠されている場所であり、そこへの出入りをめぐるトラブルが「機械」における主要な事件の契機となっている。「主人」の杜撰な「秘密」の管理によって、製造所内の人物の猜疑心は高まる一方であり、私の心理の運動はそれによって煽り立てられていく。さらに、「秘密」の要素は、「今度は屋敷の混乱してゐる顔面の皺から彼の秘密を読みとることに苦心し始めた」というように、他者の内なる「秘密」の意味においても存在している。この二つの意味での「秘密」が統合されているはずなのが、「奇怪」な「主人の頭」の中である。ただし、「私」がそれを明確に把握することは不可能であり、「秘密」の不可侵性、不可触性は、「私」の「興味」を駆り立ててやむことがない。これも科学の実験とのアナロジーで言えば、物質の運動を促進する触媒薬のような役割を担っていると言えるだろう。「製造所」内に隠されたまま確かに存在するさまざまな「秘密」は、心理の運動を引き起こす触媒としての役割を果たしているのである。

もう一つ心理に強く作用する条件として、「塩化鉄」に代表される「毒」と、その「毒」の影響および長時間労働による肉体的精神的「疲労」がある。絶対的「中心」の不在や「秘密」の存在といった環境設定が、主に心理の運動の外部条件を構成しているとするならば、心理の様態に直接作用する「毒」・「疲労」は、対象を内側から操作するための要素と考えられる。たとえば、「私」が夢うつつの状態での「現実」認識に対して自問自答を繰り広げ、自らの認識に対する疑念を深めていく場面では、「疲れてゐるときには今までとてもときどき私にはそんなことがあつた」とあり、また、「塩化鉄の塩素は」、「神経を疲労させるばかりではなく人間の理性をさへ混乱させてしまふのだ。その癖本能だけはますます身体の中で明瞭に性質を表して来る」とも言われるように、これらの要素は、心理そのものを変質させ、別の様態――特に肉体的精神的極限状態のそれ――における運動を観察するための試験薬となっているのである。試験的に「理性」の側面を抑制した上で、心理の運動の新たな一面を観察することがこれによって可能になっているのだ。たとえば、液体、固体、気体といった様態やイオン化された状態など、多面的な角度から物質の実験、観察がなされるように、心理もさまざまな段階において観測される必要があり、それによって対象のより本質的な問題が発現すると考えられる。心理の運動の「実験場」である「製造所」は、以上のような設備で「私」の〈心理〉という観測対象を包み込んでいるのだ。

第三節　〈科学〉の思考と「唯心的な眼醒め」

「機械」の「製造所」とは、〈心理〉という仮設的存在の運動を観察する実験場であり、そこには、観察者(「私」)が対象(「私」の心理の運動)を観測、記述する基本構造があった。この「機械」の枠組みは、自然科学における議論や、実験方法の観点から解釈することが可能である。ただし作品内には、自然科学との単なるアナロジーにとどまらない、実際の科学(化学)の実験から導き出された思索も示される。次に、方法論的な考察から一歩進んで、作品の中で具体的な科学の思考がどのように展開し、それが、「私」の〈心理〉観測という構造といかなる関係を切り結ぶことになるかを見ていくことにする。

「ネームプレート製造所」の内部には、多くの薬品類、化学物質が存在する。「塩化鉄」をはじめとして、「ニスとエーテルの混合液のザボン」・「アニリン」・「カルシューム」・「ビスムチル」・「クロム酸加里」・「カセイソーダ」・「蒼鉛と珪酸ジルコニウムの化合物」・「無定形セレニウム」などの名称が、作品の記述に散りばめられる。

これらは、もちろん「ネームプレート」製造のために使用される薬品、化学物質とされるが、先に述べたように、肉体を蝕み、心理に影響を与える「毒」でもあり、「重クロム酸アンモニア」が「屋敷」の死因となるように、身体を直接脅かす「危険」物として存在している。この薬品類の「危険」性は、たとえば、「軽部は馬鹿は馬鹿でも私よりも先輩で劇薬の調合にかけては腕があ」ることで、「私」の「警戒心」が生まれるように、猜疑心が渦巻く「製造所」内の緊張感を一段と高める機能を持っている。

「主人」は、これらの薬品類、化学物質を駆使して、「赤色プレートの製法」・「無定形セレニウムに関する染色方法」の開発に成功し、これが「製造所」における最も重要な「秘密」となっている。「主人」は書き出しから「狂人ではないのか」と疑われ、「せいぜい五つになつた男の子をそのまま四十に持つて来た所を想像すると浮んで来る」といった人物として形象されているが、この薬品類、化学物質の使用と「ネームプレート」製造の技術の点においては、「製造所」に君臨する卓越者として描かれている。もう少し言えば、新しい製法を発明するために実験を重ね、「化学方程式」を用いてそれを記述、分析するという、〈化学者〉としての資格を有しているのである。また、この「化学方程式」を理解するか否かによって、「私」と「軽部」の間に優劣関係が生まれる(「私」と「軽部」との喧嘩は、「軽部」が「化学方程式さへ読めない」ことを「私」が指摘することで収まり、「軽部は初めてそれから私に負け始めた」といった関係を両者は結ぶことになる)[14]ように、「製造所」における科学(化学)の具体的要素はさまざまな形で機能する。特に重要な点は、「私」が科学者＝「主人」の位置へと導かれ、具体的な科学(化学)の実験とその考察に取り組むようになることである。

丁度さう云ふときまた主人は私に主人の続けてゐる新しい研究の話をして云ふには、自分は地金を塩化鉄で腐蝕させずにそのまま黒色を出す方法を長らく研究してゐるのだがいまだに思はしくいかないのでお前も暇なとき自分と一緒にやつてみてくれないかと云ふのである。

或る日主人が私を暗室へ呼び込んだので這入つていくと、アニリンをかけた真鍮の地金をアルコールランプの上で熱しながらいきなり説明して云ふには、プレートの色を変化させるには何んでも熱するときの変化に一番注意しなければならない、いまは此の地金は紫色をしてゐるがこれが黒褐色となりやがて黒色となるともうすでに此の地金が次の試練の場合に塩化鉄に敗けて役に立たなくなる約束をしてゐるのだから、着色の工夫は総て色の変化の中断においてなさるべきだと教へておいて、私にその場でバーニングの試験を出来る限り多くの薬品を使用してやつてみよと云ふ。

「主人」に見込まれた「私」は、こうして「暗室」への出入りが許可されることで、「ネームプレート」製造のための化学実験をする立場につくのである。そこで「私」は、プレート着色のための新しい方法を発明する目的で、科学者（化学者）として、さまざまな物質を化合し、物質同士あるいは真鍮の地金や薬品などとの化学反応を観測することになる。その作業は、「化学方程式を細く書いたノート」を作成し、「これらの数字に従つて元素を組み合せてはやり直してばかりゐる仕事」と形容され、理論（考察）と実験とに従事する化学者のあり方に、「私」が重なりつつあることが示される。こうして成立した化学者－「私」が、観測者＝「私」と対象＝「私」の心理の運動という構造の中に発生することで、作品の記述に実際の科学の思考が引き入れられるのである。

さて、引用部にもあるように、「ネームプレート」製造の主要な化学的操作は、地金の「腐蝕」に関する作業である。「腐蝕用のバット」の中に真鍮の地金を入れて揺する作業などが描写されているが、「すべて金属と云ふものは金属それ自身の重みのために負けるのだから文字以外の部分はそれだけ早く塩化鉄に侵されて腐つていくのだ」とあるように、そこでは「塩化鉄」の作用を生かした着色法が用いられている。その「塩化鉄」による金属の「腐蝕」作用（「侵されて腐つていく」と表現される）は、「もう私の頭もいつの間にか主人の頭のやうに早や塩化鉄に侵されて了つてゐるのではなからうか」という結末の一節からもわかるように、「頭脳の組織」の「変化」とも結びつくことで、化学と〈心理〉の間を具体的かつ象徴的に繋ぐ要素となっている。つまり、「塩化鉄」の持つ「腐蝕」作用は、金属に対しても（＝化学）、頭脳に対しても（＝心理）、同様に働きかけることで、二つの思考構造の接点の所在を示唆するのである。ここではまず、作品における科学（化学）の思考、実験の方向性を確認することからはじめたい。

「塩化鉄」にすでに「侵され」ている「主人」が、長年取り組んでいる化学の研究は、「塩化鉄」の「腐蝕」作用を使わずに、金属の着色を可能にすることである。金属の「腐蝕」時に発生する「毒」を避け、作業の安全性を確保すること、または単純にコストの問題や作業能率の上昇、品質の向上など、いくつかの目的が存在すると考えられるが、「塩化鉄」の使用をめぐる問題の解決が、長い間「塩化鉄」の「毒」にさらされてきた「主人」の使命となっていたことは重要である。作品において、この実験は、「いまだに思はしくいかない」というように、たいへんな難題として示されている。なぜか。実際の技術的な問題は不明であるが、ここで指摘できることは、実験、観察、分析を行なう主体の「頭」が、その対象、課題となる「塩化鉄」によって、すでに影響を受け（侵され）ているという事実である。「塩化鉄」の「腐蝕」についての実験を繰り返すことは、その間も刻一刻と「頭脳」への「腐蝕」が進んでいくことにもなる（この皮肉な化学実験の過程に、横光が繰り返し述べる、科学の発展に伴なう不可知の領域の深化、人間精神への圧迫を考え合わせることもできよう）。化学者＝「主人」の研究は、ある対象について実験、考究すること自体が、自家中毒的に思考主体を脅かし、ひいてはその実験、考究を不可能なものにしてしまうという、一つのパターンを示すものである。「主人」の研究が成功を収めるか否かはわからないが、「塩化鉄」に侵された化学者＝「主人」の「頭」は、〈科学〉の思考によって破綻した人間精神の象徴でもある。このモデルケースをやや乱暴に敷衍すれば、何らかの〈真理〉を発見し、それまで不明であった事象の実態を解明する科学的探究が、究極的には、最終的に確定した答えを導き出せないのみならず、その先にさらなる不可知の領域を増幅させていくことで、思考主体を混迷状態や判断停止に至らしめるという、ペシミスティックな自然科学観の形象化とも解釈できるだろう。

化学の実験と心理の実験の構造を並行して抱える「機械」の「私」にとって、このプロセスはさらに複雑な相貌を帯びて現われる。これを考えるために、「塩化鉄」の「腐蝕」＝「毒」と対応させるべき概念を、「私」による二つの実験の間に想定してみたい。「主人」の場合、化学者・観察者＝「主人」が対象＝「塩化鉄」に対して行なう実験、思考の構造において、実験の進行とともに観察者と対象の間に「塩化鉄」が発する「腐蝕」＝「毒」が充満し、それが観察者へと反射、浸透することで、思考主体としての機能が破綻へと向かう。この「主人」のあり方を科学的実験、思考の一つの型とした時、作品において、科学（化学）に模して構造化され、取り組まれる〈心理〉の実験、思考もまた同様の方向性を持っていると仮定できる。とするならば、「私」の心理の運動を対象とし、観察者＝「私」が実験、思考するという作品記述の構造において、「塩化鉄」の「腐蝕」＝「毒」のような暴力的作用を持つ要素が見い出されるのではないか。「私」が「私」の〈心理〉を観測し、客観的に思考するという試みが、結末部において破綻を迎える「機械」の内容は、この構造が必然的に抱え持つ「毒」の存在を明らかにすることによって読み解けるように思う。

この観点から、作品内に示された「私」の科学の思考について具体的に見てみよう。化学者（科学者）としての「私」は、科学の実験、思考にどのように取り組み、そこから何を引き出した（引き出してしまった）のだろうか。

それからの私は化合物と元素の有機関係を験べることにますます興味を向けていつたのだが、これは興味を持てば持つほど今迄知らなかつた無機物内の微妙な有機的運動の急所を読みとることが出来て来て、いかなる小さなことにも機械のやうな法則が係数となつて実体を計つてゐることに気付き出した私の唯心的な眼醒めの第一歩となつて来た。

この箇所が化学者=「私」の思考内容の記述と言えるが、極めて象徴的なのは、この短い一節の中で、科学に関する考察から「唯心的な眼醒め」へと一気に飛躍する「私」の不透明な思考過程が、「製造所」内の「暗室」において成立しているということである。「私」は化学者の資格を得て、「暗室」へと入り、そこで化学（科学）の実験、思考を展開した後、「唯心的な眼醒め」という新たな認識を持って再び〈心理〉の実験場である「製造所」の舞台に現われるのだ。「暗室」内の思考によるこの大胆な転回、飛躍とは、まさしく〈ブラックボックス〉の通過によるものと言えよう。つまり、インプット時とアウトプット時とにおける「私」の変化は明らかであるものの、変化を生み出した「暗室」（の思考）の内部構造は、作品において完全に説明されることはなく、その意味で、「私」の思考とはブラックボックスの中を通過する物質のごとく描かれているのだ。そして、作品内の論理として、それが「暗室」=ブラックボックスで生じている以上、「唯心的な眼醒め」という性質が「私」の〈心理〉に付与されるメカニズムを、全て明らかにすることは不可能と言えよう。化学者（科学者）である「私」の認識の転回について、その内実は、作品「機械」の空白部とも言える「暗室」=ブラックボックスの中に隠された「秘密」となっているのである。しかしながら、人間の心理を主題的に扱った作品において、「唯心的」なるタームを導き出すここでの「私」の思考に、重要な意味が込められていることは確かであろう。ブラックボックスの内部を詳らかにすることは非常に困難と思われるが、引用の一節にもいくつかのヒントが示されており、作品はその内部構造に対して全く無自覚なわけではない。少なくとも化学者＝「私」の思考の一つの方向性は読み取れるのであり、それを手掛かりに、この場面が持つ意義を確認することは可能であろう。

「私」は科学者としての「興味」（これも〈心理〉をめぐる思考との並行関係を示唆していよう）から、「化合物と元素」という物質——客観的実在——の間に成立する「有機関係」に着目している。ここでは、目的や意味、あるいは意志などを持たない「無機物」の内部に、規則的な方向性を持った「微妙な有機的運動」が存在することを意識していると考えられる。当然、科学者である以上、その「急所」を解明することが研究課題の一つになるが、実験結果から「いかなる小さなことにも機械のやうな法則が係数となつて実体を計つてゐること」が証明される。この発見とは、「微妙な有機的運動」によって形成される「実体」そのものの解明ではないことに注意したい。実験によって見い出されたのは、「実体」を計る「機械のやうな法則」のみであり、それは「有機的運動」に作用しているものであった。「実体」という概念が確定しえず、あくまで一つの仮設存在として規定するほかない以上、その実体内、もしくは実体間に成立する「運動」を科学の対象とせざるをえないのであり、その「運動」の観測結果から「実体」についての思考をはじめねばならない（「実体」が自律的に存在しているとみなされるのであれば、次に見るような「唯心的な眼醒め」は発生しないであろう）。だからこそ、ここで確認されているのは「機械のやうな法則」の存在と、それが物質の「運動」の「係数」となることで「実体を計つてゐる」という事実までである。その結論として、「私」はこの認識によって「唯心的な眼醒めの第一歩」を踏み出したとされる。ではなぜ、「唯心的な眼醒め」がこうした科学の実験、思考の結果から生じるのであろうか。

このことは、「唯心的」という言葉が持つ意味合いを分析することで明らかになると思う。以後の作品の流れを考えると、「唯心的な眼醒め」による「私」の思考の方向性には、二つの相が現われており、「唯心的」という言葉に込められた意義も、以下の二点から捉えることができる。

一つは、科学の実験、思考において見い出された「機械のやうな法則」が作品内で持つ機能と、「唯心的」な人間存在と認められた「私」との関係において、ある種の形而上学的な思索が生まれることにある。そこから、小説の進行とともに徐々に顕在化してくる、「私」（観察－記述の主体であり、かつ行為の主体）からの主体性の剥奪という主題が構成されている。この問題を考えるために、まずは、物質内および物質間の「運動」と、その観測から引き出された「法則」との関係性について整理しておきたい。作品において、「法則」＝「機械」は、自然科学の範疇を超えて登場人物の意志、行為にまで適用される概念であり、「私たちの間には一切が明瞭に分つてゐるかのごとき見えざる機械が絶えず私たちを計つてゐてその計つたままにまた私たちを押し進めてくれてゐるのである」というように、あらゆるレベルの「運動」を統御する〈力〉として表象されている。これを、化学者＝「私」の思考をめぐる先の引用部に当てはめると、「無機物内の微妙な有機的運動」を支配、統御する〈力〉としての「法則」と定義できる。また、この「法則」－〈力〉は、科学的認識において根幹に据えられる「運動」を支配し、かつ「運動」において構成される「実体」を組み立てているという意味で、超越的な性格を付与されていると言えよう。だからこそ、「実体」の「係数」なる非実体的概念である「見えざる機械」が、物質および「私たちの間」という「実体」間の諸関係を決定づける〈力〉－「法則」として機能するのである。

この「機械のやうな法則」－〈力〉という超越的概念の措定、「見えざる機械」という形而上的存在の発見をめぐる思考の末に、「私」が到達した境地を表現したのが、「唯心的な眼醒め」の一方の内容であると考えたい。科学の思考が、その極限において、形而上学的思念に帰着していくことへの横光の自覚については、前章までに見てきた。ここで、自然科学の問題系が「メカニズム」と神の存在とを結びつける思考を引き出したこと、かつ唯心論の立場と神を信じることの結合を一般的なものと想定していたことを、「唯心的な眼醒め」なる表現と考え合わせてもよいだろう。すなわち、客観的真理を追求するという意味で最も唯物的な思考と言える自然科学が、その物理的化学的観測の結果、最終的に直面する問題領域において超越的形而上的存在の措定に至ることを、人間の世界観における「唯物」から「唯心」への移行として表現しているのである。「有機的運動」（目的論的運動とも言い換えられよう）の方向を定めている「法則」－〈力〉は、「無機物内」に「有機的運動」を発生させるという意味において、神の意志に比することができる。客観的な実験、観測から導出される神－「法則」の存在であるが、それは当然ながら知覚によって把握できない観念的存在であり、また信仰の有無に左右されるという意味でも、あくまで心理的に措定された概念である。つまり、客観的科学的思考を突き詰めた上での真理とも言える一方、観念的存在である以上、それは信じるか否かという「唯心的」な決定にもさらされているのだ。「機械」の「私」は、「暗室」における科学的思考の果てに、現象世界における必然的な「機械のやうな法則」の存在を信じるのであり、やや先回りして言えば、〈心理〉に関する実験、観察の過程においても、人間の「現実」に働く「機械」＝「法則」の存在を信じるに至るのである。自己の意志、行為を決定する超越的存在を信じるならば、いずれは自らの全てをその〈力〉に委ねることにもなろう。それゆえ、人間存在からの主体性の剝奪という小説の主題が、「唯心的な眼醒めの第一歩」として開示されていると解釈できる。

　もう一方の「唯心的な眼醒め」の意味は、自然科学と認識論の関連から考えることができる。たとえば、「神」－「法則」といった超越的存在の発現も、科学の議論から導き出されたという点において、仮設的な「実体」とその「運動」という概念に基礎を置く思考を前提にしていると言えよう。観察－思考主体が消滅してなお、「実体」と「運動」（客観的事物とその現象）は存在しえるかという、ごく素朴な「唯心論的」問いも派生してくるかと思われるが、ここではその「実体」・「運動」という「事実」(15)を規定する認識論的な構造が主要な問題として挙げられる。科学者としての「私」にとって、客観的な「事実」は自明なものではない。「実体」の仮設性と「運動」の概念とによってかろうじて構成される「事実」から、「機械のやうな法則」という超越的形而上的存在が証明されるのであるが、究極の存在とも言える「法則」＝「機械」さえもが、観念的ないしは「唯心的」存在でしかないことから、前提条件の観念性、恣意性がより強調されることになるだろう（古典力学的自然観における客観的実在の自明性が、現代科学の展開で大きく揺らいでいた時代の文脈を考え合わせたい）。作品において、物質や元素の「実体」・「運動」を固定的な「事実」として表象するものは、「化学方程式」と「数字」であるが、この置換がまさに観念化にもとづく「事実」認識のあり方を示していよう。科学者という立場から事物とその現象の把握に取り組む時、それぞれの時代において科学的探究の先端にある究極概念については、その仮設的側面を留保しつつ客観的対象として扱うことになる。そして、これらの仮設的存在は、「化学方程式」や「数字」の形で「ノート」に記載されることで、その事実性がひとまず保証される。「運動」についても、目に見える物体の移動としてそれを認識することは可能なものの、「運動」という事象自体は、（熱量、仕事量などの）さまざまな量を「数字」や「方程式」によって計測、記述することで定着される。また特に、ミクロの世界における運動などで、その観念性はより顕著となるだろう。こうした「実体」・「運動」が示す「事実」とは一体何か。目に見えない領域で成立する「実体」の「有機的運動」とは、いかなる「事実」であるのか。やや極端に言えば、それはあくまでも観念的恣意的な「事実」として、つまり仮設の存在、概念が形成するかりそめの「事実」として考えねばならないだろう。

「運動」の観測によって「実体」のあり方を確定していく実験の方向性は、両者の観念性をそのままに、形而上的存在である「機械のやうな法則」の「唯心的」な措定へと飛躍してしまう。「実体」に「法則」が作用して起こる「運動」という現象界のあり方を「事実」とした時、この全ての要素が観念性を帯びた仮設である以上、「私」が認識する「事実」はどこまで還元しても客観的「真理」には到達せず、いわば「私」個人の意識に現象する「事実」にとどまる。こうした諸事象に対する観念的把握の確認が、「私」の「唯心的な眼醒め」（「観念論的な眼醒め」とも換言できよう）のもう一方の軸になっていると思われる。

先述したとおり、科学者＝「私」の思考は、内部構造が不透明な「暗室」＝ブラックボックス内で展開・転回しており、以上の解釈は、作品内にその明確な説明が欠如しているという点で、推測の域を完全に脱するものではない。しかし、「機械」の物語内容を考えた時、科学の思考の帰着点にある「唯心的な眼醒め」を、こうした二つの観点から意味づけることはあながち的外れと言えないだろう。具体的なプロットと照合させる前に、このことを「私」の思考構造の側面から捉えてみる。「事実」を客観的真理として規定することの不可能性にもとづく「唯心的」な認識のあり方は、独我論的思考停止（短絡的な自己絶対化）を避ける限り、結果的に、論理的な思考そのものを圧迫していくことになる。科学者＝「私」は、その実験、考察の果て、必然的に「唯心的」な世界観に辿り着いてしまった。客観的事象のあり方をめぐる厳正な観察、思考を展開することで、普遍的かつ絶対的な真理に迫ろうとする科学者の営みが、全く逆に、主観的かつ不安定な「事実」を提示せざるをえず、ひいては人間の認識自体の問題へとその対象領域を変容させてしまうこと。それは、いわば科学者としての思考の破綻ともみなせるが、ここに、「塩化鉄」＝「毒」に侵された「主人」の思考構造との接合が考えられるだろう。ある対象について考究することから必然的に発生する問題（「毒」）によって、思考を続ける主体の「頭」が圧迫され、乱れていくという構造が、作品内で反復されているのである。「暗室」＝ブラックボックス内で発生した「毒」とは、科学者＝「私」と客観的事象との間に生じた「唯心的」な認識であり、また全てを統御する「機械のやうな法則」であった。そして、「唯心的な眼醒め」を果たした「私」は、これらの「毒」に侵されつつ、〈心理〉の運動を対象とする観察者――〈科学〉的精神に満ちている――として、自己の〈心理〉の実験、考察に立ち戻るのである。もちろん、そこには、実際にある「塩化鉄」＝「毒」の身体、精神への侵蝕が、刻一刻と進行してもいるだろう……。

第四節　「現実」・「自意識」・「他者」

科学者（化学者）としての実験、思考の結果、「私」は、「唯心的な眼醒めの第一歩」を踏み出した。そして、舞台は再び「私」の〈心理〉の「実験場」である「製造所」に移る。当然ながら、「唯心的」な世界観を獲得したことで、「私」の心理の運動そのものが変容を被ることになる。まずは、世界の諸事象を心理的（観念的）影像として把握する「唯心的」な「私」をめぐって、避け難い問題が発生してくる。「興味」の属性によって変転し続ける「私」の心理の運動であったが、その焦点が、徐々に（客観的／主観的）「事実」に対する「疑ひ」へとシフトしていくのだ。このことを、先に見た「暗室」の思考構造と接続しておこう。作品における「暗室」とは、科学の実験、思考が行なわれる場所であった。そこでは、それまで自明の「事実」と見られていた諸事象が解体され、その内部に隠された真理を見い出すべく、一連の実験、思考が繰り返される。しかし、結果として認識論的な反転が生じ、思考主体の〈心理〉と対象としての客観的「事実」とが重なり合う「唯心的」な世界観が導き出された。「唯心的」なものとして還元された「事実」に関しては、「私」の〈心理〉をもとに説明するほかなく、もはや普遍的客観的真理を追求する科学の思考は頓挫してしまったと言える。そして以下、小説の進行とともに、「唯心的」な「私」の〈心理〉の内部に生じる「疑ひ」が前景化してくる。

ほとんど矛盾と言うほかないが、「唯心的な眼醒め」を果たすと同時に、「私」の心理自体への「疑ひ」が発生してしまう。「私」の「唯心的」な判断による「事実」とは、果たして本当に「事実」と規定できる何かなのだろうか。「機械」の「私」が直面する「疑ひ」は、この方向へと無限に増幅していく。構造的な観点から整理すると、科学者として、自明な「事実」に「疑ひ」を持つことで「唯心的な眼醒め」に至り、かつ〈心理〉の観察者――科学者的態度を持つ――としても、自らの〈心理〉（意識内容）を自明なものとせず、「唯心的」な諸事象に「疑ひ」を持つことで、再び「事実」をめぐる思考を紡ぎ出していく。つまり、科学者＝「私」と、〈心理〉の観察者＝「私」という二種の思考主体が、「唯心的な眼醒め」の発生を軸に、一つの問題系を循環しているのだ。両者に共通するのが、科学的思考の厳正さを支える条件である、（自らの意識を含めた）「事実」の明証性に対する「疑ひ」であった。「私」は、客観的「事実」に対しても、主観的「事実」に対しても、それぞれに「疑ひ」の眼差しを向けるのである。そして、その視線の先には、絶対的に確かな「事実」＝「真理」の存在が措定されているであろうことも押えておきたい。

「私」の心理における「疑ひ」の生成と展開を、具体的に追跡してみよう。それが最も顕著に現われてきたのは、「屋敷」の深夜の行動をめぐる長い自問自答においてであった。「夜中になつてふと私が眼を醒すと」（「眼を醒す」という表現によって「私」の「唯心的な眼醒め」も喚起されよう）、「屋敷が暗室から出て来て主婦の部屋の方へ這入つていつた」のが目に入る。この出来事の真偽について、「私」はあれこれ延々と考えをめぐらせる。

今頃主婦の部屋へ何の用があるのであらうと思つてゐるうちに惜しいことにはもう私は仕事の疲れで眠つて了つた。翌朝また眼を醒すと私に浮んで来た第一のことは昨夜の屋敷の様子であつた。しかし、困つたことには考へてゐるうちにそれは私の夢であつたのか現実であつたのか全く分らなくなつて来たことだ。疲れてゐるときには今までとてもときどき私にはそんなことがあつたのでなほ此の度の屋敷のことも私の夢かもしれないと思へるのだ。

仕事量の急激な増加に伴なう「疲れ」もあり、深夜の朦朧とした意識下にあった「私」は、自分の認識に自信を持つことができない。この「疲れ」には、実際的かつ象徴的な意味における「塩化鉄」＝「毒」の作用も働いていたと考えられる。肉体的な消耗とともに、精神（心理）にも直接影響を及ぼす「ネームプレート製造所」における「仕事の疲れ」。科学的思考に発生した「毒」でもある「唯心的な眼醒め」のもとで（引用部では「眼を醒す」との表現が再度用いられる）、「私」は自身の心的事象を「現実」認識の根底に据えねばならないのだが、極度の肉体的精神的「疲労」状態にある自らの知覚能力に、確固たる根拠を求めるのはあまりに心もとない。それゆえ、「主婦の部屋へ這入つていつた彼（屋敷─引用者注）の理由は私には分らない」ことをもって、「これは夢だと思つてゐる方が確実であらう」と一度は合理的に判断する。が、その直後、「昨夜主婦の部屋へ這入つていつたのは屋敷ではなく主人」であったことが判明すると、「私」の思考はさらなる混迷に陥っていく。

暗室から出て来たのもそれではあなたかと主人に訊くと、いやそれは知らぬと主人は云ふ。では暗室から出て来たのだけは矢張り屋敷であらうかそれともその部分だけは夢なのであらうかとまた私は迷ひ出した。しかし、主婦の部屋へ這入り込んだ男が屋敷でなくて主人だと云ふことだけは確に現実だつたのだから暗室から出て来た屋敷の姿も全然夢だとばかりも思へなくなつて来て、一度消えた屋敷への疑ひも反対にまただんだん深くすすんで来た。しかし、さう云ふ疑ひと云ふものはひとり疑つてゐたのでは結局自分自身を疑つていくだけなので何の役にもたたなくなるのは分つてゐるのだ。

「欠陥」を抱えた「奇怪」な「頭」の持ち主である「主人」の言動を、自分の知覚以上に「確に現実」とせねばならぬほど「私」の認識は不確実と思われ、結局、他人の言葉と状況分析による推測を繰り返すばかりとなる。ここで生じる「さう云ふ疑ひ」とは何か。自己の認識能力を基準に「現実」を組み立てていく「唯心的」な世界観において、その認識自体の正確さに「疑ひ」を持つこと。またこの時、「確に現実」とする判断の基準を他者に求めることになるが（この問題については後述）、その他者に対しても「疑ひ」を持ってしまうこと。こうした二重の「疑ひ」をめぐる自問自答において、確かな「現実」を規定するはずであった「唯心的」な世界観そのものが激しく動揺し、全ては「結局自分自身を疑つていく」ことに繋がってしまう。「確に現実」なる何かを措定した上で、「唯心的」な世界観を保持するならば、「私」の〈心理〉と確かな「現実」との完全な一致が常に要求されることになる。「此の私ひとりにとつて明瞭なこともどこまでが現実として明瞭なことなのかどこでどうして計ることが出来るのであらう」と後半で「私」が発するように、「機械」における「唯心的」な「現実」の認識とは、あくまで「私ひとり」の「現実」を構成するものであり、その確かさを保証する客観性は見い出せないのだ。確かな「現実」——普遍的客観的「事実」ないし「真実」とも言い換えられよう——の措定と「唯心的」な世界観との背理が、ここで問題となる。ところで、この場面で「私」は、自身の「疲労」とその認識能力の衰えを意識することから、「唯心的」な世界観への「疑ひ」を持つに至っている。ただ「疑ひ」の発生原因を、肉体的精神的疲労に起因する認識能力の低下のみに求めるのでは、やや足りないだろう。「仕事の疲労」の背後では、「塩化鉄」＝「毒」による思考主体の侵蝕が着々と進行しているのである。何らかの対象に関する思考を続けることで発生し、その思考を自家中毒的な破綻へ導く「塩化鉄」＝「毒」の存在。「唯心的な眼醒め」とともに、ここで発生した「疑ひ」もまた、そうした「毒」とみなすことができる。必然的に破綻へと向かう思考構造が、幾層にも重なって作品に現われることを見抜く必要があると思われる。

「唯心的」な認識のあり方は、必然的に「私ひとり」による「現実」の構成へと繋がる。同時に、当初の枠組みとして設定された、観察者＝「私」と対象＝「私」の心理の運動という実験、観察の構造も、依然機能している。「唯心的」な世界観を持つことと、「私」が「私」の心理を観察する構造とは、どのように関わっていくであろうか。

「唯心的」な思考主体は、自己の意識の活動に絶対的な明証性を想定し、「現実」を主観的に確定しようと試みる。その過程で、諸事象の客観性、自明性をいったん問いに付し、認識の根源を求めて自らの意識作用を遡行していくことになるが、同時に、そこには「自意識」の問題系が顕在化してくるはずだ。確かな「現実」を「唯心的」な認識の地平に探る時、当然ながら、その「現実」を構成する自らの意識の正確さが問題になる。「機械」の「私」は、自分の意識内容と「現実」の関係性について検証を試みた結果、「自分自身」の内的領域を問題の所在として焦点化する。加えて、観察者＝「私」と対象＝「私」の心理の運動という構造が、自分の内面を見る自分＝「自意識」の形式に言い換えられるのは明らかであり、作品は当初から「私」の「自意識」の構造を大枠として成立していたと考えてよい。つまり、語り手「私」が創出する大きな「自意識」の枠組みの内部に、行為者「私」の「自意識」が形象化されているのだ。科学者＝「私」の「唯心的な眼醒め」[16]が、行為者「私」の認識のあり方に転化し、「私」（の心理）における「自意識」の問題系を顕在化していく時、二重の「自意識」の物語といった全貌が明らかになる。

「自意識」の問題の前景化によって、「私」の思考はどのような変容を迫られるであろうか。「屋敷」の深夜の行動をめぐっては、自己の認識能力への「疑ひ」から、「唯心的」に確定されるはずであった「現実」について、状況証拠や「主人」の言葉からの推断しかなしえず、さらには「屋敷への疑ひ」が強まることで、その「疑ひ」が「自分自身」へ反転してくるという経緯が表出されていた。ここで示唆されているのは、確かな「現実」と「自意識」とが織りなす関係において、必然的に〈他者〉というファクターが重視されてくることである。「唯心的」な「私」が、自らの意識現象に「疑ひ」を抱いてしまう場合、確かな「現実」を決定するために、同じく

「唯心的」に存在しているであろう他者が拠り所として要求される。たとえば「私」は、前半部(「唯心的な眼醒め」以前としておく)において、理解不能な「狂人」ともみなされる「主人」を、自分とは異質な内面の持ち主と想定し、緊張関係にあった「軽部」についても、最終的には「自然に軽部の事などは又私の頭から去つていつた」というように、愚かな人物と切り捨てる態度を見せていた。しかし、「唯心的な眼醒め」の直後に「軽部」から暴行を受ける場面では、「私も軽部が怒れば怒るほど自分のつまらなさを計つてゐるやうな気がして来て終ひには自分の感情の置き場がなくなつて来始め、ますます軽部にはどうして良いのか分らなくなつて来た」とあるように、「軽部」を「私」の「自意識」と交錯する他者として認知していく兆候が示されている。

「機械」における「私」の「自意識」と他者との関係について、ヴァレリー「レオナルド・ダ・ヴィンチ方法論序説」(「ノート及雑説」)の表現を用いて言うならば、「私」は「唯心的」な存在である以上、「何物も自分の背後に居ることを許さない所の番兵であり眼である」はずなのだが、「矢張り可見物であつて、他からの注視の可能な対象物であると絶えず感じ」ざるをえないということになる。そして、「私」の心理の運動に対して不可避に起こる他者の介入を自覚することから、新たな問題が生じてくる。それは「機械」後半部の中心的な主題となるだろう。

「私」の「自意識」に対する他者として明確に形象化されているのが、「ネームプレート製造所」=心理の「実験場」へ新たに投入された「屋敷」の存在である。仕事の急激な増加のため、「主人」が同業者から借りた職人とされる「屋敷」だが、当初から「製造所の秘密を盗みに来た回し者ではないか」と「疑ひ」をかけられ、「私」の「興味」を引くことになる。「私」は、いったんは「屋敷への警戒もしないことに定めて了」う。だが、「屋敷」の「眼光」が「鋭いがそれが柔ぐと相手の心を分裂させてしまふ不思議な魅力を持つてゐ」ることから、今度はその「魅力」で「軽部」も「私」も引きつけられていく。「前に軽部を有頂天にさせて秘密を饒舌らせてしまつた彼の魅力が私へも次第に乗り移つて来始め」る中、「屋敷」との交流を続けるうちに、「ただ今はかう云ふ優れた男と偶然こんな所で出逢つたと云ふことを寧ろ感謝すべきなのであらう」と考えるようになり、ついには「君を尊敬してゐるのでこれから実は弟子にでもして貰ふつもり」とまで言うのだ。つまり、前に「私」を「暗示にかかつた信徒みたい」にした「主人」の「魅力」と比すべきものを「屋敷」は帯びており、理解不能な人物である「主人」がそれまで占めていた位置を、理知的存在と見える「屋敷」が乗っ取ってしまうのである。また、「主人」が開発した技術を「秘密」として保有する「私」と、嫉妬から「私」に嫌疑をかけてくる「軽部」の二者関係と同じく、「屋敷」を疑う「私」と、何らかの「秘密」を抱えているらしい「屋敷」との関係が構築される（「前には私は軽部からそのやうに疑はれたのだが今度は自分が他人を疑ふ番になつたのを感じる」）。ここには、「軽部」と「私」の間で成立した知的優劣関係も同じように存在する。加えて「屋敷」は、「私」の視線と「同じ認識の高さ」を有していると想定され、「私」自身とも重なりえる人物となっている。

私は屋敷と新聞を分け合つて読んでゐても共通の話題になると意見がいつも一致して進んでいく。化学の話になつても理解の速度や遅度が拮抗しながら滑めらかに辷つていく。政治に関する見識でも社会に対する希望でも同じである。

許可は得ていないものの、「屋敷」が「暗室」に出入りしていることもまた、「私」との共通点である。以上を整理しよう。「魅力」を持つ人物でありながら、「狂人」とみなして自他関係から排除していた「主人」の位置に、同様の「魅力」を持つ「屋敷」が取って代わるが、今度の「屋敷」は「主人」のような理解不能の人物ではなかった。「屋敷」は「不思議な魅力」の持ち主でありながら、その「魅力」の内実が理解できる（と思われる）

人物として存在している。同時に、「秘密」を持つとみなされて「私」と緊張関係に置かれるが、それまでの「私」／「軽部」の関係性が、ほぼ同じ形で「屋敷」／「私」のそれへスライドすることによって、「私」が自己の相対的なあり方を強く意識するきっかけが生まれる。さらに、「化学」をはじめとする「話題」・「意見」の「一致」、「同じ認識の高さ」の保有は、「唯心的な眼醒め」という世界観をも、「私」と「屋敷」が共有しえることを暗示している。「暗室」＝ブラックボックスへの出入りが、世界観やアポリアの共有を象徴していると見ることもできよう。優位にあると同時に同じ視線を持つ人物と形象された「屋敷」は、「私」が「何物も自分の背後に居ることを許さない所の番兵であり眼である」と自己規定することを妨げ、「他からの注視」を「私」に強く意識させる他者として存在しているのだ。「屋敷」は、まさしく「私」にとっての他者（他我）として、[17]〈心理〉の実験場に投じられたのであった。

他我としての「屋敷」を、「唯心的」な「私」の「現実」認識、および「私」が「私」の〈心理〉を見る「自意識」の構造に組み入れた時、物語の内容は急速に展開しはじめる。「屋敷」の深夜の行動をめぐる自問、「秘密」を介した緊張関係から、「尊敬」を抱き「弟子」入りを請うような親密な関係へと移行し、ハイライトとなる「私」・「軽部」・「屋敷」の格闘場面へと進んでいく。この〈心理〉の実験、観測の極点において、「唯心的」な「私」の心理は決定的な混迷を経験する。

三者の格闘場面は、「屋敷」の「暗室」への出入りを咎めた、「軽部」の暴力からはじまる。最初「私」は、「日頃尊敬してゐた男が暴力に逢ふとどんな態度をとるものかとまるでユダのやうな好奇心が湧いて来」て、二人の争いには参加せず、冷静に見守っている。ここでも「私」は、「好奇心」＝「興味」という通常の属性に従って心理を作動しているのだが、一方的な争いを見ているうちに、「私はしまひに黙つて他人の苦痛を傍で見てゐると云ふ自身の行為が正当なものかどうかと疑ひ出」し、いわば「自意識」的な思考を展開しはじめる。しかし

「そのじつとしてゐる私の位置から少しでも動いてどちらかへ私が荷担をすればなほ私の正当さはなくなるやうにも思はれ」て、先の「軽部」との格闘時と同様、「自分を持てあます」状態に陥る。とりあえず、そのまま「屋敷」の観察を続けるが、「醜い顔」をし「ぼろ」が出はじめた「屋敷」を「軽蔑」するようになり、「私は屋敷とて別にわれわれと変つた人物でもなく平凡な男だと知る」。そこで「私」は、「彼（屋敷―引用者注）へだんだん勢力を与へるためににやにや軽蔑したやうに笑つてやる」との傍観的態度をやめ、「軽部」に「もう殴ることなんかやめて口で云へば足りるではないか」と忠告し、争いを止める行動を起こす。ここで「私」は、さしあたり、主体的な判断にもとづいて他者と関わっていく姿勢を見せていると言えよう。だが、「軽部」は仲裁を聞き入れず、「屋敷」を殴り続ける。そこで「私」は再度暴力をやめるように言うのだが、このあたりから事態は複雑さを増してくる。

（…）軽部は急に私の方を振り返つて、それでは二人は共謀かと云ふ。だいたい共謀かどうかかう云ふことは考へれば分るではないかと私は云はうとしてふと考へると、なるほどこれは共謀だと思はれないことはないばかりではなくひよつとすると事実は共謀でなくとも共謀と同じ行為であることに気がついた。

重要なのは、「事実」に対する思考が徐々に変化していることである。ここで「私」は、「考へれば分る」のは「私」だけの「事実」であり、「軽部」や「屋敷」といった他者の「事実」が、「私」の判断した「事実」とは異なっている可能性があることを――当たり前のことではあるが――明確に意識するようになる。「唯心的な眼醒め」を果たして以後、「私」は、「軽部」への対処に迷い、他我としての「屋敷」を前に、「自分自身」の認識のあり方を問い直さざるをえなくなった。「唯心的」な認識を持つ他者の存在が「私」の心理に侵入してくることで、確かな「現実」なる前提が動揺し、「現実」・「事実」の領域が拡大されるに至ったと言える。

これに続き、今度は「私」が「軽部」の暴力を受けることになるが、そこに「屋敷」も参加してきて、とうとう三者がもつれ合う格闘になってしまう。その間の「私」の行動は、先に、自分の行為が「正当なものかどうか」との問いをめぐらせていたにもかかわらず、「殴り返す運動が愉快になつてぽかぽかと軽部の頭を殴つてみた」や「私はもうそれ以上は軽部に復讐する要もないのでまた黙つて殴られてゐる軽部を見てゐる」などのように、その場の流れにまかせた受動的な対応となっている。意志－行為の面で、主体性を喪失した状態に近づきつつあると言えよう。争いは、「私」・「屋敷」対「軽部」から「屋敷」対「軽部」、「軽部」対「私」へと移り、結局は「軽部」・「屋敷」対「私」という状況に行き着く。「私」は二人からの攻撃を受けながら、それまでの自分の行為の意味について考える。

なるほど私は事件の起り始めたときから二人にとつては意表外の行為ばかりをし続けてゐたにちがひない。しかし、私以外の二人も私にとつては意外なことばかりをしたではないか。

「意表外」、「意外」という言葉に注目したい。「軽部」や「屋敷」は、「私」の「意」の内、つまり「私」の心理領域に包含しえる存在ではない。自分と同じように「唯心的」な認識を有する他我である以上、両者の行為の内実は、原理的に「私」の「意外」なものとしてあるはずだ。内面化することが不可能な他我との関係において、真に「正当」な行動を取るにはどうしたらよいかわからず、「私」は受動的な姿勢でその場に臨むばかりである。しかし、「現実」を構成しているのは、「軽部」・「屋敷」の行為であるとともに、「私」の行為でもある。ゆえに「私」は、その「現実」と自分との連関に無関心ではいられない。では、互いに「意表外」な行為をすることで生成する「現実」・「事実」を、果たして「唯心的」な一個の人間が把握できるのか。「私」の問いは自然とそうした方向へ進むだろう。

ここで再び「塩化鉄」＝「毒」の存在が浮上してくる。この一件は結局三者の「疲労」によって決着するが、「私」によれば、その「馬鹿馬鹿しい格闘」自体、「疲労がより大きな原因になつてゐたに決つてゐる」。「殊に真鍮を腐蝕させるときの塩化鉄の塩素はそれが多量に続いて出れば出るほど神経を疲労させるばかりではなく人間の理性をさへ混乱させてしまふ」のであり、「塩化鉄」の「塩素」＝「毒」による「理性」の「混乱」が、争いの直接的原因とされている。三者で構成する「現実」なるものに関しても、それぞれの主体に対する「塩化鉄」＝「毒」の作用が再確認されていることは、たいへん象徴的である。これまでの文脈で捉えるならば、その「毒」による「理性」の「混乱」とは、認識対象に向けられた思考の「混乱」と読み換えられよう。つまり、確かな「現実」を求める意識の動きが、「現実」・「事実」を構成する解明不能の問題――不透明な他者関係と「自意識」の昂進――から発生する「毒」によって汚染され、主体としての思惟が混乱に陥ったのである。そして「私」は、事件後の「屋敷」との対話をとおして、深い懐疑に落ち込んでいく。

なるほどさう云はれれば軽部に火を点けたのは私だと思はれたつて弁解の仕様もないのでこれはひよつとすると屋敷が私を殴つたのも私と軽部が共謀したからだと思つたのではなからうかとも思はれ出し、いつたい本当はどちらがどんな風に私を思つてゐるのかますます私には分らなくなり出した。しかし事実がそんなに不明瞭な中で屋敷も軽部も二人ながらそれぞれ私を疑つてゐると云ふことだけは明瞭なのだ。だが此の私ひとりにとつて明瞭なこともどこまでが現実として明瞭なことなのかどこでどうして計ることが出来るのであらう。それにも拘らず私たちの間には一切が明瞭に分つてゐるかのごとき見えざる機械が絶えず私たちを計つてゐてその計つたままにまた私たちを押し進めてくれてゐるのである。

「自意識」の構造のもと、「私」は他者の存在を強く意識せざるをえない。他者は「唯心的」な存在として「私」を見ているのであるが、「私」を見る「私」、すなわち「自意識」としての「私」は、そうした他我を完全に内面化することができない以上、「いつたい本当はどちらがどんな風に私を思つてゐるのかますます私には分らなくなり出した」と昂進状態に達する。「唯心的」な主体が必然的に陥るこうした思弁において、「事実がそんなに不明瞭」となるが、これを「現実」・「事実」領域の拡張と考えておきたい。「唯心的」な他者に現象する「事実」を含むものとして、「現実」・「事実」なる概念が再提出されているのである。それゆえ「私ひとりにとつて明瞭なこと」の意義は疑問視され、「現実として明瞭なこと」の確定不可能性が訴えられるのだ。

拡張した「現実」・「事実」認識への懐疑が、「唯心的」な主体たる「自分自身」へと折り重なっていく様子は、「屋敷」の深夜の行動をめぐる思索からすでに窺えた。「機械」の有名なラストシーンは、そうした懐疑が深化していく過程を語ることで構成される。

不眠不休の労働の成果である代金を、いつものごとく「主人」が全てなくしてしまい、途方に暮れた三人は酒を飲んで一夜を明かすことにする。そして、「眼が醒める」と（ここでも「唯心的な眼醒め」の反響が印象づけられる）、「屋敷が重クロム酸アンモニアの残つた溶液を水と間違へて土瓶の口から飲んで死んでゐた」。「屋敷」の死という「現実」・「事実」の解釈をめぐって、「私」の心理は迷走をはじめる。考えられる事態は、「屋敷」の自殺、もしくは「軽部」による殺害であるが、「私」も含む三者で構成する拡張した「現実」・「事実」を、「唯心的」な「私」が完全に把握、確定することはできない。日頃からの肉体的精神的「疲労」に加え、今回はアルコールによる酩酊状態のもとで起きた出来事だけに、「屋敷」の死因としてあらゆる可能性を排除できないのである。ひいては、「よしたとへ日頃考へてゐたことが無意識に酔の中に働いて彼（軽部―引用者注）が屋敷に重クロム酸アンモニアを飲ましたのだとするならそれなら或いは屋敷にそれを飲ましたのは同様な理由によつて私かもしれないのだ」というように、「自分自身」への「疑ひ」も浮上してきてしまう。「唯心的」な「私」の認識、心理のうち、「明瞭」な「事実」と考えられるのは、「屋敷」が死んだ夜、酩酊状態にあった「私」の認識、心理ではなく、「不思議な魅力」を持つ他我＝屋敷を恐れ、恨み、その死さえも願っていた日頃の、もう少し言えば理性的状態における「私」の内面である（もちろん、相対的により確実と思われるだけで、本当に「屋敷」の死を日常願っていたかは不確実である）。同時に、「屋敷」の死も厳然たる「事実」である。ここには、「軽部」における「事実」も当然入ってこようが、それら無限の「事実」の集積によって構成される拡張した「現実」・「事実」――ここでの焦点は、「屋敷」の過失もしくは自殺か、他殺だとしたら「軽部」・「私」のどちらによるか、など――は、「唯心的」な「私」にとって全く「不明瞭」なものである。そして、「私」の「自意識」の構造において、そうした「事実」と自分の認識との連関をめぐる懐疑は増幅し続ける。ここで、「いや、もう私の頭もいつの間にか主人の頭のやうに早や塩化鉄に侵されて了つてゐるのではなからうか」と、再び「塩化鉄」＝「毒」の存在が浮上するとともに、「私はもう私が分らなくなつて来た」との言辞が引き出されることになる。

一連の流れが示しているのは、「唯心的」な思考主体である「私」にとっての、拡張された「現実」・「事実」の不確定性と、そこから生じる「自意識」の果てしなき懐疑であった。そうした経緯が、観察－思考主体である「私」が、自他の「現実」・「事実」を対象に厳密な観察・思考を試みる構造と、観察者＝「私」が、「私」の心理を対象に正確な認識を試みる「自意識」の構造という、重なり合う二つの位相において描かれる。この二つの構造の密接な結びつきは、「塩化鉄」＝「毒」の存在が繰り返し強調されることで焦点化されている。対象の「明瞭」なあり方（確かな「現実」たる「真実」）を観察－思考主体が厳密に確証していくといった、主／客の認識構造において、そうした二項対立の措定自体が内包する決定不可能性によって主体の側に「疑ひ」が反射してくること。つまり、何らかの対象について〈思考すること〉そのものが必然的に生み出す自己懐疑の性格を、「塩化鉄」＝「毒」の象徴的意味と考えてきた。作品に構築された二つの構造には、この「塩化鉄」＝「毒」が発生し続けるだけの十分な原因があろう。科学者であることから「唯心的」な思考主体となった「私」が、その世界観を獲得したがゆえ、「自意識」の構造を前面に導き出すこととなる。そこから、「唯心的」な他者が「私」の思考構造に侵入しはじめる。他我の存在によって拡張した「現実」・「事実」を、「明瞭」に、つまり「真実」として追究する時、その「現実」・「事実」の非決定性に直面し、ひいては「自分自身」への絶えざる懐疑が生じてしまう。

一方、作品の大枠であった、「私」の〈心理〉を「私」が観測する「自意識」の構造（この背後には科学的であることへの欲望が存在する）にも、「唯心的」な「私」の〈心理〉の問題構造が反映してくる。観察者＝「私」が、対象である「私」の〈心理〉を「分る」（「明瞭」に理解する）よう目指した結果、「私」の〈心理〉の不確定性に「毒」され「私はもう私が分らなくなつて来た」と二重の破綻を迎える。「暗室」＝ブラックボックスにおける科学者＝「私」の思考形態をモデルとするこの二つの構造が、「塩化鉄」＝「毒」の発生構造として並立したままその「腐蝕」作用を強めることで、最後の場面における語りの崩壊へと至ったのである。それは、「唯心的」な「自意識」という「理論的存在」・「非存在的な存在」（小林前出文）が抱える背理の帰結であった。

「私」の思考構造が破綻した地点に再び発現してくるのが、「暗室」の〈科学〉的思考によって導き出された「機械」＝「法則」である。「私はもう私が分らなくなつて来た」に続けて、「私はただ近づいて来る機械の鋭い先尖がじりじり私を狙つてゐるのを感じるだけだ」とあるように、思考停止の状態においてその存在は強く意識される。「機械」＝「法則」とは、諸事象が示す「有機的運動」の原動力であり、かつそれを支配する超越的形而上的存在を指していた。これを敷衍して、人間存在の諸〈心理〉が織りなす複雑な「有機的運動」を、発動、支配しているのも「見えざる機械」とされる。この意味で、「機械」とは世界のあらゆる「現実」を創出し、推進している〈力〉と定義できるだろう。重要なのは、科学的思考を通過した地点において、「唯心的な眼醒め」とともに顕現した「機械のやうな法則」が、「唯心的」な主体である人間をも包含する「法則」－〈力〉という位置を占めるに至ったことである。「唯心的」な認識しか持ちえない「私」に、(自分も含めた) 諸存在が複雑に絡み合う「現実」の総体を把握することは不可能である。しかし、「私」の認識においていかに確定不能であっても、「現実」なるものは確かに存在し、動き続けている。諸元素が「機械のやうな法則」にもとづいて、「実体」を構成する「有機的運動」を繰り返すのと同様、「唯心的」な諸存在は、「機械」の〈力〉のもとで、「現実」を構成する要素として「運動」しているのだ。

自然科学の探究はある限界領域において、形而上学的問題と交錯していく。作品において、科学的観測をモデルに構造化され、科学者＝「私」の思考とも並行して進んできた、「私」の〈心理〉に対する思索もまた、拡張した「現実」・「事実」の領域を限界として、「機械」という形而上的存在の措定に行き着く。この必然的経緯の表現によって、絶対的「法則」－〈力〉のもとにおける人間の無力、主体性の剝奪という側面が強く打ち出される(〈主体性〉なるものへの問いは、「機械」以降の作品が主題とするところであり、ここではさしあたり問題とはしない)。確認しておきたいのは、「機械」の「私」は、相対的人間観なる認識のもとで混迷に陥っていく人間の姿を示すという以上に、人間の思考構造に内在するアポリアを鋭く示す存在として形象化されていることである。(人間を主体とする) 自然科学の思考も「唯心的」思考も、言い換えれば客観的認識も主観的認識も、「現実」・「事実」の総体を貫く「真理」へ達することはできず、何らかの形而上的存在 (「機械」) の〈力〉を描き出さずにはいられない。さらに、そうして自ら創出した「法則」－〈力〉に、人間は主体としての位置を明け渡すことになる。こうした人間のあり方が、「主人」の形象に象徴されている。「私」は、「狂人」となってしまった

「主人」の実験・思考構造を潜在的なモデルとして、科学の思考を展開し、実際に「塩化鉄」の侵蝕を受けるとともに、「唯心的な眼醒め」という「毒」までも吸い込んでしまう。また、「一つの欠陥が」「確実な機械のやうに働いて」金を落とさせるといったように、「主人」は「機械」の「法則」のままに行動する存在であり、いわば超越的存在への従順さゆえに「奇怪」な人物として現われているのだ。こうした態度においても、「私」は「主人」の影を後から追っているのである。「誰かもう私に代つて私を審いてくれ。私が何をして来たかそんなことを私に聞いたつて私の知つてゐよう筈がないのだから。」。「現実」を計る「機械」を前にして、自分の思考が全く無力であることを確認した時、ついに「私」は「主人」との完全な一致をみる。「狂人」とされる「主人」と「私」とが、「機械」の計測において同値の存在であることが明らかとなり、重層的構造において成立していた「私」の思考－語りは閉じられる。

一方、作者横光の新たな文学的追究は、ここにはじまりを告げたのである。

注

（1）『機械』私評」（『作品』、一九三一・六）。

（2）横光は「悪霊について」（一九三三・一二）で「悪霊」を激賞して以降、「純粋小説論」へと突き進んでいくことになる（第三部第一章参照）。

（3）「文芸時評」（『作品』、一九三〇・一〇）。

（4）『機械』」（『作品』、一九三一・六）。

（5）「心理文学の発展とその帰趨」（『思想』、一九三〇・一〇）。

（6）「横光利一の転向」（『詩と散文』、一九三一・二）。

（7）「われわれは最初自然の中にゐた。われわれは自然人であつた。所が原人の「楽園喪失」と共にメカニズムの歴史が始まつたのだ。人類の「堕落」が始まつたのだ。爾来人類の敵とは最早自然ではなくなつた。人類の造つたメカニズムこそ人類の敵となつたのだ。そして今日まで人類が懐いてきた唯一の願望とは、このきびしいメカニズムの桎梏を打ち破ること以外にはなかつたのだ。」」。

(8) ただし、絓秀実が『探偵のクリティック──昭和文学の臨界』(思潮社、一九八八・七、七四─七五頁)で批判しているように、作品「機械」を、西洋対東洋の文脈に当てはめて(たとえば、「ネームプレート製造所」-「機械」-「西洋」、「主人」-無垢-「東洋」など)裁断していく読みは、やはり注意深く避けねばならない。

(9) 「文学の思考　横光利一氏の新著《機械》について」(『詩と詩論』、一九三一・六)。

(10) 永尾章曹「横光利一「機械」の文体について──一つの実験的なこころみについて──」(『国文学攷』、一九七八・四)、高橋太郎「横光利一「機械」における始発の諸形式」(『立正大学国語国文』、一九九五・三)において、これらの語尾を伴なった動詞の用法に関する言語学的考察がなされている。

(11) 勝原晴希は「横光利一「機械」考──昭和の詩状況とかかわりつつ──」(『成蹊大学経済学部論集』、一九八八・一〇)で、「〈興味〉の語は作品にしばしば繰り返される。それは〈私〉の行動原理の代用をしているのである。」との見方を示している。

(12) 脇坂幸雄は「横光利一『機械』の文芸性──心理主義の検証を通して」(『日本文芸学』、一九九二・一二)で、「ネームプレート製造所」の機能を、「朝、昼、晩などの時間、更に季節、天候等の影響を受けない環境と敢えて解釈したい。つまり「製造所」は人間の心理に対して影響を及ぼす、外からの可能性を一切遮った空間である、として捉えていきたい。」とまとめている。

(13) たとえば田口律男が「横光利一「機械」論──ある都市流入者の末路──」(『近代文学試論』、一九八六・一二)で、「常に相対的な人間関係の渦の中で揺れ動いて止まないという力学的構造が透視できる」としているように、「製造所」の「中心」の不安定性は、「機械」解釈のポイントである人間存在の「相対性」・「関係性」へと直結されてきた。ここでは、そうした解釈を引き出す、「私」の思考のダイナミズムを辿ることが主眼である。

(14) 科学的知識、学問的力量によって序列ができる人間関係については、「機械」に先行する小説「鳥」(一九三〇・二)に描かれていた。「鳥」では、「地質学」の力量によって、「私」、「Q」、「A」の間に優劣が生じている。

(15) 作品内で繰り返し「私」の思考に現われる「事実」という言葉を、ここでは科学者＝「私」が観測対象として措定する「事実」として扱う。

(16) もちろん作品の当初から、「私」の思考のあり方が、揺れ動く「自意識」を示していると解釈することもできる。しかし、「軽部」との関係の推移などを考えると、「唯心的な眼醒め」に達する以前において、やはり「私」の「自意識」の問題は潜在的なレベルにとどまっていると思われる。科学的思考の通過によって、認識論の地平における「自意識」の問題系が作品の全面に浮上してきたことを、ここでは重視したい。こうした語りの流れを捉えることで、以下「見えざる機械」の矛先が具体的に見えてこよう。

(17) たとえば、「私」が「屋敷」に、「君がさう云ふのも尤もだがこれは何も君をひつかけてとやかうと君の心理を掘り出すためではなく」と言っていることからも、「屋敷」の「心理」に対する自覚的な眼差しを持つようになったことがわかる。

第二章　「時間」（一九三一〔昭6〕）

第一節　ベルクソン哲学の視点からの解釈

作品「機械」（一九三〇・九）は、その後横光が真正面から取り組んでいくことになる幾多の問題群を内包していた。それらの展開を多角的に検証することが、横光の全体像およびその可能性を正当に見極めるために必要不可欠な作業であると思う。とりわけ「機械」以後の活動という観点から、さしあたって整理しておかねばならない問題は、小説内の思考、論理において消化不良のまま放置されていた「見えざる機械」のあり方についてである。[1]作品に展開された作家横光の思考も、語り手「私」の認識論的自問自答も、厳密な哲学上の議論として限界があることは言うまでもない。だが、そこで現われた「見えざる機械」の位置という問題、すなわち、「唯心的」な「私」に内在するのか、あるいは超越的存在として外在しているのか、という問いに横光が無自覚であったとは思えない。この時期、認識論と「神」の存在との関連について述べていたことを考え合わせると（「肝臓と神について」、一九三〇・一）、思考の極点に設定される〈何ものか〉が強く意識されていたと言える。

この問題を見るのにふさわしい作品が、一九三一年（昭6）四月に発表された「時間」である。「時間」は、

「鳥」（一九三〇・二）以降いわゆる心理主義時代の短編であり、特に、肉体的精神的極限状態にある集団内で生じる事件を描きつつ、その渦中にある自らの心理を一人称「私」が語り、検証していくという作品構造の類似性から、「機械」の直接の延長となる作品として、従来からさまざまな形で言及されてきた。(2) とりわけ「機械」からの展開を考える上で注視するべきは、あいまいな位置にあった「見えざる機械」が、作品「時間」において「時間といふ恐るべき怪物」と再定義されていることである。また、〈身体〉に流れる〈時間〉の発見という作品に提示された主題に、文壇に限らずさまざまな領域において浸透し、横光も幾度か言及したベルクソン哲学の影響を見て取ることは容易である。先回りになるが、ここにこそ、「機械」の執筆を促したヴァレリー思想から歩を進め、懸案であった認識論的アポリアに終止符を打とうとした横光の思考が賭けられていると見られる。これらの問題を検証するためにも、まずは作品内容について、以上に掲げた文脈をもとに解読することからはじめたい。

作品「時間」では、雇い主の座長に金を持ち逃げされ、深夜雨中の逃避行を余儀なくされた旅芸人の集団に生じる極限状態が、一人称「私」によって語られていく。「機械」と同様に、そうした状況下における「私」の心理の動きが分析的に綴られるのであるが、その過程で小説の主題である〈時間〉なるものがさまざまな形で表出される。最初に〈時間〉が「私」の意識の俎上に現われるのは、不安と猜疑に満ちた深夜の逃避行において精神的に追い詰められ、かつ極度の空腹に襲われた時点であった。

> （…）いつたい此のさきまだどこまでもと闇の中を続いてゐさうな断崖の上をどうして越えきることが出来るのかと、むしろ暗憺たる気持ちになつて来た。さうなると私達の頭は最早や希望や光明のやうなはるかに

遠いところにあるもののことは考へないで、此の二分さきの空腹がどんなになるであらうか。此の一分さきがどうして持ちこたへられるのであらうかと、頭はただ直ぐ次に迫つて来る時間のことばかりを考へ続け、その考へられる時間はまた空腹そのことについてばかりとなつて満ち、無限に拡がつた闇の中を歩いてゐるものは私ではなくして胃袋だけがひとりごそごそと歩いてゐるやうな気持ちがされて、これはまつたく時間とは私にとつては何の他物でもない胃袋そのものの量を云ふのだとはつきりと感じられた。

ここでは、遠い未来(の時間)を想像する力が摩滅しており、「私」の思考の遅滞に決して同調することのない、絶えず更新されていく流れる〈時間〉のみが意識されている。この切れ目なく流れている〈時間〉においては、「頭はただ直ぐ次に迫つて来る時間のことばかり」になってしまい、「私」の意識に固定化された〈現在〉は存在しえない。たとえばベルクソンは、「流れる心理的生命」の「生地」である「時間」について、「これほど手応えがありこれほど実質的な生地はほかにない。けだし、私たちの持続はつぎつぎに置きかわる瞬間ではない。であればどうしても現在しかないことになり、過去が現在へ延びることも、進化も具体的な持続もなくなるであろう。持続とは過去が未来を噛ってすすみながらふくらんでゆく連続的な進展である。」(3)と述べた。「私」が意識している〈時間〉とは、状況からして非常にネガティヴな形ではあるが、こうした「持続」の「連続的な進展」であり、その「手応え」であるとも言えよう。逆から見れば、ベルクソンが否定したような、知性・科学的認識によって分節された通常の時間のあり方が、この場面において捨象されることになったとも考えられるのだ。(4)

また、その〈時間〉―「持続」を認識する直接の契機となっているのが、「空腹」によって顕在化した「私」の身体性である。(5)つまり、「胃袋」を媒介として意識された「私」の身体が、「持続」の「手応え」を本能的(直観的)に感受しているのである。そこでは、「考えられる時間」――知性によって分節され、把握される時間――は

「空腹」によって占拠され、その思考主体である「私」、つまり精神的存在であった「私」は、「胃袋だけがひとりごそごそと歩いてゐる」といった身体的存在としての側面に追いやられている。こうした「私」の意識形態の推移は、横光の身体論的な思考によって生み出されたものと言えるだろう。たとえば市川浩は、人間の精神と身体という二つの側面を、「生きている具体的全体としての生成的構造を、当面の関心にしたがって、統合のあるレヴェルの特性へと還元した極限概念にほかならない」と規定し、その自覚のあり方について、「統合の度合いがきわめて高く、環境の支配からより解放され、可能的世界をも自らの世界とすることができるとき、われわれは精神を自覚する。（…）逆に統合の度合が低く、現実的刺激としての環境に支配され、自由度がせばめられたとき、われわれは身体を感ずる。[6]」と説明する。「私」は、「可能的世界」の広がりとも言える「希望や光明のやうなはるかに遠いところにあるもの」を想起し、「精神を自覚」しえるような状態にはない。「現実的刺激」（「空腹」）という肉体的条件によって「支配され」て、ただそれを耐え忍ぶのみといった「自由度」の極めて低い状態にあり、それによって強く自らの「身体」（「胃袋」）を自覚するのである。

さらに、こうした「身体」性の顕現と、〈時間〉−「持続」の認識との関連について、「全く純粋な持続は、自我が生きることに身をまかせ、現在の状態と前の諸状態とを分別するのを止める時、意識状態の継続のとる形である[7]」というベルクソンのテーゼをもとに、「私」の「意識状態」の側から考えることも可能である。「胃袋」が歩いているような身体的存在＝「私」における自我は、ここでは「生きることに身をまかせ」ているだけであり、圧倒的な「空腹」の支配によって、自我（「頭」）の「現在の状態と前の諸状態」を「分別する」ことが不可能となっている。その結果、「私」の「意識状態の継続」は、「純粋な持続」へと傾斜していくのだ。以上のような肉体的精神的極限状態の中で、自己の内部体験として「私」が意識した〈時間〉こそ、ベルクソンの思想に示された、真の流れる時間としての「純粋持続」に近いものであったと言えるだろう。

また、ベルクソンの思想において、基本的に、「純粋持続」へと至る方法と定義される「直観」の概念を、作品「時間」からは読み取ることができる。このことは先に見たような「空腹」と〈時間〉の関係にも当てはまるが、それ以上に、一団が辿りついた水車小屋で「私」が再び見い出した〈時間〉は、「直観」の問題と結びつくことでより深化したものとなっている。そこでは、激しい疲労と寒さによって「眠り」に陥っていく「私」の意識に、〈時間〉なるものが現われる。

今眠れば死ぬにちがひないことを説明し眠る者があつたら直ぐ、その場で殴るやうと云ひ渡した。ところが意識を奪ふ不思議なものとの闘ひには武器としてもやがて奪はれるその意識をもつて闘ふより方法がないのだから、これほど難事しいことはない、と云つてるうちにもう私さへ眠くなつてうつらうつらとしながらいつたい眠りといふ奴は何物であらうと考へたり、これはもう間もなく俺も眠りさうだと思つたり、さうかと思ふとはツと何ものとも知れず私の意識を奪はうとするそ奴の胸もとを突きのけて起き上らせてくれたりするところの、もう一層不可思議なものと対面したり、そんなにも頻繁な生と死との間の往復の中で私は曾て感じた事もない物柔かな時間を感じながら、なほひとしきりそのもう一つ先きまで進んでいつて意識の消える瞬間の時間をこつそり見たいものだと思つたりしてゐると、また思はずはツと眼を醒して自分の周囲を見回した。

この場面では、「眠り」とそれに抵抗する「意識」との葛藤において、「意識」と「意識を奪ふ不思議なもの」との困難な闘いが生じ、その過程に「意識」の味方のような「もう一層不可思議なもの」が出現するといった「私」の内部体験が描かれている。「私」は覚醒した「意識」の状態から「眠り」へと徐々に傾斜しながら、その内部に次々と「何物か」を発見していくのであるが、このことは「眠り」を契機として、理解不能な自己の「意識」の深部へと下降していく経過を示していよう。そしてついに、「意識」＝覚醒状態と「眠り」との間、つまり「生と死との間の往復」によって、「私」はそこに存在する「曾て感じた事もない物柔らかな時間を感じ」る地点にまで達するのである。

市川浩は、ベルクソンにおける「直観」の本質および機能を次のように要約している。

それ（直観―引用者注）は知性がとらえる空間的な並置ではなく、時間的な継起を、内部からの生長を、過去が切れ目なく現在のうちに延び、現在が未来を蚕食する持続をとらえる。それはまず何よりも精神が精神を直接見ることである。したがって直観は、まず第一に意識を意味するが、それは直接的な意識であり、見られた対象からほとんど区別されない視覚、対象にじかに触れ、対象と一致さえする認識である。第二にそれは、無意識の縁に迫る拡大された意識である。それは光と闇のすみやかな交代をとおして、無意識がそこにあることをわれわれに確認させる。(8)

「意識」と「眠り」とが葛藤する「私」の内面描写は、「精神が精神を直接みること」にほかならない。そこでは「私」の「意識」が、「見られた対象」であり、かつまたそれを認識しようとする「直接的な意識」であるといった両義性を持っていることから、必然的に「対象と一致」するような「直観」として機能することになる。そうした「私」の「意識」は、「生と死の間の往復」からさらに眠りの方向へ進み、「意識の消える瞬間」に接近していくのだが、これは「直観」が、「光と闇のすみやかな交代」をとおして「無意識の縁」へ迫ることであると解釈できる。つまり、「眠り」の場面での「私」は、「直観」によって自己の内部を捉えていると考えられるのであり、そこで認識される「物柔らかな時間」とは真の「持続」に近いものであったと言えよう。またここに、ベルクソンが、「現に、眠りは、器官の機能の働きを緩め、殊に自我と外的事物との間の交通の面を変へるのである。その際には、もはや持続を測るのではなく、感ずるのである。持続は分量から性質の状態に帰る。」(9)と、「眠り」の機能について述べていることを考え合わせてもよい。

先の引用部分に続いて、「私」は「眠り」から一歩進み、現実に迫り来る「死」の感覚を強く意識する。そして、一団が朦朧とした意識の中で殴り合う場面においては、「時間」はそうした「死」との関係において語られることになる。

快楽——まことに死の前の快楽ほど奥床しくも華かで玲瓏としてゐるものはないであらう。まるで心は水水しい果汁を舐めるがやうに感極まつてむせび出すのだから、われを忘れるなどといふ物優しいものではない。天空のやうに快活な気体の中で油然と入れ変り立ち変り現れる色彩の波はあれはいつたい生と死の間の何物なのであらう。あれこそはまだ人人の誰もが見たこともない時間といふ恐るべき怪物の面貌ではないのであらうか。

肉体的精神的極限から自己の身体を強く意識し、その状態から「眠り」へと向かう途上で、「私」の内面への眼差しは「直観」となり、そこに流れる〈時間〉を捉えた。「死の前」に至ったこの場面では、ついに実在性を伴なった〈時間〉を幻視することになっている。ベルクソンの思想では、知性から解放された「直観」は、自己の生命の内奥部への認識を可能にするものであり、そこに流れる「純粋持続」の存在を見い出す能力とされる。「私」が見た「人人の誰もが見たこともない時間といふ恐るべき怪物の面貌」とは、その「純粋持続」にほかならないだろう。この〈時間〉－「純粋持続」が、「恐るべき怪物」と形容されているのは、「見えざる機械」と同様に、人間を動かす見えない〈力〉として感じられているからである。だが、「直観」によって捉えられた〈時間〉とは、自己の生命と不可分なものである。「私」の意識は、「われを忘れるなどといふ物優しいものではない」というほどの「快楽」を感じながらその〈時間〉に入り込み、自らの意識をそれと一致させた状態で、自己の生命の根源、つまり「生と死の間」に流れる「純粋持続」としての〈時間〉を内側から眺めているのである。これは、科学的合理的な認識では不可能なことであり、「私」の身体をとおしてもたらされた「直観」による、「生きられたもの」としての〈時間〉の感受であったと言える。[10] そして、生命の流れたるこの〈時間〉によって、「私」、集団、さらには病人さえもが生の方向へと押し進められ、（束の間かもしれないが）結果として一団は救われるのである。

第二節　精神から身体へ――「機械」からの展開

以上のように、作品「時間」における「私」の内部分析、およびその〈時間〉の表象には、ベルクソンの思想の反響が想定される。とりわけ、「機械」の思考の延長上に、「意識」と「身体」のはざまに流れる〈時間〉という不可知の力の領域を措定したことは、大きな意義を持つと思われる。ただし、同時に強調しておきたいのは、「機械」においてもまた、身体性が自我（「心」）との関係において顕在化する局面が語られていたことである。「私」は「軽部」とのかみ合わない、解消不能の対立関係の中で、「終ひには自分の感情の置き場がなくなつて」しまい、「全く私は此のときほどはつきりと自分を持てあましたことはない。まるで心は肉体と一緒にぴつたりとくつついたまま存在とはよくも名付けたと思へるほど心がただ黙黙と身体の大きさに従つて存在してゐるだけなのだ。」と語っている。作品の一つの主眼が、「私」の思考・判断が停止する地点に顕現する「見えざる機械」の表出にあることは言うまでもないが、この場面では、その代わりに「私」の身体性が前景化している。つまり、他者関係と自意識の葛藤相における自己喪失と「機械のやうな法則」による支配という文脈の一方、「私」は、「心」と「身体」が一体化した姿を人間「存在」とみなすことで、迷走に陥る寸前の思索を整理してもいるのだ。こうした「心がただ黙黙と」したままの状態ならば、結末部の自己破綻は免れたかもしれない。そして作品「時間」は、「見えざる機械」という超越的理念を「身体」に内在する〈時間〉に置換することで、不確定性の不安にさらされている理性的思考と、自己の身体性に依拠する「心」という二つの方向を可能態として内包する「私」が、後者の道へと牽引されていく様子を描いている。やや図式的ではあるが、精神から身体へのバイアスの移動に集約されるような、「機械」から「時間」への移行過程に、ベルクソンの思想と作家横光との接点が見い出されよう。

「機械」執筆に至る基盤の一つに、当時移入されていたヴァレリー文献からの強い触発があった。形式主義文学論からヴァレリーの思想に打ち出された精神の運動の解明へと、文学的探求の方向を転回していく一九三〇年（昭5）前後の横光であるが、その背後には一貫して人間の認識活動をめぐるアポリアが存在していた。客観的世界（「物」）に認識の基礎を置き、文学表現・理論に適用していく試みが頓挫した地点において、理性的思惟の極点に「純粋自我」を創出し、認識のメカニズムに一つの解答を示したヴァレリー思想が摂取されたのである。ただし、唯物論的思考――あくまで機械論的なものと想定された――によって構築される決定論的世界観が、ある種ニヒリスティックな色彩を帯びるのと同様、ヴァレリーが示す「純粋自我」の地平もまた、茫漠とした「虚無」との直面に帰着するものであった。横光はそうしたヴァレリーの著作を「悪魔の聖書」（一九二九・九・一一付、藤澤恒夫宛書簡）と呼び、その「虚無」的側面を強く意識してもいたのだ。確かにヴァレリーからの影響によって、外的事象の描写と人間の内的現実の表現との間を彷徨していた横光の文学活動は、明確に後者を対象とするものになった。が、認識論的アポリアにもとづく不可知論の呪縛から解放されることはなく、人間の思惟の限界とそれを超越する存在の力に「虚無」を抱く感覚は、さらに増幅していたと考えられる。そして「機械」において、外的事象の関係を統御している形而上的存在であり、同時に、「私」の心理に描かれた思考上の産物でもある「見えざる機械」が生み出された。それは、唯物論か唯心論かにかかわらず、人間の思考構造自体が「虚無」的世界観を胚胎する根源であることを、小説表現において問う試みであったと見てもよいだろう。

　既存の思考体系における人間精神の行き詰まりと「虚無」の出現。テクストと作家の思考の接点を探るならば、「機械」と横光の関係はここに集約されるであろう。そしておそらくこの文脈において、ベルクソンの思想は摂取されたと思われる。たとえば、後に横光は、「僕は哲学者ではベルグソンが偉いと思ひます。考へる上に、妨害するやうな唯物論とか唯心論とかいふそんな邪魔物を絶対に置かんですね。あすこが偉いと思ひます。いろ〳〵の哲学者のうちでも、一番作家にとつて興味があつて面白いですね。」（「横光利一氏と大学生の座談会」、一九三四・七）と述べている（ちなみに「日記二」（一九三四・二、原題は「日記」）には、「私は哲学者の中で一番真面目に近いものは、ベルグソンとニイチェと思ふ」と記している）。[11] 認識論と文学の関係を模索し、文学の「勉強」を「主観と客観の交流法則を、見詰めることだ」（「書き出しについて」、一九二七・八）と規定していた横光は、直面する課題を乗り越える鍵として、ベルクソンの思想に触れたと推察される。

　さて、ベルクソン哲学においては、知性的自然科学的分析によって空間化された諸事象の根源に、分割不可能な時間の連続性を見い出し、人間の認識や精神と身体の関係などをその時間＝「純粋持続」の観点から捉え直す作業がなされていた。横光は最初期に、「自然の物理的法則を形成すると云ふことは、時間と空間の観念量を数学化すること」であり、「われわれの時代はあまりにその根本の意識の発生と同時に、われわれが科学のために洗はれてゐる」（「客体としての自然への科学の浸蝕」、一九二五・九、原題は「客体への科学の浸蝕」）との見方を示していた。さらに、自然科学と文学をめぐる考究などを経て、「譬へば、われわれ人間の心理を、その心理の進行することを時間と見る場合、その時間内に於ける充実した心理や、心理の交錯する運命を表現し計算することの出来得られる科学は、芸術特に文学をおいて他にはない」（「芸術派の真理主義について」、一九三〇・三・一六、一八、一九、原題は「――芸術派の――真理主義について」）との文学観に達し、「心理」・「時間」・「運命」を「他の科学の領域の遠く及ばざる非科学的な実体の部分」（同前）とみなしていく。近代に生きる者の意識、世界観は、「時間と空間の観念量を数学化」する自然科学的分析からなるものである。しかし、科学的認識では把持しえない領域が、世界には確かに存在している。そうした「われわれの了解出来得ざる範囲」（「文学的実体について」、一九二九・九・二七、二八、原題は「もう一度文学について」）を、「芸術特に文学」は計算し、表現することが可能なのだ。そう述べた横光は、いわば自然科学と形而上学との境界に、文学の領域が広がっていることを想像していたのである。

この過程で想定された未知の領域が、ベルクソン哲学によって「純粋持続」（〈時間〉）として具体化され、ひいては、作品「時間」を構成する要因となったのではないだろうか。また、「機械のやうな法則」が、人間の行為を含むあらゆる事象を機械的に支配し、「私」から主体的自由を剥奪するのに対して、自我の根底に流れる「持続」をもって決定論的世界観における因果必然性を批判し、真の自由行為のあり方を考究することがベルクソン哲学のモチーフであった。[12] 加えて、ヴァレリーの「純粋自我」が、その絶対的普遍性によって人間の個性を抹消してしまうのと異なり、「純粋持続」を根源に据える思想とは、「抽象的一般的なものではなく、まったく反対に、語の本来の意味でペルソネルな、すなわち個人的（個体的）人格的なもの」[13]とされる。それは、ヴァレリーの「虚無」的世界像から抜け出す試みを補完するものであったと言えるだろう。

作品に現われた「私」の身体性についても、こうした観点から捉えることができる。ベルクソンは認識論における二元論的対立を溶解させるべく、『物質と記憶』（一八九六）の中で〈イマージュ〉論を展開している。そこでは、行動の中心である「私の身体」が、特権的・特殊的イマージュとして規定される。「私の身体」は、決定論的支配のもとにおける非決定的要素となって、周囲のイマージュとの可能的関係の中で物質の知覚を構成する。このことと存在（＝イマージュ）の連続性という観点が結びつくことで、精神／物質の二項対立は、「純粋記憶」／「純粋知覚」へと置換され、精神の緊張状態と弛緩状態という程度の差として捉え直される。認識論的アポリアを解消する「私の身体」の概念が、横光を触発し、人間心理の文学的表現において、その身体性の側面を無視できないことが強く意識されるに至った可能性もあろう。(14)「機械」における「心は肉体と一緒にぴつたりとくつついたまま存在」との視点は、行動・知覚・記憶の中心である〈身体〉へと移行し、作品「時間」の創出に繋がっていったのではないだろうか。

人間精神の法則を追い求める知性に絶対的価値を置き、観念論の極北へと至るヴァレリーのあり方を、横光は科学の法則指向と並べて批判した。自然科学とヴァレリーの思想とを同一視し、現実から遊離したその思考形式を批判するのは、先端科学を摂取しつつ人間精神の解明を試みた文学者としてヴァレリーが認知されていたことを考えると、ごく自然ななりゆきであったとも言える。しかしながら、ヴァレリーの膨大かつ多岐に渡る思索には、人間の身体をめぐる極めて今日的な探求も含まれていた。それは、「テスト氏」の「苦痛の幾何学」にはじまり、「身体を最も深い存在の基盤に据える」(15)一連の作品群、さらには、「それまでの《純粋自我》を中心とするヴァレリー存在論を心身の二元論を超克する方向で組みかえる枠組みの役割を果たす」(16)概念である「錯綜体」、「第四の身体」へと至る思考の軌跡として残されている。ようやく作品の一端が紹介されたばかりの当時において、その全貌が明らかになるはずもなく、横光がこうしたヴァレリーの方向性を積極的に読み取っていたとは思えない。ただし、一時ではあるが熱狂的にヴァレリーへ傾倒した横光が、次々に翻訳されるその評論・作品から、人間精神の探求の過程に必然的に生じる身体への注視を無意識に感じ取っていた可能性はある。両者の思考を安直に比較することは避けたいが、文学者としての認識論的探求という同一の課題を抱き、（レベルの差はともかく）近似した思考経路を辿ったことで、ヴァレリーが必然的に帰着した身体の問題に、横光もまた足を踏み入れかけたと言えるだろう。

また、同時代に活躍したベルクソンとヴァレリーに関して、両者の思考に共通の地盤を見い出し、そこに二〇世紀初頭における西洋思想の一つの問題点を設定することは可能である。そこには、人間の内的現実を追求した上で、〈身体〉を契機として認識論的課題を再考していく方向性が存在していた。横光は、創作活動を通じて「主観と客観の交流法則」を探求する中で、ヴァレリーの思想と出会い、かつその延長としておそらくベルクソンの思想へ達した。それはまた、図らずも、新たな局面を迎えた二〇世紀的課題の一端に触れることであったはずだ。この時期以降の長編小説では、それを近代に生きる〈知識人〉の問題として表象する一方、さらなる文学的課題を生み出していく様子が読み取れるであろう。

注

（1）たとえば菅野昭正は、『横光利一』（河出書房新社、一九九一・一）の中で、「機械」を「認識の書として見るならば、そこに欠けた部分がちらつくことも指摘しておく必要がありそうな気がする」として、次のように問題点を指摘している（一三九―一四〇頁）。

現実を動かす「見えざる機械」が、現実そのもののなかにあると「私」は考えているのか、それとも「私」自身の意識のなかに結ばれた想像と判断しているのか、それはまったく空白である。そんな疑問をたぶん作者は突きつめる閑もなく、ほとんど無造作に前者の立場を「私」にとらせたと推測されるが、そのどちらか旗幟を鮮明にしてほしかったと望んだとしても、これは決して堅苦しい煩瑣な注文ということにはなるまい。そういう問いまでふくらむことによって、「機械」は容量をもっとひろげられる性質の小説であるのだから。

（2）近年のまとまった研究としては、田口律男「横光利一「時間」論――「機械」からの変質――」（『山口国文』、一九八四・四）、石井力「「時間」論――「機械」と「寝園」の架橋として――」（『昭和文学研究』、一九八六・七）、野中潤「イメージとシンボルの射程――横光利一「時間」論の試み――」（『文学と教育』、一九九〇・六）、伴悦『横光利一文学の生成』（おうふう、一九九九・九、一四二―一四七頁）などがある。

（3）『創造的進化』（真方敬道訳、岩波文庫、一九七九・七、二五頁）。

（4）野中は前掲論文で、「時間に関する表現は、「そのうちに」「暫くすると」「初めの間」のように、大部分が数量化されない「主観的」なもので、この作品で問題にされている〈時間〉が計測可能な量としての時間ではないことと符合している」と指摘している。

（5）伴は、この箇所を取り上げて、「きわめて可変的な身体論系を呼び込んだ小説」との見方を示している（前掲書、一四四頁）。

（6）『精神としての身体』（勁草書房、一九八三・三、一一七頁）。

（7）『時間と自由』（服部紀訳、岩波文庫、一九三七・七、九八頁）。

（8）『ベルクソン』（講談社学術文庫、一九九一・五、九八頁）。

（9）『時間と自由』、一二二頁。

（10）田口前掲論文は、こうした〈時間〉のあり方について、「〈時間〉というものを、既存の概念でとらえるのではなく、生命の根源的な場所にまで遡行し、主体の意識との関わりで内在的に把握しようとする試みであったと見ていい」と評価している。

（11）横光は、一九二五年一月の「文壇波動調」で、「世界の中でもつとも落ちつかざる感覚者はベルグソンなり。彼の偉大なる所以は溌剌として落ちつかざる所。これ、近代文化の創造への先鋒なり。」と書いていた。また、「旅愁」（一九三七・四～一九四六・四）では、ベルクソン哲学を「芭蕉の思想」に比した一節や、「君（平尾男爵―引用者注）の好きなベルグソンなんか、科学を否定した最初の著作にかかつたころだろ」（東野の発言）との記述が見られる。

（12）物理的決定論を還元した意志決定論の問題系が、以後横光の〈心理〉小説における主要なテーマとなっていく。これについては、小説を〈書くこと〉の問題とも合わせて後述する。

(13) 小林道夫他編『フランス哲学・思想事典』(弘文堂、一九九九・一)、ベルクソンの項(執筆者坂部恵、四一五頁)。

(14) ただし、「ある長篇」(「上海」、一九二八・一一〜一九三一・一一)に表象された〈身体〉については、別の文脈において考察する必要がある。これについては、次章以下で検討する。

(15) 三浦信孝「苦痛の幾何学と身体の思想」(『ヴァレリー全集カイエ篇4』、筑摩書房、一九八〇・一二、「月報4」、二―三頁)。

(16) 同右全集、五〇頁、三浦信孝による〔訳註〕。

第三章　「上海」（「ある長篇」）（一九二八〔昭3〕～一九三二〔昭7〕）Ⅰ

第一節　ドン・キホーテ的〈身体〉という論点

「観念のドン・キホーテ」――半世紀以上前に、寺田透が横光利一を評したこの言葉は、(1)その作家活動のあり方を見事に凝縮したものであり、敗戦後の横光批判という当時の文脈を超えて、現在の読者であるわたしたちが立ち戻るべき価値を有しているように思う。寺田はそこで、横光の作品に、「あらゆる対象」が理解不足のまま「性急」に使用されていることによる「空疎さ」と、「観念化された知識人の関心事」を作品の素材、方法とする中で、より一層の「観念化」を施してしまう「軽率」さを指摘している。このことは、評論やエッセイ、あるいは日記・書簡をその作品と同時に読むことが可能なわたしたちが、そこから受ける印象におそらく一致するはずである。新感覚派の理論構築の際にカントの認識論を振りかざし、形式主義文学を確立するために物理化学理論の摂取を試み、移入されたヴァレリーやジッドの著作を読みあさってその「自意識」と「虚無」の問題を引き受け、それら全てを自分の創作の中で消化しようとしていく……。このように文壇登場期から単行本『上海』（一九三二・七）刊行時あたりまでの足跡を一瞥しただけでも、作品を〈書くこと〉を中心とした「性急」な思索と

「軽率」な実践といった「ドン・キホーテ的性格」を、横光の特質とする意見には賛成せざるをえない。

だが、そうした「精神的個疾」を抱えつつも、あくまで横光は一作家として小説を〈書くこと〉に固執し続けた。そして、「観念のドン・キホーテ」が、〈観念〉を振り回す（に振り回される）とともに、その行為としての〈書くこと〉に忠実であった場合、〈書くこと〉と〈観念〉とのテクストにおける葛藤、分裂は不可避であろう。そして、そうしたテクストの場において、「ドン・キホーテ」のごとき「性急」さにもかかわらず、いやその「性急」さを持つがゆえに、常に〈書くこと〉に刻印される〈勇み足〉を阻止せんとする〈観念〉化を、〈書くこと〉という実践的行為自体が拒絶し、そのことによってより具体的な問題の地平が開示されていくのではないだろうか。また、「ドン・キホーテ」の「軽率」さは、「知識人」的な〈観念〉化と見せかけの受肉化を経由せず（あるいは経由できないことで）、図らずも〈現実〉に対する批評性を体現していく可能性を持っているのではないか。寺田が指摘する、「人間が磨いて行く現実的な叡智」の排除にもとづいたテクストにおける「肉感性の不足」とは、〈書くこと〉の脱自的性格が持つ本質的な外部性、過剰性を無視する場でのみ成立する〈読み〉と言えよう。横光における〈書くこと〉とは、問いの〈観念〉化からはみ出してしまう何かを確認する行為であったはずだ。〈観念〉の昇華として自家薬籠中に収められた作家の〈思想〉が、テクスト内で受肉化される形式を追い求める姿勢は、閉ざされた読みが持つ偏向でしかない。むしろ、「ドン・キホーテ的性格」という「疾ひ」こそが、それ自体一つの暴力である〈観念〉化に対する、過剰な〈身体性〉を胚胎する契機だと考えるべきであろう。

そうした「ドン・キホーテ」性が文字どおりに書き込まれ、直接の〈身体〉を持って跋扈するテクストが、（後に「上海」となる）「ある長篇」と称する連載（一九二八・一一〜一九二四・一二、一九三一・一、一二）であった。主人公参木は、その中で繰り返し「ドン・キホーテ」と名指される。その参木が抱くニヒリズムや日本主義の「性急」さ、「軽率」さの質、あり方を検証することは、作家が〈書くこと〉の不可避かつ必然的な勇み足、および〈観念〉化を拒むその外部性を、横光の姿勢とともに読み解くことに繋がるだろう。そのためには、テクストに刻まれる参木の「ドン・キホーテ」的思考・行為を牽引していく〈身体〉の位相について、同時代の思想（〈観念〉）との葛藤相において見直す作業が必要になってくるはずである。

テクストに生成する参木のドン・キホーテ性は、一つには、昔の恋人競子を思い続けて「絶えず押し寄せて来る女の群れを跳ねのけて進んでゐるドンキホーテ」と化し、「彼は何よりも古めかしい道徳を愛して来た。此の支那で、性に対して古い道徳を愛することは、太陽のやうに新鮮な思想だと彼には思ふことが出来るのだ。」とあるように、「支那」という場にそぐわない「思想」（〈観念〉）を行動原理とすることに由来する。虚無的な性格の要因の一つもまた、日本へ嫁いでいった競子に対する〈幻想〉という「空虚な時間」を生きていることにあり、参木は、この〈幻想〉と「思想」のために、お杉、宮子、オルガ、芳秋蘭らとの関係を結ぶことができないのである。

ただし、こうした内面的論理が、単独で構成されているわけではない。むしろ、参木は、〈性〉をア・プリオリに希求する〈身体〉的存在であるがゆえに、相対的かつ不安定であるはずの〈幻想〉・「思想」を頑ななものに仕立て上げてしまうのである。冒頭、競子の良人が危篤であることを聞いた時、つまり〈幻想〉が〈現実〉へと変わる可能性が外部から到来した時、逆に「身体から、釘が一本抜けたやうな朗らかさを感じて来た」というように、自己の〈身体〉に課していた桎梏は抜け落ちる。そして、意中外の存在であるお柳を前にしてさえ「身体が鋭くだんだん尖角り出す」のを自覚せざるをえないほどに、参木の〈身体〉性は発動し、以下それぞれの女性との出会いをとおして自己の〈身体〉性の確認を繰り返すことになっていく。そして同時に、無軌道な自己の〈身体〉性（外部性）を内面化するために、参木の「思想」（〈観念〉）はその強度をより増していくのだ。

さてここで、同時代の思想言説において、〈身体〉を中心とする人間存在における内部／外部の問題が、新たに見直されていたことを確認しておきたい。概括的な区分であるが、「ある長篇」連載前後において、日本の哲学・思想界で一つの主題となっていたのが、一九二〇年代にドイツを中心に喧伝された「人間学」をめぐる議論であった。たとえば、西田幾多郎は、「近来一派の哲学者達によつて人間学といふものが唱へられる」との一文からはじまる論文「人間学」（一九三〇・八）[2]で、「人間は単に彼自身に於てあるのみならず肉体に於てあるのである、否単に肉体に於てあるのみならず我々は社会に於てあるのである、単に社会に於てあるのみならず我々は歴史に於てあるのである。我々人間は単に内からのみ考へ得るものではない。従つて人間学といふものは両方向から見られなければならない。内から出立する人間学に対して、外から出立する人間学といふものが成立せなければならない。近来の人間学と云はれるものは主として歴史的人間の人間学であると思ふ。」として、「歴史的人間学」に関する意見を述べている。この時期には、「人間学」の観点を導入することによって、哲学・思想の場で、社会・歴史と並ぶ「外」−外部としての「肉体」の再定義が図られていた。西田に関して言えば、『善の研究』（一九一一・一）以来一貫して人間の内的論理を追求し、当時はその中心概念である〈場所〉の論理の体系化を進めていたこともあり、論文「人間学」においては、「真に哲学的なる人間学といふものが成立するには、内的人間が外的人間を包むといふ意味がなければならない」と、「自覚的人間」である「内的人間」の優位を崩していない。しかし、論文を単行本（『続思索と体験』、一九三七・五）へ収録する際には、「此論文に於ては、尚歴史の世界といふものが内的人間に対して外的と考へられて居る。内的人間といふものが却つて具体的であるかの如く考へられて居る。（…）併し今私はさうは考へない。内的自己といふものは、歴史的世界に於てあるのである。」との後記を付している。その言葉のとおり、後期の西田は、「論理と生命」（一九三六・七〜九）、「行為的直観」（一九三七・八）といった諸論文で、身体論的考察を展開し、それにもとづく歴史・社会観を構築していったのである。

横光の身体論的方向性についてもう一度確認しておく。一九三〇年（昭5）を境に、いわゆる心理主義とされる作風へ転回した横光であるが、そこでなされた内的事実の探求は、一方で人間の〈身体〉性に関する思索を呼び起こすことにもなった。そして、「機械」（一九三〇・九）などに萌芽した身心関係をめぐる問題意識は、小説「時間」（一九三一・四）において、身体の底部に流れる〈時間〉といったベルクソン流の認識を作品化する試みへと帰着する。そこで興味深いのは、小説「時間」に描かれた「空腹」・「疲労」による〈身体〉性の顕在化というモチーフが、「ある長篇」における参木のあり方に遡及できることである。「時間」の「私」が極度の「空腹」から「胃袋だけがひとりごそごそと歩いてゐるやうな気持ち」となることに、激しい「空腹」感を抱きながら彷徨する参木が示す「彼は乞食の胃袋を感じた。頭が胃袋に従つて活動を始め出した。」といった、〈身体〉的側面の前景化の反響を見ることは容易であろう。(3) ドン・キホーテ＝参木は、〈性〉との〈身体〉的葛藤によって、「心」（〈観念〉）の自立性が揺らぐのを感じる。が、むしろ、「参木には昨夜からの空腹が、彼の頭にまで攻め昇るのを感じた。」と、彼は彼をして空腹ならしめてゐるものが、ただ僅に自身の身体であることに気がついた。」との自覚から、さらに、「彼の断滅する感傷が次第に泥溝の岸辺に従つて凋んで来ると、忽ち空腹がお杉を飲み込んで膨れ出した。彼は身体が透明になるのを感じた。骨のなくなつた身体の中で前と後の風景が入り交つた。」といった境地へと導く「空腹」の契機こそが、ドン・キホーテの〈身体〉性をテクストに発現させる決定的要因であったとも言えよう。〈意識的自己の自覚〉の基盤に〈身体的自己の自覚〉を据え、〈観念〉の外部へと踏み出していく西田の軌跡の脇に、参木の〈身体〉性を媒介とする内から外へのドン・キホーテ的跳躍を置いた時、思想（〈観念〉）に対する、〈書くこと〉の外部性の意義が少しずつ浮上してくるのではないだろうか。

第二節　〈書くこと〉がもたらす逸脱

西田の「人間学」からは、さらにもう一つの思想的問題を提起することができる。それはまた、「ある長篇」に示された〈身体〉性の地平と深く関わる議論を開示する性質のものである。

廣松渉は、西田が論文「人間学」において、「哲学は人間学」であると断言したことに着目し、「京都学派の近代超克論の基礎」に「一種独特の哲学的人間学が在った」として、「近代の超克」と京都学派の問題点に一つの視座を与えている。[4] 廣松はその観点から、人間中心主義に根ざす「典型的な近代イデオロギーの一形態」である「哲学的人間学」を基盤とした、京都学派による「近代の超克」論の無効性を論じている。が、ここでは、その一歩手前、すなわち廣松が別の所で、[5] 西田の「人間学」が、「主観でも主体でもなくて人間だという言い方」をすることで「田辺元の『種の論理』なんかに繋がってゆくような、社会における個人の問題とか民族の問題とかいう次元を哲学の主題に取り込むことにもなった」と述べたように、「哲学的人間学」によって思想領域が拡大していく過程に注目したい。なぜなら、思想上の「社会における個人の問題とか民族の問題」もまた、参木の〈身体〉にドン・キホーテ的な「性急」さで書き込まれていたからである。

参木がドン・キホーテと呼ばれるもう一つの要因は、勤めていた銀行の上司の不正に抗して解雇されるなど、時に無謀な行為へと自己を駆り立てる「正義」・「良心」の存在にある。参木はそれによって「金銭」、「資本」の論理を否定し、共同租界の社会から脱落していく。甲谷が「良心か、何にそんなことが必要なら、支那で身体をぶらぶらさせてゐる奴があるものか」と語るように、「正義」・「良心」といった〈観念〉は、「金銭」と「生命」が容易に交換されてしまう「此の支那の海港」では全く無意味であり、「良心」から発動する行為は「明らかに、彼の敗北を物語つてゐるのと同様」にならざるをえない。ではなぜ、参木はそうした「正義」・「良心」（〈観念〉・〈幻想〉）を抱くのか。そこには、「彼は支那の工人には同情を持つてゐた。（…）工人達の労働が、もしその資本の増大を憎むなら、反抗せよ、反抗を。（…）しかし、ふと彼は、彼自身が、その工人達と同様に、資本の増大を憎まねばならぬ一人であることを思ひ出した。」といった、「支那」のプロレタリアートに対する「同情」という〈幻想〉が滑り込んでいる。その参木の「良心」は、さらに、芳秋蘭（―〈性〉）との関係にも織り込まれていくだろう。

「哲学的人間学」によって拡大した思想領域において、こうした参木の「良心」―〈観念〉の位置と、その外部性たる〈身体〉との葛藤相を解釈することができる。たとえば「ある長篇」の連載がはじまる直前には、三木清が、「人間学のマルクス的形態」（一九二七・六）以降の諸論文で、アカデミズムを中心とする思想界へ、社会・歴史性の視座をもたらしていた。そこでは、他の存在との「動的双関的関係」によって成立する人間存在の構造が示され、「ロゴス」化されていない人間の「基礎経験」と、「人間の自己解釈」としての「アントロポロギー」、および「人間の自己了解」としての「イデオロギー」といった、三者の矛盾を通じた弁証法的運動が説かれていた。さらに、『歴史哲学』（一九三二・四）へと展開する中で、「基礎経験」が、行為する人間の〈身体〉性にもとづく「社会的身体」の概念において再構築されていくことになる。この「基礎経験」―「社会的身体」の観点から「人間学のマルクス的形態」の図式へ立ち戻ると、「唯物史観は無産者的基礎経験の上に、それの規定する人間学の限定の上に、成立してゐると考へられる」(6)といったテーゼの現実性、具体性のあり方を問い直すことができるだろう。「現代に支配的なる無産者的基礎経験に対しては、それとの必然的なる連関なき凡ての思想は、現代の意識にとつて抽象的である外な」いのであるならば、「抽象的」（〈観念〉的）でない「思想」とは、「無産者的」な〈身体〉性を排除しては存在しえないことになる。

この視点から、「支那の工人」への「同情」を保持しつつも、「支那」の群衆の〈身体〉からはじき出される運命にある参木の〈身体〉性——過剰性としての——がクローズアップされる。参木の「良心」・「正義」というドン・キホーテ的〈観念〉は、その〈身体〉が帯びる外部的記号性を封じ込めるはずの「支那服」をまとってさえ、「彼の皮膚は押し詰つた群衆の間を流れて均衡をとる体温の層を感じ出した。と、彼は彼ひとりが異国人だと思ふ胸騒ぎに締めつけられた。」というように、〈身体〉性の全てを満たし尽くすことはできない。つまり、参木のドン・キホーテ性とは、「無産者的基礎経験」の追体験を試みる「良心」－〈幻想〉の行為と同時に、「支那人」＝他者の〈身体〉と自己の〈身体〉とが非共約なものとしてある具体的現実に、無根拠な「正義」－〈観念〉を抱いたまま投企されているという事実性において顕現しているのだ。まず前者のあり方を、知識人の戯画として読むことは可能であろう。「人間学」によって思想に組み込まれた〈身体〉性は、〈観念〉化された社会観を破砕するような暴力性を持っていたはずなのである。「支那工人の団結心」が生んだ大混乱の真っ只中で、芳秋蘭を求めて彷徨う参木＝ドン・キホーテは、「良心」・「正義」－〈観念〉・〈幻想〉によって構成される「持病の外界との闘争欲」が突然湧き上がるのを意識する。しかし、それは一方で「外界に抵抗してゐる自身の力に、朗らかな勝利を感じ」させると同時に、「彼は初めて、現実が視野の中で強烈な活動を続けてゐるのを感じ出した。しかし、依然として襲ふ淵のやうな空虚さがますます明瞭に彼の心を沈めていつた。彼は最早や為すべき自身の何事もないのを感じた。」というように、「現実」を前にした内面の「空虚さ」の自覚、あるいはそれにもとづく行為の無効性へと行き着く性質を持った「闘争」であった。共同租界からの転落と芳秋蘭への接近が、参木＝ドン・キホーテの「無産者的基礎経験」に対する〈幻想〉を掻き立てたのであるが、そうした〈幻想〉は、それを抱く主体自身がア・プリオリに拘束される非共約的な〈身体〉性によって打ち砕かれ、結局ドン・キホーテの行為は停止してしまう。もちろん、テクストに表象された参木のあり方を、日本のプロレタリア運動における知識人と大衆の問題に過不足無く当てはめることが不可能であるのは言うまでもない。むしろ、そうした解釈は、「支那」という他者の空間に「性急」に書き込まれていったドン・キホーテの〈身体〉によって、不可避に誘発される「思想」の攪拌、分裂から、ほんの一断片を拾い上げる所作にすぎないであろう。

参木のドン・キホーテ性は、「支那」という他者の場に、〈観念〉のレベルだけでなく、〈身体〉のレベルで投げ込まれ、かつ「良心」－〈幻想〉による行動原理とその〈身体〉性とを葛藤させてしまうところにあった。逆に言えば、そうした他者の場に生じる関係の不全性、不可能性においてこそ、書き込まれた〈身体〉の過剰性、外部性が顕在化してくるのである。ここからさらに、身体論的観点が立脚する空間性のアクチュアリティについて、同時代の「思想」の範疇で捉え直す必要があるだろう。

〈身体〉－空間という問題領域に関して、おそらく容易に想起される同時代の思想は、一九二九年（昭４）頃から取り組まれた和辻哲郎の「風土」論（後に『風土――人間学的考察――』〔一九三五・八〕としてまとめられる）の試みである。その中で和辻は、「現代の哲学的アントロポロギーは、（…）再び身心の二重性格における「人」を把捉しようと企てる。そこで問題の中心に来るのは、肉体が単なる「物体」ではないという洞察である。すなわち肉体の主体性である。」(7)と、先に見た西田などと同様、「肉体」（〈身体〉）を中心とする「哲学的人間学」への問題意識を示している。そこから、「肉体の主体性は人間存在の空間的・時間的構造を地盤として成り立つ」のであり、「身心関係の最も根源的な意味は「人間」の身心関係に、すなわち歴史と風土との関係をも含んだ個人的・社会的な身心関係に、存する」と規定することで、〈身体〉性にもとづく人間存在への思考を、「風土」（空間）の考察へと転化する。と同時に、こうした見解が、和辻のナショナリスティックな倫理学を構築する基盤ともなっていくのであった。

次章では、和辻の思想体系を補助線に「ある長篇」の内容について検討するが、その予備考察として、「種の論理」を中心とする田辺元の思想を媒介に問いの地平を提示しておきたい。ここでの前提もまた、田辺元の思想における「人間学」というスプリングボードの存在と、〈身体〉性の必然的な記入である。田辺は、「人間学の立場」（一九三一・一〇）において、[8]「我の身体」の意義を「この我の限定の根拠にして同時に無限の我への還元的発展の媒介であるといふ矛盾の統一が身体性なのである」と解釈し、自らの弁証法体系の中に「身体性」の概念を包摂した。さらにそこで、「家族、部族、民族より人類に至るまで、人間の属する全体的共同社会が凡て共通なる身体的基底を有することを認めるならば、共同社会の媒介と考へられる地域血縁等の哲学的意味も大体了解せられるであらう」としているように、後の「種の論理」を導く契機として、「身体性」をめぐる考察は機能することになる。たとえば湯浅泰雄は、田辺が提示する「個としての主体が存在するための基体的制約」である「種」は、「身体性」に読み換え可能であり、「種の論理」を「身体論を基盤にした社会哲学である」との見方を示す。また、その根拠として、「容貌や肌の色」といった「具体的な身体性」が、「私という個別者」を制約し、かつ「人間的主体」として成立せしめていることを挙げている。[9]この観点を作品へ直結させるならば、「甲谷は日本人の色素のために、ここでも悲しまねばならなかつた」という人種決定論的なテクスト空間において、参木の「身体性」が引き出す物語を、「個体」とその「基体」である「種」＝民族との葛藤および同一化の不可逆なプロセスとして読んでいくことができるだろう。

しかし、それだけでは、〈書くこと〉が「性急」に導き出した「最早や彼は彼自身で考へたい。それは何も考へないことだ。」との参木の叫びを、再び〈観念〉のレベルへと回収することに終わるだろう。その結果、多種多様な属性が錯綜する自らの〈身体〉性との格闘の末、「自分の身体が自身の身体の比重を計るかのやうに排泄物の中に倒れてゐるのに気がつく」といった新たな〈身体〉の境地を暗示するに至る、テクストの批評性を抹消してしまうことになるはずだ。

ここで、酒井直樹の日本近代思想をめぐる議論を参照してみたい。酒井は、先の湯浅による「種」=「身体性」=「人種」との見方を批判し、田辺たち自体が「人種決定論」的な「種」の解釈を否定していることを指摘する。その上で、「個」の現実性を支える「身体性」とは、他の「個」との「合体」の障壁であり、それゆえ「一体化《コミユニオン》」の「幻想」性を示し、かつ消去しえない「社会的なものの譲渡不可能な現存」を明らかにするものであると述べている。さらに「身体性」にもとづく「個」の現実性に対し、「種の現実性」は「個」による否定によって存在するのであり、「種の主題化」が、「個」の「脱自的自覚、あるいは被投的投企としての自覚」によってなされる「未だに存在しないものを新たに産みだす社会的実践の一様式」であることを説く[10]。また、「個と民族としての種の自覚的な媒介の関係」を基盤とする「文化的差異」とは、「他」の「種」によって「自」の「種」が対自化される過程であり、「自」と「他」の「自己限定としての実践」とみなされる。そこに「種」をめぐる「個」の「脱自的自覚」が認められる時、「文化的差異」に「行為、実践 - 倫理的問題」が生じることとなり、それこそが「一般性」あるいは「普遍性と特殊性」の規範に還元できない「単独性あるいは特異性にかかわる実践」としての、「抗争する種の両方を対象化し、両方を否定しつつその抗争を新たに「分節化」する行為」へ結びつくと言う[11]。

こうした「種の論理」の読みを、「ある長篇」に書き込まれた〈身体〉性の解釈の導入とすることは可能であろう。やや裁断的な見方ではあるが、「身体性」にもとづく「種の論理」とは、自己の〈幻想〉・〈観念〉を破砕する〈身体〉性によって開示された「現実性」において、「個」が必然的かつ自覚的に自己否定・自己超越へと突き進み、「種」による意味づけに対し「単独性あるいは特異性」としての存在を示すことで、他者を含めた社会的諸関係の「分節化」に挑むといった、ある意味ドン・キホーテ的な性質を内包していたと言えるのではないか。その過剰な〈身体〉性ゆえに脱自的なあり方で自覚する「日本人」=「自」の「種」に対して、絶対的敗北を承知しながらも自己否定の姿勢を保持することで抵抗すること。「愛国心」たる記号性を内外部両面に刻む「皮膚」の上に、決してそれとは一体化しえない「支那服」をあえてまとい、抗争する「種」の間を道化のごとく彷徨うこと。挙句、混沌とした「愛情」を抱く〈身体〉を、一つの「種」に回収しえない「排泄物」の中に投げ出すこと。（テクストに書き込まれた）参木の実践は、極めて「倫理的」な立場からなされた、それゆえにドン・キホーテのごとき無謀性を帯びつつも、〈身体〉＝現実を新たに「分節化」していく可能性を秘めるものであったように思う。

当然「ある長篇」に起きた出来事は、横光自身のドン・キホーテ性に直結するものではない。それはただ、いまだ受肉化されない〈観念〉が、〈書くこと〉の「性急」さとそれ自体が内包する暴力的な牽引力によって、偶然にも、思考の外部にあるテクストという場において、〈身体〉性‐外部性へとより「性急」な形で飛び出しただけであると言ってよい。しかしながら、現実と思考の間にある〈幻想〉的な磁場を歪めてしまうような、真に批評的な機能を果たす契機の一つが、あくなき〈書くこと〉への執念――おそらくそれは次々と新たなドン・キホーテを生み続けるであろう――にあるならば、横光の「性急」な歩みによって残された言葉が、一瞬の光を放つのを看過してはならないと思われるのだ。

注

（1）「観念のドン・キホーテ」（『花』、一九四七・八）。

（2）以下、引用は『西田幾多郎全集第一二巻』（岩波書店、一九五〇・一二、二五、三〇頁）による。

（3）単純に執筆時期の前後という観点から見れば、「ある長篇」（「上海」）における〈身体〉の前景化は、「機械」・「時間」における〈身体〉論への傾斜に先行するものである（なお本章では初出「ある長篇」を引用テキストとしている）。ただし、ここに直線的な横光の思考過程を想定するだけでは不十分であると思われる。確かにこれまで検討したように、横光の思索を辿るならば、最初期から「機械」を経て「時間」へと到達する中で、〈身体〉の問題が作品化される必然性を抽出することが可能である。それに対して、「ある長篇」（「上海」）に書き込まれた〈身体〉は、本質的に、そうした思考枠への還元を拒む過剰性を表象していると考えられる。その意味でも、「ある長篇」（「上海」）の評価を作家横光の意図に直結することは避けねばならない。もし仮に、「ある長篇」（「上海」）の〈身体〉を当時の思索に照応させるならば、作者-読者の内面に回収しえない、〈物自体〉としての〈文字〉観とパラレルであったことが重要であろう。外部性として存在している〈身体〉や〈文字〉（言語）の観念化こそが、後に横光のナショナリズムの要となっていくのである。

（4）『〈近代の超克〉論——昭和思想史への一視角——』（講談社学術文庫、一九八九・一一、二四八、二五二頁）。

（5）共同討議「〈近代の超克〉と西田哲学」（『季刊思潮』、一九八九・四）。

（6）以下、引用は『三木清全集第三巻』（岩波書店、一九六六・一二、三七—三八頁〈傍点原文〉）による。

（7）以下、引用は『和辻哲郎全集第八巻』（岩波書店、一九六二・六、一七—一八頁）による。

（8）以下、引用は『田辺元全集第四巻』（筑摩書房、一九六三・一〇、三七〇、三七五頁）による。

（9）『身体論——東洋的身心論の試み』（創文社、一九七七・五、七頁〈傍点原文〉）。

（10）「種的同一性と文化的差異——主体（サブジェクト）と基体（スブジェクトゥムをめぐって）」（『批評空間』、一九九五・一）。

（11）同右❷（『批評空間』、一九九五・七）。

第四章　「上海」(「ある長篇」)(一九二八〔昭3〕～一九三二〔昭7〕) II

第一節　参木における「個」の問題――和辻倫理学を補助線に

横光が、列強諸国の租界地と中国人の町で構成された国際都市上海を訪れたのは、一九二八年（昭3）四月のことであった。そして、同年一一月から、その体験、印象をもとに、初の連載「ある長篇」の発表を開始する。改稿を経て「上海」（一九三二・七）としてまとめられるこの作品は、「旅愁」（一九三七・四～一九四六・四）へと連なる思想的・文学的諸課題を一つの作品内に具象化したという意味で、後の活動の大きな契機になるものであった。

一方、当時京都帝国大学助教授であった和辻哲郎は、一九二七年（昭2）二月、ドイツ留学の途上上海に立ち寄り、帰国後の一九二九年（昭4）七月に「支那人の特性」（『思想』）と題する評論を発表する。(1) 単行本『風土――人間学的考察――』（一九三五・八）の一部となるこの文章には、国際社会の諸勢力が渦巻く中国の動乱において、「日本人」である自己の意識・立場を強固にするとともに、「国民国家」秩序の意義を再確認する和辻の姿勢が表われており、それは後の倫理学体系の構築へと引き継がれていくことになる。(2) ほぼ同時期に発表された両者の文章には、滞在時期・期間や対象とする事件は異なるものの、いくつかの重なり合う認識が示されている。たとえば、両者に描かれた「シナ人」の形象である。「支那人の特性」の中で、和辻は、無政府状態の社会において絶えず生命の危機に瀕しているはずの「シナ人」が、そうした極限状況には無関心であるかのごとく振る舞い、目先の金銭のみを頼りに生活していることから、その性格を「無感動」・「打算的」であると規定する。さらにこの観点から、「シナ人」と「日本人」との性格的差異が、「風土」性の相違という議論とともに引き出される。「ある長篇」においても、「民族の衝突し合つてゐる事件」に対する「支那人」の無関心や、「支那の美徳」＝金銭への「服従」という見方が提示されつつ、「支那魂」と「日本魂《やまと》」（「ある長篇」では「日本《やまと》」は伏字）を対比するなど、「支那人の特性」に一致する見方が盛り込まれていた。

また両者はともに、上海の革命運動に関して、プロレタリア運動を批判する視点から解釈を施し、そこから国際的・階級的利害が交錯する上海の経済・思想動向について描写している。和辻が、一九四三年（昭18）版『風土』の序で、初出時においては「当時の左翼理論への駁論」を含むものであったと記すように、日本のマルクス主義を揶揄する意味を込めて、「シナ」の革命勢力の背後に、「資本家階級」である「シナ商人」、およびそれを保護する諸外国の勢力が存在することを指摘している。さらに、その革命運動をプロレタリア革命とみなすのは、単に「日本の純真なマルクス帰依者」が革命運動家に対して「日本人的な心情の興奮を移入して感じたもの」でしかなく、「シナ」における「真の階級闘争は国際戦争」に帰着するほかないと述べる。と同時に、やはりこの点も、「シナ人は生活の芸術化を全然解せざる実際的国民であり、日本人は生活の芸術化をやり過ぎる非実際的国民である」というような民族的差異の強調へと結びつき、かつ和辻は差別的な視線を保持しながら（「シナ人が勝つといふことは、人間性にとつては一つの退歩である」）、あくまで「日本人」の側に同一化することで、上海の人々との実践的関係の可能性を絶ち切っていく言述を提示する。当時の横光もまた、文壇における形式主義文学論争などを通じて、プロレタリア文学運動との対決を繰り返していた。「ある長篇」でも、中国の革命運動のあり方をめぐる参木と革命家芳秋蘭の議論や、国家間の争いへと変転していく革命の諸相、芳秋蘭と「シナ商人」である銭石山の結託の示唆など、和辻が示した方向性と重なる叙述がなされていた。

「ある長篇」（「上海」）は、多層的なイデオロギーが複雑に交錯する上海という場において、人間の存在様態を、その身体（肉体）性のレベルにまで掘り下げて活写する作品であり、横光はそこで、「暗黙の、そして本格的な身体論を表現した」(3)とも言える。前章で触れたように、人間の主体的肉体を含む「風土」概念をもとに、身心関係を社会的歴史的角度から捉え直そうとする和辻の試みや、それに後続する倫理学体系においても、身体性は重要な機能を果たしていた。以上、「ある長篇」連載から初刊本『上海』（改造社）、書物展望社版『上海』（一九三五・三）へと書き継がれていく作品と、その同時代の思想である和辻「風土」論・倫理学の出発点との間には、非常に近接した方向性が存在している。が、また、そこには微細な、しかし意義深いずれを確認することも可能であり、その作業をとおして、「ある長篇」が持つ可能性の一端、および限界を明らかにできると思われる。

「ある長篇」の主人公参木は、上海における自己の倫理のあり方を執拗に追求する人物であった。「ある長篇」連載前後、すなわち昭和初期の段階において（一九三〇年の時点で、和辻の倫理学体系の基本構造は固まりつつあった）、妄信的なナショナリズムとは一線を画しながら、なおも、国家・共同体のもとでの倫理を確信的に練り上げる和辻の理論を——特に上海体験をその確信の一因として見るならば——、参木の思索の補助線とすることで、この作品の持つ意義を捉え直していくことができるのではないか。また、一定の解釈に収斂しえない作品および参木の複合的な形象は(4)、「ある長篇」の連載中断という視点を加えて見直す必要があるかと思う。こうした目標から、以下具体的には、和辻が、〈身体〉＝「風土」性の概念を用いて規定することで、一定の「共同態」に回収していく人間存在のあり方（「国民」の論理）と、自己の「日本人」としての「身体」と葛藤し続ける参木という存在を、二つの座標軸に据えて作品の読みを進めていくことにする。

和辻は、一九三一年（昭6）一二月、その倫理学体系の原理論にあたる論文「倫理学——人間の学としての倫理学の意義及び方法」[5]を発表する。そこでは、人間存在を人と人との間＝「人間《じんかん》」において成立するものとした上で、「人」（個人）と「世間」（社会）という二重構造を人間存在の本質的様態と定義し、「人倫」をめぐる議論を展開していく。さらに、そうした二重構造を持つ人間とは、「家族、友人、なかま、団体、社会」といった「人間の共同態」－「間柄」に決して先行することなく、その「間柄」に規定されることではじめて人間存在と定立できることから、「間柄」の概念を根底に据えた倫理学を提唱した。それは一見、他者との関係＝「間」を重視しているようでありながら、「間柄に於ける者は先づ第一に共同的であり従つて「我々」」であり、「間柄とはか丶る実践的・主体的なる自他不二的な交渉に他ならない」というように、本来的に（すでに）合一しているとみなされる「自他不二」の共同態内においてのみ成立する、予定調和的な「間柄」を前提とした人間理解と言うべきものであった。それを原点とする「倫理」からは、矛盾と葛藤に満ちた、しかしそれゆえに何らかの可能性を含む「他者」との関係性が排除され、閉鎖的な一つの「全体」概念のもとで機能する「倫理」だけが取り上げられることになる。

この和辻倫理学において、「人倫組織」の具体的様態の起点となるのが、「性愛」にもとづく男女の二人結合体であった。「自他不二」の人倫組織は、この男女の結合体から国家組織へと段階を上がっていくことになる。「性愛」と「信頼」の関係において絶対化された二人結合体、またそれを基盤とする階層的「共同態」の形成に照準を合わせる倫理学のあり方が、他者との多様なレベルの関係性や、それにもとづく自己の根源的な非決定性を抑圧した上で、国家のカテゴリーに「個」の社会性・共同性を回収していくといった側面を持つのは明らかであろう。ここで「ある長篇」に目を向けると、周囲の女性に対して無軌道に発動する性・愛の脈動を強く感じながらも、実際的な精神的肉体的結合の拒絶を繰り返し、「どうして好きな女には指一本触れることが出来ないのか」と自問する参木のあり方が注目されよう。かつて「愛人」であった競子の存在がその原因の一つとされているが、「これには何か、原理がある」と参木が考えるように、上海という場において、二人結合体を創出する行為に至らない姿勢は、それ以上の意味を含み持つことになる。絶対的な他者が入り乱れ、多様なイデオロギーが交錯する混沌の場＝上海は、形式的・幻想的にさえも一つの「共同態」には集約しえないはずであった。そこでは、「参木は思つた。自分は何を為すべきか、と。やがて、競子は一疋の鱒のやうに、産卵のために此の河を登つて来るにちがひない。だが、それがいつたい何んであらう。自分は日本を愛せねばならぬ。が、それはいつたい、どうすれば良いのであらう。しかし、——先づ、何者よりも東洋の支配者、英国を！と参木は思つた。」というように、「性愛」をめぐる行為の決定と、イデオロギー的な行為の決定とが、必然的に同じ位相で交錯するのである。参木はその葛藤において、「性愛」としての「自他不二」の結合体を拒絶することで、それと表裏一体である、（国家）共同態にもとづく自己同一性の決定を否認しているかに見える。

ところで、「風土」論の連載開始と前出論文「倫理学」発表の間にあたる一九三〇年（昭５）頃から、和辻は「国民道徳論」(6)の構想を練り上げているが、これこそが和辻倫理学の根幹をなす最大の動因であったとされる。「国民道徳論」において、個と全体（社会）という人間存在の弁証法的二重構造は、「全体性」と「個別性」を同時に意味しえる「国民」の概念において具体化されていた。その後、『人間の学としての倫理学』（一九三四・三）を経て『倫理学』（上巻一九三七・四、中巻一九四二・六、下巻一九四九・五）へと至る体系構築の中で、「間柄」における人間存在および倫理のあり方が、根源的概念である「絶対的否定性」の弁証法的運動の現われとして把捉されることになる。和辻は、その運動において、「絶対的否定性」の自己否定としての「個」が、さらにその「個」

を否定して何らかの人倫的な「全体」に帰属し、「行為的連関」にもとづく「間柄」・「人間共同態」の形成に至る「倫理」プログラムを想定している。そこから、人間存在の一方の極であった「全体」を、存在の根源として観念的に描かれた「絶対的否定性」と重ねることで、結局は、「個」の存在意義・倫理を、「全体」性の実現の契機、「全体」への回帰・没入であると規定する。先に述べたように、この論理の背後には「国民道徳論」のモチーフが一貫して存在していた。抽象的な「絶対的否定性」にもとづく「倫理」が保証する「全体」を、国民国家として具体化し、個と全体という人間存在の構造をそこに一元化する時、個人よりも共同態を優位に置くその倫理学は、国家ナショナリズムを正当化する理論として現われるのである。

繰り返しになるが、こうした和辻倫理学の基本構造は、「間柄」存在としての「人間」概念を根本に据えた個と全体の弁証法であった。この構造の範疇において解釈できない存在様態として、まず想起されるのは、一個の人間存在が、相矛盾する「間柄」に同時に置かれている状態であろう。「ある長篇」の上海において、参木は、外部から「日本人」と決定づけられるだけでなく、当初から「たゞ時々彼は海外から眺めてゐると、日本の着々として進歩する波動を身に感じて喜ぶことがあるだけだつた」と描かれ、またさまざまな局面で「古里の母のこと」を想起しているように、内面においても「愛国心」を抱くことが避けられない人物である。だが同時に、「本国へ帰れば全く生活の方法がなくなつて了つてゐた」租界人の一人でもあり、具体的な帰る場所としての日本（「母国」）を喪失した状態にある。さらに、「支那の工人には同情」を持つ参木は、「工人達の労働が、もしその資本の増大を憎むなら、反抗せよ、反抗を」と内心つぶやきながら、生活の手段を失った自分自身が、「その工人達と同様に、資本の増大を憎まねばならぬ一人であることを」意識してもいた。このように上海の労働者の位置にも同一化を試みる参木は、結局のところ、「何を自分は撃たうとするのか。撃つなら、彼らの撃たうとするそのものだ。——所詮、彼は母国を狙つて発砲しなければならぬのだ」という矛盾に満ちた存在であり、「働き場を無くした国民」として、既存の「間柄」に収まらない（あるいは一定の「間柄」を作りえない）非決定性を生きていると言えるだろう。

また、和辻倫理学においては、個と全体の弁証法的運動をモデルとしつつも、観念的な「絶対的否定性」と具体的な「全体」の意義を同一視することで、個に対する全体の優位を説くことになっている。この構図は、国民としての去私没我に倫理を帰着させるものであった。全体性を基盤とする既存の「間柄」にピタリと一致するわけでない参木は、一面において、「全体」に包摂されることを拒否し、どこまでも「個」にとどまる志向を持っているように思われる。参木は冒頭から、「彼は一日に一度は必ず死ぬ方法を考へた。それが最早や、彼の生活の、唯一の整理法であるかのやうに」と、自己の「死」について想起を繰り返している。このことは、「俺が死んだら、だいいち俺が困るぢやないか」との言葉が象徴するように、「個」であることを強く自覚し、「個」としての領域を確保するための方途とみなすことができるだろう（ただし、それもまた「日本人」としての「死」を意味することとなり、参木の「死」への意識はさらに複雑な様相を帯びていく）。

参木は、ある「全体」概念に規定された「個」と言わざるをえない自己のあり方と、絶望的な格闘を続け、結果、非常にネガティヴな実践ながらも、個としての肉体（当然、「間柄」にもとづく和辻の思想においては否認される）の境地へ至る。あらゆる「間柄」の拒絶を繰り返し、そのために招いた激しい「空腹」によって、「身体が透明になるのを感じた。骨のなくなつた身体の中で前と後の風景が入り交つた」という極限状態に陥った参木は、暴漢によって「排泄物」の中へ突き落とされてしまう。そして、「彼は、自分の身体が自身の身体の比重を計るかのやうに排泄物の中に倒れてゐるのに気がつく」のであるが、ここにおいて、「排泄物」との関係で自己を規定するといった――すなわちあらゆる人間の「間柄」から滑り落ちた――意味づけ不可能な「身体」の領域を開示しているとも考えられる。ここにも、和辻倫理学が見落としていた人間存在の一様態が示されていると言えるだろう。

第二節　参木の闘争について――個と個の関係へ向けて

では、こうした参木のあり方を積極的に捉え直す視点はどこにあるだろうか。再度和辻の思想で補助線を描きつつ、作品の細部、特に参木の意識と行為の葛藤相ついて確認してみたい。和辻倫理学において、個人の行為とは、「間柄」を構成する実践であるとともに、全体性の回復運動の一過程と規定されており、そうした人倫的共同性に反して「個」にとどまる行為は、自己の根源からも共同態の人々からも「悪」とみなされることになる（逆に、共同性を実現し、全体性へと還帰する行為が「善」とされる）。また、「絶対的否定性」の否定である個人が、さらに自己を否定することによって根源へ回帰するという「絶対空」の運動において、「絶対的否定性からの呼び声」としての「良心」が「個」の内部に発生するとされる。これに対して、参木は、「もし復讐のために専務の預金の食ひ込みを吹聴するとすると、取付けを食ふのは分つてゐた。が、取付けを食つて困るのは、銀行よりも預金者だつた」と、自分が解雇された銀行の預金者に対する「良心」を抱き、「参木は河の岸で良心で復讐しやうと藻痒いてゐる自分自身を発見した。これは明らかに、彼の敗北を物語つてゐるのと同様だつた。明日から、いよいよ飢餓が迫つて来るだらう。」というように、その「良心」によって自覚的に「全体」から離脱していく。(7) さらには、自己との予定調和的な「間柄」を決して結ぶことのない、上海の労働者や革命の闘士芳秋蘭などの他者との間に、「人間を幸福にする機械」という「マルキシズム」観から（参木はこの点においても自分に「マルキシズムの虫がついた」ことを自覚している）、あるいは一個人として抱える性愛の感情から、それ自体幻想とも言うべき「良心」・「同情」を発生させ、そのために自己矛盾の振れ幅を増大させていくのである。

決して満たしえない他者への「良心」を抱くと同時に、そのことでより強烈に内・外部から（共同租界の）「日本人」と規定されてしまう自己のあり方において、参木は行為の善悪を決定することができない。しかし、その葛藤の中で、一元的な全体性を構成することのない、（行為しないことも含めた）「個」の行為を試みているとみなすことも可能であろう。各自の国民的アイデンティティ・国家共同態への帰属を前提としない個と個の関係⑻――和辻倫理学が否定する――を志向し、新たな人間存在のあり方を模索していく方向性がそこには内包されていたのではないだろうか。特にそれは、〈中国人〉の革命家として、新たな「共同態」の構築を目指しながら、〈日本人〉である男性との個人的関係を模索するという意味で、参木と同じような矛盾・葛藤を抱えていたであろう芳秋蘭との、複雑な「愛」の関係に織り込まれている。参木は、「僕があなたとお近づきになつたことで、もしあなたに御迷惑をおかけするやうな結果にでもなりますなら」と芳秋蘭にかかる嫌疑に配慮するそぶりを見せながら、「競子を吐き出す最高の機会」という打算的な理由と、窮地にある女性に手を出す「火事場の泥棒」的行為とに後ろめたさを感じる。さらには、そうした思いを越えて、「いつの間にか愛の中で漂ひ出した日本人」となったことを自覚し、「しかし、今また彼は、馳け込んだ秋蘭のために乱され出した。彼は、今は彼自身がどこにあるのか分らなくなり出したのだ。」というように、「愛」をめぐる葛藤の中で、芳秋蘭－個との関係性を生きはじめるのである。そして、参木は、それ自身非決定性と過剰性を抱える芳秋蘭に対して、誠実であろうとするがゆえに、「これも実はただ僕がマルキシズムとどれほど闘つたかと云ふことを証明するだけで、いや、つまり、僕の云ふことは皆嘘で出鱈目で、実の所、僕はただあなたを愛してゐるだけだと云ふことになるんですが」と、抹消不能な二人の差異を確認しながら告白する。が、ついにはその関係不全のままに、「秋蘭の唇から、彼女の愛情よりも、軽蔑を感じ」ることに帰着する。たとえ、芳秋蘭から「あたくしにはあなたが日本の方だとは思へませんの」と言われたにせよ、やはり「列国ブルジヨワジーの掃溜である共同租界の人々」の一員ともみなされる参木は、「すると、彼の皮膚は押し詰つた群衆の間を流れて均衡をとる体温の層を感じ出した。と、彼は彼ひとりが異国人だと思ふ胸騒ぎに締めつけられた。彼は彼と秋蘭との間に群がる群衆の幅から無数の牙を感じると、次第にその団塊の中に流れた体温からはぢき出されていく自分を見た。」というように、「日本人」としての自らの「身体」という障壁の存在を、絶望的なまでに深く自覚することになってしまうのだ。

このように、自己が内包する分裂を呼び覚ます他者への「良心」と同時に、上海に生きる参木には、もう一つ重要な性格が付与されている。それは、芳秋蘭を求めながら、上海の暴動へ飛び込もうとする自己の内部に、「が、ふと彼は、その外界の混乱に浮き上つた自身の重心を、軽蔑した。持病の外界との闘争欲が、突然起り出したのだ。」と湧き上がってくる「外界との闘争欲」であった。この「持病」は、最後の別れの場面で、芳秋蘭を部屋から押し出した際にも、「参木はいつ秋蘭の足音が遠のくかと耳を聳ててゐる自身に気がつくと、またまた持病の発作が起つて来た」と発症する。つまり参木が抱える「持病の外界との闘争欲」とは、単に「外界」の動向に反発する欲求というだけでなく、自己を貫く多層的な葛藤・矛盾とその潜在的可能性を排除しながら「外界」に従って直情的に発動し、自己の意識・行為を一義的に決定しようとする〈内面〉に対しても、否認を突きつけ離反していく力であったと言える。そして、上海においては、この最終的な攻撃対象が、外部／内部から「日本人」として一元化される自己のあり方に集約される。参木は、「外界」から不可避に突きつけられる自己の「日本人」としての「身体」性を強く意識しながらも、そのような外部／内部の結節点である自己の「身体」性と葛藤し、闘争を試みるのである。ここに、その「身体」を、個へと押し上げる拠点を獲得する可能性が浮上してくるだろう。

参木は殆ど昨夜から眠ることが出来なかつた。彼は支那服を着たまま露路や通りを歩いてゐた。彼はもう市街に何が起つてゐるのかを考へなかつた。ただ彼はときどきぼんやりした映画に焦点を与へるやうに、自分の心の位置を測定した。(…)彼は再び彼自身が日本人であることを意識した。しかし、もう彼は幾度自身が日本人であることを知らされたか。彼は母国を肉体として現してゐることのために受ける危険が、このやうにも手近に迫つてゐる此の現象に、突然牙を生やした獣の成長を人の中から感じ出した。と、彼は自分の身体が母の体内から流れ出る光景と同時に、彼の今歩きつつある光景を考へた。その二つの光景の間を流れた彼の時間は、それは日本の肉体の時間にちがひないのだ。そして恐らくこれからも。しかし、彼は彼自身の心が肉体から放れて自由に彼に母国を忘れしめやうとする企てをどうすることが出来るであらう。だが、彼の身体は外界が彼を日本人だと強ひることに反対することは出来ない。心が闘ふのではなく皮膚が外界と闘はねばならぬのだ。すると、心が皮膚に従つて闘ひ出す。(…)此の民族の運動の中で、参木は本能のままに自殺を決行しやうとしてゐる自分に気がついた。彼は彼をして自殺せしめる母国の動力を感じると同時に、彼が自殺するのか彼が自殺をせしめられるのかを考へた。しかし、何故に此のやうに彼の生活の行くさきざきが暗いのであらう。彼は彼の考へることが、自身が自身で考へるのではなく、彼が母国のために考へさせられてゐる自身を感じる。最早や彼は彼自身で考へたい。それは何も考へないことだ。彼が彼を殺すこと——此の彼の見えない希望の前では、銃器が火薬をつめて街の中に潜んでゐた。

「日本人」である「身体」に「支那服」をまとう所作が象徴するように、収拾不能な存在となっている自己のあり方を再度見極めるため、参木は「自分の心の位置を測定」しはじめる。上海という「外界」の「光景」からも、「母の体内」という内部の「光景」からも、「日本の肉体の時間」として決定される自己に対し、「良心」と「持病の外界との闘争欲」によって、「彼自身の心が肉体から放れて自由に彼に母国を忘れしめやうとする企て」

が試みられる。しかし、内面に回収しえない――絶対的な他者の存在を含んだ――「外界」、および自己の「身体」性における決定性の一側面を、「身体」性から切り離された観念－「心」で超越することはできない。ゆえに、それ自体外部の一要素であるはずの「皮膚」をもってして「外界」の決定に抗うという、徹底して背理に満ちた闘争を起点とせずには、「心」の闘いの場は開示されないのである。それは具体的には、「日本人」の「身体」・「皮膚」を持つ自己の外部／内部において、「日本人」としての存在規定を「個」へと改変しようとする、（攻撃主体と攻撃対象が一致してしまうという意味で）不可能とも言うべき脱自的闘争であった。が、このことは、（たとえ「日本」・「母国」・「日本人」という認識が幻想であるにせよ）「日本人」としての自己の「身体」を内面的に否定するという、独断的かつ無意味な試みではなく、（「日本人」という幻想が現実に外部／内部を支配しているがゆえに）あくまで「日本人」であることを個人で引き受けた上で、かつそこに同一化せずに「個」として存在するような自己のあり方を、絶対的な他者との関係性において執拗に模索する試みであったと考えられる。

「全体」性に――あるいは、「個」の差異を無化してしまう「思想」に――依拠しない、個と個の実践的関係を追求する参木は、自己の意志・行為の必然的な非決定性において判断停止の状態に陥り、身動きが取れなくなる。国民国家イデオロギーに貫通された自己のあり方を「個」へと改変し、脱自を試みる闘争は、引用からもわかるように論理のレベル（「考へること」）だけでは継続しえない。そこに論理的明証性を見い出すことが、裁断的な自同性へと自己を駆り立てることに繋がっていく可能性を拭えないのである。だからこそ、ここでは、「何も考へないこと」をあくまで自分だけに言い聞かせ、自己の「身体」性が抱える矛盾・過剰性を暴力的に止揚してしまうような思考・行為を拒否する。[9] 一見、消極的な諦念を示しているかのような「考へない」ことであるが、国家という全体に同一化しようとする自己の否認――和辻倫理学が規定する自己否定（去私没我）の意義とは鮮やかな対照をなしていよう――によって、再度「彼自身」＝個の領域を希求していく志向が生んだ、「見えない希望」としての価値をそこに見い出す必要があるだろう。参木は、「それなら何ぜ支那服なんか着て歩くと君は思ふかも知れないが、此の支那服を着てないと相手の女と逢つたつて、役には立たぬ。そこが僕の新しい苦悶なんだ。」と話すように、結合の不可能性を強く自覚しながらも、他者との「個」としての関係を渇望し続け、結果「新しい苦悶」を見い出すにとどまっている。ただし、参木の「考へない」ことが牽引する外的事実、つまりその思考過程で生み出された無軌道かつ突発的な行為の側面に注目した時、行為を個人の意識から発動するものではなく、「自他不二」の「間柄」の形成運動そのものとみなす和辻倫理学とのずれが見て取れるはずだ。参木もまた、善悪の決定にもとづく個人的主体的意志の積極的な発動として、行為に至っているわけではない。ただ、全体性へと結びつくような「間柄」を成立させる行為を決してしないまま、「考へない」ことに帰着し、そこにとどまるのである。そして、「ある長篇」（「前篇」）に現われた具体的行為――不正を行なう専務と対立し銀行を解雇されたこと、東洋綿糸会社に雇われ職工係りの高重と暴動に参入したこと、暴動の渦中において芳秋蘭を二度助けたこと、支那服を着て上海市街を徘徊したこと、「日本人」である自己の「身体」を放棄するかのように排泄物に浮かんだこと、など――を考えると、そうした参木のあり方は、和辻倫理学とは全く別の意味で、極めて「倫理」的であったとも言えるのではないだろうか。

第三節　連載中断の意味と再開時の変容

「ある長篇」は、一九二九年（昭4）一二月の「海港章」をもって、「前篇終り」として連載が中断され、一九三一年（昭6）の「婦人――海港章――」（一月）・「春婦――海港章――」（一一月）でひとまず結末を迎える。この間に、「鳥」（一九三〇・二）・「機械」（一九三〇・九）などのいわゆる「心理主義」の短編が執筆され、さらには「ある長篇」が完結をみないまま、「寝園」（一九三〇・一一～）・「花花」（一九三一・四～）といった中・長編の連載が次々と開始される。「ある長篇」が、国際社会を背景とする時空間を描いていたのに対し、それらの諸作品は、より緊密な空間において関係性の葛藤を表出し、心理の動きと人間の運命とを凝縮して捉える試みであったと概括できる。そこでは、（中・長編においては主に恋愛・結婚をめぐる）不分明な他者関係において迷妄に陥り、自らの行為の善悪・方向性を決定できぬまま制御不能になっていく自意識を持て余すことで、最終的に、その思考・判断を停止する（「考へない」）ことになる人間の内面が描かれていた。

こうした中断をはさんで発表された最終章の「春婦——海港章——」において、参木は自問自答の果てに、お杉を抱くという一つの行為を成立させてしまう。自分が落ち込んだ「排泄物」に「日本の故郷の匂ひ」を嗅ぎ、「故郷」の「母親」に思いを馳せる一方、依然として、芳秋蘭に「もう一眼逢はねばならない」と固執しているように、いまだ内面的には非決定性をとどめる参木であった。だが、ここに至って、お杉に対して「考へない」ことを訴えかけ、それまでの「個」としての実践を無化するかのように、お杉との「間柄」を構築するのである。中断中およびそれ以後の作品に示された、他者関係から生じる自意識の増幅・迷走を抑制する思考停止のあり方が、ここに滑り込んでいるように思われる。(10) それは、思想的問題が交錯する上海という場に置かれた時、異なる位相の文脈に接続され、「ある長篇」（「前篇」）における「考へない」ことの積極的意義を変異させてしまうのである。

参木は、芳秋蘭に対して「良心」から来る後ろめたさを強く意識したのと同様に、「良心のいたずら」から自分を愛しているお杉を抱くことができなかった。「春婦」となった彼女の前で、「客のやうになり下らうとした自分の心のいまはしさ」を感じつつ、そうした自分との関係を整理しようとする。

ただ一つ自分の悪かつたのは、お杉を抱きかかへてやらなかつたことだけだ。だが、それはたしかに、悪事のうちでも一番悪いことにちがひなかつたと参木は思つた。／抱くといふこと、——それは全くどんなに悪からうとも、お杉にとつては抱かぬよりは良いことなのだ。それにしても、まアお杉を抱くやうになるまでには、自分はどれだけ沢山なことを考へたであらう。／しかも、それら数々の考へは、尽く、どうすればお杉を、まだこれ以上虐め続けていかれるであらうかと考へてゐるのと、どこ一つ違つたとこはないのであつた。／「お杉さん、こちらへ来なさい。あんたはもう何も考へちや駄目だ。考へずにここへ来なさい。」／参木はお杉の方へ手を延ばした。すると、お杉の身体は、ぽつてりと重々しく彼の両手の上へ倒れて来た。しかし、それと同時に、水色の皮襖を着た秋欄が、早くも参木の腕の中でもう水水しくいつぱいに膨れて来た。

「抱く」という自らの行為の意味づけにはじまり、その結果、先に参木を「考へない」状態にまで至らしめた性愛・「良心」と思想的政治的問題との葛藤の渦が、「沢山なこと」として括られ、お杉との性愛の関係に存在する障壁へと平板化されてしまう。また、「前篇」において、意識・論理のレベルでは行為の善悪を判断しえなかった参木であるが、ここに至って、お杉に対して自分がなすべき行為がすでに分かっているかのように考えている（和辻倫理学が、すでに成立している行為的連関に倫理の基準を見い出していることを想起したい）。このように参木にとって自明化されているお杉は、（お杉を抱く／に抱かれる自己の両義性の抹消も含めて）他者ならざる他者になっていると見てよい。社会的存在としての自己の成立と同時に、必然的な外部として与えられる他者性が、お杉－他者において隠蔽されることは、参木自身がその外部性を失うことでもある。その意味で、ここで発せられた「何も考へちや駄目だ」との言葉は、当然お杉のみならず参木自身にも向けられていると言える。

「個」であることを求めるため、自分一人の「心」に言い聞かせることで、結果的に「自他不二」の共同性を創出することのなかった先の「考へない」というあり方が、自己の内部に他者＝外部を巻き込む方向を取るに至ったのだ。結局、お杉という他者ならざる他者とともに「考へない」ことは、お杉との間にあるはずの矛盾・ずれを無効化しながら、参木の過剰性・自己矛盾をも捨象するような結合体を生み出すことになろう（お杉を抱いた瞬間に芳秋蘭を想起してももはや遅いと言わざるをえない）。こうした二人結合体を創出することは、新たな可能性の領域を開示する個と個の関係の構築ではなく、そこに存在していたさまざまな問題を抑圧ないし無視することによって、既存の「間柄」を肯定的に追認し、再形成する行為となっているのだ。これを、和辻倫理学のプログラムに置き換えて考えるならば、閉鎖的な全体性への拠点を再構築する危険性を帯びているともみなせる（芳秋蘭に「考へない」ことを迫れるだろうか。全体‐「日本」へのスライドが可能だと想定されるお杉だからこそ、参木の「考へない」二人結合体を成立させる呼びかけと行為はなしえたのである）。ここでの「考へない」ことは、和辻倫理学の帰結である究極的倫理としての「去私没我」、すなわち「全体」性への没入を強く予感させるものになっているのだ。

以上のように、「ある長篇」において示された「考へない」ことの意義と変異に着目した時、登場人物の思考を作家の思索と直結することの短絡性を承知の上でなお、次のような横光の言葉との関連性を考えずにはいられない。

> 僕は西鶴をここ三四日読んでみた。僕の読んだ範囲では、西鶴さんは何も考へない男なんだ。（…）その考へない良さが、西鶴物である。考へないと言ふことは強い。（…）ところで潤一郎氏であるが、この人も考

へるのが嫌ひだ。考へると滅びるのだ。日本人といふのは妙な人種だ。唯物弁証法といふのは、つまり「考へない」といふことではないか。／僕は此の頃、自分が死ねば、誰も彼も消えてなくなると思ふやうになつたことが、僕の非常な進歩だと思ふが、いかが。君、そんな単純なことを曾て考へたことがあるかね。これを考へないと駄目である。君にとつて、藤澤桓夫以外に、世界は、そんなものは、有りやしない。これが唯物論の極地だ。

（一九三二・五・一一付、藤澤桓夫宛書簡）

最終章を発表する前に書かれたこの書簡の内容には、「考へない」ことの積極的な効用が述べられており、そのさらなる変奏を予期させる。特に、「考へると滅びる」人種である「日本人」という前提から、「唯物弁証法」を「考へない」ことであると述べている点は注目に値しよう。たとえば、ほぼ一年前の藤澤宛書簡（一九三〇・五・一三付）で、「僕は人間学を中心としたマルキストだと自分で思つてゐる」、「マルキシズムへはだんだん魅力が増すばかりだ」と述べていることを考え合わせると、その思考、実作に多様な影響を与えていたマルクス主義理論の疎隔および回収の様子が浮かび上がってくる。強く引かれつつも反発していた「マルキシズム」が、国家からの弾圧によって現実的な論争相手として消えていくと同時に、新感覚派・形式主義文学などの理論構築をとおして直面した、主観／客観、内容／形式、唯心／唯物の対立というアポリアもまた、引用後半部にあるような独我論的境地に回収されようとしていたのである。マルクス主義運動との現実的な対峙と、唯物論的世界観との思弁上の葛藤とが、「ある長篇」の執筆に影響していたことは、作品における政治的思想的記述などから読み取ることが可能である。しかし、引用した書簡の時点においては、現実の担い手を失いつつあったマルクス主義・唯物弁証法が、観念的な議論の俎上に置かれ――おそらく、横光においては主客二元論の克服という意味合いが強かっただろう――、ついには「考へない」ことという自己止揚の方途として機能するに至ったのだ。このことは、マルクスから受けた衝撃を一つの契機として、観念論的な自我のあり方を排した「間柄」の思考を展開しながらも、極めて人間学的な理念にその議論を収束させていった和辻をはじめ、前章で見たような同時代の人間学的思想に照応させることも可能であろう。こうした内部・観念性の再編による外部の包摂、隠蔽は、西洋（考えること／合理性）－東洋（考えないこと／非合理性）といった枠組みの創出にも結びつくことになる。

横光もまた、同時代の人間学に対する関心を示しており[11]、中断中の諸作品に見られるような観念的世界への沈滞に向かう側面を持っていた。「ある長篇」においても、単行本『上海』へと改稿する過程で「政治性、経済性という面から加筆」[12]しているものの、「考へない」ことの変異を再考するには至らなかった。しかし、参木の「考へない」ことが回収したかに見えたお杉が、そのモノローグによって、再び「考へない」二人共同体を顛覆させるのであり[13]、横光がそれを書き入れたことの意味も考慮せねばなるまい。「ある長篇」連載の中断期間からはじまる中・長編には、書簡のような独我論的境地における楽観的な調子は全く見られず、小説を〈書くこと〉をとおして、現実的な人間存在が孕む非決定性のさらなる追求が試みられている。「考へない」ことは、作家が〈書くこと〉に執着する以上、常に崩落の危機に瀕していると言えるだろう。これまで見てきたように、以後華々しい活躍を見せる横光の作品・評論には、やはり、〈考えること〉／〈書くこと〉（作品に即して言えば意志／行為、自己／他者など）の相克が刻み込まれる。そうした活動を経由した後に、「ある長篇」に胚胎した諸課題は、「旅愁」へと流れ込んでいくだろう。

注

（1）和辻哲郎の思想に関しては、主に次の諸文献を参考にした。湯浅泰雄編著『人と思想　和辻哲郎』（三一書房、一九七三・一一)、宇都宮芳明『人間の間と倫理』(以文社、一九八〇・一〇)、一柳富夫他著『超近代の指標——西田と和辻の場合——』(専修大学人文科学研究所、一九八六・一二)、山田洸『和辻哲郎論』(花伝社、一九八七・九)、吉沢伝三郎『和辻哲郎の面目』(筑摩書房、一九九四・二)、苅部直『光の領国和辻哲郎』(創文社、一九九五・五)、酒井直樹『日本思想という問題』(岩波書店、一九九七・三)、佐藤康邦・清水正之・田中久文編『甦る和辻哲郎　人文科学の再生に向けて』(ナカニシヤ出版、一九九九・三)、高橋哲哉「回帰の法と共同体　存在への問いと倫理学のあいだ」(『現代思想』、一九八八・八)、米谷匡史「象徴天皇制の思想史的考察——和辻哲郎の超国家主義批判」(『情況』、一九九〇・一二)・同「和辻倫理学と十五年戦争期の日本「近代の超克」の一局面」(『情況』、一九九二・九)。

(2)「生まれて初めて足を踏み入れた外国での動乱に巻きこまれた経験は、旅行者の心細さと相まって、個々人を保護してくれる「国家の権力」への信頼を、和辻の秩序像の根底に植えつけることになる。(…)ここで和辻が〝発見〟した中国人の「国民性」は、まさしく現代「文明」の行動様式と共通するものであった。これと対比して、和辻は西欧留学を経て〝自覚〟した日本人の「国民性」を称賛することになる。」(苅部前掲書、一四八頁)。

(3) G.ガーリー「植民都市上海における身体——横光利一『上海』の解読——」(『思想』、一九九七・一二)。

(4)「ある長篇」(「上海」)は、「脱構築的なテクスト」(田口律男「都市テクスト論としての『上海』(一)——上海・日本人・アイデンティティ・ポリティクス——」(『山口国文』、一九九九・三))と言われるように、一面的な評価・解釈を拒む作品である。特に、参木のあり方は、「自分の身体を母国とつなげる幻想と、現実がもたらす「騒音」の状態との葛藤を描いていると解すべき」(リピット水田清爾「モダニズムにおけるグロテスクと小説の解体について」(『批評空間』、一九九五・一〇))であり、「自己の同一を内部で縛りたがる秩序から、かぎりなく逃れて、いわば無名の人間として外へひろがる「多数の論理」の領域」(伴悦『横光利一文学の生成——終わりなき揺動の行跡』、おうふう、一九九九・九、一二〇頁)を描いたという肯定的な解釈から、「参木はついに「母国」という観念から、すなわち、自らが帰属する国家や民族の問題を、「母」というイマージュにつなげて思い起こすことから「自由」になれないのである」(小森陽一『〈ゆらぎ〉の日本文学』、日本放送出版会、一九九八・九、一六三頁)という否定的見解に至るまで、両面的な評価を惹起するものである。ここでは、その両義性が発生する局面を再度焦点化するためにも、連載の中断という視点を導入してみたい。なお、この狙いとともに、「支那人の特性」との同時代性を鑑みて、本章では初出「ある長篇」を引用テキストとしている。

(5)『岩波講座哲学』、第二回配本。

(6) まとまった論文としては発表されていないが、「国民道徳論」関連書誌については、米谷匡史編『京都哲学撰書第8巻和辻哲郎『人間存在の倫理学』（燈影社、二〇〇〇・七）所収の編者解説に詳しい。

（7）ただし、被抑圧者を「他者」として位置づけること自体が抱える暴力性については、十分な自覚が必要である。その意味でも、自己の立場性を強烈に意識しながら、芳秋蘭と対峙する参木の葛藤に注目する意義は大きいだろう。

（8）ここでは、和辻批判の文脈において提示される次のような個と個の関係の可能性を想定している。「和辻の文化主義が破壊しようと試みたのは、ジャン＝リュック・ナンシーが「コミュニケーション」と呼ぶ意味での政治的・社会的可能性、すなわち文化的、民族的、国民的差異が刻印されているにもかかわらず、単独存在者（singular beings）としての人々が互いに「コミュニケート」する他者に開かれてあることの様式（the modes of exposition）を分節化する可能性である」（酒井前掲書、一九八頁）。なお同書には「上海」への肯定的言及も含まれている。

（9）二瓶浩明は、「横光利一『上海』その意図と達成――〈論理〉から〈倫理〉へ――」（『山形短期大学紀要』、一九八四・三）で、この場面の「思考の放擲」について、参木による「〈掃溜の論理〉」に対する「〈掃溜の倫理〉」の提出を見ている（傍点原文）。

（10）中断中の諸作品では、安定した二人結合体が形成されることは、「考へない」姿勢に登場人物が至った場合でもほぼ皆無である（唯一「鳥」は、葛藤の果てに二人の結婚へ至っている）。

（11）「人間学的文芸論」（一九三〇・六、原題は「文芸時評」）など。なお、一九三〇年五月一三日付の藤澤桓夫宛書簡は、この発表の際に書かれたものである。

（12）渋谷香織「「上海」の改稿をめぐって（一）人物像の変遷」（『東京女子大学日本文学』、一九八六・九）。

（13）お杉の積極的意義については、前掲田口論文および小森前掲書（一六三―一六七頁）など多くの指摘がある。

←（次頁）『旅愁』原稿冒頭（『新潮日本文学アルバム横光利一』より）

1

旅愁

横光利一 作

家を取り壊した庭の中に、白い花をつけた杏の樹が、立つてゐる。

春寒、風が、河岸から吹く度に、

枝が標へつつ新芽を落していく。

パッシイからセイヌ河を登つて来た蒸気船が、芽を吹き立てたプラターンの幹の間から、物うげな汽鐘の音を響かせて来る。城のやうな厚い石の欄壁に肘をついて、さすがら、河の水面を見降ろしてねむ久慈は、

第三部

Foto: Hirano

Kan Kikuchi

This writer has always been a first class artistical novelist. He is authority amongst the theatrical world and moreover he is now the most famous writer of popular novels. He commands the review "Bungei Shunju" and he is recognised socially as a man of ability. His art is very characteristic in modern Japanese literature.
Ist immer ein führender Schriftsteller von hoher künstlerischer Bedeutung gewesen. Er gilt auch als Autorität in der Theaterwelt und gibt überdies die Literatur-Zeitschrift "Bungei Shunju" heraus. Kan Kikuchi ist allgemein als Schriftsteller von Fähigkeit anerkannt und der bekannteste Meister des volkstümlichen Romans.
Autrefois par ses romans littéraires, il assumait une place prépondérante dans le monde des lettres, en même temps que son procédé réaliste triomphait sur le théâtre. A l'heure actuelle, il se classe parmi les premiers romanciers populaires. Sa physionomie très caractéristique témoigne d'une énergie débordante.
En otros tiempos, por sus novelas literarias, asumiá un lugar preponderante en el mundo de las letras, en mismo tiempo que su procediemento realista triunfaba sobre el teatro. Actualmente clasificase entre los primeros novelistas populares. Su fisionomía muy característica atestigua une energía desbordante.

Riichi Yokomitsu

Amongst the artistical novelists Riichi Yokomitsu is very influential and he is highly respected by the young enthusiasts for literature.
Besitzt von allen künstlerisch beachtenswerten Schriftstellern den grössten Einfluss und wird besonders stark von den jungen Enthusiasten der Literatur verehrt.
Écrivain qui occupe nettement la première place parmi les auteurs de romans littéraires. Il est particulièrement apprécié par la jeune élite des lecteurs. Son visage traduit des expressions à la fois très profondes et aiguës.
Escritor que occupa claramente el primer lugar entre los autores de novelas literarias. Es particularmente apreciado por una élite de lectores jovens. Su rostro traduce expresiones en mismo tiempo muy profundas y agudas.

Jiro Osaragi

This author is not only very popular on account of his very fine novels, but is appreciated amongst his public through his typical Japanese ways and appearance.
Ist sehr populär wegen seiner vorzüglichen Novellen und gilt als typisch japanische Erscheinung.
Ce jeune auteur jouit déjà d'une grande popularité. Ses traits réguliers répondent au type classique de la beauté japonaise.
Este joven autor goza ya de una gran popularidad. Sus facciones regulares responden al tipo clásico de la belleza japonesa.

Die Prosa-Literatur im heutigen Japan

作家紹介（肖像写真・キャプション）（『NIPPON』昭和９年10月号〔国書刊行会発行復刻版〕より）

第一章　「純粋小説論」（一九三五〔昭10〕）

第一節　形式主義文学論から「純粋小説論」へ
――量子力学の位置づけを軸として

「純粋小説論」（一九三五・四）における主張に、「純文学」が排除してきた「偶然性」を、積極的に小説に摂取していくべきだという論点があった。そこでは、その導入が小説への「感傷性」の付与と紙一重である「偶然性」を、「リアリティ」をもって表現するという課題（「偶然性と感傷性との持つリアリティの何ものよりも難事な表現の問題」）が、「純粋小説」のポイントとして挙げられている。ちなみに、「純粋小説論」発表直後の座談会（「「純粋小説」を語る」、一九三五・六）においても、三木清に、「前からちよつと疑問があつたんですけれども、自然科学と哲学で偶然といふ言葉を用ひますね。あれは小説の偶然と何処も違はないんぢやないかと思ふんですが、同じぢやないんですか。」と質問するなど、「偶然」をめぐる発言が頻出しており、このタームに対する横光の関心の高さが窺える。もとより、「純粋小説論」の中で、偶然性についての明確な定義がなされているわけではない。しかし、「純粋小説論」の執筆に至る数年間の発言を振り返った時、(1)「純粋小説」をめぐる議論に散りばめられた諸論点、すなわち、純文学・私小説批判、行為と思考の分裂と自意識の問題、登場人物と作者の位置関係、四人称の提起などが、偶然という言葉、概念のもとで連鎖しているように見えてくる。

ところで、「純粋小説論」の発表とほぼ同時期、自然科学における偶然性の問題に示唆を受けた中河与一が「偶然文学」なるものを提唱し、多くの論者を巻き込んでの集中的な論争が交わされた。(2) この偶然文学論争に対する横光の積極的な発言は見られない。が、中河とともに中心人物の一人だった形式主義文学論争を考慮に入れるならば、偶然文学論の内容の一部を横光の足跡にも関わるものと想定し、それを「純粋小説論」の考察の糸口とすることができるだろう。

中河は、論争の口火を切る評論「偶然の毛毬」(3) において、「必然論」・「必然思想」に囚われた文学が、本来「現実の世界」に満ち溢れているはずの「不思議」を喪失していると指摘する。そこから、今日においては、「必然論」の根拠であった自然科学の方が「反つて偶然論に進歩して、その深切複雑な構造を披瀝してゐる」とした上で、量子力学の不確定性原理が開示した「偶然論に立脚するところの真実の不思議、不思議の真実」の追求こそが、「今日のリアリズム」の課題であると主張している。また、偶然文学論の賛同者であった科学者石原純は、そのように中河が論拠にした自然科学の「偶然論」を補完すべく、量子力学の不確定性原理の紹介を繰り返している。そこではたとえば、「自然に関する限りに於て、併し現代の自然科学はより多くの驚くべき事実を我々に示した。それは従来必然として知られてゐた法則が実は蓋然的にのみ成り立つと云ふことである。そしてその蓋然的なるものの最奥に於ては、謂はゆる量子現象の存在によつて我々がもはや何等の因果関係をも求めることができないと云ふことである。例へば個々の電子の運動を支配すると云ふやうな法則はどんな可能な手段に訴へても之を観測によつて見出すことはできないのであつて、従つて或る瞬間に或る場処に見出される電子が将来どこにゆくかは少なくとも確定的には知ることができないのである。それ故我々が後の瞬間にこの電子を他の或る場処に見出したとしたなら、これを我々は偶然の出来事として解釈する外に仕方はない。かくて我々の『観測する』自然はその根本に於て偶然であると云はなくてはならない。」[4]というように、不確定性原理による物理現象における偶然性の開示が説明されていた。

従来の古典力学の法則、因果律が通用しない微視的世界のあり方を、その法則にもとづいて構築された自然科学自体が導出したことで、それまで何らかの因果関係の想定を基盤としてきた〈真実〉や〈リアリティ〉といった概念に、少なくともイメージ上の変容が求められることになっていたと言えるだろう。この文学論争の詳細には立ち入らないが、孤軍奮闘する中河が、横光の「純粋小説論」における偶然性の要求という主張について言及し、一定の留保を付けながらも「妥当な卓見」[5]と評していることを付言しておきたい。

さて、中河が「私は数年前「形式主義」といふ小論を発表し、そこでは芸術を一つの切り離した客観として提出した。だがその中で「飛躍」といふ言葉を無解決に残した。今あの一文を回顧して、あの時代の「飛躍」を埋める部分こそ、今日の偶然論である事に思ひ至つてゐる。」[6]と述べているように、偶然文学論の前史として、一九二九年（昭4）、三〇年（昭5）を中心に展開した形式主義文学をめぐる議論を置くことができる。確かに、中河は形式主義文学論争の時点で、「物理学上の機械観《メカニズム》が流行してゐた時代」に成立した「必然」の思想（ここでは専ら論争相手であるマルクス主義を指している）に対し、「現代の物理学は、既に電磁観に到達して、そこでは「必然」よりも「飛躍」と「偶然」とが重んじられる。／プランクは「自然は飛躍する」と云ひ、アイゼンベルグは「偶然」を最も大切な条件として、その「波動力学」を組織した。」、「自分はこれからの文学が「必然的自然」よりも、「偶然的突発事」によつて組みたてられなければならないと考へてゐる。そこに文学の新らしい驚きが初まり、魅力が初まるに違ひない。」[7]と記したように、偶然文学論とほぼ同じ主張に到達していたと言える。このことは、形式主義文学論争においても賛成派の理論的根拠の提供者となっていた石原純が、この時期に、量子力学の不確定性原理が示す偶然性について説明し、「物質の根本原理に対する昔時の必然的因果の観念を根底から覆すものである」[8]と紹介していることとも平行していた。

量子論、あるいは不確定性原理への関心を帰着点の一つとする形式主義文学の議論において、当初から、未消化ながらも、物理学・化学の理論を自説の根拠として打ち出していたのが、横光であった。第一部第一章で見たとおり、横光は、古典力学的世界観の可否にも触れるエネルギー論と原子論の対立を参考に、文学における形式と内容の問題を論じようと試み、また、石原のアインシュタイン紹介には中河と同様敏感に反応した。さらに横光も、量子論の祖であるプランクの名をエッセイに記している。いずれにせよ、一大転機を迎えた物理学・化学の議論を参照することで、「マルキシズム」の「素朴実在論」的な「形式」観からの脱却を目指していたと考えられるが、同時に、素朴な「形式」観にもとづいて強引に議論を押し進める中河に対する非難も、その観点からなされた。中河は、その再批判として、横光の「メカニズム」というターム・概念の重要性の強調が、「片山(正夫―引用者注)博士やプランク」の「誤読」に起因するものであるとした上で、プランクの「不連続学説」・「エネルギイ量子説」とは、「「自然は飛躍する」事を認めるもの」であり、さらに「又去年来朝した若き天才的物理学者、アイゼンベルグの「波動力学」に於ても、又「偶然」が大切な特徴となつてゐて、機械観的力学の必然的理論を明かに一蹴してゐるのである」[9]と指摘していた。最終的に横光は、科学的思考の末路を不可知論の生成とその隠蔽とみなし、形式主義文学論の主張を投げ出すのであるが、少なくとも、「純粋小説論」で用いられる偶然性とは、このような背景を持つタームであったと考えておくべきであろう。ちなみに一九三三年(昭8)発表の作品には次のような内容が書かれている。

よく云はれることで、自然は飛躍せずといふことがあります。この言葉は長く人人が真理として来たものでありますが、かういふ言葉が真理とされてゐる以上は、飛躍することのない自然なら必ず何事も表現せられないといふ筈がないといふ理論も出て来るのはもつとも至極なことであります。けれども、考へてみますと作家ほど正直なものはありません。私たちが歴史や事実や真実やの交錯してゐる自然を追究して描いて参りますと、自然といふものは絶えず飛躍ばかりしてゐるものだといふことがだんだん明瞭になつて来て、とても文字は自然とは平行して進み得られるものではなく、つひには歎声を放つて筆を投げ捨て、端倪すべからざる自然の現象に作者自身浮き浮きと浮き流されてしまふより能は全くなくなつてしまふことに気付くのであります。

（「書翰」、一九三二・二）

ここではおそらく、「自然」が「飛躍」するという量子論の世界観を暗黙の前提に、(10)従来の「自然」観を、いわば機械論的認識の適用によって、表現可能な対象として構成されてきたものとみなしているのだ。横光は、この観点から、実際の「飛躍」する「自然」は――特に「文字」の使用によっては――表現しえないものだと考えたのだろう。また、この後には、「そんな有様を事実とすれば体系や統一といふ人間業が役に立たなく」なるがゆえに、「われわれの見たもの考へたものに統一」をつけるべく、「自然」は「飛躍」しないものであると、「嘘いつはりを竝べて誤魔化」す必要が生じたとの見解が示される。ここで興味深いのは、さらに、「この偽りの甚だしいものの一つが芸術」であるとした上で、「私小説」について、「もつとも色濃く作者の体験を書きつらね、これこそ偽りのないものだと」読者を欺くことで「この偽り」を隠蔽する形式であると規定し、それを「真実を描いたことでは決してありません」と否定していることである。このことは、「自己身辺の日常経験のみを書きつらねることが、何よりの真実の表現だと、素朴実在論的な考へから選択した日常性の表現ばかりを、リアリズムとして来た」という「純粋小説論」における私小説批判の論点と、自然科学をめぐる思考との潜在的な接点を示すものと言えよう。

ただし、「純粋小説論」とそこに至る思考過程を考察するにあたっては、偶然文学論および量子論・量子力学との接触面をもう一歩深く掘り下げる必要がある。特に不確定性原理の内容について、少なくとも一般的な思考のポイントとして発生していた（可能性のある）問題点を確認するために、当時の解説の一つを瞥見しておきたい。

> 先づ重要な事は、電子が観測せられる為には、どうしても観測の主体たるガンマ線と、有限のエネルギー、運動量の交換を必要とするといふ事である。而して此交換せられる量は、それが量子現象特有の粒子的不連続性――茲では光量子性――を有する為に、これは無視し得ない大さであるといふ事、其上に量子現象特有の他の半面として波動性が存在する為、此交換せられる量（又は交換の起る時間空間）が原則的に精確に知り得ないといふ事、此二点に不確定性原理の起源の凡てが存する。これが古典論と全く異る処である。／古典論では観測に当つて、其主体が被観測体に及ぼす影響は、問題に入つて来る量に比べてこれを無視し得るか、又は其影響される量が精確に求められてこれを補正し得るかである。従つて古典論に於ては観測体と被観測現象とを完全に区別し得る。然るに上述のとおり、量子論に於ては影響の量に原則的不確定度を伴ふ為、此両者を完全に分離する事が出来ない事態にある。即ち古典論に於ては観測作用と無関係な、独立した客観的現象の存在を認め得るものであるが、量子論に於ては観測作用を離れた客観的現象は存在し得ない。一言にして云へば主観と客観とが完全に分離し得ないといふ事情にある。[11]

量子力学の不確定性原理とは、それ以後物理学上の難題となっていく、微視的世界における「観測問題」の発生とともに導き出された。波動性と粒子性の両面を併せ持つ量子現象の観測においては、観測行為が対象に及ぼす作用を無視、ないしは統御することが不可能であり、その意味で、独立した客観的現象として観測対象を規定し、それを観測者が外部から測定するという古典力学的前提が問い直されることになる。中河も、従来の科学が「被観測体だけを計算するが故に起るところの必然であつて、それは明らかに観測体を思考の中から逸脱してゐるものであつた」（「偶然文学論」）[12]とするなど、いくつかの文章で「観測問題」に言及しており、これに関する見識を有していた。また「観測問題」の胚胎によって、従来の観測・認識構造の成立を潜在的に支えていた、観測主体の位置・作用の透明性が破綻し、その存在の不確定性・無根拠性の隠蔽が解除されることになろう。客観的対象を観測する際に、観測行為の成立条件から、さらには観測主体そのものの様態までもが、観測の定点・起源として遡行的に問題化されてしまうのである。主観・主体の独立性といった認識論上の問いへ到達する方向性を持つ「観測問題」を、[13]作家活動の初発期から、主客構造への問いを繰り返していた横光の思考に結びつけることは可能であるはずだ。

まずここでは、当時石原が控えめな論調ながらも、量子力学の「暗示」として、「或る心理が必然に由来したか、又は全く偶然に起つたかは、彼自身の反省の範囲内に於て何等かの因果的関連を求め得るか否かによるのである」[14]というように、「心理」の考察へと拡張した論点を経由してみたい。とりわけ、「普通には、心理の動きは当事者の性格や外部的条件と共に、之に先だつ感情や思惟の作用などによつて定まると考へられる。しかし我々の種々様々の心理現象のなかには、之等の先行状態の何れによるとも解し得られない純偶然的な変化がないとは決して云はれない。（…）我々は例へば個人の意志の転向を常に何かしら理由づけねばならない必要はない。却つてそれが偶然に起り得るとするならば、かやうな偶然が再び当事者に対していかに反作用を及ぼすか。」[15]と述べているような、科学に端を発する偶然論に導かれた問いの方向性が、後に見ていく横光の軌跡と平行するものであったことは注目に値する。何らかの心理を対象として、その原因と結果に因果的法則性を見い出す分析は、

「彼自身の反省」という観測行為の機能、効果を無視し、観測主体そのものの非決定性を隠蔽したときに成立する。ここに発生するであろう〈自意識〉の問題系はさておき、観測対象としての意志・心理の起源に偶然性を措定し、同時に「反省」における「観測問題」を前景化したとき、人間の行為に関する意志決定論的な見方が破綻するのみならず、偶然性に対する「反作用」までも考慮に入れる必要が生じてしまう。そして、こうした意志－行為をめぐる課題が集中的に浮上してくるのが、形式主義文学論から「純粋小説論」へと至る横光の数年間の活動においてであった。

第二節　ドストエフスキー「悪霊」の読み方

横光がいわゆる心理主義的な作品を執筆していく背景には、形式主義文学論の破綻やヴァレリーの思想との接触など、さまざまな要因が推定されるが、ともかく、一九三〇年（昭５）頃を転回点に、心理のあり方を小説の対象とする姿勢――心理描写への自覚的な志向――は明確になった。そして当初は、たとえば、「真の形式主義者なら、当然心――心理、精神、アプリオリと云ふやうな形のないものをさへも一つの実体と見る真理主義者になつていくにちがひなからう」（「――芸術派――の真理主義について」、第一部第一章注（19）参照）と予断したり、諸科学との対比という文脈において、文学以上に「人間の心理を描写し得るものが他の科学にはない。全くそれは文学のみの持つ一つの特権であり本質である。」（「心理主義文学と科学」、一九三一・六）と述べるなど、文学の心理描写に対する楽観的な認識や過大な評価が示されていた。

しかし、一人称の語りによる心理描写の破綻を導き出した「機械」（一九三〇・九）や、主人公が自分の行為に対応する意志を確定できない「寝園」（一九三〇・一一～）など、その作品を挙げるまでもなく、小説における

〈心理描写〉の自明性は崩壊していくことになる。たとえば、「覚書四（現実界限）」（一九三二・五、原題は「現実界限」）では、「私たちが頭で考へるのか文字で考へるのかも考へずに、今まで考へられて来たその出鱈目な現実」の再考を訴える中で、「有るか無いかそれさへもまだ分らぬ人間心理」の「分析」を「喜劇」と表現している。[16] また、「覚書二」（一九三三・一〇、原題は「覚書」）においては、「心理とは元来抽象的な観念論的なものだ」との規定から、「心理――それは絶対に書けぬ。むしろ書けぬものすべてが心理だと思ふ。」とも述べているように、心理を描写の対象として実体化する思考からの脱却を意識していたことが窺える。[17] さらに、人間の内面＝心理を、観測・描写の対象として客観的に定位することが不可能であるとの認識は、人間の外面＝行為のあり方の再考へと結びつくことになる。通常、人間の主体的行為は、何らかの意志・心理を原因として成立するものと考えられる。しかしながら、こうした見解には、意志・心理を独立した観測対象として確定する観測主体の隠蔽が潜んでいると言える。ある人間の内面の記述には、それを観測・表現する行為による偏向が加わっているはずであり、かつ反省する主体の独立性と確証性を保証する超越的な位置は存在しない（この追尋は自分を見る自分の無限後退に帰結する）。もう少し言えば、観測する行為である「反省」によって、内面性としての意志・心理が事後的に形成されていると考えることもできる。意志・心理における不確定性（ここでは虚構性と言ってもよいだろう）が消去できないことで、それを単純に行為の起源とみなす思考構造に支障が生じ、両者を擬装的に繋いでいた因果律は崩壊する。横光は、「行為とは、いつたい、何からどこへ行為することを云ふのであらう。精神とは起る前には、どこから来て、どこへ去るのであらう。」（「覚書二」）との疑念を提示し、それを「リアリズム」の問題であるとして、小説の創作に引きつけている。誤解を恐れずに言えば、一般的に、小説の〈リアリズム〉とは、人間の心理－行為（それが普遍的か個性的かは問わない）についての正当かつ合理的な分析・記述であり、その意味ではとりわけ両者を繋ぐ因果性の証左が重要な要素となってくる。今、心理・行為ともに、それぞれの起源の確定が原理的に失効しているように見える以上、そうした〈リアリズム〉の概念は問い直されることになろう。

いつたい、人間は存在してゐるだけでは人間ではない。それは行為をし、思考をする。このとき、人間にリアリティを与へる最も強力なものは、人間の行為と思考の中間の何ものであらうかと思ひ煩ふ技術精神に、作者は決定を与へなければならぬ。しかも、一人の人間に於ける行為と思考との中間は、何物であらうか。この一番に重要な、一番に不明確な「場所」に、ある何ものかと混合して、人としての眼と、個人としての眼と、その個人を見る眼とが意識となつて横つてゐる。さうして、行為と思考とは、様々なこれらの複眼的な意識に支配を受けて活動するが、このやうな介在物に、人間の行為と思考とが別たれて活動するものなら、外部にゐる他人からは、一人の人間の活動の本態は分り得るものではない。それ故に、人は人間の行為を観察しただけでは、近代人の道徳も分明せず、思考を追及しただけでは、思考といふ理智と、行為の連結力も、洞察することは出来ないのである。そのうへに、一層難事なものがまたここにひかへてゐる。それは思考の起る根元の先験といふことだが、実証主義者は、今はこれを認めるものもないとすればそれなら、感情をもこめた一切の人間の日常性といふこの思考と行為との中間を繋ぐところの、行為でもなく思考でもない聯態は、すべて偶然によつて支配せられるものと見なければならぬ。（「純粋小説論」）

ここでの横光の推論の順序とは異なるが、「思考の起る根元の先験」としての絶対的な主観性が確立不可能であるとするならば、行為と思考の連関を観測する視点は、当事者の意識においても、またそれを分析する側においても多元化していく。合わせて、内面を実体化することで仮構されてきた人間存在に対する観測構造も無効化する。結果、行為と思考を繋ぐ単線的な因果連関は破綻し、そこに偶然の支配といわざるをえない事態が出来するのだ。なお、座談会「「純粋小説」を語る」においても、「思ふ事と行動する事との間のこと」について三木清に発言を求めるなど、この問題への関心の高さを示している。そこで、「行動をするから意思が出るのか、意思が出るから行動するのか」について、「小説といふものは、矢つ張り偶然を重んじないと仕末がつかぬので、行動するから意思が出て行くと決定せねばならぬ」と述べているように、横光の見解は行動・行為の先行性にひとまず傾斜していった。付言すると、さらにその理由として、「小説は、最初の一行が、もうどんなものでも偶然なんだから」と語っており、作者の書く行為にまでも偶然性を想定していたことが窺える。

こうした行為と心理のあり方に関する具体的な文学表現を、横光はドストエフスキーの「悪霊」に見い出している。「悪霊について」(一九三三・一二)では、この小説の進行を、「偶然が偶然を生んで必然となり、飛躍が飛躍を重ねて何の飛躍もない」と表現し、「めまぐるしい事件の進行や心理」が展開を予測不能にしているにもかかわらず、「これらの脈絡なき進行から必然を感じる」と述べている。これを横光は、「新しい時間の発見」としているが、さらに、「突如とした一行為が心理を産み、心理が行為か行為が心理か分らないうちに、容赦なく時間は次ぎから次ぎへとますます新しい行為と心理を産んでいく。しかもそれらは何ものに向つて産んでいくのでもない。」と述べているように、行為と心理の生成、連鎖における偶然性をそこに読み取っている。「悪霊」の表現世界においては、行為・心理の発生と展開を因果的に辿ることは不可能であり、「突如とした一行為」=偶然の行為が、目的論的な読みの視座をすり抜けて、次々と生み出されていく。一方で、登場人物が構成する諸事象は、偶然・飛躍の連続でありながらも、そこには必然——横光の言う「リアリティ」に置き換えられよう——が感じられるというのである。

では具体的に、「悪霊」の世界を支える方法論的な達成、ポイントはどこにあると考えたのだろうか。

この作の特長の一つは作としての重要な事件がほとんど総て作以前に行はれてゐることである。そのために生じる疑問が、疑問のままに将棋の駒となつて独自に発展して衝突し合ひ、からまり合ひ、何ごとか世の中に於けるもつとも重要なことに向つて徐々に進行していくのであるけれども、その世の中に於けるもつとも重要なことといふものが、事件の重要さとは違ひ、いかなる種類のものであるかといふことを作者とともに見極めてしまはぬ限り、この作をどこまで読み進まうとも作中に於ける不必要な動作のために妨害せられ、結局何一つ分らずしてすんでしまふ。（…）しかし、一番われわれの悩まされることは、作者が王手をしながら何ぜ逃げたのであらうかといふことである。詰め手があるのに作者はいつまでたつても詰めないといふ将棋は、この作で初めて私の接したところであるが、ここに今後のわれわれの小説の新しい発展のあるのを私は感じた。（…）あたかも、確実な王手といふものは永久にないと云つてゐるかのごときやうなものだ。私は作者の心の置き所をこの作中では考へることが出来ない。心の置き所といふ都合の良い場所は私はあるものだとは思はないが、それにしてもいかなる作でも構想にさいしての作者の心の置きどころは見受けられるにも拘らず、この作に限つてそれがない。いや、あるにはあるが、作者は作者の精神のごとく最初から終りまで移動しつづけてゐるためにないのである。全く作者はただ書いたのだ。（…）現実に王手はない。この作の優れた第一の主要なことは、作者が心の置き所を探らうとしつづけて終ひに発見することの出来なかつたところである。

（「悪霊について」）

「悪霊」は、「私」‐語り手による諸事件の回想、検証という形態を持っている。しかしながら、小説が生み出す「疑問」を解決する「世の中に於けるもつとも重要なこと」は、事件進行の脱線＝「妨害」によっていつまでも開示されず、さらには、小説世界に整合性・完結性を付与する「王手」が指されることもない。ここで重視すべきことは、横光がこの点を、「悪霊」における、作者の位置づけ=「心の置き所」の不定性に結びつけている点である。行為と意志の偶然的連関と、そこに生じる事件の偶然性という「現実」を前に、小説表現の「リアリティ」を模索する横光の思考上には、作者という存在の移動性と不定性、およびそれにもとづく小説世界の未完結なあり方が、その方法論として浮上していた可能性があるのだ。(18)

ところで、M・バフチンは、「悪霊」の語り手が、作中で現在時における過去の回想であることを繰り返し明示しながらも、実際には「いかなる本質的なパースペクティヴを持たないままに、その叙述を組み立てている」ことを例に挙げ、その「故意のパースペクティヴの欠如」が、主人公のあり方や出来事から完結性を排除する「ドストエフスキーの構想全体」に関わるものとしている。(19)こうしたバフチンのドストエフスキー解釈を参考に、以下の「純粋小説論」の一節を見てみたい。(20)

今までの日本の純文学に現れた小説といふものは、作者が、おのれひとり物事を考へてゐると思つて生活してゐる小説である。少くとも、もしそれが作者でなければ、その作中に現れたある一人物ばかりが、自分こそ物事を考へてゐると人々に思はす小説であつて、多くの人々がめいめい勝手に物事を考へてゐるといふ世間の事実には、盲目同然であつた。(…)もしそれに気がつけば、早や、日記文学の延長の日本的記述リアリズムでは、一人の人物の幾らかの心理と活動とには役には立たうが大部分の人間の役には立たなくなるのである。前にものべたやうに、人々が、めいめい勝手に物事を考へてゐることが事実であり、作中に現れた幾人かの人物も、同様に自分一人のやうには物事を思ふものでないと作者が気付いたとき、それなら、ただ一人よりゐない作者は、いつたいいかなるリアリズムを用ひたら良いのであらうか。このとき、作者は、万難を切りぬけて、ともかく一応は幾人もの人間と顔を合せ、さうして、それらの人物の思ふところをある関連に於てとらへ、これを作者の思想と均衡させつつ、中心に向つて集中して行かねばならぬ。このやうな小説構造の最困難な中で、一番作者に役立つものは、それは観察でもなければ、霊感でもなく、想像力でもない。スタイルといふ音符ばかりのものである。しかし、この音符を連ねる力は、ただ一つ作者の思想である。思想といつても、この思想を抽象的なものに考へたり、公式主義的な思考と考へるやうなものには、アランの云つたやうに思想の何ものをも掴めないにちがひはないが、登場人物各人の尽くの思ふ内部を、一人の作者が尽く一人で掴むことなど不可能事であつてみれば、何事か作者の企画に馳せ参ずる人物の回転面の集合が、作者の内部と相関関係を保つて進行しなければならぬ。このときその進行過程が初めて思想といふある時間になる。（「純粋小説論」）

作者ないしは語り手の単一の意識・視点による記述が、「多くの人々がめいめい勝手に物事を考へてゐるといふ世間の事実」を捨象することで成立しているとの見方は、私小説の平板性の批判という文脈を超えて、バフチンが否定した「モノローグ」的な小説記述のあり方に類比することができると思う。バフチンによれば、作者の単一の意識が構成する世界の中では、客体化され、完結した主人公たちを組み合わせていく「モノローグタイプ」の小説記述によって、「事物や人間心理の秩序に基づいた通常の」因果関係が生み出される。(21)「悪霊について」から「純粋小説論」への流れなどを考慮すると、横光もまた、心理や出来事の因果関係の必然性をリアルな真実の表現とする小説観の背後に、作者による「モノローグ」的世界認識という前提条件の存在を見ていたと考えられる（ちなみに、この観点からすれば、「最も好都合な事件を、矢庭に何らの理由も必然性もなくくつつけ、変化と色彩とで読者を釣り歩いて行く感傷を用ひる」「通俗小説」（「純粋小説論」）もまた、作者の一定のパースペクティヴからなされたモノローグ的記述によるものとみなされるだろう）。

しかし、作者が「ただ一人よりゐない」ことも事実である。「多くの人々がめいめい勝手に物事を考へてゐるといふ世間の事実」と、作者の単一性との絶対的な非対称性において、〈リアリズム〉と言える小説世界を構成する記述は可能であろうか。バフチンは、作者の主観の客体ではなく、作者の意識と対等の独立性を持つ「他者の意識」として、複数の主人公が存在する「ポリフォニー」の小説形態を、ドストエフスキーの長編作品に見い出す。[22] すなわち、複数の独立した意識によって構成される「ポリフォニー」の小説世界こそが、「多くの人々がめいめい勝手に物事を考へてゐるといふ世間の事実」の表現であると、ひとまず言うことができる。だが、問題は、作者がそれを一つの作品に構築する「叙述の仕組み」であり、当然ながら、「そこから叙述がなされ、描写が組み立てられ、あるいは情報が与えられる立場が、この新しい世界、すなわち客体ではなく一人前の権利を持つた主体たちの世界に対して、新しい関係になくてはならない」のである。[23] もう少し具体的に言うと、「ポリフォニー」の小説世界は、客体化を拒む複数の意識による「相互作用の全体」であり、そこでは世界の「観察者」という超越的な「足場」は存在せず、作者もまた「相互作用」を形成する一意識として、世界への参入を余儀なくされるのだ。[24]「めいめい勝手に物事を考へてゐる」と想定される登場人物と「作者の内面との相関関係」を、小説の進行とみなし、作品に先行するものと考えられてきた「作者の思想」もまた、その「進行過程」に現われるとする横光の意見を、ここに重ねることは可能であると思われる。

さらに、「幾人もの人間と顔を合せ」て、「それらの人物の思ふところをある関連に於てとらへ」るための具体的な方法としては、バフチンが強く打ち出す「対話」の概念がある。「自分と対等の権利を持った、そして自分と同じく無限で完結することのない他者の意識」を、「本来の完結不能性」の相において捉え、表現するためには、他者の意識を「事物として洞察し、分析し、定義する」のを避けながら、「対話」的に他者と関係を切り結ぶ以外にない。[25]「純粋小説論」にも、作者と登場人物との関係性において「一番作者に役立つもの」とは、作者の意識の単一性と登場人物の客体化を前提とするであろう「観察」・「霊感」・「想像力」などでなく、他者との間に外面化された「スタイルといふ音符」であるとの見解が示されていた。こうした点に、文字・言葉の次元、つまり「対話」によって形成される他者関係への眼差しを想定することも可能であろう。

つまるところ、「純粋小説論」で述べられた作者の位置づけに関する議論は、「一人の自立した《汝》[26]」として主人公を形象し、そこに生じる「対話」を小説世界の主題とする「ポリフォニー」的構想に敷衍できる。ここから、「純粋小説論」の諸論点へとさらに考察を広げていくために、鍵となる概念である〈偶然性〉の側面から、《汝》＝「他者」という存在のあり方にアプローチしてみたい[27]。

第三節　九鬼周造『偶然性の問題』との接続——偶然性と他者性

「純粋小説論」発表とほぼ同じ時期に、偶然性を他者性の観点から考究していた思想として、九鬼周造の『偶然性の問題』（一九三五・一二）がある。ちなみにそこでは、量子力学や偶然文学論といった議論に対する目配りもなされていた[28]。

さて、偶然文学論争が終息に向かう中で、九鬼は、自己の著作で展開した理論を軸として、偶然性の核心的意義について述べた「偶然の諸相[29]」を発表している。そこで九鬼は、まず、「同一といふ性質上の規定を様相の見地から言ひ表はしたもの」として必然の概念を定義し、それは「「甲は甲である」といふ同一律の形式」において最も厳密に現われるのであり、「与へられた自己が与へられたままの自己を保持して自己同一の形を取つてゐる場合」の、「他者ではあり得ない」とみなされる自己のあり方は必然的であるとする。それに対し、偶然性を「一者に対する他者の二元性の様相的言表」と定義し、「「我」に対して「汝」が措定されるところに偶然性がある」という表現で説明している。このように、九鬼は、偶然性の意義を同一性に対する他者性の措定として明確に示したのである。さらに、「必然性に終始する者は予め無宇宙論へ到着することを覚悟してゐなければならない」として、存在の自己同一性の充足をもって完結する思考が、主観の絶対性を根拠とする独我論的抽象世界に帰着するとみなす一方、「偶然性を原理として容認する者は「我」と「汝」による社会性の構成によって具体的現実の把握を可能にする地盤を踏みしめてゐる」としている。九鬼にとって、偶然性をめぐる議論とは、現実の諸存在・諸事象が本来的に抱える他者性を注視することで「具体的現実の把握」を目指す、いわば〈リアリズム〉の思考であったと考えられる。

以上のような意義を持つ偶然性を、九鬼は、『偶然性の問題』の結論部において以下のように分類、体系化している。

> 以上において定言的、仮説的、離接的の三地平にあつて偶然性の闡明を計つた。定言的偶然は、定言的判断において、概念としての主語に対して述語が非本質的徴表を意味するときに成立した。すなはち、或る言明的判断が主語と述語との同一性を欠くために確証性、従つて必然性をもたないことが明かになつた場合である。仮説的偶然は、仮説的判断の理由帰結の関係以外に立つものとして成立した。すなはち、理由と帰結との同一性によつて規定せられたる確証性、従つて必然性の範囲外にあるものとして成立した。離接的偶然は、与へられた定言的判断もしくは仮説的判断を、離接的判断の一区分肢と見て、他にもなほ幾個かの区分肢が存すると考へることによつて成立すると云へる。すなはち、言明的または確証的の命題を離接関係に立つ区分肢と見ることによつて、被区分概念の同一性に対して差別性を力説すると共に、言明性（現実性）および確証性（必然性）を問題性に問題化するのである。(30)

要するに定言的偶然の核心的意味は「個物および個々の事象」といふことであつた。仮説的偶然の核心的意味は「一の系列と他の系列との邂逅」といふことであつた。離接的偶然の核心的意味は「無いことの可能」といふことであつた。個物および個々の事象であるが故に、一般概念に対して偶然的徴表を備へてゐたのである。独立した系列と系列との邂逅であるが故に、理由と帰結の必然的関係の外にあつたのである。無いことの可能なるが故に、諸可能性全体の有つ必然性に悖つたのである。さうして、これらの偶然の三つの意味は決して個々に分離してゐるのではなく、渾然として一に融合してゐる。「個物および個々の事象」の核心的意味は「一の系列と他の系列との邂逅」といふことに存し、邂逅の核心的意味は邂逅しないことも可能であること、すなはち「無いことの可能」といふことに存している。さうしてこれらすべてを原本的に規定してゐる偶然性の根源的意味は、一者としての必然性に対する他者の措定といふことである。必然性とは同一性すなはち一者の様相にほかならない。偶然性は一者と他者の二元性のあるところに初めて存するのである。(31)

他者とともにある存在の二元性の発現である偶然性とは、定言的偶然（「個物および個々の事象」）・仮説的偶然（「独立した系列と系列との邂逅」）・離接的偶然（「無いことの可能」）という三つの様態に分類される。「純粋小説論」で、「罪と罰」や「悪霊」を具体例に、「思はぬ人物がその小説の中で、どうしても是非その場合に出現しなければ、役に立たぬと思ふときあつらへ向きに、ひよつこり現れ、しかも、不意に唐突なことばかりをやる」と小説の偶然性が説明されているように（ちなみに「純粋小説論」の初出では、「偶然」が「遇然」と表記されていた）、ストーリー展開に関する予測を裏切るような、他者との邂逅によって生じる仮説的偶然が、小説的偶然の具体的な要素としてまず挙げられるだろう。しかし、より力点が置かれるべきなのは、「邂逅の核心的意味は邂逅しないことも可能であること」と九鬼が関連づけているように、存在の自己同一性・必然性の虚構性を暴く他者との邂逅について、さらにそれ以外の（他の）邂逅でありえた可能性をも保持し、ひいては「無いこ との可能」さえ想定する、離接的偶然である[32]（ここで「無いことの可能」を、単に邂逅せずにすむこともありえるという意味に考えるべきではない。それでは、他者なしで独立している存在を容認することになってしまうだろう。具体的に起きるかどうかさえ不明な他者との邂逅可能性を、潜在的に抱えてしまう存在の様態が、時に離接的偶然として現われるのである）。九鬼は、「孤在する一者はかしこにここに計らずも他者と邂逅する刹那、外なる汝を我の深みに内面化することに全実存の悩みと喜びとを繋ぐものでなければならない」[33]と説いているが、離接的偶然＝他でもありえる可能性を発生させる他者の存在を自己の根底に措定することは、「全実存の悩み」たる大きな困難を生み出すはずだ。ただし、そこにこそ、横光が「感傷」的とみなした、通俗小説における偶然性を脱する鍵が見い出されるのである。

九鬼によれば、離接的偶然とは、所与の判断に対して、「他にもなほ幾個かの区分肢が存すると考へることによつて成立する」ものであり、それによって、必然と見られた現実を問題化する概念である。たとえば、現実の一つの行為や記述は、その背後に他の行為や記述を予想することで、複数の離接肢が存在する諸可能性から胚胎した一離接肢とみなされ、かつ、その発現の因果系列を辿ったとしても、究極には「原始偶然」とも言うべき作用[34]の想定に帰着するほかない。こうした現実における離接的偶然の発現とは、「無いことの可能」にまで敷衍されるように、現実の存在・事象に常に随伴する他者による否定性が顕在化したものとも考えられる。ここで興味深いのは、先の座談会で、三木清が、行為には「その根底に何時でもそれが否定されて行くところがある」とし、また思想の必然的発展である「フォルム」についても「それに従はずして何時でも否定する可能性がある」

などと述べた少し後に、次のような発言が交わされていることである。

三木　（…）芸術の場合、フォルムは非常に純粋で数学的な必然性を持つてゐると思ふ。思考する場合、論理といふやうなものがあるのと同じだらう。何か書き始めるとさういふものが働いて来る。然し同時にそれを否定するものがいつも働いてゐるとき、そこに始めて芸術が生きて来るのではないかと思ふ。
中島（健蔵―引用者注）　本質的な偶然といふものはさういふものではありませんか。
横光　僕も聞かうと思つたのだが、日常性といふものはどういふことかと思つてね。
中島　さういふ事が普通に何時でも起り得る……。
横光　僕は日常性といふのは、偶然性の集合だと思ふ。どうもさうとより思へない。

（「「純粋小説」を語る」）

三木が述べる否定の可能性が、離接的偶然のあり方に結びつく考えであるのは見やすい。そして、行為や記述と同時にその背後に働く否定性が、中島によって「本質的な偶然」とされた後に、横光は日常性＝偶然性の集合との見方を提示している。ここで横光が言う「日常性」とは、九鬼の文脈での「現実」に置き換えられるだろう。同一律にもとづく必然性の結果として現われているかに見える現実の存在・事象は、他でありえる可能性を抱える一離接肢と理解されるものであり、それゆえ現実とは、諸離接肢の偶然的な発現の集合として考えられるべきなのである。また、不確定性原理の問題構造についても、任意の観測行為とその結果について、常に他の行為、他の結果でありえた可能性が原理的に存在してしまい、ひいては観測行為によって生じた現実が偶然的な事象とみなされるという意味で、離接的偶然の問題性に近似していると言えるかもしれない。不確定性原理の「観測問題」においては、自同性にもとづく透明な観測主体のあり方が問い直される可能性があった。加えて、偶然性＝他者性の概念がもたらす問題も、離接的偶然の観点から、先に見た人間の行為－心理をめぐる認識構造と偶然性の関連に接続することができると思われる。

けれども、ここに、近代小説にとつては、ただそればかりでは赦されぬ面倒な怪物が、新しく発見せられて来たのである。その怪物は現実に於て、着々有力な事実となり、今までの心理を崩し、道徳《モラル》を崩し、理智を破り、感情を歪め、しかもそれらの混乱が新しい現実となつて世間を動かして来た。それは自意識といふ不安な精神だ。この「自分を見る自分」といふ新しい存在物としての人称が生じてからは、すでに役に立たなくなつた古いリアリズムでは、一層役に立たなくなつて来たのは、云ふまでもないことだが、不便はそれのみにはあらずして、この人々の内面を支配してゐる強力な自意識の表現の場合に、幾らかでも真実に近づけてリアリティを与へようとするなら、作家はも早や、いかなる方法かで、自身の操作に適合した四人称の発明工夫をしない限り、表現の方法はないのである。（「純粋小説論」）

横光はこの一節を、先に引用した作者と登場人物の関係について述べた箇所に続けている。自意識とは、「自分自身を、彼についての他者の意識を背景として知覚する」ことであり、そこでは「《自分にとっての私》は《他者にとっての私》を背景として知覚される」[35]。それは言い換えれば、偶然性＝他者性を自己の内面とされてきたものの根底に据えた知覚であり、自意識において、自分の現実の行為や思考は、一離接肢の偶然的発現と考えられることになる。自意識の発生とは、自己の同一性・必然性の仮構を支えていた観測主体の透明性および虚構性が、他者性の導入によって崩壊したことを意味している。この時、「自意識といふ不安な精神」なるものを、単に、「自分を見る自分」として無限後退に陥る自意識が引き出す、自己の無根拠性や不確定性への恐れと見るだけでは不十分であろう。それは、必然性＝同一性にもとづいて（「古いリアリズム」によって）構築されてきた現実の諸存在・諸事象を、偶然性＝他者性の観点（他でありえる可能性）から捉え直し、世界に「新しい現実」を開示していくための第一歩でもある。本来、自己を含む現実を客体化する超越的なパースペクティヴは存在しない。むしろ、当事者にとっての現実とは、常に一離接肢の偶然的発現の連続・集合としてあるはずなのだ。横光は「四人称」を提唱することで、小説における視点の内在化と他者性＝偶然性の表現とを綜合し、「新しい現実」を捉えていくフィクションの可能性を訴えようとしていたのである。(36)

第四節　小説の「嘘」と「リアリズム」——遍在する対話と偶然性

以上の議論を踏まえて、「純粋小説論」における〈偶然〉の問題について再度確認しておく。

すでにのべたやうに、人間の外部に現れた行為だけでは、人間ではなく、内部の思考のみにても人間でないなら、その外部と内部との中間に、最も重心を置かねばならぬのは、これは作家必然の態度であらう。けれども、その中間の重心に、自意識といふ介在物があつて、人間の外部と内部を引き裂いてゐるかのごとき働きをなしつつ、恰も人間の活動をしてそれが全く突発的に起つて来るかのごとき観を呈せしめてゐる近代人といふものは、まことに通俗小説内に於ける偶然の頻発と同様に、われわれにとつて興味溢れたものなのである。しかも、ただ一人にしてその多くの偶然を持つてゐる人間が、二人以上現れて活動する世の中であつてみれば、さらにそれらの偶然の集合は大偶然となつて、日常いたる所にひしめき合つてゐるのである。これが近代人の日常性であり必然性であるが、このやうにして、人間活動の真に迫れば迫るほど、人間の活動といふものは、実に瞠目するほど通俗的な何物かで満ちてゐるとすれば、この不思議な秘密と事実を、世界の一流の大作家は見逃がす筈はないのである。

（「純粋小説論」）

他でありえる可能性＝他者性に貫通された自意識的人間の活動については、外部＝行為と内部＝思考の間に確定的な因果関係を想定することができず、ゆえにそれは「突発的」な偶然の出来事として現われることになる。偶然性に満ちた複数の人間の活動によって構成される現実・日常とは、偶然の集合＝「大偶然」のものと見るほかないのだ。こうした「不思議な秘密と事実」こそ、横光が、「世界の一流の大作家」であるドストエフスキーの小説に見い出した「リアリティ」であったと言えよう。

ここでバフチンの議論に立ち戻るならば、こうした人間の活動における偶然性とは、他者の言葉への本質的志向性（他でもありえる可能性の留保と言ってもよいだろう）を持つ対話的な人間存在のあり方に起因するものと考えられる。対話において、人間は、「自分自身を外部に向かって呈示するばかりか、そこで初めて、（…）他者に対してだけではなく自分自身に対しても、彼がそうであるところの存在となる」。[37]「自分自身、相手、第三者に緊張した呼びかけ」を行なう対話的存在である自意識＝内的人間について、俯瞰的な位置から「中立的分析の客体」とみなしたり、あるいは単に「感情移入」するだけでは「完全掌握」できない。内的人間に「自らをさらけ出させ」て「正体」を見極めるには、「対話的な接触交流」を行なう以外にないのであり、それゆえ、小説は、当の「接触交流」の場と想定されることになるだろう。[38]そこでは、対話や「呼びかけ」は、主人公の自意識における対話、具体的な主人公同士の対話、作者と主人公との対話など、多様な次元で生じるはずである。[39]さらに、作者もまた、対話としての自意識のあり方（具体的には、自分の書く行為に対する他者性＝偶然性の導入）を免れてはいないのであり、小説における対話に巻き込まれ、そこに参加する一存在となることではじめて、作者としての「正体」を示すことになるのだ。

また、言うまでもなく、対話とは言葉を中心とする行為である。この観点から、これまで脇に置いてきた文字・言葉・記述の問題を、議論の俎上に乗せることができるだろう。

横光が「純粋小説論」で指摘した「純文学」の問題の一つに、「事実の報告のみにリアリティを見出すといふ錯覚」を誘引した「日記文学の文体や精神」の摂取があった。他者性＝偶然性を排除・隠蔽したモノローグの文体は、他者性＝偶然性によって常に流動している現実を捉えるものではない。作品「書翰」の言葉を借りれば、自然の飛躍を発見した人間は、「嘘いつはりを竝べて誤魔化さねばこの世を忍耐することが不可能になつて来た」のであり、「純文学」・「私小説」は、そうした「偽りから逃れんがために」、作者の絶対的権威において、その「体験」を「これこそ偽りのないものだと」提示するものである。ただし、ここで考慮すべきことは、たとえばエッセイ「覚書四（現実界限）」において、ともに「現実の窮極」を考究・提示するものとして「数」－数学と、「文字」－文学を並べた上で、「だが、数の如くは、文字はいかに努力しようとも極限を示すことが出来ない」と記すなど、現実を「文字」－文学で表現することの不可能性の認識が、当時の横光の言述に散見されることである。「書翰」でも、飛躍する自然に対して、「とても文字は自然とは平行して進み得られるものではなく、つひには歎声を放つて筆を投げ捨て、端倪すべからざる自然の現象に作者自身浮き浮きと浮き流されてしまふより能は全くなくなつてしまふことに気付く」と書いているように、その念頭には、作者による文字表現と、偶然性＝他者性の集合である現実との非対称性が強く意識されていたと推察できる。もちろん、横光の認識としては、現実・自然に対する把捉・表現不可能性とはこと文学における問題というだけでなく、自然科学や芸術を含む人間の活動一般についても言えることであっただろう。翻せば、現実に法則を当てはめ、体系化することは、全て「嘘いつはりを竝べて誤魔化」すことになるが、ここではひとまず文学の問題に限定して考えておきたい。

一人の人間が言葉の選択を欠く場合に、すでにその欠点を知つてゐるといふ感性は、これは何ものであらう。同時に二つの言葉は同所を占有することが出来ないといふことを知つた苦しみは、これはいづこに持ちゆくべきであらう。一つの心理には常に同時に二つ以上の心理があるといふことは、確実なことにもかかはらず、われわれはいつの場合に於ても、その一つより表現することは出来ない。総て小説の嘘はここから発する。われわれはリアリズムがあり得るものと思はなければ何の仕事も出来ないが、しかし、リアリズムがあり得ると思つた場合に生じるこの虚偽をいかに処分してゐるものか私は知りたく思ふ。(…)しかし、小説を書かない人々は嘘さへも云はない。ここにいたれば私たちの行為は悩み以外のどこにあらう。

評論といふものは心理ではないとわれわれは思はない。それならこの場合、うまく語るとはどういふことを云ふのであらうか。顕微鏡の度を合して焦点の合つたところを見るが良いとこのときヴァレリイはいふ。しかし、それなら度の合はぬ朦朧たる部分は虚偽であらうか。彼はここを鸚鵡といふが、このとき明瞭でないといふことは心理のレンズが二つ以上重なつてゐるからではないか。知性は心理の重複に対しては、心理が重複してゐるといひ得る権力と、重複した心理の焦点を合すことが文学だと云ひ得る確心とを持つだけである。しかし、このとき重複にさいして誤る誤りそのものは、誤りとしての特有の実体を持つ場合に、これを保存する能力といふものはいつたい何ものであらう。われわれ作家はこの保存されたる誤りの実体に頭を突き込まねばならぬのだ。このとき作家の頭脳は感覚的か知性的かと考へる要はもう入らない。リアリズムとは私はこの誤りの実体の表現でなければならぬと思ふのであるが、ここへもつと迫つたものはドストエフスキイである。言葉は奇怪であつたが私の新しい時間といつたのは、この誤りの実体のことを云ひたかつたがために他ならない。

（「覚書一」、一九三四・四、原題は「覚書」）

横光が意識していた言葉・文字の「欠点」とは、その表現が同時かつ不可避に、他でありえる可能性＝他者性を排除ないしは無視することで成立しているという問題点を指すものだった。心理とは言葉・文字によって形成されたものである。同時に、「一つの心理」の表現は、ありえたはずの他の心理（の表現）を排除する行為でもある。この発想は、一つの言葉の発現を表現主体による一離接肢の偶然的な選択とみなすことによって、主体における他者性の存在を顕在化させる偶然性の問題を、いわば逆向きに捉えていったときに生じるものであったと言える。ある言葉・文字が発現する場面において、その言葉・文字の事実性は成立しているにもかかわらず、絶えずそれを他の言葉・文字でもありえる（た）ものとして、偶然化・無根拠化するような他者による否定が働く。このことを裏返せば、一つの言葉・文字を書く＝現実化する行為とは、諸離接肢に対して不可避に行なわれてしまう無根拠な排除の結果とみなされることになるだろう。こうした表現行為における本質的な排除・隠蔽の構造を、「小説の嘘」として横光は考えていたのではないだろうか。当然これは、飛躍する自然を平板化して捉え、表現するような「嘘いつはり」のあり方に通底する見解でもある。

横光によれば、小説の「リアリズム」とは、こうした「虚偽」との緊張関係において考えられるべき概念である。[40] ひとまず、諸離接肢が重複する心理の「焦点を合す」ことを文学の課題としているが、もちろんそこでの文字・言葉による表現行為もまた、重複する諸離接肢への不可避かつ偶然になされる排除によって成立する以上、他者性による否定から生じる「誤り」を本質的に避けることはできず、結局は常に誤りを犯し続けるほかなくなる。しかし、ここで強調すべきは、現実に対する「誤り」を「特有の実体」として取り上げ、それを「保存する能力」、および「保存」された「誤りの実体」の内在的考究が、作家の課題とされていることである。つまり、横光による「リアリズム」とは、小説において形成され、固定化される表現を「嘘」として問題化し、さらに、そこに潜在する他者性の排除の構造にもとづいてなされた諸離接肢からの選択を「誤り」と想定し、かつ、それを何らかの方法によって「誤り」のまま「保存」することで、現実を絶えず流動化していく姿勢であると言えるだろう。そこで見い出される「誤りの実体」とは、言うまでもなく、必然性＝同一性を問題化する偶然性＝他者性の存在である。こうして見ると、横光が再度ドストエフスキーに言及し、「新しい時間」という先の内容を、「誤りの実体のこと」と定義し直していることはたいへん興味深い。外部のパースペクティヴから構成される通常の因果関係、時系列を、視点の内在化が生み出す他者性＝偶然性の前景化によって揺るがす。さらには、すでになされた行為に対して他でありえた可能性を突きつけることで、その「誤り」を恒久的に保存し、現実を不確定かつ未完結のものとする語りの方法・展開が、「新しい時間」の実質であったと言える。そこでは、固定化された単一の〈真理〉的現実が描かれるのではなく、「誤りの実体」の集積とも言うべき小説が生み出されるのである。

では、小説における言葉・文字による「誤り」の「保存」は、いかなる方法で実現するのであろうか。この方法の一つとして、バフチンがドストエフスキーの小説に見い出した対話のあり方を想定することができよう。バフチンによれば、ドストエフスキーは「意識され、意味づけを与えられた人間生活のあらゆる現象のうちに、対話的な関係を聞き分けることができた」(41)のであり、それによって、小説の全ての要素を対話的なものとすることが可能になったとされる。そこでは、具体的な人物同士の対話－言葉のやり取りだけでなく、「一つ一つの言葉」における「複声」性もまた、「《ミクロの対話》」として顕在化するのであった(42)。こうしたあらゆる要素への対話的なアプローチによってこそ、現実の存在・事象を他でありえる可能性の重複として流動化し、言語表現の構造が生み出す「嘘」を見極めるとともに、「誤りの実体」としての他者性＝偶然性を小説に引き入れることができるのではなかろうか。さらに、こうした対話は、作者が超越的な位置から客体化した「対話のモデル」ではなく、作者の言葉・意識もまたその一員として巻き込まれているがゆえに、本質的に未完結のまま進行していくだろう。(43) 対話的な姿勢を欠如した作者によって、対話が客体化され、閉ざされた時、他者性＝偶然性の排除構造が隠蔽されるとともに、単一の「真実」としての現実が構築されることになる。これを避けるには、決して終了し、確定することのないものとして、小説のあらゆるレベルにおいて対話性を想定し、「誤り」を「保存」し続けることが要求される。(44) 横光が「悪霊」に読み取った未完結性とは、そうした「誤りの実体の表現」としての対話の未完結性であったと考えられよう。

ここに、「四人称」提唱の意義を考えるポイントが置かれるべきである。

しかし、現代のやうに、一人の人間が人としての眼と、個人としての眼と、その個人を見る眼と、三様の眼を持つて出現し始め、さうしてなほ且つ作者としての眼さへ持つた上に、しかもただ一途に頼んだ道徳や理智までが再び分解せられた今になつて、何が美しきものであらうか。（…）しかし、いかに分らぬとはいへ、近代個人の道徳と理智との探索を見捨てて、われら何をなすべきであるのか。けれども、ここに作家の楽しみが新しく生れて来たのである。それはわれわれには、四人称の設定の自由が赦されてゐるといふことだ。純粋小説はこの四人称を設定して、新しく人物を動かし進める可能の世界を実現していくことだ。まだ何人も企てぬ自由の天地にリアリティを与へることだ。

（「純粋小説論」）

もとより、「四人称」は、確固たる具体的な表現形式として提示されているわけではない（座談会では「悪霊」の「私」についてのやり取りがあるが、そこでも横光は明言を避けている）。むしろ「四人称」とは、小説の方法論的思考をイメージ化したものであると同時に、一つの思想的傾向を表現したタームであったと考えるにとどめるべきであろう。さしあたり、それは、「道徳の追求は、自身の内部のどこに四人称を置いたかといふところから、先づ始まらねばならぬ。四人称を自身の内部のどこかに位置づけねばならぬとするなら、この選定といふことに於て、すでに理智の開始がある。」（「作家の秘密」、一九三五・六）というように、自己の他者性との内的対話の場面に設定されるものだったと言える。また「純粋小説論」では、「新しく人物を動かし進める可能の世界を実現」する視点として理想化されてもいた。ここまでの議論に付置するならば、「四人称」とは、自己を含む世界を内側から見つめることで、自己のみならず小説のあらゆる要素に対話的関係を見い出し、他者性＝偶然性の発現する場面を描き出していく作者の姿勢と捉えることができよう。そのためには、作者は外部の超越的な視点から客体的現実を描写するのではなく、そこで交わされる対話に能動的に巻き込まれていく必要があり、かつ小説表現における対話性を未完結なものとして保持しなければならない。そこで「四人称」の可能態としては、小説の時空間において、自己を含む全ての存在と、あらゆる場面で対話していく語りのあり方を想定することができる。「対話関係は自分自身の言表全体に対しても、その言表の一部分や個々の語に対しても、もしもその言表から我が身をどうにかして引き離し、内的な留保条件づきで話をし、あたかも自分が作者であることに制限を加えるか、あるいは自分という作者を二分するかのようにその言表に一定の距離を保てるならば、そのときには成立可能なのである」[45]と述べるバフチンが、ドストエフスキーの「芸術思想」として定義したポリフォニー小説への志向に、「四人称」のありうべき方向性を重ねるのは行き過ぎであろうか。

また、横光は、「四人称」を「道徳」・「理智」の模索という文脈で語っているのであるが、「理智」とは、「誤りの実体」を見極めるべく対話に参入する方法論への志向として、また、「道徳」とは、刻々となされる他者性の排除を回復する倫理へと拡張されるかもしれない。書くことが不可避に抱える暴力性を隠蔽することで、小説の表現を単一の真実として仮構するのではなく、しかし、書くことによって現実を不断に対話化し、現実にとり憑く虚構性を逆説的に小説で表現すること。この戦略的理念への志向こそが、偶然性に満ちた「可能の世界の実現」を目指し、そこにリアリティを現出する作業を小説に課した、「四人称」の可能的意義と考えられるだろう。

以上、「純粋小説論」の内容を、時期的に近接する横光の発言と関係づけながら肯定的に捉えてきたが、最後に、偶然性の問題が引き出す危険性についても言及しておきたい。

小説の表現を偶然性の観点から捉える一つの方法は、そこで用いられる言葉を一離接肢とみなし、その背後に潜在する複数の他でありえる可能性を見つめることであった。

> 日本人の言葉のうちで、一番多く用ひねばならぬ一人称を分けて見ても、私、僕、俺、儂、我輩、吾人、などといふ風に、ずいぶん沢山あるが、外国では殆どどこの国でもただ一つである。殊に女性の一人称の使用法まで日本には変化がある。この日本の複雑極まる一人称は、何等かの意味で国民の心理性を物語つてゐるものにちがひない。／私はこれを階級の微妙な複雑性のためか、或いは表情の一様性に内面の複雑さを与へるためか、或いは民族の成立のしかたが、諸種の民族の融合からなつてゐるためか、現在のところその三つより考へられないけれども、小説を書くひとびとなら、このやうな重要なことに関しては、何らかそれぞれ意見を持つてゐるべき筈のものだと思ふ。
>
> （「雑感」、一九三五・六）

ここで横光は日本語における一人称の言葉の多様性を指摘しているが、小説においてこれらの言葉が表現される際には、その言葉を偶然的に選択された一離接肢と考えることをもって、他の言葉でもありえる（た）可能性が浮上すると言える。そして、他者性＝偶然性によって対話化された一つの言葉からは、「階級の微妙な複雑性」といったさらに大きな文脈での対話が接続していくであろう。

ただし、九鬼が、「離接肢は離接的諸可能性の全体を予想してゐる。然るに諸可能性の全体といふことは窮極的には形而上的絶対者の概念へ導く。絶対者は絶対者なるが故に絶対的に一と考へられる。また絶対的に一なるが故に絶対的に必然と思惟される。」[46]とするように、離接的偶然のあり方は、離接肢を部分とする「諸可能性の全体」を予期させるものでもある。さらに、全体＝必然と部分＝偶然の弁証法的関係を設定し、「絶対的必然の必然性は偶然性を部分とする全体の有つ必然性である。必然性は偶然性を制約し、偶然性は必然性を制約してゐる。要するに絶対者は空虚なる抽象的全体でなく充実せる具体的全体である限り、単なる必然者でもなく、単なる偶然者でもなく、必然と偶然との相関に於て意味を有する「必然―偶然者」である。」[47]とも説明するように、絶対者として仮想された全体性は、具体性を獲得すべく、偶然性を内部化した「必然―偶然者」となって現われる。しかし、「離接的諸可能性の全体」を、「必然―偶然者」である具体的存在として絶対化＝必然化することは、本質上離接肢の無限性を想定する偶然性＝他者性に、何らかの枠組みを押し付けることになるはずだ。このように限定された偶然性とは、もはや仮構された同一性＝必然性に対置される他者性ではない。全体性＝必然性の枠内に見い出される個々の離接肢は、絶対者が意味づけた枠内の他者と対峙するだけであり、その外部に存在する他者性＝偶然性には、絶対者としての全体性の経由なしに接触することが不可能となるはずだから。

ところで、「純粋小説論」では、「わが国の文人は、亜細亜のことよりヨーロッパの事の方をよく知つてゐるのである。日本文学の伝統とは、フランス文学であり、ロシア文学だ。もうこの上、日本から日本人としての純粋小説が現れなければ、むしろ作家は筆を折るに如くはあるまい。」と、「ヨーロッパ」という他者性に貫通された日本の近代文学の「伝統」に対して、「日本人としての純粋小説」の創出が訴えられている。(48) ではここで、文学を「日本人」の、あるいは「国民」の問題として立ち上げるとはどういうことを意味するだろうか。(49)

日本の作家の作品に深いところがないと常々から攻撃される言葉に、常にわれわれは忍従して来たが、しかしそれは私ら以前の日本に一人として深い思索家のゐなかつたところに原因してゐる。(…) 文学といふものは文学者のみを責めつづけても立派な作品の出来上るものではない。責任は共同に持たるべきものと思ふ。われわれ作家が愚作を書きつづけるのは、大半の責めは国民も共に負ふべきである。人々の賞賛する源氏物語や西鶴の深さや偉大さは、リアリズムにあると云はれて来たが、私には先祖の思索の結晶である諸行無常を唱へたところにあるやうに思はれる。／私たちはこの諸行無常のために、どれほど推進力を奪はれて来たか計り知れないのである。いつたい、われわれ日本人のリアリズムの精神といふものは、諸行無常に没入することにあるのか、これを蹴散らすことにあるのであらうか。これはまだ誰も云ひ切つた人に私は接しないが、この決定なくして日本人のリアリズムは、いづこにも逞しい精神を向け得る場所が見つかるものと私には思へない。このことは日本精神の探索の場合には同様のことと思ふ。

（「覚書一」）

ここで横光は、「先祖の思索の結晶である諸行無常」を「日本人のリアリズム」の問題に据えているが、「諸行無常」の位置づけの当否はさておき、「日本人のリアリズム」という観点、枠組みの創出自体が、他者性にもとづく偶然性のリアリティを追求する姿勢に矛盾していよう。このことは、一人称の言葉における離接的偶然のあり方を、「国民の心理性」という全体性＝必然性の枠組みに還元することについても言える。これらの還元において、本質的に未完結である他者（性）との対話が終結し、偶然性が開示していた小説＝言語表現における「虚偽」が、諸離接肢の集合として仮想された全体性＝絶対者によって裁定され、意味づけられる（「日本精神」・「亜細亜」などはその例である）。また、バフチンが言うように、「話し合う集団の成員は誰も、言葉というものを他者の志向性や評価からまったく自由で、他者の声の染みついていない、ニュートラルな言語体系内の言葉として予想しているのではけっしてない」(50)にもかかわらず、離接肢の全体を何らかの概念のもとに包摂することは、「ニュートラルな言語体系の言葉」に他者との対話の言葉を押し込めてしまうことにほかならない。人間は、「体系や統一といふ人間業」が通用しない事実を、「嘘いつはりを竝べて誤魔化」そうとして、離接的偶然の持つ不確定性を統制し、現実の未完結性を止揚する絶対的価値に拠り所を求めていく。後の日本主義イデオローグとしての姿、論理の萌芽を、こうした議論の方向性に見ることは容易であろう。そして、横光の長編小説は、こうした絶対性への傾斜の危険性と、「純粋小説論」の持つ豊かな可能性との境界線上に生み出されていくのである。

注

（1）栗坪良樹が詳細に検証しているように（『横光利一論』、永田書房、一九九〇・二、二一六―二五九頁）、実作のプロセスにおいても、「自意識」をはじめとする「純粋小説論」の問題構造が、必然的に浮上してくることがわかる。

（2）中河の諸論を中心とした偶然文学論争の研究としては、笹淵友一「『偶然文学論』とその文学史的位置」（同編『中河與一研究』、右文書院、一九七〇・五所収）、真銅正宏「昭和十年前後の『偶然』論――中河与一『偶然文学論』を中心に――」（『同志社国文学』、一九九六・一）、同「偶然という問題圏――昭和一〇年前後の自然科学および哲学と文学――」（『日本近代文学』、一九九八・一〇）、中村三春「量子力学の文芸学――中河與一の偶然文学論」（佐々木昭夫編『日本近代文学と西欧――比較文学の諸相』、翰林書房、一九九七・七所収）、山崎義光「中河與一の偶然論と『愛戀無限』」（文学・思想懇話会編『近代の夢と知性――文学・思想の昭和一〇年前後（1925～1945）』、翰林書房、二〇〇〇・一〇所収）がある。いずれの論も、「純粋小説論」との関連性を指摘する内容を含んでいる。

(3)『東京朝日新聞』、一九三五・二・九、一〇、一一。

(4)「神は偶然を愛する　文学に於ける偶然論のために」(『セルパン』、一九三五・六)。

(5)「偶然文学論」(『新潮』、一九三五・七)。

(6)同右。

(7)『フォルマリズム芸術論』、天人社、一九三〇・五、一一四—一一六頁。

(8)「近代自然科学の超唯物的傾向」(『思想』、一九三〇・九)。

(9)『フォルマリズム芸術論』、一二三—一二四頁。

(10)中村三春前掲論文(佐々木編前掲書、三〇〇—三〇一頁)は、「書翰」の当該部分に触れた上で、「現実を一切の必然性を欠いた飛躍・多様性の集積と見なす横光の見方は、「純粋小説論」の「偶然性」尊重に裏付けを与えるものとも言え、また中河の量子力学的世界観や反リアリズム論などとも通底するものであると言わなければならない」と指摘している。

(11)仁科芳雄「量子論に於ける客観と因果律」(『思想』、一九三五・一二)。

(12)『偶然と文学』、第一書房、一九三五・一一、五九頁。

(13)たとえば伴悦は、アインシュタインの来日などに触れた上で、大正期の横光に「科学の浸蝕による「物自体なる客体」の変化に順応し、自律的主観なり自己同一性への見直しを促す」方向性を見ている(『横光利一文学の生成』、おうふう、一九九九・九、一〇頁)。

(14)「偶然の問題」(『新潮』、一九三五・九)。

(15)同右。

(16)栗坪は、「覚書四(現実界隈)」を取り上げ、横光が当時抱いていた現実把握への無力感が、「『悪霊』との密会のチャンスを作り出したとも言える」と述べている(前掲書、一〇三頁)。

(17)田口律男は、「自意識の牢獄——あるいは、〈四人称〉の行方——」(有精堂編集部編『日本の文学特別集』、一九八九・一一所収、一一五—一一六頁)で、「機械」の語りの分析から、「コトバによって、出来事を対象化し、それを再現することの不可能性」と「自意識(自己のコトバ化=自己のメタ化)によって、自己を対象化することの不可能性」を抽出し、それらの課題への解答の一つとして「純粋小説論」を挙げている。

(18)ちなみに、横光のこの時期のドストエフスキー受容については、ジッド『ドストエフスキー論』(武者小路実光・小西茂也訳、日向堂、一九三〇・一〇、など)との関係も指摘されている(伴前掲書、一五六—一五九頁、小田桐弘子『横光利一——比較文化的研究――』、南窓社、二〇〇〇・四、二四〇―二四一頁、など)。これについては、その一部に本論と関連する言述(「悪霊」を例に、「絶対的に動機の無い行為」〔「キリーロフ」について―引用者注〕の存在や、「主要な筋《アクション》を外らす事」が述べられている)が見られることを挙げるにとどめたい。

(19)『ドストエフスキーの詩学』、望月哲男・鈴木淳一訳、筑摩書房、一九九五・三、四六二頁。

(20)「純粋小説論」の内容と、バフチン『ドストエフスキーの詩学』を結びつけた論考に、木下豊房『近代日本文学とドストエフスキー――夢と自意識のドラマ』(成文社、一九九三・一二、二三七―二四五頁)、宇野邦一「バフチンの驚き」(せりか書房編『ミハイル・バフチンの時空』、一九九七・一一所収)がある。なお、ドストエフスキー作品のポリフォニックな構造への横光の関心を指摘したものに、嶋田厚「横光利一の復権」(『歴史と人物』、一九七二・九)、吉田司雄「横光利一・比較文学的断章(一)――ドストエフスキー、ワイルド、イプセン――」(『媒』、一九八九・一二)がある。

(21)バフチン前掲書、一七頁。

(22)同右、一五頁(強調原文)。

(23)同右、一七頁。

(24)同右、三七頁。

(25)同右、一四〇頁。

(26)同右、一三〇頁。

(27)宇野前掲論文は、「純粋小説論」の論点を整理した上で、「ミハイル・バフチンの方は、横光のこのような問いを、一律に「他者」という問題として論じているといってよいだろう」としている(せりか書房編前掲書、一〇四頁)。

(28)「偶然文学論」と九鬼『偶然性の問題』との関連性については、真銅前掲論文(一九九八)、および山崎前掲論文の考察がある。

(29)『改造』、一九三六・二。

(30)『九鬼周造全集第二巻』(岩波書店、一九八〇・一一、二五一頁)。

(31)同右、二五四―二五五頁。

(32)真銅前掲論文(一九九八)では、「或る「偶然」的要素が「離接的偶然」と見做された場合には、より本質的な「偶然」と受け取られる場合が生じても不思議ではない。横光や小林や中河が触れた通俗小説の「偶然」と「真」の「偶然」の区別にも、たとえばこのような様態の別からくる相違が影を落しているかもしれない。」との指摘がなされている。

(33) 九鬼前掲書、二五八頁。
(34) 同右、一四六頁。
(35) バフチン前掲書、四二〇頁。
(36) 中村三春は、実作の分析を通して、「専ら横光利一の〈純粋小説〉群によって実現されたのは、主題のない小説、もしくは超越的統一点のない世界であり、これを虫瞰的な文体から人物像、さらには鳥瞰的なストーリー展開にまで至る〈ずれ〉の錯綜と蓄積によって生成する技巧である」と述べている(『フィクションの機構』、ひつじ書房、一九九四・五、二〇四頁)。
(37) バフチン前掲書、五二八頁。
(38) 同右、五二七頁。
(39) 中村三春が詳細な作品解釈から、「〈純粋小説〉の概念における決定的な態度変更とは、テクストと読者との間の関係性の問題なのではなかろうか」(前掲書、一七六頁)と問題提起し、また杣谷英紀「『時計』――〈誘惑〉する「純粋小説」――」(『国文学解釈と鑑賞』、二〇〇〇・六)も、「四人称」とは「作者と読者をも含めた小説の方法意識であり、読者とテクストと作者との伝達の関係を統括した戦略的な視点のことではないだろうか」と述べているように、この中には当然、作者と読者の対話も含まれるべきであろう。とりわけ、本稿の文脈においては、石田仁志「横光利一「純粋小説論」への過程――ポスト近代への模索――」(『国語と国文学』、一九九七・五)の「しかし、横光が形式論以来主張し続けてきた「読者」という言葉は常に「作者」と対になったところにある、作品世界に対する位相のあり方を指し示す言葉であることを忘れるわけにはいかない。「読者」とは実体ではなく、それは作品を取り囲み流動し続ける「現実」へ向けて開かれた窓である。作者と作中人物はその窓から飛び込んでくる混沌とした「現実」を受けとめなければならないのであり、そこに生み出される「幻想生活」としての作品世界はまさしく〈終わりのない〉世界に他ならない。」という指摘に見られるような読者観の設定が要求されると思われる。
(40) 中村和恵は、「横光利一『純粋小説論』の内なる他者」(鶴田欣也編『日本文学における〈他者〉』、新曜社、一九九四・一一所収、二五四―二五五頁)において、「純粋小説論」の自意識を明確に「他者」の問題として位置づけた後、この「覚書一」を引用し、「他者」に引き裂かれた意識、世界を持つ人間に、唯一の「真実」は与えられないとの観点から、「人間の目に多重に映し出される〈現実〉に一つの表現しか与えられない小説の現実表現は、それゆえ結局は「嘘」になってしまうのであれば、「わけのわからないもの」に動かされている小説であるドストエフスキーの『悪霊』のように、「真実」を幾重にも「誤」って受け止めた混乱をそのままに提出した現実描写こそ、もっとも人間が認識している現実に近づく方法ではないか」と横光の「リアリズム」認識の到達点をまとめている。

(41) バフチン前掲書、八二頁。

(42) 同右、八三頁(強調原文)。

(43) 同右、一三〇頁。

(44) 石田前掲論文は、「純粋小説論」の諸問題も、「根源的には、人間存在を〈交流〉的な〈場所《トポス》〉と見る認識の変容とそれに伴う小説表現の構造的変革の問題の言い換え」であり、そこから、「〈純粋小説〉とは対立し矛盾し相関するすべての要素を抱え込み、かつまたそれらを生成する〈場所《トポス》〉そのもの」と定義している。ここで言われる「矛盾」なども、「誤り」が顕現したものであると考えられよう。

(45) バフチン前掲書、三七二頁。

(46) 九鬼前掲書、二三五―六頁。

(47) 同右、二四一頁。

(48) 中村和恵は、前掲論文で、ヨーロッパを内包しながらも「新しい伝統」の創出を目指す横光の意志には、「あらゆる文化というものが潜在的に抱えている危険性、自己実現の欲求そのものに含まれている排他性が隠れている」として、この危険性の所在を考察している(鶴田編前掲書、二七〇頁)。

(49) たとえば森かをるは、「横光利一「純粋小説論」の位相」(『昭和文学研究』、一九九七・七)において、「純粋小説論」の内容および前後の作品を検討し、その「思想的位相」を、「以後、横光の文学の特質となる日本主義的イデオロギーの端緒」と結論づけている。

(50) バフチン前掲書、四〇七頁。

第二章　「寝園」（一九三〇〔昭5〕～一九三二〔昭7〕）

第一節　内面の形成と言語・行為――後期ウィトゲンシュタインの視角

「上海」、「機械」の作者横光利一は、それに続く連載長編「寝園」（一九三〇・一一・八～一二・二八、一九三一・五～一一連載、一九三二・一一初刊）に至って、「独自の心理主義の手法を確立した」。[1] この見方に対して疑問をはさむ余地は無いように思われる。ただしそれが、小説において、〈心理〉描写とは本質的に可能であるのか、あるいは〈心理〉の言語化はいかなる条件を背後に抱えて成立しているのか、またそれは果たして現実世界で正当性を有するのか、といった方法論的な問いを前提に、この作品を読んだ結果導き出されたものであるのならば。そして、こうした視座から作品に接する時、むしろ、通常〈心理〉の対極に措定される〈行為〉の次元が、一見両者を繋いでいるかのように機能している記述・言語の問題とともに前景化してくるであろう。[2]「寝園」はその意味で、（言語の使用も含めた）〈行為〉の小説であり、[3] かつそこでは、〈行為〉の事実性を基盤に据える世界の中で、背理に満ちた〈心理〉を抱えざるをえない人間存在のあり方が抽出されているのである。

「寝園」には、夫である仁羽と昔の恋人である梶との間で揺れる奈奈江を軸に、梶や奈奈江の姪藍子など周囲の人物が抱える葛藤が配置されており、その中心として、奈奈江が仁羽を猪狩の現場で撃つという事件の顛末が描かれている。ここで単に、物語の展開において表出された登場人物の心理を作品の主題とすることはできない。作品では、人物の心理・意志は、その言語・行為との関係性の自覚とともに紡ぎ出されているのである。たとえば、梶を想い続ける奈奈江が、自分の意志・期待を示す－発見する次の場面には、この作品における、言語・行為と心理・意志との（あくまで一般的な意味での）顛倒した関係が顕在化している。

> 「うまい。」／と云ふと、奈奈江は急に元気になつて、硝子の銃砲棚の中から二連発銃をとり出すと、どこを狙つたものかと一度部屋中をぐるりと狙ひ回してから、おお、こいつを一つ、といふやうに良人の肥えた背中を狙つてみて、／「あなた、撃つてよ。」／「うむ。」／「いい?」／「うむ。」／「ずど——ん」と云ひながら、奈奈江は仁羽を撃つたところを想像した。すると、ぱつたり斃れた仁羽の後から、梶の顔が——／まア、何といふ女だらう、あたしは。／しばらく奈奈江は、いつの間にかそんなことまで考へてゐた自分の気持ちに打たれたが、／——だつて、こんなこと冗談ぢやないの。こんな冗談なら、誰だつて考へてるわ。あたしだけぢやないわ。あの女《ひと》だつて、あの女《ひと》だつて、——と奈奈江は自分の友人の顔をひとりづつ思ひ出しては、／「ふつふ。ふつふ。」と笑ひ出した。

ここでは、奈奈江の意志・期待が、その振る舞いにおいて端的に示されているのであり、このことが、実際に仁羽を撃ってしまった事件をめぐる、奈奈江の果てしない自問を引き出すことになる。では奈奈江の意志・期待（「自分の気持ち」）とはいかなる現象であるのか。とりあえずのところ、奈奈江は「自分の気持ち」を対象化して述べていると見られるが、ここで重要なことは、仁羽を銃で狙い、撃つことを宣言し、さらには「ずど——

ん」と発射する自分の振る舞いや発声に続いて、倒れる仁羽や浮き上がる梶の顔について言及された後で、一連の記述が「そんなことまで考へてゐた自分の気持ち」として括られていることである。この点について、人間の精神作用・意識を前言語的現象として実在化する内在主義的思考に対して、徹底した駁論を展開する後期ウィトゲンシュタインの思想（『哲学探究』、一九五三）を想起してみたい。L.ウィトゲンシュタインによれば、日常言語において、期待や意志といった志向作用の言語・表現は、そうした前言語的観念を描写するものではなく、期待や意志という振る舞い・行為の一部、あるいは期待・意志そのものにほかならない。このことを人間の内面とされるもの一般に敷衍すると、表現過程から独立して意識や思考作用が存在するのではなく、それらは表現行為を媒介とすることによってはじめて、内面性として形成されるという見方が導き出される。とすれば、ここで奈奈江は、前言語的・非実体的な現象である「いつの間にかそんなことまで考へてゐた自分の気持ち」を、後から表現・記述しているのではなく、自分の意志・期待そのものを、この瞬間に、言語や振る舞いにおいて示し－形成していると見るべきであろう。

しかし、奈奈江はこれを「冗談」として打ち消そうとする。意志・期待－「自分の気持ち」が「冗談」であるということは、言い換えれば、この意志・期待が実際には偽である（本当はそうした意志・期待を抱いていない）ということになるだろう。だが、自分の意志・期待を偽であるとみなすことがそもそも可能であろうか。客観的な対象についてては、その記述から事象が独立して存在しており、他人からの訂正などによって、自分の認識の誤りを確認することができる。一方、自分の意志・期待は、客観的対象の描写としての記述ではなく、意志・期待そのものの一部である言語・行為によって形成されているのであり、意志や期待が言語から分離して、記述の対象として内面に存在しているわけではない。この時、他人から自分の意志・期待を訂正されたり、あるいは自分の意志・期待の言語・行為が誤りであった、というように、自らそれを偽であると裁定することは本質的に不可能である。つまり、自分の意志・期待といった記述に関しては、〈誤る〉ことの可能性がない以上、その真偽を判断することは意味をなさないのである。奈奈江は自分の意志・期待を真偽の判断とは無関係に知っているのであり、それゆえ、奈奈江が、「冗談」として自分の意志・期待を退けることに実質的な効果はないのだ（「冗談」として打ち消したいという意志－記述は別のものである）。

このように、内面的精神作用ではなく、言語現象・記述を根底に据えた認識のあり方は、愛などの感情についても適用できる。たとえば、藍子がフランス語の習得のために音読するコクトーの詩句を耳にした、「そつと自分も藍子の声のままに呟いて、／「……じゆ　てえーむ……じゆ　てえーむ　こむ　じゆ　てえーむ……」／私はあなたが好きで好きで、ああ、こんなに、……と、奈奈江は繰返してゐるうちに、いつの間にかまた梶との昔の思ひ出が、水のやうにはるかにはるかに遠くから流れて来る。」という箇所では、奈奈江は、言葉の発話を繰り返すことによって、自分の感情を再・形成－確認している。ここでも、何らかの前言語的精神作用を、「あなたが好き」という言葉で描写しているのではない。ウィトゲンシュタインの思想にあるように、感情の語の意味とはその語の使用にもとづいて成立すると考えるならば、この場面では、表現される前の精神作用——たとえば「昔の思い出」——によってではなく、使用され（ここでは「詩」の中で機能し）、それによって意味を持つことになる言葉が、奈奈江の意識や思い出の想起を意味づけることで、愛の感情を現在時において再・形成していると見ることができる。また、ウィトゲンシュタインは、人間は言語の習得によってはじめて、感覚や感情、あるいは意志などの志向作用を身につけるとしているが、このことは、コクトーの詩句を習得する藍子のあり方が象徴的に表わしていると言えよう。詩句をただやみくもに繰り返す訓練時には、仁羽も梶も外山もみな好きだと言っていたように、「じゆ　てーむ」という言葉による愛の感情の形成－提示は、藍子を取り巻く人物たちと共有しえないものであったが、後半部では、「ふと藍子は長い間忘れてゐたコクトオの詩句を思ひ出した。／「じゆ

てーむ　じゆ　てーむ　こむ　じゆ　てーむ。」／前には誰のことをも考へず、ただ漫然とその句をくちずさんでゐたのに、今は句にしたがつてはつきりと仁羽の顔が浮んで来る。」というように、奈奈江と同様な語の使用を習得することで、仁羽への愛情を形成する－示すことになっているのだ。

志向作用としての意志・期待も、愛などの感情も、言語・行為と同時に形成され、意味づけられる。そして、それらの言語・行為が意味を持つのは、その言語・行為が成立すると同時に、その言語・行為によって形成される、環境・状況＝世界においてである。奈奈江は、ただ一人で言語を使用しているのではなく、その言語をともに理解する（はずの）梶との関係において、「自分の気持ち」を記述－形成していると、まずは考えることができる。「梶にしたつて、こちらの気持ちを知らない筈がないのだし、何とか一言こちらが足を踏み脱すやうな言葉でもかけてくれたら」といった、梶の「言葉」に対する奈奈江の期待は、二人の間に成立する言語の意味作用の存在を前提としている。この前提は、二人が、互いの言語の起源として想定される（前言語的な）「気持ち」において一致しているという認識にもとづくものではない。事態は全く逆で、言語の使用を共有できるとの想定によって、互いの「気持ち」の理解という事象が生じえるのである。当然ながら、奈奈江と梶の「気持ち」にはすれ違いや誤解が生じる。たとえば、仁羽と奈奈江の結婚は、奈奈江の言葉－「気持ち」に対する梶の誤解の産物とされており、「分つたやうで分らぬ梶の心底」が奈奈江にやり場のない焦燥感を抱かせているのと同様、梶は奈奈江と高の関係への嫉妬、誤解などから藍子との結婚を考える。さらにそうした意向を聞いた奈奈江が、結婚の実現を恐れて梶のもとへ走ろうとするのだ。こうした誤解はしかし、本当は二人の間に交わされて（使用されて）いたはずの言語や行為を、互いが想定しえるという条件のもとで成立しているのであり、かつ誤解することでよりそれらの言語・行為が明瞭になっていく性質のものである。愛をめぐる言葉の意味、使用そのものに関して、二人は不一致を見ているのではない。むしろ、そうした「愛撫の言葉」の持つ意味作用を共有しているがために、その言葉の周囲を永遠に迂回するような関係が結ばれているのである。それゆえ、ストレートな愛の言葉の使用においてではなく、仁羽のいる病院からの夜道で静かに別れた後や、互いの抑制の効いた手紙の読後などに、二人の「気持ち」の一致は成立するのである。

第二節　誤射事件が問うもの――奈奈江の意志と行為

前述のとおり、奈奈江や梶、藍子などの人物の心理とは、あくまで言語の使用‐記述によって、あるいは言語の使用の成立にもとづくコミュニケーションの次元においてのみ存在しえる事象であった。登場人物は、自己の言葉とともに／によって、その〈心理〉を与えられるのである。このように、意志や感情などの精神作用が、言語の使用に一体化しているとするならば、（言語の使用を含む）人間の行為に対する見方も大きく修正せねばなるまい。通常、行為とは、それを引き起こす精神作用を原因として成立するものとみなされる。しかし、そうした精神作用自体、言語の使用という行為の次元から分離することができないのであり、行為の根拠として意志や感情などの心理を採用するためには、やはり記述の存在を経由せざるをえないのである。

この点を鋭く問うているのが、奈奈江による仁羽の誤射（？）事件である。猪狩の際、瀕死の猪に突然襲われた仁羽を見て奈奈江は発砲するが、その弾は猪に当らず、仁羽の腹部に命中してしまう。この事件を、奈奈江が自分の行為によるものとして規定し、その意味を問うためには、いかなる要素が焦点化されるべきか。もちろん、奈奈江は、仁羽を撃ったのは自分なのか、自分は本当に引金を引いたのか、という自問に陥っていくわけではなく、自分がした（身体的振る舞いとしての）行為自体は明確に認識している。問題は、引金を引くという行為を意味づける奈奈江の意志のあり方である。

ウィトゲンシュタインの志向性の言語論から、独自の行為論を導き出したG.E.M.アンスコムは、意志行為を単なる身体的振る舞いから区別するために、行為者自身の動作に対する了解・記述のあり方を取り上げ、議論を展開している。(4) アンスコムによれば、動作の記述とは、なぜそのように振る舞うのかという問いに対する答えとして示されるものである。また、そうした記述は、客観的な観察によって確認された事態の記述(「観察に基づく知識」)ではなく、自分の運動感覚や会話における言語使用などのように、その記述から独立した事態が存在しない現象において、その人物が知っていること(「観察に基づかない知識」)によるものとされる(前節で見た意志・期待の言語表現などもその例である)。要するに、自分の振る舞いに対するなぜという問いに、「観察に基づかない知識」として答える記述が存在する時、その人物の所作を意志行為と規定できることになる。

では奈奈江の行為における意志の記述とは何か。奈奈江が銃を撃ったのは、「良人を救はうとして引金を引いたのにちがひなかつた」のと同時に、射撃時の「梶の姿」の想起から「仁羽を狙つて撃つたのだと、裁判のときには口外しようとさへ決心してゐた」ともされるように、一つには、夫である仁羽を救うという記述のもとにおいてであり、もう一方では、自分と梶のために仁羽を撃つという記述のもとにおいてである。前者は、いわば一般的な規範にもとづいた言語・行為と言えるだろう。感情的にいかに疎遠であろうとも、突然ある人物に猪が襲いかかった時、あえてその人物の方を撃つという意志行為がなしえるであろうか。奈奈江は、通常の倫理的行為として、自分が猪を撃つために引金を引いたと記述しえるのである。実際に、そうした記述のもとに自分の意志を形成することで、「心は暗い底から次第に上層の明るみに向つて浮き上つて来た」と、奈奈江は混迷状態から脱却しかけてもいる。さらに、「奈奈江夫人が飽くまで主人の危急を救はうとして、猪を撃つたんだが、それが誤つて仁羽君を撃つたと、まアこう穏当に」しておくと、周囲の人物が(疑いを持ちながらも)発話し、かつ、奈奈江が警察の取り調べから解放されていることからもわかるように、夫を救うための発砲という意志行為の記述は共同体において有意味に成立しているのだ。しかし、前節で見たとおり、奈奈江は仁羽を撃つ意志・期待の振る舞い－記述を、「観察に基づかない知識」として有しており、それゆえ、「あのときは、――引金を引くときには、たしかに梶の姿が浮んだではないか。猪を殺すがために引いたのか分らなくなつて来るのだつた。」といったように、仁羽を殺すがために引いたのか、猪を殺すがために引いたのか分らなくなつて来るのだつた。」といったように、仁羽を狙って撃つということもまた、奈奈江の引金を引く意志行為の記述として可能なのである。つまり、奈奈江は、自分の行為の理由を問われた時、二つの記述を答えとして提示できるのだ。確かに、猪が「思はぬときに急に良人《たく》の前へひよつこり出て来たものですから」と奈奈江が警部補に話すように、引金を引く行為は反射的なものであっただろう。が、それは単に身体的な反応というだけでは済まされなかった。奈奈江には、なぜ撃ったのかという意志記述が存在しないわけではないのだ。引金を引くという行為における意志記述は確かに二つ存在しているのであり、さしあたっての問題は、それらが矛盾する意味内容を担っていることにある。

ここから、「仁羽を撃つたのは猪を撃つために撃つた」と、「梶のために仁羽を撃たうとして撃つた」という、矛盾した記述（後に述べるようにそれは単なる矛盾とは言えないのであるが）の間で奈奈江は揺れ、答えのない問いを「自分の心の底」に向けて繰り返すことになる。奈奈江はその中で、二つの記述のどちらかを自分の意志として確定しようとする。しかし、そこには、先に自分の行為・振る舞いを「冗談」として隠蔽しようとしたことと同種の誤謬が存在している。

まず、「観察に基づかない知識」としての行為に関する意志記述に対し、それを自分が本当に認知しているのかと問うことは不可能かつ無意味である。先に述べたように、記述において示される意志には、〈誤る〉可能性が存在せず、それを真偽の基準によって判断することはできない。その意味で、いかに矛盾する意志記述が存在しようとも、奈奈江が自分の意志について、どちらが正しいのかを問い、決定する試みは成立しないのである。

また、自分の意志行為・意志の記述を対象化する際に起きる思考の問題も、奈奈江の迷走の要因である。自己の意志行為を決定するには、それを決定する自己の存在を前提としなければならないが、これが自己なるものを根拠として求めていく無限後退（自分の意志のあり方を対象として決定する自己、その自己の意志を決定する自己、その自己の……）を生み出すことは明らかであろう。意志の記述の問題として見るならば、二つの意志記述に決定を与えるには、前言語的精神作用としての意志と、それを表現－描写する記述という二元的な構図にそれぞれを一度分離した上で（この分離が不可能であることは言うまでもない）、かつどちらか一つの記述を、そうした前言語的精神作用に結合するという作業をしなければならない。結局ここにも、自分の無内容な「心」に対して、記述を与えていく〈自分〉なる存在が無限に要請されるだけである。

　要するに、「観察に基づかない知識」である意志記述、意志行為の真偽や根拠を、「自分の心の底」に求める術はないのであり、どこまでいっても、「仁羽を撃つた瞬間の心理」の記述に存在する矛盾が解消することはない。奈奈江は、仁羽を助けるために／仁羽を撃つために、引金を引いたのである。とりあえずのところ、この二つの意志記述に対する決定権は奈奈江にはないように見える。

　しかしながら、実際に奈奈江は意志行為を創出した主体にほかならない（もし主体性を完全に喪失しているとするならば、意志行為とみなすことはできないはずである）。では、その意志や行為の生成を支えているものは何か。それはひとまず、言語の使用の成立にもとづく共同体であり、そこに存在する他人との一致であると言える。仁羽を助けるために猪を撃つという記述は、事件時の状況において一般的に通用するものであり、奈奈江の行為を正当化する理由とみなしえる。それだけではない。瀕死の状態で「奈奈江は悪くありません。」と訴える仁羽は、藍子の言葉によれば、「自分を救はうとして撃つた義姉《あね》の行為に何の疑ひも持たず、却つて前より一層彼女に感謝をしてゐるのにちがひない」のである。仁羽のあり方に関しては次節で詳しく考察するが、彼はあくまで、世間一般に通用し、夫と妻が共有するはずの言語・行為をもって奈奈江に対している（ように見える）。それゆえ、奈奈江は、「大仁の警察へひかれてからは、譬へ身が無罪になつたと同様だとはいへ、もう心はいかなることに逢はうとも、ぐらぐらするやうなことはないであらうと思つてゐた」というように、警察や仁羽からの承認を受けることで、夫を救う意志行為として自分の心を確定し、それによって、一度は仁羽を愛そうとも試みているのだ。

同時に、梶への愛情に起因する「疑ひ」の言語の渦中で奈奈江は思考しているのであり、そこで生まれる記述は周囲の共同体が繰り返し使用するものでもある。藍子や木山夫人だけでなく周囲の誰もが、奈奈江の意志行為に事故以上の何かを見ている。奈奈江が「冗談」に帰した夫を撃つという意志記述も、「あの女《ひと》だつて、あの女《ひと》だつて」と数え上げているように、共同体で使用可能な言語にほかならない。当然奈奈江も、木山夫人や「「実に」」などが発する言葉や振る舞いに含まれる、「疑ひ」の言語の存在に気づいている。また、とりわけ梶との関係では、夫を救うという意志記述は通用せず、梶への発話（実際にはなされないが）においては、夫を撃つという意志記述が「真実に近い告白のやうに心の中で形をとつて来る」のである。当然梶もまた、奈奈江が自分のために撃ったという記述を意識しており、両者の記述の共有を前提に、奈奈江と梶の間にはより一層の緊張が生み出されていくのであった。

以上のように、奈奈江は、独我論的に自分の心の記述を形成し、規定しているのではなく、共同体・他人とともに構成する言語空間において創出される諸状況の中で、自己の意志行為を示し－生成している。そこでは、「しかし、どうしてこんなに自分の気持はくるりくるりと変るのだらう。どれがいつたい自分の本当の心だらう。」という奈奈江の自問に対する有効な解答は存在しないと言ってよい。しかしながら、この地点において再度、奈奈江はなぜ引金を引いたのかという問いを発すべきと思われる。確かにそこには矛盾した答えが存在している。では、そうした解消しえない矛盾と、それを不可避に導き出してしまう奈奈江の心理、および心理に対する問いは、いかなる条件を経て顕現しているのであろうか。ここから、人間の（言語表現を含めた）行為と心理が孕む本源的な問題性の一端が開示されるだろう。

第三節　超越的他者としての仁羽との対峙――不在の〈心理〉の発生

奈奈江の「自分の心の底」への問いは、行為・結果に対する根拠・原因の追求とみなすことができる。通常は行為者の意志が行為の根拠と考えられるが、記述において示され－形成される意志は、行為と切り離された心的に独立して存在する出来事ではなく、ある状況における行為の一部なのであり、それは単に行為を引き起こす原因とは言えない。では、意志行為は何によってもたらされるのか。ここに「規則」の問題が浮上する。単なる身体的振る舞いから区別される行為とは、（その振る舞いを意味づける）何らかの規則に従っているという条件・事実にもとづいて成立するものであり、ひとまずは、そうした規則への準拠に行為者の意志記述の根拠を求めることができる。

とするならば、奈奈江の引金を引く動作は、何らかの規則にもとづく意志行為であり、その振る舞いを意味づける規則のあり方を行為の根拠として模索する自己分析が、奈奈江の自問であったとも考えられる。しかし、ウィトゲンシュタインの「規則」に関する議論についてS・A・クリプキが考察したように(5)、規則もまた（意志などと同様に）、行為者の内部に独立して存在するものではない。私的に規定された規則に従うことは無意味かつ不可能であり、それを行為に先行する根拠とみなすことはできないのだ。むしろ、記述と分離不可能な意志が、（言語の使用も含めた）行為において示され－形成されるように、規則もまた、行為によって有意味なものとして形成されていくのである。それゆえ、行為自体は、規則に準拠するものでなく、常に「暗黒の中における跳躍」[6]として果たされているというほかない。また、意志記述が他人とのコミュニケーションの場において有意味なものとして成立するように、行為と規則の生成的な関係についても、共同体による承認・使用が必要になる。行為が何らかの規則に準拠しているということは、共同体の成員との一致によって確認されることなのである。奈奈江は、意志行為の記述において、周囲の人物による事後的な承認を受け、そこに他人との一致を見ることで、二つの規則と意志行為の存在を確認する。ただしそれは、共同体における概念の共有を、意志行為の規則―根拠とみなすことではなく、言語使用における他人との一致という事実を、あくまで事後的に認めることができたにすぎない。この事実を行為に先立つものとみなし、意志行為の根拠とすることは、私的な規則の問題に逆戻りするだけである。結局行為者はその行為の時点においては、盲目的に規則に従っているというほかないのだ。

以上のことから、奈奈江は、「暗黒の中における跳躍」として無根拠かつ偶然的な行為をし、それが他人との一致において、意味を持った意志行為として成立したことになる。問題は、その振る舞いに対して、二つの矛盾した意志行為の記述（あるいは規則への準拠）が存在してしまうことにあった。それらは、奈奈江の置かれた状況において、不可避に生成してくるものである。このことによって、「暗黒の中における跳躍」であった行為の場面で、二つの意志行為が選択できたかもしれないという虚構の問いが、奈奈江に突きつけられているように見えるのだ。つまり、奈奈江は、引金を引く行為の時点では、それを自分の意志行為として（規則に従って）選択することが不可能であったにもかかわらず（この選択が可能であるためには、意志を選択する自分の存在――無限後退へ至るであろう――や、心の内部における複数の前言語的意志の存在などが要求されてしまう）、二つの意志行為に対する選択可能性を自分の行為に潜在するものとして見い出し、実際には存在していなかった選択への決定を事後的に迫られているのだ。

なぜこうしたことが起こったのか。大澤真幸は、偶然的な行為が共同体と一致する事実において、行為者の心的現象に発現してしまう行為の選択性を取り上げ、それを「消極的な選択」と名づけている。[7] いかに確信に満ちた行為であっても、(クリプキが言うように) それを有意味に根拠づける心の内部の規則は存在しえず、また、全ての可能な行為を選択肢として対象化し、妥当なものをそのつど選択しているのでもないことから、ある意志行為において行為者による積極的な選択は行なわれていないと考えられる。しかし、自分の行為に対して極端な不一致を示す他者に直面した時、心の中に直接的な選択を認めることが不可能であるにもかかわらず、選択が行なわれた (かもしれない) という過去の事実が間接的に見い出されてしまう。奈奈江は、仁羽を狙って撃った (かもしれない) という意志記述のもとで、共同体と概ね一致しているのであるが、同時に、(自分を救うために) 奈奈江は猪を狙って撃ったという記述を示す仁羽が、そこに不一致をもたらすことで、引金を引く奈奈江の意志行為に選択性が発現——あくまで事後的に——しているのだ。大澤によれば、こうして見い出される消極的な選択とは、「そのようには想定していなかった (だからそのようにではないものを想定＝選択していた)」[8] というように現われる否定性と、行為の後に生じる他者との不一致から回顧的に発見されるという事後性の、二重の条件で特徴づけられる。まさに奈奈江は、仁羽の逸脱的な反応を否定すると同時に、自分がした選択の存在に事後的に気づかされていると言えよう。

この地点で、仁羽の形象、位置づけに関する考察が必要となる。[9] 奈奈江の意志行為に亀裂を起こし、そこに選択の可能性をもたらす仁羽－他者とはいかなる存在であるか。

先述のとおり、(言語の使用も含めた) 有意味な行為が成立するのは、他人との一致の事実を基盤にする「規則」や概念の共有という事態の生成においてであり、その意味で他人との一致とは他に還元不可能な根源的事実と言える。ただし、言語の習得などからわかるように、一致とは先験的に獲得されているわけではなく、一致という事実における生成の側面を分析することは可能である。ウィトゲンシュタインは、一致の獲得を他者からの教育と訓練によるものとしたが、大澤はここに特定の権威ある他者の存在が必要であるとし、それを「第三者の審級」としての他者と規定している。私という存在の自同性の成立は、同時に外部性‐否定性としての他者の存在に随伴されており、そうした他者性の本質が超越性へと転化した時、その存在は私にとっての「第三者の審級」として現われることになる。「第三者の審級」としての他者は、他者の本性である否定性によって逆説的に私へと現われる以上、現在でなく過去においてすでに私に働きかけていたとみなされ、その意味で先験性を帯びた存在である。また同時に、他者であったらそうしたかもしれないという「偶有性」[10]と、私との現象の共帰属‐一致を生み出す「必然性」を「第三者の審級」は併せ持っている。それゆえ、私の行為について、「偶有性」と「必然性」が交錯する地点――あたかも選択肢の中から正当なものが引き出されるような場面――で成立したものとして、その妥当性を認証し、規則への準拠という現象を錯覚的に構成する権威となる。

大澤によれば、この「第三者の審級」としての他者は、通常具体的な他者に投影されて出現するが、それこそが奈奈江にとっての仁羽の意義ではないだろうか。ただし、この投影自体は偶然の事態でもある。作品においても、仁羽との出会いや結婚の理由が、梶とのすれ違いの結果と説明される程度であり、それが偶然の産物であったかのように描かれている。そのため、仁羽との関係に対して、「どこまで自分が仁羽との結婚にたたられ通して来たものか」と、奈奈江は事後的に「後悔」してもいるが、と同時に、すでに仁羽に直面している事実性は確固たるものであり、仁羽‐他者は先験性・過去性を帯びて、奈奈江‐私に本質的に随伴している存在と言えよう。コミュニケーションにもとづく規則とは、特殊な超越性を帯びた「第三者の審級」としての他者に提示され、承認／否認されることを経由して生み出される。奈奈江の意志記述は、一方では仁羽の妻のものとして成立するのであり、先に見たように、奈奈江は仁羽との一致を見い出そうと試み、仁羽の振る舞いや言語‐規則への準拠を志してもいる。これらのことから、奈奈江は、いわば仁羽からの教育と訓練を受けているとも考えられるだろう。

しかし、作品においてより重要な現象は、仁羽が、奈奈江の不倫をめぐる行為、言語を承認も否認もしていないように現われていることである。つまり仁羽は、共同体において成立している不倫の言語自体を認知していないのであり、その意味では、奈奈江や梶と同じ言語を共有していないと言える（藍子の愛情に対して全く反応を見せていないことも考え合わせたい）。しかしながら、「第三者の審級」の経由によって有意味な規則が成立するように、梶との恋愛、不倫の言語・行為には、常に仁羽の存在が前提条件として要求されている。つまり、同じ言語を使用していないにもかかわらず、その言語の成立の基盤を形成しているのが、仁羽－他者であり、そこにこそ仁羽の強固な超越性が生じているのである。

仁羽が承認するのは、妻としての奈奈江の行為や言語のみである。仁羽は「物事を疑ふといふ精神がない」人物であり、奈奈江が自分に何をしようと、「恐らくいまだに懐疑の精神を働かせたことがない」。ここでも仁羽は、「疑ふ」という言語の使用において一致している共同体からの逸脱を示している。それゆえ、権威ある他者でありながら、仁羽から奈奈江への教育と訓練は容易に行なわれない。大澤は、「第三者の審級」が安定している時は、徹底して行為における偶有性が隠蔽、潜在化されるとしている。もし、奈奈江と梶の言語が経由する「第三者の審級」として、仁羽が積極的に機能し、奈奈江と梶の関係を「疑ふ」ことで、そこで使用される言語を承認するならば、奈奈江の意志行為は仁羽を撃つこととしてのみ記述され、そこに選択性（＝他でもありえた可能性）は生じなかったかもしれない。しかし、極端な逸脱者としての仁羽－他者は、「第三者の審級」の位置から、奈奈江の意志行為に対して他の意味を提示することで、その選択性（あるいは行為の無根拠性）の隠蔽を解除してしまう。その時奈奈江は、自分の引金を引く行為が、猪を撃つか仁羽を撃つかという意志の選択――実際にはそうした選択は不可能であり、行なわれていないにもかかわらず——によるものであった可能性を突きつけられるのだ。結局のところ、奈奈江が示す二つの矛盾した意志記述は、行為者の意志行為と他者の関係が不可避に内包している、本質的な偶有性の顕現と言えるだろう。他者の事後的な否定によって、奈奈江の意志行為に消極的な選択の痕跡が見い出され、すでになされた意志行為が、他でもありえたという偶有性を帯びたものとして浮上してくる。しかし、事後的に発現した二つの意志記述の選択可能性について、奈奈江はもはやどうすることもできない。先述のとおり、行為自体は「暗黒の中における跳躍」として果たされたというほかないのであるから。

「第三者の審級」としての他者である仁羽が、極端な不一致を示し続ける以上、奈奈江がそれを内面化することは不可能である。奈奈江と仁羽の間に、いわゆる通常の意味でのコミュニケーション（言語・概念の共有にもとづく内面の相互理解）が成立しないのは言うまでもない。が、（コミュニケーションの有無に関わらず）他者との根源的な共存によって、奈奈江は自己同一性を獲得し、行為主体として有意味な世界の形成に参与しているのも事実なのである。ただ、極端な不一致を示す他者が暴き出す、行為の偶有性に存在する選択の非決定性、および意志行為の無根拠性に、奈奈江の思考は耐えることができない。そのため、最後に奈奈江は、仁羽（「第三者の審級」としての他者）との直面から逃避するように作品から消えていくのである。奈奈江の家出という意志行為が、梶との暮らしを選択し、藍子へ仁羽を譲ることを選択したのかについて、作品には明確に記述されていない。これはむしろ、潜在的な選択性を仮構的に留保しながらも、実際には選択不可能である意志行為のあり方を端的に示していると考えられる。家出という行為は「暗黒の中における跳躍」としてなされた事実であると同時に、抜き難い偶有性を帯びてもいるのであり、奈奈江はここで、またしても他でありえた可能性に直面してしまう恐れを抱いているはずである。

奈奈江のこうした葛藤は、繰り返しになるが、仁羽－他者との対面に起因するものである。そこには、言語や振る舞いによる平面的なコミュニケーションは存在せず、それゆえ、家出という意志行為を記述するはずの、仁羽への置き手紙が開示されることはない。それは、奈奈江の言語使用における亀裂としての空白部であり、「寝園」という〈心理〉小説の記述が行き着く極点なのである。記述と切り離された心理は存在しえない。しかしながら、その意志行為、意志記述に存在する本来的な偶有性の発現とともに、何らかの選択をしていたであろう心理を行為者の内部に措定せざるをえないのも事実である（これが決定不能な無限後退に陥るのは言うまでもない）。この心理を語る－記述することは不可能である。なぜなら、意志行為の時点で、実際にはそうした選択は存在していなかったのであり、それを選択する心理を想定することも無意味であるから。が、奈奈江は、自己としての存在自体に仁羽－他者を抱えていることによって、存在－記述しえないこの虚構の心理なるものを不可避に刻印されているのである。

もはや自己の心理とは言えない異物＝語りえない心理に対して、無意味かつ不可能な決定を下そうと右往左往し、そうした自己のあり方を問い続けること――「寝園」における奈奈江の葛藤――自体が、奈奈江に自己の心理を示す－形成する記述として残されたものだった。心理を書くことの追求は、行為における意志の記述を経由して、記述しえない（存在しない）心理の領域を必然的に導き出してしまったのである。[11] ここに、心理小説の、あるいは小説におけるリアリズムの本質的な背理が露呈していると言える。そして、横光において小説を書くことは、この背理に自らを投げ入れる行為であったと考えられるのだ。

注

（1）保昌正夫「横光利一入門」（井上謙編『横光利一〈叢書現代作家の世界1〉』、文泉堂出版、一九七八・七所収、一八―一九頁）。

（2）中村三春「『寝園』――テクストとしての恋愛」（『国文学解釈と鑑賞』、二〇〇〇・六）は、「寝園」における恋愛のあり方について、「行為に対する言葉の支配力を認めた言語論的転回の表現とみなすことができる」との見方を示している。

（3）古谷綱武は、作中人物の「行為を知らうとする」作者の「計算」――具体的には、作中人物の行為が、作者の追憶に統御されたものではなく、実際に書かれるまで成立しない、作中人物の「なしてゆきつつある」現在の行為として追求されていること――に焦点を当てて作品を評価している（『横光利一』、双樹社、一九四七・八、一八―二九頁）。

（4）『インテンション――実践知の考察――』（菅豊彦訳、産業図書、一九八四・一二）。

（5）『ウィトゲンシュタインのパラドックス――規則・私的言語・他人の心――』（黒崎宏訳、産業図書、一九八三・一〇）。

（6）同右、一〇八頁。これについては、同書における有名な論証を挙げておきたい（二七頁）。

懐疑論者の議論によれば、私が「68＋57」という問題に対し「125」と答えたとき、私のこの答えは暗黒の中における正当化されない跳躍であったのである。なぜなら、私の過去における精神の歴史は、私は「＋」でもってクワスを意味しているのであり、それゆえ、私は「5」と言うべきであったのだ、という仮説とも、同様に両立し得るのであるから。我々は問題を、次のように提示することが出来る。「68＋57」に対して答えを求められたとき、私は何の躊躇もなく自動的に「125」と答えた。しかし、もし私が以前にこの計算を明示的に行なっていたのでないならば、私が「5」と答えることも同様に十分あり得たであろう。ここにおいて、二つの可能性のうちの一方をあえて答える、という野蛮な傾向を正当化する何ものもないのである。

（7）以下の内容は、『意味と他者性』（勁草書房、一九九四・一一、特に「コミュニケーションと規則――規則随順性の本態――」）における議論を参考にするものである。

（8）同右、四三頁。

（9）作品におけるその特異な形象から、仁羽の意義については多くの言及がなされている。なかでも代表的なものは、「機械」の「主人」に類比する性格から、仁羽に何らかの超越性を読み取り、登場人物の関係意識を劇化させる存在とする見方（たとえば、松村良「横光利一「機械」「寝園」――短編から長編へ――」（『日本近代文学』、一九八九・一〇）に詳しい）である。本章では、そうした位置づけを踏襲しつつ、特に大澤の議論を参照することで、その超越性の生成に関する分析を試みた。

（10）「偶有性とは、不可能ではないが、必然的でもないことである。つまり、現にそうであるとしても、別様でもありうるようなことは、偶有的である。」（大澤前掲書、二九三頁）。

（11）前章で見たとおり、横光は、「寝園」執筆期から「純粋小説論」（一九三五・四）発表に渡る期間に、小説を書くことへの問題意識から、行為と意志・心理、必然性と偶然性などについて多くの発言を残している。また、連載中断、改稿といった「寝園」を書くこと――作中人物の言語・行為と作者ないし語り手の表現行為との関係性も含めて――の問題もそこに浮上してくるだろう。なお、中断・改稿に関しては、渋谷香織「『寝園』論」（『東京女子大学紀要論集』、一九九一・三）、玉村周「横光利一・『寝園』――〈霧の中〉から――」（『蟹行』、一九九五・六）などの分析がある。

第三章　「紋章」（一九三四〔昭9〕）

第一節　雁金の発明行為――「無因縁」から「正義」へ

「紋章」（一九三四・一〜九連載、一九三四・九初刊）は、同年の文学界において、「多勢の人が様々にそれを突ついた」[1]話題作となった。「切実な問題を取扱つてゐる甚だ近代的な作品」[2]と評されたように、確かに、作品に示された諸課題――知識人の自意識のあり方や小説の語り方の模索など――は、同時代の関心に応えるものであったと言えるが、一方で、その特異な題材もまた、注目を集める要素となっていたであろうことは想像に難くない。小説の題材、すなわち、発明家雁金八郎の活動を軸とする発明の成立過程と特許の取得をめぐる顛末は、時に必要以上とも感じられるほど細部に渡って描かれており、「特異な人物」[3]と見られる雁金自身の形象とも相俟って、作品に独特の雰囲気を与えているのと言ってよいだろう。加えて、文壇人と交流を持っていた、実在の発明家（長山正太郎）をモデルとした小説であることも、読者の興味を掻き立てることになったと推察される。[4]

さて、時は同じく一九三四年（昭9）の秋、「特許法施行五十年記念会」なる組織を中心に、発明特許に関する一大キャンペーンが催された。つまり、日本の特許法の起源である一八八五年（明18）の専売特許条例施行から、五〇年を経た記念(?)の年に、あたかもその記念事業に呼応するかのごとくして、小説「紋章」は世に送り出されたのである。このキャンペーンは、初代特許局長官高橋是清の記念講演会をはじめ、特許局による「五十年回顧発明展覧会」の各地巡回、発明週間の設定、全国各地での記念大会や発明奨励講演会・座談会の開催、東京中央放送局による「発明講座」の連続放送、さらには、懸賞当選標語「伸びよ発明　世界の日本」を掲げたポスターの配布や発明の歌・発明音頭の普及活動など、全国規模で行なわれることとなった。

一連の活動をまとめた『特許法施行五十年紀念《ママ》会報告』（一九三六・一〇）の「緒言」を見てみると、そこではまず、明治維新後の欧米からの技術移入による「国運の発展」を、「政府に於て夙に特許制度を整備し官民一致力を発明振興に致したるに負ふ所極めて大なる」ものとし、それを天皇による「周到なる発明の御奨励の結果」に帰した上で、現在の日本の「発明考案」について、「世界第三位」を占める年間出願件数はもとより、「其の内容事実に於ても亦欧米先進国を凌駕するもの」が少なくないと評価する。しかし同時に、「最近に於ける国際政局の状勢並世界経済界の動向を見るときは、益々発明思想の普及、発明考案の振作を図るの愈々急務なる」がために、特許法施行五〇周年を機に、発明界の発展を回顧すると同時に「発明思想の普及徹底を図り将来一層の躍進に資する目的」から、記念会による記念事業が行なわれたとしている。

ここに見られるような発明と特許法の同時代的意義を背景として、「紋章」の記述は紡ぎ出されていると想定することもできる。この観点から、以下作品における発明＝行為と特許＝法との連関のあり方、およびそこに浮上してくる正義の問題を抽出してみたい。

雁金が物語を牽引し、山下久内や他の登場人物に強い印象を与えるのは、「行為の世界で実行を主として困難に身を突きあて、貧窮をものともせずに立ち働く人物」と評されるように、さまざまな障害を前にとどまることなく行為＝実行を敢行する姿によってである。その行為＝実行の第一義はむろん発明の達成であるが、ここでは、発明行為に猪突猛進する姿勢が、図らずも自己の行為に対する障害を浮上させてしまい、かつ同時にそれとの必然的な葛藤を生み出すことで、結果的に行為＝実行の人として価値づけられていく、といった流れでひとまずその前後関係を考えておきたい。たとえば、研究所の所長多多羅から、発明の研究資金の発給停止を告げられる場面では、「政治的に周囲に押されて計画的に闘争する」ことができない「純粋な発明家」である雁金は、「ただ実験したさいつぱいに憑かれてしまひ」、また「発明となればもう狂人同様で、義理人情は一瞬の間彼からかき消えて」しまうことで、結局は自分の立場を悪化させ、発明行為に対する障害を増やしていく経緯が描かれている。

このように、自分の利益や「義理人情」などの介在を顧みず、「狂人同様」の「憑かれ」た状態で発明行為を進める「純粋な発明家」としての雁金は、確かに行為＝実行の人と映る。しかしそれだけでは、作品内で「思ふことと実行することとが常に同一になつて運動してゐる」と分析・説明される、雁金の発明行為に込められた問題の本質を捉え切れない。雁金の行為が作品において有するさらなる意義は、一般的な知識人の青年として対比的に描かれた久内のあり方を補助線にして測られるべきであろう。

「自意識の過剰に悩んでゐる青年」と表現される久内であるが、その内実は「意識と行為とのへだたりの中に落ち込んで」しまうことにあった。雁金において「常に同一」であった「思ふこと」＝「意識」と「実行すること」＝「行為」の間に、「自意識の過剰」によって「へだたり」が生じてしまうのが、久内の問題なのである。このことは具体的に、父山下清一郎博士の理論を覆す雁金の乾物製造法の発明について、その試食会の場で突然祝辞を述べて立ち去った後、初子との結婚を雁金に勧めるために再び会場へ引き返す場面に表出されている。ここでは、久内のような青年は、「意識の自由さに一種異様な不自由さを感じて異常に崩れ出すと、もう激動に逢へば、自身の感情とは反対の行動を連続させねばをられぬ」こと、また「もし自身の言動から正しさを感じたなら、あるいはその場でむしろ行為を停止させる可逆性をとつて流れる恐れさへある」ことが述べられる。そこでまず久内は、「一種異様な不自由さ」を感じさせるほどの「意識の自由さ」の作用によって、自己の行為を生み出した（と想定される）感情・意志を、当の行為から分離・独立した存在と位置づけてしまう。そして、感情・意志と行為の結合に流動性を感じることで、行為の原因のあり方が自己言及的に問い直され、結果として、通常想定されるはずの感情・意識（原因）→行為（結果）という因果系列に「可逆性」が胚胎することになるというのだ。結局久内は、「今日の自分の行動の一切は果して自分の本心からしたのであらうか」と悩んだ挙句、自分の行為のあり方を「本末顛倒の行為」と表現するに至る。「自分の本心」（＝行為の原因としての感情・意志）の内面的確証は、それを追求する自己の無限増幅・無限後退（＝「自意識の過剰」）によって永遠に与えられず、感情・意志と行為との対応関係・因果関係が崩れた久内においては、実際になされた行為から遡及して自己の内面を形成していくほかかない。このとき、「本心」にせよ「嘘」にせよ、行為を先に意味づける内面的根拠は存在せず、結果から原因が生じたかのような意志行為観――「本末顛倒の行為」――が生じるのである。

こうした論点から雁金の行為の様相を検証するにあたって、作品で引用されているA．ジッド「鎖を離れたプロメテ」の一節を経由しておきたい。(5)「紋章」内に直接引用された箇所はさておき、以上の久内の行為に関する記述を考慮に入れると、小説の冒頭で提示された「金満家」の不条理な行為について、「給仕」が「プロメテ」に説明していく場面での記述が興味深く感じられる。「給仕」はそこで、「人間と動物とを区別するもの」として「無因縁の行為《アクト・グラチユイ》」といった概念を持ち出し、「人間とは無縁の行為をなし得る動物」であるとの意見を示す。しかし、その反対の「因縁なしには行動することが出来ない唯一の存在は人間である」（「因縁なしに」は「理屈なしに」「動機なしに」とも言い換えられている）との考えに自分が傾斜しており、「不愉快」にも「彼は何故これをするか?」という問いを始終繰り返していることを述べた上で、友人である「金満家」のエピソードを続ける。

で、彼（「金満家」―引用者注）は、無因縁の行為、之は一体どうしたら出来るだらう?と考へました。ここでよく頭に入れて置いて戴きたいのは、如何なる結果も生まない行為といふんぢやないことです。それでなくちや……いや、兎に角、因縁のない行為、つまり如何なる動機もない行為なのです。よござんすか?利害関係からでもなく、感情に動かされたのでもなく、そんなものは何もないのですよ。利害を伴はない行為、行為自身から生れた行為、目的のない行為、何物にも支配されない行為、自由な行為、生れ乍らの行為なんです。（「鎖を離れたプロメテ」）

ここでは、因果的決定論にもとづいて構築された行為観を乗り越えるものとして、行為の生成に「利害関係・感情・目的」などの先行的原因・根拠――それらは内面的「動機」を形成する――を排した、「無因縁の行為」の概念が提起されている。この時、行為は完全に自律して存在するという意味で、「自由な行為」と考えられていることも注意しておきたい。ここでは、「鎖を離れたプロメテ」の全容はもとより、原文とともに引用された「プロメテ」の演説の内容には踏み込まないが、少なくとも、行為の「本末」を無効にする――それゆえ行為の背後に原因・根拠を想定しない――「無因縁の行為」が、久内の行為観の迷走に対置しえることは明らかであろう。同時に、利害関係を離れた「純粋な発明家」＝雁金の発明行為のあり方を考える上でも、「無因縁の行為」の概念は魅力的なものであると言える。(6)

さて、雁金の発明行為とは、「彼の発明欲のおもむくままに研究を重ね、たうとう間もなくバナナの皮から酒をとる発明を仕上げた」と語られるように、「発明欲」に起因するものであったと言える。ただし、ここで「純粋な発明家」の「発明欲」を、単純に、発明行為に先立ち、独立して存在する内的作用と捉えてはなるまい。逆に、「発明欲」とは、発明行為が現実に存在することで、後から、ないしは同時に形成される内面性でもあり、それは、行為自体の遂行可能性に導かれた意識のあり方とも考えられる。当然雁金が最初に発明を志した原因を遡及することは可能であるが、あくまでも作品に描かれた行為に関しては、発明行為と不可分の関係にある「発明欲」が、雁金の行為の原動力に想定されているのだ。繰り返すが、雁金の「発明欲」は、発明行為の遂行によって形成される－示されるがゆえに、行為から独立した原因・動機とみなすことはできない。そして、このような構造を持つ雁金の発明行為は、行為の外部に原因・動機を持たないことから、自己言及的に閉じた様態を呈していると言えよう。そのため、「私は一つの発明を完成さすと、それをどうしようといふより、もう次の発明をしたくてしたくて仕様がありませんですがね」と雁金が話すように、発明行為－「発明欲」は途切れることなく自律的に循環・連鎖していく。敦子によって語られる「自分は成功するといふやうなことはもう考へちやゐないので、ただ楽しみだからやつてゐるだけだ」という雁金の言葉からもわかるように、発明行為の外部に想定される原因・動機――発明の成功＝結果に付随する名声・金銭の獲得など――は、自律した遂行過程としてある雁金の発明行為において、なくても済む要素なのである。

しかし、行為とは、その本性上、他者とともに構成される外部の世界に存在することから、実際のところ完全に閉じた様態を保持することは不可能である。単純に考えても、「無因縁の行為」と見られる雁金の発明行為が、そのままでは周囲に受け入れられないのは明らかであろう。冒頭部分（雁金が敦子の車に突然飛び乗る場面）の「この突然な挙動には発狂したのではなからうかと思ふ以外に、さつぱり理由が分らなかつた」という記述が象徴的に示すように、行為に対する理由・動機の不在ないし不明性は、行為者の狂気に収斂され、周囲に「うす気味悪い気持ち」を抱かせることになる。つまり、世界内に生起する行為に対しては、行為と因果関係を結ぶことでそれを意味づける理由・動機が、行為者に要求されるのであり、理由なしに行なわれる所作は不条理な行為として排除される。その点で、発明行為の理由を、その行為と循環的な内的関係にある「欲・楽しみ」であると想定する以外になく、行為に先行する原因を外部の世界と共有しえない雁金の発明行為は、いわゆる発明狂の所作とみなされるのである。

「無因縁の行為」として生成するかに見える雁金の行為のあり方は、通常の因果的決定論にもとづく行為認識の形式を揺るがすと同時に、その行為の意味・価値の決定を宙吊りにしてしまう。その存在に「不安な気持ち」を抱かざるをえない周囲の人物(語り手「私」も含む)[7]は、理由・動機→行為という一般的な因果系列に雁金の発明行為を収斂しようとする。それゆえ、たとえば、魚醤油の発明に関して、「鰹節の煮出殻」をたまたま目にして「何んだかそいつをどうにかして麹を入れれば、醤油が出来上りさうな気がした」から「ある日やつてみました」と、雁金が明快に説明しているにもかかわらず、「博士(山下清一郎―引用者注)との競争」という観点からその動機が詮索されたり、あるいは、雁金の「狂気に近い研究心」の起因として、名門の出自であるがゆえの「家産の挽回」(のための金銭の獲得)が遡及されるなど、作品の各所で雁金の発明行為の動機・理由を求める記述がなされることになる。

そうかと言って、雁金の行為の問題は、論理的な側面だけを取り上げて覆い尽くせるものでもない。小説に描かれているのは、雁金の発明行為が結果的に引き起こす事態の推移であり、その行為の様態の多面性は、複合的な観点から捉えていく必要がある。雁金の発明からは「まるで考へてもゐなかつたやうなことが、ぞくぞく妙な風に起つて来る」のであり、その意味でも、雁金の行為は開かれていると言わざるをえないのだ。研究所の技師福井から、横暴を繰り返す多多羅への当てつけとして提案されたくさやの研究を例にとると、まず、雁金は福井との会話の途中で、「発明のこととなると突如として眼を光らせながら殺到して」いき、「無因縁」に発明行為へのめり込んでいく。しかし、発明特許の取得に関する「心理的な原因」としては、「もともと多多羅の鯵のくさやの研究を顛覆させせんがために企てられたもの」とみなされることになる。つまり、発明行為の意味・価値は周囲との関係においてスライドし、一義的な内容に構成されていくのを避けられないのである。

この時雁金自身が、自分の行為に先行するかのように想定・提示する理由・動機は、発明が「万人のため」（これは、山下博士への「復讐」となってしまう魚醤油の発明について、自分に対する言い訳として捻出された）の価値を持つことである。雁金は、「私はもしこれが成功いたしましたなら、私の発明を漁村にすつかり解放してしまひまして、衰微してゐる漁村の振興に貢献したいと考へてをる」とも表明しており、「漁村の振興」＝他人の利益という目的は、発明行為に先行し、それを意味づける外的根拠になっている。ただし、このことだけで、雁金の発明行為に刻印された狂気を解消する理由が得られたとは言えないだろう。雁金は、漁村の救済を目指す活動の一手段として発明をしているわけではなく、発明はそれ自体が目的と言うほかない「無因縁の行為」の側面を有してもいるのだから。その意味では、「万人のため」という理由も、あくまで発明行為の結果として胚胎したものと考えられる。

ところで、雁金は、多多羅の圧力に苦しむ仲間の所員たちと、多多羅への個人的な恩義との間で揺れ動き、自分の行動に「何かの決断を得たい」と思い悩んだ際に、「正義のために切腹したり、饑饉に倉米を解放して貧乏したりした先祖の行蹟の数数」を想起し、「人のために苦しんだ」先祖に倣って、「所員の心労」のために立ち働く決断をする。つまり、発明以外の行為において、「先祖」の所作に示された「正義」――特にここでは、他人の受難の救済を目的とする自己犠牲が強調されているが、後に見るように、社会的公正の遵守（そのための「切腹」と考えられよう）の意味も含み持つ――という超越的規範が顕現したのである。この「正義」という規範は、たとえば、自分の発明を支援してくれた「土地の人人」のために、「かねて前から胸にいだいてゐた日本海の鰯の研究」を志すというように、「恩義」の形となって、発明行為の理由・動機として採用される。また、発明行為が導出した「漁村の振興」という目的が、「正義」の範疇に入るのは自明であろう。そして、「正義」が規範的価値として強調され、そこから行為のあり方が語られる際には、発明行為は「正義」の行為として再構成され、一元的に意味づけられることになる。この時、発明行為は「正義」を果たす手段と化すのであり、雁金はもはや、「無因縁の行為」を生み出す「純粋な発明家」とは言えなくなるのである。

こうした雁金の発明行為観の変奏が、「先祖の美談と競争しようとして、絶えず発明をしては特許を民衆に解放しようと思つてゐる人」という久内からの評価を生み出す。「無因縁の行為」の側面が捨象された雁金の発明行為は、周囲への献身＝「正義」をア・プリオリな規範とし、それに準拠する行為として意味づけられる。さらには、「思想的な行為といつた風なものは、雁金君の場合では、発明するかしないかといふ実行だけより考へる必要はないのだ」と久内が杉内善作に述べるように、「正義」の価値を帯びた発明は、その実行の決断が即「思想的な行為」としての意義を持つことになる。(8) つまり、「紋章」で示された、発明特許の利権をめぐる資本家や研究者のあり方や、特許制度における官僚・学閥・資本家の癒着などに対する批判的記述は、(9) 雁金の「正義」の発明行為が、同時に「思想的な行為」となることで暴き出したものと、ひとまず読み取ることができよう。

しかし、再構成された雁金の発明行為に対して、先に見たような久内の行為をめぐる疑念が浮上する可能性はないのだろうか。「正義」の規範を背後に据える発明行為のあり方は、行為における原因の遡及の方向を、行為者の内面から、外部的規範へと移し変えたにすぎず、結局のところ、因果律にもとづく決定論的行為認識の形式を踏襲するものである。であるならば、原因を支える根拠の確定性への遡及がここでもなされるはずではないだろうか。また、雁金の発明行為における「無因縁の行為」の側面は、理由・動機なしに生成する不条理な構造を持つことから、善悪の判断によらず行為がなされてしまうことになり、その意味で「反道徳的な行為」(「鎖を離れたプロメテ」での「給仕」の言葉）とみなされる可能性もあったと考えられる。それが「正義」の行為へと、容易にスライドしていくのはなぜか、そして、そのことによって何が捨象されているのか。以上の論点を考察するために、冒頭に示した角度から、作品を背後で支える思考の枠組みを確認した上で、もう一度雁金の行為の意義を捉え直してみたい。

第二節　特許法のもとでの発明――「国家公益」という「正義」

そもそも雁金がはじめて発明なる所作に接したのは、芋取醤油の特許権の買収に赴いた時であった。そして、雁金の最初の発明（隠元豆醤油）からして、その成功後すぐさま「どうすれば特許を受けうるか」という「次ぎの困難」が浮上したように、発明行為と特許の取得とは切り離せない関係にあった。これは単に、発明の成功が発明者の利益と結びつくことを意味するだけではなく、発明行為が原理的に抱える構造であると考えられる。つまり、世間に存在していなかった新規な物品や方法を創造する発明行為は、その結果が特許法のもとで特許に値する発明と認定される（可能性を持つ）ことで、社会的な行為として存在すると言える。と同時に、行為者の「発明家」としてのアイデンティティもまた、特許権の所有という事実によって形成・保証されるだろう。もう少し言うと、たとえ発明行為の意義が行為者において閉じたものとして設定されようとも、発明という概念自体が原理的に有する、外部からの認定の要素を抹消することはできないのである。たとえば、発明の結果が発明者にしか認知しえないものであり（あるいは発明が自分だけの使用にとどまるものであり）、新規性、正当性の客観的な検証を欠いたままであるならば、発明行為の成立は単なる思い込みとして片付けられる可能性を拭えないことになるだろう。この状態でなされる所作は、行為者自身が発明をしていると思い込んでいる何かとしか言いようがない（この点で、「自身の製法を知つてゐるのは自分一人であつてみれば、いかに精細な説明と反証とを繰り返してみたところで、とどのつまりは自分一人が頷くだけであつた」と苦しむ雁金の姿は、久内の「本心」の不確定性の構造へと通じている）。さらに、「まだ何者も探索しない真実に対しての不断の闘争を事とする発明が消失せしめられる」かどうかも、特許局や裁判所による（特許）法の行使次第であると考えられる。あるいは、近代国家における特許法の存在こそが、発明という行為概念を構築していると言ってもよいだろう（特許法なき時代においても、発明とみなしえる行為が存在したことは言うまでもないが）。こうしたことから、発明行為の根拠をひとまず特許法の存在に求めることが可能であり、それゆえ、「発明家」は、自分の行為と特許制度との関係に自覚的であらざるをえないのだ。

明治国家における殖産興業、不平等条約改正の目的を背景に欧米法から摂取された特許制度は、数度の改正を経た後、ドイツ法に倣った一九二一年（大10）の改正特許法において、ほぼ現行法に近い内容を持つに至った。産業開発の状況が、第一次世界大戦を契機として急速な発達を示し、昭和に入り世界恐慌下で激化する国際競争を通過して、「非常時」体制へと変遷する中で、特許制度もそれに見合った形で調整されていく。その間、国家の保護を受けた帝国発明協会などの機関が活発に活動し、いわゆる「官民一致」の態勢で発明の奨励がなされ、同時に発明および発明家の社会的価値も向上していった。とりわけ、冒頭で示したように、「紋章」発表時には、産業開発における発明の重要性が声高に叫ばれるとともに、一般市民に対する発明特許への意識づけが国策の一環としてなされていた。

特許法とは、「発明者には独占権を付与するが、その代わりに、発明を公開し、発明を実施して、公衆に発明利用の道を提供する義務を課するものであり、一方、公衆には、発明利用の機会を与えるが、その代わりに、一定期間発明を模倣し実施しない義務を課するもの」であり、「発明者と公衆の利害をたくみに調整し、結局、全体として産業の発達ひいては公共の利益を図ったものである」。[10] ここにある発明の「独占権」＝特許権については、国王ないしは国家から発明者に付与されるものとみなす恩恵主義（イギリス）と、発明者自身に先験的に属するものと考える権利主義（フランス、アメリカなど）という二つの見解が歴史的に存在する。当時の日本の特許法においては、たとえば、清瀬一郎（先述の改正特許法の制定にも関与している）『特許法原理』[11]で、「我国特許法ハ世界各国ノ特許法典ヲ参酌シ、（…）法律ノ一部ニハ恩恵主義ヨリ来ル法文アリ、他ノ部分ニハ権利主義ヨリ来ル法文アリ、従テ立論ノ方法ニ依リテハ如何様ニモ立言スルコトヲ得ルカ如キ情態ニ在リ」とされているように、この二つの考え方が（少なくとも外見上）混在していた（ちなみに清瀬は、日本の特許法が権利主義に依拠するとの論証を試みている）。ここで、発明者が一定の義務を負うことや、「軍事上若クハ公益上」の理由から政府による「収用」・「制限」が認められていること（第一五条、一九四八年〔昭23〕に廃止）など、特許法に存在する制限的側面を「立論ノ方法」においてどの程度強調するかがポイントになる。その点で、田中清明『特許実用新案意匠商標法論』[12]では、「特許法の立法理由」として、この制限的側面を論拠に人格権保護説・発明奨励説・報酬説を退けた上で、発明者の（制限つきの）「独占権」と「国家公益」の「共存共栄」によって、「産業立国」による「国家の福利増進の目的」を図る福利増進説が採用されており、これが現在にも通じる平均的な見解であったと考えられる。ただしここで、「公共の利益」としての「国家の福利増進」が目的とされる以上、個人の権利と「国家公益」とのバランスはすでに崩れているように思われる。こうしたことから、「我国特許制度モ亦其ノ本ヲ国家自然ノ要求ニ発シ」ており、「特許制度ノ目的即チ特許法ノ使命ヲ論スルニ当リテハ国家ノ目的ト不可分ナルコトヲ知ラサルヘカラス」[13]といった見解が生み出され、「国家公益」が特許法の実質的根拠として確定していくことになる。そして、「国家自然ノ要求」の観念が横暴を振るう戦時下においては、発明の成果を軍事利用するために「技術の公開、特許権の開放」が叫ばれ、特許権者が侵害行為を指摘したならば「特許制度は自由主義的経済の遺物で、私権を主張するのは非国民的行為であると非難された」[14]のであり、さらに個人や私企業の利潤追及のあり方を非難する論調から、特許制度廃止論や無条件特許公開論なども発生した。結局のところ、発明行為の成立を認定する特許法とは、「国家公益」という上位の根拠に意義づけられることで存在・機能しているのであり、その意味で、発明行為の根拠は特許法のさらに外部に遡及されることとなるだろう。

「正義」の観念を規範に、「万人のため」の行為として意味づけられる雁金の発明は、同時に、「国家公益」の増進を目的とする特許法によって形成・保証されている。このことを、長山の発明に関する実際の発言と合わせて確認してみたい。雁金は鰯醤油の大量製造法の発明を、「これを仕上げたら醸造学界のためばかりではなく、国益上少なからぬ利益になる」と、直接「国益」に結びつけて意義づけているが、実際に発表された長山の論文でも、同じ発明が「国益上の重大問題」であると強調されている。[15]同様に、乾物の試食会における参加者からは、雁金の諸発明について、「全国的な一大福音」、「国家の進歩発展のため、非常な功績のあるもの」などといった評価がなされている。そして、久内や技師の早坂が、雁金との会話の場面で、それぞれの友人の発明（固形醤油・鰯油の製造）を軍事利用と国際競争の観点から語っているように、雁金の発明の周辺には、発明品の軍事的価値に対する意識も存在していた。ちなみに、第一回特許局発明展覧会に長山の発明（乾物への酵素利用法）が出品された際には、「特に軍隊用食料として注目されて居る」との紹介がなされており、[16]現実問題として、雁金の発明が軍事利用の面で有効視される可能性もあったと言えよう。こうしたことから、雁金にとって「発明はあくまで〈国益〉＝国家という共同体を利するための手段」[17]であるとの見方が生じることになる。

ところで、「非常時」体制における日常生活の中で「庶民の福利を増進させる」力を持つ魚醤油の発明は、それが有用であるがために、世に出される際、「古い醤油の醸造業者たち」の「金権」による「反動的な活動」にさらされると予期しえるものであった。さらに困難なことには、魚醤油の流通は「大資本家が背後に存在しない限り実現は不可能」とあるように、発明（品）と「庶民の福利」――どちらの要素も「国家公益」の理念を背景とする――の間には、利権の周囲に蠢く「大資本家」の介在が、必要悪として要求されざるをえないのである。乾物製造法の発明行為については、その特許解放が「物産研究所のある町の人人」への「報恩」と、「全国の漁民の貧困者と失業者を救助する」という「大抱負」を満たす手段となりえることで、「正義」の行為へと再構成されていた（ちなみに、『発明』一九三五年〈昭10〉二月、「農村と発明特輯号」では、国策としての農漁村振興に関する発明が模索、奨励されている）。ただし、もし雁金が発明特許の取得を諦めたならば、「他の特許出願人のために、必ず大資本家の営利事業となつて雁金の辛苦も水泡に帰することは明らかなこと」とされている。こうした点については、実際の特許解放にあたって出版された長山の著作『魚畜類之新利用法＝解放七特許製法の秘訣＝』[18]でも、「著者の発明は全く一営利機関の私有とすべきでないのみならず、一私人の独占に依りて生ずる利益はこの大衆実施の利益と異なり極めて少く」との記述が見られる。つまり、発明特許による製品が、「大資本家の営利事業」となることで、生産地である漁村の利益＝「庶民の福利」が損なわれるとの認識が存在していたのだ。先に見た自由主義経済批判の文脈などを考え合わせると、この認識は、「非常時」において絶対化された「国家公益」の目的を規範的根拠として、構成されているとも言えるだろう。

特許法と不可分の関係にある発明行為は、特許法の根拠とみなされる「国家公益」に必然的に結びつく行為であった。そして、「国家公益」という超越的根拠の存在こそが、発明行為における道徳性＝「正義」の意義を保証しているのであり、雁金の「無因縁の行為」が「正義」の行為へと容易にスライドするのは、この構造によるものである。さらに「紋章」には、「国家公益」を目的とする特許法が、資本家・学閥の存在や、官僚による特許審査システムの問題などによって、正しい運用を妨げられていることへの批判的記述が散見される（「このやうに内部の構造に向つては容易に民間の意志を近づけぬ官庁の行為も、所詮はその部分から腐蝕作用を始めて徐徐に混乱する日は、さう遠くもないであらう」など）。つまり、雁金の発明行為への猛進は、発明にア・プリオリに付着する「正義」性によって、社会的不正の告発の様子を帯び、その意味で「思想的な行為」として現われることになるのだ。(19)

以上のように、「国家公益」の目的を根拠とする特許法のもとで生起し、その根拠への準拠によって「正義」の価値を獲得する発明行為について、それ以外の「正義」との関係を想像することは非常に困難であると言えよう。「資本主」がつかないために、「その土地へ一つづつ特許を落して」いくことで発明を自転車操業的に継続しようとする、追い込まれた発明狂雁金の姿は、自己滅却の側面のみが強調されることで、「弘法大師」や「羅漢」の比喩によって偉人化される。かくして、「無因縁の行為」であり、それゆえ「反道徳的な行為」ともなる可能性を持つ雁金の発明行為は、「国家公益」の根拠を下から支える「正義」の行為に一元化されて現出するのである。一般的な認識の枠組みと、固定化した価値規範からは意味づけられない「無因縁の行為」の不条理性と、それに起因する雁金の狂気は、「正義」のイデオロギーによって消去ないしは包摂される。これは同時に、「国家公益」を超越的根拠とする法のあり方、およびそこに生じる「正義」のイデオロギー的諸相からはみ出して、それらを問い直すであろう可能性が無化されたことを意味しているのだ。

第三節　「正義」の行為が抱えるアポリア——雁金の狂気の回復に向けて

「憑かれた正義の観念」の命ずるままに行動する雁金は、久内から「ドン・キホーテ」と称される。このことは、同じ形容で語られる「上海」の参木を想起させるが、複数のイデオロギーや利害関係が渦巻く国際都市上海において、他者への「良心」と「日本人」としての自己意識の間に引き裂かれながらも、決定不可能な「正義」

の行為を希求する参木と、国家に保証された「正義」にもとづいて、「万人のため」に行動する雁金は、全く異なる位相にあると言えよう。雁金は、「国家に対する観念」が、「民衆から独立した巨大な別個の存在」であるという「印象」を持っていたことから、「行為の上では、およそ何事によらず、ただ自身が正しいと直覚したことのみに驀進する」ことが可能であったとされる。そして、このように、超越的存在としての国家と個人の行為との紐帯となり、「正義」の「直覚」を擬製的に形成せしめているのが、近代社会における法の存在・機能であった[20](当然「上海」においては、その意味での〈法〉は存在しえない)。

法の内部に存在する行為者の側から、「正義」の行為を捉え返す試みは果して可能であろうか。この問いの地平に雁金の姿を位置づけるためにも、J・デリダ『法の力』[21]における議論の一部を参照し、最後に若干の考察を加えておきたい。デリダは、「正義」の行為が、「取り替えのきかない」存在と「唯一無比の状況のもとで関係せねばならない」という「特異性」・単独性を持つことと、「正義」が法や規則などの普遍的形態をとらざるをえないこととが引き起こす矛盾を問題化し、そこから「正義」の行為をめぐるアポリアを取り上げる。まず、「正義」にかなう行為とは、行為者が自由な状態で、独自に決断するものであると同時に、それが「決断として認知されるため」には何らかの規則・掟に従う必要がある(行為が単に合法的であることは、決断の不在を意味する)。それゆえ、「正義」の決断の瞬間には、「規制されながらも同時に規則なしにあるのでなければならないし、掟を維持するけれども同時にそれを破壊したり宙吊りにするのでなければならない」ことになる。こうした「正義」の行為の決断におけるパラドクスによって、「現在形で」「ある決断は正義にかなっている」(あるいは「彼は義の人である」・「私は正義にかなっている」)と言うことは不可能になるのだ(雁金の行為に対する説明は、このパラドクスを無視することで成立していると言えよう)。

このために、「正義」の行為は、「計算可能なものや規則の次元にはなじまず、それとは異質でありながらも、法／権利や規則を考慮に入れながら不可能な決断へとおのれを没頭させねばならない」という、「決断不可能」な状況に直面する。「決断不可能なものの試練を経ることのない決断は、自由な決断」とは言えないのであるが、結局決断の場面は、「決断がまだ規則に従って下されてはいないために、その決断は正義にかなうと言わしめるものが何もない場合」か「決断がすでに規則に先導されている場合」のどちらかでしかない。こうしたアポリアを抱える「正義」の行為において、しかし、「あらゆる決断という出来事は、自らのうちに、決断不可能なものを少なくとも幽霊《ファントム》として、しかしながら自らの本質をなす幽霊として受け入れ、住まわせつづける。決断不可能なものの幽霊的性質は、現にそこにあることを保障するものをことごとく、内部に巣くって脱構築する。」という可能性が現われることを、デリダは主張する。

　雁金の発明行為は、特許法――「国家公益」を規範的根拠とする――との関係において、「正義」性を保証されていた。それはまた、発明狂である雁金を「義の人」として意味づけることでもある。雁金の行為が「決断として認知されるため」には、規則に従う必要がある以上、これは避け難い事実であると言えよう。ただし、雁金の発明行為の根底には、一般的な規則に先導されることのない「無因縁の行為」としての側面が刻印されているのであり、それを右に見たデリダの議論に結びつけることも可能であると思われる。たとえば、特許法＝「掟」に従いつつも、それとは無関係に自律しているかのごとく生成していることで、「掟」の価値を「宙吊り」にする行為（特許法に存在する矛盾――「国家公益」と個人の権利――の顕在化など）となって現われることも可能ではなかったか。またさらには、「非常時」体制下の「掟」が実質的に抑圧していく「取り替えのきかない」存在と、「唯一無比の状況のもとで関係」する可能性をも留保しえるのではないか。発明行為と特許解放の目論みが、「国家公益」の論理に容易に取り込まれてしまうことは明らかである。が、資本主義社会における倫理＝「正義」の欠如を糾弾する方向だけではなく、「国家公益」の論理にもとづく「掟」へと不可避的に関係づけられているがゆえに、むしろその根拠こそが「貧民や失業者」を抑圧的に産出していることを、内部から問題化する行為ともなりえたのではなかろうか。このためには、「無因縁」に（規則に準拠していないかのように）なされる雁金の発明行為を、既成の「正義」観から意味づけるのではなく、いかに狂気を帯びた行為に見えようとも、その遂行の側面に「決断不可能なもの」の「幽霊《ファントム》」を留保することで、「現にそこにあることを保障するもの」――「国家に対する観念」――を捉え直していく語りが要求されるだろう。デリダがキルケゴールの言葉を用いて述べるように、「認識するために法的＝倫理的＝政治的事象について熟慮するという、決断に先立つと同時に決断に先立たねばならない行為が中断した」状態にある決断の瞬間は「ある種の狂気」を帯びているのであり、雁金の不条理な姿はこの視座から回復されるべきであると思うのだ。

注

（1）中条百合子「本年度におけるブルジョア文学の動向」（『文学評論』、一九三四・一二）。

（2）浅見淵「『紋章』について」（『早稲田文学』、一九三四・一一）。

（3）谷崎精二「読後感二三」（『早稲田文学』、一九三四・一一）。

（4）長山正太郎を中心とする「紋章」のモデルについては、井出恵子「『紋章』のモデルたち」（『京都語文』、二〇〇〇・三）で精緻な検証がなされている。なお、同論文からは資料面で大きな教唆を受けた。

（5）「鎖を離れたプロメテ」の翻訳は同時代に数種存在しているが、ここでは、横光のジッド受容に、河上徹太郎の紹介が影響を与えたと推定されることから（これに関しては、伴悦『横光利一文学の生成――終わりなき揺動の行跡』〔おうふう、一九九九・九、一五一―一七九頁〕における検証をはじめ、諸論者が指摘するところである）、建設社版『ジイド全集第一巻』（一九三四・三）所収の河上訳を採用した（本文中の引用は、三九三、三九五頁より）。

（6）伴は同右（一五五頁）で、河上の「アンドレ・ジッドと純粋小説」（『白痴群』、一九三〇・一）を取り上げ、そこで「解放されたプロメテー」などの「無償の行為」について、「在来の因襲的、道徳的、社会的などの拘束を脱する自由に交渉し得る謂いであること」（傍点原文）などが説かれていることから、その内容が「「紋章」構想の重要な基盤」であったと指摘している。なお、河上のこの文章や、後の新潮社版『ジイド全集第八巻』（一九五〇・九）における改訳では、「無償の行為」の訳語が与えられている。

（7）「紋章」の研究は、語り手「私」をめぐる議論を中心に積み上げられている。その意味でも、この問題と交叉する考究が要求されるところであるが、ここでは、「私」の語りが、雁金の行為を意味づける言説機能の一部を構成していると同時に、小説世界に内在する一人物として雁金の行為を受けとめることによって、「無因縁の行為」に起因する不条理性を記述の中に留保する可能性が、わずかながらも生じていることを指摘するにとどめたい。もちろんこの観点を、先に検討した「純粋小説論」の理念と照応することも可能と思われる。

（8）この場面の久内の「正義」と「発明」に関する発言は、非常にあいまいであるが、作品全体を考慮して以上のように整理した。なお、伴は前掲書（一六三―一六六頁）で、この場面で「雁金の「正義の観念」に批判的立場」を示す善作の存在に、「紋章」における「正義の観念」の「自己批判にかかわる構想」を見い出し、かつそれが不徹底に終わっていることを論じている。

（9）この点を強調し、「紋章」から、当時の権力機構や軍国主義に対する横光の批判を読み取るものとして、茂木雅夫『横光利一近代小説の存亡』（桜楓社、一九七六・一〇、一〇三―一九九頁）における考察がある。また、河田和子「横光利一の『紋章』における「正義」と「自由」」（『COMTEMPARATIO』、二〇〇〇・三）では、発明特許が「資本主義機構」を象徴していることを詳細に検証した上で、雁金の「正義」が「近代資本主義社会の行き詰まり、矛盾を克服しようとするものでもあった」との見解が示されている（同論文には、当時議論されていた「〈新しい自由主義〉」に立脚する久内によって、共同体への自己犠牲に転じる雁金の「正義」が「相対化」されているとの指摘もある）。

（10）吉藤幸朔『特許法概説〔第8版〕』（有斐閣、一九八八・五、三頁）。

（11）巌松堂書店、一九二九・一改訂再版、八頁。

（12）巌翠堂書店、一九三五・一〇、八―一〇頁。

（13）竹内賀久治『特許法』（巌松堂書店、一九三八・六、七二―七三頁）。

（14）市川一男『日本の特許制度』（日本発明新聞社、一九六五・六、一七九―一八〇頁）。

（15）「鰯の醸造的利用に就て」（『醸造学雑誌』、一九三二・二）。この論文は、作中で「大学の学会刊行になつてゐる醗酵学誌」に掲載された雁金の論文と同名であり、内容からして、作品の具体的な発明に関する記述の多くはこれを参照したものと考えられる。

（16）『発明』（一九三三・一二）、「第一回特許局発明展覧会出品目録」の項。また、『大阪毎日新聞』（一九三三・三・七）の紹介記事「非常時の台所へ　ご注進・『鰯の新利用法』」にも同様の内容が見られる。

（17）芹澤光興「〈敵〉からの〈教へ〉――横光利一「紋章」私見――」（小田切進編『昭和文学論考　マチとムラと』、八木書店、一九九〇・四所収、二一三頁）。

（18）公開特許製法普及会、一九三六・八、九頁。

（19）「紋章」のこうした記述に対する発明特許界からのレスポンスとして、弁理士山根省三「横光利一氏の『紋章』を読む」（『発明』、一九三六・一、二、三。タイトルは回によって若干変えられている）がある。かなりの分量になるこの論文では、作品の細部に渡っての徹底した反論がなされているが、第三回末尾では、特許行政に関する反省的言辞が示されてもいる。

（20）松村良は、「横光利一『紋章』――「近代日本」と「ポスト近代」の「並立」――」（『学習院大学文学部研究年報』、一九九五・三）で、「国家」共同体に献身する雁金のあり方を、「まぎれもなく「近代日本」人である」と規定している。

（21）堅田研一訳、法政大学出版局、一九九九・一二。『法の力』は二部構成の論文であるが、ここでは、第一部「正義への権利について・法（＝権利）から正義へ」の議論を取り上げた（以下引用は、四〇―六七頁より〔傍点原文〕）。

第四章　「家族会議」（一九三五〔昭10〕）

第一節　システムとしての〈心理〉
――N・ルーマンの諸論からの解釈Ⅰ

「家族会議」（一九三五・八・九〜一二・三一連載、非凡閣版『横光利一全集第一巻』、一九三六・一初収）は、作品の主題、人物関係ともに、たいへん図式的に構成された連載小説である。[1]東京で株の仲買店を営む青年重住高之は、大阪の株式市場で「株の神様」として君臨する仁礼文七によって、自分の父が破産から死亡へと追い込まれた過去がありながら、現在も文七の後ろ盾によって同じ商売を続けている。また、裏千家の仲間であった母同士の繋がりから、文七の娘泰子とは幼なじみで、周囲から両者は結婚するものと思われている。大阪には、高之・泰子双方の親友で、二人の結婚を応援する池島忍と、高之の苦境において金銭的援助を繰り返す忍の父信助、さらには、仕事・恋愛の両面において高之のライバル的位置にある文七の養子錬太郎が存在する。こうした大阪の人物配置と対称をなすように、東京には、冒頭高之と見合い（と言っても実際には紹介されただけであるが）する梶原清子と、文七と錬太郎による兜町転覆に手を貸す清子の父定之助、そして、重住家の番頭尾上惣八の娘として高之同様仁礼家に恨みを抱き、高之と清子の仲を取り持とうとする春子が存在している。

このように、一見複雑ではあるものの、機能的に整理された人物関係を基盤に、高之の恋愛・結婚の行方、および、文七と錬太郎による東京の株式市場の破壊と高之の動向といった、二つのプロットが重なり合って展開していく。高之は、泰子に惹かれているが、（泰子は知らない）文七との昔の因縁から、泰子との結婚に踏み切ることができない。そうした状況下で、高之を慕う清子を春子から紹介される。高之は両者の間で迷いながらも、大阪での泰子との会見をきっかけに、泰子との結婚を決心する。しかしそこで、文七による兜町破壊計画が実行に移される。その計画を事前に察した高之は、無一文にはなるものの、信助の助けを借りて破産を免れ、かつ、市場の混乱に乗じて得た資金で重住家の権利を買い取った忍によって、新しい店の番頭として雇われる形で救われる。この中で、高之は泰子との結婚を断念するのであるが、春子による文七殺害という大事件が起こり、その後、財産を整理し錬太郎に仁礼家の商売をあずけた泰子は高之のもとへ走る。結局、高之は泰子との結婚を再度決意し、小説は幕を閉じる（ちなみに錬太郎と清子も婚約に至る）。

以上の展開において、小説の主題として浮上してくるのが、「金銭の法則」－大阪（文七）対「精神の法則」－東京（高之）という図式とその問題化である(2)。高之は、「金銭の法則」に徹する文七に反発を抱きながらも、恋愛・結婚や義理・人情といった「精神の法則」に立脚する（と想定される）生活が、金銭の力に支えられ、動かされていることを強く自覚せざるをえない。ここから、人間の（精神）生活に深く侵蝕した金銭の論理・機能に対する高之の思念が、繰り返し語られることになる。

ところで、「家族会議」で主題的に取り上げられたこうした事態は、J．ハーバーマスが〈システムによる生活世界の植民地化〉と分析した近代社会の問題に比するものである(3)。ハーバーマスによれば、近代社会とは、人々が言語を用いるコミュニケーション的行為による合意にもとづいて、間主観的に文化の再生産を行なうことで社会統合を目指す生活世界と、社会進化の過程で生活世界から分化し、独自の制御メディア（貨幣・権力）によって人々の行為調整をすることで、システム的統合を目指す部分システム（経済・官僚制）という、二層のあり方で把握される。かつ、そこでは、利潤の追求などの目的合理性に根ざす部分システムの行為調整が、人格間の了解を志向するコミュニケーション的合理性にもとづいた生活世界の行為調整を押しのけて、文化的再生産の場である生活世界を侵蝕することで、コミュニケーションによる調整能力の減退という〈内的植民地化〉が起こっている。このことは、生活世界の合理化の過程に存在していた、道具的理性にもとづく戦略的行為――他者への強制・威嚇による自己の目的の追求――と、コミュニケーション的理性にもとづくコミュニケーション的行為――妥当要求を掲げた人格間でなされる言語了解による合意形成――との二者のうち、前者が肥大化することでもある。それゆえ、ハーバーマスは、理性的主体が強制なき場において、互いの妥当要求を掲げて行なう理想的〈討議〉のあり方を考究し、コミュニケーション的合理性が持つ潜在力の解放による、新たな社会統合の可能性を追求する。

作品の中で、「株といふものが、金銭の一番純粋な機能ばかりを、集めたやうなものだから、こゝだけでは、人間の感情といふものが、何の役にも立たぬことを、一般がちやんと、心得てゐる」〔122〕[4]という高之の言葉に示されているように、「人間の感情」から自立し「金銭の法則」－目的合理性に従って上下する株を、自らの生活の基盤とし、それによって常に戦略的行為が優先されざるをえない状況は、まさしく〈生活世界の植民地化〉を象徴するものと考えられる。高之は、貨幣メディアによって自己の行為・思念を統御される「浮はつき勝で」「根のない生活」〔44〕から脱すべく、部分システムの論理を体現する文七に対抗する。「家族会議」とは、こうした構図の中で、高之を中心とする人物間の「会議」＝〈討議〉を描き出し、コミュニケーションの可能性を模索する側面を持っていると、ひとまず想定できるだろう。[5]

しかし、文七には一方で、没落した他人の家系を守るためにその家屋を購入したり、計画の実行前に高之に株をやめるよう忠言するといった側面もある。こうしたいわゆる〈人間〉的側面を考慮するまでもなく、「大阪経済人としての見識とモラル」(6)から東京の株式市場の健全化を目的の一つとしてなされた文七の行為を、ありきたりな〈道徳〉的観点で覆い尽くし、断罪することは――誤解を恐れずに言えば――困難だろう。株には「普通一般の道徳ぢや、分らないところ」があり、「個人の没落などに、気を奪はれてちや、相場といふ文化の粋の頂上では、不道徳になる」というように、「道徳」の相対性を認識した上で、「ところが、僕は、精神の法則に従ふ事を、道徳だと思つてゐる東京人」〔99〕だと自己規定する高之が直面する問題もここにある。このことを打破するためには、「精神の法則」を絶対的根拠にまで高めるほかないが、それについては、「「われわれ人類といふものは、」といふ考へ」〔55〕を頭に入れている「知識階級」・「東京人」のあり方といった言及があるものの、結局のところ、経済システムへの従属状況に対する反省意識と、それにもとづく人間関係の再構築といった程度のあいまいな理念が示唆されるにとどまっている。それゆえ、泰子との結婚を決心する最後の場面で、「つまり、俺は、仁礼文七といふ、英雄と闘はねば、肚の虫が納まらなかつただけなのだ」〔143〕と高之が自分の行為を意味づけていることからも敷衍できるように、「精神の法則」とはあくまで「金銭の法則」と相補的に発生した観念とみなすこともできる。作品の図式性も、高之の文七に対する両義的評価も、こうした倫理観の相対性に起因するものと考えられるのだ。

同じことが、システムと生活世界という社会の二層的理解にも当てはまる。部分システムの合理性による生活世界の植民地化とは、生活世界の文化的価値コンセンサスを基盤として言語コミュニケーションが合意に達するという事態を、近代社会批判の規範的基準に据えた上で成立する見方である。ここには、システムと生活世界の相補性に対する認識、および参加者の合意に帰結しないコミュニケーションといった、現実の問題として浮上するであろう二つの相対主義的陥穽が存在している。とりわけ、後者を考察することは、とかく道徳的な判断に飛躍しがちなコミュニケーションに関する見方を問い直し、ひいてはその地平に倫理的課題を再度浮上させることにもなっていくだろう。その意味で、ここでは、システム／生活世界、「金銭の法則」／「精神の法則」の構図を横目で見つつ、「家族会議」に示されたコミュニケーションの微細な問題の襞を析出し、それを小説に潜在する根源的な課題として位置づけてみたい。

ここで取り上げたいのは、独自のシステム理論にもとづいて社会におけるコミュニケーションのあり方を分析し、その中でハーバーマスとの論争も展開した[7]、N・ルーマンの諸論である。以下その議論の一端を素描しつつ[8]、作品に表現されたコミュニケーションについての考察を試みる。

ルーマンは、何らかの出来事が、同時に複数の状態をとる可能性を持つことを〈複合的〉であるとし、世界に生じる可能性のある出来事の総体を〈複合性〉という概念で捉えている。この世界の中で、人間は、多くの瞬間的な出来事に関わる可能性にさらされていながらも、時間の有限性によって、現実にはその一部にしか関与しえないという原理的制約を抱えている。またそれゆえ、現実に存在する出来事は、潜在する諸可能性の否定（多くの可能性からの選択）に依拠して生じていると言うこともできる。ルーマンは、この選択の操作を〈複合性の縮減〉と呼んでいるが、この観点からすると、出来事の生起においては、現に見られるものとは別様である可能性を原理的に排除することができず、現実の出来事は常に〈コンティンジェンシー〉（別様でもありえること、ものごとの必然性と不可能性の否定）を帯びて現われることになる。また逆に、複合性という概念自体、選択による縮減（行為や体験といった出来事の生起）を前提とせずには形成されないとも考えられるが、ルーマンは、そうした複合性の縮減としての選択を強制されているものを、〈システム〉とみなす。システムは、自らと相関的に存在し、かつより複合性の高い状態にある環境との間に、システム／環境‐差異（複合性の落差）の境界を創

出することで、システムの内部に複合性の縮減としての出来事を生起させている。(9)

さて、「家族会議」で、恋愛・結婚について「あまり候補者の沢山ありすぎる」ことで「結婚難とも同様」〔1〕の状況に陥っている高之は、「いつたいに、結婚前や、恋愛にならうとする一歩前ほど、人の気持の複雑になる時期はない」〔24〕というように、自己の選択にある複合性にさらされているとひとまず考えられよう。つまり、ある人物との恋愛・結婚という選択（の想定）自体が、同時に他の人物を可能的選択肢とする複合性を産出する状況にあり、そこでは、高之に対して、他の恋愛・結婚相手の諸可能性を環境として差異化し、自己のシステムにおいて一人の相手を選択＝縮減することが強制されている。ちなみに、「嫁の候補は、泰子と清子と忍を除いて、まだ他に四人ほど」ある複合的な状態にあって、結婚の時期を逸することは諸可能性の排除を意味する。最終的には、「今の高之のやうに、迷はされて、ぐづぐづしてゐるうちには、誰一人とも成功し難くなる」〔50〕というように、逡巡による選択の欠如も、結婚の不成立という体験に複合性を縮減することになろう。

とはいえ、結局のところ「心中では、泰子を愛してゐる」高之であり、「泰子とは、もうほとんど、恋愛とも同様だ」と認識してもいるのであるが、泰子との結婚は「何から何まで、絶えず、自分たち一家を、剛愎に押しつけて来た泰子の父、文七を、跳ね返す機会が、も早や永久になくなる」〔24〕ことを意味するがゆえに、事態はさらに複合的なものとなって現われる。そのため、「結婚前であるだけに、結婚をしたくないと、どこかで一点拒否する気持のある婦人とは、恋愛をすゝめたくはない」〔24〕高之は、「今まで泰子へ、まだ一度も、自分の苦しみも恋情も、打ち開けた事はなつた《ママ》」〔11〕というように、恋愛・結婚という出来事を積極的に生み出すことができない。こうした中でも、複合性の縮減を強制される高之は、恋愛・結婚をめぐるシステム／環境－差異の境界を創出せねばならず、それゆえ、「自分の迷ふ心が、一時も早く、清子に引きつけられてしまひたい」〔24〕と念じているのである。

まずは、高之の心理を〈システム〉とみなし、そこでいかにしてシステムの要素である出来事＝意識・思考が生起するのか考えてみたい。ルーマンは、オートポイエシス理論の洞察をもとに、要素（出来事）とシステムの関係について分析している。それによれば、システムとその要素は同時構成的に存在するのであり、それゆえ、システムは要素の産出については、自己の要素にもとづいて次なる要素を作り出すオートポイエシス・システム（自己産出システム）であるとみなされる。従って、システム自体がその内部でのみ再生産されるというほかなく、システムは環境から要素を直接調達しえないことから、不可避に閉じられたものとしてある。また、オートポイエシス・システムの維持には、要素による要素の再生産が必要であり、それには、時間化された要素（出来事）に次なる新たな要素が絶えず接続・産出されていかなければならない。心理システムにおいては、人間の内面に生起するさまざまな表象・意識・思考が接続し連関する中で、外界との差異経験が独自の操作で加工・蓄積されていき、さらにそこから、自律したシステムの内部状態に関する情報（欲求・感情など）もまた要素として生起していくのである。[10]

たとえば、高之の心理システムは、「人はうつとりとなると、つひ、一番心をひかれてゐる女性の顔を思ひ出す」と、泰子への恋慕を内部で産出し、その反動として、「しかし、俺はもう、恋愛だけは苦手だ」〔2〕といった泰子との恋愛・結婚に対する拒絶――文七への復讐心に付随する――を接続させる。この連鎖は、時に「あの清子となら、一度でも多く逢へば、それだけ恋愛になつていくに定つてゐる」〔24〕など、清子に対する期待を経由しながらも、結局は泰子への想いの再確認へと接続するとともに、「「泰子は、もういやだ。」／何も知らぬ泰子だと思つても、仁礼の娘だと思ふことが、すでに不快な塊に見えて来た。／それにも拘らず、まだ泰子の愛情を、疑ふわけにはいかぬ、自分の心が、悲しく風のやうに、高之を一層沈めていくのだつた。」〔112〕といった具合に、自身の引き裂かれた感情の悲しみを再生産することになる。このように、複合性の縮減――心的表象における諸可能性の排除――として要素の生起が接続していくことで、高之の心理システムは生成しているのである。ここに、いわゆる独我論的事態の発生を認めることも可能であろう。つまり、システムは環境と相関的に成立しているがゆえに、環境・外部からの刺激を受けつつ、システム／環境－差異を絶えず導入するのであるが、あくまで、それらは自己のシステム内の表象として（思考や感情などとの連関も含めて）処理されるのであり、出来事としての要素の生起は心理システムそのものに準拠して行なわれる――行なわれざるをえない――と考えられるのである。

　ルーマンによれば、閉鎖しているシステムは、閉鎖性にもとづく統一によってこそ、その開放性を獲得できる。システムは、そのシステムが創出する環境との差異に準拠することでのみ、環境からの刺激を情報として把握しえるのであり、さらには、システムの論理に準拠してのみ、そうした情報からシステム内部の要素を産出できるのである。[11] それによって、たとえば、恋愛対象の選択に悩む高之が、清子のもとへ向う途上、「急に鳴り出した自動車の爆音を聞くと、それと同時に、不意に高之の気持も、揺れ動いた」〔24〕とあるように、時には環境からの単純な刺激さえもが、心理システムにおける情報として変換・処理されるのである。

　ただし、こうしたシステムの閉鎖的自律性の確認は、システムの絶対化や孤立化、あるいはそこに予想される、自己準拠する主体の無限後退に帰結するものではない。確かに、「「泰子は怒るだらうな。」／とかう突然高之は思つた。すると、ぐらぐらつと、急に泰子に逢ひたくなつた。／「いやいや。」／今ごろから、こんなことでは、いつまた泰子に舞ひ戻るか、分つたものぢやないと、高之も不安になつた。自分の命じた車であるにも拘らず、今は車の命のまゝに、引き摺られて行くやうに、高之は清子のゐる家の玄関へ立つた。」〔24〕といった場面に見られるように、高之は、要素の自己準拠によって生じる無限後退――自分の感情を生み出す自分（の感情を生み出す自分の……）――の目前で、自己の行為に対する主体的な意味づけを喪失しかけている。しかし、これは、高之の心理システムを、コンティンジェンシーに満ちた世界における、唯一の主体として位置づけてしまう場合に想定される事態にほかならない。オートポイエシス的再生産の遂行は、自己準拠のトートロジーを脱し、自己に準拠すると同時に、自己以外のものを参照するようにも指示する形式を整えていくのであり、実際には、各瞬間において、自己（ここでは心理システム）以外のシステムを参照・経由しているのである[12]。その意味で、高之の心理システムは、世界の唯一の主体として存在しているのではなく、他の心理システムや社会システムの中の一つにすぎないのだという、ごく常識的な見解が導き出されるはずだ。

つまり、高之の心理システムにとって、恋愛・結婚や復讐の行為連関が生起する領域は、別個の（複数の）システムが関与する〈環境〉としてである。高之の心理システムとは、その環境の複合性との関連において、どのように感じ、思考し、意識するかなどの要素が、自己準拠的に生起していく連鎖の現われでしかない。ここから逆に、（心理システムと同様に）自律した社会システムにおける環境の一部として、高之という人物の存在を位置づける見方が生まれるだろう。

第二節　コミュニケーション・システムの表出
——N・ルーマンの諸論からの解釈Ⅱ

ルーマンによれば、社会システムとは、コミュニケーションを要素として、複数の心理システムを基礎に成立している創発的な秩序である。ただし、社会システムは、心理システムの要素（諸個体の意識内容）や個々人の行為に還元されるものではなく、独自の自己準拠によって生成するシステムとみなされるものであり、それゆえ、人間は社会システムの環境であり、社会システムは人間の心理システムの環境である、との規定がなされる。個体的なもの（心理システム）は、社会システムの影響を受けながらも独自の選択的操作をなし、また社会も個体的なものに依存しながら、具体的な個人からは直接構成されない独自性を持っている。[13] この意味で、高之の恋愛・結婚（および文七の計略への反応）をめぐる人物関係は、それぞれの人物にとって環境として存在していると同時に、個々の人間はその関係性＝社会システムにとっての環境として位置づけられていると考えられる。登場人物のコミュニケーションは、個々の内面の集合として説明しえるものではなく、個々人の意識のオートポイエシスとは別個の、自律したシステムの観点から捉えねばなるまい。

また、社会システムとは、先に見たような個人の閉鎖性ゆえに、必然的に成立してくるものである。自律した心理システムとしての自我が、世界に選択をとおして関与しているのならば、同じあり方で存在する「もう一人の自我」＝他我（の選択）を否定することはできず、この点に社会的次元への志向が生じる。そして、閉鎖している心理システムは、互いにとって見とおしえないブラックボックスとしてあるがゆえに、個々の意識に還元されない固有の意義を持つコミュニケーションが生起するのである。[14]

社会システムの要素であるコミュニケーションは、自己準拠的に接続していくことでシステムを形成するのであるが、以上の洞察は、このコミュニケーションの分析に深く関わってくる。ルーマンによれば、コミュニケーションとは、送り手と受け手の双方による情報の提示、情報と伝達との区別、理解、という三つの選択の綜合として生起する。特に心理システムの閉鎖性に起因する問題点としては、情報がそれぞれのシステムにとってのみ情報としての意味・価値を持つことから、参加者における情報の同一性が否定されること、送り手の伝達行動も情報を構成する要素であり、受け手は情報と送り手の伝達行動との差異から情報を認識すること、それゆえ受け手の情報の理解は送り手の意図とは異なる可能性（誤解）があるが、正しい理解をコミュニケーションの開始以前に確定することはできず、あくまでコミュニケーションの過程の内部でしか情報は構成されないこと――このため理解には誤解がノーマルなものとして含まれることになる――、またコミュニケーションの受け手による理解と、受け手の行動の前提としてそれを受容・拒否することは区別されるのであり、後者はコミュニケーション過程の外部で生じる選択であること、などが挙げられる。[15]

こうしたことから、コミュニケーション過程は、送り手→受け手という方向に予め規定されるものではなく、参加者間において循環的・対称的に構成されているのであり、それゆえ、参加者の意識に還元されないコミュニケーションにおける三つの選択——諸可能性からの情報・伝達・理解の選択——は、システム内部でのコミュニケーションのオートポイエシスによって生成すると考えられる。たとえば、情報、あるいは情報と伝達の区別は、（送り手や受け手の）心理システムの側で一方的に決められるものではなく、そのコミュニケーションにおける選択として生起する出来事である。そこでは、システムにおけるコミュニケーションの意味は、参加者の意識によっては説明できず、それに接続するコミュニケーションによってこそ明らかになっていく。また、コミュニケーションが参加者の行為へと縮減されることで、コミュニケーションの理解が組み込まれるとともに、その循環性・対称性が打破され、送り手から受け手へというコミュニケーションの方向性が作り出される。コミュニケーションは誰かの行為に縮減されることをとおして、ある時点における〈出来事〉と見定められることになるのだ。[16]

こうしたコミュニケーションについての洞察をもとに、高之が「さて逢つて、泰子に何を自分が云ひ出すものやらと、だんだん不安な心が騒いで来た」〔43〕と、そのコミュニケーションの自律性を意識せざるをえない、泰子との会見場面の一つ（大阪の宿での対面）を見てみたい。ここでは、高之の最初の一言から、「にこやかに笑つたつもり」が、「唇が動いたきり」（高之の身体もコミュニケーションの環境に位置している）であるといった伝達行動がなされる。これによって、泰子の心理システムにおいて「すかしつづけられた怒りが、やうやく高まつて来たらし」く、続いて、高之のあいさつに対する理解を提示し、かつここでのコミュニケーションを意味づける「今日は、お逢ひしたうありませなんだの」〔43〕との発話行為がなされる。これを情報として理解した高之は「無理もないといふ風に、かすかに頷いた」後で、「本当の心も、つい現しかねて、（…）自然に話を横へ、外らさうと」〔43〕して、株取引を商売とする嫌悪感を吐露し、自身の現状を嘆く。が、泰子は「高之の云ふことが、飲み込めたのかどうか、ただ悲しげに黙つてゐるきり」〔以下44〕というように、それはコミュニケーション・システムにおいて実質的な情報として選択されていない。そして、「今自分の方からただ一言、「あなたと結婚したい、」と云へば、それで何事も良い筈だのに、それにも拘らず、どうしてそれが云へぬのであらう」と自問し、「身がもう泰子を脱けて、逃げ出す力がなくなつた」と意識する高之の複雑な心理システムをもとに、ようやく先のコミュニケーションに接続する「泰子さんは、今度は僕と、逢ひたくなかつたと仰言いましたが、やはり僕も、あなたと、同じでしたよ」との発話がなされる。ここから、「泰子は突き動かされたやうに、高之を見た。何を誤解されたのかと、驚く風であつたが、高之もすぐそれと悟つて、また云つた。」と、高之の言葉が先の泰子の言葉に対する理解（誤解）として機能することで、これまでのコミュニケーションが再度意味づけられ、同時に高之の言葉が情報として選択されることで、無言のまま、《〈高之による誤解〉と泰子が理解したこと》の高之による理解、といった循環的なコミュニケーションが瞬間的に生じる。続く、誤解の原因を忍の強引さに押し付ける二人の取り繕いも、「「（…）こちらがあなたにお逢ひしたいと思ふときは、充分お逢ひするやうな、気持の準備が必要ですからね。ただぼんやり、無理に逢はされたつて、今みたいに忙がしい他の仕事のことを考へてちや、あなたに第一、お気の毒ですよ。」／それほど、仕事に気をとられて、自分の事を考へてくれる暇はないのかと、泰子も思つたにちがひない。」というように、誤解とその誤解の理解のオートポイエティックな接続に結びつき、「一言いつては、ああ思はれたか、かう思はれはしなかつたかと、気を使ふのは、このとき、もう高之はうるさくなつた。二人は長らく黙つてゐた。」と、コミュニケーションは一時停止の状態に至る。だが、この沈黙もコミュニケーション過程に位置づけられ、「すると、だんだん青ざめていつた泰子は、突然、／「では、今日はこれで帰らして貰ひますわ。ご機嫌よろしう。」／と云つて、お辞儀をした。」という「あまりに不意」な泰子の行為——コミュニケーションの切断を決定づける——へと縮減する。この泰子の言葉・態度から、「もう二度と、逢はぬ覚悟であらうとは、泰子の決然とした顔色で、高之にもすぐ分つた。／やはり誤解をされたのだと、高之は思つた。しかし、今さら何を云つても仕方がない。」と、泰子の決意の理解、コミュニケーションにおける誤解の理解、さらにはコミュニケーション過程の外部における〈あきらめ〉＝切断の選択が生起する。このように、この場面における高之と泰子のコミュニケーションでは、言葉や表情・身振り、さらには沈黙が、次々と後続する行為によって誤解および誤解の理解に縮減されていくのである。ここでは、社会システムにおけるコミュニケーションの理解／誤解が持つ価値の相対性が、誇張され、しかし、実際に生じえる事態として示されているとも言えるかもしれない。

もう一つ、忍の不自然な行動・態度から、忍が高之を愛しているのではないかとの疑いを抱く泰子が、東京の高之のもとへ行くべきかどうか忍と相談する次の場面を取り上げてみたい。

何の事だか、さきからの事は泰子には何も分らなかつた。けれども、たとへどんなことがあらうとも、これほどまで忍が云つてくれるのに、忍の心を、あれこれと疑つた自分が、今は泰子も羞しくなるのだつた。／「ぢやあたし、行かうかしら。」／と泰子は顔を赤らめて忍を見た。／「行かうかしら、ぢやないわ。是非行きなさいよ。」／「でも……」と泰子はまた躊躇した。／「あたし、行つても、良いの？」／「どうして？」／「どうしてでも。」／二人は眼と眼を合せた。忍は、ふつと悲しげな笑顔を見せて、／「いやゝわ。そんなこと。」／「いえ、さうぢやないの。」／「高之さんは、泰子さんのことを忘れはつたこと、ありますか。あんなこと、云ふてみてやはるだけよ。あたしには、良う分つてるの、泰子さん、行きさへすれば、何もかも、良うなるに定つてるわ。」／泰子は黙つて、忍の顔を気の毒さうに見るだけだつた。〔129〕

泰子の躊躇と確認の問いかけには、その時点における、高之の自分に対する愛情の存在と二人の結婚の可能性についての問い、という情報・理解の選択や、忍の高之に対する愛情についての疑念の表明、および高之を愛しているかもしれない忍に自分が東京へ行く（＝高之と恋愛・結婚する）許諾を求めること、という情報・理解の選択、といった複合性が想定される。「どうしてでも」というどちらの可能性にも開かれているあいまいな言葉と同時に二人が眼を合わせる瞬間は、複合性の縮減を迫られた社会システムにおける、コミュニケーションの岐路である。しかし、「いややわ。そんなこと。」という忍の発話も、「いいえ、さうぢやないの」という泰子の訂正も、その指示する意味内容は確定できず、どちらの選択が理解ないしは誤解されたのかについて、その前のコミュニケーションも含め、入り組んだ複数の可能性が先送りにされたまま接続している（たとえば、泰子は、「どうしてでも」に接続された「そんなこと」を、忍による前述のいずれかの選択として理解し、「さうぢやないの」とその選択を忍の誤解として否定していると考えられるが、「そんなこと」と「さう」の指示内容の一致／不一致が不明である以上、理解と誤解は二重三重に交換可能である）。結局、続く忍の発話行為は、前者の選択として一連のコミュニケーションを意味づけていると見られるが、忍の「悲しげな笑顔」はコミュニケーションのコンティンジェンシーを強めるものであり――恋人の愛情に自信を失いかけている友人への感情、と限定するのは困難であろう――、さらに、「気の毒さうに」忍を見る泰子の表情は、むしろ後者の選択にこのコミュニケーション全体を縮減しているかのように思える。いずれにせよ、コミュニケーションの意味が一義的に確定しないまま接続していくこの場面は、複数の心理システムが関与するコミュニケーション過程において、出来事や行為の意味がコンティンジェントなものとして現われざるをえない事態を示していると考えられよう。

ところで、こうしたコミュニケーションにおいて遭遇している参加者は、それぞれの境界の内部で行なわれる選択をとおして、自己の行動を決定せざるをえないのであるが、その時、同様に独自の選択をしている相手の内部が、決して見とおしえないままであることが問題となってくる。そのため、自我の行為は、他我のパースペクティヴの存在によってコンティンジェントなもの――相手のブラックボックス内で自分の選択がどう理解されるかは、自分にとって不確実である――となるのだが、他我にとっても同じ状況が考えられることから、そこには二重の不確実性（ダブル・コンティンジェンシー）が生じるとされる。こうしたコミュニケーションにおいては、互いに後続する相手の行為をとおしてしか自身の行為の意味を規定できないことから、参加者の行為は循環的な依存関係にあると考えられ、ダブル・コンティンジェンシー状況にとどまっている限り、双方がにらみ合ったままいかなる行為も生起しないことになってしまう。しかし、双方がともに不確実さを抱えているがゆえに、互いに、相手が自身の行動に左右されることを前提に自己の出方を決定せねばならないのであり、このことが不可避であるからこそ社会システムの秩序の創出が可能になっているのである。あらゆる秩序づけられていないもの（偶然）――それがどちらの行動であるかは問題でない――からはじまるコミュニケーションにおいては、それに接続していく行動はことごとく、最初の行動の複合性を縮減する効果を持つ行為となり、同時に、双方のブラックボックスの複合性も縮減することになる。こうした行動をてがかりとして、互いの次なる出方に対する予測・期待がはぐくまれ、コミュニケーションの前進が可能になると考えられる（ただし、原理的に、ダブル・コンティンジェンシーが消滅することはなく、予測は常に予測の否定＝期待はずれを伴なっている）。(17)

先に見た、「一言いつては、ああ思はれたか、かう思はれはしなかつたかと、気を使ふ」高之と泰子の対面は、ダブル・コンティンジェンシー状況を如実に示すものと言えるだろう。また特に、コミュニケーションにおけるダブル・コンティンジェンシーを顕在化させているのが、高之が「いつも胸中に、一点の警戒心を抱くのが癖」〔26〕になっている、錬太郎とのライバル関係である。忍からも「お腹の中と、表面とは、違ふ」〔9〕と見られる錬太郎であるが、ブラックボックスである相手の「お腹の中」を探り合う両者は、「互に、手にナイフを持つてゐて一言云ひ違へれば、斬りつけ合ふ、危い紙一重の、怒りの状態にありながら、さも親しげに、笑ひ合つてゐる」〔81〕というように、相手の出方次第で、すぐにでも別様な事態が生じてしまうような緊張関係にある。たとえば、錬太郎のささいな行動も、「何となく腑に落ちぬ」「悠々たる誤魔化しの態度」と高之に受け取られ、「もう周囲に渦巻いてゐる恋情も、嫁の候補も吹き飛んで、生馬の眼を抜く、仁礼一党の商策のからくりへと、頭は鋭く回り始めていつた」〔32〕というように、高之を次の行動へと駆り立てることになるのだ。

泰子との結婚について会話を交わす場面では、錬太郎は、「あの人（忍—引用者注）、あなたとうちの泰子さんと、結婚するやう僕に骨折れ、やかましゆう云やはつてね。そら、しますが、黙つてゐたつて、都合ようなつていきますやろつて、まア笑ろたやうなことでしたが、それはさうと、忍さんつていふ人はをかしな人ですな。あれは、あなたのことで、ああ、やきもきしやはるところを見ると、あなたによつぽど好かれたいのでつせ。そやなけれや、あんなこと、何んぼ何んでも、出来やへんことや思うてまんのやが、どうです。一つ、優しい言葉でも、いつぺんぐらゐ、かけてやつてくれませんか。さうやないと、うるさうてね。」〔48〕と高之に求めている。「優しい言葉」をかける相手が泰子とも忍とも理解できるこの発話から、まず高之は、「それでは泰子のことは思ひあきらめて、忍と結婚せよと云ふ意味かと」の情報・理解を選択する。以下、「「忍さんはあなたにまで、そんなこと云つたんですか。困るね。」／「しかし、あれは、悪気やのうて、云やはるのやで、こつちも、ついその気になりますよ。」／「僕にもそんな風なこと、云ひましたがね。しかし、僕、そんなことは、考へても見たこともないですよ。どうです、京極さんが、結婚なされば、丁度いいと思ふんだが。」／「忍さんとでつか？」／「いやいや。」／「ははははは、それや、勘違ひでつしやろ。僕が泰子さんと結婚したら、そら、二タ目と見られたもんやありまへんよ。」」〔48〕というように、後続する言葉で徐々にコミュニケーションの意味が明瞭になっていくが、肝心の泰子との結婚については譲り合いつつ、双方の出方を窺う状態にとどまっている。高之の心理において、泰子への態度が不確定な状態にあるのはこれまで見てきたとおりである。錬太郎もまた、「「俺は大将の命令だから、泰子さんを、義理にも好きなやうな顔、せんならん。どうも、へんなものやな。」／とかう思ふ。しかし、さうかと云つて、もし泰子に、錬太郎に好意を持つた様子があるなら、勿論彼も文句なく、喜んだにちがひない。」という微妙な感情を抱きながら、「いつもの通り、嫌ふなら、嫌うてくれ。わしも、一つ阿呆になつてみてやりまひよ。——と、かう思ふ覚悟」〔21〕をしている。が、もとより「ひそかに泰子を愛してゐたことにおいては、錬太郎は高之以上」〔67〕でもあったことから、高之に劣らず非常に複合的な状態にあると言えよう。両者は互いのこうした内面を見とおしえないがゆえに、この複合性を縮減するどちらかの言動に対して、極めて敏感にその後の行動を接続させていく。結婚を約束した高之と泰子が、仁礼家の別荘に密かに赴くことで、ダブル・コンティンジェンシーはコミュニケーションから後退する。さらに、「重住さん。あんた、泰子さんをどないしてくれますのや。僕、昨日あんたに、泰子さんを貰うてくれと云ひましたとき、お前結婚せい云うたくせに、今日の真似、そら、何んでんのや。あんまり、踏付けにするな。僕かて、我慢に我慢を重ねて来たのや、これ以上我慢するのは、男の恥やで、わし、決闘する。覚悟してくれ。」〔68〕と、先の会話の意味を縮減する錬太郎の発話が接続することで、二人の格闘行為が開始される。この格闘については、「二人の怨恨は、たゞ単に、泰子と株をめぐつての闘争ばかりではない。関東と関西の気質の相違もあつた。それに、格闘してゐるうちに、互の怨恨そのものについては、どちらも忘れてしまひ、不思議に日常時の青年を支配する、東大と京大との、意識の下で燃え合ふ闘争になつて来たことも、見逃せない。なほその上、絶えず丁稚上りの蔑視を受けて来た錬太郎の、上層の階級に対する反抗も、うんうん呻いてゐる声の中には、明らかに混つてゐた。／このやうな複雑に混乱した心理は、一度び理智の統制が断ち切れるや、青年といふものは、死ぬまで格闘を続けるのである。」〔69〕と記述されている。つまりここでは、互いの「複雑に混乱した」心理システム――泰子や株についての競合、東西の「気質の相違」、「青年」としての内面的「闘争」、階級差などをめぐる「怨恨」――を基盤として、コミュニケーションが格闘のオートポイエシスとなるに至ったと言えるだろう（両者の格闘は途中から自律した行動となり、やられたからやり返す、といった循環的な形で接続していき、結局錬太郎の気絶によって停止することになる）。

ちなみに、文七の計画が成功した後で、「あれは、あんまりひどすぎる。俺かて人間や。何んぼ商売や云うたかて、ほどがある。因業だよ。」〔114〕と述べる錬太郎は、一転して高之に対する支援を申し出る。「僕かてインテリや。あんたの死にかかつてるの、見てられますか。うちの大将瞞したかて、僕、かめへん。あんた、良うなつてくれる方が、僕には面白いんだ。」との説明にもかかわらず、その言葉・行動は、高之が「けれども、このとき、今まで分つたつもりの錬太郎の気持が、また急に分らなくなつて来た。錬太郎とて、云ひ出したからは、後へは引けぬ性質かも知れぬ。しかし、――／さうだ。また俺は負けたのだ。」〔116〕というように、ダブル・コンティンジェンシー状況を再浮上させつつ、高之の心理システムにおける要素へと縮減されてしまう。結局、翌日錬太郎が持参した小切手を高之が投げ返すという行為によって、二人のコミュニケーションにおける、徹底的な不合意のあり方が剥き出しとなるのだ。

以上見てきたように、社会システムにおける複合性の縮減としてのコミュニケーションは、何らかの規範的コンセンサスにもとづいて作動するのではなく、心理システム同士、およびそれらと社会システムとの根源的な差異を基盤として生起する出来事と考えられる。もちろん、コミュニケーションが参加者の合意を意味する場合があることは言うまでもないが、その場面においても、コミュニケーションに付随するコンティンジェンシーが払拭されることは原理的にありえない。それゆえ、ルーマンによれば、ハーバーマスによってコミュニケーションの合意の源泉と想定された生活世界も、慣れ親しまれたものとそうでないものとの区別にもとづく相対的な概念として捉えられる。慣れ親しまれたものに対するコンティンジェンシー――慣れ親しまれていないものである「無限の不一致の源泉」が選択される可能性――を排除できない以上、生活世界をシステム批判の絶対的根拠とすることは不可能なのである。[18]「家族会議」の図式性は、こうした相対性のあり方を描き出すものと想定できるし、高之の徹底したあいまいさは、相対主義的な観点を引き入れていることに起因するとも考えられるだろう。高之は、「どうも奥が深くて、良く僕には分らない人」〈52〉である他我としての文七が、経済システムの中で果たす行為に対して、確固たる批判を突きつけることができず、「僕は、仁礼さんに、一つ、思ふ存分、感心してやらうと、覚悟を定めてゐるんです」〈99〉との諦念を含めて、そのあり方を認めざるをえないのである。

ルーマンのシステム理論において、経済システムとは、社会進化の過程で社会システムから機能的分化を遂げた部分システムの一つであり、そこでは、シンボルとして一般化したコミュニケーション・メディアである貨幣を媒介として、〈支払うこと／支払わないこと〉の二元コードに準拠したコミュニケーションが生起するとされる。[19]この理論に関する倫理的観点からの議論としては、象徴メディアの効力が部分システムを越境しない限り、そのシステム内での行為の道徳性は不問である（逆に言えば「メディアの混用禁止の遵守」が道徳の一部となる）[20]という見解や、経済システムにおけるコンティンジェンシーの探求を「正義」と結びつける指摘など[21]がある。ここでは、ルーマンの機能主義・相対主義的システム理論が、倫理的課題を喚起するものであることを押さえておきたい。[22]

さて、小説は、文七殺害事件を経て、高之と泰子の結婚という行為に帰着するが、高之にとって、金銭とのあいまいな距離――忍を出資者として株取引の仕事を続け、かつ文七が兜町転覆の株取引で得た分の遺産を寄付する――は未解決のまま残されている。この地点から経済と倫理の議論が再開すると思われるが、それはさておき、本論の文脈において取り上げたいもう一つの問題――それは小説をめぐる書き手と読み手の倫理に関わるものと思われる――が、小説の幕が降ろされた直後に浮上してくる。

第三節　忍の形象、および〈書くこと〉に随伴するコンティンジェンシー

これまでの議論を踏まえて、忍の存在を前景化した時に生じる諸問題について考えてみたい。当初、図式的な役割において、泰子の応援者として登場した忍であるが、中盤以降、（父とともに）高之の商売に対する支援者にもなっていくことから、高之と忍が二人きりで対話する場面が増える。そして、小説を動かしていた二つの中心的な問題――文七および株取引に対する高之の葛藤・高之と泰子の結婚――が収束した最後の場面は、忍の号泣と沈黙で結ばれており、その存在の重要性が決定的なものとして印象づけられることになる。このように、小説の進行に従い準主人公の位置に昇格していく忍は、ひとまず「恋のキューピット的存在であるが、実は高之に好意を寄せている」(23)ように見えるのであるが、その内実に関する小説の記述はあいまいなものに終始しており、読者が忍という人物に対して確定的な像を結ぶこと――コンティンジェンシーの完全な排除――は難しいように思われる。

さて、忍が「自由で快活で、物にこだはりのない、延びやかな性質」であるため、高之は「泰子より却つて、人前では忍との方が仲が良かつた」〔7〕とあるように、もとより二人は親密な関係にあった。忍は、「早よう高

之さんと、結婚したいと、やきもきして」いる泰子と、煮え切らない高之との「間に立つて、気がもめてしようがない」〔27〕のであり、「あたしがほつといたら、いつまでたつても、らちあかへん」〔41〕と見て、泰子と高之に対してはもちろんのこと、周囲の人物にも強く働きかける。しかし、度を過ぎたその行動は、「高之は彼女の声を聞きながらも、どうしてこんなに、やつきと忍がなるのか、理解し難くなるのだつた」〔42〕というように、むしろ忍の意図を不透明なものとし、ひいては、「忍の好意と親切さが、却つて反対に、泰子と高之との友情を、断ち切る結果」〔46〕をも導き出してしまうのである。

こうした忍の行動の意味は、さしあたり、高之と泰子に対する〈友情〉に縮減して考えるほかないのであるが、先に引用したように、忍が高之の結婚の候補者でもあることから、事態は複合性を増す。「忍を特に愛してゐるといふほどではなかつた」ものの、「信助からよせられた好意」によって「忍への日ごろの友情が、一層なごやかに、親しみ深く、忘れ難なく」なっていく高之において、「けれども、あの泰子を愛してゐる忍に、自分が結婚を申し込んだら、何と云つて驚くであらうと、怒るそのときの忍の様子が、眼のあたりに浮んで、をかしかつた。／「しかし、罪なことを考へたものだ。これはやめよう。」／しばらく胸中で揺れ動いたひそかな思ひも、そつと畳み」〔37〕といった想念が生起するように、忍との結婚は選択の一つとして確かに潜在していたのである。そして、後半部において高之は、信助からのさらなる援助から、「ますます忍に、頭が上らなくなるばかりでは、すまぬ」〔97〕というように、（何が「すまぬ」のか、忍の要請に従い泰子と結婚しなければ「すまぬ」のか、あるいは……、と非常に複合的な表現であるが）何らかのコミュニケーションが発動することを予期する。と同時に、忍の尽力、気遣いによって、忍との友情の関係が何らかの形に変容・発展せねば「すまぬ」のか、忍の要請に従い

「忍の愛情の深さも、ひとしほ強く感じ」〔102〕たり、「優しみに満ちた眼をして」〔103〕忍と握手をしたり、「自分の事のやうに凋れてゐる忍を見ると、かき抱いて、礼を述べたくなる」〔105〕など、高之は忍に対して、感謝や

友情を超えた感情を持つに至っている。そこでは、「このさやかな、滑稽な会話（忍との―引用者注）から何とも云へず、心が清くなり、幸福な喜びを覚える」（123）というように、高之が自分に欠如しているものとして希求してきた「幸福」をも、忍との関係において与えられているのである。ちなみに、この観点からすると、「義理人情」によるものと説明される信助の援助の意味にも、高之と娘の結婚の画策といったコンティンジェンシーが想定できるかもしれない。

ただし、結局は、「高之は、自分をも一度、救ひ上げてくれるのは、忍の他には、ないと思つた。／まだ一脈の火が、さきから心中に、光つてゐるやうに思はれ、それも、つまりは、忍の心の光のためであつたのだ。／しかし、不思議と云へば、不思議である。泰子の家からは、三度も危害を蒙つたのに、忍の家からは、三度も高之は救はれるのだ。／それにも拘らず、まだ自分は、忍よりも泰子に、心が動かうとするのであらうか。／高之は、今から家へ走《よ》せ戻つて、忍の両手をとり、彼女にあらん限りの感謝をしたいと思つた。」（112）というように、高之の心理システムは泰子への恋愛感情を選択する。同時に、「忍の心の光」の内実が不透明なまま、忍とのコミュニケーションから高之は「感謝」の念を生起させる。つまり、忍の心理システムの複合的な諸可能性が排除されることで、「身を切るやうな、忍の友情の美しさ」（137）として、忍の行為の意味も縮減されるのである。

ただし以上の見方は、高之のパースペクティヴに還元して得られたものでしかなく、忍が参加するコミュニケーションのあり方を見つめながら、ブラックボックスである忍の心理システムに迫っていく必要があるのは言うまでもない。が、この点に関して、小説の記述はまたしても非常にあいまいなのである。もとより、忍の心理の解釈に対するてがかりが全く与えられていないのならば（小説の全くの外部に存在するのならば）、こうした読みも問いも生じ難いし、そもそも忍という登場人物に重要性を感じることもないだろう。しかし、錬太郎による指摘をピックアップするまでもなく、これまで見てきたように、「家族会議」に描かれたそれぞれのコミュニケーションにおいて忍の高之に対する感情が問題とならざるをえないのであり、忍の心理システムは作品の記述に深く浸透していると言える。ただし、直接の記述としては、「泰子と高之との成功を見ては、今さら忍も淋しくなつたのであらう」〔62〕といったものが目につく程度であり、これについても、両者の友人としての淋しさと意味づけるか、この淋しさをより複合的なものと読み取るべきか、決定し難い（またこの記述自体、忍の行動――清子への態度の変化――からの推測でしかない）。

とはいえ、コミュニケーションにおける忍の行為は、過剰なまでの意味を帯びて生起しており、その心理システムに対する推測を強く誘発するものと言える。とりわけ、忍が涙する場面（最後の箇所を含めて三、四度ある）は、その感情の激しい揺らぎを、コミュニケーションの相手にも、それを外部から観察する読者にも、強く印象づける。最初の一つは、重住家の存続問題が忍の援助によって一応の解決を見た後、高之に「幸福な喜び」をもたらす「さやかな、滑稽な会話」が交わされる中で、泰子との決別を高之が訴えた際に起こる。

我慢に我慢を重ねてゐるらしく、忍の身体が、一層ひどく慄へて来た。（…）すると、突然、忍は耐へかねたやうに、顔を蔽つて泣き出した。／「あたし、帰つて、ようしますで、そんなこと、仰言らないで。」／切れ切れに云ふ忍の声に、高之も涙が溢れて来た。／やはり、このまま、永久に泰子のことは、口にすべきではなかつたと、高之は後悔した。〔123〕

二度目は、前節で見た泰子との会話の少し前で、泰子の心配をはぐらかしつつ忍が「ほろりと涙を落した」後、なおも執拗に高之の心変わりについて問いかける泰子を前に、「「よしてよ。そんなこと、後にして。」／と、忍は邪慳に云つた。二人は黙つて、しばらく辷つていつたが、そのうちに、泰子より、忍の方が泣き始めた。すると、泰子はがたがた慄へて来た。／「やつぱり、さうでしよ？」／「違ふつて。そんなぢや、ないわ。他の事よ。」」〔127〕と変調を見せる場面である。前者の場面では、コミュニケーションは「あたし、帰つて、ようしますで、そんなこと、仰言らないで」〔123〕との忍の発話から、高之の涙へと接続していくものの、忍の号泣が、泰子や高之に対する同情によるものなのか、あるいは自身の抱える何かを示すものなのか、などの意味づけ－縮減は先送りにされていると言える（高之の「後悔」も、忍の嗚咽に対する確定的な理解として説明することは難しいだろう）。また、後者は、「さきから、忍の様子は、気にかかることばかりである。それに、東京へどうして一人で忍が行つたのだらうか。／もし忍が高之を愛してゐるのだつたら――／これは考へても、泰子は恐ろしさに、胸が崩れさうになるのだつた。／けれども、何ぜさきに、車の上で、忍は泣いたのだらう。／疑ひは次から次へと、黒雲を巻き上げて襲つて来た。」〔128〕といった泰子の強い疑念へと結びつくのであるが、これに続くコミュニケーションは、前節で分析したように明瞭な意味を結ぶことなく、忍の心理システムにおけるコンティンジェンシーの想定はより強まるばかりである。

結局、高之をめぐるコミュニケーションにおいて、また小説の進行においても、忍は非常に重要な存在でありながら、その行為と心理システムは、複合性とコンティンジェンシーを帯びたまま投げ出されている。確かに、忍は一貫して、友人として高之と泰子を引き合わせる行動をしている（しようとしているように見える）。だが、繰り返しになるが、そうしたコミュニケーション過程で生起する行為では汲み尽くせない、忍の複雑な心理のあり方が印象づけられるのだ。そして、このことは、小説の記述そのものにコンティンジェンシーを読み取る方向に、読者を強く駆り立てるだろう。「あなたはまだ嘘を云つてなさるわ」〔128〕と、忍の言葉や態度の裏面を問う泰子らの眼差しを前景化しつつ、忍の高之に対する恋愛感情を想定して作品を読む時、その一つ一つの行為はたいへん複合的な意味を帯びて現われることになる。二人を結びつけようとする執拗な行動は、（実現の見込みが薄い）自身の恋愛感情を軸に、幼なじみである泰子への友情や義理、あるいはそこに生じているかもしれない（無意識の）劣等感や嫉妬心、またそれらを平然と包み隠すことで得られる自尊心の回復、せめて高之と友人としての関わりを保持したいがゆえの焦燥感……など、非常に複合的な意識が生起していく心理システムと、そのつど連動しているかもしれないのである。逆に言えば、そうした「やきもき」する自身の心の複合性を縮減するために、高之を恋愛対象から外そうと必死の行動が起きているとも考えられる（しかし、その行動は皮肉にも高之とのさらなる接近に帰着し、忍の苦痛は——高之に恋愛感情を抱いているのならば——増すことになろう。ただし、忍はその危機的な状況を無意識に望んでいるとも言えるが……）。こう考えてくると、たとえば、「「どうして、あなたは、泰子さんを寄来したんです？」／と高之は不平さうに云つた。／「そんなら、あなた、また何か、泰子さんに仰言つたの？」／「云ひました。」／「それぢや、また駄目ね。」／と忍は俯向いて、ほつと溜息をつくのだつた。／「あれは、あなたが、すすめたんでせう。」／高之は忍を強く見つめて訊ねたが、忍は何も答へなかつた。」〔135〕（傍点引用者）といった微細な態度・行為のそれぞれに、コンティンジェントな意味づけが可能になるだろう。またその意味で、「あたし、泰子さんみたいに、ぢくぢくしたこと、面倒臭うて、してられしめへん。さつさと、云ふだけ云うてしもたら、ええやないのん。」〔41〕という忍の言葉も、そのまま本人に跳ね返り、全体としては滑稽なほど「ぢくぢく」している忍の姿が浮かび上がってくるのだ。

そして、小説の末尾に、再度忍の号泣が描かれる。泰子から高之との結婚を報告する手紙が届く。

忍は手紙を読み終ると、うな垂れたまま、ぶらぶら二三歩歩いた。すると、突然、声を上げて泣き出した。（…）／忍はそこの寝台の上へ倒れると、転々と転がつて、むせびながら号泣した。（…）／「（…）お芽出度う。でも、随分、あなたも失礼よ。あたしに承諾なしに、そんなこと。勝手に定めたりして。番頭さん、もう直き、免職ですから、覚悟しててちやうだい。さよなら。」／きやつ、きやつと、笑ひながら、忍は電話を切ると、またすぐ寝室へ飛び込んだ。彼女は、堪へ難い苦痛を耐へてゐるらしく、もう声も上げず、寝台の上を転げ回つてゐたが、そのうちに俯伏せになつたまま、少しも動かなくなつた。（終）〔144〕

ここでは、忍の号泣に対する意味づけが、コミュニケーションにおける「笑ひ」を経由して、沈黙へと接続していくことで放置されている。こうした沈黙の記述は、忍という人物に対する複合性の縮減－選択の過程として、この小説を捉え直すことを強いているとも考えられる。しかし、これまで考察してきたように、忍のあり方については、原理的にコンティンジェントな意味づけしかできないのであり、それゆえ、「家族会議」の記述は読者の読みを裏切り続けると言わざるをえないだろう。むろん、中心人物である忍の内面性が明確に書けていない点は、常識的な作品評価の尺度から容易に批判されるものと思われる。ただし、忍をめぐる不確定性は、心理システム、および社会システムにおけるコンティンジェントな出来事の不確定性に通底するものであり、そうした世界に想定される諸可能性の存在を、小説に引き入れる鍵ともなっているのである。[24]

最後に、新聞連載という発表形態の問題を考慮に入れつつ、システムとしての小説のあり方について若干の指摘を試みたい。というのも、「家族会議」を論じる際にたびたび言及される、次の横光の言述が、この観点からの考察を強く刺激するものであるからだ。

いつも長篇の場合は、筋の進行推移は、最初の計画通りに行つたためしがない。今度も恐らく、途中から意外な方向へ進んでいくことと覚悟を定めてゐる。筋を初めに説明してしまふほど能のないことはないと思ふので、今は書かないことにしたいと思ふ。しかし、作品は作者一個人で巧妙に出来るものではなく、読者と共同の編輯をしてこそ良いものが出来る例のごとく、この度も、作者一個人に責任を負はせられなければ、幸甚何よりである。

（「作者の言葉――『家族会議』」、一九三五・七）

横光はまた、「家族会議」連載の終局において、「僕の新聞小説もあと、九回ばかりでやめますが、どうにも、困つた。／誰とも結婚させるわけにもいかなくなり、どうしたものやらと思案投首です。」（一九三五・一二・一九付、藤澤桓夫宛書簡）[25]とも書き記しており、実際の問題として、小説の「進行推移」が作者の「計画」に収まらない事態が生じていたと推察される。こうしたことから、小説の「筋」が「途中から意外な方向へ進んでいく」に従って、当初脇役として登場した忍の存在が予定外の重要度を持つに至った結果、〈失敗〉とも言える不明瞭な人物形象が創出されてしまったと考えることができる。

しかしながら、小説を、作品世界における複合性の縮減によって形成されるシステムとみなし、その「筋の進行推移」を、作者による書く行為（出来事の選択）のオートポイエティックな接続と想定するならばどうであろうか。当然ながら、作者の書く行為は、作品世界に存在するであろう全ての事象に関与できるものではなく、出来事の選択が、そこで生じえる可能的事態の排除によって生起する以上、書かれたものには常にコンティンジェンシーがついてまわることになる。そして、一定の内容を持った小説システムにおいて、オートポイエティックな接続として「筋」が進行していく中で、時に記述のコンティンジェンシーが顕在化し、「意外な方向へ」書く行為を縮減させることにもなっていく。[26]この意味で、小説とは常に失敗の可能性に開かれていると言ってよい。だが、作者が、自身の書く行為に随伴するコンティンジェンシーを注視し、それを不可避に排除することで成立する自らの記述を相対化しえた時、作者の〈倫理〉とは言わないまでも、小説に対する〈誠実さ〉の一端が、記述の細部に宿ることになるのではないか（それがたとえ〈失敗〉として現われるにしても）。付言すれば、システムとしての小説と作者の書く行為との相補性と、そこで生起する出来事の選択の瞬間性とを顕在化するのが、新聞連載という小説の形態であるとも考えられる。

作者は、書く行為において小説というシステムに深く参入している以上、記述－選択のコンティンジェンシーに、選択に先立って配慮することは原理的に不可能であり、かつ、それを回復する記述もまた、新たな複合性の縮減とならざるをえない。ここに、作者にとっての他我のパースペクティヴから、読む行為によって、小説の記述のコンティンジェンシーへと分け入る読者の責任が生じてくると思われる。むろん、そうした読む行為（記述の意味の理解－選択）もまた、たとえば他の読者による読みの複合性を縮減して生起することから、自らのうちにコンティンジェンシーを引き入れる可能性にさらされていることを決して否定できないのであるが。

注

（1）「家族会議」の「図式」性に関する批判的読解として、たとえば、樫原修「家族会議〔横光利一〕」（三好行雄編『日本の近代小説II作品論の現在』、東京大学出版会、一九八六・七所収）。

（2）松村良は、「「家族会議」論――動態的構造としてのテクスト――」（『学習院大学人文科学論集』、一九九二・九）において、「家族会議」を「人物関係の構造を、システムとして提示することを主眼とした長編小説」とみなした上で、「〈東京／大阪〉という図式」が「両義性や対応関係を無数に含んだ動態的構造」として「物語を動かす原動力」になっていると分析している。

（3）『コミュニケイション的行為の理論』（上）、（中）、（下）（河上倫逸他訳、未来社、一九八五・一〇、一九八六・六、一九八七・八）。特に第一部第一章第一節、第二部第六章などを参照。

（4）以下本文の引用は、第三節で新聞連載の観点から考察することを鑑み、初出（『大阪毎日新聞』）によるものとする。なお、〔　〕内の数字は連載回を表わす。
（5）栗坪良樹は、「解説　小説は〈倫理〉たり得るか」（『家族会議』、講談社文芸文庫、二〇〇〇・一一所収、四一三頁）で、横光が、「人間の心理や意識の動き」が「他者との相対的な関係によって思いもよらぬ方向に転じたり広がったりするものであること」を、「忠実に形式（フォルム）化することに、表現者の〈倫理〉を見届けようと努めていた」と述べている。
（6）小田桐弘子『横光利一――比較文化的研究――』、南窓社、二〇〇〇・四、七四頁）。
（7）特に、『ハーバーマス＝ルーマン論争　批判理論と社会システム理論』（佐藤嘉一他訳、木鐸社、一九八七・四）にまとめられた論争は著名である。
（8）以下は主に、ルーマンの主著の一つである『社会システム理論』（上）、（下）（佐藤勉監訳、恒星社厚生閣、一九九三・一、一九九五・一〇）によるものである。そこで展開されたルーマンの議論の理解については、村中知子『ルーマン理論の可能性』（恒星社厚生閣、一九九六・一）における紹介・整理がたいへん参考になった。また、ルーマンの理論に関し特に参照した文献として、以下のものがある。土方透編『ルーマン／来るべき知』（勁草書房、一九九〇・一二）、佐藤康邦・中岡成文・中野敏男編『システムと共同性――新しい倫理の問題圏』（昭和堂、一九九四・一二）、クニール・ナセヒ『ルーマン　社会システム理論』（舘野受男他訳、新泉社、一九九五・一二）、佐藤勉編『コミュニケーションと社会システム――パーソンズ・ハーバーマス・ルーマン』（恒星社厚生閣、一九九七・三）。
（9）ルーマン同右（上）、二四―四三・六四―七七・一六三頁、村中同右、一九―三三頁。
（10）ルーマン同右（上）、五〇―五五頁、（下）、四九二―五一五頁、村中同右、三四―三九頁、村田裕志「意識のオートポイエーシスをめぐって」（佐藤勉編前掲書所収）。
（11）ルーマン同右（上）、五七―五八頁、（下）、七四三―七五〇頁、村中同右、四〇―四二頁。
（12）ルーマン同右（下）、八五〇頁、村中同右、八九―九一頁。
（13）ルーマン同右（上）、一六九―一七〇頁、三三五―三四四頁、村中同右、四三―四六頁、一三〇頁。
（14）ルーマン同右（上）、一二三―一二四頁、二七一―二七六頁、村中同右、一二〇頁。
（15）ルーマン同右（上）、二一七―二二七頁、二三〇―二三五頁、村中同右、一三五―一三九頁。
（16）ルーマン同右（上）、二五八―二七〇頁、村中同右、一四〇―一四二頁。
（17）ルーマン同右（上）、一六四―一九〇頁、村中同右、一四三―一五五頁。

(18) ルーマン「生活世界――現象学者たちとの対話のために」(青山治城訳、情況出版編集部編『社会学理論の〈可能性〉を読む』、二〇〇一・七所収、一七二、一八二頁)。
(19) ルーマン『社会の経済』(春日淳一訳、文眞堂、一九九一・九)。ルーマンの経済システム論については、春日淳一『経済システム――ルーマン理論から見た経済――』(文眞堂、一九九六・三)の整理が参考になった。
(20) 春日淳一「社会システム理論から見た貨幣――システム理論と経済――」(佐藤康邦他編前掲書所収、一二三―一二五頁)、および春日前掲書、一〇四―一〇五頁。
(21) 中野敏夫「ルーマンにおける法理論の展開とその射程――「コンティンゲンツ処理形式」と「正義」という概念に即して――」(佐藤勉編前掲書所収、三六四頁)。
(22) これについては、佐藤康邦他編前掲書における「総括討論――システムと現代倫理」を参照されたい。
(23) 渋谷香織「「純粋小説論」から『家族會議』へ――昭和十年の横光利一――」(『駒沢女子短期大学研究紀要』、一九九三・二)。
(24) とはいえ、たとえば、作品に絶望的なまでに抜き難く浸透している恋愛＝結婚という観念・制度を、忍のあり方が相対化していると読むには相当な無理がある。そうした観点からも、この作品の記述内容を過大に評価することは慎まねばならないと考える。
(25) ちなみに、残り九回の第136回は文七の葬儀の場面であり、そこでは、泰子と逢って欲しいと、忍が高之に再度強く懇願している。
(26) この観点から、「家族会議」の改稿について若干の言及をしておきたい。定本全集第七巻の「編集ノート」(井上謙執筆)でも指摘されているように、創元選書版『家族会議』(一九三八・一二)には、作者による大幅な加筆・削除・修正がなされている。この異同の問題について分析した太田登「二つの「家族会議」について」(『立教大学日本文学』、一九七二・一二)では、「純粋小説論」の実践化としての新聞小説「家族会議」は、「〈偶然性〉の遊離と〈通俗性〉の趣向過多」のため「失敗作」となったが、横光の「渡欧体験」にもとづいてなされた修正によって、創元選書版『家族会議』は「あらたな価値を蘇生しえた」と述べられている。忍のあり方に関係する加筆部分に注目すると、高之が恋愛感情を抑えている理由を付け加える「彼が忍を根から好きになることを警戒してゐるのも、一つは彼女の贅沢なためである」(創元選書版、三一四頁)や、泰子の忍に対する疑念が高之にも向かった「けれども、忍よりも高之がもし忍を愛してゐたら」(四〇一頁)といった記述が挙げられる。しかし、泰子を東京に赴かせたことについて高之が忍を問い詰める中、再度の破局を知った忍が「ほつと溜息をつく」場面に続き、「もう二人は疲労と虚無との中から自然に生れて来る何事かの感情を待つばかりであつた」(四二七頁)と、そのコミュニケーションの帰結が付け加えられているように、改稿の結果、忍のあり方が整理されるというよりは、むしろその複合性が強調されているように思える。さらに、末尾には次の文章（この加筆部分は前記「編集ノート」にも引用がある）が付け加えられている（四五五—四五六頁）。

それは長い間俯伏せになつたままだつた。しかし、再び顔を上げたときには、片頬に枕の皺のあとをつけてゐる忍は、よく寝た後のやうにのろりと寝台を降りて、また次の日の朝のやうに婆やに紅茶を頼んだ。そのときは、忍はまつたく、痴呆のやうに新鮮な顔で庭に植つた冬の薔薇の花を眺めてゐた。

忍の「痴呆のやうに新鮮な顔」がいかなる意味に縮減されるのかについては、やはり小説の記述を振り返るほかないが、こうした表情を浮かべるまでに葛藤する人物——その内実は不透明なままであるが——として、忍がより強く印象づけられることになっていると言えるだろう。

第四部

次の夕刊小說

四月中旬《じゆん》、濱本浩氏の「淺草《あさくさ》の灯《ひ》」の完結《くわんけつ》後《ご》には横《よこ》光利一氏の長篇小說《せう》を掲載《けいさい》することになつた、横《よこ》光利一氏の藝術《げいじゆつ》は、その雄渾《ゆうこん》にして精緻《せいち》な構想《こうさう》と深《ふか》く鋭《するど》い心理《り》解剖《かいばう》とによつて燦然《さんぜん》たる光を放《はな》つ星である、氏をわが文壇《だん》の鬼才《きさい》と認《みと》めることに何人も異存《いぞん》はないであらう、半歳《さい》に亘る外遊《ぐわいいう》から歸朝《きてう》後、氏が如何なる文學精神《ぶんがくせいしん》によつて如何なる作品《さくひん》を發表《はつぺう》するかは萬人注目《ちうもく》の的《まと》となつてゐたが、今回《くわい》その待望《たいばう》の小說《せう》を本社入社《にふしや》第《だい》一回作品《くわいさくひん》として夕刊《かん》紙《し》上に連載《れんさい》することになつた、歐洲《おうしう》行脚から得た秘材《ひざい》を傾《かたむ》け、遠く故國《こ》を離《はな》れた日本人の生活模様《もやう》を、或はその心理《り》葛藤《かつとう》を心ゆくまでに描破《べうは》しようといふのである、題《だい》して『旅愁《りよしう》』——この新作《しんさく》が惱《なや》み多き現代《げんだい》人に大きな示唆《しさ》を與《あた》へるであらうことを信《しん》じて疑《うたが》はない、『寢園《しんゑん》』『家族會議《かぞくくわいぎ》』等の傑作《けつさく》によつて本紙《し》を飾《かざ》り來つた氏が、今回《くわい》の作品《さくひん》によつて如何なる飛躍《ひやく》をなすか、期《き》して待つべきものがあらう、これに配《はい》する挿繪《さしゑ》の執筆《しつぴつ》に『世界《かい》のフジタ』として名高い藤田嗣治氏の快諾《くわいだく》を得たことは他社《たしや》の追隨《ついずい》を許《ゆる》さぬ本社《しや》の誇《ほこ》りである、巨匠《きよしやう》藤田畫伯《ぐわはく》の手腕《わん》については今更《さら》喋々を要《よう》しないであらう、新聞《しんぶん》長篇小說《せう》の挿繪《ゑ》は氏としてははじめての試《こころ》みで『必《かなら》ずや新機軸《しんきぢく》を出さう』といふ素晴《すば》らしい意氣込《いきご》みである、文壇《だん》の鬼才《きさい》と畫壇《ぐわだん》の名匠《しやう》と、この得難《えがた》きコムビが如何なる光彩《くわうさい》を發《はつ》するか、讀者諸氏《どくしやしよし》の期待《きたい》を切に望《のぞ》む次第《しだい》である（寫眞右は横光氏、左は藤田氏）

旅愁《りよしう》

作　横光利一
畫　藤田嗣治

作者の言葉　横光利一

外國《ぐわいこく》のことを書くには風景《けい》を書く方が近路と思ふ。繪畫《くわいぐわ》では風景《ふうけい》の色は出るが動《うご》かない。寫眞《しやしん》では動《うご》かすことは出來ても色が出ない。文章《しやう》ではそのどちらも、ある程度《ていど》までは出し得られ、登場《とうぢやう》する人間の心理《り》も出る。バルザックのある作《さく》中に「もしあの時、月が出てゐなかつたら、二人の戀愛《れんあい》は成立《せい》してゐなかつただらう。」といふ感想《かんさう》がある。風景《ふうけい》と人間の心理《り》は、それほど密接《みつせつ》な關係《くわんけい》があるから、日本人が日本にゐるときと、外國《ぐわい》にゐるときとは、總ての點《てん》に於て變《かわ》つて來てゐる。總てが變《かわ》つてしまふと、本人は少しも變《かわ》らないと思ふものである。讀者《どくしや》もしばらくの間、筆者《ひつしや》と共に、紙《かみ》の上で旅行《りよこう》する準備《じゆんび》をしていたゞきたいと思ふ

『旅愁』連載広告（『東京日日新聞』昭和12年 3 月31日夕刊より）

第一章　欧州旅行（一九三六〔昭11〕）をめぐって

第一節　ジッドとの不対話、および小説「厨房日記」が示すもの

「私は横光に是非ともジードに会つてほしかつたと思う。ジードが招待の手紙をよこさなかつたとしてもこつちから出かけて行つて会つてきてもらいたかつた。だから招待の手紙が二度三度来た以上は、何か事情があつたにしてもとにかく会つてほしかつた、あるいは会うべきだつたと考えるものだ。」（中野重治「ジードとハイデルベルヒ」、一九三六・一二・一五〜一九）。[1] A・ジッド訪問は、「この作家とあれだけ深い関係にある国の国民が、フランスに出かけるその国の若い文学者の上に当然かけていい、また事実かけてもいた希望だつた」にもかかわらず、横光は会おうとしなかった。中野は、その理由について、「横光・ジード面会の日本政府による禁止」の可能性を一応示唆した上で、「フランスで左傾するのは日本で右傾するようにやさしい」と言う横光が、「自分自身は右傾をも左傾をも超えているかのように見せかけ」、かつそれを「自分自身に言い聞かせることで自分の魂を安静に保つ」ためであったとの見解を示す。そして、横光のジッド不訪問と、各国大学がその招待を拒絶した「ハイデルベルヒ大学五百五十年祭」に日本代表が参加したこととが、「日本と外国との文化的交歓の上に残され

た、将来のことへかけて残る一つの大きな結節だった」と結論づける。

作品・評論の中にジッドの名と言葉を頻繁に書き入れ、「ジツドの常に一番書きたいと思つたことは何んだらうと、私は繰り返し考へたものである」（「覚書」（『文学界』、一九三六・一）、なお同月には同題の別文がある）と振り返る横光にとって、その存在が非常に大きいものであったことは疑いえない。しかしながら、横光は、欧州旅行（一九三六・二・二〇～八・二五）に出発する際、フランスではジッドと会う意志はない、と複数の座談で述べていた。[2] 中野の言を俟つまでもなく、横光も繰り返し言及したジッドの「左傾」「転向」問題が、その大きな要因であったと考えられる。横光は、「ヂッドの変貌といふのは、私は彼の企画だとは思はない」（「覚書一」、一九三四・四、原題は「覚書」）とかつてその判断を留保していたが、「覚書」（『文学界』、一九三六・一）では、転向以後「彼の作物を読む楽しみが薄れて来た」と述べ、「自身の富」を保持し続けているジッドが「転向するなどと云ふことに、どんな困難が要ると云ふのか」、といった「絡んだ言い方」（「ジードとハイデルベルヒ」）もしていた。[3]

しかし、横光はジッドに「偶然会つた」。いや、そこで横光が言い直しているように、正確には、「会つたといふより見かけた」（「横光利一と藤澤桓夫　一問一答」、一九三六・一二）。ポーランドからソヴィエトに入る列車内での「不思議な幻の様なこの出会い」[4]は、「人間の研究」（一九三七・一・一〇～一四、単行本『欧州紀行』（一九三七・四）に収録）で詳細に記述されたほか、以後繰り返し横光が語るところとなる（「最近の欧米を語る」、一九三七・一、「文学清談」、一九三八・五、など）。とはいえ、中野の事実誤認が証明されるわけではない。「人間の研究」の記述が如実に示すように、残されたものは、「世界第一の精神界の偉人」の詳細な観察記録、あるいは、「その紳士は命じた紅茶を飲みもせず、不機嫌さうな様子で眺めてゐたが、今度はじつと私を見詰め始めた。（…）まだその紳士は私をじつと見つづけて眼を放さないのである。」というようないわば自意識の記述――相手が本当に自分を見ているかは確証できない――でしかなく、何らかの具体的な関係性が生じるような邂逅ではなかったのだ。

ところで、一九三六年（昭11）六月から八月に渡るジッドのソヴィエト滞在は、多大なる物議をかもしたソヴィエト批判の著 *"Retour de L'U.R.S.S."*（一九三六・一一）の執筆を促すものとなつた。ジッドは、先に開催された第一回文化擁護国際作家大会（一九三五・六）においては、「コミュニズム」に対する「画一主義」との非難を、「そこに住む各人がのびのびと成長し、彼のあらゆる可能性が発現し、充分に活動出来るやうな、さういふ社会状態こそ、私達がコミュニズムに期待してゐるものである」[5]と、理想主義的見解を掲げることで退けていた。巴里祭（七月一四日）で、レーニン・スターリンらの写真を掲げた共産党の後に、ジッドの写真を持つ人民戦線の行進が続く風景を体験していた横光は、同じ頃ジッドが、現地における「画一主義」の実態を目の当たりにし、ソヴィエト批判への傾斜を深めていたとは知る由もなかっただろう。だが、そうした思索の只中にあるジッドと、「偶然」にも横光は遭遇していたのである。この時点でもし両者が言葉を交わしたならば……。これが愚問であるのは言うまでもないが、いくつかの事後的な発言から、それなりに興味深い想像を描き出すことも可能であろう。とはいえ、同じくジッドの当時の思索を知った後の発言であるならば、不対話の事実に対する次の説明＝言い訳を取り上げる方が、いくぶんか意味があるように思う。

私はジイドのものを多く読んだことがあるので、何とかして話さうと思はぬではなかつた。しかし、そのときには私の心にどうしても話しにいかせぬものが、も早や生じてゐたのである。（…）各人の頭を貫いて変らぬ固定観念といふものについて、ジイドに質問したり話したりし合ふならこれは別だが、しかし、それは今さら話しても何ともならぬと分つてゐることだ。私がもし話すとすれば、国境を通るごとに変化する人間の心理について、また私の変化した東洋人の精神に関して話すより術はない。私の変化の仕方は何と言つても東洋人の変化であり、ヨーロッパ人の変化ではない。（…）かう思つた私はジイドに勝手に物を思はせ、[6]

私も自由な感想に耽るに如かずと、そのまま通行人のやうに行きすぎて帰つて来た。

（「変性」、一九三八・三、原題は「変化の素因」）

横光はこのように、『欧州紀行』以降特に強調した、文化（民族）相対主義——それは文化（民族）本質主義と表裏一体をなしていよう——にもとづく理由づけによって、偶然の遭遇にあったであろうインパクトを消去し、同時にジッドという存在の他者性を馴致する。(7) 欧州体験によって、自身のナショナリズムに確信を得たという表明の反復は、この説明を整合的に補完するであろう。この地点から、それ以前の作品・評論におけるナショナリズムの発現に遡及し、欧州体験の位置づけを問い直すことは可能である。また、「ヨーロッパ人」／「東洋人」の二項対立の虚偽性と、「西洋」の視線の内面化によって仮構された、文化的人種的主体性のあり方について論難することもできよう。さらに、こうした発言の背後で、帝国主義の伸張に伴なう文化侵略が進行していることも見逃してはなるまい。ただし、横光に関してまず焦点を当てたいのは、思想的問題を議論する手前に存在したはずの具体的な事情についてである。それには、思想的糊塗をこらした横光の建前を払い落とし、「話しにいかせぬもの」の実態に向けて接近していく必要がある。

そこで、単行本『欧州紀行』の末尾に付された小説「厨房日記」（一九三七・一）の記述に注目したい。実際のトリスタン・ツアラ宅の訪問（岡本太郎の紹介による）を下敷きにした箇所で、そこに集った人々から日本に関するいくつかの質問を受けた「梶」は、日本特有の「義理人情」や「秩序といふ自然」の存在を取り上げ、それがいかに「ヨーロッパの知性」と相容れないものであるかを説くが、この返答に質問者は押しなべて沈黙する。そこから、思想的課題に関する「梶」の内言が開陳されていくのであるが、ここで着目したいのは、小説における思想(?)的言明が、どのように対人的な発話として記述されているかである。「梶」の発話の記述においては、

「通訳の友人」の介在が必ず書き入れられている。そして、「友人」の口から発せられたフランス語（「梶」の言葉の翻訳）は、そこにない。ということは、記述された「梶」の日本語－発話と、相手が聴取した「友人」のフランス語－（発話の）翻訳との距離について、（一致もすれ違いも含めて）想像すらしえないということである。同時に、日本語で作品を読む読者は、実際の発話形態－フランス語が不在であることから、その原文であるとされる日本語を、発話の意味内容として無媒介に受け入れるよう誘引される。小説では、思想的文化的相違の主張のみが表出され、その場に存在したはずの言葉の違い――それは一方で、前者と相補的関係に置かれることになろう――が都合よく隠蔽される。しかしながら一方で、小説のリアリズムは、通訳者の完全なる捨象を許さなかったのである。

フランス語を話せなかった横光は、パリで、「フランス語は少し上手くなつたが、羞しくて饒舌れない」（一九三六・六・一四付、横光千代子宛書簡）のだった（この言葉が、ツアラ宅訪問の報告を含む書簡の末尾にあるのは興味深い）。ジッドとの遭遇の場面で、横光を「話しにいかせぬもの」とは、第一義として、言葉の問題であったと考えるべきではないだろうか。[8]〈偶然〉の真の意義はそこにこそ開示される。言葉の通じない著名人との偶然の遭遇にまつわる逡巡や忸怩たる感情が、それを引き起こす言葉の違いとともに、真っ先に事後的な記述から削除されたものであったはずだ。ではそこに何が起きていたのか。想定せざる偶然の出会いとは、言葉以前に到来する他者性に触れる一瞬の出来事であり、と同時に、言葉によって事後証明するほかない逆説的な事態である。それゆえ、他者の他者性にもとづく言語的差異（人間存在における言葉の不透明性）の徴標――それは出会いに潜在する前提条件であり、かつ出会いによってのみ発現する――が、後に残されるのである。ここで、話しかけ、話しかけられる出来事は、言語的差異の認識はもとより、（多くは言葉の違いを根拠とする）文化本質／相対主義の観点にもとづく意思疎通不可能性の以前に存在することが重要である（あらゆる差異は外部性との接触によってはじめて認知できる)。他者性の開示と出会いが同時に生じ、かつそこで他者と主体とが相互構成的に生成するがゆえに、他者との共約不可能性が出会いの後で、あるいは出会いとともに、言語的差異として主体に刻印される。だが、その認識・記述の不可避な事後性において、横光の言い訳にあったように、出会いの拒絶の〈原因〉としての文化本質/相対主義的相違性を、事前からある実態として捏造する間隙が生じてしまうのだ。そこで、あくまで言語のレベルに焦点を据えることで、前者のプロセスと後者の捏造のあり方を同時に浮上させる必要が出てくる。

「(ジッドに―引用者注)会つたつて話も何も通じやせんしさ」(「横光利一渡欧歓送会」、一九三六・四)という渡欧前の横光の言葉は、「話」の内容以前にある、言語の問題として押さえておくべきである。横光の欧州体験には、確実に通訳と翻訳の媒介――正確には媒介以上の何かである――が存在していた(もちろん言うまでもなく、いわゆる「外国人」との対話は直接的なものでない――この見方は「母国語」を同じくするものとの対話が直接的になされるとの仮定に発する――としているのではない)。こうした翻訳媒介的な関係性こそが、横光が文学活動において描き出した他者との対話の原理的様態であった。その意味で、欧州体験とはむしろ、それまでの思索の一側面を確証する経験であり、かつその混迷の正当性の証明でもありえたはずなのだ。

第二節　パリでの講演について――残された言葉の拡散

先の観点から、まず、横光がパリで行なった講演――それは後にフランス語でフランスのメディアに発表されることになる――について取り上げる。欧州にはじめて赴いた横光が、当地での講演について、「英国人の沢山ゐる中で、僕一人が演説をするのだから、一寸困るよ」(一九三六・四・二八付、横光千代子宛書簡)[10]などと吐露したように、相当な負担を感じていたであろうことは予想に難くない。拠点としていたパリでの再三の誘致[11]には、「パリの作家協会から僕に出てくれ、そして話をせよといふ招待が、あつたが、やめた。／ヂッドも僕の話を聞きに来ると云ふのだが、こんな所で、気を使ふのは馬鹿馬鹿しいから、いよいよ月末あたりから、スペインへ逃げやうと思ふ。（…）作家協会なんかへ出て、パリで有名になつたりするのは、もういやになつた。」（一九三六・五・二四付、横光千代子宛書簡）など、気後れして数度回避したようである。最終的に、七月九日、'l'association porza' なる会で講演を行なうことになる。[12]この講演については、「僕の講演は原稿へ書いて、通訳してくれる山田きく子さんに渡したら、ひどく感心してくれた」、「昨日きく子さんに逢つたら、もうホンヤクが出来てゐた」（一九三六・七・九付、横光千代子宛書簡）[13]など、事前の準備の様子が窺える。パリでは慣例の「質問攻め」に、かなりのプレッシャーを感じていたようであるが、『欧州紀行』によれば、質問者はおらず、「若い青年や婦人は、遠くの方からぼんやりとした、奇妙な顔で私を見てゐるきり」であったとされる（なお、一九三六年七月一六日付の横光千代子宛書簡には、講演成功の興奮と安堵の様子が伝えられている）[14]。

講演における横光の発話行為そのものを表象することが、（その場全体の再現も含めて）不可能であることは言うまでもない。検討していきたいのは、発話された（とみなされる）言葉の行方である。これについては、次に挙げる数種のテキストが残されている。

Ⅰ　草稿（定本全集第一六巻、「雑纂」中「評論・随筆2」として収録）。

Ⅱ　'LE JAPON ET NOUS' par Riichi YOKOMITSOU (*Les Nouvelles Littéraires* 紙、一九三八・一・八、タイトル上見出しには連載名 'A PROPOS DU CONFLIT SINO-JAPONAIS' の文字がある)。[15]翻訳者は無署名であるが、前書き部分で横光を紹介した言葉が引かれているキク・ヤマタによる訳稿、もしくは、キクの講演通訳の筆記録と推定される。なお、前書きには講演の「抜粋」と記されている。

Ⅲ「日本と我等」（『セルパン』、一九三八・五、Ⅱの翻訳〔訳者上田昊〕）。訳稿の前に、編集部による原文記事に関する説明と前書き部分の訳、[16]および「訳稿に添へた感想」として横光のエッセイ「話す者と聴く者」が付されている。定本全集第一三巻「編集ノート」に収録。

Ⅳ「我等と日本」[17]（単行本『考へる葦』〔一九三九・四〕に収録）。末尾に「（昭和十一年七月九日、巴里ポルザ万国知的協力委員会での講演）」とある。

内容は、前半で、日本の近代文学におけるフランス・ロシアの作家の影響についてごく簡単に述べられた後、他国文化の摂取のあり方、および日本の伝統と輸入文化の融合について、日本人の無の精神や謙虚さ・公平性といった観点から説明したものである。Ⅰの草稿は、先に見たように、講演の事前に通訳者キク・ヤマタが読み（翻訳し）、かつ『セルパン』編集部もまた、Ⅱの訳載に際して「横光氏がパリの客窓にて綴られた講演の草稿をも参照」（Ⅲの説明）したとされることから、（現存している草稿と、それらが同一物であるかは確証できないものの）他のテキストの生成に何らかの役割を果たしたと考えられる。講演抜粋とされるⅡ・Ⅲに比べ、ⅠとⅣは分量的にも表記内容の面でも近似しており、基本的にⅣはⅠに加筆したものと見てよい。また、ⅡとⅢについては、言語そのものの違い（！）はさておき、ある程度忠実な翻訳がなされている。そこで、横光の実際の発話行為については遡行不可能な〈起源〉としてひとまずカッコに括り、興味深い異同箇所のいくつかについて確認してみたいと思う。

まず、ⅡとⅢにおける内容の相違に着目すると、Ⅲで削除および改変された記述として、①大戦後のヨーロッパの精神的混乱と、当時の日本の状態とを比肩できるといった内容（'On peut comparer l'état mental du

Japon actuel á celui de l'aprés-guerre européenne') の抹消、②日本人の他国に対する純朴な態度が持つ欠点として挙げられた「判断の自立性を喪失する」('Par example, elle peut nous induire á perdre notre indépendence de jugement') ことが、「寛大と自由を失ふ惧れを生ずる」(Ⅲ) と不明瞭な表現に改変されていること、③Ⅲの「この謙虚さのおかげで、また日本人は、外国の伝統の長所を直感する才能の訓練を得、さうして新しい思想の建設をも、また同時に始めるのである」に当たる箇所で、その「才能」(Ⅱでは 'la possibilité remarquable') にかかる、「(他国の精神性に敏感であることで) 緻密にその動向に続く〔才能〕」('suivre les movements avec subtilité') といった表現がないこと〔'suivre' の訳し方によってかなり印象が変わるであろう〕、④Ⅱの結びの一文で、「フランスの民主主義が、全く新しく固有の技術を提示し (…)」('La démocratie française propose une technique tout á fait nouvelle, propre...') とある箇所が、「フランスに於いて、世界に類例のない、個人主義に混合したコンミニズムといふ独特な思想上の変形が、全く新しい技術で形造られ、(…)」とされている点、などが挙げられる。Ⅰ・Ⅳともに、これらⅡのフランス語に対応する表現は存在しないが、Ⅲの表現に関しては、②はⅠになくⅣで付け加えられ、③④はⅠ・Ⅳとほぼ共通している。また、ジッドの言葉の引用 ('André Gide a dit :《Il n'y a rien de plus respectable que de perdre la vie》'〔Ⅰには記述なし〕) の後で、Ⅲでは、「このジイドの思想は、デカルト以来続いたフランスの理智の敗北であるか、または勝利であるかは、われわれの最も疑問とするところである」との表現が加えられ、日本人の「無の精神」と「自然」に対する姿勢について、ジッドのそれと比較して述べる議論が続いている (Ⅳでもほぼ踏襲)[18]。

以上を踏まえると、Ⅲの成立過程で、訳者や編集部だけでなく、横光自身の手が入っていることは疑いえない。横光は、Ⅱに記載されたフランス語の上田訳から、いくつかの言葉 (特に日本に関する認識として誤解を招きそうなもの) を消去し、講演・翻訳の起源たる草稿から本来の言葉を補給しながら、おそらくは発話されなかったであろう言葉をも書き足した、と推察される（後の二つの作業は、実際の発話が〈不在の起源〉であることに支えられている）。そして、Ⅳを単行本に収録する際に、講演の日時・場所を書き入れることで、発話とⅣとの距離が捨象され、フランスでの講演の日本語による事後構成作業が完了する。これによって、当時横光が主張していた言葉を、かつてそのままフランスの聴衆に向けても発していたかのごとき錯覚が生じる。ただし、ここで重視したいのは、テキストの異同から推測される横光の意図だけでなく、（発話も記述も）フランス語への翻訳を経由しているという事実、それによって、言葉が、複数の担い手のもとで、発話‐記述‐翻訳の間を幾重にも往復したという事実である。残されたテキスト群に関わった者はみな、（講演で日本語を使用した横光も含めて）言語的差異が強く発動する場で、言葉に対峙していたはずなのだ。時間的空間的距離を利用して、自己の言葉をメタレベルから統御した横光であるが、以上の事実にもとづく言葉の重層性によって、その超越的権能は棄却されてしまうのである。

このことは、発表された各テキストに付された、奇妙なタイトルが如実に示すところである。何よりもまず、'LE JAPON ET NOUS' と題する講演を、「日本人」である発話主体が行なうのは不自然に見える。講演の場の意識としては、'LE JAPON ET NOUS' という内容の話と受けとられていたにせよ（この意味で、横光は語らされていたのであり、完全な発話主体とは言い切れない）、このタイトルが講演自体に付与されていたとは考え難い。そもそも、横光の講演が *Les Nouvelles Littéraires* 紙に掲載されたのは、「中日紛争」に関する特集の一環としてであり、'LE JAPON ET NOUS' は、その初回タイトルであった 'Les Chinois et Nous'[19] に合わせて付けられたものと見るのが自然である。さらに、タイトル下に 'Par Riichi YOKOMITSOU' と明確に発話者が示された後で続く文章が、このタイトルの不自然さを増幅させる。「フランス国民・国家」を示すタイトルの 'NOUS' に対し、文中の表現 'Nous' の多くは「われわれ日本国民」を意味しており、この矛盾はタイトルと発話主体とのずれを絶えず照射してしまうだろう。そして、矛盾をそのままに直訳（「日本と我等」）された時、またもや理解不能の言葉「我等」が出現する。訳文中には、「我々日本人」との表現が繰り返され、指示対象を失ったタイトル中の「我等」は完全に宙に浮いてしまうのだ。結局、パリでの講演であることから、読者は、「我等」＝フランス（国民）と読み取ることになるが、そこでは再び文中の「我等」とのずれが浮上することになろう。おそらくフランス語の原文を眼にしていないであろう横光は、改変作業において、そこにあるねじれを修正するには至らなかった。いや、テキストのタイトルと自分との矛盾こそが、消去しえない言語的差異の刻印であることを、無意識に理解していたと言えるのかもしれない。そして、このことについて唯一なしえた主体的操作が、単語の入れ替え（「我等と日本」）であった。これが意味作用として実効的に機能するとみなすには、かなりのこじつけを要するだろう。しかし、フランス語で'LE JAPON ET NOUS'を'NOUS ET LE JAPON'に入れ替えるのが、相当な破格であることを考えると、この可変性の一点において、「日本人」としての主体性の主張が試みられているとも言える。もちろん、この主張が空虚であるのは、前節で見た「東洋人の精神」と同様であり、それによって、テキストの言葉の論理に存在する亀裂が埋められないのは当然であるが。

ところで、こうした問題性を副次的な位置に追いやるのが、言葉の意味の一帰属点として本来事後的に生じる主体の存在を、発話・記述に先行するものとして仮構することで、意味の一義性を創出してしまうわたしたちの逃れ難い傾向である。その力によって、第一の読者である翻訳者はもとより、聴き手や読者（それぞれ他言語で関与するものを含む）による意味生成への参与は、発話者－作者主体（ここでは日本語を用いる）の劣位に置かれる。同時に、テキスト間の序列化が定着し、フランス語による講演抜粋や上田の（原）翻訳などは、横光の真意を示す原文ないしは発話行為（ともに日本語による）の意味から隔たっているものとみなされる。そして、実際の発話と記述の言葉との一致が横光によって保証（偽装）された「我等と日本」を、決定稿として想定することになる。

しかし、これこそが一方で、横光が否定しようとしていた言語観・文学観にほかならない。「日本と我等」に付された文章「話す者と聴く者」に、それは端的に示されている。このエッセイは、書き出しで、トルストイ「戦争と平和」中のエピソード——簡単な演説が聴衆の解釈の相違から議論となる場面——に言及して、「同国民の中でもこの歎きは多い。ましてこれが異国民の間で行はれた場合は、誤解どころの状態ではなく、何かそれ以上の得体の知れぬ考へとなつて人々の脳中を通過することは、眼に見えたことである。」とした後、（次章で取り上げる記述をはさんで）次のように議論を進める。

> 一つの単語にしてからが、その語の含有するイメーヂは各人によつて違ふところへ、言葉は長い連鎖である。こちらの云ひたいことと、受けとる者の受けとる量と質とは相似をしてゐるとはいへ、その原型と相似との距離は計らうにも計り得られるものではない。話すものと聴くものとの間の、この説明のつかぬ部分を何といふのであらうか。パリの『ヌウヴェル・リテレェール』に出た私の話の訳も、私は読んでみたが、話した言葉と訳とはやはりこんなにも違ふものかと思つた。われわれが翻訳物を読むときにも、これと同様な相違を読んで真と思つてゐるにちがひないが、それなら、真とは語《ママ》すものの言葉にあるよりも、受けとるものの心にあると見なければ、この世界は成り立たない。
>
> （「話す者と聴く者」）

こうした見解が、「内容とは、読者と文字の形式との間に起るエネルギーで、エネルギーは同一なる文字の形式からは変化せられず、読者の頭脳のために変化を生じると云ふことが明瞭になる。即ち、私が、内容とは形式から受ける読者の幻想であると云つたのは、これを意味する。それ故、同一物体である形式から発する内容と云ふものは、その同一物体を見る読者の数に従つて、変化してゐる。」（「文字について――形式とメカニズムについて――」、一九二九・三、原題は「形式とメカニズムについて」）といった初期の文学・言語観の反復であるのは明らかであろう。さらに横光は、「文字は物体である」というア・プリオリな事実から、「われわれの描いた作物である文字の羅列なる文学作品は、われわれ作者からも全く独立したものであり、また同時にわれわれ読者からも全く独立した形式のみの物体となつて横はる」（同前）というように、作者・読者ともに文字・言葉の意味作用を完全には回収しえないとの結論を導出していた。それゆえ、先の「話す者と聴く者」の引用には「「初めに言葉ありき」といふ真理は、事実よりも言葉の方に真があるといふ意味である」との言葉が続く。[20]「独立した形式」である言語について、それに関与する者同士（三人以上の状況も含めて）の「脳中」を計ることができる超越的な主体は存在せず、「真」の意味は不確定なまま「得体の知れぬ考へ」となって散逸していく（この意味で、横光のいわゆる相対的人間観なるものは、文字・言葉の絶対的外部性と相即的である）。「私の文章も譬へ間違つてゐるとしても間違つたことに於て正しいのだ。だから、肝臓が慄へようと慄へまいと、文字で肝臓が慄へたと書けば、肝臓は文字の上で慄へたのだ。」（「肝臓と神について」、一九三〇・一）といった極論にまで達する言語観が、その背後にある認識論的アポリアと相俟って横光の文学活動を牽引していたことを、ここでも念頭に置いて議論を進めたい。[21]

結局のところ、「我等と日本」をめぐる問題は、文字・言葉の物質性・独立性の隠蔽によって成立する、「受けとるものの心」の無視、ないしは「受けとるもの」の独断的定立へと集約される。そして、そこで仮構された主体に、本来的に「真」であるはずの〈言葉〉が回収された時、観念的「事実」――たとえば日本人の日本精神――が、「真」なる自立的実体として位置づけられることとなるのだ。

第三節　翻訳作品‘Young Forever’（「青春」）をめぐって

「話す者と聴く者」の中に、「最近ペンクラブの依頼で、アメリカへ訳する小説を一つ書くやうとの話を受けた。私は昭和十一年の正月に『改造』に書いた「青春」を出した」との記述がある。それからやや時を経て、“*YOUNG FOREVER AND FIVE OTHER NOVELETTES*”（一九四一・六）[22]なる日本の短編小説集の中に、その翻訳作品‘Young Forever’[23]が収録された。

「青春」と‘Young Forever’を読み比べると、前半部（「青春」では定本全集第七巻、六二一～六二六頁六行目、‘Young Forever’では前掲書、一～九頁一七行目）では、小説の冒頭に序文のようなものが加えられたのをはじめ、もはや別稿と言うべき大幅な異同があるのに対して、それ以降では、若干の加筆挿入箇所があるものの、両者の表現がほぼ完全に対応していることがわかる。このことは、「この作は外国へ行く前の作であつたから、前半に現れる事件の説明の仕方を書き変へた」（「話す者と聴く者」）というコメントとも符合しており、基本的に、内容的な異同は横光による日本語での改稿と想定できる。また、訳者のいわゆる忠実性についてもある程度信頼してよいと考えられる[24]。ただし、翻訳者の存在がそれによって透明になるわけではなく、ここでの改稿が、翻訳者による翻訳をさまざまな意味（作者が翻訳を想定して書くことも含めて）で経由した上で、もはや作者の手の届かない言語的差異の只中に浮かび上がるものでもあったことを忘れてはならない。

作品の冒頭部に新たに置かれた一文は次のとおりである（以下、資料の紹介も兼ね、省略せず引用する）。

In the European countries which I visited a few years ago, I often found that cheap Japan-made goods had found their way and were filling the department stores and other shops there. It was all an evidence of the far-flung activities of merchants of Osaka.

Osaka is the largest commercial centre in the country, and it also is a town where the old traditions of Japanese merchants are most strongly reflected in the prevailing commercial methods and practices, so much so that it will be impossible for anyone to understand the Japanese commercial system without knowing something about the traditional methods of training a merchant in Osaka. It is a law of human nature that the traditions of a race are formed on the basis of the sense of justice peculiar to a race. One thing may appear unjust to one people, but may appear to another even as the final word in the beauty of emotion. Such is the case with every nation.

ここで興味深いのは、「青春」には明示されない語り手Ｉが、欧州滞在経験者としてのステイタスをもって現われていることである（もちろん、横光が加筆した文章で「私」を明示したかは不明である）。語り手「私」のあり方については、横光の小説論の核心にある技術的・思想的課題であり、横光はその表現にたいへん意識的であった。この後、小説に語り手Ｉが明示されることはないが、本筋に入る箇所で、'The story that follows is a tragic-comedy which begins with the old man's misfortune, and the like of which cannot be found in other countries.' というように、「日本人」による「外国人」に向けた語りであることが印象づけられ、以後随所でそれが繰り返されることから、作品の記述は冒頭のＩの存在によって支えられていると言える。ところで、横光の小説論において、作者ないし語り手は、読者および他の登場人物に対する絶対性を有せず、作品の記述に対して絶えず不確定な関係を結ばざるをえないことが確認されていた。これは、言葉の物質性・外部性の自覚にもとづく、他者存在の原理的不透明性と主体の解体といった観点から発する見解であったが、ここでは、日本文化・社会を代表する語り手の本質（「日本人」）を定義することで、作品内容に対する権威が仮構されている。そして、他者の不透明性を地政的外部に還元すること（同時に内部の透明性を仮想すること）で、それまでの文学的課題が、言語的差異（翻訳の必然性）に対する強い意識にもかかわらず、あるいはその言葉の違いの自明性ゆえに、容易に無視されることになっている。

続く段落では、大阪の商業社会における丁稚制度などの伝統が主題的に提示され、それを人種的民族的相違として還元する見解が示される。そこから、以下前半部では、「青春」には存在しない、大阪の商家に関する説明とその伝統性・特殊性（「西洋」との違い）の強調が繰り返されることになる。また、近代化による社会風景の変化と主人公山中老人の歎き、および従来のシステムの崩壊に伴なう大阪商人の混乱に関する記述は、両方のテキストに見られるものであるが、両者のバイアスの違いは明らかである。「青春」では、山中老人が「移り変る露地の外の風景に驚きと珍らしさとを感じる」箇所で、「古雅な造り」の商家や街並みの変容（コンクリートやネオンの出現など）が記述された後、孫娘たちによる映画やラジオの享受と、末の孫娘へ「名も明さぬ男」から電話がかかってきたことを挙げた上で、「これは恐ろしい世の中になつたものだと全く感慨に堪へぬ風だつた」と締めくくられる。一方、‘Young Forever’ の該当部分では、家屋が和洋折衷の造りに変化したことが触れられた後で、以下のように続く。

The old Japanese apprentice system, according to which the apprentices who were brought up and instructed in the air of commerce by the master of a firm were to stay and work for life with the firm, gradually gave way to the Western system of a commercial firm and its employes. It brought about the confusion and struggle within a firm, of the two different systems and methods, the Western and the Japanese, and the head of a firm was compelled just to watch the new state of affairs, as if trying to find out which would be the more efficient and the more fitting to his business of two systems. The master had to spend his days in an uneasy state of mind, vague and incomprehensible. Life became uneasy for the employes, as it did for the employers.

メディアやサブカルチャーの発達と若者生活の変化（これを「西洋」の侵入とする読みも生じたであろう）について、世代差の観点も引き入れつつ語る前者と、その記述が削除され、侵出する「西洋」の商業システムと、「日本」本来のものとの葛藤、混乱から、人々の不安の出現について多くの記述を割く後者とでは、小説の印象はかなり変わってくるだろう（ただし「青春」でも、「丁稚番頭」が「だんだん増加して来る知識あるサラリーマンに抑へられ」るという問題が示されてはいる）。先に横光は、大阪の商業形態の近代化（「丁稚奉公制度」から東京と同じ「ヨーロッパの会社制度」へ）を取り上げ、それによって「東京人と同じく精神上の不安も色濃く」増すとの見方を示していた（「大阪と東京」、一九三四・一二）。これが、「西洋」の侵出に対する告発となるまであと一歩なのは間違いないが、先に論じたように、この題材を扱った「家族会議」（一九三五・八～一二）では、コミュニケーションにおける言葉の不確定性や規範的価値の非決定性が主題的に剔抉されていた。ここでも、「西洋」／「日本」図式の仮構による、（世代差や地域差といった具体相も含めた）不透明性の無化が起きていると言えよう。しかし、この図式は、それを強固にするはずの言葉（作品の記述）によって裏切られる。

小説は、「今まで世の中の一切の事が分つてゐたと思つてゐたのに、それは大きな間違ひだつたと悟るやうになつて来た。見るもの聞くもの考へれば尽く自分の分らないことばかりのやうに思へて来た。それにつれて彼は自分の死後に莫大な自分の財産が、誰の手に這入りどうして分配されるかももう考へようとはしなくなつた。」という山中老人が、初恋の相手に小切手を渡そうと家を出た際に、当時の逢瀬を想起する場面で終わる。最後の一文はそれぞれ次のとおりである。

（…）そのころの日の光りが今もなほ街に輝いてゐるのが老人には不思議に深い神秘のやうに思はれて、突然、あはあはと訳もなく笑ふのであつた。

He did not know why, but it seemed to him a deep mystery that the same sun that used to shine on the street was still shining there, and looking up the sky permeated with the sunlight, laughed ha-ha!—a laugh that it may not be easy for any one to comprehend except for a Japanese.

翻訳に加えられた末尾の言葉が、語り手の主張として作品'Young Forever'の記述を方向づける機能を果たしているのは明白である。そこで、まず問題にしたいのは、対応している（と見られる）傍（下）線部の意味についてである。「青春」の末尾には、横光作品に頻出するような笑いの一典型――半ばあきらめにも似た達観の境地、ないしは思考停止の状態における笑い――が表現されていたと言える。ゆえに、それは山中老人にとって「訳もなく」発せられたものとひとまず解釈できるだろう。しかし、この言葉が字義どおりの意味をもって作用するのは、山中老人自身に対してだけであろうか。逆に言えば、理由の不在を示すこの言葉の真の意味について、整合的な説明をなしえる者は誰なのか。もちろん、読者は作品の内外部を参照しながら、さまざまな意味づけを探っていくことになるが、「訳もなく」という言葉の外部性において、その背後に一義的な意味を見い出すことに絶えず失敗するだろう。作者ないし語り手の側でも事情はそれほど変わらない。同時に、この言葉「訳もなく」は、字義どおりの意味をもって（つまり、山中老人の笑いが理由なしに発せられたという意味で）、そこにある（そうでなければ、理由の不在の理由を目指す読みはおろか、この文字の連なりを言葉として認識することさえも不可能になろう）。つまり、作品にある「訳もなく」は、それに関与する者が意味づけし尽くせないままで、文字・言葉として自律的に活動してもいるのだ。ここでは、「文字で肝臓が慄へたと書けば、肝臓は文字の上で慄へたのだ」と説明されるほかない事態が生じているのであり、「訳もなく」という言葉は、そのまま端的に「訳もなく」として受けとめざるをえない。以上のことから、山中老人の笑いの理由は誰にも理解できない側面を留保し続けると言える。裏を返せば、テキストの意味作用が誘発する、「訳」が不在である訳の追求という矛盾は、文字・言葉とともに成立するあらゆる関係性に刻印される、言語的差異の一端を開示していると考えられよう。

'Young Forever' では、'and looking up…,' の挿入によるものであろうか、'He did not know why,' がどの部分を修飾するのかあいまいになっている。しかし、ダーシ以下の加筆が、それを補って余りある機能を果たすと同時に、「青春」の記述以上の問題性をさらけ出すことになる。もう一度横光のこの翻訳に関するコメントに戻ろう。

> 説明といふものは、読む相手の心理に説明するもので、自分に向つてすることではない。芸術作品の場合でも感想評論の場合でも、このことだけは同じ原理によつてなされるものである以上、読み聴く相手を考慮に入れずに行はれる説明は、そのことだけですでに筆者の無能を示すことになる。芸術の尊厳といふことを考へた後にも、なほ残る問題はその中に行はれた説明といふ、心理上の技術に関する無限の変化である。／個

人や社会や民族の習性に関する説明を外国人にする場合にも、話す者は自身の立場を守りつつ、同時に聴く者の立場に浸入する心理操作を行はねばならぬから、こちらの立場と向ふの立場を近かづけ得られる可能の岸を発見し、相互に譲り合つた親近さを頼りとして、出られ得られる限り自分の立場を前に押し出しつつ話す努力が必要になつて来る。しかし、それでもなほ且つ、考へれば絶望に襲はれることがあるが、絶望のまま何の努力をしないよりも、する方が少しづつ苦心といふものは役に立つのである。（「話す者と聴く者」）

「筆者」・話者から「読み聴く相手」への「説明」という図式について、文字・言葉の物質性にもとづく議論からの後退とみなすこともできるが、この文章を積極的に解釈すれば、言語による相互理解の原理的不可能性という「絶望」の中で、それでもなお書き・話すことの意義が模索されているとも言えるだろう。問題は、この「絶望」が文化的民族的相違の構築に寄与する場面である。そこでは、「自分」／「読む相手」という言語とともに生成する関係様態が、「内部」なる独断的領域において仮構された「日本人」／「外国人」の構図に還元され、内部の不透明性を生み出す要因として「西洋」（外部）なる概念が創出される。このプロセスを絶えず支えているのが、言語がもたらす根源的差異の隙間で肥大化された言葉の違いという常識である。

「どのやうな言葉も、言葉であれば、その国の感覚から起つて来てゐることは、論を俟たない。外国語といへども、その国に入つて来た以上は、その国民の感覚が、これを自分のものとして使ふ。そして、そのとき、その言葉の持つ本来の意味と同様に、私らが感覚するといふことは、最も現実的に考へるなら、不可能なことである。」（「小説中の批評」、一九四一・四）とする横光であれば、「小説は翻訳語では書けない」、それは「日本の近代性の問題」である（「作家と批評家——横光利一氏を囲む座談会——」、一九四〇・一）と語ったのも当然と言える。そして、近代の「日本語」で書かれた小説でさえ問題を抱えているとするならば、それが他言語に翻訳された場合、途方もなく複雑なテキストとなるよりほかない。ただし、このことは、言葉が意味するものへの理解可能性の有無によって、内部／外部の境界を仮構するチャンスにもなる。それゆえ、外部におけるテキストの理解不可能性が、（おそらく最初は「日本語」で）書き込まれたのである。

ここまでならば、内部における独断的差異化の欺瞞性はとりあえず暴かれずに済む（ように見せかけられる）。しかし、テキストの理解不可能性が英語で翻訳され、語られる時、読者は、「日本人」（I）によって「日本人」以外には理解し難い笑いであると言われる、その事態について、いかにそれが空疎（説明しえないという説明）であるにせよ、いや空疎であるゆえに、そのまま理解すること（理解不可能性の理解）が一応のところ可能になる。これは、「青春」における笑いの理解と実質的にほぼ同じレベルで生じているのであり、この点において、内部／外部の差異化は限りなく無効に近づくであろう。また逆に、「国民の感覚」に満ちた「日本語」で思考する「日本人」読者は、英語で書かれたテキストを、「本来の意味と同様に」は読み取れないことになり、ひいてはテキストで自分たちに理解可能とされている事柄を、そのままの形では理解できないことになるのだ。語り手が「日本人」であることをいくら訴えたとしても、それが英語の文字・言葉によって書き込まれる以上、言語から文化への還元は永遠の迂回を余儀なくされる。それゆえ、末尾の言葉は、その主張とは裏腹に、外部に理解され、内部からは理解されないのである。この時、内部／外部という相違は、その意義を喪失し、「青春」と'Young Forever'は、言葉の違いを超えた、言語的差異の発現においてほぼ同列に置かれる。これこそが、「何か得体の知れぬもの」として発酵する、言葉の物質性のめくるめく活動の一端なのである。(25)

第四節　言語観の変質の意味——日本主義者横光利一の論理

横光は、欧州体験を経て後、「私が日本人であるといふこと、これだけは私はどうしても疑へぬ」（『欧州紀行』）との観点から、「日本精神」を鼓吹するイデオローグとして突き進むことになった。しかし、言葉をめぐる思索は、時にその主張に自ずと微細な亀裂を生じさせていく。たとえば、エッセイ「沈黙の精神」（一九三八・七）には、「生きる意義には言葉は不用だと観念する沈黙の精神——これが日本人の精神の、根本であらう」とした後で、次のような記述がある。

しかし、一度言葉を必要とすれば、心はも早や言葉といふ浮橋を渡らねばならぬ。この浮橋を一歩でも渡り出せば、不言実行は下へ沈み、活動するものは言葉となる。言葉は頭だ。頭で生を考へるすでにここに間違ひのあることを直観する日本人の知性は、再び言葉を排して実行へ移つていく。すると、ここに西欧の言葉の論理と衝突する。道は乱れる。／どのやうにいはうとも、いふことすでに価値を生じないと判明してゐるときにおいても、いはざる言葉としての表現を、言葉でとらねばならぬ。ここにまた矛盾がある。

（「沈黙の精神」）

言葉は、虚偽的信念への安住を阻害する異物として、疑いようもなくそこにある。言葉なき「直観」である「日本人の知性」とは、すでに「西欧の言葉の論理」に満ちた「日本語」の「頭」から生まれた概念であり、両者の「衝突」は「衝突」の不在を示すだろう。それは歴史的思想的問題であると同時に、言葉は不要であること

（「不言実行」・「沈黙」）それ自体が、すでに言葉の存在によって保証されているという、言葉がもたらす逆説・矛盾の一形態なのである。その意味で、たとえば言葉から無という概念を描出することは可能だが、その逆はありえないのだ。

ただし、横光はこう続けた。「しかし、この矛盾が何かを生むのだ。何を生むかは分らぬながら、自らまた西欧と別種のものが生れていくことだけは明瞭である。」。このように仮想される肯定的可能性は、以下の典型的な日本主義の主張（「最近の感想」、一九三六・一二）――「旅愁」（一九三七・四〜一九四六・四）などにも同じ論理内容が散見される――によって支えられている。複数の「外来思想」と「日本伝来の思想」の「衝突」が「日本の近代文学を作らせ」、「日本人の創造の原動力となつた」。それは、「日本」では「法則」が不在（＝「無」）であることによって、「思想なりものなりが常に流れてゐる」からである。ただし、「この無はそれならどう云ふものかと云ふと大変やつかいな話で中々説明を尽す事は出来ない。ヨーロッパ人には日本人のこの観念をいくら言葉巧みに説いても了解されないだらうと思ふ。」、「しかし同国人間ではこれは直感的に解るのである」……。内部／外部の差異づけが、外部には説明できないが、内部に属する者ならば「直感的に解る」ような「観念」の存在を保証する。同時に、「無」なるものは、「日本人」同士でも、言葉で了解することはできない、いや、言葉――「頭」で考えたもの――で示されてはならないのである。

横光は、上海での異言語経験について、「言葉の通じ合はないもの」[26]との対面によって、「日頃感じもしない人間といふ言葉の概念を、一層はつきり噛みしめて考へ直すやうになる」とした上で、「われわれの祖先」が、狩りの場で「思はぬときに見知らぬ人」を視野にした際に、「先づあれは鹿ではない人間だと思つたのであらう、さう云ふところから、人間と云ふ言葉も起つて来たのにちがひない」（「旅」、一九三一・五・一八、一九）との思索をめぐらせていた。ここにおぼろげながらも示されているのは、言葉の違いが言語的差異の自覚を呼び起こし、

「見知らぬ人」―他者との出会いと言語の関係をめぐる普遍的問題を開示する方向性である。もちろんここには、現実に行なわれている言語侵略に対する無関心はもとより、言葉の違いにもとづく文化本質／相対主義へと思考が展開していく危険性が内包されている。大事なことは、言葉が人間の諸活動の障壁となりえることを理論化する（ある意味で横光の文学活動の焦点はここにある）とともに、その障壁の普遍的性質を主体の脱自的実践への契機となすことであろう。小説「上海」（一九二八・一一～一九三一・一一）では、「身体」こそが、主体を拘束する障壁であり、かつそれゆえ、他者との出会いに向かう脱自的志向のスプリング・ボードとなる概念として描かれていた。それはまた、言語と同様、主体に対する唯物性・外部性を保持しつつ、主体を内部から構成する機能を有するものであった。

到達不可能な融和を夢見て、自己からの脱却を試みること、そして、その到達点の非実体性に絶望して反動化するのではなく、脱却そのものの連帯可能性にかすかな希望を繋ぐこと。これこそが、言葉の違いという「常識」から引き出されるべき方向である（足場がなければ飛ぶことはできない）。その起点は、他者と向き合うことをおいて他にないが、横光がそれをやり過ごしたように、出会いは絶えず「常識」による阻害にさらされている。それゆえ、「常識」の自明性を歴史化する作業とともに、根本的な問いを浮上させるまで「常識」を鍛え上げ、そこにある問題性を挟撃していくことが、わたしたちには必要であるように思う。

もちろん、横光がそうした可能性を持つ活動を中期までしていたにもかかわらず、欧州体験を機に変奏した、あるいは、そうした可能性に付随するマイナス面が顕現したと言いたいのではない。言語や身体の両義性のように、横光が持っていた論理的可能性はその暴力的な保守性と表裏一体、相互補完的なものであると言える。また、戦争イデオローグとしての発言は、おそらく横光の本音であるし、それ自体が、以上の可能性を前にして人間が抱えてしまうであろう一側面――判断・思考停止による現状の追認――によるものであると考えられる。

注

（1）以下引用は、『中野重治全集第一〇巻』（筑摩書房、一九九七・一、五七〇—五七四頁）による。

（2）「横光利一と林芙美子　一問一答」（一九三六・一）、「横光利一渡欧歓送会」（一九三六・四）。また、村松梢風によれば、城戸又一からの面会斡旋の申し出を横光は断ったとされる（『近代作家伝上巻』、創元社、一九五一・六、二一〇—二一一頁）。この理由について、井上謙は、「言葉の不自由とヂイドの左傾に躊躇したのではあるまいか」との見方を示している（『横光利一評伝と研究』、おうふう、一九九四・一一、三三二頁）。

（3）ただし、この横光の文章では、財産の処置に苦悩するジッドの言葉を紹介し、一定の理解を示してもいる。

（4）中川成美「「欧州紀行」論への試み——横光利一の巴里」（『立教女学院短期大学紀要』、一九八二・一）。

（5）邦訳単行本は、小松清訳『ソヴエト旅行記』（第一書房、一九三七・三）。

（6）「文化の擁護」（大野俊一訳、小松清編『文化の擁護』、第一書房、一九三五・一一所収、六三—六四頁）。

（7）ここでは、「純粋小説論」の可能性としてあった、偶然と他者性の関係をめぐる議論を想定している。

（8）言葉の問題にもとづく、「厨房日記」および横光のパリ体験に関する考察に、宮内淳子「一九三〇年代・パリの日本語——横光利一・林芙美子・森三千代の場合——」（『昭和文学研究』、二〇〇〇・九）がある。また、パリ生活の実態については、中川前掲論文の他、神谷忠孝「横光利一のヨーロッパ体験」（井上謙編『近代文学の多様性』、翰林書房、一九九八・一一所収）、宮口典之「森鷗外と横光利一——西欧体験を軸に——」（酒井敏・原國人編『森鷗外論集出会いの衝撃』、新典社、二〇〇一・一二所収）など。

（9）表象テクストにおける共約不可能性と〈翻訳〉に関する論考としては、中村三春「ブルガニロのいない世界——「ビヂテリアン大祭」の終わらない論争から——」（『昭和文学研究』、二〇〇二・九）を参照。

（10）ここで言及されているロンドン・ペンクラブでの講演は、結局高浜虚子が行ない、横光は出席のみとなった。このことについては、千葉宣一「「旅愁」への道——ロンドン・ペンクラブ体験の意義——」（由良哲次編『横光利一の文学と生涯』、桜楓社、一九七七・一二所収）、および中川前掲論文の分析がある。

（11）パリでの講演依頼については、本文に引用した書簡の他、一九三六年四月一五日、および六月一日付の横光千代子宛書簡にも記述がある。

（12）「パリへ七月の上旬に戻つてから国際知識階級連盟へ出席して、皆が僕の話を聞くのだ。僕のために開かれたのだ。会長はアインスタインである。ますますどうも一難去つてまた一難だ。これはもう拒るわけにはいかないのでね。」（一九三六・六・一八付、横光千代子宛書簡）。『欧州紀行』に「ポルザ協会主催」とあるこの会合については不明な点も多いが、「万国知的協力委員会」（国際連盟のそれか？）での講演としてその後定着している。なお、「旅愁」では、パリでの東野の講演について、「万国知的協力委員会の幹事をしてゐる佐藤といふ人が、今日は成功だ、と僕（塩野—引用者注）にそのとき云ひましたよ」と語られている。

（13）講演の通訳者「山田きく子」ことキク・ヤマタについては、矢島翠『ラ・ジャポネーズ』（ちくま文庫、一九九〇・一二）に詳しい。

（14）「九日の夜はあれから講演会に行つたが僕の話は成功した。僕と一緒に話したソルボンヌ大学の植物学者でブラランゲといふ教授は、僕の話を聞いてゐて、自分の造つて来た草稿が役に立たなくなつたから、別に急造して話を変へたと、感激して山田きく子氏に云つたさうだ。」。

（15）*Les Nouvelles Littéraires* 紙は、中日の紛争にあたって、両国に関する理解のために計六回（執筆者は横光を含む四名）に渡る特集記事を掲載し、時折このタイトルを付した。なお横光の講演は、その最後の回に掲載された。

（16）ほぼ忠実な訳であるが、講演の場について「ラソシアシヨン・ポルザ（万国知的協力委員会）」と記し、原文にはない（　）内の語句が付け足されている。

（17）このテキストの内容に主題的に言及したものとして、奥出健「現代作家のヨーロッパ（6）横光利一のパリ体験「我等と日本」」（『湘南文学』、二〇〇二・一）など。

（18）他詳細は省略するが、Ⅰになく Ⅱにある言葉の訳がⅢ・Ⅳに保持されている箇所などが見られる。

（19）前書きによれば、筆者 Marcel GRANET はフランス人の中国研究者である。

（20）さらにこの後では、日本語において、「単語といふ物質が複雑」になり、かつ「これを繋ぐ精神を現す単語も、ますます欧米から流れて来て複雑」になったことで、「混乱」が生じたとして、「支那、印度、欧米の文化を吸ひ込んだ複雑な日本の言葉の波の中」における「知性」のあり方についての問題を提示している。一見日本語の複数性・雑種性を考察に引き入れるような記述であるが、この後、「われわれが外人に話す場合、極力言葉を単純に使はなければ、通じないといふ不便を忍耐すること」が、「日本人の知性」の発展の可能性であると述べて論が閉じられている。問題は、横光が文字・言葉の独立性とそれに付随する主体の解体を、こうした外国語との相違、あるいは日本語への外国語の侵入という論拠を利用して、いかに隠蔽、糊塗していったかである。言葉の相違を前景化しつつ、精神・内容の差異を虚偽的に打ち立てることで、結果的に原理的な共約不可能性を、外部と内部の虚構的差異に帰し、内部の透明性を打ち立てることになったのである。

(21) ただし、当初から文字の「形式」が「民族」の概念と親和的であったことも見落としてはなるまい。この点については、十重田裕一「横光利一にとって「国語」とは何か」(『昭和文学研究』、二〇〇〇・九)に詳しい。

(22) 北星堂書店刊。奥付の著者は「ジャパンライタースソサイティ」(代表者清岡暎一〔福澤諭吉の孫にあたる〕)、清岡の'FOREWORD'に続き、横光の他、深田久弥・芹沢光治良・阿部知二・和田伝・宇野千代の短編の英訳が収録されている。

(23) 訳者Habuku Kodama(児玉省)は、当時慶応義塾大学予科で英語を講じていた児童心理学者。後に日本女子大学名誉教授となった。

(24) たとえば、前半で細かい地名・固有名が削除されているのに対し、後半では原文にあった地名がそのまま訳出されており、読者の理解を配慮するような訳者の改変は見られない。

(25) また、東アジアへの翻訳も含めた考察に、佐野正人「韓国モダニストの日本文学受容——李箱詩と横光利一をめぐって——」(『国際日本文学研究集会会議録』、一九九一・三)、同「一九三〇年・東京・上海・京城」(『比較文学』、一九九四・三)がある。

(26) 黒田大河は、「アジアへの旅愁——横光利一の〈外地〉体験——」(『日本近代文学』、一九九九・五)で、上海での「異言語体験」が、「旅愁」における「言語の物質性」を通じた「「支那人」の〈他者〉性」の描出に結びついたことを指摘した上で、結局は、横光の認識が「「国語」の外部に出ることは出来なかった」ことを論証している。

第二章　「旅愁」（一九三七〔昭12〕～一九四六〔昭21〕）Ⅰ

第一節　「洋式」の「心魂」で「漂ふ人」

作者「畢生の大作」、しかし「痴呆の書」である。――その小説は、「異常児童」作家の分身である「早発性痴呆」の主人公や、「脳病患者」の登場人物が繰り出す、「精神錯乱」の妄言に満ち溢れていた。また、それは、「軍閥や神主に魂を売つた」作家による「虚妄と侵略讃美の書」であつた。それゆえ、その作家の「全作品は精神病理学研究者に博士論文の好資料を提供する役にしか立たなくなつた」……。戦後、横光利一とその代表作「旅愁」に向けられた言葉であるが、(1)一つの文学作品、一人の作家に対して浴びせられた罵倒として、文学史上稀に見るものと思われる。そして作品は、以後、病にまつわる言葉とともに語られていくことになった。

若干の偏差はあるものの、多くの評者が、「旅愁」の症状を近代・日本の病と診断してきた。もちろん、その長さゆえ、一言一句全てに病症を見て取るのは難しい。冒頭に挙げた杉浦明平ですら、ごく部分的にではあるが、戦争下で噴出した毒素を中和する可能性が、作品に内在していることを読み取っていた。とりわけ、作品の時代から一定の距離があいた後には、否定的側面を論難しつつも、近代・日本の課題なるものの病理性を前提に、あたかも、〈生真面目な人は病気にかかりやすい〉といった調子で、同時代の問題に対する横光の誠実さとその悲劇性が、読解の評価軸として与えられることになった。(2) その病理は現代に通じる日本人の課題として喧伝され、(3) それゆえ否定の作業を更新する源泉ともなっている。(4)

ともあれ、本章では、やはり「旅愁」否定のあり方を模索してみたいと思う。その際難儀なのは、他でもないこの作品自体が、露悪的なまでに自らの罹患を繰り返し告知し、自己診断を交えつつ、その記述が病症としてあることを強く打ち出してくる点である。自分は〈近代・日本〉病に侵されている、だから病人として扱ってくれ……。こうした記述の傾向は、責任能力の欠如にもとづく免罪の要求をも意味するだろう。さらには、時代的・個別的問題として限定的に提示された病理の記述を前に、なおそこに内在した病者－死者を鞭打つことについて、その否定の根拠やアクチュアリティが絶えず問い返されることになる。もちろん、そうした〈近代・日本〉病の設定自体が同時代イデオローグたちの常套手段であったことなどを論拠として、作品の記述を裁断することも可能であろう。しかし、ここでは、ミイラ取りの轍を踏む危険を承知の上で、あくまで作品自体の論理構造に憑依することで、その病の核を剔抉し、否定のための争点を再創出することを目指したい。(5) それはまた、病者の居直りを可能にする論理構造と粘り強く向き合いながら、決して作品の肯定的評価には結びつかない形で、なおこの小説を取り上げる――否定的媒介として――ことの意義を示すという困難な試みともなろう。

病の判断、とりわけ精神的なそれは、多分に相対的な性質を持つ。「旅愁」における病も、「どこかに矢張り病的なところの生じてしまつてゐるのは否めないこのごろの二人だつたが、どこが病的になつてゐるのかそれぞれ二人には分らなかつた。ただ一方が下へ下れば、他の方がそれが下つただけ上へ上げねば心の均衡のとれぬもどかしさにいらいらとする」というように、まずは病者同士の擬似的対立をとおして表象される。パリで「祖国」の幻影を追う矢代と、ホンモノの「西洋精神」への帰一を目指す久慈との敵対は、近代・日本に生きる知識人の問題なるものを「均衡」の支点として、互いの病症を名指し合うことになる。さらに、矢代における科学的合理性の否定と日本・精神主義の昂進は、たとえば、「淫祠の本体」＝非ユークリッド幾何学・相対性理論といった見解を示すに至って、恋人千鶴子からもその「正気」を疑われる。また、パリの騒乱について、フランス人の「学者らしい紳士」に、「日本は健康でいい」、「フランスはいまこの通り病気をしてゐるが、もうすぐこの病ひは癒る」と語らせることで、久慈による普遍的合理主義の盲目的な信奉がもたらす病理を示唆する。このようにして、対立する両者の主張の突端部が、病のイメージとして定着していく。

作品が示す近代・日本の病理のあり方について一応の整理をしつつ、ここでの論点を定めてみたい。近代・日本はヨーロッパから多くのことを学んできた。しかし、実際にヨーロッパを訪れるにあたって、「憧れの底から」の「いら立たしさ」が矢代の胸中を襲う。「激しいヨーロッパ主義者」たちの日本を「軽蔑する理由」が、「すべて日本人がヨーロッパを真似し切れぬといふ一事」にあるのと同じく、矢代の反動の源もまた、もとをただせば、自己および日本（人）が西洋（人）に完全に同一化しえないことにある。矢代が作中繰り返し想起するように、近代・日本に生きる彼もまた、西洋の知識を自分のものにしようとしてきた西洋崇拝者の一人であった。ただし、「ただひたすらに欧米に負けたくない諭吉の訓育」にもとづく、自分の父の世代における一直線の「欧化主義」とは異なり、「自分らの時代では、いつともなく洋行を渡行といふ言葉に変へて西洋に立ち対つてゐたのだが、立ち対ふ態度を洋式にしてゐるうち、いつとは知れず心魂さへ洋式に変り、落ちつく土もない、漂ふ人の旅の愁ひの増すばかりが若者の時代となつて来た」。つまり、近代化の進捗において「洋式」の「心魂」を獲得することで、圧倒的な遅れの意識としてではあるが、それまでかろうじて西洋に対置してきた自画像をも失い、とはいえ西洋に完全に同一化することも不可能な、近代・日本を「漂ふ人」が生み出されたのである。それは、ホンモノの西洋とニセモノの西洋との差異に浮かび上がる主体ならざる主体とひとまず言えよう。「漂ふ人」なる様態を解消するには、異文化の進入に伴なう社会変動などについて、「自然にそれをそのやうに導く別の力がなければならなかつた」として、メタレベルにおける不変の動因を仮構し、そこにあらゆる要素を還元する形で自己認識を組み換えてしまえばよい。ここに宗教的確信が存在するならば、根無し草の心情に起因する「旅の愁ひ」は、単に修練の不足として片がつくだろう（矢代の「みそぎ」への志向）。しかしながら、同一化の失敗を主体性の根拠に反転させるこうした短絡はさておき、作品が露呈する（近代・日本の）問題は、自己をめぐるあらゆる思考がすでに擬似西洋と言うべき何かで構成されているということ、つまり西洋との差異を見極める視線自体が、すでに「洋式」であることに起因するパラドクスである。「彼の信じることとの出来るものは、先づ今は自分の中の日本人よりない」、「日本と外国の違ひの甚だしさははつきりとこの眼で見たのだ。誰から何を云はれようとも自分のことは失はぬ」といったほぼ結論とも言える決定的な記述が、物語の最初部にあるにもかかわらず、何も「分らぬものは分らぬ」まま長大な作品となった一因は、このアポリアにある。

フランスに到着した直後、矢代は、自分の頭が「来るまではヨーロッパ式の呼吸の仕方」だと思っていたが、「心はやはり、日本人の呼吸だつた」と千鶴子に話すが、これに続いて、「もしこの話をヨーロッパ人にこのまま話しても通じるものではなく、さうかと云つて、まだヨーロッパを見ない日本人に話しても、同様に話の内容は通じないであらう」との記述がある。経験の有無に還元される日本人への説明不可能性に対して、その前提でもあるヨーロッパ人へのそれには論理的問題が潜在している。「日本人の呼吸」なるものが、「ヨーロッパ式の呼吸の仕方」という基準からの偏差によってしか定義できないということのみならず、そうした思考過程そのものが「ヨーロッパ式」に展開されているのであり、「このまま話しても」両者の質的な差異を言語化することはできないのだ。結局のところ、経験の対象であるべき〈西洋〉（もちろんそれ自体幻想と言える）を、近代・日本の「漂ふ人」が完全に自己から分離し、客体化することは不可能なのであり、〈西洋〉を鏡とするはずの自己認識は失敗し続ける。それゆえ、作品にあるように、西洋の「幻覚」に起因する「旅の錯乱」から、〈もとより持っていないものを失う〉といった「自己喪失の病ひ」が生じることになるのは必然と言えよう。

擬似西洋的存在（主体）によるホンモノの西洋（対象）の認識は、〈すでに知っていたそれと同じか違うか〉という形式によるほかなく、またその真偽の決定権を「漂ふ人」は持つべくもない。ただし、にもかかわらず、この認識の形式は、構造的に、そのつど判断を下したはずの何か――実体的には存在しないが、事後的に想定されてしまう領域――を要請しよう。もちろん、認識の形式が仮構するこの何かはあくまで内容を持っておらず、いわば、ここでは擬似西洋的存在による認識行為に生じた、不確定な余白部（「洋式」の「心魂」の残余としての空白）を指しているにすぎない。認識という行為に重点を置くならば、それは余白部としての主体性のあり方を意味していると言える。しかし、いわゆる日本主義者は、「日本人が他国を見るのに自分の中から日本人といふ素質を放して見るといふことは、どんなことをするものかよく分らず、またそのやうなことは人間に出来得られることではない」というように、その領域を形式上先験的なものに反転し、「日本人といふ素質」（＝内容）の在りかとして領略する。

こうしたことから、「錯覚の連続で外国といふものを見てゐる」（久慈）、あるいは「物を見る意識が狂つてしまつてゐる」（東野）といった症状の原因は、認識構造の問題として捉え直されるべきと思われる。科学的合理主義にもとづく「ヒューマニズム」の普遍性を信じる久慈は、その源泉たる「西洋精神」への同一化を図るが、それはあくまで西洋＝対象の完全なる認識によってもたらされると考えている。この場合、ホンモノの西洋なる観念を、逆に「洋式」の認識主体に属する（とみなされる）ニセモノ性――それ自体は自律したものではない――との差異において析出せざるをえないことから、「自己喪失」の昂進を招き、「分らんことばかりになつて来た。分つてゐた筈だつたんだがなア。」といった理解の逆流が生じてしまう。こうした（ここでは文化論的）認識のアポリアを排除するのが、「とにかく分つたぞ。何んだかしら分つた。」と言いつつ、「そのくせ何が分つたのか考へもしなかつたが、もう考へずとも、証明を終へた答案から離れたやうな身軽さ」をもって、日本人としての確たる自己認識に至る矢代の思考法である。「ヨーロッパ式」の思考そのものを擬似的に破棄すること。それによって、対象‐主体図式にまつわる認識論的パラドクスを無視できる。矢代は、「近代人の認識」に対立させる形で、「自分の中にあるものが民族ばかりなら、これに関する人間の認識は成り立つ筈がない」、「認識そのものがつまり民族そのものみたいなもの」といった民族の即自性を強調する。人間にア・プリオリに内在するとみなされる民族なるものは、「認識そのもの」と形式上同位に置かれることで、その対象化（内容への問い）が禁じられる。同時に、あらゆる認識は「自分の中の民族が見てるだけ」として、「近代人の認識」の問題を棄却する。逆説的にもこの論理を支えるのが、認識構造（「近代人の認識」）に生じた余白部の存在と、日本人・民族という表象によるその擬似的補填であったと考えられる。ただし、あくまで余白として措定される領域である以上、それを満たすことは原理的に不可能であり、実際のところ、民族なるものは「洋式」の「心魂」と形式的に置き換えられたにすぎない。それゆえ、矢代は、「自分の中の民族」なるものが対自化‐問題化されることを忌避するのである（ホンモノの日本の対象化は、同型のアポリアを再生し、今度は日本以外の何かを論理的に要請することになろう）。

第二節　科学批判の意味

以上から、「旅愁」においては、主体の即自的自己同一性という幻想を破綻に導く思考法が元凶とみなされるようになる。夥しい科学批判の叙述は、この姿勢によって導かれる。もちろん、西洋的合理主義に対するさまざまな告発が、日本帝国主義のイデオロギー的粉飾としてあるのは言うまでもない。と同時にまた、その文化論的虚飾の背景には、近代の科学的認識の内部に生じるアポリアが存在していたのであり、作品における病理の告白は、その問題性に依拠しつつ発せられていると考えられる。

たとえば、「科学といふのは、誰も何も分らんといふこと」と言い放ったことで、久慈から、「僕たちの信頼出来る唯一の科学まで否定」する「病気」とされた矢代は、「僕の云ふことは、君のやうな、科学をまじなひの道具に使ふものには、間違ひに見へるだけだ（…）君は科学といふものは、近代の神様だといふことを知らんのだ」と言い返す。科学は近代の思考法を基礎づける「神様」であり、それゆえ、近代人にとって科学的認識そのものの根拠は問うことができない。しかし、作品における、「一と一とよせるとどうして二になるのか（…）二にするものが君（久慈―引用者注）の中にあるだらう」（東野）といった懐疑は、客観的真理を求める科学的認識の構造に、主体性の領域を裂開しようとしている（東野はそれを「自我」＝日本人の領域とする）。また、「（久慈の―引用者注）ヨーロッパ的な考へだつて、それは日本人の考へるヨーロッパ的なもの」にすぎないとする矢代の理屈とほぼ同じことを、東野は「他国の宗教精神」について述べ、さらに、自分の考え方が「主観的」と周りから非難されるが、「客観的にどんなになつて見たところで、結局は同一性といふ主観的なものからは脱けられない」、「さういふ人間感覚の較べやうの不可能な世界へ、科学がぬつと顕れて客観塔といふ同一性の抽象塔を建てた」と発言する。ひとまず、こうした記述から、認識にまつわる論理の型を摘出してみたい。自己と他者が同じ感覚・認識を保有しているか究極には不可知である以上、経験の客観的真実性から主観的要素を完全には排除し切れない。この意味で、相対主義的前提の拡張と主観的領域の自律化は時に相補的に作用する。これに対して、科学的認識は、主観から切り離されて（「抽象」されて）自律する客観に、認識の基礎たる同一性の条件を求める。ただし、安定した主客の分離構造は、科学的認識による分析の進行に伴ない必然的に破綻するだろう。

矢代は、明治期に移入された科学＝「ヨーロッパの知性」によって、「何もかも分析」したところ、「有り難いのは自分だけ」となり、さらに「その自分まで分析し始めて見ると、実につまらん自分だといふことが分つて来た」と言う。科学的分析の対象が、主客二元論の構造をモデルとする反省意識――自分を見る自分としての〈自意識〉――へと折り重なった時、世界との無限の関係態において析出される自己のあり方（認識・経験の絶対的定点から凋落した主体ならざる主体＝「つまらん自分」）が明らかになってしまう。後は、科学自体の絶対的価値を信じる（「自分をつまらなく思はせたヨーロッパが、神さまみたいに有り難くならう」）か、矢代のように、「僕らにふりかかつて来た光は、僕らといふ物があつて、そして光る」と主体の先験性を強弁し、かつその無根拠さを、日本の神への帰一を幻視することで覆いながら、主客分離以前の世界（「古代人のやうに、日本のおん神に感謝します」）を夢想するほかない。

　ここで、近代・日本なる枠づけを超えた普遍的問題性を抽出するために――それはまた日本主義者による文脈操作の一つとも近接するゆえ、危険な賭けではあるが――、さらに「旅愁」の病理の細部に分け入るならば、その病の最も激しい症状とみなさてきた、現代科学にまつわる記述が重要な意味を帯びてくる[6]。作品では、現代科学の諸相が、日本讃美の道具として、かつ近代的思考の混迷の具体的論拠として持ち出される。そこで、現代科学の問題性が、必然的にイデオロギー抗争の場となるような論理構造について、検討する必要が生じる。

　ところで、横光は、「新感覚論――感覚活動と感覚的作物に対する非難への逆説――」（一九二五・二、原題は「感覚活動―感覚活動と感覚的作物に対する非難への逆説」）をはじめとするいわゆる新感覚派としての主張を、認識論のターミノロジーで構成した。以来、主客二元論をめぐる問いに牽引される形で、創作・理論両面の活動がなされていくことになった（マルクス主義との接点も、主にこの問題意識によっていたと言える）。その中で、文字＝客観的物質との命題を基礎とする形式主義文学論、主観の法則を測定する唯一の科学として文学を定義した

〈心理（真理）主義〉の時代、小説における自意識と偶然性の表象に関する一連の取り組みなどが、現代化学の論争や、相対性理論・量子力学といった理論物理学が開示した認識論的課題の示唆を受けて生み出された。こうした活動の帰結として生じることになる科学批判は、それが人間の認識の問題を解く定点となりえないことへのいらだち・諦念という色彩を、強く帯びてもいる。

「旅愁」では、度重なる科学批判にもかかわらず、淫祠・言霊・幣帛などの現代的意義が、現代科学によって保証される。矛盾と言うべき内容であるが、一方で、その論理の枠組みは、古典力学的世界観の否定という、自然科学のパラダイム・チェンジの趨勢に根ざしたものであった。作品では、「無機物の形造つた物理学的宇宙といふやうな、有機物のいのちを除いた非情寒冷な論理世界のみを対象として、宇宙の諧調の美を作らうとする自然科学者の頭に映つた世界」が否定されるべきドグマとして位置づけられる。また、幣帛と現代幾何学の相似を説く矢代の空想性を「生真面目」に突く遊部について、「遊部とは限らず、矢代たちの時代に受けた教育では、ニユートンを信用するのは当然のこと」とも記述されている。言うならば、ニュートン以降の古典力学の確立とともに形成された機械論的決定論の世界観こそが、作品で否定されるべき科学主義・合理主義の内容であった。ここから精神主義の強調まで一直線であるかの印象を受ける。が、「近来の物理学の全趨勢そのものの容態の傾きが、漸次カソリツクを応援する方向に徐徐に向きつつある」、「厳密科学の真理の表現が逆説とならざるを得ぬ状態」などの記述は、科学自体の問題性の所在を示唆しようとしたものでもある。さらには、現代科学がもたらす世界観をめぐる主導権争いが、作品において展開されているとも考えられる。[7] それは、「真理が何んともかともならなくなつて来てる」状況下における、〈真理性〉のイデオロギー的領有として現われるが、同時にこのことは、先に見た認識の構造から導出される人間存在の余白部のあり方（余白部としての主体性）に、深く関わる問題でもあった。

たとえば、「社会意識」と「音楽意識」の相関や、「マルキシズムの天文学」と「ブルジョアの天文学」の区別といった話題を受けて、久慈は、「僕の知人の天文学者でね、豪いのがゐるんだが、その男は星を観測するときに、その前に食つた食物が野菜だつたが《ママ》、肉だつたかといふ質の違ひで、もう観測に現れた数字の結果が同じでないと云つてたことがあるね。食ひ物でもう違つて来るといふんだから、天文学にも区別あるかもしれんぞ。」と、「自分に不利な云ひ方を我知らずに」述べる。当時、相対性理論や量子力学の観測問題が開示した認識論的地平において、主客の固定的分離と自律性、およびそれを前提とする機械論的自然観・因果論的決定論が大きく揺らいでいた。久慈の述べた例が、彼にとって「不利な云ひ方」となるのは、その科学主義を素朴実在論にもとづく機械論的合理主義とみなすことにおいてである。また、これに矢代が、「そんなら、科学は誤謬を造るのが目的だといふやうなものぢやないか」と続けるのは、観測主体が観測対象に影響を及ぼしてしまうことに、客観的真理の不可能性を見ているからにほかならない。さらに、数学者槙三の公理主義や排中律に関する苦悩の告白も、科学の主体の位置づけをめぐる問題を裏打ちするものと言えよう。

　近代・日本の問題として提示された、認識主体が抱えるパラドクスは、実体概念から函数的思考への移行という現代科学の問題系と論理構造を同じくしている。対象の観測・認識を精密化するほど、結果として得られた現象の客観性が疑問視され、そこに主体による不確定な作用が働いている（た）ことを考慮せざるをえなくなる。ここでのアポリアは、そうした主観的要素を前もって選別・測定することが不可能であり（それを確証できるのであれば、最終的に機械論は適用可能となろう）、観測主体の作用が、対象との関係において、すなわち観測・認識行為の成立によって、あくまで事後的に想定されるという点にある。天文学者の例で言うならば、「観測に現れた数字の結果」によって、はじめて自分の食べたものが遡及的に原因化されるのであり、その逆は成り立たないのだ。野菜か肉かの選択は、いかに意図的な判断にもとづいていようと、あくまで観測・認識行為の外部に生じているのであり、観測者としては与り知らぬ自らの所作である。このことは、観測・認識構造における不確定な余白部の存在を指示することになろう。自己とは分離不可能な対象－西洋の認識行為もまた、こうした構造を抱えていた。その認識の結果として示される差異を根拠に、差異の経験の原因をア・プリオリなものとして固定化することはできない。もう少し言えば、観測行為とは別次元でなされる野菜か肉かの選択が、いわば主体ならざる主体である観測者の決断として生じたように（槙三の公理選択の決断不可能性はこれを意味していよう）、あらゆる認識（科学、文化などの分類を問わず「近代人の認識」なるもの）の発生には、意味づけし尽くせない領域＝余白部としての主体性がとり憑いているのである。日本主義者は、この余白部に起こるであろう選択－決断を、日本人－主体の所作として固定化することで機械的に処理するだろう。その意味で、「旅愁」の科学批判の帰結は、その対象であった古典力学的認識構造を保持することになっているとも言える。

第三節　「旅愁」否定の視角——ポスト・マルクス主義とともに

「旅愁」の病は、古典力学的世界観（機械論的決定論）を否定的媒介として、近代の認識構造に潜在する主客の同一性－自律性が論理的に破綻しており、その帰結に、人間存在の余白部と言うべき領域が切開されることを示していた。そして、この見方が必然的に〈主体性〉なるものの不可能性と無根拠さを暗示するがゆえに、日本主義者による反動的な国家・民族概念への自己同一化の主張が跳梁することになる。しかし一方で、あらゆる決定論的、本質主義的還元をすり抜けるこの余白部こそが、階級・国籍・民族・ジェンダーなどによる社会的差異の固定性を脱構築し、新たな社会的主体を絶えず作り変えていく可能性を持つとも考えられる（後に述べるように、このことを「旅愁」評価に直結することはできない。ここには、作品を評価する行為それ自体の脱構築さえもが含意されている）。たとえば、E．ラクラウとS．ムフは、政治的社会的主体のアイデンティティを、経済空間における階級的本性・利害へ還元することを主に批判しながら、社会的存在においてアイデンティティの固定化が不可能であることを、〈ヘゲモニー〉概念の条件とみなし、そこに新たな抵抗勢力の存在を位置づけている。[8]「非固定性が、あらゆる社会的アイデンティティの条件」となった時、「そのアイデンティティは、ヘゲモニー的編成の内部での節合によってのみ、与えられることになる。このためそのアイデンティティは、まったく関係的なものになる。そして、この関係システムが固定的でも安定的でもなくなるので――それによって、ヘゲモニー的実践を可能にするのだが――一切の社会的アイデンティティの意味は、常に遅延させられる。[9]」。「旅愁」の文脈で敷衍するならば、アイデンティティが関係的である事実は、認識論的懐疑に立脚する自己認識のレベル――「ヘゲモニー的編成の内部」――で、「自己喪失の病ひ」の表象を伴なって開示される。そこでは、本来的かつ原理的に、国籍・民族・階級などの外的条件に、主体の社会的アイデンティティを還元し尽くすことはできない。それゆえ、そうした余白部を抱えた人間存在の非固定性にもとづいて「偶発的」に起こる、新たな社会的言説的「節合」としての「ヘゲモニー的実践」が可能となるのである。

すべてのアイデンティティは関係的なので――関係システムが安定した差異システムとして固定される点にまで達していなくとも――また、一切の言説はそれをあふれでる言説性の場によって転覆されるので、「要素」から「契機」への移行は、決して完成しない。「要素」の地位とは、なんらかの言説連鎖に全面的には節合されえない、浮遊する記号作用という地位にほかならない。そして、この浮遊という性格は、最終的には、あらゆる言説的（つまり社会的）アイデンティティに浸透する。（…）すべての結節点は、それをあふれでる間テクスト性の内部で構成されるため、社会は決して、みずからと同一になることができない。それゆえに、節合という実践は、部分的に意味を固定する結節点の構成なのである。そして、こうした固定化の部分的性格は、社会的なものの開放性から発生している。それは、言説性の場の無限さによって、あらゆる言説が常に過剰化されることの結果である。(10)

一つ確認しておくと、当然ながら、ここでの「節合という実践」は、あくまで社会的政治的抵抗の実践を意味するものである。ただし同書では、「政治的主体の階級的本性が、その必然的性格を喪失する」例として、「第三世界の社会闘争」や「先進資本主義諸国でのさまざまな新しい闘争形態」とともに、「ある種の階級的節合には必然的な性格があるという幻想を暴力的に一掃した、ファシズムの台頭」も挙げられている。(11)「旅愁」の日本主義は、このように抵抗の論理的可能性の只中に闖入してくる言説とも言えるのだ。

さて、いわゆる真の日本人を定義しようとする言説、つまり「要素」を何らかのアイデンティティに固定化する言説は、「言説性の場」としてのテクスト――自己認識の無限のプロセス（「関係システム」としての自己）を軸に、たとえば、久慈や千鶴子、元女中の「とよ」や郷里の人々、パリ在住の日本人など、さまざまな存在が絡み合う場――における表象の「過剰化」によって、「転覆」されるのが必至である。ちなみに、これまでに見てきた認識構造のアポリアと、そこに析出される余白部の領域とは、「関係システム」＝社会的アイデンティティの自意識化が必然的にもたらす帰結であったと言える。また、ここで、「節合という実践」によって生じる主体が、何らかのアイデンティティに還元されえず、常に「部分的性格」を保持できるのも、決して加算的には満たせない余白部としての主体性を刻印されているからであるとも考えられよう。

そこで、日本主義者は、「浮遊する記号作用」を絶対化されたアイデンティティに固定するべく、「道徳」なる概念を反動的に持ち出す。矢代は、「科学より道徳が上」であるとの自説について、「論理はそこに成り立たない」が、「道徳が科学より上だと確信することが道徳だと思ふ」との「詭弁」を述べる。さらに、西洋という「戦場」から、自分が「ともかく帰れた」のは、科学に対する不信と道徳への執着によるとした上で、「その道徳とは何んだらうといふことですが、これは口に出して説明すると、必ず誰も失敗するものですから、云ひたくとも僕にも云へない」と続ける。他の箇所には、日本の道徳なるものを「祖先崇拝」や寛容の精神として示す記述もあるが、ここで重要なのは、道徳が、あくまで科学的認識へのアンチテーゼとしてのみ存在することである。科学的認識の帰結としての不合理性を顛倒し、論理以前の先験的主体性を作り上げる決断こそ、矢代の道徳が意味するものである。そして、この道徳的決断＝「確信」自体も、合理的根拠を持たない説明不可能なものであり、と同時に、それゆえ逆説的にも科学からの超越性を帯びてしまう。いわば人間存在の余白部で生じる——厳密には生じるように見せかけられる——この不合理な主体的「確信」が、たとえば、日本人なるものの固定化とそこへの自己同一化を支えるのだ。しかし、誤解を恐れずに言えば、一方で、この道徳の不合理性はより本質的な問いを孕んでいる。先に見たように、あくまで社会的主体のアイデンティティの関係態を維持し、その部分的結節点に「偶発的」な主体が生じるとするならば、果たしてヘゲモニーの実践＝行為の根拠はどこに求められるのであろうか。ここに論理をめぐる問題が浮上してくるだろう。つまり、ラクラウとムフの例で言えば、ファシズムではない社会闘争に向かうための、ここでは、「旅愁」の日本主義を否定することの論理が問われているのだ。矢代の「道徳」を否定する試みもまた、余白部としての主体性を抱え込まねばならない。ならば、その主張を発する際には、矢代と同じように、自らの余白部を何らかの「確信」によって塞ぐのではないか。そして、そのように固定化された立場からは、矢代の決断のあり方と根本的に異なる議論を示すことは不可能ではないのか。(12)「旅愁」の論理が突きつけるこの問い——作品の否定的読解を試みる意義はここにあるはずだ——を無視しては、アクチュアルで根底的な否定は遠のくばかりであろう。

ラクラウは、論文「アイデンティティとヘゲモニー」[13]で、「もしヘゲモニーに、根源的に偶発的な領野でなされる決断が含まれるのなら、あれかこれかを決める足場とはなんなのか」という問いに対し、ヘゲモニーの記述の存在自体が「規範的要素」であるとした上で、規範（・記述）と倫理との関係について議論を展開している。共同体の普遍性と社会の不可能かつ必然的な十全性への契機である倫理的なものは、個別の規範的秩序へと心的に備給されることで具体化されるが、両者の内的関連が不在（通約不可能）であるゆえ、その備給は「それ自体の外部にあるアプリオリな原理にいっさい基かない分節化行為」である「決断」によって行なわれる。決断においては、「すでにある規範的枠組みによって定まっていない面のみが、本来の意味で倫理的である」。と同時に、「あらゆる規範秩序は、いちばん最初の倫理的できごとが堆積した形式以外のなにものでもない」。それゆえ、決断の背景には規範的枠組みがその限界として存在している（＝純粋な決断主義の否定）。と同時に、そうした備給の対象たる規範を倫理が顚覆していくことに、決断の持続がある（＝普遍主義的倫理の否定）。このパラドキシカルな決断によって構築される主体は、あくまで部分的なもの――余白部を抱えたもの――でしかない。

具体的な目標は、それらを超越した何かを（部分的に）達成するための偶発的な機会にすぎないのである。この何かとは、不可能な対象としての社会の十全性であり、これは――まさしくその不可能性によって――完全に倫理的なものになる。（…）わたしがある行動を生き、その行動が自らを超えた不可能な十全性を体現したときにだけ、そこへの心的備給は倫理的な備給になる。[14]

ただし、「備給すること（倫理）と備給の場（規範的秩序）との距離がけっして埋められないときにだけ」、「ヘゲモニーと政治が（そして倫理も、と言いたいが）ある」。そうした「共同体の秩序の文脈のなかでの偶発的なずらし」としての決断の果てに、社会の不可能な十全性の所在を照らし出すこと。この地平にこそ、「旅愁」との争点、およびこの作品を否定することの倫理性があるように思う。ラクラウが批判した「最初から倫理性を固定した規範の核と同一視したり、あるいは完全な決断主義を想定してそれのみを倫理とみなしたりするやりかた」――普遍主義的倫理と純粋な決断主義――の折衷によって、「旅愁」の主張は構成されている。前者は、ステレオタイプな共同体的徳目を、後者は、純粋な日本人になる／であることへの確信を支持し、それはともに、進行中の侵略、戦争の根拠として仮構される。ただし、このことを否定する言説上の身振りは、現在の規範的記述の限定を受けつつなお、そこへの固定化をすり抜ける倫理的決断として絶えず更新されねばなるまい。それは、自分がこの作品を否定することの根拠を問い続けること、あるいは否定する主体が部分的かつ偶発的なものであることを直視し続けることでもある。ラクラウは、個別性を真に普遍化する解放の言説においては、「足場を空虚なままにしておく」(15)必要があると述べる。作品では、安定したアイデンティティを希求する矢代の姿を追う中で、次のような記述が存在していた。

しかし、後一時間で満洲里へ着くとしてもその間はどこの国のものでもない所だつた。一時間といへば五里ほどの間であるが、名もつけやうのない奇妙なその五里の幅の地上は、これまでまだ一度も考へてみたこともない場所だつた。それもそこを遠慮なく走り脱けることの出来る列車といふものも、国際列車なればこそだつた。いつたい、どこの国のものでもない国際列車といふ抽象性を具へた列車が、どこの国でもない場所を走るといふ世にも稀な真空のやうな状態は、恐らく地球上ではこの五里の間以外にはないかもしれない。それは暗示と啓示に満ちた闇の中の一時間の筈だつた。／「これは、何んとなくキリストに似てゐるな。」／とまた矢代はぼんやりと考へた。マルセーユへ上陸して山上の寺院の庭へ足を踏み入れた途端、口から血を吐き流して横はつてゐたキリストの彫像に、ひどく驚いたときのことを矢代は思ひ出したりした。人はみな自分の国を持つてゐるのに、国と国との接する運動の差の中で、生活を続けてゐる人種のあることも考へられた。それは日本を除いた他の国のどこにも網の目のやうに張りめぐつてゐて、吐瀉、腹痛の起るのを思ふと、つまりは、この国境の間の五里の空間も、それに似た未来の渦の巻き立つ場所かとも思はれた。

全編をとおして絶えず移動を重ねる矢代の身体は、ここで、自身の思考力想像力を越えた（「これまでまだ一度も考へてみたこともない場所」）、国境のはざまたる宙吊りの空間（「名もつけやうのない奇妙なその五里の幅の地上」）に存在している。そこはあらゆる帰属を免れている（帰属を拒まれている）「世にも稀な真空のやうな状態」にあるゆえ、矢代の体験は、自己同一的な主体の存在を前提とする近代の空間に対して、オルタナティヴな何かを提起する「暗示と啓示に満ちた闇の中の一時間の筈だつた」のである。しかし、それを、自律的な主体化が不可能な人間存在のあり方として、矢代が具体的に想像した時（ただし、日本にはそうした存在がありえないことを前提にではあるが）、「吐瀉、腹痛」なる〈症状〉が表出される。この〈病〉の表象こそが、真に対自化され、分析にかけられるべきものであったと言えよう。それは、これまでに見たような〈近代・日本〉病なる虚構の根元に存在している。その反動性・虚偽性を「足場を空虚なまま」否定し続けるためには、アイデンティティの流動化がもたらすであろう「吐瀉、腹痛」を生きながら、自己の〈病〉に認知療法的に対面していく必要があるはずだ。「未来の渦の巻き立つ場所」への参入は、いまだなお、この〈病〉への対処の仕方にかかっていると言えるのではないだろうか。

また、作品で久慈は、「近代人の求めてゐる意志」は、真・善・美ではない「あるその他の何ものかだと思ふ」、そして、「たつた一つの言葉を誰かが発明すれば助かるのだ」と、その不在を嘆いた。あくまで近代にとどまりながら、ここで無意識に要請されていた「何ものか」、言い換えれば社会の不可能な十全性を不在の対象として、「旅愁」を否定する言葉を「空虚」な「足場」のまま積み上げねばならない。「旅愁」の病とともに示される理想——世界の融和的統一——は、留保なく否定されるべきである。ただし、それはあらゆる理想なるものの不可能性を意味するものではないと——最大限の留保をつけながら——言いたい。

注

（1） 杉浦明平「横光利一論——「旅愁」をめぐって——」（『文学』、一九四七・一一）。

（2） 多くの評論・研究が基本的にこの立場をとってきたが、『旅愁』は音域を異様に狂わせた誠実の合唱曲」と評し、それが文学史にとどまっていられるのは、「近代日本に宿命としてつきまとうアポリアに、怯まず臆せず立ちむかったからである」とする菅野昭正の言（『横光利一論』、福武書店、一九九一・一、二八三、二九二頁）を挙げておく。また、アイデンティティをめぐる横光の「不安」・「苦悩」を、周辺文化における「ナショナリズムの文学」の問題として積極的に普遍化する中村和恵「未来への郷愁——横光利一『旅愁』とオーストラリア文学の相似——」（『比較文学研究』、一九九一・一一）は、こうした立場にもとづく考察の可能性を示すものと言える。

（3） たとえば、「日本人の精神の病理を初めて本格的に主題とした」作品と評し、その描写を「一九八〇年代の日本人」に投影する西尾幹二「『旅愁』再考——ひとつの読み方——」（『文学界』、一九八三・一〇）や、〈日本回帰〉の現象を、「近代西欧と文明開化の日本双方への絶望を背景とした、さらなる日本への探究」と規定した上で、「日本の虚妄」を十分に自覚しながらも、なお「無にたいして無意味な意匠を積み上げる横光の態度」の「滑稽さ」について、「現在と無縁ではない」とする福田和也『日本の家郷』（新潮社、一九九四・二、一〇七、一四四頁）など。

（4） たとえば、「〈身体〉の地平」でなされる自己認識のあり方を論点として、その「自己肯定の論理」と対他性の欠如を批判する石田仁志「『旅愁』試論」（『語文論叢』、一九八三・九）や、帝国主義的国民主義の範例として取り上げ、「国際」的な対話の不在を批難する酒井直樹「「国際性」によって何を問題化しようとしているのか」（葛西弘隆訳、花田達朗・吉見俊哉・スパークス編『カルチュラル・スタディーズとの対話』、新曜社、一九九九・五所収）など。

(5) 中村三春は、「係争する身体――『旅愁』の表象とイデー――」(『横光利一研究』、二〇〇三・二)で、「旅愁」読解における「単純な啓蒙主義」に正当な批判を加えている。本章は、それを踏まえた上でなお、「旅愁」の否定的解釈の有効性を模索するものである。

(6) 現代科学の記述に賭けられた横光の意図については、河田和子による一連の緻密な論考がある(「戦時下の横光利一と《みそぎの精神》――近代科学の超克としての古神道(上)――」、「横光利一における二〇世紀の「数学」的問題――近代科学の超克としての古神道(中)――」、「横光利一における〈近代の超克〉と知性の改造――近代科学の超克としての古神道(下)――」、「〈文学的象徴〉としての数学――横光利一『旅愁』における綜合的秩序への志向――」、順に、『近代文学論集』、一九九七・一一、一九九八・一〇、一九九九・一〇、『横光利一研究』、二〇〇三・二)。

(7) ちなみに、同時代において、現代科学の問題性を弁証法的唯物論の体系に位置づけたのが戸坂潤である。その論理は、実践的模写論から独自の道徳論=文学論の提唱へと至る過程に影響し、結果として以下に見るポスト・マルクス主義の議論とも関わる思想を引き出すものになったと考えられる。

(8) 『ポスト・マルクス主義と政治――根源的民主主義のために』(山崎カヲル・石澤武訳、大村書店、二〇〇〇・三)。

(9) 同右、一三八頁。

(10) 同右、一八一―一八二頁(傍点原文)。

(11) 同右、二三頁。

(12) 中村三春は前掲論文で、「旅愁」を論じる際に、「何らかのイデーに収束するような言説は、次々と、たちどころに相対化される」との見方を前提に、テクストにおける表象の「係争」に向き合い、「未完成」な読解を持続する「蛮勇」なしには、「テクストと人間との関係をより良いものにしてゆくことはできない」と述べる。傾聴に値する見解であるが、この時「より良い」という判断の所在への問いを禁じえない。それゆえ、そうした読解作業の一方で、表象の「係争」を部分的に収束させてしまう危険性を自覚しつつ、テクストそのものとの「係争」をも画策していく必要があると思われる。

(13) バトラー・ラクラウ・ジジェク『偶発性・ヘゲモニー・普遍性　新しい対抗政治への対話』(竹村和子・村山敏勝訳、青土社、二〇〇二・四所収、特に一〇九―一一六頁)。

(14) 同右、一一四頁(傍点原文)。

(15) 「構造、歴史、政治」(同右所収、二八〇頁)。

第三章 「旅愁」（一九三七〔昭12〕～一九四六〔昭21〕）Ⅱ

第一節　矢代と千鶴子の関係をめぐって
――新聞連載（「矢代の巻」）とチロルへの道程

延々と続いた果てに未完に終わる長編作品「旅愁」を前にして、おそらくその読者は、さまざまな形で記述される思想的議論に振り回されつつも、やはり物語の中心たる矢代と千鶴子の関係の行方を追って、ページをめくっていくことになるだろう。そこでは、あえて乱暴に要約してしまえば、海外渡航中に出会った男女が、異国の旅の雰囲気も手伝って徐々に関係を深めていき、しかしいざ結婚となると男が異常なほどのためらいを見せ、二人の間にある障害についてあれこれと悩み続ける、といった小説のストーリーが読み取られるはずである。そうした読み手として作品を読み進める時、どうしても腑に落ちない点がある。その感覚は、はじめて作品に接した時も、その後折々に再読した際にも、変わらなかった。

作中、矢代と千鶴子は肉体関係を本当に持っていないのか、という率直な疑念がそれである。読み進めていくたびに、その疑いにつきまとわれるのだ。二人の性交渉の不在こそが、千鶴子との結婚に対する矢代の逡巡――その記述は言うまでもなく作品の中枢をなしている――の浮上を、陰に陽に支えているのは明らかである。また、それによって「旅愁」という未完の長編小説が成立しているという意味でも、この事実は作品の根幹に位置していると言えよう。(1)

もとより、幾度となく（多くは矢代の内面の語りとして）、二人が関係を持つに至っていないことが記述されている以上、それは小説においてすでに決定された事実として受け入れるほかない。しかし、このことを考慮に入れた上でなお、疑念の由来について考えてみたいのである。その時、真っ先に取り上げたいのは、作品評価においてこれまで特権的に扱われてきた、チロルの場面の内容である。(2) 矢代と千鶴子が二人きりで過ごしたチロルでの二日間は、二人の関係を進展させたいくつかの出来事の中でも、帰国後の矢代が最も頻繁に想起するハイライト・シーンであった。ちなみに先の疑念は、その中でも、とりわけ二日目の氷河渡りと山小舎での夜の場面によって、強く喚起されたものである。ただ一方で、二人の関係を決定づける状況が設定されながらも、そこで何も起こらなかったという顛末を描くことで、状況としては結婚へと一直線に進みつつ、矢代の心中は停滞し続けるといった、以後の小説展開の型が決定されたとも言える。

ともあれ、本章ではまず、チロルの場面とそこでの出来事にこだわることで、「旅愁」を読み直す視点を創出してみたい。方針としては、冒頭から二人の関係のあり方を辿り直した上で、そのクライマックスたるチロルの場面を精読し、（作品には描かれなかった）二日目の夜の出来事をめぐる読みの可能性を測りたいと思う。またこの狙いに合わせて、次のような作品連載の経緯が、考慮されるべき問題として浮上してくる。

①一九三七年（昭12）四月一四日（一三日発行）〜八月六日（五日発行）『東京日日新聞』（・『大阪毎日新聞』）夕刊（通算六五回）(3)

②一九三九年（昭14）五月〜一九四〇年（昭15）四月『文芸春秋』

※一九四〇年（昭15）六月　『旅愁第一篇』（改造社）…①に②の第三回までを加えたもの
※一九四〇年（昭15）七月　『旅愁第二篇』（改造社）…②の残り部分
③一九四二年（昭17）一月、五月～一二月　『文芸春秋』
※一九四三年（昭18）二月　『旅愁第三篇』（改造社）…③
④一九四三年（昭18）一月～三月、七月～八月　『文芸春秋』
⑤一九四三年（昭18）九月～一九四四年（昭19）二月　『文学界』
⑥一九四四年（昭19）六月、一〇月、一九四五年（昭20）一月　『文芸春秋』
⑦一九四六年（昭21）四月　『人間』（題名「梅瓶」）

媒体を移動させての長期に渡る連載、および連載途中の単行本化に、敗戦後の戦後版単行本の刊行[4]と、複数のテキストが形成され、「定本「旅愁」は厳密にはありえないとも言える」[5]状態であることは周知のとおりである。ところで、当初の新聞小説としての連載は、ちょうど今問題となっているチロルの場面で閉じられている。ちなみに、横光自身は後に「七月七日、日支事変が始まつた。その日、自分から申し出てこの作を中絶した。」（「旅愁第一篇後記」、一九四六・一）と、新聞連載の「中絶」について触れているが、これには他にも「一、二、伝説のようなもの」[6]が残されており、その実相を確証することは難しい。

新聞連載の最終回は、夜の氷河を見つめながら並んで座る矢代と千鶴子の姿で終わっているが、そこには「（矢代の巻終）」と付されていた。しかし、雑誌連載による再開の際には、（改稿した）チロルの二日目の場面を再掲した上で、そのまま単行本で「第二篇」となる部分まで連載が続けられる。

こうした作品生成のプロセスが孕む問題性に、先の疑念を引き起こす一因が含まれているのではないだろうか。二人の関係に関する疑いの焦点、すなわち、「矢代の巻」として一度は括られることになる新聞連載の結末部＝チロルの二日目の場面は、初出（連載結末部）→再掲（連載冒頭部）→単行本（第一篇の途中）というように、語り直されていく。それゆえ二人の関係に対する読みの決定は、（改稿も含めた）そのテキストの変動において何らかの影響を被ると考えられよう。まずは、初出の新聞連載を、後の文脈からできる限り切り離して読み進め、連載終了時（ないしは中断時）の時点で生じたであろう読みの可能性について確認する必要がある。

さて、「旅愁」新聞連載に先立って、次の一文が紙面に発表されていた。

外国のことを書くには風景を書く方が近路と思ふ。絵画では風景の色は出るが動かない。写真では動かすことは出来ても色が出ない。文章ではそのどちらも、ある程度までは出し得られ、登場する人間の心理も出る。バルザックのある作中に「もしあの時、月が出てゐなかつたら、二人の恋愛は成立してゐなかつたらう。」といふ感想がある。風景と人間の心理は、それほど密接な関係があるから、日本人が日本にゐるときと、外国にゐるときとは、総ての点に於いて変つて来てゐる。総てが変つてしまふと、本人は少しも変らないと思ふものである。読者もしばらくの間、筆者と共に、紙の上で旅行する準備をしていたゞきたいと思ふ

（「作者の言葉――『旅愁』」、一九三七・三・三一、引用は初出〔『東京日日新聞』〕による）

これまでにも頻繁に引用されてきた一節である。西洋体験が「日本人」にもたらす内面的課題、あるいは都市パリの描写を中心とする紀行文的要素など、現在でも「旅愁」読解のドミナントに位置する作品内容が予告されていよう。ここで重視したいのは、「風景」と登場人物の「心理」との「密接な関係」が強調され、特に「文章」において両者が同時的に「出る」こと、またその「密接な関係」が顕在化する局面として「恋愛」を具体例にし

ていることである。ここでの「風景」は、「心理」＝「内部」に対置される、「外部」性の一つとして想定されていよう。これまで見てきたように、横光の小説や文学論では、身体や他者といった「外部」との「密接な関係」において、「心理」の発生と動きを記述する試みがなされていた。「風景」がそれらの「外部」を代表するものであるのは言うまでもない。もちろん、このことは、環境が人間の内面を決定するといった素朴な見方を意味しているわけでなく、あくまで両者は「密接な関係」のプロセスを経て、小説において「出る」とされている点が重要である（「風景」と「心理」は互いを投影し合うだろう）。[7] 新聞連載という形態を強調するならば、この「作者の言葉」が、続くテクストに与える意味作用も想定するべきであろう（この文章は単行本には収録されていない）。それによって、外国の「風景」（「外部」）と、矢代と千鶴子の「恋愛」（「心理」）が「密接に関係」する様子に、読みの照準が引き付けられると考えられる。[8] また、二人の「恋愛」が「成立」するクライマックスの場面を──「成立」の具体的内容とともに──予期させる記述ともなっていよう。

このことを踏まえて、矢代と千鶴子がチロルへと向かう階梯を辿りつつ、合わせて二人の関係をめぐる読解を、小説の記述が誘引していく様子を見ていきたい（新聞連載部分の引用は初出〔『東京日日新聞』〕による。改稿箇所については適宜示した。なお以下引用部の傍点は全て引用者によるものである）。連載は、矢代と久慈がセーヌ河に沿って歩いている場面からはじまる。フランスまでの船中で親密になった千鶴子から、パリ来訪を告げる手紙を受け取った久慈が、矢代にその処遇を相談する。そこから、時間を遡って、フランスに至るまでの矢代と千鶴子の関係が語られる。そして、連載二〇回目にして冒頭部の地点に戻り、矢代が千鶴子の面倒を自ら引き受けることになる。ここまでのハイライトが、マルセイユに到着した夜、街で足を痙攣させた矢代が千鶴子に支えられ、二人きりで船へ戻る場面である。船上では接点の薄かった二人はここで急接近する。危険に満ちた闇の埠頭で、千鶴子は「矢代の腕を吊るやうにして」肩を貸し、船の明かりに照らされても「臆せず矢代を助けて」連れていくが、ここで、能動的で無邪気にも見える千鶴子の人物像が印象づけられていることは押さえておきたい。船に到着後、すぐに矢代の足が治ってしまい、「船客の一人もゐない船を狙つて、千鶴子を誘惑して来たのと同じ結果」になってしまう。そこで、「一日ヨーロツパの風に吹き回された」矢代は、千鶴子を「身近にゐる肉親のやうに感じ」（初出のみ）ながら会話を交わすうち、美しいはずの千鶴子が、ヨーロッパの「景色」によって「うつりの悪い儚ない色として、あるか無きかのごとく憐れに淋しく見え」、ひいては、彼女を「抱きかかへて、何事か慰めてやらねばゐられぬ激しい感情が燃え上つて来る」。ここから、矢代の心中は次のように記述されていく。

ああ、今のうちに、身の安全な今のうちに、日本の婦人と結婚をしてしまひたい。と矢代は心から呻くやうに思つた。／（…）何かひと言いへば、今にも自分の胸中を打ちあけてしまひさうな言葉が、するりと流れ出るかと思はれる危険さを、矢代はだんだん感じて来た。／今、何か口から一言出ればもう駄目だ。しかも、矢代は千鶴子を愛してゐるのではなかつた。日本がいとほしくてならぬだけなのだ。／このやうな感情は、結婚から遠くかけ放れた不純なものだとは、矢代にもよく分つた。けれども、外人の女人といふ無数の敵を前にしては、結婚の相手とすべき日本の婦人は、今は千鶴子一人よりなかつた。全くこれは、他人にとつては、笑ひ事にちがひなかつたが、血液の純潔を願ふ矢代にしては、異国の婦人に貞操を奪はれる痛ましさに較べて、まだしも千鶴子を選ぶ自分の正当さを認めたかつた。

「血液の純潔を願ふ」矢代は、自らの欲望を掻き立てるであろう「外人の女人」を「敵」とし、身近にいる「日本の婦人」千鶴子を「結婚の相手」と短絡してしまう。ただし、この時矢代を動かす「感情」は、千鶴子という個人への「愛」なき「結婚」へと行き着くことから、「不純なもの」と自覚される。こうしたドクマティックな観念の問題点はさておき、ここでは次の二つの論点を取り上げる。一つは、「胸中」を「言葉」にすること、すなわち（発話）行為によるその現実化が、取り返しのつかない決定的事実を創出してしまう「危険」と考えられている点である。以下、自らの「危険」と対峙する矢代の葛藤が、小説に描かれることを予期させる記述であろう。そこで重要なのは、矢代の内面（千鶴子への恋愛感情）の形成というだけでなく、それがいつ言葉、行為として実現されるか（あるいはしないか）に、読みの焦点が引き寄せられることである。このことと深く関わっているのが、この場面においてすでに、矢代と千鶴子の「恋愛」が（制度としての）結婚と一体化したものであり、さらにそれが直接「貞操」の問題となることが示されている点である。もう少し言えば、小説における男女の関係は、単なる恋愛感情という次元ではなく、「結婚」（＝性交渉の成立、作品内ではしばしばこの意味で使用される。以下カッコを付したものは特にこの用法を指す）という具体的行為を基盤として語られているのである。「旅愁」における「恋愛」は、その「成立」としての「結婚」＝行為と切り離すことはできない。ありていに言えば、矢代と千鶴子の関係には、当初から性的なニュアンスが強く織り込まれていたのである（それは、以下の記述に具体化されていく[9]）。それゆえ、先に述べた読みの焦点は、二人の「結婚」の到来に定められることになるだろう。

ロンドンから来た千鶴子を見て、矢代は、「マルセーユへ著《ママ》いたときは、あれほど儚なく、色褪せて見えた千鶴子であつたのに、今はこれほど美しく見えるとは」との感慨を抱く。「もはやマルセーユの切ない心は、矢代から消えてゐた」のであり、ひとまず、「不純」な「感情」によるばかりではない恋愛がはじまる。また、矢代は、その心中のとおり、アンリエット＝「外人の女人」の官能性にも屈しなかった。そして、矢代と千鶴子は毎日のように行動をともにするようになり、二人の関係が深まっていく。

「ルクサンブールの公園」では、向かいのベンチに座っている男女が「ぢつと顔を併せて」いるのを目撃する。

顔を赤らめる千鶴子に、「あんなことを、公衆の面前で日本人がしたら、必ずその場で自殺しますよ」などと言いながら、矢代は、「千鶴子を心の中で、自分の顔を合せる対象だと、一度はマルセーユで感じたのを思い起すと、あのとき騒いだ自分の心の自然な結末を、ここでゆつくり一度清めてみたいものだと思つた」。しかしながら、「見てゐるうちに、矢代も馬鹿らしい光景だとは思へなくなつて来て、これは驚くべきほど美しい情景だと、羨ましささへ感じて来た」ところへ、その横のベンチで「カソリツクの若い僧侶」が聖書を読みはじめる。

これは社会の層の種類ではなく矢代の心中に棲む両極の図会《づえ》となつて、彼自身の軽重を、じりじり計り始めて来た。／右を見、左を眺めてゐるうちに、千鶴子も、何事か胸を打たれるものがあるらしく、ふと顔を上げると矢代を見た。矢代も思はず千鶴子を見た。瞬間、眼と眼が、ただ空虚な物質の光を吸ひ合つたにすぎなかつたが、何の意味もなくかち合つた眼の光りも、はツと避け合ふと、そのために一層意味が深まつて来るのであつた。／「何のために、見たのだらう。」／矢代は、いつの間にか、千鶴子の考へてゐることを、夢中になつて追ひ馳けてゐる自分を感じた。彼は汚れた煙りが、あたりを取り包んでゐるやうに、息苦しくなつて来た。／今さきまでは、金色の聖書の頁から、あれほど厳粛な自分の心を見つけたのに、それにこの有様は何事だと、丁丁とおのれを苛め立ててみたものの、しかし、聖書の光りの前で行はれる、世の多くの結婚の習慣も、みなこの人間の弱さからだと矢代は思つた。彼は我に戻ると、／「なかなか世の中は、一通りぢやゆきませんね。」／と、ほつと吐息をついた。しかし、この暢気さうに見えた矢代の言葉は、千鶴子に、全く反対のよそよそしさを感じさせた。／「さア、もうほんとに行きませう。久慈さん、待つてらしてよ。」／千鶴子は、冷たい表情になつて立ち上つた。（「今さきまでは、～よそよそしさを感じさせた。」は初出のみ）

連載の最終回に至って、氷河に向かって祈る千鶴子の姿から、唐突に彼女がカソリック信者であることが告げられる。そうしたチロルの夜の出来事と、この場面の記述がいかに響き合うかが後に問題となろう。ただしひとまず、この時点では千鶴子が信者であるとはわかっていないことを前提として、解釈を加えておこう。「矢代の心中」は、接吻を交わす男女の欲望と、「カソリックの若い僧侶」が象徴する禁欲性との間に引き裂かれている。この自身の葛藤を投影することで、「聖書の光りの前で行はれる、世の多くの結婚の習慣」を「人間の弱さ」の結果と捉える見解が示される。一方、千鶴子の「心中」は、矢代が「夢中になつて追ひ馳け」る謎としてあると同時に、この場面では、「旅愁」の語りとしては非常に珍しく、矢代の言葉から千鶴子が受けた印象を直接記述している（後述するが、後にもう一箇所、たいへん意味深い形で千鶴子の心中を示す記述が現われる）。矢代の発言は、千鶴子に「よそよそしさを感じさせ」、彼女は「冷たい表情」になってその場から離れようとするのであった。ここから、見つめ合う行為に互いの愛の発露を感じる千鶴子の内面と、それをはぐらかすような矢代の態度に対する心理の動き――反発や物足りなさ、あるいは期待した自分を発見した動揺など――を読み取ることも可能であろう。それを裏付けるように、特にこの場面は、「「もう一二ケ月すれば、きつと矢代さん、日本へはもう帰らないつて仰言つてよ。」／アンリエットのことを云ふのであらうと、矢代も苦笑を洩して黙つてゐた。」といった千鶴子の皮肉を印象づける記述で終わっているのである。

「ブロウニユの森」の闇の中で道に迷った一件などから、さらに二人の関係は親密の度を増していき、千鶴子が塩野に誘われて「パリの上流階級のサロン」に出入りする――それは二人の日本における地位の差を示すように なって訪れた危機も、逆に互いの感情を確認する機会となる。ただし、そうした中、「でも、よく御両親が、あなた一人をお放しなすつたもんですね」と千鶴子側の状況を斟酌しはじめる矢代は、「千鶴子の一人旅は、良い結婚の相手の選択の機会を、彼女に与へるために、兄も両親も赦したのであらうと思ふと、自分が千鶴子へ馴馴しくすることは、それだけ彼女の良縁を、払ひ落す結果になつてゐるのだ」と考える。母親が薦める相手との結婚を旅の交換条件にしたという後の千鶴子の発言からすれば、矢代の若干の思い違いを指摘できる箇所である。ここでは、矢代が千鶴子にとって「良い結婚の相手」の資格を持たないことを前提に、形式上「良縁」と見られる結婚と、二人の「恋愛」=「結婚」に想定される情熱性、利那性とが暗に対比されているとも言えるだろう。一方、千鶴子は自分の渡航に関する話題から、「あたしなんか、何も出来ない、つまらない女なんですもの。ですから、まア普通に働かねばならない方に比べて幾らか仕合せな方だから、なるたけ与へられた仕合せだけでも、楽しく守つてゐなければ、罰があたると思ひますの。」、「あたしたち、なかなか幸福は得られないんですもの。あたしには、少し人より早く、幸福らしいものが来たんですから、やはり、大切にしたいわ。あたし、何んでもさう思ひますの。いけないかしら。」などと矢代に語っていく。この記述も、チロルでの千鶴子の言葉と交差するものである。ここでは、やや素朴な解釈ではあるが、〈女性〉として生きることへの諦念に根ざした、千鶴子の刹那的な享楽性が示されていると考えておきたい。そうした千鶴子の姿勢に理解を示そうと、矢代は、千「あなたはしつかりと、遊べるだけ遊んで帰りなさいよ。それがあなたの努めだ。」と述べ、千鶴子がサロンへ行くことを了承する。が、先に「あなたにサロンへなんか、出這入りするやうになられちや、僕たち話し難くなりますね。」と言っていた矢代であり、そこには嫉妬の裏返しに似た感情が存在してもいた。そして、千鶴子に深く惹かれながらも、矢代は別れを決心しようとする。

しかし彼は心中、もうこのあたりで、千鶴子とは別れてしまひ、一生再び彼女とは逢はない決心だつた。／これ以上、逢ふやうなら、心の均衡はなくなつて、日本へ帰つてまでも彼女に狂奔して行く見苦しさを続ける上に、金銭の不足な自分の勉学が、千鶴子を養ひつづける労苦に打ち負かされてしまふのは、火を見るよりも明かなことであつた。／矢代は千鶴子のホテルの方へ彼女を送つて行きながら、かうして彼女を愛する証左の言葉を、一口も云はずにすませたのも、これも異国の旅の賜物だと思つた。

矢代の禁欲的性格（その理由はとりあえずおく）に、先々に生じるであろう諸問題への懸念が加わり、「愛する証左の言葉」の発話＝行為、および二人の「恋愛」の「成立」は先送りにされる。それはひとまず、矢代の欲望に対する理性的抑制の勝利とみなすことができるだろう。ただし、この直前には、「細い山査子の花が、畝の厚い、縮緬皺の葉の中から、珊瑚のやうな妖艶な色を浮べてゐるのを、矢代はぢつと見てゐると傍の千鶴子もだんだん花そのもののやうに見えて来た。／「何んて美しい花だらう。」／と、矢代は思はず云つた。」といった場面もあり、二人の「恋愛」が行為として現実化される――「作者の言葉」によれば、それは「風景」との「密接な関係」において生じるはずだろう――機会は、いつ訪れてもよい状況であったと思われる。(10) もう少し言えば、小説がここまで先延ばしにしてきたものは、ストーリーの展開を決定づけ、クライマックスへと導く「風景」の記述なのである。こうして、矢代は独りチロルへ向かうことになる。(11)

第二節　チロルの場面の読解――千鶴子の行為を中心に

パリを離れ、山岳地帯に着いた矢代は、「真に孤独の味ひを飲み尽し」て、「ああ、こんなに楽しいことが、世の中にあつたのか」との感慨にふける。それには、「一人になつてから、車中や街中で、ふと肉感の強い女性を見ると、泥手で肌を撫で上げられたやうな不快さに襲はれた」ともあるように、性的欲望を掻き立てるパリの環境、特に千鶴子との対面から逃れることで、それまでの葛藤から解放されたことが一つの要因としてある。しかし、「見れば見るほどこの世の物とは思へなかつた」とされる「風景」の美しさに、矢代は、「チロルへ這入れば、千鶴子へ早速約束の電報を打つても良い」と考えるようになる。

「俺はヨーロッパへ来て、初めて今日、日本人に立ち戻つた。」／とかう矢代は思ふのであつた。／窓から山脈を蔽つた氷河を見てゐると、世界の空気が自分一人に尽く与へられてあるかのやうに、感じられた。さし覗いてゐる眼の下に、咲き連つたとりどりの花を見てゐても、涙が溢れて来て幾度も眼を拭いた。／それは、生れて以来の時間の重みが、一時に解き放された、羽搏き上つた放楽であつた。／パリで史上有名な絵画や彫刻を見、建築を見ても、皆、いつかどこかで見たやうに感じ得られるものばかりで、さしたる感動もしなかつた矢代であつたが、今この高原のどこまでも続いて行く美しさには、これこそ生をうけて以来、最初のものばかりのやうに感じられた。／彼は窓から乗り出すやうにして、くり現れる景色の一点も、見逃すまいとした。／「いや、生きて来て良かつた。生きて良いところは、一つは必ずあるものだ。」／深く頷く矢代の眼の前に、高原の風景は、まだまだこれからだと云はぬばかりに、無限に頁を繰り拡げていくのだつた。

まさに、「風景」と「心理」の連関がもたらす高揚感を語る一節である（「風景」が矢代の感動を喚起するとともに、そうした「風景」の「美しさ」は、あくまで矢代の「心理」との「密接な関係」において記述される）。このことは、パリの「風景」との関係においては生起しなかった何かを期待させるだろう。とりわけ、「生れて以来の時間の重みが、一時に解き放された、羽搏き上つた放楽」といった「風景」との交感は、矢代にとって生涯最初の出来事の到来を予感させるものである。この直後に、千鶴子の訪れが告知される。

「定められた部屋で旅装を解いた後、矢代はすぐ千鶴子の部屋を叩いてみた」とあるように、高揚感を持続する矢代において、千鶴子との対面への躊躇は、もはやない。千鶴子の「身体」から、「日本の菊の香りをもつた風」（「日本の」は初出のみ）が吹くのを感じる矢代は、「夢想もしなかつた喜びに、あたりが真紅の花のやうな豊かな色をもつて、満たされた思ひに」なる。と同時に、「矢代は山を見てゐると、千鶴子に逢つた感動も、岩の冷たさに吸ひとられていくのを感じた。それは冷厳無比な智力に肌をひつ付けてゐるやうな、抵抗し難い命数に刻々迫られる思ひであつた。」とあるように、その「感動」の運命は、「風景」の様子いかんであることも確認されている。その夜、激しい雷雨に怯えた千鶴子は、「真白な服」を着て矢代の部屋に入ってくる。そして、雷鳴への恐怖から、「早くもうパリへ帰りませうよ」と言う千鶴子に、「それより、僕は日本へ帰る支度を、そろそろしようかと思つてるんです」と答えた矢代は、続けて日本への愛着を語っていく。が、このやりとりはむしろ、二人に残された時間が少ないことを示し、クライマックスの接近を仄めかしていると読むこともできるだろう。また、直後の、「稲妻に照し出される白衣の千鶴子の顔は、弁に包まれた雌蕊のやうに美しかつた」という一節は、そのあからさまな性的ニュアンスによって、否応なく二人の「結婚」を喚起させる。[12]「今夜は眠れない」という千鶴子に、矢代は「この部屋でやすんでらつしやい。良い時刻が来たら起して上げますから。」と勧め、最初の夜は次のように閉じられる。

「さう。」／千鶴子は簡単に云ふと、顔色一つも変へず、／「それぢや、あたし、もう失礼しましてよ。」／と云つて白衣のまま爽爽しく寝台へ横になつた。矢代はカーテンを降ろしてテーブルに向ふと、久慈や東野に、このあたりの山山の美しさ、恐ろしさを、細細と手紙に書いた。／雨はだんだん静かになつて、やがて稲妻もしなくなつた。

この箇所は、千鶴子の振る舞いに焦点を当て、それを印象的に記述するものである。千鶴子は、矢代の部屋で夜を過ごすこと、そして彼の眼前で横たわることに、何ら臆していない（ように語られる）。これまでにも幾度か示された、天真爛漫な態度の延長とも言えるが、それ以上の読みを誘発する描写であろう。「白衣のまま」——花嫁衣装を想起させる——の千鶴子が、「爽爽しく寝台へ横に」なる姿から、何らかの決断が生じたことを読み取るのは可能と思われる。ただし、連載紙面（第五九回）はこの一節で結ばれており、読者の期待は次回へと持ち越される。

第六〇回は二日目の朝である（ここからが雑誌連載との重複部分となる）。読者は、特に昨晩の成り行きを示すものを求めながら、これ以降の記述を読むことになろう。しかし、すぐに決定的な表現を見い出すことはできず、とりあえず二人の間には何事もなかったと仮定し、先へ進むほかないのだ（なお単行本では、前の場面にて、その夜遅くまで語り明かしたことが示されている）[13]。

二日目は、氷河渡りを中心に語られる。「インスブルック」の街を散策した後、千鶴子は「子供つぽく眼を輝かせて」、氷河の谷間での羊飼いを見に行くことを提案する。

「それは見たいもんだが、夕暮だと帰りが困るな《ママ》」／と矢代は当惑げに云つた。／「山小舎があつて、そこで泊めてくれるんださうですの。乾草の中で眠るんですつて。」／「それもいいな。」／「ホテルで泊るより、どんなにいいかしれないわ。ね、そこで今夜はやすみませうよ。」／「あなたさへ我慢できれば、どこだつて、僕はかまひませんが、あなたは辛抱出来ますか。」／「あたしはその方がいいわ。チロルへ来たからには、チロルらしい方が、どんなにいいか知れないぢやありませんか。」／「ぢや、行きませう。」／二人の相談がまとまると、矢代も千鶴子も、一層元気が増して来た。

そもそも一人でチロルまで矢代を訪ねてきた千鶴子が、ある種の大胆さ、積極性を持って行動しているのは明らかである。それに昨夜の無邪気な態度も相俟って、ためらう矢代を千鶴子がリードする様子は、すんなりと納得できよう。さらには、実際の氷河を眼の前にして、「あれは危険だなあ」と洩らす矢代に、千鶴子は「ぢや矢代さんは、あたしの後をついて渡つてらつしやいよ」と言うことで、彼を「後へは引け」なくするなど、千鶴子の主導権は徐々に定着していく。(14)

危険な氷河を渡るシーンは、二人の試練の乗り越えを象徴的に描き出すものであったと言える。「一つ二つの峰は矢代が先に立ち、靴の踵で氷を傷つけつつ、後から来る千鶴子の足場を造つて渡つた」というように、当初は矢代が先導していたが、「矢代の疲労の色」を見た千鶴子は、役割の交替を言い出す。そして、「何でも僕の方が、あなたより少しづつ負けるのかな」と自嘲気味に言う矢代に、千鶴子は「ちらりと微笑んだ」と語られ、その優位性が改めて印象づけられる。二人の共同作業——千鶴子が上位にあることを前提とする——となった氷河渡りに、「もう矢代は、身を取り包んでゐる周囲が、尽く氷河だとは思へなくなつて来た。物云ふことさへ億劫になつて、足もとに開いた底知れぬ断層も、何の危険な深みとも見えなくなつた。」と、いつしか矢代の怯えや逡巡も消える。そんな姿を、千鶴子は文字どおり上から見下ろす（「「お疲れになつたの。」／千鶴子は、氷河の中の、三分の二ほど来たとき、氷の牙に跨つて矢代を見降した。」）。そして実際、「氷河の峰を軽軽と乗り越」して「少しも疲労の様子の現れない」千鶴子に、矢代は「嫉妬を感じるね」と言って正直に兜を脱ぐ。以下、「「駄目ね、あなたは。」／冗談に云ふ千鶴子の言葉も、彼の体力の不足に刻印を打つやうであつた。」と続き、ついに矢代は「彼女に負ける楽しみの方が勝つて来た」。

「一寸、撮りますよ。」／矢代は豊かな気持ちで、カメラを千鶴子に向けた。千鶴子が峰から振り向いた瞬間、もう彼はシャッターを切つて、二度目の千鶴子に手まねきしてゐるポーズをさせたが、何となく、負けた良人が、勝ち誇つた妻の写真を撮るやうな、快感さへ感じて、矢代はひとり微笑をもらすのであつた。

二人を夫婦とする比喩が、千鶴子の優位を確認することと同時に語られているのは意味深い。矢代は、二人の関係において、千鶴子が主導権を握っていることを自覚し、彼女に自らの主体性を委ねることで、「豊かな気持ち」・「快感」を抱くに至っていると言えよう。また、こうしたプロセスにおいて、矢代の心中を示す語りは後退していくことにもなる。

二人並んで手を取り合って最後の斜面をすべり下りた後も、千鶴子は矢代の先に立って山小舎のドアを開け、フランス語で宿泊を申し出、羊のいる谷間の場所を聞き出す。「その日の宿をとつたからは、もう二人は安心であつた」との記述は、千鶴子の行動が二人を「安心」に導くことを暗示していよう。そして、「ほんとに、来て良いことをしたわ。何んてあたしは、幸運なんでせう。胸がどきどきして来てよ。」という高揚した千鶴子の言葉を経て、場面は、夕暮れの氷河に、「羊の大群の流れる鈴の音」と「チロルの唄」が響き渡る「風景」のシーンへと移る。その幻想性とロマンティシズムに満ちた記述は、作中随一の「風景」描写と言ってよい。そこで千鶴子は、「まるで、神さまを見てゐるやうだわ」と感嘆する。羊の群れが視界から消えて、「初めて、矢代と千鶴子は顔を見合せたが、どちらも何も云はなかつた」(二人は、夕食時にも「何ぜともなく黙つてゐた」とされる)。そして、以下の末尾の一節が語られるのだ。

「あたし、今日ほど楽しい思ひをしたことは一生になかつたわ。もう、こんな楽しいことつて、一生にないんだと思ふと、何んだか恐くなつて来ましたのよ。」／と、千鶴子は指環の彫刻を撫でつつ云つた。／「大丈夫ですよ。」／「でも、さうだわ。こんなことが、一人にいつまでも、赦されると思へないんですもの。」／「駄目だな。そんなこと云つちや。」／と矢代は笑つて遮つた。／隣室から冷たい空気に混つて、乾草の匂ひが流れて来た。千鶴子は矢代の顔を見詰めてゐてから、つと立ち上ると、黙つて外へ出ていつた。／矢代は煙草を吸ひ終ると、千鶴子の後から外へ出てみた。初めは、彼女の姿は分らなかつたが、そのうちに、氷河の流れの方を向いて、ぢつとお祈りしてゐる千鶴子の拝跪いた姿が眼についた。／カソリックの千鶴子だとは、前から矢代も聞いてゐたが、今、眼の前に祈つてゐる静かな彼女の姿を見ては、夜空に連る山山の姿と共に打ち重なり、神厳な寒気に彼の胸も緊きしめられた。／千鶴子の立ち上つて来るまで、彼も祈りに近い気持ちで、空の星を仰いでゐた。もう云ふことも為すこともなかつた。／心は古代を逆のぼる柔らぎに満ちて来て、身が塊りのまま、山上に立つてゐるのも忘れるのであつた。／「あら、そんな所にいらしつたの。」／千鶴子は、矢代の傍へ歩いて来た。矢代が黙つて草の上へ坐ると千鶴子も並んで坐つた。／昼間渡つて来た氷河が、星の光りに牙を浮き立てて、左の方に白白と流れてゐた。（矢代の巻終）(15)

この場面の出来事はどのように解釈されるだろうか。また、一つ一つの言葉からいかなる意味を読み取ることができるだろうか。(16)ポイントの一つは、千鶴子がカソリック信者であることが突然告知され、その祈りの姿が語られたこととの意味づけに絞られるだろう。繰り返し確認すると、小説において二人の関係は、観念的な恋愛感情＝「心理」のレベルにとどまるものでなく、当初から「結婚」（性交渉の成立）――ないしはその約束の言語行為――を到達点に据えて進行してきた。そうした中で、先に見たとおり、カソリック的禁欲と性的欲望の葛藤をもとに、矢代は、結婚という現実的「習慣」を「人間の弱さ」の結果と意味づけていた。

ただし、同じ箇所で矢代が追う〈謎〉とされた千鶴子の「心理」について、ここでの情報をもとに遡及しようとも、その内実は推測的な読みの域を出ないと思われる。結末部の場面でも事態は同様であろう。たとえば、チロルの「風景」に「神さま」を見ることで、カソリック信者としての自覚を強めた千鶴子が、矢代との悦楽に向かう欲望を制御し、自身の「貞操」の守護を神に祈ったと読むことも可能である。あるいは、自分に到来した刹那の「仕合せ」を汲み尽くそうとする千鶴子が、ここで「一人にいつまでも、赦されるとは思へない」悦楽の頂点を意識し、神にその赦しを請うているとも解釈できよう（「貞操」を捧げることへの懺悔も含まれているかもしれない）。いずれにせよ、この先には何も語られていない以上、並んで座る二人に、その後何が起きたかを確定することは不可能である。だが、ここに「（矢代の巻終）」と記されているがゆえ、何らかの決着——行為が成立したか否か——を求める読者としての欲望を禁じえない。また見てきたように、テクスト（「矢代の巻」）自体も、この決定を目指して進行した結果、チロルの「風景」とそこでの二人の様子を語るに至ったと考えてよいのではないだろうか。

ここにおいて、決着の行方が遡及されるべき場所は、眼前の「風景」と祈る千鶴子の姿（両者を含めて「外部」と考えたい）に圧倒され、「もう云ふことも為すこともなかつた」とされる矢代の「心理」では、決してない。これまで辿ってきた経緯から、二人の間に決定的行為を生起させるのは、矢代の行動を導いてきた千鶴子の側であると考えられる。「風景」との「密接な関係」において「恋愛」が「成立」するというように、「外部」性＝「他者」としての千鶴子との関係において、矢代の行為は決定されるはずなのだ。先回りして付け加えると、ここでの千鶴子の「外部」性は、矢代の「心理」に対する「外部」であると同時に、小説の「外部」に位置することでその語りを決定している、語りえない何かの存在を指示しているとも言える。

もう一度確認しておこう。初出連載終了時において、その夜乾草の中で同衾するであろう矢代と千鶴子の関係は、「結婚」の成立・不成立のどちらとも考えられるのであり、その読みを確定するのは不可能であった。そして、この時点で、二人の行為の決定と、それを語る－記述する行為の決定は、登場人物千鶴子の行動に委ねられていたと思われる。その意味でも、初出連載の終了をもって、「矢代の巻」の終わりとされていたのは象徴的であったと言える。

第三節　語り直されるチロルの場面、およびその後の「旅愁」について

「(矢代の巻終)」として閉じられた初出「旅愁」から約一年八ヶ月の時を経た後、発表場所を『文芸春秋』に移し、改めて「旅愁第一回」と打たれた連載が開始される。この初回掲載部分は、チロルの二日目の場面に改稿を加えた内容であった。この箇所から語り直された理由については不明であるが、一つには、後に矢代が幾度となく想起するチロル二日目の経験が、第二回以降の物語でも骨格となる千鶴子との関係において――つまりそれは「旅愁」という小説そのものにおいてということになるが――、決定的に重要な要素を含んでいることに起因していると思われる。「風景」＝「外部」との交感から、ある種の啓示的瞬間が二人の関係に訪れたにもかかわらず、これから示すように、なおそこに決定的な行為が生じなかったという小説世界の事実こそが、二人の「結婚」を再度目標点に据えて進行するストーリー――矢代の心中の語りがその記述の多くを占める――の推力に転化されるのである。[17] そこでは、「矢代の巻」なる括りは忘却、破棄され、代わってチロル二日目の夜が、「カソリックの千鶴子と古神道に傾斜していく矢代とのこの後の恋愛のドラマの本格的な始点」[18] に据えられることになるのだ。

再開第一回目では、初出結末部までが語り直された上、直後に、二人のホテルに届いていた久慈からの手紙の内容が付され、それを翌日読んだ矢代の様子が示されている。手紙は、パリの「罷業」や「塩野君その他の

人々」の「急用」を理由に、二人に早くパリへ戻るよう勧めるものであったが、その後半には次のように書かれていた。

それから終りに突然で失礼だが、君はどうして千鶴子さんと結婚する気持ちがないのか。君との約束のやうに僕もチロルへ行くつもりでゐたのだが、千鶴子さんと君との間を疎遠にしては悪いと思ひ遠慮することにした。多分君のことだから、千鶴子さんが君の後を追つてそちらへ行つても、依然として前と同じことだらうと思ふ。しかし、人間は表現をするときには決断力が必要だ。君は外国へ来て日本といふ国にすつかり恋愛を感じてしまつてゐるので、人間なんか、殊に婦人なんか問題ではなくなつてしまつてゐるらしいが、それは非常な錯覚だと僕は思ふ。(以下、引用は『文芸春秋』再掲文による)

矢代は手紙を読んで、「何となくかうしてはゐられないといふ気になつて、すぐ夜行でパリへ帰らうと決心した」。久慈の言葉によって、矢代の態度が説明されるとともに、千鶴子との「結婚」に至っていないであろうことが印象づけられる。この地点で、テクストにおける一つの決定が下されたと見てよいだろう。矢代には、「表現」(=行為)をするための「決断力」がなかったとされる。その原因として強調されるのが、「外国へ来て日本といふ国にすつかり恋愛を感じてしまつてゐる」ことであった。これを起点に、小説は、千鶴子との関係において、矢代が決定的行為をできない理由を、延々と語り続けていくことになる。「風景」(「外部」)と「心理」(「内部」)の「密接な関係」と、それにもとづく「恋愛」の「成立」(行為)という新聞連載時の設定は後退し、矢代の観念上に描かれる「日本」の「風景」(「内部」としての)が、いかなる「決断力」をもたらすかという自己完結的構造が前景化してくる。こうして、チロルの夜に、矢代は自己の観念の領域において、千鶴子と「結婚」しないという（消極的）「決断」を下したということになっていくのである（後述するように、この矢代の〈主体性〉は作中でも疑問視されている）。

こうした決定と呼応するように、再掲部分には大幅な改稿が加えられている。その中には、氷河の「断層」に落ちた新婚の婿と花嫁の悲話が千鶴子の語りとして挿入されるなど、一様には意味づけできない改稿部分も存在する。だが概ね矢代の心中や態度を記述する加筆挿入を中心に、初出時にあった千鶴子主導の雰囲気と、ラストシーンへの直線的な盛り上がりとを後退させるような改稿になっていると感じられる。その多くは、最終的な行為の不成立を、先回りして仄めかすものであった。

たとえば、千鶴子が氷河渡りと山小舎での宿泊を提案する場面には、「当惑げ」な矢代の姿に加えて、次のような記述が挿入されている。

他人は誰も見てゐないと云へ、自分の愛人でもない良家の令嬢と、何の結婚の意志なく乾草の中で眠ることについては、ふと矢代も躊躇して黙つてゐた。しかし、千鶴子が少しの懼れも感じず云ひ出すその美しさは、パリでの度度の二人の危険も見事に擦りぬけて来た美しさであつた。また矢代もそれに何の怪しみも感じない旅人の心を、簡単に身につけてしまつてゐる今である。

乾草の中での同衾という事態が持つ重大さを確認しつつも、予め「結婚の意志」の不在――あくまでそれは矢代の「心理」における――が告知されている。チロル一日目の記述が置き去られるとともに、「危険」を「擦りぬけて来た」パリでの関係の継続が持ち出されることで、「風景」との交感によって引き出された矢代の高揚感と、それが二人の関係にもたらす影響の可能性は忘却されてしまうだろう。そして代わりに、矢代の「躊躇」とその理由が提示される。ここでの「美しさ」は、たとえば、サンドウィッチの受け渡しの部分に加筆された、「心にこれだけは云つてはならぬぞと、云ひきかせた二人の慎しみの裂け口を飛び越す思ひ」という記述などと相俟って、二人が「結婚」への「慎しみ」を共有してきたことをさらに強調するものとなろう。

また、改稿によって、氷河渡りで千鶴子を先導する矢代に、次のような想念が浮上している。

引き上げられながら登つて来る千鶴子を見ながらも、矢代はもう少し自分に力があればと、今は隠せぬ労力の不足に羞恥を感じて歎いた。それも労力だけではなく、智力も同様に貧しい自分について、彼女を引き上げる度に感じるその操作は、二重の心苦しい瞬間となつてときどき矢代の胸を打つて来た。これでもし千鶴子と結婚するやうな機会を持てば——と、ふとさう思ふ連想につれても、氷河は自分には天罰を与へた苦手だと彼は苦笑をするのだつた。

帰国後実際に結婚する場合に浮上するであろう諸問題が、氷河渡りで明瞭になった矢代の力不足から「連想」されてしまう。家柄の差なども含めた「力」が足りないことも、後に矢代が結婚をためらう理由の一つとなる。危険な氷河渡りは、二人の「結婚」に至る通過儀礼の印象が強いが、そこに(「恋愛」の「成立」とは切り離された)現実的障壁が織り込まれていることは見逃せない。先々の問題を見とおす冷静さ(後の矢代の表現で言えば、「理性的」であること)と、〈いま・ここ〉に存在する「風景」・千鶴子(への欲望)とがせめぎ合っているのである。

もう一箇所取り上げてみたい。先に引用した「胸がどきどき」するという千鶴子の言葉に続く会話の一節である。

「ここから見てゐると、やはり日本は世界の果てだな。」と矢代はふと歎息をもらして云つた。／「さうね、一番果てのやうだわ。」／「あの果ての小さな所で音無しくぢつと坐らせられて、西を向いてよと云はれれば、いつまでも西を向いてるのだ。もし一寸でも東は東と考へやうものなら、理想といふ小姑から鞭で突つき回されるんだからなア。」／千鶴子はどうして矢代が突然そのやうなことを云ひ出したか分らないらしく黙つてゐた。

こうした二人のすれ違いを示す記述も、関係の盛り上がりをトーン・ダウンさせる作用を持っていよう。矢代が抱える「思想」的課題が示されることで、千鶴子との出来事が次々と語られていく初出のスピード感は薄れ、同時に、「思想」を共有しない千鶴子の姿が確認される。以上のように、矢代側の問題にチロルの場面が引き寄せられることで、行為のレベルにおける千鶴子の主導権が後景に退き、祈りの場面についても、矢代がそれをどのように受けとめたのかという点に、読解の重心がずらされていくと言えるだろう。(19) 二人の決定的行為の不成立という小説内の事実は、矢代の「心理」状態に由来するものとみなされ、ひいては、彼の内面を語っていく以下の長大な物語の継続が容認されることになるのである。

以上の経緯を踏まえて、矢代と千鶴子のその後の関係について、瞥見してみよう（以下引用は、本論の論脈を鑑み、「第二篇」部分までは初出によるものとする）。

まずは、矢代がチロルでの出来事を想起した記述を整理してみる。旅の雰囲気を抜きに成立しない感情や体験が、その後は色あせてしまうとの懸念を強く抱く矢代にとって、千鶴子と過ごしたチロルの情景は、不動の経験としてことあるごとに思い起こされる特権的なものとなった。それは、オペラ座の「金色の欄干が身を翻すやうななまめかしさ」に、「チロルで氷河の牙の上から振り向いた千鶴子の奔放な美しさ」を見たり、東京へ帰るや否やタクシーを千鶴子の家へ向かわせる「昏んだやうな悩ましさ」から、「チロルの氷河に包まれたときの千鶴子の吐息が甦つて来る」など、何よりもまず、千鶴子に対する欲望と深く結びついていた。千鶴子との再会をためらう矢代は、二人の帰国後にチロルを訪れた話が塩野から語られると、「不意に虚を突かれた形で胸が妙に高鳴りをつづけ」、「暫く赧らみの面に噴きのぼつて来さうな予感のまま」「氷河の厚い暈層を眼に泛べる」。そして、「氷河の話の出たころから、千鶴子の名前がいつぱいに膨れ襲ひかかつて来てゐた」矢代は、千鶴子との再会を勧める塩野の誘いに押し流されていく。また、その後も、「チロルの山小屋を思ひきれない苦肉の策も手伝つて」、ついに雪山へ独り赴くことにもなる。

その想起において、矢代はチロルでの千鶴子の所作の意味づけを図っている。もちろん焦点となるのは、「チロルの山の上での夜も、急に見えなくなつた彼女を探しに行くと、氷河を向いてひとりお祈りをしてゐたことなど思ひ出し、千鶴子の心の中でカソリックはどうなつてゐるのか」、「「あたしこんなに幸福でいいのかしら。こんな幸福は、いつまでもつづくものかしら。」／とチロルの山の上で洩した千鶴子の吐息も、今にして意味深く矢代には思はれて来るのだつた。」など、二日目の夜の姿である。パリでの最後の夜、「寝台の上で」祈る千鶴子に、矢代はチロルでの姿を思い出し、「今夜のはひどくこちらの心を突くやうに感じ」る。続いて、二人は葡萄酒を飲むが、矢代が「今こんなにしてゐることが婚約を意味してゐることだ」と思うように、ここで千鶴子の祈りは、二人の「結婚」を肯定するものとして考えられている。また、千鶴子の祈りの文句を知った矢代が、その「異端者」という語に激しく動揺する場面で、矢代は鳴り響く鼓の音に「救ひの音のやうな啓示のある打音」を聞いて立ち直るのであるが、そこから、「ふとチロルの山の上で氷河に対ひ祈りを上げてゐた千鶴子のことを思ひ出した。あのときの千鶴子の祈りは、ああ、さうか、――矢代は白装束で跪いてゐたあのときの千鶴子の覚悟を今初めて感じたやうに思つた。あのゲッセマネのキリストの祈りも知らず、自分は西洋を旅してゐたのだらうか。」といった思念が語られる。ここでも、千鶴子の祈りは、二人の「結婚」への「覚悟」を示す行為として意味づけられているように思われる（もちろん一方で、千鶴子がカソリック信者であることは二人の関係における障壁となるが、この点については後述する）。

ところで、久慈が、チロルから戻った矢代に、「お前は馬鹿な奴だ。あれほど忠告したぢやないか。結婚をしなさい結婚を」と憤り、また千鶴子にも、「どうしてまた君は矢代を動かさないんです。チロルまで後を追っていつて、結婚の準備一つもして来なかつたなんて、何んだ。他愛もない。」と話すように、チロルの一件は、決定的行為に決して至らない二人の関係を象徴するものでもあった（ちなみに久慈は、「彼はどのやうな方法で自分を制御してゐるものかと、瞬間矢代と千鶴子のチロルの夜夜を考へつつ、あるひはこの矢代は嘘をついてゐるのかもしれぬと疑ひさへ起つて来た」と、「チロルの夜夜」の出来事に疑いを抱いてもいる）。たとえば、二人が空港で別れる場面で語られる、「チロルの氷河を渡つた夜、山小舎の深い乾草の中で眠つたとき、眠れぬままに千鶴子が身動きをすると、ずつと放れて寝てゐるこちらにも動きがそのまま伝はつて、ゆさゆさと揺れて眼を醒した一夜の寝苦しさを矢代は思ひ出した」といった一節などによって、その時何も起こらなかったという事実が強調されている。そして、チロルで決定的行為を踏みとどまったことについては、矢代の心中の語りにおいて次のように説明される。

しかし、日本を離れた遠いこのやうな所にゐるときの愛情は病人と何ら異るところはないと矢代は思ふ。彼は千鶴子よりも少くとも理性的なところが自分にあると思ふ以上、旅愁に襲はれてゐる二人の弱い判断力に自分だけなりとも頼つてはならぬと、最後にいつも思ふのだつた。それはチロルの山中で二人が乾草の中で一夜を明したときもさうだつた。

先に考察したように、チロル二日目の改稿によって、そこでの二人の関係を決定する拠点が、矢代の内面にシフトすることとなった。この傾向は、その後、決定的行為を妨げたあれこれの理由が持ち出されながら、小説に定着していく。引用部分では、異国で抱いた「愛情」は「旅愁」によって引き起こされた病気のようなものであるとの理屈――矢代が最も強く訴える懸念であるが――を前提に、チロルの夜でも、「二人の弱い判断力」から生じる決定的行為（性交渉）を、矢代の「理性的なところ」が引きとめたということになっている。

同時に、帰国後の矢代にとって、二人の間に「結婚」が成立しなかったという事実は、肯定されるべきものとなった。

たしかに自分の装ひには、野暮なところなきにしも非ずといふよりも、正当な愛情ある人物の取るべき態度ではなかつたかもしれないと思つた。しかし、そこが旅といふものだとまた彼は思ふのだつた。旅の喜びを貫いて絶えず流れてゐた憂愁は、それ自身すでに恋愛以上の清めのやうな物思ひであつた。もし千鶴子と自分とが男女の陥ち入るやうな事がらに会つてゐたなら、定めし想ひの残る旅の印象はよほどこれで違つてゐたことだらうと思つた。（…）――あるいはも早や愛情を示す時期が二人の間から遠ざかつてしまつてゐるのかもしれなかつたが、それなら、それもまた善しと思はれる何ものかが、新しく生じて来てゐることも事実だつた。実際、彼と千鶴子の事件はまつたく新しく、初めてこの夜出来て来てゐるやうな、異国のことではない、沈みながらもある生き生きとしたものが生れ始めてゐるやうにも思はれる、と矢代はときどき千鶴子の顔を眺めてみた。それはたしかに前の千鶴子ではない、何か悩みを含んだ慎しみの深みを加へて来てゐる、前よりはるかに現実的な千鶴子の顔だつた。

チロル旅行を「危険」の頂点とする異国での生活で、「男女の陥ち入るやうな事がら」に至らなかったことを、矢代は、日本における千鶴子との関係の始点（支点）に据えようとしている。やはりここでも、決定的行為の不在こそが、矢代の語りを進行させる推力となっているのである（これと対照的なのが、千鶴子に惹かれつつも、真紀子との「結婚」を彼女に宣言した上で、「男女が窮極にしてしまふことを、まつたく前後も考へることなく行つてしまつた」久慈のあり方である。この〈行為〉によって、久慈と真紀子がひとまず小説の背景に退いてしまうのは興味深い）。ここから、逆説的に、「現実的な千鶴子」が矢代の観念上に描き出されることも指摘しておきたい。また、千鶴子の母との面会時に、「これで自分が旅さきで千鶴子に汚点を滲ませてゐたなら、かうして彼女の母と会ふ苦しさも、今とは別して心忌しい夜となつてゐたにちがひないと思つた」とあるように、あくまでも矢代の理屈では、千鶴子との婚前交渉の不在がプラスに作用していくのである（ただし、後に確認するが、小説世界の「現実的」問題として、矢代が千鶴子に「汚点を滲ませて」いないとは言い切れないはずである）。

ここで、行為を踏みとどまった矢代の内面的理由について、もう少し詳しく見ておきたい。当初より特徴づけられる矢代のストイシズムに加え、とりわけ千鶴子への欲望を抑えているのが、異国の旅で結ばれた関係を冷静に捉える彼の「理性」であった。ただし、パリでの最後の夜、千鶴子の誘いを振り切る矢代については、次のように語られていた。

その千鶴子の様子は、なまめかしい悩みを顕してゐる風にも矢代には見え、一瞬強く足の立ち竦む思ひに打たれるのだつたが、それもどういふ作用で切りぬけてゐるものか彼も分らぬまま、また歩いて街角を曲つた。

また、帰国後にも、「ふと、どうして自分があのヨーロツパを歩いてゐた間、この千鶴子と何事もなく過せたものだらうかと、我ながら俄にそんなことが理解しがたい頑なさに見えて来て、じろじろ驚きながら千鶴子の膝を見るのだつた」というように、千鶴子への欲望を抑えた自身の不可解さが語られている。こうした記述は、結局のところ矢代の内面において、決定的行為をしないという決断を下した理由が確定できないことを示していよう。言い換えれば、二人が関係を結ばなかった原因の全てを、矢代の内面で語り尽くすのは不可能であることが、テクストにおいて確認されているのである。この問題の原点は、おそらくチロルの夜の場面にあると考えられる。そこでは、矢代の独立した主体性は退行し、「風景」と千鶴子の行動が、二人の関係を決定する主導権を握っていた。初出連載が示していたこの傾向は、改稿によって若干押し戻されたものの、完全に消去されるわけではない。こうして生じた歪み——存在していない矢代の主体的内面性を語ること——が、冒頭に挙げた率直な疑問を、読む者に抱かせる原因と考えられるのだ。千鶴子との（実際の）結婚問題に、矢代の決断の中心が移行した後も、この歪みは小説の語りに潜在している。これに対して、「この千鶴子からは幾度となく逃げようと試みたり、放れる覚悟もしたりして来た筈だのに、ますます深まつてゆくばかりの、意志も智慧も行ひもすべて無力化させるもののあるのはこれは何んだらう。それにも拘らず一種異様な緊密した力が漲りつつ、彼の心を捉へてどこかへ押し進めて行くもののあるのも、また認めねばならなかつた。」というように、矢代は千鶴子との結婚へ向かう中で、自分の「心」を決定づける超越的な「力」——先に見た矢代の心中の不可解さを委ねるものとして——の存在を仮想するのである。

その一方で、二人の関係を決定する要素として、千鶴子の側の問題が前景化してくる。たとえば、チロルから戻った後も二人の関係は深まっていくが、そうした中で、決定的行為を避け続ける矢代の心中が次のように語られる。

しかし、自分はもうこれ以上のことを二人の間で望むべきではないと思ひ、またそのやうなことを望むなら、今はそれさへ達せられるだらう幾らかの己惚れさへあつたが、恐らくこんなときには誰でもそのやうな男女の頂上の望みを持つに定つてゐるからには、その胸のどきどきとするあの羞らひだけは、せめて千鶴子にだけさらけ出したくはないのだつた。そんなことは、下劣なことだと別に矢代は思はなかつたが、どんなに巧妙な理窟があらうとも、相手の婦人に窮地に飛び込むことを要求してゐるに間違ひはないのであつてみれば、せめてやむなくなるまでは、一層彼はその行為を心中認めたくはないある心が抜けきれなかつた。

「男女の頂上の望み」に対する矢代のストイシズムが披瀝されているが、そこに、「相手の婦人に窮地に飛び込むことを要求してゐるに間違ひはない」といった、千鶴子への配慮(?)が付け加えられていることは重要である。もちろんこれは、矢代との関係が、「彼女の良縁を、払ひ落す結果」になるという認識と結びついているだろう。ところで、最大の障壁であった二人の心変わりに対する矢代の懸念は、帰国後の再会以降払拭された。それゆえ、この不安は、その後の二人の「結婚」を妨げる理由とはならなくなる（なお後にも触れるが、結納後に京都のホテルに宿泊した際にも、性交渉には至っていない）。

そうなると、チロルの場面にも加筆されていた、実際に結婚する際に生じるであろう困難が、二人の「結婚」の障壁として前景化されざるをえなくなる。パリ滞在時にも、矢代は、「日本にゐる千鶴子の家の人々のことをまだ少しも知らぬ自分だと思ひ、悲劇が起るならそこからだとふと思つたが、しかし、それも起つたところでもつと今より後のことだつた」と一応の予期を抱いていた。そして、「何か千鶴子は自分に分らぬ事情で結婚の意志をひき退けてゐるのに相違ない」と考える矢代は、「帰られれば千鶴子さん、どなたかと結婚なさるんでせうね」と「一番の訊きたいこと」を言葉にする。ためらいがちにそれを認める千鶴子に、続けて、「矢代は予想が一つづつ的中してゆく快感と同時に千鶴子のその静かなあきらめが物足らなくなり、暴力に似た力の湧きのぼるのを感じた。／「あなたはどうしてもその人と結婚しなきやいけないんですか。」矢代はふとかう問いつめたくなつたが、さう云へばもう二人はお終ひの頂きに出ることだと気がついた。」と語られるなど、約束された結婚を受け入れているような千鶴子の姿勢（これもあくまで矢代の視点から見たものであるが）も印象づけられる。また、「家」の問題は、二人が別々に日本へ帰らねばならぬことを暗黙に了解していることから、「それが日本の風習である限り、是非それだけは守らねば、どちらの父母からも許されぬもののあるのが、厳格極まりのない日本だと思つた。それはどういふ理由かもう彼には分らなかつたが、何んとなくそれは非常に見事な習慣だと思はれ、自分が千鶴子の家と自分の家との二家の父母の許しを待つまで、君を愛するなどといふ言葉も千鶴子に使ひたくないのも、実はただそれだけの分らぬ理由からだつたとも思つた。」とする一節とも連関する。ここでも、矢代の主体的決断は放棄され、「日本の風習」というそれ以上説明不可能な「理由」が持ち出されている。

そして、「旅愁」後半部の展開を支える、カソリックに対する矢代の葛藤が語られることになる。カソリック信者であることは、千鶴子の「身の慎しみ」の根拠としても語り直されるが（ちなみに千鶴子も、矢代との別れの夜に対する久慈の勘繰りに、自分がカソリックであるとの返答で応じている）、矢代の「先祖の城」がカソリックの大友宗麟に滅ぼされたことや、千鶴子と法華経信者の母との間に起こる問題などと結合し、二人の実際の結婚における第一の障害として意味づけられていく。ただし、パリでの経験や感情が自分にとって不変であると述べる千鶴子を前に、「「それは、君はカソリツクだからでせう。そこが僕と違ふのだなア。」／と矢代は初めてまた胸をついて来た新しい事実に内心びつくりして口走つた。」と続く箇所が如実に示すように、そもそも千鶴子がカソリックであることは、矢代にとって自分の行為を予め左右するような何かではなかったはずである。それが、チロルの場面を境に、徐々に矢代の逡巡の原因へと顛倒していくのである。

このことも含めて、本節で整理してきた内容は、矢代が（決定的な行為をしないという）決断の主体であったと認めた上で、その内面が語る物語に即してテクストを読むことを前提とするものである。ということは、そこに読み取られた千鶴子の側の問題とは、あくまで矢代の内面性にもとづくものと言うほかない。しかし、繰り返しになるが、チロルの場面で、二人の行動を、ひいては小説世界そのものを導いていたのは、千鶴子の行為——ただしその内面性は、矢代とって「外部」であり、かつ小説そのものにおいても語りえない「外部」に位置する——であったと考えられるのである。

第四節　千鶴子の物語を読むこと——小説の理想と現実

そこで、今度は、チロルの場面以降に現われた千鶴子の行動について追跡してみようと思う。それによって、小説に描かれた二人のハイライト・シーンのほとんどが、チロルの氷河渡りに象徴される千鶴子の牽引力によって引き起こされていることがわかる。たとえば、ピエールに誘われたオペラ（「椿姫」）鑑賞に、矢代も来るよう説得した千鶴子は、オペラ座で矢代の個室桟敷を自ら訪ねていき、作中最も二人が濃密に接近する場面（腕を組んで千鶴子が矢代の肩にもたれ掛かる）へと小説を導く。矢代にとっては、恋のライバルへの対抗心に、「椿姫」のイメージやオペラ座の雰囲気（特に個室の桟敷席が欲望を喚起すると強調されている）が加わった上での所作であるが、これによって「ますます後へは退けない責任」を感じるに至る。また、席を立つ千鶴子に、「悲劇にしないでくれ給へ。大丈夫ですか。」と確認する矢代の心中が、「たうとう自分も日ごろ軽蔑してゐた旅愁にやられてしまつたと思つた。事実、自分に攻めよせて来たのは千鶴子にちがひなかつたが、千鶴子も自分もパリに総がかりで攻めよられたことにもまた間違ひはなかつた。」と語られているのは興味深い。実際には千鶴子の行動に自分が左右されていることを認識しながらも、二人の恋愛の原因としてパリでの「旅愁」を仮構しようと矢代は試みるのである。続けて、「なるやうになつて来て、誰がこんなにしたのかも分らなかつた」と語る矢代は、決して「こんなにした」のが千鶴子であるという事実を認めないのである。

また、「ブロウニュの森」の中に再び赴いた際にも、千鶴子は、草の中に横たわるカップルの傍を「快活に除けて」歩き、道に迷うのも構わず、「自動車の音のしない反対の奥の方へ自分から進んだ」。「これでは案内されるやうだと矢代は思つて苦笑する」というように、氷河渡りでの二人の関係が、ここで再現、確認されているのは明らかであろう。またさらには、「蕨の原」で迷子になった挙句、千鶴子が矢代の肩車に乗って方向を確かめるという象徴的なシーンも描かれている。

パリでの別れの夜には、ロンドンにいる兄にすでに矢代との関係を話してあることが、千鶴子の口から明らかにされる。矢代に兄と電話で話をさせるという案は自ら取り下げるが、煮え切らない矢代の退路を断ちながら、二人の結婚をすでに予定されたものとして進めていく千鶴子の姿勢を、ここに見ることができよう（以下に見るように、帰国後の千鶴子においてその姿勢はより顕著となる）。この上で、千鶴子は矢代を自分の部屋に引きとめようとするのである（もちろん、考えようによっては、こうした千鶴子の押しの姿勢が逆効果になっているとも言えるが）。

これまで千鶴子については、概ね、小説が進むにつれてより受動的な人物となっていき、ひいてはカソリックを体現する傀儡になり果てると考えられてきた。[20] しかしながら、帰国後においても、矢代との結婚へ向けた具体的行動を千鶴子は次々と繰り出している。

矢代は独り冬山に赴いた際、千鶴子との結婚問題についてあれこれと思案に暮れて、結局、「どういふものですか、僕はこのごろ、無茶苦茶に勉強がしたくなつて来てゐます。かつて今まで、これほど勉強をしたいと思つたことはまだありません。あなたのこともよく頭に泛んで来て困りますが、実際、これは困るほどです。なるだけその方のことは倹約することにして、荒行を山でやりたく出て来ました。非常な決心で明日から山小屋の雪の中で、自炊もするのです。我ながら勇ましい覚悟に愕いてをりますが、チロルのときのやうに邪魔しないで下さい。あのときのことを思ふだけでも、今の僕にはあなたが少からず邪魔になるのです。」といった手紙を千鶴子に送る。もとより、「邪魔」と言いながら千鶴子を誘っているような内容ではあるが、矢代の「非常な決心」など構わず、千鶴子は兄の槙三を伴なってそこを訪れる。そうした行動によって、「千鶴子がここまで出て来ることの出来たのは、少しは彼女の母も娘の意志を認めて来たのかもしれず、その相談もあつてのことかとも解されたが、二人の間がのつぴきならなくなつてゐるといふよりも、も早や結婚する以外にどちらのコースもなくなつてゐる」と矢代も感じるように、千鶴子は二人の結婚を徐々に既成事実化していくのである。[21] もちろん、結婚を目指す千鶴子の行動は、そのまま小説世界の時間、ストーリーの進行にもなる。

さらに、千鶴子は、懸案の一つである矢代と自分の母との対面に関して、田辺侯爵を間に立てることを計画し、矢代の了承を得る（矢代はその背後にある千鶴子の「苦心」や「思案の末の工夫」に「感動」を覚えている）。ここから、矢代が信頼する塩野も引き込んで、田辺侯爵邸での「査問会」へと矢代を連れ出し、二人の結婚をまた一歩進める。そして、千鶴子が、塩野らとともに自分を家まで送ってきた矢代を、母と面会させるべく家に上がるよう強く誘う姿は、次のように語られる。

このときは前のためらひも消えてゐて、いづれ来るものは来ると即座に決断した女性の大胆な変化が見えた。チロルで氷河を渡らうとしたときも同じ落ちつきで、ぐんぐん彼を氷の中に誘ひ込んだのも、ちやうどこんな千鶴子だつた。

ここでは、チロルでの千鶴子のあり方が、二人の関係における彼女の主導権や積極性を象徴するものとして想起されている。[22] そうした千鶴子の行動は、行為しないことの決断とその理由をめぐる矢代の自問――それは、二人の関係において決断の主体ではなかった矢代（の内面）を、自分の行為について決断する主体として位置づける事後的顛倒から生じた、虚構の問いである――と、それがもたらす（二人の結婚、および小説の進行の）停滞を、やすやすと越えていくのである。

「式の日はあなたの方で定めて下さる。」／千鶴子は黙つてゐる矢代に少し不服さうな和ぎで訊ねた。ここまで追ひつまつて来てゐながらも、まだ一度も二人の結婚の事について口に出したことのなかつた自分が何ぜだか分らず、それも一足跳びに跳んで式の日を訊かれた今だつたが、彼は、その千鶴子の突然のことさへ別に異様なことだとは思へなかつた。／「いつがいいかな。」彼は呟くやうにさう一言云つただけでまた沼を見るのだつた。／「お宅の方の御不幸のことも考へなければいけないし、あたしには分らないわ。」／「それもあります。」／「ぢや、やつぱり秋ね。」／矢代もそのころになるかと思はれたので同意した。そして、その他に何か云はねばならぬ重要事項がひしめいてゐるやうに思はれるのに、一応限なく探して見て後も、何もなく、その他はぼんやりとただ他人に任せて置くべきことばかりのやうに思はれ、彼は沼の周囲の垂んだ鉄柵の鎖を眼で追ひつつ、なほ云ふべきことを考へてみた。

自分でも「何ぜだか分ら」ないという矢代の内面を、千鶴子の発話行為は「一足跳びに跳んで」しまい、二人の婚約が既成事実となる。自分が行為に至らないことの理由がない以上、既成事実化された婚約（ここでは式の予定）についても、矢代が主体的に語る内容は存在しないのである。最終的に結納に至る二人の関係は、事実上、徹頭徹尾千鶴子の行為によって押し進められているのである（矢代が東野を仲人に決めるという内容も一応あるが）。また、こうしてみると、カソリックの千鶴子も「僕らの国の神」の「深いみやびやかな御心の一端を、識らずに受け継がれたお使者の一人」であるという矢代の言葉を、そのまま受け入れる彼女の態度に（これによって矢代の葛藤はひとまず和らぐ）、単なる〈受動性〉には収まらない意味を読み取ることもできるような気がする。

では、こうした千鶴子の行為を支えているものは何か。千鶴子を矢代との結婚に駆り立てる理由とはいかなるものか。先に触れたように、矢代は千鶴子側の問題を斟酌しようともする。しかし、千鶴子を「自分がどんなに振り払はうと努めても、いつか身近によつて来て去りさうにもない人」とした上で、「いつたい、何ぜまたこの人は自分の傍へなど来るのだらう。／「あたしは日本へ帰つても変らないわ。変るのは、きつとあなたの方だわ。」／かういふことをパリで別れる際、ただ一言云つた千鶴子の勝ち気のためかあるいはカソリックの仕業であらうか、とにかく今の矢代にはこれだけが分らぬことの一つだつた。」と語られるように、矢代に千鶴子の内実は捉え切れない。またそれは、矢代の語りを中心に構成される小説においても同様である。このことは、チロルの場面を分岐点として、千鶴子という人物を、矢代の内面の、そして小説の語りを外部から支える「他者」として設定したことの、必然的帰結だと言えよう。しかしながら、テクストに対する読解の矛先は、その語りえないものへと向けられるべきなのだ。

千鶴子の手紙には、帰国後に母が薦める相手と結婚することを交換条件に、ヨーロッパ行きを許可されたことが記されていた。そして、実際に母が薦めて来る相手と、自分は「結婚する意志」は全くないながら、「母との約束」を考えると「それもやむを得ないことかもしれない」としている。このことは、パリで、自分を「何も出来ない、つまらない女」であり、「普通に働かねばならない方に比べて幾らか仕合せな方」と位置づけていることにも結びつくだろう。その中で、千鶴子が自ら結婚相手を決め、その段取りを進めていくことに、彼女の積極的な自己実現への欲求を想定することは可能と思われる（ただし、あくまで結婚や家という制度の枠内での行動であり、厳密な意味での主体的行為とは言えないが）。もちろん、そこに矢代への〈愛情〉なるものを付け加えてもよい。

これとは逆に、千鶴子の行為の理由を、ネガティヴな角度から考えることもできる。矢代によれば、帰国後の千鶴子は、「こちらの考へたほどのことは考へた上に、なほ婦人として心得るべき特別の事情も、種種考へ直して苦しんでゐることなど、およそ定つてゐる」とされる。千鶴子を苦しめる「婦人として心得るべき特別の事情」を、小説の行間に読み取ることはできるだろうか。たとえば、「自分は千鶴子の家のことに関しては、調査することもまだ進めず、またその用も感じたこともない」、「千鶴子以外の他に誰かと結婚する意志でも起つて来るやうなときには、調査の上比較をする必要も起るであらうが」などの矢代の語りは、小説世界に人物の「調査」なる概念を引き入れている。当然ながら、結婚を控えた「良家の令嬢」＝千鶴子の周囲には、絶えず「調査」の視線が存在していると考えてよい。ヨーロッパに滞在中、千鶴子は矢代と二人だけで旅をした。それゆえ、「諸君は知らないだらうが、君たちの立つた後といふものは、皆がよると触ると君らの噂やら、臆測やらで、議論百出するよ。ひどいのになると、日本へ帰つたら僕に、君らの結婚をぶち壊せ、その必要を認めないといふのがゐたね。」といった東野の言葉や、「侯爵夫妻の一番知りたい自分たちのことは、千鶴子と自分との秘やかな交渉が、どの程度のところまで進んでゐるものか見届けたいことだらうと思ふと、二人の間が、すでに実際の結婚以上のものまで済んでゐると見られてゐることも、十中の九までたしかな事だつた」といった記述にあるように、そこで何も起きなかったとしても、二人の「結婚」は一部から既成事実とみなされているのである。この小説世界における現実は、決定的行為の不在がどれだけ矢代の心中で語られようとも、変わることはない。母が薦める結婚相手も、それが「良縁」であればあるほど、千鶴子を「調査」するであろう。実際のところ、帰国後に矢代以外の人間と結婚するという選択肢は、千鶴子がチロルへ向かった時点で消えていたのではなかろうか（母から決められた相手との結婚を迫られていることも、あくまで千鶴子の手紙に書かれていたものであり、穿った見方をすれば、矢代を追い込む方便とも考えられよう）。その意味で、「何んの表現もしないといふのは、こちらが困るより向ふが困るんだからな」と矢代に忠告する久慈の言葉は、現実問題を鋭く突いていたのである。

それゆえ、矢代とのぎこちない再会の場面で、珍しく千鶴子の心中を語った、「ふとまた沈みかからうとする気力を、ひき立てては自分を支へる努力で、千鶴子は矢代を見るのだつた」という小説の記述もまた、読み換えが可能であると思われる。矢代にとって不可解であった「あたしは日本へ帰つても変らない」という千鶴子の自信の背後には、もう後戻りできない、だから変わってはいけない、と自分に言い聞かせる言葉が隠されていると も考えられるだろう。千鶴子は、帰国後いかに矢代への想いが変わろうとも、「自分を支へる努力」をせねばならず、殻に閉じこもって逡巡を続ける矢代の手を引いて、結婚へと導かねばならなかったのである。チロルにおいて刹那的な悦楽への罪意識を吐露していた千鶴子は、以下のストーリーの中で、その代償を払い続けているのかもしれない。

千鶴子の視点から見た時に浮かび上がる、こうした小説世界の現実に対し[23]、あろうことか矢代は、夢に出てきた千鶴子を「真の花嫁」とみなし、彼女との「結婚」を果たす。これによって、当初性交渉を決着点としていた二人の「恋愛」の行方は、一つの目標を失うことになる。かろうじて、「婚姻の夜」たるべく、結納を済ませた二人が京都に宿泊する場面がある。そこで、久慈への手紙に「矢代千鶴子」と署名した千鶴子は、動揺する矢代に、「でも、式を待つたりしてゐては、きりがないと思ひましたの。いつのことだか分らないんですもの。それに、あなたお郷里へお帰りになつて、もしかしたら、また急に妙なこと仰言るんぢやないかと思つたりして、――さうぢやありません。」と最後の言葉を突きつける。矢代は「これはたしかに僕にはありがたいですよ。これで無事だ。」と言いながら、やはりその胸中で堂々めぐりをはじめる。結局、「いつ結婚しても良い自分ら二人の身の上になつてゐるこの際、今夜ここで泊ればそれも早や定る」という状況で、宿泊したという事実だけを小説世界に残して、またしても決定的行為は先送りにされるのである。そして、小説は、こうした矢代に対して、千鶴子の心中を代弁するかのごとく、「君のは愛ではない。大愛でもない拷問だ。」と書きつけた久慈の登場をもって以下途絶する。

これまで考察してきたように、矢代は千鶴子との「恋愛」関係において、そこに生じる行為の次元では、(「風景」や千鶴子という「外部」に自己の行為の決定権を委ねていることから)決断の主体とは言えない存在であった。にもかかわらず、小説において矢代の内面が中心的に語られることによって、いつしか行為をしなかった理由を内面に有していた主体として位置づけられる。しかし、実際には存在していない理由を語り続けるという矛盾は解消せず、末尾近くに至って、「当分はかうしてゐる以外に月日はたたぬのだと思つた。そして、それはどういふ理由からでもない、これで良いのだつた。一番適当な方法を講じて進んでゐる以上、現在の成り行きを変へるのも愚かな考へで、その決断も不用だつた。次第に押しよせてくる外界の波を避けようとすることが、下らぬ躊躇に見え、自分の目差す針路だけは他人のものではないと思はれた。」というように、矢代において「理由」も「決断」も存在しないことが明らかになってしまう。こうした徒労とも言える矢代の語りを支えてきたのが、「一番適当な方法」によって「現在の成り行き」を創り出した千鶴子の行為であった(この一節にあるように、最後まで矢代は、千鶴子という「外界の波」の力によって、「自分の目差す針路」が示されているという事実を認めてはいない(24)。

これに似た問題が、矢代の内面を中心に据えて、長大な小説を書き続けた作者にも当てはまるのではないだろうか。矢代の内面を語りながらも、小説世界の時間の流れとともにプロットが展開し、矢代と千鶴子の恋愛↓結婚というストーリーが生まれていったのは、ひとえに千鶴子という登場人物が積極的な行為者であることによっている。と同時に、小説において、行動する千鶴子の内面・理由なるものは語られないままであった。このことは、矢代にとって千鶴子が「外部」の存在であるように、小説を書く作者にとっても千鶴子の内面なるものが語りえない「外部」に位置しており、またその「外部」性において、千鶴子が「旅愁」という小説世界(とそれを書く作者なる主体)を支えていることを意味する。作者は一つ一つの言葉を書く行為によって、小説世界を押し進めていく。そして、書く行為の瞬間には、作者を取り巻くあらゆる「外部」性との「密接な関係」から生じる力が働いているはずである。それゆえ、書く行為には、いかにそれを自分の主体的決断によるものとして作者が語ろうと試みても、語りえない何かが残されてしまうと言える。その「外部」に存在する何かを語ろうとした瞬間、それまでの書く行為の意味は変容してしまうだろう。ひいては、書かれた言葉に対する主体ならざる主体として作者は引き裂かれ、その矛盾を生きていくことになるのだ。

チロルの場面を語り直し、その後の物語へと展開していった作者の書く行為は、性交渉の不在という小説世界の事実を決定する、主体的決断にもとづくものとひとまず考えられる。この見方は、千鶴子という登場人物の内面を(小説、および矢代の)「外部」に置いたまま、矢代の心中を語り続けることで維持される。チロルの場面以降で千鶴子の内面を語ろうとするならば、そこから作者は全く別の小説を書きはじめねばなるまい(25)。もちろん、それはもはや、この「旅愁」という作品にはなりえない。千鶴子の内面という「外部」を小説に引き入れることで、チロルの場面の事実を決定した作者の書く行為にオルタナティヴな意味が発生する。また、それによって、作者の主体性を超えた場所で、決断（と後にみなされる行為）が生じていたことも明らかになるだろう。この「旅愁」を書くことで主体化される作者は、千鶴子の内面を書かないことで、その地位をかろうじて維持しているのである。

ただし、当然ながら、千鶴子の内面というもう一つの物語自体が、この「旅愁」を読むことによってのみ想定されるものであることも事実だ。横光は、「純粋小説論」（一九三五・四）で、「多くの人々がめいめい勝手に物事を考へてゐるといふ世間の事実」を前にして、小説の〈リアリズム〉を追求するためには、作者が自分の「思想」をもとに、各登場人物と対話していく必要があることを示した。その理想形が、それぞれ「自意識」を抱える作者と登場人物たちの対話によって生成する小説世界を、その錯綜のままに描くことであった。こうした観点からすれば、「旅愁」における作者と千鶴子の対話性の不在、および作者と矢代のパースペクティヴの一致などを、小説の欠陥として指摘できるかもしれない。(26)しかし、千鶴子との真摯な対話をはじめた瞬間、「旅愁」とは別の物語が生まれ、小説は自壊していくだろう。ただしその時には、残されたテクストを、もとはこの「旅愁」であったとみなす根拠さえも失われるはずだ。この意味でも、小説の「外部」をめぐる議論は、眼の前に存在する作品そのものをたやすく超越するものではない。重要なことは、小説の可能性と限界、理想と現実が、コインの裏表のようになって、一つの作品を構成しているさまを読み取ることであろう。横光の文学は、この背理を推進力に変えて展開していった。「旅愁」が未完に終わっていることは、小説というジャンルが抱えるこうした両義性を象徴しているように思えるのだ。

注

（1）日置俊次は、「横光利一試論――「旅愁」における俳句――」（『東京医科歯科大学教養部研究紀要』、二〇〇一・三）で、二人が「なかなか肉体関係を結ばない」ことが、「先行きを不透明にさせ、読者をドラマに巻き込んでいく魅力ともなっている」と指摘している。

（2）その嚆矢が、「抒情的なチロルのアヴァンチュール」を作中での「圧巻」として解説した長谷川泉『近代名作鑑賞』（至文堂、一九五八・六、四四八頁）であった。そこから、「神がかり的な日本主義」という作品の「否定的な側面」に対して、「チロルの場面に代表される清潔な恋愛と豊かな詩情がさわやかな読後感を与えてくれるという、肯定的な側面」（江後寛士「「旅愁」の構造」〔『国文学攷』、一九七一・六〕）を救い上げていく「旅愁」再評価の型が生まれることになった。

（3）『大阪毎日新聞』では、四月一三日（一二日発行）から連載が開始し、七月八日（七日発行）の第五四回をもって連載が終わっている（以上、新聞連載の書誌については、金文珠「「旅愁」の新聞連載について」〔『千里山文学論集』、一九九九・九〕に詳しい）。

（4）戦後版『旅愁』の刊行は次のとおり。「第一篇」一九四六年（昭21）一月（改造社）、「第二篇」一九四六年（昭21）二月（改造社）、「第三篇」一九四六年（昭21）六月（改造社）、「第四篇」一九四六年（昭21）七月（改造社）…④と⑤を合わせたもの。

（5）保昌正夫『横光利一論』（明治書院、一九六六・五、一四四頁）。

（6）同右、一五二頁。たとえば、中山義秀「愁の根」（『横光利一全集月報第一号』、改造社、一九四八・四）には、当時『朝日新聞』（東京、大阪）に連載されていた永井荷風「濹東綺譚」の好評に圧迫されて、横光が「旅愁」連載の打ち切りを申し出たことが示唆されている。

（7）石田仁志は、「『旅愁』試論」（『語文論叢』、一九八三・九）で、作品におけるヨーロッパとは、「矢代にとって具体的な生活を営む「志向的空間」」であり、「千鶴子と歩くブローニュの森やチロル、オペラ座なども一面では文化的〈中心〉たるヨーロッパの一部分だが、他面では矢代という人間の主観によって切り取られた空間であると言える」と述べている。

（8）この読みから作品を評価したものに、たとえば、「何よりもパリが生きいきと描かれている。青年男女の恋愛も克明で鮮かである。パリがなければ彼らの恋愛は成立しえないほどに、情景と人物とが密にからみあっている。」といった、加賀乙彦の言がある（『日本の長篇小説』、筑摩書房、一九七六・一一、一一六頁）。

（9）長谷川前掲書（四五三頁）は、二人の官能的な触れ合いの場面を列挙し、「これらはすべて生に濡れた肉体の徴表である」としている。また、こうした二人の接触をはじめとする、「旅愁」に描かれた「身体」について、中村三春「係争する身体――『旅愁』の表象とイデー――」(『横光利一研究』、二〇〇三・二)は、「いかなるイデー化をも免れ、イデーから離反する表象としてある」と評価している。

(10) 日置俊次「横光利一『旅愁』論」(『国語と国文学』、一九九二・二)は、この場面について、「近付きかねる対象に重ねるため、刺のある花が選ばれるのは周到である」とし、また「サンザシは禁欲を象徴する」との注記を付している。ここでは、千鶴子への想いによって、矢代が(発話)行為を制動できなくなりかけている様子を重視したい。

(11) 中島国彦は、「「最後の絵」の意味するもの――横光利一『旅愁』における絵画をめぐって――」(『比較文学年誌』、一九八六・三)で、「矢代と千鶴子の間の微妙な心情の成長を印象づける決定的な場面を必要とした作者が、ここで矢代のチロルへの旅を設定し、氷河を越えて辿りついた山小舎という場でのこころの触れ合いを形象化するのは、自然な動きといわねばならない」との見解を示している。

(12) これについて、伴悦は、『横光利一文学の生成』(おうふう、一九九九・九、二三七頁)で、「ここでいわば植物の精の表象のように描かれている千鶴子は、チロルへ旅立った直後、車中や街中でふと出合う泥手で肌を撫で上げられたような肉感的女性と対照的に描かれているのはいうまでもない」と解釈している。しかし、前からの経緯に沿うならば、この箇所は、千鶴子を「植物の精」として中性化するのでなく、「雌蕊」なる比喩の意味作用を押さえて読むべきと思われる(ちなみに伴の見解は、初版本の表現〔「稲妻に照し出される度に表情を失ひ、白い衣の中でゐ竦んだ雌蕊に見える千鶴子が、矢代には美しかつた」〕にもとづいている)。

(13) 単行本では次のように改稿されている。

千鶴子は聞えたのか聞えぬのか黙つてやはりそのまま動かなかつた。間もなくだんだん雷は鎮まつて雨も小降りになつて来ると空気が一層冷えて来た。千鶴子の顔は再び生気を取り戻して動き出した。雨が全くやまつたとき二人は久慈にあてて、チロルの山の恐ろしさ美しさを寄せ書きしてまた遅くまで話し込んだ。

(14) なお、チロルの場面を中心とする千鶴子の積極性と矢代の受動性については、長谷川前掲書(四四九頁)にすでに指摘がある。また、濱川勝彦は、チロルの場面と「オペラ座の個室」を挙げ、「矢代の働きかけは、ほんの切っ掛けに過ぎず、むしろ慎ましくありながら、精一杯積極的に行動するのは千鶴子の方であり、矢代は、それに応ずるだけである」との見方を示している

（『論攷横光利一』、和泉書院、二〇〇一・三、一九五頁）。

(15) 参考までに、「赦されると思へないんですもの」という千鶴子の言葉に続く部分について、雑誌再掲時の改稿テキストを引用しておく。

矢代は笑ひにまぎらせてまた星を見詰めた。冷たい空気に混り乾草の匂ひがどこからか漂つて来た。千鶴子はつと立ち上ると矢代には黙つて外へ出て行つた。／星は見る間に落ちて来さうな輝きを一つづつ放つてゐた。矢代は煙草を吸ひ終ると、戻りの遅い千鶴子の後から部屋を出て探してみた。しかし、彼女はどこにもゐなかつた。暫く左右の丘の上を探してゐるうちに、氷河の見える暗い丘の端で、ぢつとお祈りをしてゐる膝ついた彼女の姿が眼についた。カソリックの千鶴子だとは前から矢代は知つてゐたが、いま眼の前で祈つてゐる静かなその姿を見てゐると、夜空に連つた山山の姿の中に打ち重り、神厳な寒気に矢代も緊きしめられて煙草を捨てた。／千鶴子の祈つてゐる間、矢代は空の星を仰いでゐた。すると、心は古代を逆のぼる柔ぎに満ちて来て、塊りのまま山上に立つてゐる自分の位置も忘れて来るのであつた。／「あら、そんなところにゐらしつたのね。」／と千鶴子は笑ひながら立つて矢代の傍へよつて来た。／昼間わたつて来た氷河が星の光りに白く牙を逆立てて流れてゐた。

(16) この場面については、栗坪良樹が、「このチロルにおける山頂の場面は、思想的な変転のただ中にいる知識人が、一瞬の内に崇高なる山の冷気と祈りの姿に啓示された女性の美に圧倒されて思わず知らず、下界のすべての愁いを忘れさせる場面として記憶に残る」との印象を示すように（同編『鑑賞日本現代文学第14巻横光利一』、角川書店、一九八一・九、二四七頁）、矢代の忘我の境地に即した読解が一般的と思われる。ここから、「自分という存在すら消えていくこの虚構の氷河こそ、古代から横たわる空間」であり、「そこは現実世界の生々しさから遊離したタナトスの空間とも呼べるだろう。そこでは若い男女のエロス的情念も現実から遊離し、ある意味で象徴化されてしまう。永遠の虚構空間の模索はいわばエロスからの遊離でもあって、そこで千鶴子と矢代のエロス的関係が具体的に進展する見込みはない。」と、日置俊次「横光利一「旅愁」論——そのナショナリズムと虚構空間——」（『昭和文学研究』、二〇〇〇・三）が解釈するように、二人の「結婚」をめぐる読みの方向性が、空間＝「風景」の新たな意味づけによって閉ざされる結果ともなる。ただし、この日置の主張も、矢代における自己消失に立脚しており、千鶴子という存在とともにある「エロス的関係」を注視するものとは言えないと思われる。

（17）と同時に、二人の恋愛の清潔さや千鶴子の清純なイメージを例証する代表的場面となる。たとえば、亀井勝一郎『「旅愁」はなぜ読まれるか」（『文芸』臨時増刊、一九五五・五）は、「二人きりでチロルの山に遊び、山小屋の乾草に一夜を過して何事もない」ことから、作品に「節度のある愛」の「見事な典型」が描かれていることを高く評価している。

（18）山田有策「『旅愁』——空間から時間への旅」（『国文学解釈と鑑賞』、二〇〇〇・六）。

（19）ちなみに、祈りの場面の異同について、羽鳥徹哉は、「「旅愁」の発表、篇立て、その他」（『国文学解釈と教材の研究』、一九八〇・一〇）で、初出・『文芸春秋』再掲版・初版単行本の記述を並べた上で、「千鶴子がカソリックだということは、この箇所で初めて出てくるのだが、昭和十二年の時点では、矢代は千鶴子の祈りと同化し、心は「柔らぎ」に満ちている。十四年の時点では、やや冷淡な感じが増し、十五年の時点では、心の柔らぎが心の「憂愁」に変り、千鶴子の祈りに、むしろ矢代は困惑しているふうがある。カソリックを西欧の侵略主義と結びつけ、それを千鶴子に負わせて考えるような第三篇以下の構想は、初めなかったのだが、十二年以降十五年にいたるいずれかの時点で、次第に胚胎してきたものと考えられる。」との分析・考察を示している。これに対して、濱川前掲書（一八五頁）は同じく三つのテキストの異同箇所を分析し、「いずれにしても、心理的距離は開きつつあるが、千鶴子の信仰を否定するものではない」と結論づけている（また同二七八頁でも、同じ箇所に触れて、「どの場合も矢代にキリスト者・千鶴子への拒否反応はない」としている）。

（20）たとえば、保昌前掲書（一五四頁）では、「チロルの氷河渡りなどではなかなか開放的な面を示し」ていた千鶴子が、「この長編の後半部（帰朝後）ではほとんどカソリックの囚衣をまとったふうの、行動性をそがれた、力弱い、一種の傀儡になり了せる」と述べられている。

（21）井上謙は、この千鶴子の行動に、「チロルの山小屋でもみられた直線的な意志の強さ」を読み取っている（『横光利一評伝と研究』、おうふう、一九九四・一一、四一八頁）。

（22）これについては、長谷川前掲書（四五七頁）に、千鶴子の母と会う決断を「矢代にあえてさせたのは、チロルで氷河を渡るイニシアティヴをとった千鶴子であった」との指摘がある。

（23）この点に関連するものとして、浅井伸太郎「横光利一論——「旅愁」をめぐって——」（『青山語文』、一九七三・三）の次のような言及がある。

千鶴子のカソリックは矢代の古神道を引き出してくるためには必要欠くべからざる小説進行上の要件であったのである。かと言って千鶴子は全く現実感を欠いた生彩のない女として描かれているわけではない。むしろ「旅愁」一篇中最もリアリティーを確保しているのはこの千鶴子ひとりだけだと言ってよい。前半部においては行動的で艶めかしい女を演じ、後半では慎しいが芯は強い日本の女を演じる千鶴子は、前半後半の背反するかにみえる側面を飛びこえて、ひとりの女としての現実感をもって迫ってくるのである。

「慎しいが芯は強い日本の女」なる性格づけや、「演じる」ことと「現実感」を有することとの関連づけの不備など、問題点もあるが、千鶴子の姿を積極的に捉えようとした評言として興味深い。

(24) 西尾幹二「『旅愁』再考――ひとつの読み方――」(『文学界』、一九八三・一〇)は、こうした二人の関係から、「千鶴子はつつましく、率直で、物事に拘泥せず、終始情緒が安定している。帰国後の矢代の一見子供っぽい抵抗に対し、沈み勝ちでありながらも、傷つかずに耐える包容力のある女性である。いわば母なるもののイメージが感じられる。それに対し矢代は最初から敗北していたにも等しく、知らぬうちに少しずつ彼女に包み込まれていく。ただ矢代本人はそうと気づかず、兄の妹を諭すような得意気な口調になったり、男としての「自信」について語ったりしているけれど、彼女に次第に引摺られて行く。性的な自己抑制は、彼の理性の証しではなく、自己崩壊を食い止めようとする必死の努力の結果にすぎない。」との解釈を示している。両者の位置づけは正鵠を得ていると言えるが、そこから千鶴子の性格を決めつけ、彼女の存在を「イメージ」のレベルに収斂させる小説の読み方に、矢代の内面の語りと同様の傾向が窺える。語られていない内面性への想像力なしに、読者が千鶴子の人間像について記述することはできないだろう。

(25) 千鶴子の物語の可能態を横光の作品に探るならば、「旅愁」の断続連載と同時期に発表された「春園」(一九三七・四～一九三八・五)、「実いまだ熟せず」(一九三八・七～一九三九・六)、「鶏園」(一九四一・一～一二)の内容が注目されよう。それぞれ婦人雑誌(『主婦之友』、『新女苑』、『婦人公論』)に掲載され、いずれも結婚前後の女性の問題が扱われていることから、島村健司「横光利一『春園』成立までの背景――横光利一と『主婦之友』の関係を軸として――」(『国文学論叢』、一九九八・二)は、「この長編三作は三部作の要素を備えている」としている。なかでも、「鶏園」には、「様々な限界を露呈させ、特に子の処遇をめぐる未解決の部分を残しながらも、セクシュアリティに発する夫への嫌悪をバネに、離婚を実行に移し、経済的・ジェンダー的な自立の道を選ぶという選択から見ても、『鶏園』を少なくとも一個のフェミニズム小説と称しても良いのではなかろうか」(中村三春「最後の純粋小説『鶏園』――戦時下横光利一のフェミニズム――」(『早稲田文学』、一九九九・一一)や、「横光作品には多くジェンダー規範から逸脱する変則的な男女関係や恋愛が描かれているが、「鶏園」はその代表的な小説であり注目に値する」(中川成美「鶏園」(井上謙・神谷忠孝・羽鳥徹哉編『横光利一事典』、おうふう、二〇〇二・一〇所収、九三頁))といった評価がある（なお掛野剛史「啓蒙装置としての雑誌と小説――「新女苑」と横光利一「実いまだ熟せず」――」〔『昭和文学研究』、二〇〇三・九〕は、発表雑誌の傾向とともに、作品が戦争に対して読者を啓蒙する「装置」として機能していくことを論じている）。

(26) この観点にもとづく作品批判として、二人の恋愛において、千鶴子の「感情」が描かれていないことを問題点とする菅野昭正『横光利一』（福武書店、一九九一・一、二五二―二五三、二九八―二九九頁）がある。また、石田前掲論文も、「描写の視点は一度も彼女（千鶴子―引用者注）に限定されることなく、彼女から主体としての行動・思考パターンを抽出することはできない。彼女は、ただ一人、矢代や久慈を相対化できる存在であるが、それが全く実現されていない点に『旅愁』の大きな欠点があると考えられる。」と述べる。ただし、本論の文脈で言えば、小説として千鶴子の内面を語ることは、またしてもそこに何らかの「外部」を想定させることになり、ひいては千鶴子なる存在を、（矢代と同様）主体ならざる主体として位置づける結果になると考えられる。

終章

第一節　「夜の靴」（一九四六〈昭21〉～一九四七〈昭22〉）

敗戦後、横光利一は、疎開先の山形県から東京に戻って活動を再開するも、わずか二年ほどでこの世を去ることになる。終始体調面での不安に苛まれた、あまりにも短い〈戦後〉であり、「戦争責任者」の一人として糾弾された横光が(1)、その後いかなる方向へと歩を進めようとしていたのか、具体的に検証するための材料は乏しい。

たとえば、この二年のうちに残された数少ない発言から、「悪人正機」説をはじめとする禅の思想への傾倒が窺える（「紅い花」、一九四六・六、「悪人の車——覚書——」、一九四八・一）。「知識階級とは、自分を自分の手で獄に入れるものをいふ」（「紅い花」）といった記述などは、確かに敗戦の経験と横光の思想の関係を考える上で目を引くものであろう(2)。が、横光が「悪人の車」で、激化する左右両翼の対立の抜け道として禅の伝統を付置し（「世の人心が二派に分れて相争つたときには、わが国ではいつも禅が遁所で流行した。ここで人は人間性を恢復する術に工夫をこらし、専念した。」）、またそこに日本人の世界性の所在を訴える時（「善人なほもて往生すまして悪人においてをや、この有名な罪の意識のみが、日本人今後の世界性を持ち得る唯一の精神の原型であると感じたとき、私らの問題はさらに新たなものが湧き起つて来ざるを得ない、次の継起点を示してゐる。これはひとり文学者のみのことではない。日本人共通の最大の問題だ。」）、東西の思想、宗教の対立をも包摂する〈日本〉古来の伝統として古神道を称揚した、戦時下の思索との相似形をそこに見て取らないわけにはいかない。また、座談会「作家の独白」（一九四八・一）[3]では、坂口安吾「堕落論」[4]に言及し、「あれは堕落でもなんでもない」、「坂口君は堕落しなければいかぬ」などと批判を浴びせる。そこでは、ヨーロッパには「堕落」の「定義」があるが、日本人は「堕落」の何たるかを知らない、それは「日本人を計る」際の「焦点」が現在定まっていないせいだ、というのが一応の理由として語られている。混乱の中で「人性」の所在を追及し、「悪人正機」説にも触れながら（「続堕落論」）、「自分自身」・「個」に立脚した「文学の宿命」（＝政治・制度への「反逆」）を訴えていく安吾の主張との途方もない懸隔が、先のエッセイの内容も含めて、ここから感じられるだろう。こうしたことに、敗戦を機とするドラスティックな思想的転換の不在を想定することができるかもしれない。もちろん、変わる身振りを単純に評価したいわけではないが、同じ座談会で、「川端　国境というものをなくしてもらいたい。／岸田理想だな。／横光　原子爆弾というものはその意味で非常にいいね。日本なんて昔の長州、土佐というようなものじやないか。」といったやりとりがなされているのを目にした時、（座談会自体が総じて作家の放言といった雰囲気のものではあるが）緊張感を欠くその〈堕落〉ぶりに、正直とまどわざるをえない。

さて、敗戦後第一の作品として挙げるべきが、「疎開日記」、「敗戦日記」、「私小説」など、さまざまに呼び習わされる「夜の靴」（一九四七・一一初刊）[5]であるのは言を俟たない。「夜の靴」は、「実に横光氏の「誠実さ」[6]が卒直に出てゐて、氏の作品の中でも最も美しいもの」といった河上徹太郎の評言をはじめ、敗戦後における作家の倫理観を示すものとして高く評価されてきた。敗戦を知った瞬間を語る冒頭部で、「敗けた。——いや、見なければ分らない。しかし、何処を見るのだ。この村はむかしの古戦場の跡でそれだけだ。」と語る横光が、農村の生活に寄り添うことで「日本の根幹的農村の人間観察記録」を創出し、かつ「みずからがこれから拠りうる人間的拠点」(7) を見い出したことに、その解釈と評価の軸は概ね据えられてきたと言える。

ところで、作品のもととなった「夜の靴ノート」(8) は、横光による「農村研究」・「農民研究」（「夜の靴」）の〈研究ノート〉を兼ねた草稿と言えるが、そこからは「夜の靴」の部分発表に先立って「古戦場」（一九四六・五）なる小説も生み出されている。これは、「夜の靴」から農村・農民問題のエッセンスを抽出して――つまりは横光の直接的な思想的言辞を取り除いてということにもなるが――小説化したものと言える。このことは、横光が農村と向き合う際、やはり一方で小説の創作が前提とされていたことを意味しよう。作家横光にとって、敗戦を迎えた瞬間から、この後、何をどう書くかが、喫緊の課題となったであろうことは想像に難くない。そしてむろん、作家の思想なるものは、小説を〈書くこと〉とともにあったと考えるべきだろう。

そこでまず興味深いのが、「夜の靴」に語られた「農村研究」・「農民研究」の〈方法〉についてである。この方法意識は、横光の小説創作に通じると同時に、その思想のあり方とも深く関わる問題を含んでいるように思う。

私は毎日、農村研究をしてゐるのだが、実は、私の目的はやはり人間研究をしてゐるのだ。毎日毎日よく働く農夫に混り、働いても見ずして、農民研究は不可能である。私が働かないといふ弱点をもつて眺め暮してゐることは、しかし、一つの大きな良い結果を私に齎してゐる。それは私はこのため農民を尊敬してゐるといふことだ。この尊敬を自分から失はない工夫をするには、先づ彼らと共に働かない方が良い。正当な批判といふものはあり得ないといふある種の公理が、公理らしくもある以上、これもそれ故に間違つてゐるかもしれないが、一応先づそれはそれとしてみても、比較的正しさに近づく方法としてでも、傍観の徳といふことは有り得るのである。

飛躍を重ねる記述は相変わらずであるが、横光の論理に寄り添って解釈するならば、おおよそ次のようになるだろうか。農村研究の対象が人間（農民）である以上、研究を深めるためには、何よりも研究主体である自分が同じように行動してみるに優る方法はない。それゆえ、対象（農民）と同化しない（「働かない」）ことは自分の研究の「弱点」とも言える。しかしながら一方で、観察するにとどめる（「眺め暮らしてゐる」）ことよって、客観的な判断（ここでは「尊敬」）を保持することが可能となっている。対象の属する世界に内在せずにはその真実の姿は把握できないが、観察の対象と同一化してしまうならば、研究主体による認識の客観性が失われてしまう。こうしたダブルバインドの状況を敷衍すると、認識・判断の確定性や真理の唯一性なる思考上の前提が不可能であること（それゆえ「正当な批判といふものはあり得ない」）にも帰着しよう。が、不確定性に満ちた相対主義を厳正視する立場（「公理」）においては、それ自体が（相対的であるとして）自己言及的に瓦解してしまうことになり（メタレベルの不可能性、「それ故に間違つてゐる」）、アポリアの倍増は避けられない。こうしたことから、ありのままの姿を外部から観察できている（ように考えられる）間は、とりあえず「比較的」な「正しさ」に近づくべく、対象（農民）の活動から距離を置く「傍観」の「方法」を取ることにする……。

こうした思索を背景に抱えて、「傍観者」の立場の固守を試みる横光であるが、同じ労働をすること以外にも、対象（農民）との安定した関係を崩してしまう危険要素があった。それは、作家という「職業」が相手に知られてしまうことである。「あの爺さんの云ふことは、こつそりノートをとつて置きたくなることもあるんだが、ノートをその場でとると、こつちの職業がすぐ分つちまふからね。そいつが困るんだよ。」といった記述をはじめ、作品ではたびたびその危惧が語られる。そもそもこの疎開地では「一冊の本さへ満足にある家は少ない」のであり、それゆえ、「私の職業を誰一人知つてゐるもののないのが気楽」という（研究）環境が生まれていた。「内心この村の批評をしたい食指」・「研究心」の赴くままに、村の人々のありのままの姿を観察するのが可能なのは、こうした自身の匿名性によると横光は考えている。単なる「疎開者」ではなく、「農民研究」をする「作家」＝研究主体であることが明らかになった時、自分と接する農民＝対象の動向は変容し、正しい観察が不可能になってしまうだろう。作品では、最も親しく接していた久左衛門が、「旅愁つて、何のことですかの」とそのラジオ放送について横光に尋ねるなど、「自分の職業を知られたくはなく隠すやうに努めてゐる」試みは、ひとまず成功しているものとして語られる。

「傍観者」なるいわば透明な主体の位置を確保した上での研究成果が、翻って「夜の靴ノート」の内容であるとすれば、この角度から、小説「古戦場」についても考えることができる。「古戦場」で注目されるのは、冒頭まもなくの一節でのみ記述され（「わたしは次郎左衛門の紹介で、太郎右衛門の家の奥の一室を借りた。（…）／「米をとるのは天候次第だよ。それだから、百姓といふものは、一年一度の大博打さ。」／太郎右衛門はさうわたしによく云つた。」）、その後明示されることのない「わたし」なる語り手のあり方である(9)。小説世界に内在する一人称の語り手を提示しながら、物語が進行するにつれその存在が消去されていく仕組みは、たとえば、「純粋小説」論議が盛んであった時期に、四人称の「私」について語った発言(10)などを思い起こさせるだろう。また、戦後の談話「横光利一氏は語る」（一九四六・五）でも、「ボヴァリー夫人」を取り上げ、「あの最初の方に「私」といふ字が出てくる。そして何時の間にかこの「私」が消えてゐるのだ、もつとテキストをよく調べて見るつもりだが、とにかく、小説に於て「私」といふ書き出しで、「私」を消すのはむづかしいのだ。フローベルは実にうまい小説家だ。」と語るなど、この方法にまつわる一貫した関心が感じられる。ここではひとまず、「夜の靴ノート」を書く（小説家／「農民研究」者／疎開者）横光に浮かんでいたであろう問題意識が、「夜の靴」における

「傍観者」の論理に加えて、小説「古戦場」で創出された、作品世界に属しながらもそこから距離を保つ透明な語り手（「わたし」）にも関連するものと想定しておきたい。

以上のように、横光は、敗戦後の疎開体験を作品化するにあたって、観察・記述される対象への接近を図りつつ、あくまで、透明な（無内容な）主体として外部からその内容を語ろうとする傾向にあったと思われる。その成（正）否はさておき、ここで特に重視したいのは、作品世界においていかに透明な「傍観者」としてあろうとも、そのテクスト自体は、横光が一人の作家として存在する現実においてのみ具現するという、いわば単純な事実性である。もう少し言えば、「傍観者」となって処したことを作家として書かない限り、その経験が現実化することはない。その意味で、テクストに書き込まれた記述の対象（農民）と横光との懸隔は、「夜の靴」で繰り返される自身の作家性に対する言及が如実に示すように、敗戦後もなお作家としてあり続けようとする自意識によって成立している。この見方からすると、「旅愁」ラジオ放送（その記事が存在するのは事実である）にまつわる会話の挿入も、作家横光のパフォーマンス＝創作と読めるかもしれない。つまりは、作家という現実的立場なくして、作品内における「傍観者」は存在しえないのであり、その透明性は〈作家横光利一〉という過剰な意味内容——それは確固たる現実として存在している——の沈殿において生じているのだ。

ただし、こうしてテクストに現われた観察・記述の主体は、「私には疎開者だと思ふ気持ちはいまだにない。それが悪く邪魔をしてゐる。倦くまで研究心を失ひたくはないと思ふ虚剛と、人間らしからざる観察者の気持ちを伏せ折りたくもあつて、個人の中のこの政治は甚だ調和を失つて醜い。私はまだ文学に勝つてはゐないのだ。先づ第一にこれに打ち勝つことが肝要かと思ふ。」というように、作家（「観察者」）の眼差しで人々に接しつつ、現実には一疎開者として村の世話になるという「二律背反の苦悩」・「自己矛盾」[11]から、「ときどき我ながらいやな気持ち」となる。この「自己矛盾」は、作品世界に内属する存在でありながらも、透明性を装うことでメタレベルから観察内容を語っていく主体の問題性に通底していよう。この矛盾を突き詰めるならば、小説「古戦場」の「わたし」なる存在の内実——いかなる社会的立場、意識においてそれを認識し、語っているのか——は問題化され、消去可能な語りの装置としてとどまることが不可能になる。このことが、作家横光利一が生きた戦時下＝〈過去〉を作品として書く際に、より切実な問題となるのは明らかである。ただし、「文学」に「打ち勝つ」ためには、作家は〈書く〉主体が直面するあらゆる矛盾を避けてとおることができない。同じく語りの主体が作品世界に内在することを示しながらも、「古戦場」とは対照的な方向を示すテクスト「微笑」[12]が、敗戦後に生み出されるゆえんである。

第二節　「微笑」（一九四八〈昭23〉）

敗戦後「唯一の本格的な小説」[13]とみなされる「微笑」は、短編小説ながら、「これこそ横光の文学的生涯の最後をかざるにふさわしい作品」[14]といった評言もあるように、確かに作家として取り組んできた諸課題を集約したものであった。この作品からは、小説を〈書くこと〉をめぐる問題系において、敗戦の経験を経て横光が辿り着いた、ある着地点を見て取ることができるように思う。

「微笑」は、「旅愁」（一九三七・四〜一九四六・四）の作家である梶が、知人（高田）の紹介で空襲間近の戦時下に出会った青年（栖方）について、敗戦後に回想する形式で語られる小説である。当時二一歳の帝大生であった栖方は、「異常な数学の天才」であり、すでに相対性原理を反駁する内容で学位論文を通過させている。その才能ゆえに、「横須賀の海軍の研究生」として引き抜かれ、そこで「特種な武器の発明を三種類も完成」させた上、さらに「これさへ出来れば、勝利は絶対的確実」とされる「光線」の開発に取り組んでいる。また、栖方は、この機密を有するため、外出時には憲兵に付き添われている他、本名さえも明かせず俳号を用いて外部の人間と接しているとされる。

さらに、母の実家が勤皇家でありながら父が左翼活動で入獄するといった家族環境をはじめ、異能ぶりを示す奇矯なエピソードや発言の数々と、それらが印象づける自然科学（発明）と狂気の連関、科学的思考からの超脱を求めた俳句への関心、国家への献身と軍国主義による拘束など、栖方の形象には問題となる要素が多数混入している。この特異な人物に牽引されて小説の内容は語られていくのであるが、前節の視座をもとにここで着目したい点は、三人称の体裁を採用しながらも、視点人物である梶をとおして栖方の謎めいた人物像が記述されていくこと、さらにそれが、「旅愁」の作家として指示される人物の、小説世界への内在によっていることである。このことは、たとえば、井上謙が「作品の主題は栖方の狂気めいた言動よりも、（…）その言動に従って揺れ動く梶の心象風景にある」(15)とする理解を示し、また、神谷忠孝も、「梶」という人物が作中に登場する作品群を「読みようによっては異常心理を扱っていることで共通点」があるとし、「横光利一が「梶」という作者の分身を出してくる作品の意味についても興味がもたれる」(16)と述べるなど、これまでにも読解の鍵として注目を集めてきた。なかでも黒田大河は、この問題に重点を置いて、作品構造に関する精緻な分析、考察を示している(17)。そこで黒田は、作品における「独特の語りの技法」を取り上げ、「語り手」が「梶」を対象化しながらも、「梶」の知っている以上のことを敢えて語らない」ことで、「「梶」の認識の真実性には疑問が付されながらも、その真偽は明らかにならない」とし、そうした語りが「排中律に象徴される相対的な時空」を成立させていると論じる。その上で、「微笑」の達成を、「戦後になって戦中の噂の時空を対象化し得たこと」とし、それによって「戦後から戦中を断罪するだけではなく、戦後と戦中の時空が相互に問いかけを発するような構造」が成立していると述べる(18)。傾聴すべき重要な論考と言えるだろう。ただし、黒田の議論では、「語り手」が「敢えて語らない」（傍点引用者、以下同様）、あるいは「栖方の階級について語り手は、意図的に不確定な要素を織りまぜつつ語っていた」といった表現から、「語り手」なる機能上の存在が「相対的な時空」を描き出す「意図」を持って、小説世界を語ることが前提となっている印象を受ける。つまりは、世界は「相対的」だと語ることそれ自体の超越性・絶対性を、「語り手」なる存在をテクストに見い出すことで暗に保証してしまうのではないかと思われるのだ。しかしおそらく、相対主義を「公理」とすることの不可能性に言及した「夜の靴」の記述などが示すように、横光は、小説世界を「相対的な時空」として書く時に生じるアポリアについて、もう一歩踏み込んだ境地にあったと考えられる（黒田も、横光が「敗戦後、空漠たる思いのまま再び排中律の世界と対峙し続けなければならなかった」と結論づけている）。ここでは、テクストの読解をとおして、この問題と、作品において梶が「旅愁」の作家と明示されていることとの関連について探ってみたい。

冒頭、ラジオ放送の「精神病患者との一問一答」に続く、精神科の医者と記者のやりとりに導かれて、「自分を狂人と思ふことは、なかなか人にはこれは難しいことである。さうではないと思ふよりは、難しいことであると梶は思つた。それにしても、いまも梶には分らぬことが一つあつた。人間は誰でも少しは狂人を自分の中に持つてゐるものだといふ名言は、忘れられないことの一つだが、中でもこれは、かき消えていく多くの記憶の中で、ますます鮮明に膨れあがつて来る一種異様な記憶であつた。」と記述することから、回想の物語がはじまる。ところで、「自分を狂人と思ふ」自己認識が成立するためには、認識主体が「狂人」でないこと（=〈正気〉であること）がその前提として要求されてしまう。それゆえ、この自己認識の成立は「難しいこと」になるはずだ。この問題は、認識・発話主体によってなされる認識・発話行為とその内容において、必然的に内容が行為へと繰り込まれてしまうこと（自己言及）から生じるパラドクスに起因するものと言える。小説は冒頭で、「狂人」という表象をモチーフに、自己認識における真偽の主張が確証不能に陥るあり方を示していると考えられるのだ。

また続けて、これから語られる梶にとっての「分らぬこと」=「一種異様な記憶」（過去）が、「いま」（現在）も「自分の中」にある「分らぬこと」と連関している様子が暗示される。（自分が経験・認識した）過去を記述することにおいて、「記憶」（内容）とそれを語る行為に、何らかの混乱が発生することを予期させる記述とも言えるだろう。

この後、はじめて高田から栖方の人となりを聞く場面では、「勝利は絶対的確実」となる武器の発明に話題が及んだ際、「このやうな話の真実性は、感覚の特殊に鋭敏な高田としても確証の仕様もない、ただ噂の程度を正直に梶に伝へてゐるだけであることは分つていた」との語りが挿入される。以後再三に渡って述べられる「話」や「噂」の「真実性」に対する懐疑は、さしあたり、「誰も明るい噂に餓ゑかつえてゐる」戦時下における抜き難い共同幻想に対する自覚——同じく繰り返し示唆される——に発するものと言える。しかし、栖方本人と直接会い、話を交わしてなお、より一層昂進してしまう「真実性」に対する懐疑は、冒頭の内容とも相俟って、他者、現実、ひいては自己に対する認識の問題性を開示していくことになる。

その問いはまず、栖方との最初の会見の場面で、「勤皇と左翼の争い」についての思念を引金に挿入された、「排中律」をめぐる自問として記述される。

> 同一の問題に真理が二つあり、一方を真理とすれば他の方が怪しく崩れ、二つを同時に真理とすれば、同時に二つが嘘となる。そして、この二つの中間の真理といふものはあり得ないといふ数学上の排中律の苦しみは、栖方にとつては、父と母と子との間の問題に変つてゐた。／しかし、勤皇と左翼のことは別にしても、人の頭をつらぬく排中律の含んだこの確率だけは、ただ単に栖方一人にとつての問題でもない。実は、地上で争ふものの、誰の頭上にも降りかかつて来てゐる精神に関した問題であつた。（…）実に静静とした美し

さで、そして、いつの間にかすべてをずり落して去つていく、恐るべき魔のやうな難題中のこの難題を、梶とて今、この若い栖方の頭に詰めより打ち降ろすことは忍びなかつた。いや、梶自身としてみても自分の頭を打ち割ることだ。いや、世界もまた――しかし、現に世界はあるのだ。そして、争つてゐるのだつた。真理はどこかになければならぬ筈にもかかはらず、争ひだけが真理の相貌を呈してゐるといふ解きがたい謎の中で、訓練をもつた暴力が、ただその訓練のために輝きを放つて白熱してゐる。／「いつたい、それは、眼にするすべてが幽霊だといふことか。――手に触れる感覚までも、これは幽霊ではないとどうしてそれを証明することが出来るのだ。」／（…）そして、戦争が敗北に終らうと、勝利にならうと、同様に続いて変らぬ排中律の生みつづけていく難問たることに変りはない。

「旅愁」でも議論された「排中律」なる概念の正否はともかくとして、[19]ひとまずは、「真理」の不確定性に対する自覚とその「苦しみ」を、戦中戦後を問わず普遍的な「精神に関した問題」とみなし、その「難題」・「難問」に対峙していく姿勢が示されていると言えよう。また、横光の文学活動のプロセスを考慮に入れるならば、「手に触れる感覚までも、これは幽霊ではないとどうしてそれを証明することが出来るのだ」（ここに、「この私ひとりにとつて明瞭なこともどこまでが現実として明瞭なことなのかどこでどうして計ることが出来るのであらう」という「機械」の記述の遠い反響が見て取れよう）との認識論的な懐疑――「感覚」に関する思索こそが、（カント）認識論への接近の原点であったことも想起したい――を起点として、主体にとって「真理」が不確定なまま、にもかかわらず「現に世界はある」、といったある種の〈リアリズム〉が析出されたとも読める。

ところで、「微笑」における「真理」とは、具体的に、栖方の発明の真偽に関わる問題であった。しかしながら、梶は、「国家の秘密に栖方を誘ひこみ、口を割らせて彼を危険にさらすこと」を懸念し、憲兵の監視下にある栖方に、直接「光線」のことを尋ねることができない。それゆえ、真偽は想像によって推し測るほかないのであるが、「有象無象の大群衆を生かすか殺すか彼一人の頭にかかつてゐる。これは眼前の事実であらうか、夢であらうか。とにかく、事はあまりに重大すぎて想像に伴なふ実感が梶には起らなかつた。」とその困難さが語られる。ただし、結局のところ、最初の会見で栖方自身が「光線」の発明について言及してしまう。だが、それは梶の疑念を解消するものとはならず、以後、「光線」の発明を中心に、栖方の数々の発言の真偽について、「何一つ梶は栖方の云ふ事件の事実を見たわけではない。また調べる方法とてもない夢だ。」などと、「幾度も感じた疑問」が絶えず湧き起こっていくことになる。

その疑問は、栖方の言動が帯びる狂気のイメージに起因するともみなされている。数学的思考に関連するものや軍隊での昇級の報告をはじめ（後に栖方は「襟章の星を一つ付加してゐた理由を罪として、軍の刑務所へ入れられてしまつた」とある）、栖方の奇矯な発言からは、誇大妄想的、神経症的な印象を受けざるをえない。加えて、「栖方は発狂してゐるから彼の云ひふらして歩くこと一切を信用しないでくれ」といった憲兵からの注意が、高田をとおして伝えられると、梶はひとまず栖方の安全のためにも、彼を「狂人」と想定することを提案する。ここから、梶の認識における、栖方（の言動）を対象とした真＝正気、偽＝狂気の判断が、物語の中心に据えられる。ただし、もとより「排中律」なる「真理」の相対的不確定性を念頭に置いている以上、「梶、高田、憲兵たち、それぞれ三様の姿態で栖方を見てゐるのは、三つの零の置きどころを違へてゐる観察のやうだつた」というように、その判断は、梶自身の認識の「真実性」に関する懐疑を伴なって展開していく。たとえば、天皇に「拝謁」した栖方が、自身の異常な興奮を語る場面には、次のようにある。

梶はさう云ふ自分が栖方を狂人と思つて話してゐるのかどうか、それがどうにも分らなかつた。すべて真実だと思へば真実であつた。嘘だと思へばまた尽く嘘に見えた。そして、この怪しむべきことが何の怪しむべきことでもない、さつぱりしたこの場のただ一つの真実だつた。排中律のまつただ中に泛んだ、ただ一つの直感の真実は、かうしていま梶に見事な実例を示してくれてゐて、「さア、どうだ、どうだ。返答しろ。」と梶に迫つて来てゐるやうなものだつた。それにも拘らず、まだ梶は黙つてゐるのである。「見たままのことさ、おれは微笑を信じるだけだ。」と、かう梶は不精に答へてみたものの、何ものにか、巧みに転がされころころ翻弄されてゐるのも同様だつた。

〈新感覚〉をめぐる理論構築以来、横光の文学活動の桎梏かつ原動力であった認識論的葛藤の表出と止揚が、敗戦後の作品においても追求されようとしている。そしてここでは、認識・「真理」の不確定性をそのまま受け入れる主体のあり方に、逆説的にも「ただ一つの真実」なる世界像を見い出そうとしているのである。ただしそれは、諸「真理」が対立する現実世界を超越するものでは決してなく、あくまで「この場」の「真実」、つまり関係論的に揺れ動く、「排中律のまつただ中に泛んだ、ただ一つの直感の真実」として表象される（超越的統一を否認する「排中律」のもと、「真理」が不確かなまま「しかし、現に世界はある」と言明した、先の記述に通じる）。こうした「真実」の「直感」によって、認識主体の絶対性が保証されることはない。主体は「ただ一つの真実」について、あたかも「何もの」かに「翻弄」されているかのごとく「不精に」語るほかないのである。

梶は、栖方から「光線」実験の進行状況を逐一聞かされることで、徐々にそれが事実であると感じるようになる。その上、海軍将校がたむろす「水交社」で、堂々と食事をとる彼の態度を目にもする。ただし一方で、栖方の狂気への疑いも完全に払拭されず、ひいては彼を「狂人」とみなそうとする自身の認識そのものを問いただすことになっていく。さまざまな判断を先送りにする主体の不確定なあり方こそ、梶が受け入れようとする世界観の必然的な帰結と言えるだろう。そして、栖方の学位論文通過の祝賀会として催された句会の場では、その立場が再度確認される。

ふと梶は、すべてを疑ふなら、この栖方の学位論文通過もまた疑ふべきことのやうに思はれた。それら栖方のしてゐることごとが、単に栖方個人の夢遊中の幻影としてのみの事実で、真実でないかもしれない。いはば、その零のごとき空虚な事実を信じて誰も集り祝つてゐるこの山上の小会は、いまかうして花のやうな美しさとなり咲いてゐるのかもしれない。さう思つても、梶は不満でもなければ、むなしい感じも起らなかつた。／「日ぐらしや主客に見えし葛の花」と、また梶は一句書きつけた紙片を盆に投げた。

「日ぐらしの声が絶えず響き透つてゐた」夕暮れ時、部屋には、兼題の葛の花が竹筒から垂れている。日ぐらしの「声」によって繋ぎとめられる時空間の同一性において、「主客」、栖方も梶ら参会者も、同じように美しい葛の花を知覚していることが「事実」となる。〈いま・ここ〉に生じている「事実」の世界――それは永続する客観的「真実」に対置される――に内在し、「事実」の構成要素となっている自分が、それを「疑ふ」ことは論理的に不可能である（「疑ふ」には、その主体が「事実」の外部に位置する必要があろう）。また、ここで「主客」が見ている花は、いわゆる〈物自体〉としての葛の花そのものではなく、あくまで「主客」の感官が捉えた一回的な出来事たる〈現象〉としてある。日ぐらしの「声」が止んだ時にもまた、同一の〈現象〉が生じるとは限らないのであり、それは文字どおり儚き花と言えるだろう。栖方という対象に関する認識・判断についても同様である。その「真実」の姿は〈物自体〉と言うべき領域に措定されるものであり、〈いま・ここ〉で、梶の認識する栖方という〈現象〉を、束の間の「空虚な事実」として信じるだけである。そして、葛の花の「美しさ」

に類するがごとく、栖方という存在の「事実」性は、梶の眼に映った「ぱッと音立てて朝開く花の割れ咲くやうな笑顔」と、その「笑顔に顕れてかき消える瞬間の美しさ」において語られる。梶は、こうした脆く儚い瞬間の「事実」のあり方を、「ただ一つの真実」として受け入れる境地を志向する。しかしそれは、事後的に（外部から）見た時、当時の梶の認識が、「栖方個人の夢遊中の幻影としてのみの事実」とそれほど遠いものとは言えなくなることを意味しよう。

　それゆえ、敗戦後、疎開先の新聞で、栖方と思われる人物が発狂死したことを梶が知る場面では、「彼の云つたりしたりしたことは、あることは事実、あることは夢だつたのだと思つた。そして、梶は自分も少しは彼に伝染して、発狂のきざしがあつたのかもしれないと疑はれた。」と語られる。[20] この一節からは、さらなる問題が生じてこよう。新聞には、「殺人光線」の「発明者の一青年」となってはいるが、氏名などの情報は記載されていなかった。また、そもそも梶は栖方の本名すら知らないのである。さらに、「戦争は終つた。栖方は死んでゐるにちがひないと梶は思つた。どんな死に方か、とにかく彼はもうこの世にはゐないと思はれた。」というように、新聞記事を目にする前から、敗戦後の梶の意識上で栖方の死は先取りされていたのだ。それゆえ、半ば「事実」として語られるその死もまた、敗戦後の時空間において梶の心象に浮上した、「幻影」のような印象を受けざるをえない。これに加えて、冒頭に記述されたように、「自分を狂人と思ふことは、なかなか人にはこれは難しい」のであるならば、過去の自分の「発狂」を現在の自分が疑うと語ることにも、パラドクスが生じるはずである。つまり、過去の自分の状態に「発狂のきざし」があったとの疑いをここで語る時、これまで、「発狂のきざし」を含む経験をそのまま正しく語ってきた（語ることができてしまった）現在の自分が、逆説的にも正常／異常のいずれの状態にあるのか確定できなくなるのだ（仮に正常ならば、当時の経験がありのままに語られていないことになり、その内容に「発狂のきざし」を見るのは自己矛盾となる。異常ならばここで疑うこと自体が〈異常〉

なものとなってしまう）。一歩退いて、作品にある「排中律」の原理を以上の問題に当てはめるならば、過去の自分と現在の自分とが、梶の心中において、同等の資格をもって「真実」性を主張し合う状態にあると考えられる。先の黒田の指摘にもあるように、「微笑」の語りについて、単純に、戦時下の〈異常〉性の諸相を、敗戦後の〈正常〉なパースペクティヴから記述したものと捉えてはなるまい。唯一の「真理」なるものの否認が前提となっている以上、梶の視点をとおした認識と語りは、それがいかに敗戦後の〈いま・ここ〉に密着していようとも、常に限定的なものとみなされるべきなのである。と同時に、テクストが孕むパラドクスは、過去と現在の差異・相対性を語る超越的な立場をも侵蝕し、あらゆる認識の限定性を暴露しようとしているのだ(21)。

こうした問題系の根幹に、作者たるべき人物を内在させる小説形式の意義を位置づけたい。ちなみに、発明狂とみなされる人物の動向——そこでは発明の目的が国家や民衆への奉仕と想定されていた——を描く点で、「微笑」と類似する内容を持つ「紋章」（一九三四・一〜九）は、また、登場人物と交流する語り手「私」を小説世界に含んでもいた（その上、「私」は小説家でもある）。時に雁金の〈正気〉を疑うような記述を示しながらも、「紋章」が「微笑」と決定的に異なるのは、観察者＝記述者の位置にある語る主体の透明性・安定性と、それにもとづく語りそのものの信憑性である。また、他の登場人物の視点をとおして、矢代の〈正気〉に関する疑いを提示する「旅愁」の語りにおいては、日本主義にまつわる言動が時に相対化されながらも、小説の語り自体を揺るがすような要素は積極的には現われてこない。これらのテクストとは異なり、「微笑」では、テクストを語る視点人物の認識のあり方に、観察対象（＝語られるもの）の問題性が深く浸透していく。それによって必然的に発生する語り自体の不確かさを、テクストは冒頭から暗示し、かつ積極的に切開する。この意味で、一人称と三人称の違いはともかく、「微笑」というテクストのあり方は「機械」（一九三〇・九）と同工のものであると言えよう。ただし、ここには、「機械」に存在しなかった要素が備わっている。「機械」の語りが匿名性と抽象性を特徴とするのに対して、「微笑」では、（語りの現在も含めて）小説世界の時空間が明示されつつ、さらには、実在する作家横光利一をも指示する記述（「旅愁」の作家としての梶）が存在しているのだ。「機械」の語りが暴き出す認識の相対性と主体の解体は、近代的思考の破綻や同時代の不安感などを表出してはいるものの、テクストを書き綴った作者横光の主体性を揺るがすには至っていない。それは、小説をいわば、彼によって正確に遂行された一つの思考実験の成果と読むことが可能であるからだ。「微笑」はそうしたテクスト外部の安全な領域（そこは語りのための架空の場である）を侵蝕する。つまり、「機械」に代表される横光の創作実験は、テクストが存在する〈現実〉――時代・場所・作者――を否応なく、強制的に参照させる「微笑」に至って、最後の砦たる実際の作家＝主体をも、テクストが示す問題系に巻き込むこととなったのだ（梶をとおした語りの不確実性は、それを書く作者横光の行為に波及せずにはいないだろう）。これによって、ついに、現実世界そのものの不確定性と切り結ぶ小説形式が獲得されたと言えるのではないだろうか。そしてこの点にこそ、切断と持続が錯綜する敗戦という歴史の経験が、横光の文学にもたらしたものを見るべきであろう。もとより、小説を書く主体の位置に実在の作者を固定化し、テクストの意味作用を作家の内実に還元して理解する文学観が、横光が超脱しようと試みてきたドグマであるのは言うまでもない。（批難の対象という意味での）私小説的リアリズムへの退行を「微笑」が示すものでないのは明らかである。現実に生きる作家＝自己を指示する表象を小説世界に繰り込みながら、その世界を支えるはずの認識、語りの相対性と不確定性を提示する「微笑」というテクストは、それによって、言語行為の主体なるものが（小説を書く作者も含む）あらゆるレベルにおいて絶対性を保持しえないことを執拗に突き続けているのである。

それゆえ「微笑」の作者は問わずにはいられまい。自分が正しく何かを書いたという「事実」はある、しかしそこに何が書かれたのか完全には知ることができない、ではなぜ自分は〈書く〉のだろうか？〈誰かもう私に代つて私を審いてくれ。私が何を書いて来たかそんなことを私に聞いたつて私の知つてゐよう筈がないのだから〉。もはや、作者自身にとって〈書くこと〉の意味も不確定であると言うほかない。確かに、「微笑」は、「再出発の歌」でありながら、「図らざる末期の歌」[22]となった作品と言えよう。ただし、作者横光はそこで、小説を〈書くこと〉の終着点を図らずも描き出してしまったのではないか、それゆえこの作品は、作家の最後を飾るにふさわしいものではなかったか。

こうして横光は「文学」に敗れ、そして勝ったのだと思う。

注

(1) 小田切秀雄「文学における戦争責任の追及」(『新日本文学』、一九四六・六)など。

(2) たとえば、菅野昭正は、「紅い花」に、「敗戦前の《過去》のなかに累積している過誤を獄中に繋いで処罰し、敗戦後の《現在》のなかで小説家としての位置を決定するための通路」の模索を見て取り、二つのエッセイにある「悪人正機」説について「本来の信仰の問題から転移されて、敗戦後の《現在》を生きる日本人の倫理の相貌を帯びる」としている(『横光利一』、福武書店、一九九一・一、三〇頁)。

(3) 他の出席者は、川端康成、岸田国士、今日出海。

(4) 『新潮』、一九四六・四、続いて『文学季刊』、一九四六・一二(後者は後に「続堕落論」と改題)。

(5) 初出は、「夏臘日記」(『思索』、一九四六・七)、「木蠟日記」(『新潮』、一九四六・七)、「秋の日」(『新潮』、一九四六・一二)、「雨過日記」(『人間』、一九四七・五)。

(6) 「横光利一論」(『文芸』臨時増刊、一九五五・五)。

(7) 梶木剛『横光利一の軌跡』(国文社、一九七九・八、三五八頁)。

(8) 定本全集第一一巻に収録。

(9) この点に関する論考として、山本幸正「「古戦場」と『夜の靴』」(『繍』、一九九七・三)がある。山本は、「古戦場」の語りの詳細な分析をとおして、「話者としての「わたし」と登場人物としての「わたし」」とを定位することのない、いわばその両者の間を浮遊する不安定なテクストであり、それとともに農村の《現在》を露呈させるというよりむしろ、農村を過去から未来への時間の流れのなかで表象する」作品として評価している。また、このことに対置して、「日記体」で語られる「夜の靴」が、「敗戦後という《現在》を特権的な物語内現在として定位」し、「出来事としての敗戦」を「内面化」するものと批判されている。

(10) たとえば、座談会「「純粋小説」を語る」(一九三五・六)では、「僕も「紋章」を書いてゐる時、あの倍の枚数があれば、もう少し「私」は肉体を消して見せられたと思ふ」と述べている。

(11) 神谷忠孝『横光利一論』(双文社出版、一九七八・一〇、六九頁)。

(12) 初出は『人間』(一九四八・一)、著作集『微笑』(一九四八・三)に初収。なお十重田裕一「引き裂かれた本文――横光利一「微笑」と事後検閲における編集者の自主規制――」(『文学』、二〇〇三・九)は、初出テキストで、GHQ検閲下における編集者の自主規制によって、横光の自筆原稿に大幅な削除がなされていたことを明らかにしている。

(13) 井上謙『横光利一評伝と研究』(おうふう、一九九四・一一、四七八頁)。

(14) 篠田一士「解説」(『機械・春は馬車に乗って』、新潮文庫、一九六九・八所収、二六一頁)。

(15) 井上前掲書、四七八頁。

(16) 梶という人物が登場する作品は少なくないが、特に「厨房日記」(一九三七・一)以降、「終点の上で」(一九四一・一)、「恢復期」(一九四一・四)、「罌粟の中」(一九四四・一)、「微笑」といった一連の作品は、梶＝作家横光を印象づけるものである。

(17) 神谷前掲書、一二九頁。

(18) 「『微笑』論――横光利一の戦中・戦後――」(『同志社国文学』、一九九四・一二)。なお、引用は田口律男編『横光利一』(若草書房、一九九九・三)再録論文によった。

(19) 河田和子は、「〈文学的象徴〉としての数学――横光利一『旅愁』における綜合的秩序への志向――」(『横光利一研究』、二〇〇三・二)で、「旅愁」の記述や「微笑」の当該箇所を取り上げて、「「排中律」を、相反する命題が同等の権利を持って主張される〈二律背反〉の問題として捉えており、明らかに意味を取り違えている」と指摘し、横光の「排中律」という言葉が、「二項対立の思考的枠組み」を示したものであることを論じている。

(20) 森かをるは、「横光利一「微笑」論――『旅愁』のイデオロギーのゆくえ――」(『近代文学研究』、一九九七・一二)でこの一節を取り上げ、「梶が戦中の自分に発狂のきざしを疑うとは、『旅愁』を媒介にすると、栖方の狂人性を見つめることを通して自らの作品を客観視することに等しい。つまり梶は戦後の時点から、戦中の作品『旅愁』の中に狂気の断片を見出そうとしているのだ。」と述べ、ここに「作者横光による『旅愁』の徹底的な対象化」を見ている。ただし論じてきたように、そうした「客観視」や「対象化」の不可能性こそが〈狂気〉のモチーフによって提示されていると考えられる。

(21) ただし、厳密な相対主義の不可能性を一方で論理的前提としてはいても、認識や真実の不確定性を絶対化する見方を強調するならば、単なる（「戦争責任者」による）居直りの論理が生み出される危険性もあろう。その意味で、終幕においてなお、横光の文学は両義的であり続けていると考えられる。「微笑」において重要な点は、「しかし、現に世界はある」との地平に、〈「旅愁」の作家〉たる「事実」が投じられていることである。その意味を完全に自己決定するのは不可能（過去の正当化はもとより、「償う」（菅野前掲書、二〇頁）ことができる〈過去〉とみなすことも）であるが、同時に、現実世界に存在する自己にその「事実」の意味は帰属する、ということを確認する記述と言えるだろう。いかに相対的視点が留保されていようとも、何らかの意味とともに現実世界にある（あった）ということは、そのつど受け入れねばならない「事実」なのである。

(22) 菅野前掲書、七頁。

初出一覧（既発表部分のみを記す）

序章　横光利一「蠅」・「頭ならびに腹」――テクストの作者をめぐって――（『芝浦工業大学研究報告人文系編』、二〇〇七・三）

第一部

第一章　横光利一と自然科学――「形式主義文学論争」前後を中心に――（『文芸と批評』、一九九九・五）

第二章　横光利一――ポール・ヴァレリーとの邂逅の内実（『緑』、一九九九・三）

第二部

第一章　「機械」を読む――「科学」の思考および「唯心的な眼醒め」の帰趨――（『国文学研究』、一九九九・一〇）

第二章　横光利一「時間」とベルグソン（『早稲田大学大学院文学研究科紀要』、二〇〇〇・二）

第三章　ドン・キホーテの勇み足――『上海』（「ある長編」）論の序に代えて――（『早稲田文学』、一九九九・一一）

第四章　横光利一「ある長篇」（『上海』）再考――和辻哲郎の思想を補助線に――（『日本近代文学』、二〇〇〇・一〇）

第三部

第一章　横光利一「純粋小説論」をめぐる一考察――「偶然」の問題を手がかりとして――（『文芸と批評』、二〇〇一・五）

第二章　横光利一『寝園』論――「行為」の小説――（『昭和文学研究』、二〇〇一・九）

第三章　横光利一『紋章』試論――雁金の行為における法と正義――　（『国語と国文学』、二〇〇二・九）

第四章　横光利一『家族会議』論――システムとコミュニケーション――　（『文芸と批評』、二〇〇二・五）

第四部

第一章　言葉の行方――Riichi Yokomitsu “Young Forever”（「青春」）をめぐって――　（『繍』、二〇〇三・三）

第二章　横光利一『旅愁』試論――病を否定するということ――　（『日本文学』、二〇〇三・一二）

第三章　横光利一「旅愁」――「恋愛」の行方と千鶴子の奮戦――　（『文芸と批評』、二〇〇三・一一）

終章　「微笑」論――「文学」＝〈書くこと〉との決着――　（『横光利一研究』、二〇〇四・二）

※本書における横光利一の文章の引用は、河出書房新社『定本横光利一全集』によるものである。全集以外から引用する場合は、出典を文中に記載した。また、諸文献からの引用に際し、基本的にルビは省略し、漢字は現行の字体に改めた。

あとがき

「なんで、ヨコミツリイチに、したの？」

この一〇年来、折にふれ受けてきた質問です。「その問いに答えるべく〈研究〉しているのだ」なんて言う逃げ口上は別としても、「本書の内容がその回答である」というのが、いざこのようにカタチになってしまえば成り立つ、ひとつの対応になるかと思います。そして、（あとづけ的要素の脱色や結果責任の発生などを含めて）それがありうべき学究の姿であるとも……。その意味では、いささかこころもとないながら、ひとまずの答えを出すことができたのかなと、ほっとしているところです。

ただ言うまでもなく、理屈はあとからいくらでもつけられるものです。そして、大半が私的な関係において発せられた「なんで、ヨコミツリイチ？」の問いかけには、やはり違う答えを用意しなければならないはずです。本書を手にしていただいた方には不必要な内容かもしれませんが、あとがきの場を借りて、この問いへの答えを記してみたいと思います。

あまり使われなくなった表現ですが、はじめはいわゆる〈ジャケ買い〉——レコードやCDをそのジャケット（だけ）に惹かれて衝動買いすること——のようなものでした。一〇代の終わりごろだったと思いますが、とある家庭の本棚にずらっと並んだ、中央公論社『日本の文学』の紺の背表紙を眺めていた時です（つまり、ジャケット＝装丁は全部同じなのですが）。

日本の文学　37　横光利一

〈ヨコミツリイチ・横光利一〉、音と漢字が持つ何かに惹かれて、書棚から抜き出しました。「名前買い」……と言うべきでしょうか。この作家と一、二の代表作の名をうろ覚えにするだけの私は、何となくそのまま借りて帰ったのです。

　頭から順に読んだのか定かでないのですが、とにかくその中で、「寝園」に不思議な魅力を感じました（もしかすると最初に開いたのかもしれません）。たいへんギクシャクとした、未整理でぎこちなく、それゆえ何か言い足りていないような作品に思えたのです。今となっては横光の作品中とても完成度が高いものだと思いますし、いかにもそれらしい説明を初読の印象から引き出せるような気もしますが。ちなみに、近代文学の全集本を図書館などで手に取る以外、「寝園」に触れる可能性が低かったはずの当時にあって、そうした形で読むことができたのも僥倖のように思います。

　そして、「機械」。こちらは言うまでもなく強烈な、というか、何か極めて過剰な雰囲気を発していました。同時に、「寝園」と合わせてみると、「あまりにもアタリマエのことが書かれている」ように感じられたのです。この時、虚構たる文学の場において、〈タイケン〉ではなく〈リクツ〉に対する《共感》――事後的に自分の原点などと言ってみたくもあります――が生じていたように思います。

　また、集中に並んだ作品を読んでいくと、他の作家のごとく伝説化される才能の結晶でもなく、あるいは〈文豪〉的重厚さや〈芸術家〉的宿命性でもない、むしろ徹底した凡庸さの上にこそ成り立つ「文学」のあり方が、頭に焼き付けられました。それまでの乏しい読書経験の中で接した作家たちと比べてみて、フツウの人が「文学」やって名を残しちゃった……、そんな第一印象だったと覚えています（もちろん、これはあくまで個人的なイメージです）。

もとより、大学院への進学を考え、そこで日本の近代文学を、なかでも横光利一を研究対象に選択したことを説明するには、まだまだいろんな〈理由〉づけが必要なはずです。ただ結局のところ、こうした〈出会い〉のインパクトが、最も真実に近いような気がします。とはいえ、事後構成された〈出会い〉語りに、文学的虚飾――その例は星の数ほどあるでしょう――がないとも言い切れません。

＊＊＊＊＊＊

本書は、二〇〇四年に早稲田大学へ提出した課程博士学位論文「横光利一研究――作品と評論を支える諸論理」をもとに、加筆・修訂したものである。論文として既に発表している部分については、初出一覧として掲げた。

本書のもととなる研究を進めるにあたって、多くの方々からご指導、ご支援をいただいた。まず何よりも、早稲田大学文学部・文学研究科にてご指導を賜った、佐々木雅發先生、中島国彦先生、髙橋敏夫先生、十重田裕一先生に、改めて深く感謝申し上げたい。文学研究に足を踏み入れて以来、文字通りゼロからご指導をいただいた上に、おぼつかない研究の足取りをいつも温かく見守ってくださった。本書に学術的寄与ができる部分があるとすれば、それはひとえに先生方のご指導によるものである。また他にも多くの先生方から、さまざまな局面でご教示をいただいた。記してお礼申し上げるとともに、これまでの学恩に応えられるよう今後の研究を進めていきたい。

折しも博士課程へ進む時期に創立された横光利一文学会の存在は、自分にとって非常に大きなものであった。会をとおして知り合うことができた方々からは、本書の刊行に至るまで、たくさんの貴重なご意見、ご教唆をいただいてきた。

そして、ともに大学院生活を送ったみなさん。少しばかり遠い思い出にもなってきたが、よく遊び（×2）、よく学んだあの日々なくして、現在に至る道はなかったものと思っている。

双方の実家を含めた家族への感謝は、言葉に尽くせない。二〇代をとおしてある程度コンスタントな活動ができたのも、また〈両立〉というにはおこがましくもあるが育児と研究の生活を経験できたのも、理解ある家族の支えによる。

出版にあたっては、笠間書院の池田つや子氏、橋本孝氏にたいへんお世話になった。橋本氏には、はじめての単著ということで勝手がわからず、いろいろな面でご迷惑をおかけしたが、そのつど適確なアドバイスをいただいた。

なお本書は、独立行政法人日本学術振興会平成十九年度科学研究費補助金（研究成果公開促進費「学術図書」）の交付を受けたものである。

二〇〇七年一二月

山本　亮介

山本　亮介（やまもと　りょうすけ）

1974年、神奈川県生まれ。

早稲田大学大学院文学研究科博士後期課程修了。

博士（文学）。

早稲田大学文学部助手、日本学術振興会特別研究員（PD）を経て、現在、信州大学教育学部准教授。

横光利一と小説の論理

2008年2月28日　初版第1刷発行

著者　山本亮介

装幀　齊藤美紀

発行者　池田つや子

発行所　有限会社　笠間書院
東京都千代田区猿楽町2-2-3［〒101-0064］
電話　03-3295-1331　Fax　03-3294-0996

NDC分類910.268

ISBN978-4-305-70372-9

印刷／製本：シナノ
（本文用紙・中性紙使用）

出版目録は上記住所または下記まで。
http://www.kasamashoin.co.jp

索　引

凡例

一.「　」は作品・評論等、『　』は書籍・雑誌を表す。
一. 横光以外の文献については、（ ）内に著者名を付した。